隋·唐演義

수·당연의

{제3권}

清 저인확(褚人穫) 지음
진기환(陳起煥) 옮김

明文堂

차례

《수·당연의》 제3권

{제3권}

수·당연의

隋·唐演義

제41회

이밀은 궁색해도 정혼하고, 숙보는 함정을 탈출하여 귀가하다.(李玄邃窮途定偶, 秦叔寶脫陷榮歸.)

노래하기를, 詞曰,

인생은 날리는 쑥대가리며 그림자, (人世飄蓬形影)
한순간 붉은 끈에 묶여 결혼한다. (一翣赤繩相訂)
웃음을 참고 서로 인연 맺었지만, (堪笑結寃讎)
곳곳에 숨긴 덫과 파인 함정있다. (到處藏機設阱)
생각하고 또 생각하여, (思省思省)
큰 뜻일랑 함부로 말하지 말라. (莫把雄心狂逞)
— 곡조 〈여몽령〉 — 調寄 〈如夢令〉

벗을 만나 뜻을 같이하고, 여인을 배필로 정하는 결혼은 모두 전세(前世)의 인연에 따라 결정된다.[1] 가난하고 비천해도 마음이 드높지 않으면 진정한 벗이 되기 어렵다. 혈육이 되거나, 외나무 다리에서 만나는 원수처럼 적국의 원수가 되거나, 마음 씀씀이나 국량(局量)이 좁아 죽음을 당하기도 한다. 이 모두는 하늘이 정해 놓은 것이어서 늦지도 빠르지도 않게, 때맞추어 마치 우연의 일치처럼 현실로 나타난다.

왕백당과 이밀, 그리고 병원진(邴元眞) 3인은 손안조와 헤어진 뒤, 밤낮으로 부지런히 걸어 와강에서 2백여 리 떨어진 마을에 이르렀다. 그날 아침 일찍 길을 떠났기에 배가 고프고 목이 말랐다. 마침 인가가 있는데, 대문 앞에 큰 나무가 무성하고, 대나무 숲의 그림자가 비친 맑은 연못에는 정자까지 있어, 집안의 경치가 자못 아름다웠다.

왕백당이 말했다.

"객점에 이르자면 아직 멀었으니 우선 저 집에 들어가서 요기라도 합시다. 그래도 늦지는 않을 것이요."

---

1 중국인은 월하노인(月下老人)이 정해주는 혼사의 인연에 따라 혼인이 결정된다고 믿었다. 월하노인이 언제든 아무도 모르게 붉은 실로 두 사람의 발을 묶어놓기만 하면, 양쪽 집안이 어디에 있든, 나라를 달리하든, 아니면 대대로 원수 집안이든 결국 혼인하게 된다. 만약 월하노인이 붉은 실로 묶어주지 않는다면 같이 살 수 없다고 믿었다.

모두들 찬성하였고, 이밀이 주인을 찾아서 물으려고 집안에 들어서니 17세쯤 되어 보이는 젊은 여인이 나왔다. 손에는 뽕잎이 담긴 바구니를 들었는데, 무명 적삼에 명주 치마를 받쳐 입고 검은 수건으로 머리를 묶은 모습이었다.

그러나 손님을 보고도 당황하거나 다급해하는 기색이 없었다. 온당하고 일솜씨가 재치있는 여인임에 틀림없었다. 젊은 여인은 찾아온 사람을 보고서는 다시 안으로 들어갔다. 이밀은 그 젊은 여인의 모습을 보고 크게 놀라며 혼자 중얼거렸다.

'여기가 분명, 서시(西施)의 고향인 저라산(苧蘿山)도 아닌데, 어찌 저런 미인이?'

옆에서 들은 왕백당이 말했다.

"천하에 미인이야 많지만 지금 형편에서 무슨 경황에 여인을 생각할 수 있겠나?"

셋이서 그냥 이야기를 주고받는데 안에서 한 노인이 나왔다.

노인은 세 사람을 보자 문 앞에 나와 공손히 물었다.

"여러분들은 어디서 오셨습니까?"

왕백당이 대답했다.

"저희들은 급한 일이 있어서 오늘 식전에 떠났습니다. 지금 배가 고파서 한 끼 얻어먹을 수 있을까 하여 귀댁에 들렸습니다. 밥값은 제대로 드릴 수 있습니다."

"그럼, 안으로 들어갑시다."

노인은 연못 가운데의 정자로 손님들을 안내했다. 그들은 다시 인사를 나누었다.

"거친 음식으로 귀한 분을 대접하자니 죄송스럽습니다."

노인은 안으로 들어가더니 차 주전자와 사발을 들고 나와서 말했다.

이밀이 물었다.

"노옹의 성씨는 무엇이며 다른 자제분은 안 계십니까?

"예! 이 늙은이는 왕씨이고, 그전에는 장안에서 살았습니다. 시국이 하도 어지러워 이 태평장(太平莊)으로 옮겨온 지가 4, 5년 됩니다. 자식은 아들 둘에 딸이 하나 있습니다."

병원진이 물었다.

"아드님은 뭘 하시며 지금 집에 계신지요?"

"말도 마시구려. 어리석은 임금이 운하를 판다. 성을 쌓는다 하면서 들볶는 통에 모두 부역에 끌려간 지가 3년이 되었는데도 아직 돌아오지 않았습니다. 죽었는지 살았는지 여때껏 아무 소식이 없습니다."

노인은 눈물을 흘리면서 말했다. 여러 사람들이 탄식하고 있는데, 저쪽으로부터 한 사나이가 걸어왔다.

노인이 그를 불렀다.

"이제야 돌아오는가?"

"아드님이신가요?"

"아닙니다. 내 조카입니다."

사나이는 정자에 들어와서 노인한테 절했다. 키가 9척이나 되고 검은 머리에 붉은 수염이 난 그는 눈이 크고, 허리가 한 아름이나 되고 당당한 체구에 위풍이 늠름했다.

왕백당이 그 사람을 알아보았다.

그 사나이도 왕백당을 보며 반가워했다.

"아니, 왕당인(王當仁)[2] 형이 아니오?"

이밀이 물었다.

"어떻게 아는 사이입니까?"

"저분은 내가 강호(江湖)를 돌며 장사할 때, 같은 왕씨라서 가까운 벗이었소. 정말 몇 년 만에 다시 만났구만."

왕당인이 두 사람의 이름을 묻자, 왕백당이 인사를 시켰다. 왕당인은 이밀의 이름을 듣고 몹시 기뻐하면서 그 앞에 꿇어앉았다.

"저는 오래전부터 형의 대명을 경모했습니다. 오늘 우연히 여기서 뵙게 되니 하늘 뜻인가 봅니다."

이밀이 답례하면서 말했다.

"이룬 일도 없는 저에 대하여 형께서 그렇게 말씀하시니 부끄럽습니다."

노인이 왕당인을 불러 가지고 안으로 들어가더니 음식을 풍성하게 차려 내왔다.

---

2 왕당인(王當仁, 생졸년 미상) – 隋末 民란, 起義軍의 우두머리, 당시 양씨는 멸망하고 이씨가 흥기한다는 참언을 믿고, 이밀(李密)을 추종했다. 이밀이 와강군(瓦崗軍)의 수령일 때, 부하로 활약했다.

노인은 술병을 들고 말했다.

"너무 구석진 시골이라서 영웅분을 대접할 것이 별로 없습니다."

"천만에요, 폐를 끼쳐서 죄송합니다."

자리를 정하고 앉자, 왕백당이 왕당인한테 물었다.

"형은 그간도 무슨 일을 하셨소? 어딜 주로 다녔소?"

"저는 부평초처럼 천지사방을 돌아다녔지만 이 한 몸 의탁할 데를 끝내 찾지 못했습니다."

그러자 이밀이 다시 물었다.

"그래도 왕형은 어디에서 주로 계셨습니까?"

"가까이로는 장금칭과 고사달을 따라다녔고, 멀리로는 손선아(孫宣雅)[3]와 노명월(盧明月)[4]을 따라다녔는데, 모두가 성(城)을 차지하고 있었습니다. 그러나 아직 큰 적을 만나지 않았기에 목숨

---

3 손선아(孫宣雅, 생졸년 미상) - 발해(渤海, 今 山東省 陽信縣)人, 隋末 農民(농민) 起義軍(기의군)의 영수(領袖) 한때 무리 10여 만을 거느리며 '제왕(齊王)'을 칭했다. 왕박(王薄), 학효덕(郝孝德)과 한패였고, 장금칭(張金稱), 고사달(高士達)과 연합하며 河北(하북) 일대에서 활약했다. 그 이후는 미상.

4 노명월(盧明月, ?-617년) - 隋朝(수조) 말년 지방 반란세력의 영수. 탁군(涿郡, 今 河北省 중남부 涿州市) 출신, 양제 大業 10년(614) 起兵 반란 - 관군 장수타(張須陀) 대군과 대치 - 秦叔寶(진숙보), 羅士信(나사신) 등의 공격으로 노명월은 대패했다. 한때 40만을 옹유했다가 수조 왕세충(王世充)의 공격을 받아 대패, 참수되었다.

을 부지하는 형편이었습니다. 그런데 여러 형들은 어디서 오시고, 또 어디로 가시는 길인지요?"

왕백당은 이밀 등이 죄를 범하고 압송되던 중에 객점에서 계책을 짜서 도주한 일을 자세히 이야기해 주었다.

"듣자니, 6일 전에 양군 백주촌 진가점(陳哥店)에서 어떤 사람들이 몽혼약을 술에 타서 7, 8명의 압송 관병들을 잠들게 하고는 4명의 죄인과 도망쳤다고 하더군요. 뿐만 아니라 객점 주인까지 사라졌다고 합니다. 지방에서 관가에 알려 체포령까지 내렸다고 하는데, 그 사람들이 바로 형들이었군요. 그런데 도대체 어디로 가실 작정입니까?"

왕백당이 와강에 모여 거사를 의논하자는 책양(翟讓)의 청탁을 받아, 이밀과 함께 가고 있다는 사연을 이야기했다.

그러자 왕당인이 말했다.

"만일 형님들께서 거사하신다면 저도 무능하지만 끝까지 따르겠습니다."

노인이 잔을 들고 말했다.

"자, 호걸 여러분은 잔을 듭시다. 그리고 이 늙은이가 한마디 여쭐게 있습니다."

"어서 말씀하십시오."

"이 늙은이에게 딸 하나가 있는데, 이름을 설아(雪兒)라고 합니다. 올해 열일곱 살인데 아직 혼처를 정하지 않았습니다. 어릴 때부터 길쌈 같은 여자 일에는 전혀 흥미가 없었고, 문장 공부와 글씨 쓰기만을 즐겼습니다. 또 그런대로 민첩하고 영리하여 음률에도 통했습니다. 딸아이가 오늘 공자님을 모시려는 뜻이 있는 것 같은데, 이공의 의향이 어떤지 모르겠습니다."

그러자 이밀이 말했다.

"어르신의 큰 은덕을 입었습니다만, 저 이밀은 천하를 집으로 삼아 떠돌아다니는 몸이라서 처자를 거느리거나 돌볼 겨를 이 없습니다."

"그건 잘못된 생각입니다. 자고로 가실(家室)이 없는 영웅호걸은 없었소. 진(晉) 문공(文公)[5]은 적씨(狄氏) 여인을 언약(言約)한 지 10년 만에 데려갔고, 자신을 도와주었던 제(齊)나라 여인과는 5년이나 헤어져 있다가 나중에야 만나 부부가 된 이야기는 모두 아름다운 이야기(佳話)로 전해오고 있습니다. 나의 딸애가 여러분이 오신 뒤에 안채에서 화려한 옷으로 갈아입는 것을 보고서, 나는 아이의 뜻을 알았고 그래서 말씀을 드린 것입니다."

일행은 처음 본 소녀가 노인의 딸임을 알았다.

그래서 모두 이밀에게 적극 권유했다.

"어르신의 뜻을 사절하지 마오."

---

5 晉 文公(재위 前 636−628년)−姬姓, 晋氏, 名 重耳. 晋(진) 獻公(헌공)의 아들. 춘추 오패 중 두 번째. 趙衰(조최), 狐偃(호언), 賈佗(가타), 先軫(선진), 魏武子(위무자, 魏國 先祖), 介之推(개지추)의 보좌를 받아 春秋 오패(五霸)의 한 사람. 晉 강성의 토대를 마련. 뒷날 三晋(越國, 魏國, 韓國) 성립의 토대가 이때 형성되었다.

그러자 왕당인도 말했다.

"이형이 혼약의 증표를 남겼다가 편한 기일에 와서 제 동생을 데려가면 될 것입니다."

그러자 이밀은 자신의 허리띠에 매고 다니던 옥환(玉環)을 풀어 노인에게 올렸다. 노인이 이를 가지고 들어가더니, 설아가 머리에 꽂던 작은 금비녀를 가지고 나와서 이밀에게 주었다.

"이제 딸애의 일생이 공에게 달렸네. 난 다른 부탁은 없네. 하룻밤만 이곳에서 머물고 내일 아침 일찍 떠나게."

세 사람은 노인과 조카의 권유를 거절할 수가 없어서 하룻밤 묵어가기로 했다. 그들은 이튿날 새벽 오경에 일어나서 작별했고, 노인과 왕당인은 2, 3리나 나와 전송하였다.

헤어질 때 왕당인이 이밀에게 말했다.

"저도 지금 따라가고 싶은 생각이 간절하지만 두 동생이 아직 돌아오지 않았기에 떠날 수가 없소. 둘 중 한 사람만 돌아온다면 즉시 와강으로 찾아가겠습니다."

여러 사람은 서로 눈물을 흘리면서 작별하였다. 마치,

사나이가 뜻을 얻지 못하면, (丈夫不得志,)
눈송이처럼 떠돌게 된다. (漂泊似雪泥.)

이밀이 와강에 와서 책양(翟讓)과 만나 봉기하는 이야기는 잠시 미룬다.

내호아 총관의 선봉이 되어 꾀를 써서 패수(浿水) 지역을 확보한 진숙보는 은밀히 요하를 건너 평양 근처까지 진입하여 적장인 을지문례(乙支文禮, 인명 미상)를 죽였다.

내총관은 이 같은 사실을 자세히 상주하였다. 그러면서 육로로 대군이 당도하면 평양을 협공해서 고구려 국을 멸망시키려고 준비하고 있었다. 황제가 소식을 듣고 너무도 기뻐서 칙령을 내려 칭찬했고, 내호아를 국공(國公)에 봉하고 진숙보를 응양위(鷹揚衛)로 승진시켰다. 그런 다음 총수 우문술과 우중문은 속히 군사를 거느리고 압록강을 건너가서 내호아와 협력하여 정벌하라는 칙령을 내렸다.

고구려 국 모신(謀臣) 을지문덕(乙支文德)[6]은 우문술과 우중문이 이익을 탐내는 속물들이라는 사실을 알았기에, 주옥(珠玉), 인삼(人蔘), 명마(名馬), 담비털(貂皮) 등을 두 몫으로 나누어 가지고 가서 거짓으로 투항하겠다는 뜻을 전달했다.

우문술은 그것을 진짜로 믿고 투항을 받아들이면서, 고구려 왕이 스스로 자신을 포박 지은 채, 관을 싣고서 수레를 타고 투항하

---

6 을지문덕(乙支文德, 생졸년 미상)—문무쌍전(文武雙全)의 장군, 정치가. 高句麗(고구려) 재상 역임, 영양왕 재위 중인 612년 살수대첩으로 隋軍 격퇴. 을지문덕이 우중문에 보낸 시 〈遺隋將宇仲文〉의 시 「神策究天文, 妙算窮地理. 戰勝功旣高, 知足願云止」는 우리나라에서 전하는 가장 오랜된 漢詩(한시)이다.

되, 고구려의 지도를 헌상하라고 요구하였다.

그런데 을지문덕이 거짓으로 본영을 떠나 오다가 중도에서 진을 치고 수나라의 수륙 양군의 연계를 단절하리라고는 아무도 알지 못했다. 을지문덕이 우문술을 만나고 돌아간 뒤에야 거짓 투항을 알게 된 우문술을 급히 두 아들 우문화급(宇文化及)과 우문지급(宇文智及)을 불러, 선봉으로 삼아 을지문덕을 추격케 했다.

을지문덕은 거짓으로 전세에 밀리는 척하면서 수나라의 군사를 백석산(白石山, 위치 미상)으로 끌어들였다. 우문화급 형제가 뒤쫓아가자 사방에서 복병이 달려들면서 포위 공격해 왔다.

한창 싸우는데 북소리가 울리더니 수풀 속에서 '진(秦)' 글자가 쓰여진 붉은 깃발이 휘날렸다. 앞에 선 장수는 흰 전포(戰袍)에 은빛 투구를 썼는데, 양손에는 두 자루의 쇠 채찍을 휘두르면서 고구려 군사들의 진지에 들어가 좌충우돌했다.

고구려 군사들이 산 계곡으로 흩어져 달아났다. 을지문덕은 우문화급을 내버려둔 채 진숙보와 싸웠다. 그러나 이미 싸움에 지쳤는지라 숙보를 당해낼 수가 없었다. 그래서 금색의 투구를 벗어버리고 사졸의 무리에 섞여 도망쳤다.

숙보는 황금빛 투구를 전리품으로 획득하였고, 또 적을 죽여 많은 수급을 노획하여 내(來) 총관에게 승리했다는 첩보를 올렸다. 우문화급도 숙보를 훌륭한 장수라고 칭찬하면서 덕분에 포위를 벗어날 수 있었다고 말했다.

그런데 한 장수가 우문화급에게 귀띔을 해주었다.

"나으리, 저자는 우리 가문의 원수입니다."

우문화급은 깜짝 놀랐다.

"원수라니? 왜 원수란 말이냐?"

"예전에 장안에서 등불놀이 때, 저 진숙보가 공자님을 때려죽였습니다."

"과연 그렇구나. 옷차림은 달라도 용모는 그때 그려둔 그림과 똑같고 병기도 틀림없구나."

우문 형제 두 사람은 본영으로 돌아와서 우문술에게 이런 일을 알렸다.

"그 자가 지금 내총관 수하에 있으니 어떻게 원수를 갚을 수 있겠나?"

그러자 우문지급이 말했다.

"저한테 계책이 있습니다. 내일 부친께서 그 자에게 은자 1백 냥을 상으로 하사하면 그 자가 찾아와서 사례를 할 것입니다. 전번 싸움에서 그 자가 을지문덕의 금빛 투구를 얻었으니 평소에 오랑캐와 내통했으며, 또 금빛 투구를 받고 적장을 놓아 주었다는 죄명을 씌우면서 즉석에서 목을 벨 수가 있습니다. 그 자를 죽인 다음에 내호아가 알았다 하더라도 그와 부친은 같은 신하이니, 이미 죽은 사람 때문에 왈가왈부하지 못할 것입니다."

"네 말에 일리가 있다."

이튿날, 우문술은 기패관을 진숙보의 진영에 보내서 협전하는데 공을 세웠다고 상으로 은자 백 냥을 전하게 했다. 숙보는 은 여덟냥만 남겨두고 나머지는 쇠고기와 술을 사 먹으라고 몽땅 부하들에게 내주었다. 숙보는 우문술과 자기 사이에 옛날에 알력이 있었다는 사실을 알고 있었지만, 우문술이 자신을 기만하여 죽이려 한다고는 생각하지 못했다.

하지만 상을 받고 인사를 하지 않을 도리가 없었다. 다음날, 숙보는 주맹(朱猛)을 남겨서 본영을 지키게 하고 조무(趙武)와 진기(陳奇) 두 장수를 데리고 우문술의 본영으로 답례하러 갔다.

그때 수나라 군사들은 백석산에 진을 치고 있으면서 평양을 칠 계책을 의논하고 있었다. 우문술이 직접 사람을 보내 위로하면서 포상했기에, 숙보는 먼저 우문술의 본영으로 찾아갔다. 군문에 이르러 알리니 기패관이 달려나왔다.

"진선봉께서는 군장을 벗고 만나셔야 한다고 원수께서 명령하셨습니다."

사실 우문술은 군장 차림의 진숙보를 만나기 두려웠다. 그래서 갑옷을 입고 보검을 지닌 사람은 우문술을 만날 수 없다고 거짓말을 전달하게 했다.

숙보는 단순 정직한 사내였다. 예의로 우문술을 대하려고 군장을 벗고 관과 띠를 바꾸고 장막 안으로 들어갔다.

우문술이 상좌에 앉았고 양옆에는 두 아들이 있었다. 아래에는 많은 장수들이 서있었는데 모두가 갑옷에 투구를 받쳐쓰고 있었다. 숙보와 조무는 가까이 다가가서 인사를 하고 공문을 올렸으나 우문술은 본체도 않고 소리쳤다.

"네가 쇠로 만든 쌍간을 쓴다는 진숙보냐?"

"그렇습니다."

"저 놈을 묶어라!"

고함소리와 함께 장막 뒤에서 포박수들이 달려 나와 숙보를 묶으려고 달려들었다. 숙보는 용감했지만 중과부적이었다. 그러나 그의 힘을 당할 자가 없었기에 포박수들이 땅바닥에 뒹굴었고 포승 줄이 몇 번이나 끊어졌다.

"나한테 도대체 무슨 죄가 있는가?"

숙보는 계속 소리쳤다. 조무와 진기 두 장수는 땅에 꿇어앉아 애걸했다.

"진선봉께서는 수차례나 큰 공을 세워서 내총관의 총애를 받는 인재입니다. 원수님한테 어떤 죄를 지었는지는 몰라도 너그럽게 용서해 주십시오."

"저 놈은 이국 땅에 주둔하면서 적들과 내통했다. 전일에는 금빛 투구를 받고 을지문덕을 도망치게 했으니 그 죄를 용서할 수 없다."

조무가 말했다.

"전투 중에 노획한 투구를 나으리한테 바쳤습니다. 용장을 의심해서 해친다면 군심(軍心)을 소란케 할 것입니다. 내총관의 면목을 보아서라도 용서해 주십시오."

우문지급이 말했다.

"네가 참견할 일이 아니니다. 너의 죄는 용서해 줄 테니 썩 꺼져라."

두 장수는 천막 밖으로 쫓겨나왔다.

조무는 급히 본영에 돌아가 정예 군사를 이끌고 와서 겨루려는 마음을 먹고 진기한테 말했다.

"자넨 여기서 동정을 살피고 있게. 나는 곧 돌아오겠네."

조무는 말을 타고 나는 듯이 달려갔다.

숙보는 계속 버티면서 억울하다고 토로했다.

"충신을 죽이는 것도 국법에 맞느냐?"

두 시간 동안이나 실갱이를 했지만 숙보를 묶을 수가 없었다. 우문지급이 화가 치밀어 소리쳤다.

"그 자를 죽여라!"

그러나 우문술이 제지시켰다.

"반드시 법도에 맞게 처형해야 한다. 끌어내다가 목을 베라."

그리고 군정사마(軍政司馬)에게 판자에 진숙보의 범죄 사실을 쓰라고 말했다. 판자에는「적군과 사통하여 적장을 방면하고 군사 기무를 위반했기에 진경(秦瓊)을 참수한다.」라고 기록케 했다. 그런 죄명을 숙보의 목에 걸어서 끌어내려고 반나절 가까이 시간을 끌었다. 그렇더라도 우문화급은 본영에 있는 장수들 모두가 자기 가문 사람들이고, 또 진숙보가 죄를 승인하지 않으니 사실대로 말했다.

"진숙보, 너도 사내 대장부가 아니냐. 인수(仁壽) 4년 정월 보름 등불놀이 하던 밤에 있었던 일을 잊지 않았겠지? 오늘 우리 부자의 손에 걸렸으니, 너는 살아날 길이 없다."

그말을 듣자, 숙보는 자리에서 뛰쳐 일어났다.

"그래? 그런 까닭으로 나를 죽이려는가? 그때 나는 백성을 위해 해악을 제거했을 뿐이다. 오늘 아들의 원수를 갚으려 하니 내 목숨을 내놓겠다. 다만 부모님의 은혜에 보답하지 못하고 고구려를 평정하지 못하고 죽는 것이 한스러울 뿐이다. 자! 내 목을 베라!"

진숙보는 당당하게 우문술의 본영을 걸어나왔다.

한편 자기 군사를 데리러 간 조무는 연속 말에 채찍질을 했으나 제 시간에 당도할 것 같지 않았다. 그런데 2, 3리를 못가서 마주 달려오는 한 무리의 군사를 만났다.

내(來)와 주(周) 총관 두 사람이 우문술과 우중문 대장군을 만나러 가는 길이라고 했다. 내총관의 군사라는 말을 듣자, 조무는 중군(中軍)으로 말을 달렸다.

내총관 앞에 와서 말에서 서둘러 내려와 총관에게 말했다.

"선봉 진숙보가 우문술의 속임수에 넘어가 곧 살해당하게 되었습니다. 나으리께서 빨리 구해주십시오."

내총관이 듣고 물었다.

"무슨 연고로 우리 장수를 죽인단 말이냐? 어서 길을 안내해라."

조무가 앞에 가고 내총관이 뒤를 따랐다. 부하와 장수들이 벌떼처럼 달려가다가, 성큼성큼 걸어나오는 진숙보와 뒤를 따라나오는 진기를 만났다.

조무가 급해서 고함쳤다.

"가지 마시오! 내총관께서 오셨습니다."

조무의 말이 끝나기도 전에 내총관이 당도했다. 내총관의 안색이 순간에 변했다.

"무슨 연고로 나의 장수를 죽이려 하는가?"

총관은 부하들에게 분부했다.

"어서 풀어라!"

조무와 진기가 내총관을 믿고 달려가서 진숙보의 포승을 풀었다. 내총관이 화를 내니 우문술의 부하들도 감히 나서지 못했다.

처음에는 비분강개하여 죽이라고 소리치던 숙보도 지금 원군을 얻으니 순순히 끌려가지 않았다. 내총관은 조무와 진기를 불러서 정예 군사 삼백을 거느리고 숙보를 본영으로 호송해 가게 한 뒤, 자기가 주관하여 처리하려고 했다. 그는 시비를 캐려고 우문술의 본영으로 곧장 들어갔다.

우중문과 여러 장수들은 내총관이 왔다는 말을 듣고 모두 나와서 인사했다. 그러는 사이에 주총관도 당도해서 함께 인사를 나누었다. 내총관이 진숙보를 돌려보낸 사실을 안 우문술이 변명하려고 먼저 말했다.

"노부(老夫)가 들은 바로는, 선봉장인 진경은 평양 근처에 주둔하면서 이적과 내통(內通)했다고 합니다. 나도 처음에는 믿지 않았습니다. 그런데 전날에 내 아들이 을지문덕을 사로잡으려는 순간에 진숙보가 을지문덕한테서 금빛 투구를 받고 도망치도록 눈감아주었다고 합니다. 지금 대군이 금방 도착해서 진지도 안정되지 못했는데, 그가 내통해서 고구려 군사들이 습격하게 되면 그 피해가 적지 않을 것이라고 생각합니다. 그래서 계책을 짜서 뱃속의 우환 덩어리를 없애버리려고 했소. 다만 군사비밀이어서 노장군께 알려드리지 못했을 뿐입니다."

내총관이 웃으면서 말했다.

"우문대인은 진숙보가 싸우지 않았다고 하지만, 고구려의 많은 성을 그가 격파했습니다. 그 사람이 적과 내통한다고 했는데, 무슨 근거라도 있습니까? 돈을 받고 놓아주려고 했으면 압록강에서 벌써 풀어주었을 겁니다. 노획한 금빛 투구로 지금 전공을 신청하고 있습니다. 무릇 관직에 있는 일개인의 정력이 도대체 얼마나 됩니까? 반드시 현명한 인재를 찾아서 힘을 합해야지 않겠습니까? 대장군께서 진숙보를 죽인다면 현능한 사람을 질투해서 죽인다는 말을 듣지 않겠습니까? 나와 대인은 각각 군사를 거느리고 있는데, 대인께서 나의 장수를 죽인다면 남의 권한을 침해하고 망령되이 사람을 죽인다는 평가를 받지 않겠습니까?"

자기의 죽은 아들에 대한 복수심으로 진숙보를 죽이려 했던 본심을 털어 놓을 수도 없는 우문술은 할 말이 없었다. 우중문과 여러 사람들이 우문술에게 권고했다.

"우문대인께서 지나치게 의심하셨기에 대인한테도 알려드리지 않았습니다. 다행히도 진숙보가 신체를 훼상하지 않았고, 또 동심협력해서 고구려를 정벌해야 할 때이니 일단은 두 분이 화목하게 지내셔야 합니다."

그들은 술상을 차려서 화해하려고 했다. 내총관은 여러 사람들의 체면을 세워주려고 억지로 몇 잔 마시고 주총관과 함께 돌아왔다. 내총관은 우문술이 다시 구실을 만들어서 진숙보를 해치려 할까 걱정이 되어 무모공(武慕功)을 선봉으로 삼고, 숙보를 해구(海口)에 주둔시켰다. 우문술과 우중문은 식량과 군수물자를 계속 공급받을 수가 없어서 을지문덕의 가짜 투항서를 받은 사실조차 내총관한테도 알리지 않은 채 철병했다.

패수까지 철수해오자, 고구려의 각 성(城)이나 진(鎭)에서 군사가 퇴각하는 수나라 군사를 자주 추격하고 또 기습을 계속했다. 우둔위대장군 맥철장(麥鐵杖)[7]은 전사하였다. 왕인공(王仁恭)과 설세웅(薛世雄)은 거느린 군사의 절반이나 잃어버렸다. 유독 위문승(衛文升)의 부하와 군마들만이 손실이 크지 않았다. 그밖의 여러 군영에서는 장졸이 열에 하나도 살아남지 못했다. 군사들이 요동까지 도망쳐 왔다는 소식을 듣자, 황제는 노발대발했다.

---

7 맥철장(麥鐵杖, 538－612년, 原名 麥饒豐)－結交朋友하며 重 信義하며 하루에 5백 리를 달려갈 수 있다는 사람 陳朝와 隋朝의 大將軍. 楊素를 따라 돌궐 정벌에 유공. 高句麗 원정에서 戰死(전사)했다.

그러면서는 맥철장 등을 사적으로 편애하여 구휼하였지만, 감군(監軍) 책임을 진 유사룡(劉士龍)을 처형하였고, 우중문(于仲文)을 투옥시켰다. 그리고 우문술 등은 직위를 강등 또는 삭직(削職)시켰다. 그리고 위문승을 승진시키고 상을 주었다.

이때 우문술은 자기 일 때문에 골머리를 앓다 보니 진숙보를 해치려는 음모를 꾸밀 여가가 없었다. 뒷날 우문화급이 강도(江都)에서 양제를 살해할 때(618년), 내총관의 가족 전부를 살해했는데, 이는 진숙보를 구해준 데 대한 앙갚음이었다.

육군이 퇴각하자 내총관은 후군을 전군(前軍)으로 삼아 주(周) 총관이 인솔케 하고, 내총관 자신은 중군을 거느리고 진숙보를 후군으로 삼아 귀국케 했다. 깃발을 꽂고 북을 울리면서 포성과 함께 출범했다.

고구려는 진숙보한테 두 번이나 타격을 받았기에 감히 추격하지 못했다. 그래서 군마가 모두 무사히 귀국할 수 있었다.

등주에 도착한 진숙보는 총관을 찾아가 사직하려고 했으나 내총관이 만류했다.

"선봉은 패수(浿水)에서 큰 공을 세웠고, 또 들리는 말에 의하면 낭장(郎將)을 겸임할 것이네. 지금 회군해서 공훈을 천거하면, 선봉이 공훈의 첫째를 차지할 것이야. 그러니 급히 돌아가려고 서둘지 말게."

"저는 어머님을 모셔야 하기에 공명(功名)에는 뜻이 없습니다. 그간도 총관께서 극진히 보살펴주셨으니 그 은혜에 보답하려 했을 뿐이지 작위나 상을 받으려는 생각은 없었습니다. 총관 나으리께서 돌봐주실수록 우문술의 의심은 더 커질 것입니다. 그리고 산동 일대에는 도적 무리가 횡행한다기에 집 생각이 더욱 간절하오니 은총을 베푸셔서 저의 귀향을 허락해 주시기 바랍니다."

내총관은 숙보의 요구가 너무나 간절하기에 그에게 제주절충도위(齊州折衝都尉)를 겸임시켰다. 이는 숙보를 영예롭게 귀향시키자는 의도였으며, 또 향리(鄕里)를 잘 다스리게 하려는 배려라고 할 수 있다.

내총관은 군중에 분부하여 은자 80냥을 내다가 양고기와 술을 사주었고, 또 자신의 은자 2백 냥과 채색 비단 8필을 선물로 주었다. 여러 부장들도 숙보에게 송별 선물을 가지고 와서 배웅했다. 숙보도 일일이 찾아다니면서 작별 인사를 했다.

출전할 때는 처자가 슬퍼했지만, (去時兒女悲)
개선 귀가에 모두가 풍악 울리네. (歸來笳鼓競)

숙보는 곧장 집에 돌아와서 어머니를 뵈었다. 아내 장씨가 그간 몰라보게 자란 아들 회옥(懷玉)을 안고 나와 인사를 올렸다. 의형제 동생인 나사신(羅士信, 600－622년, 37회 주석 참고)도 숙보에게 인사를 올렸다.

숙보는 고구려에서 공을 세운 이야기를 하고 나서 우문술 부자가 자신을 어떻게 해치려 했으며, 내총관께서 어떻게 구해주었는가를 이야기했다. 그리고 내총관이 응양부에 공문을 내려 제주에서 관리가 되도록 해주었다는 말도 자세히 들려주었다. 모친과 식구들은 기쁨을 금치 못했다.

이튿 날, 숙보는 성 안에 들어가서 군승(郡丞)인 장수타에게 감사 인사를 했다. 숙보가 출정하는 동안 장수타는 갖가지 물건을 보내주면서 숙보 모친을 위로했었다.

숙보가 돌아오니 합심해서 도적 무리를 치고 제로(齊魯) 지역의 치안을 안정시킬 수 있었고, 벗들이 다시 모이게 되어 모두들 기뻐했다. 숙보는 길일을 택해서 응양부에 나아가 취임한 뒤, 어머니와 아내를 아문으로 이사시켰다.

나사신의 용맹을 잘 알고 있는 장수타는 그를 교위로 임용하고 조석으로 사졸을 훈련시키게 했다. 이때부터 세 사람이 협력했다. 또 당만빈(唐萬份)과 번건위 두 사람도 함께 협력하여 장백산(長白山)[8]의 도적 무리인 왕박(王薄)과 평원현(平原縣)의 도적인 학효덕(郝孝德),[9] 손선아(孫宣雅)와 배장재(裵長才)를 죽였고, 그들을 따르던 오합지졸인 약 20여만 명을 역시 몇몇 사람들과 합심해서

8 장백산(長白山, 古名 불함산 不咸山, 太白山)－중국에서는 우리나라의 백두산(白頭山)을 지칭한다. 그러나 여기 장백산은 중국 山東省(산동성) 태산 동북 章丘縣(장구현)의 山名(산명).

9 학효덕(郝孝德, 생졸년 미상, 郝은 성씨 학, 고을 이름 학)－隋末 農民 起義軍의 수령. 平原(今 山東省 平原) 출신. 양제 大業 9년(613년)－황하 북쪽에서 주로 활동. 뒷날 수 관군 장수 장수타에게 패배하여 와강군에 합류하였고, 서제적과 함께했다. 평원공을 자칭했다.

섬멸해 버렸다. 또한 탁군(涿郡) 노명월(盧明月)도 무리 1, 2만 명을 거느리고 있었는데, 역시 숙보와 장수타, 나사신 등의 계책에 걸려 패망해 흩어졌다.

이로부터 산동(山東)과 하남(河南), 회서(淮西) 일대의 도적 무리들은 진숙보와 장수타의 이름만 들어도 간담이 서늘해지게 되었다. 승전보가 연속 상주되자, 황제는 장수타를 제주통수로 발탁했고, 산동과 하북십이도의 포토대사(捕討大使)에 임명하였다.

숙보는 우위장군으로 승진되어 제주 응양부의 일을 도와 관리하였고, 동시에 낭장으로 도적 잡는 일을 총괄하게 되었다. 가히,

> 적에 맞서 만여 명을 죽이니, (臨敵萬人廢)
> 온 천하에 이름을 날리도다. (四海盡名揚)

여기서 이야기는 다시 두 갈래로 나뉜다.

이밀과 왕백당, 그리고 병원진 세 사람은 왕당인과 그 숙부 왕씨와 헤어진 뒤에 이밀이 백당에게 물었다.

"백당 형! 책양 휘하의 병마는 제법 많지만 그래도 앞장서서 적을 격파할만한 장수는 적다고 합니다. 진숙보 형과 선웅신 형은 우리와 결의형제로 생사를 함께하기로 결심했으니, 그들에게 우리 소식을 알려서 우리와 합세하게 하면 더 좋지 않겠습니까?"

그러자 왕백당이 대답했다.

"지금 숙보 형은 군사를 거느리고 외지에 있고, 웅신 형은 고

향 집을 지키고 있는데 웅신 형이 장원을 버리고 우리 패거리에 가담하겠습니까?"

"제가 보건대, 이곳엔 우리가 물색할 사람이 더는 없습니다. 형과 원진 형은 먼저 와강으로 가고, 나는 웅신 형네 집으로 찾아가는 게 좋을 것 같습니다. 난 어떤 일이 있더라도, 선웅신 형을 설득해서 데려오고 싶습니다. 그래야만 평소의 우정을 잊지 않고 지키는 것 아니겠습니까?"

왕백당은 이밀의 의견에 찬동했다.

"그럼 열흘을 기한으로 잡읍시다. 열흘이 지나도 형이 오지 않으면 난 웅신 형네 집으로 찾아가겠소. 길에서 조심해야 합니다. 시일을 지체시키지 말고, 또 소홀히 처신하지 말아야 합니다."

"형께서 당부하지 않아도 저는 잘 알고 있으니 안심하십시오."

이밀은 행장을 수습하고 왕백당 병원진과 갈라져서 길을 떠났다. 왕백당과 병원진은 2, 3일 더 걸어서 와강산에 도착했다. 책양은 출병하고 산채에 없었다. 서무공(徐懋功, 서세적)과 이여규(李如珪)가 본영에 남아있다가 왕백당을 맞이하고 병원진과 인사를 나누었다.

"이밀 형은 왜 오지 않았습니까?"

왕백당은 백주촌 진가점에서 몽혼약으로 호송하는 관군들을 쓰러눕히고 네 사람이 도망쳤는데, 위복사와 양적선은 다른 길로 헤어진 사정을 이야기하고, 이밀은 선웅신과 함께 산채에 가담하려고 그를 찾아 노주로 돌아갔다는 이야기를 했다. 그러자 서무공이 탁자를 치면서 말했다.

"아하! 일이 또 잘못 돌아갑니다. 자칫하면 이밀 형이 또 걸려들겠군."

왕백당이 깜짝 놀랐다.

"그건 무슨 말이오?"

"일전에 내가 사람을 띄워 숙보 형의 회답 편지와 와강에 와서 모의하자는 책양 형의 서신을 함께 보냈습니다. 그러나 뜻밖에도 그가 두건덕의 딸을 데리고 요양(饒陽)으로 가야 한다는 회신을 보내면서 심부름꾼한테는 요양에서 돌아오는 길에 와강산에 들르겠다고 말하였답니다. 그렇다면 선웅신은 지금 자기 집에 없을 것이요. 그러니 이밀이 홀로 외롭게 돌아다니다가 의외의 일이 생기지 않으리라고 누가 장담할 수 있겠습니까?"

그때 마침 제국원이 군량과 마초를 운반해 왔고, 함께 인사를 나누었다.

서무공이 제국원에게 말했다.

"하룻밤 푹 쉬고 내일 오경에 백당 형, 그리고 이여규 형과 함께 용맹한 장교 네댓 명을 거느리고 객상 차림으로 병기를 감춰 가지고 노주의 이현장으로 떠나야겠소. 이현장에 간 이밀을 빨리 찾으면 다행이겠지만, 만약 이밀에게 나쁜 일이 있어 농락당했다면 한바탕 싸워야 할거요! 싸움이 붙으면 나도 인마를 거느리고 가서 호응할 것이요!"

뒷일이 어떻게 되는지 알고 싶다면, 다음 회를 읽어 보시라.

제42회

은자를 탐낸 첨기선은 목숨 잃고, 계략에 걸린 선웅신은 집을 잃다.(貪賞銀詹氣先喪命, 施絶計單雄信無家.)

시로 읊기를, 詩曰,

천 리 길 백랑산에 많은 깃발 꽂혔고, (白狼千里揷旗旗)
피폐한 중원 땅은 멀리 황폐해졌다. (疲敝中原似遠夷)
혹독한 부역에 일하는 농부 없고, (苦役無民耕草野)
빈틈 노린 도적은 황지서 일어났다. (乘虛有盜起潢池)
산간의 사나운 반군 농촌 호랑이요, (憑山猛類向隅虎)
늪지대 악한은 길을 막은 큰뱀이다. (嘯澤凶同當路蛇)
연산에 공적을 새길 날은 언제련가? (勒石燕山竟何日)
백성을 곤경에 몰아 유랑민 되었다. (總教百姓困流離)[10]

---

10 백랑산(白狼山, 一名 白鹿山) – 今 遼寧省 建昌縣의 산명. 主峰은 해

사람이 하는 일은 언제나 이리저리 꼬이게 마련이고, 이합(離合)과 집산(集散)은 언제 있을는지 누구도 알거나 짐작도 못한다. 그렇더라도 평소에 살면서 인정과 의리 – 이 두 가지를 지켰다면 남들이 믿을 수 있다고 생각하거나 아니면 남을 감화시킬 수도 있다.

그래서 그런 사람을 위해서라면 아무리 어려운 일도 거절하지 않는다.

이밀은 왕백당과 병원진과 헤어지고, 3, 4일을 걸어서 노주의 경계 지점에 이르렀다. 아직 40여 리를 더 가야 이현장에 도착할 수가 있었다.

그날, 이밀은 무사 차림으로 급히 마주오는 한 사람을 만났다. 그 사람은 이밀을 눈여겨보더니 다가와서 인사를 했다.

"이(李) 나으리께서는 어디로 가십니까?"

이밀은 가슴이 철렁 내려앉는 것 같았다. 그 사람은 양현감(楊玄感)의 휘하에 있던 첨기선(詹氣先, 詹은 이를 첨. 至也, 여기서는 성씨)이라는 사람이었다. 이밀은 아예 모른척 할 수가 없어서 간단

발 1,140m. 후한 建安(건안) 12년 조조가 원소의 아들 원희와 오환족의 연합군을 격파하며 포로 20만을 잡았다.

황하(潢河, 潢은 웅덩이 황)는 淮水(회수)의 지류 이름. 연산(燕山)은 북경 북쪽의 산맥 이름. 내몽고 지역과 자연 경계선. 주봉인 무령산(霧靈山)은 해발, 2,116m.

히 대답했다.

"친구를 찾으러 가네."

"일은 순조롭게 해결되었으니 축하드립니다."

"다행히도 이(李) 총사(總使)의 도움으로 화를 면했네. 자네는 지금 어디를 가는가?"

"저는 친척을 찾으러 왔습니다."

첨기선이 한사코 술집으로 끌었으나 이밀은 완강히 사절하고 헤어졌다. 첨기선은 양현감이 패전하자 관군에 귀순한 뒤, 노주부에 들어가 도적 체포를 전담하는 포쾌도두(捕快都頭)가 되었다. 이밀이 떠나가자, 첨기선은 머리를 굴렸다.

'저 도적 놈이 양현감의 막부에 있을 때에는 우쭐대더니, 이젠 저 꼬라지가 되어 거짓말을 꾸며대는구나. 방금 술집에 꾀어 가지고 돌아가서 잡으려고 했는데, 한사코 거절하니 놓쳐버리고 말았지만 몰래 뒤를 밟아야겠다. 행방을 탐문해서 관가에 체포할 수 있다면 쉽게 공을 세우고 상금을 타겠지. 이런 장사를 남한테 뺏길 수는 없지!'

그는 급히 아는 친구를 불러서 이밀을 미행하게 했다. 첨기선을 만나 대답을 얼버무리고 난 이밀은 두렵고 당황한 심정으로 이현장을 향해 걸음을 재촉했다.

이미 날이 어두워서 선웅신의 저택인 이현장의 대문은 잠겨져 있었고 정원은 조용했다. 이밀이 두세 번 주인을 찾아서야 안에서 대답하며 등불을 들고 나와 문을 열어주었다. 이밀은 자주 선웅신네 집에 왔었기에 대부분 사람들을 알고 있었다.

하인이 대문을 열고 보더니 반기면서 말했다.

"이씨 나으리시군요, 어서 들어오십시오."

하인은 대문을 닫고 안으로 안내했다.

"주인장은 계시는가? 내가 왔다고 알려드리게."

"주인께서는 요양(遼陽)에 가셨습니다. 집사님을 불러오지요."

선웅신네 집에는 집사가 있었는데, 이름을 선전(單全)이라고 불렀다. 마흔살을 금방 넘긴 그는 충성스럽고 지혜로운 사람이었다. 어릴 때부터 선웅신의 부친 곁에서 자랐기에 선웅신은 그와 친형제처럼 지내면서 집안의 대소사를 그가 맡아서 처리하게 했다.

등불을 든 어린 일꾼을 앞세우고 선전이 나왔다. 일꾼은 등불을 탁상 위에 놓고 원래 것과 바꿔가지고 나갔다.

선전이 이밀을 보고 말했다.

"양씨(楊氏) 집에서 일으킨 거사가 실패한 뒤에, 관가에서는 나으리 얼굴을 그린 글과 체포령을 곳곳에 붙이고 잡으려 한다는 소식을 들었습니다. 그런데 어떻게 홀로 이렇게 오셨습니까?"

이밀은 전후 사실을 대충 이야기한 다음에 물었다.

"선원외(單員外)께서는 무슨 일로 요양을 가셨는가?"

"원외께서는 두건덕 나으리의 심부름꾼과 함께 두씨의 따님을 데리고 가셨습니다. 전에 데려다 주겠다고 대답한 일이 있기에 그의 따님과 함께 가셨지요."

"언제쯤 돌아오신다던가?"

"요양에 가셨다가 와강(瓦崗)에 계시는 책(翟) 나으리한테 들린다고 하셨습니다. 책 나으리께서 전일 주인님을 초청하는 편지를 보내오셨습니다. 그때 원외께서는 두 아가씨를 데리고 요양에 가셨다가 돌아오는 길에 와강에 들른다고 하셨습니다."

"책 나으리와 원외께서는 옛 친구 간인가? 아니면 새로 사귄 친구 간인가?"

"책 나으리께서 몇 번 원외의 도움을 받으시고 결의형제를 맺었습니다."

"그런 영문이었군. 난 원외와 함께 와강으로 찾아가려고 왔는데 한발 늦었군."

"나으리께서는 노주 근처를 지나오시면서 혹 아는 사람을 만난 일은 없습니까?"

"친구는 만나지 못했지만, 전에 양현감의 도위로 있던 첨기선이라는 사람을 만났소. 양현감이 패전하자 그 사람은 관아에 귀부했는데, 지금 뭘 하고 있는지는 모르겠네. 만나니 아주 반가워하는 기색이더구만."

선전이 그 말을 듣자 눈썹을 찡그리면서 말했다.

"그랬습니까! 뒤편의 서재에 가셔서 다시 의논해 봅시다."

두 사람은 등불을 들고 길게 뻗은 복도를 따라 선웅신의 서재로 들어갔다. 선웅신은 절친한 친구들이 찾아오면 언제나 이 서재에서 쉬게 했다.

이밀이 들어서니 두 일꾼이 밤참을 가지고 와서 저녁상을 차리고 있었다.

"나으리께서는 천천히 드십시오. 저는 상의할 일이 있어서 밖에 나가 봐야겠습니다."

선전은 음식을 가지고 온 두 일꾼한테 분부했다.

"너희들은 마님한테 가서 뒷문 열쇠를 받아가지고 등불을 들고 나가 장원에서 일하고 있는 장정들을 전부 불러오너라. 내가 분부할 일이 있다."

선전은 분부하고 나서 안으로 들어갔다. 다른 집이었다면 이밀은 불안감과 당혹감을 금할 수 없었겠지만, 선웅신네 집이기에 마치 제 집으로 돌아오기라도 한 듯 시름을 놓을 수가 있었다. 이밀은 선웅신이 집에 없어도 집사가 모든 일을 원만하게 처리할 수 있다는 것을 알고 있었다. 우선 배가 고팠기에 안심하고 밤참을 먹었다. 상을 물리고 자리에서 일어서려는데, 선전이 들어와서 말했다.

"주인님이 안 계시니 제대로 대접하지 못해 죄송스럽습니다. 이씨 나으리의 침구는 안방에 폈습니다. 그런데 한 가지 여쭐 일이있습니다. 나으리께서 오시는 길에 만나셨다는 그 첨씨가 좋은 사람이라면 다행히 무사하겠지만 나쁜 놈이라면 오늘 밤에 무슨 일이 생길지 모릅니다. 아마 귀찮은 일이 있을 수도 있습니다."

이밀이 대답하기도 전에 일꾼이 달려와서 알렸다.

"집사님, 밖에 사람들이 찾아와서 부릅니다."

선전은 급히 밖에 나가 연루(煙樓)에 올라가서 내려다 보았다. 20여 명이 몰려왔는데 말을 탄 자도 두 명이나 있었다. 한 사람은 순검사(巡檢司)이고, 다른 한 사람은 낯모를 사람이었다. 급히 사람을 불러서 대문을 열고 일행을 집안에 들여놓으라고 분부했다. 선전도 10여 명을 거느리고 나갔다.

순검사는 선전을 알고 있었다.

"주인께서 댁에 계시는가?"

"서향(西鄕)에 다니러 가셨습니다. 순검사 나으리께서 밤중에 무슨 일로 왕림하셨습니까?"

순검사가 한 사람을 가리키면서 말했다.

"여기 첨도두가 칙명으로 지명된 죄인 이밀이란 자가 이 장원(莊院)으로 피신해오는 걸 봤다는군. 죄인 이밀은 조정에서도 아주 중시하는 죄인이니 우리와 힘을 합쳐서 잡아야겠네. 집사는 세상 물정을 아는 사람이니 집에 유무를 사실대로 말해주게."

"그게 무슨 말씀입니까? 저희 주인님은 이밀인지 뭔지 하는 사람을 전혀 모릅니다. 하물며 주인께서 집을 나가신 지가 4, 5일이나 되고 아직 돌아오시지도 않았습니다. 저희도 법도를 지키는 사람입니다. 낯모를 사람을 주인님도 없는데 받아들일 리가 없지요."

그러자 첨기선이 나서며 말했다.

"이밀이 노주에 들어온 걸 내가 눈으로 직접 봤단 말이야. 그래서 왕씨라는 친구더러 미행하게 했어. 그 친구가 여기까지 좇아와서 문을 두드리고 들어서는 것을 똑똑히 봤단 말이야. 그런데도 숨기려 하는가?"

그말을 듣는 순간 선전은 두 눈이 휘둥그래졌지만, 침착하게 말했다.

"그런 말을 누가 믿겠습니까? 그럼 낮에 거리에서 만났을 때는 왜 관가에 고하지 않고 내버려뒀습니까? 이밀이란 사람이 장원에 찾아와서 문을 두드리는 것까지 봤다는 데, 그때에는 왜 사람을 불러서 잡지 못했습니까? 그림자마저 없어진 지금에야 찾아와서 사람을 내놓으라고 하니 도대체 저희들을 보고 어쩌라는 겁니까? 저의 주인님도 떳떳한 사내대장부입니다. 남이 모함하는 걸 우습게 생각하실 겁니다."

첨기선이 더 따지고 들려다가 정원에 버티고 선 이십여 명 장정들의 분노한 눈길을 보자 움츠러들었다. 선전의 말을 들으면서 순검사는 선웅신을 섣불리 건드리지 못한다는 사실을 새삼스럽게 느꼈다.

순검사는 선웅신이 평소에 명절 때는 물론, 자주 예물을 보내주던 사람이니 그와 원수지간이 되려는 생각은 처음부터 없었다. 순검사는 대뜸 말투를 바꾸었다.

"본 지방과 관련되는 일이니 똑똑히 밝히자고 찾아와서 묻는 거네. 그런 사람이 오지 않았다면 시끄럽게 굴어서 미안하네."

순검사는 돌아가려고 했다.

"천만에요! 주인님께서 돌아오시면 인사를 올릴 것입니다."

선전은 그들을 대문 밖으로 전송하고 나서 대문을 닫아걸라고 분부했다. 이밀은 걱정이 되어 대문 안쪽에서 숨어서 엿들었다. 순검사가 돌아가자, 이밀은 선전에게 고맙다는 인사를 했다.

"집사 덕분에 내가 화를 면했구만. 다른 사람이었다면 일이 시끄럽게 번졌을 거네."

"몇 마디로 돌려보내긴 했지만 다시 찾아올 겁니다."

그때 마침 밖에서 누군가 대문을 두드리는 소리가 들렸다. 이밀은 다시 방안에 숨고 선전이 대문 뒤에 나가서 엿들었다. 떠드는 소리를 들으니 제양(濟陽)의 왕백당의 목소리 같았다. 선전은 큰 소리로 물었다.

"야밤 삼경에 누가 와서 문을 두드리는거요?"

"난 왕백당이네, 어서 문을 열라구."

그말을 듣자 선전은 얼른 문을 열었다. 왕백당과 이여규, 그리고 제국원 세 사람과 대여섯 명이 뒤따라왔는데 모두 다 객상(客商) 차림이었다.

"세 분 나으리께서 무슨 일로 이 밤중에 오셨습니까?"

"주인이 집에 없는 걸 알고 왔네. 이밀이 오지 않았던가?"

"이씨 나으리께서는 안에 계십니다. 어서 들어오십시오."

선전은 등불을 들고 서재로 안내했다.

이밀이 그들을 보자 깜짝 놀랐다.

"아니, 이 깊은 밤에 세 분 형께서 어쩐 일로 오셨습니까?"

왕백당은 와강에 당도하니 서무공이 이밀이 선웅신을 찾아간

걸 알고 그가 집에 없는 형편에서 이밀에게 의외의 일이라도 생길까 걱정하여 세 사람을 급히 떠나게 했다는 이야기를 해주었다. 이밀도 오다가 첨기선이란 자를 만났는데, 방금 순검사를 데리고 와서 조사하고 갔다는 이야기를 했다.

그 말을 듣고 제국원이 욕설을 퍼부었다.

"죽일 놈 같으니라고! 사람을 밀고하여 출세하려고 여기까지 왔단 말인가!"

선전이 일꾼들한테 많은 음식을 들려 가지고 들어와서 상을 차려놓고, 네 사람을 대접했다. 그는 이들을 따라 온 일꾼들에게 말했다.

"형제들의 음식은 바깥 곁채에 준비해 놓았으니 그리로 갑시다."

그는 일꾼을 불러 안내하게 했다.

"네 분 나으리한테 여쭙겠습니다. 저희가 두려워서 그러는 것은 아닙니다. 그러나 조금 전에 다녀간 첨가란 자의 얼굴에는 살기가 잔뜩 어리어 있었습니다. 그 자는 이 정도에서 일을 끝내려고 하지 않을 것입니다. 만일 다시 오면 어쩌시렵니까?"

왕백당이 말했다.

"지금 삼사경쯤 됐을 거네. 우리는 날이 밝을 때까지 앉아있겠네. 그때까지 다시 오는 자가 없으면 이밀형과 함께 와강으로 떠나겠네. 만일 다시 오는 자가 있다면 그 수가 얼마든 대처해야지."

선전도 찬동했다. 그들은 선전도 동석하여 함께 술을 마셨다.

한참 후에 새벽 닭이 울자, 이여규가 말했다.

"아직까지 오지 않는 걸 보니 별일 없을 것 같구만. 어서 조반을 먹고 떠납시다."

밥을 먹고 떠날 차비를 하고 있으려니 선전이 황급히 달려오면서 알렸다.

"대문 밖에서 말들이 울어대는데, 아마 군졸이 장원으로 들이닥친 것 같습니다. 어서 나가보시죠."

왕백당이 연루에 올라가 창문 틈으로 내다보니 3, 40명의 마병(馬兵)에, 4, 50명의 보병이 열을 지어 장원쪽으로 들어오고 있었다.

원래 첨기선은 순검사가 인상을 쓰자 울화가 치밀어서 달려가 성문을 열고 노주의 칠(漆, 성씨) 지부(知府)에 알려서 부관의 도움을 요청했다. 부관의 이름은 방호선(龐好善)이었고, 별호는 방삼협(龐三夾)이었다. 죄인을 잡기만 하면 불문곡직하고 세 번 몽둥이 찜질을 했다. 본래 하급 진사 출신이기에 방삼협이라고 불렀는데, 이익만을 탐내는 속물이었다. 첨기선이 달려와서 모반한 죄인을 잡아달라고 부탁하자, 그 길로 즉시, 군사를 모아 가지고 이현장으로 출발했다. 연루에서 내려온 왕백당은 대청으로 들어갔다.

이밀이 선전에게 물었다.

"집사! 이 장원에 있는 장정들이 얼마나 되오?"

"손쓸 수 있는 자는 20여 명밖에 안 됩니다."

"여규 형과 국원 형은, 장정들을 거느리고 뒷문으로 빠져나갔다가 그 자들이 말에서 내려 집에 들어선 다음 고함소리가 들리면 말을 탈취하십시오. 집사! 난 이집 서쪽 복도 밑에 작은 못이 있다는 걸 아는데, 그 위에 엷은 널빤지를 펴시오. 그자들이 들어오면 거기로 끌고 가서 빠져 죽게 합시다."

선전은 나는 듯이 달려가서 만반의 준비를 갖추었다. 이밀과 왕백당이 병장기를 찾으니, 선전이 창고 문을 열어 마음에 드는 무기를 골라잡게 했다.

이밀이 말했다.

"담력이 크고 지혜로운 사람이 나가서 대문을 열고 그 자들을 안으로 끌어들여야겠소."

"제가 가지요."

선전은 옷매무새를 간편하게 하고 겉에 검은 옷을 껴입고 성큼성큼 나가서 대문을 열었다. 먼저 보병들이 밀려들었다. 중간에 섰던 간부들이 들어와서 대청에 있는 의자에 앉아 수하들에게 분부했다.

"이 집 사람들을 모두 끌어오너라!"

사졸들이 선전을 끌어다가 꿇어앉혔다.

"이 집에 죄인 이밀을 숨겨둔 줄을 알고 왔다. 냉큼 내놓지 못하겠는가?"

"이밀인지 아닌 지는 몰라도 사람은 있습니다. 어젯밤에 와서 투숙했는데, 지금 서쪽 방에 가둬놓고 자물쇠로 잠궜습니다. 그런데 그 자는 힘이 장사여서 저로서는 어쩔 수가 없습니다. 나으리의 군사들이 달려 들어 묶어야만 도망치지 못할 겁니다."

"너의 주인은 뭘하느냐? 어서 불러오너라."

"주인님은 안에 계시는데 아직 주무십니다."

간부가 보병들에게 분부했다.

"너희들은 저자를 따라가서 죄인을 묶어오고 주인을 데려 나오라."

죄인을 잡아오라고 하니 기다리고 있던 군사 2, 30명이 벌떼처럼 선전의 뒤를 따라 서쪽 작은 대문에 들어서서 작은 길에 이르렀다. 연못 위로 이어진 좁은 길에는 널빤지를 깔았는데, 선전이 앞에서 달려가며 소리쳤다.

"여러분 바싹 따라오시오! 저 방입니다."

앞에서 따라가던 자가 소리쳤다.

"위험하다! 널빤지가 움직인다!"

말이 끝나기도 전에 "찌끈!" 하는 소리와 함께 널빤지가 부러지면서 군사들이 연못 속에 빠져버렸다. 뒤따르던 자들이 멈춰서려는데, 널빤지가 또 부러지면서 군사들이 모두 다 물속에 떨어져 버렸다. 대청에 앉아있던 간부와 여러 군사들이 이쪽저쪽을 기웃거리고 있는데 별안간 양쪽 문이 확 열리면서 15, 6명 가량의 장정들이 도끼와 창을 휘두르며 달려나왔다. 관군 부관은 그래도 기민한 편이어서 무리를 버려두고, 저 혼자만 줄행랑을 쳤다. 관군이 칼을 뽑아들고 대항하려 했으나 왕백당이 긴 창을 휘두르면서 단번에 두세 명이 그대로 고꾸라졌다. 문밖으로 도망쳐 나간 장령은 말을 타고 활을 쏘려고 했지만 말들이 온데간데 없었다. 흉악하게 생긴 몇몇 사나이들이 도끼를 휘두르며 장정 10여 명을 거느리고 달려들었다. 관군은 앞뒤로 협공을 받게 되자 어쩔 수 없이 병기를 버리고 투항했다.

이밀이 말했다.

"그들과는 상관없으니 목숨을 살려주게. 그런데 방삼협이란 놈과 첨가란 놈은 왜 보이질 않나?"

일꾼이 한 사람이 손가락으로 가리키면서 말했다.

"방금 저 나으리께서 도끼로 찍어 죽였습니다."

바로 제국원과 이여규가 일꾼을 거느리고 죽림 속에 매복하고 있는데, 첨기선이 말을 타고 와서 뒷문을 지키고 있었던 것이다.

"바로 저놈이 앞잡이입니다. 순검사를 데리고 온 놈입니다."

한 일꾼이 알려 주었다. 제국원이 참지 못하고 큰소리를 지르면서 뛰어나갔다. 첨기선은 놀라 말에서 굴러떨어지며 제국원의 도끼질에 그대로 즉사하였다. 이밀은 장원 밖에 숨어 있는 자들이 있을까 조심하면서 장정을 거느리고 주변을 돌아보았다.

오사모(烏紗帽)에 붉은 도포를 입은 자가 도랑에 엎드려 있었는데, 군사들을 거느리고 온 관아의 부관 같다고 선전이 알려주었다.

“저자가 바로 부관 방삼협입니다.”

제국원이 다가가서 한 손으로 그자의 멱살을 거머쥐고 잡아일으키면서 말했다.

“네가 방삼협이냐? 오늘 내가 좀 고생되더라도 자네 이름을 고쳐주마. 방일도(龐一刀)라고 불러라.”

제국원의 도끼 한방에 방삼협은 머리통이 두 쪽으로 갈라지며 나뒹굴었다. 선전은 일꾼을 불러서 2, 30마리 말을 우리에 몰아넣게 하고, 시체들을 밭머리에 있는 웅덩이에 끌어다 넣고 파묻게 했다. 이밀은 부하에게 살아남은 병졸들을 묶어서 연못 속에 집어 처넣고 덮개로 덮은 다음 돌멩이들을 가져다가 눌러 놓게 했다.

잠깐 사이에 일을 끝마치고 대문을 닫아 걸었다. 모두가 본채에 모이자, 이밀이 말했다.

“집사, 내가 주인을 찾아왔다가 뜻밖에 이런 일을 저질렀으니, 당신들은 이 고장에서 더 살아가기가 어렵게 됐네. 주인께서는 언제든 와강산으로 가실 분이니까 마님한테 잘 여쭤서 물건을 수습해 가지고 우리와 함께 와강으로 들어가면 어떻겠나? 거기에 가서 잠시 피신하면서 사태를 보아가며 다시 결정짓도록 하자구. 책 나으리의 본영에는 다른 가족 사람들도 많이 있으니 적막하지 않을거네. 집사의 생각은 어떤가?”

선전은 어찌 할 방도가 떠오르질 않아 마님을 찾아서 상의했다. 선웅신은 과부가 된 형수, 즉 선도(單道)의 아내를 모시고 있었다. 선웅신의 아내 최씨와 딸 애련(愛運)까지 모두 세 식구가 있었고, 시중꾼들의 가족까지 합치면 모두 삼십여 명이었다.

가족들을 수레에 앉히고 짐을 실었다. 선전은 일꾼들에게 마구간에 있던 말 7, 8필과 관병들한테 빼앗은 20여 필의 말을 배불리 먹이게 하고, 일꾼들에게 병기를 지니게 했다.

이밀은 선전과 이여규가 수레들을 호위하면서 뒤에 서게 하고, 자신은 왕백당이 데리고 온 부하들을 거느리고 앞에 섰다. 대문에 큰 못을 튼튼히 박아 대문을 봉쇄한 다음, 모두가 말을 타고 와강산을 향해 떠났다.

동행할 수 없는 줄 잘 알면서도, (明知不是伴)
사태가 급하니 일단 따라나선다. (事急且相隨)

선웅신이 두건덕의 딸 선랑을 데리고 요양에 당도하니 두건덕은 감격해 마지않았다. 두건덕은 이미 8개의 군현을 얻고 거느린 병마가 10여 만이나 되었으며, 민심도 얻어 사기가 왕성했다. 두건덕은 선웅신을 기어이 잡아두고 함께 일하려고 했다. 하지만 선웅신은 책양과 옛 친구 간이었고 와강산에는 친구들이 많았다. 또 와강산은 노주와 가까운 곳이어서 집을 돌볼 수가 있었다. 선웅신은 이틀을 묵고 집에 급한 일이 있다고 핑계 대면서 두건덕과 작별했다.

두건덕은 재삼 만류하다가 선웅신이 기어이 떠나려고 하니 은자 3천 냥을 내주었다. 선웅신은 사의를 표하고 네댓 명의 일꾼들과 함께 요양을 떠나 와강산으로 향했다. 수일간 걷는데 이르는 곳마다 도적떼가 우글거리고 백성들이 부역에 끌려나가 집집마다 텅 비어있었다. 그래서 쉬어갈 객점도 찾기 어려운 형편이었다.

그날 선웅신 일행은 60리 쯤 걸었다. 해가 서쪽에 기울고 황혼이 깃들기 시작하니, 선웅신이 일꾼들에게 말했다.

"유숙할 곳을 찾아 쉬어가기로 하지."

18살 되는 일꾼 소이(小二)가 앞을 가리키면서 말했다.

"저기 인가가 보입니다. 제가 가서 돌아보고 오겠습니다."

소이는 나는 듯이 달려갔다. 한집밖에 없었는데 버드나무가 둘러선 담장 안에 기와집 세 채가 있었다. 뒤에는 무성한 대밭이었고 옆에 있는 연못에는 정자도 있었다. 소이가 닫혀 있는 문을 두세 번 두드리자 노파 한 사람이 나왔다.

노파는 소이를 찬찬히 뜯어보다가 말했다.

"너 김소이로구나. 노주 선씨 나으리 집에서 잘 지낸다더니, 왜 여기로 왔냐?"

"외할머니! 주인님을 따라왔는데 앞에 객점이 없을까 봐 이 댁에서 하룻밤 묵어가려고 그래요. 외할머니를 만날 줄은 꿈에도 몰랐어요."

일행이 문 앞에 이르렀다. 웅신이 말에서 내려 돌층계에 앉았다. 노파가 안으로 들어가더니 얼마 지나지 않아 건장한 사나이가 나왔는데, 그가 선웅신을 보니 기골이 장대하면서도 마치 신선 같은 모습이었다.

사나이는 크게 놀라면서 물었다.

"노주의 선씨 나으리, 둘째 주인 나으리가 계신다던데 혹시?…"

"예! 그렇습니다."

사나이는 선웅신을 본채로 모시고 들어가서 인사를 나누었다.

"나으리의 대명을 오래 전부터 흠모해 왔지만, 오늘에야 처음 뵙습니다. 그런데 어떻게 이곳까지 오셨습니까?"

"저는 친구를 만나보고 오는 길인데, 앞에 객점이 없을까 봐 귀댁에서 하룻밤 폐를 끼치려고 찾아왔습니다. 하룻밤을 머물러도 되겠습니까?"

"그럼요! 하지만 집이 누추해서 어르신께서 주무시기 불편하실 겁니다."

"천만에요! 형씨의 존함은 어떻게 쓰십니까?"

"왕당인(王當仁)이라고 부릅니다."

"저한테 왕백당(王伯當)이라는 친구가 있는데, 형의 존함이 왕당인이라고 하니, 두 분이 혹시 형제분이 아니신가요?"

"제양(濟陽)의 왕백당 말씀이지요? 그분은 저의 먼 친척인데, 저한테 형님뻘이 됩니다. 전일에 이곳에 들렀었습니다."

"백당이 영형(令兄)이 되시는군요. 백당 형이 홀로 왔었습니까? 아니면 몇 사람이 함께 왔었습니까?"

"이밀, 그리고 성이 병씨(邴氏)인 분과 함께 왔었습니다."

"그러니 이형이 화를 면했구만요. 그들이 지금 어디에 있는지를 아십니까?"

"와강산에 가서 책양을 만났을 겁니다."

"저도 그들을 만나러 와강산으로 가는 길입니다."

그말을 듣자, 왕당인은 기뻐 어쩔 바를 몰라했다.

"어르신께서 와강산으로 가신다니 마침 잘됐습니다. 의논할 일이 있는데, 제가 백부님을 모셔오겠습니다."

얼마 후 노인이 차를 가지고 나와서 선웅신과 인사를 나누었다. 선웅신에게 자리를 권하고 차를 부으면서 그 전날에 왕백당과 이밀이 하룻밤 묵고 갔는데, 이밀과 자기 딸이 정혼한 이야기를 했다.

"수년간 떠돌아다니던 이밀이 댁의 따님과 인연을 맺었으니 소원을 성취했군요."

웅신의 말을 듣자 노인은 갑자기 탄식했다.

"딸애는 그 사람한테 일생을 의탁했소. 그런데 뜻밖에 박주(亳州, 今 안휘성 서북단, 박주시)의 주찬(朱燦)이라는 자가 이곳을 지나가다가 마당을 쓰는 그 애를 보고 금과 주옥을 예물로 두고 가면서 기어이 첩으로 삼겠다고 합니다. 다음 달 초순에 데리러 온다고 하니, 이런 기막힌 일이 또 어디 있겠습니까? 조카를 와강에 보내서 언약한 이공에게 기별하려고 하니 오고 가는데 7, 8일이나 걸리지, 온 가족이 이 공자를 찾아 와강으로 떠나자니 길에서 무슨 변고가 생길 것 같지, 그래서 지금 이러지도 저러지도 못하고 있는 형편입니다."

"노인장 댁에 식솔이 몇 분입니까?"

"두 아들 녀석들은 관가에 잡혀서 운하를 파는 부역에 끌려갔는데, 2, 3년이 지나도 기별이 없는 걸 보면 죽은 게 분명합니다. 지금 집에는 딸과 조카, 그리고 밥 짓는 노파 둘이 있으니 5명에 불과합니다."

"그럼, 노인께서 들어가셔서 내일 떠나도록 짐을 꾸리라고 따님에게 전하십시오. 이밀을 만나실 수 있도록 제가 와강으로 모시고 가면 어떻겠습니까?"

노인은 마치 무한히 기뻐하며 말했다.

"우린 어르신네 하늘 같은 은덕을 입게 되었으니, 내가 딸애를 불러다가 인사를 올리게 하겠소."

왕당인과 소이가 술과 안주를 받쳐 들고 나왔다. 술상에 마주 앉으려는데, 노인이 머리를 길게 늘어뜨린 소녀를 데리고 나와서 선웅신에게 인사를 시켰다.

"이 아이가 딸애입니다! 어서 어르신께 인사를 올려라."

선웅신이 보니 보름달처럼 환하게 생긴 미녀였다. 시골 옷차림이었지만 놀라울 정도로 아리따웠다. 그녀가 인사하니 선웅신은 답례하지 않을 수 없었다. 당인과 노인은 네 번 절을 올린 뒤에 안으로 들여보냈다. 노인은 조카에게 웅신을 접대하게 하고 자기는 안에 들어가서 일꾼들에게 요리를 시켰다.

하룻밤을 자고 나서 짐을 꾸리고 수레도 마련했다. 오경이 지난 후 수레에 물소를 메운 수레에 딸과 두 노파를 앉히고 자기는 밀차에 앉아서 하인들이 밀게 했다. 걷기를 좋아하는 왕당인은 걸어갔다. 선웅신은 부하들을 시켜서 흙으로 문을 막아버리게 했다. 왕당인이 걸어가니 선웅신도 말을 탈 수가 없었다.

"선형께서는 저 때문에 구애받지 마십시오. 저는 걸어서도 얼마든지 말을 따라잡을 수 있습니다."

두 사람은 서로 양보하다가 결국 선웅신은 말을 타고 갔다. 3, 4일이 걸려서 와강에 도착하자, 선웅신은 두 일꾼에게 분부했다.

"먼저 가서 책양 나으리와 이밀, 왕백당이 있는 지를 알아보고 오너라. 우린 천천히 가면서 너희들이 돌아올 때를 기다리겠다."

얼마 후 두 일꾼이 달려와서 아뢰었다.

"여러 어르신들께서 모두 본영에 계십니다. 나으리께서 오신다니 모두 영접하시려고 말을 타고 나오십니다."

멀리에서 책양, 이밀, 서무공, 왕백당, 병원진, 제국원, 이여규 등 일곱 호걸이 말을 타고 마주오는 것이 보였다.

선웅신이 말을 세우고 왕당인한테 말했다.

"내가 모시고 온 일행들은 잠시 뒤에서 기다리게 합시다. 제가 먼저 들어가서 알린 다음 영접해 드리는게 예의에 맞을 겁니다."

왕당인이 머리를 끄덕이면서 옳다고 대답했다. 선웅신은 말을 달려 여러 벗들과 만났다. 그들은 말머리를 돌려세우고 본영의 가장 큰 진의당(振義堂)에 들어가서 인사를 나누었다.

책양이 말했다.

"진작 오실 줄 알았는데, 왜 이제야 오셨소?"

"두건덕 형이 하도 붙잡으니 며칠 묵다가 거짓말을 하고, 겨우 올 수 있었습니다. 길에서 이밀 형의 가실(家室, 아내)을 만나서 모시고 오느라고 또 하루 걸렸소. 그래서 늦어진거요."

그 말을 듣고 이밀이 펄쩍 뛰면서 말했다.

"제가 언제 가정을 이룬 적이 있다고, 형이 누구를 데리고 왔단 말이오?"

"자네가 나 선웅신을 속일 셈인가? 장인과 처남 왕당인이 지금 수레를 세워놓고 마중나오기를 기다리는 중이니 어서 가보게."

"거참, 귀신도 모를 일입니다. 지난 날 우연하게 정한 혼인인데, 형이 어찌 알고 데리고 오셨단 말이오?"

선웅신은 그 집에서 하룻밤 묵다가 도적 두목 주찬이 예물을 주고 아가씨를 빼앗아가려고 한다는 이야기를 듣고 온 가족을 데리고 왔다는 사연을 이야기했다.

왕백당이 웃으면서 말했다.

"선형은 이밀 형에게 아내를 모셔오고, 이밀 형은 선형의 가족을 모셔왔으니 정말 잘한 일이요."

그러면서 이밀이 선웅신의 가족을 모셔온 전후를 대략 이야기해주었다.

그말을 듣자 이번에는 선웅신이 멍해졌다.

"아니, 우리 집을 옮겨오다니?"

“형수님과 아가씨가 뒤채에 있으니 찾아가 보시우.”

왕백당이 선웅신을 안내해서 뒤채로 갔다.

이밀은 급히 말과 교자를 준비해 가서 왕당인 일가들을 본영으로 데려왔다. 책양은 돼지와 양을 잡아서 이밀의 혼례식을 치르게 하고 선웅신을 영접하게 했다. 그야말로,

사람이 기쁜 일이 생기면 정신이 상쾌하고, (人逢喜事情偏爽)[11]
웃으며 서로 마음을 알게 되니 더 즐겁다. (笑對知心樂更多)

---

11 사람에게 기쁜 일이 있으면 정신이 맑아지지만(人逢喜事精神爽), 걱정거리가 마음에 있으면 졸음과 잠이 많아진다(悶上心來瞌睡多). 사람에게 기쁜 일이 있으면 정신이 맑아지고(人逢喜事精神爽), 달도 중추절에 분명히 더 밝다(月到中秋分外明). 하여튼 기쁜 일에는 술을 마셔야 하고(喜酒), 울적할 때 차를(悶茶) 화날 때는 담배를 피워야 한다(生氣的烟).

제43회

연거진은 계책을 써서 가윤보를 데려오고, 장수타는 상주문으로 진숙보를 변호하다.(連巨眞設計賺潤甫, 張須陀具疏救秦瓊.)

노래하기를,	詞曰,
나라의 운명이 막히는 비운에는,	(國步悲艱阻)
영웅이 있어 하늘의 도움 받는다.	(仗英雄將天補)
뜨거운 마음 식으려 하고,	(熱心欲腐)
양쪽 구렛나루 흰머리 난다.	(雙鬢霜生)
진땀이 스며든 군복.	(征衫血汗)
같은 동료 무리를 불러내고,	(此類呼群)
기우는 집 바치는 외나무 기둥.	(猶恐廈傾孤柱)
길에 차고 넘치는 간웅은,	(奸雄盈路)
은밀히 남을 질시한다.	(向暗裡將人妒)

장록을 진(秦)으로 내몰았고,[12] (直敎張祿投秦)

오자서[13] 초(楚)를 떠나게 했다. (更使伍胥去楚)

---

12 장록(張祿)은 전국시대의 범수(范睢, 睢. 범저, ?－前 255年)－戰國시대 전략가. 秦 昭襄王의 재상. 《史記 · 范睢蔡澤列傳》에는 睢〔音 '雖(수)' 目字部〕. 《韓非 外儲說》에는 范且(범저. 范且, 范睢也. 且는 睢 同字), 范氏. 張祿으로 이름을 바꾸고 入秦했다. 應侯(응후).

13 오자서〔伍子胥, 伍員(오원), ?－前 484년〕－春秋시대 吳나라의 장군. 본래 楚의 公族. 박해를 피해 吳에 망명. 吳王 闔閭(합려)에 의해 重用되어 大破 楚國 했다(前 506年). 吳王 夫差(부차)가 繼位한 뒤에 참소를 받아 죽었다. 여기서 주석이 길더라도 오자서와 대비되는 申包胥(신포서, 생졸년 미상)의 이야기를 건너뛸 수가 없다.

신포서는 春秋 시기 楚國 대부, 申包胥哭秦庭(신포서곡진정) 고사의 주인공이다. 신포서는 내내 伍員〔伍子胥(오자서)〕과 친구였다. 오자서가 楚에서 吳로 망명하며 신포서에게 말했다. "내 기어이 楚를 복멸하리라!" 이에 신포서가 말했다. "맘대로 해라. 자네가 초를 멸망시킨다면 나는 기어이 다시 일으키리라." 周 敬王 14년(前 506년, 楚 昭王) 柏擧之戰(백거의 전투)에서 오자서가 거느린 吳軍이 楚軍을 격파하고 도성을 점령했다. 오자서는 楚 平王의 묘를 파헤치고 그 시신을 꺼내 매질했다〔鞭屍(편시)〕. 신포서는 산속에 숨어 있다가 오자서에게 사람을 보내 말했다. "그대의 報仇는 너무 심하지 않은가! 내가 알기로 人衆者는 勝天하지만, 하늘 역시 破人할 수도 있다네. 자네는 옛날 平王之臣으로 몸소 北面하여 平王을 섬기지 않았던가. 지금 죽은 사람을 도륙하니, 이 어찌 天道의 끝이 없다고 말할 수 있겠는가!" 그러자 오자서가 使人에게 말했다. "나 대신 말해주시오. 나에게 날은 저무는데 길은 멀다오(日暮途遠). 그래서 나는 逆行하고 逆施(역시)했다오."

다음 해에, 申包胥는 秦國에 가서 구원을 요청했다. 물론 일언에

나라를 버티느니 누구인가? (支國何人)

궁궐터에 기장만 무성히 자랐다! (宮殿離離禾黍)

— 곡조 〈품령〉 — 右調 〈品令〉

도량이 넓은 군자나 큰 뜻을 품은 호걸인 경우에, 설령 가슴에 맺힌 원한이 아무리 클지라도, 사리에 맞는 말로 설득한다면, 잠깐 사이에 얼음이 녹듯 그 원한을 풀 수 있다.

그러나 벼슬을 탐내는 소인인 경우에는 맺혀있는 원한을 풀어주려고 아무리 애써도 언제나 가슴속에 품고 설욕이나 앙갚음을 생각한다. 큰 금덩이나 미녀를 바치지 않는다면, 그런 소인의 앙심을 깨끗하게 풀어줄 수가 없다.

그래서 우문술은 자신의 막내아들이 음란한 색욕이나 포악한 행위를 탓하지 않고, 또 함부로 목숨을 건 싸움을 도발했다는 잘못은 생각하지도 않고, 진숙보한테 앙심을 품었고 앙갚음만을 생각했다.

선웅신은 와강군 진영의 뒤채에 가서 형수와 아내, 딸을 만나

거절당했다. 그러자 신포서는 秦의 성벽에 올라 7일 7야를 통곡하니 나중에는 눈물도 흐르지 않았다. 그러나 秦 哀公을 감동시켜 楚를 구원했다. 楚(초)는 復國(복국)했고, 昭王(소왕)은 신포서를 포상했지만, 신포서는 하나도 받지 않고 노소를 거느리고 산속에 은거하였다. 이후 신포서는 중국 忠臣의 전범(典範)이 되었다.

보았다. 최씨가 같이 온 경위를 이야기했다.

선웅신은 가족들이 무사하니 더 말하지 않고 되돌아 나와서 이밀에게 말했다.

"이 형이 내 집을 비우려는 절호계(絶戶計)를 잘 쓰기는 했지만, 그 바람에 나 선웅신은 집을 잃게 됐구만."

그러나 이에 대하여 생각이 다른 서무공이 말했다.

"그건 공연한 말씀이오. 천하를 생각하는 사람은 집을 생각하지 않는 법이오. 여태까지 선형은 작은 일신의 가정을 생각했지만, 앞으론 대가정을 이룰 터인데 왜 집이 없다고 생각하십니까?"

본채에 술상이 마련되었다. 책양은 선웅신을 상좌에 모시려고 했다.

그러자 선웅신이 말했다.

"책형께서 이러면 안 됩니다. 이 동생도 이젠 한집 식구가 되었으니 분명히 존비(尊卑)의 순서를 따라야 하오. 그래야 뒷날까지도 말썽이 없을 것이요. 제가 시골에서만 살았어도 그런 예의쯤은 알고 있습니다."

"아니오, 오늘 형이 이렇게 찾아와서 여러 형제들과 모이게 되었기에, 초당에서 환영하는 것입니다. 그러니 사양하지 말고 상좌에 앉으시고, 두 번째 자리에는 이밀 형이 앉아야겠소."

이밀은 그 말에 웃음을 참지 못하며 말했다.

"그건 왜 그렇습니까?"

"오늘은 길일(吉日)이고, 길일을 골라 백년가약을 맺으니, 이 좌석은 결혼을 축하하는 잔치입니다. 그러니 두 번째 자리에 앉는 게 응당한 일입니다."

그러자 갑자기 제국원이 소리쳤다.

"책형 말씀이 지당합니다. 오늘은 이형의 결혼을 축하하는 날이자, 선웅신 형이 이사온 것을 축하하는 날이오. 그러니 두분 형께서는 사양하지 마십시오."

그러자 서무공은 기쁜 표정이나 단호히 말했다.

"그래선 안 됩니다. 오늘은 이밀 형의 잔칫날이니, 이형의 장인을 상좌에 모시는 게 도리입니다."

책양이 그 말을 듣고 말했다.

"어쨌든 서형은 식견이 높은 분이 틀림없습니다! 내가 생각이 짧아 미처 생각지 못했습니다."

그리고는 사람을 보내 뒤채에 가서 왕노인을 모시게 했다. 왕당인이 숙부 왕노인을 모시고 나왔다. 책양은 왕노인을 상좌에 모셨다. 왕노인은 재삼 사절하다가 마지 못해 앉았다. 두 번째 자리에는 왕당인을 앉히려고 하자, 왕백당이 동의하지 않았다.

"그건 안 되오. 노옹께서 상좌에 앉으셨는데, 어찌 그 조카가 함께 앉는단 말이오? 또 당인도 우리와 함께 있으면서 거사하려고 찾아온 사람이니, 여러 형제들과 이제는 동등한 입장이오."

서무공이 말했다.

"그럼 제가 말하겠으니 여러분께서 들어주시오."

좌중에서 이구동성으로 말했다.

"무공 형은 빈틈없이 생각하는 분이니 어서 말씀해 보시오."

"방금 백당 형의 말씀은 일리가 있습니다. 우리가 이렇게 모인 뜻은 대의를 받들고 대업을 성취하려는 데 목적이 있으니, 손님과 주인으로 나눌 것 없이 존비 순서에 좇아야 합니다. 그래야 이후에도 정당하게 호령할 수 있고 또 받들어 모실 수도 있습니다. 그러니 여느 술좌석과는 다른데, 어찌 되는 대로 앉을 수 있겠습니까?"

모두가 서무공의 말이 옳다고 찬동했다.

서무공이 말을 이었다.

"내 소견에는 책형이 두 번째 자리에 앉는게 옳습니다. 책형은 이 와강군 본영의 두령이십니다. 우리 형제들은 책형의 부름을 받고 왔으니, 책형의 지휘를 따라야 합니다. 그런 의미에서 두 번째 자리에 앉는 것이 응당합니다. 세 번째 자리에는 이밀 형이 앉아야 합니다."

"선형이 여기에 계시는데, 내가 어찌 선형보다 위에 앉을 수 있겠습니까?"

"채형이 우리 무리 전체를 지휘할 통수(統帥)가 되고, 이밀 형이 부통수가 되어야 한다는 사실은 이미 정해진 일이니, 두 말씀하지 마시오. 네 번째로는 선형이 앉아야 합니다."

그러자 선웅신이 말했다.

"저도 한 마디 합시다. 다른 사람들은 몰라도 난 서무공 형의 재능을 알고도 남습니다. 장래에 책형과 이밀 형이 거사하면 서형이 뒤에서 크고 작은 계책을 짜서 임기응변해야 합니다. 우리 가운데 장, 단기 방략을 마련하고 운영할 사람은 서형 밖에 없습니다. 만일 제가 서형보다 앞에 앉아야 한다면, 저는 이곳을 떠나겠습니다. 세상은 넓고 할 일은 많으니 세상 어디간들 가업을 이루지 못하겠습니까?"

왕백당도 서무공에게 권고했다.

"무공 형, 선형은 그 진심을 그대로 털어놓았소. 서형은 지나치게 사양하지 말고 선형의 뜻을 따르는 것이 좋을듯합니다."

서무공은 하는 수 없이 네 번째 자리에 앉았다. 다섯 번째 자리에 선웅신이 앉고, 여섯 번째 자리에는 왕백당이 앉았다. 일곱 번째 자리에는 병원진, 여덟 번째 자리는 이여규, 아홉 번째 자리는 제국원, 열 번째 자리는 왕당인이 앉았다.

왕노인을 제외한 아홉 호걸들이 서열을 정한 후 앉아서 즐겁게 술을 마셨다.

선웅신이 서무공에게 물었다.

"산채에는 병마가 얼마나 되오? 군량과 마초는 부족하지 않게 공급받을 수가 있습니까?"

"병마는 7, 8천 밖에 안 되지만 적다고 걱정할 필요는 없습니다. 앞으로 주변의 성읍을 공격하면 귀순할 백성이 많을 것입니다. 군량이나 마초는 아무 곳에서나 구할 수 있습니다. 그런데 형제들이 적어서 걱정입니다. 군현 하나를 격파하려면, 한 사람이 남아서 본영을 지켜야 하고, 관군이 몰려오면 몇 사람이 나가서 막아야 합니다. 장수가 십 여 명은 더 있어야 할 텐데, 어디서 데려올 수 있겠습니까? 그래서 그전에 연거진(連巨眞 : 人名)을 연주부(兗州府) 무남점(武南店)에 보내서 우통(尤通)과 정교금(程咬金) 형제들(제20회 주석 참고)을 초청토록 했으니 아마 곧 합류해 올 것입니다."

한창 이야기를 하고 있는데, 장교 한 명이 달려와 말했다.

"연(連) 나으리께서 오셨습니다."

책양이 서둘러 말했다.

"어서 모셔라."

연거진이 들어와서 인사를 나누었다.

그가 왕당인과 나란히 앉자, 서무공이 물었다.

"거진 형! 우(尤)와 정(程) 두 동생도 합류하려 하던가?"

"제가 우통을 찾아 무남장에 가니 집에 자물쇠가 잠긴 채 사람은 없었습니다. 이웃들한테 물어서야 장엽림(長葉林)에서 관금(官金) 탈취 사건이 탄로되어 지방 관리한테 은자 오천 냥이나 협잡당하고 밤에 도주해서 동아현(東阿縣)으로 옮겨갔다는 사실을 알았습니다. 동아현에 가서 정교금이 한테 물어서야 그와 우통이 두자갱(豆子坑)의 칠리강(七里崗)에 산채를 세웠다는 걸 알았습니다. 나는 산채에 찾아가서 두 사람을 만났고, 또 책형의 서신도 전했습니다. 그때 선웅신도 합류하느냐고 정교금이 물었습니다. 그래서 난 책형께서 선웅신한테 서신을 띄웠는데, 두건덕 형의 따님을 요양에 데려다주고 돌아오는 길에 와강 산채에 들리겠다는 소식을 보내왔다고 말했습니다. 그랬더니 우통이 '그런 말은 믿기 어려운 말이오. 두건덕도 지금 도움받을 사람이 없어서 쩔쩔매는 판인데, 선웅신 같은 분을 와강산에 보내려고 하겠느냐' 고 말하더군요. 정교금은 또 숙보 형을 청했느냐고 물었소. 나는 선웅신이 오시면 숙보 형을 꼭 초빙할거라고 대답했습니다. 그러자 우통이 하는 말이 '숙보 형은 지금 장수타와 함께 수나라를 위해 공을 세우고 있는데, 산채에 오려고 하겠는가?' 라고 말했습니다. 정교금은 선형이나 진형도 없는데 우리가 가서 뭘 하겠느냐고 말했습니다. 그리고 우통이 서신을 써주어, 저는 받아가지고 그 자리에서 바로 떠나왔습니다."

연거진은 서신을 꺼내서 서무공한테 넘겨주었다.

서무공이 서신을 읽고 나서 말했다.

"싫으면 그만 둬야지. 이제는 다른 계책을 세워야 합니다."

연거진이 계속 말했다.

"그들 두 사람 일은 그렇다 치고 길에서 제가 들은 이야기를 여러 형들에게 꼭 알려야 합니다"

"무슨 일이오?"

"여기 오는 길에 화화촌(華花村) 객점에 투숙했었습니다. 마침 차관(差官) 두 사람이 사졸들을 데리고 먼저 투숙해 있었습니다. 한 사졸의 말씨를 들어보니 고향 사람 같았습니다. 그래서 어디 가느냐고 물었더니, 동경에서 오는 길인데 제양(濟陽)으로 죄인을 잡으러 간다고 했습니다. 나는 의심스러워서 저녁에 두 사졸한테 술을 사 먹였습니다. 그들은 취중에 실속말을 했습니다. 양현감(楊玄感) 사건에서 죄인 넷이 도망쳤는데, 그들의 성씨가 이(李), 병(邴), 위(韋), 양씨(楊氏)라고 했습니다. 이씨와 병씨는 종적을 감췄는데, 위씨와 양씨는 도주하는 길목에서 잡혔답니다. 형관이 문초하니 제양 왕씨 집성촌에 사는 왕백당이라는 사람이 백주촌 진가점에서 몽환약으로 압송하는 관원들을 잠들게 하고는 죄인들을 도망치게 한 사실을 자백했다고 했습니다. 그래서 그는 분부를 받고 제양 왕씨 집성촌으로 가서 지방 관리에게 역적을 잡게 하려고 가는 길이라고 했습니다. 그 말을 듣자마자 저는 밤길을 틈타 떠나왔습니다."

서무공이 왕백당에게 물었다.

"왕형의 가족들은 그냥 고향집에 계십니까?"

"내가 떠날 때 처남 배숙방(裴叔方)한테 보냈는데, 지금쯤 돌아왔을지도 모르겠소. 오늘 밤 집에 가 보고 와야겠소."

"형이 직접 가서는 안 됩니다."

그리고 연거진을 보고 말했다.

"연형께서 형제들의 면목을 봐서라도 한 번 더 수고하셔야 하겠소. 백당 형이 집에 보내는 편지를 쓰면 그 서신을 가지고 왕당인, 제국원과 함께 행상으로 꾸미고, 제주 서문 밖에 있는 가윤보를 찾아가서 그에게 임기응변하는 방법으로 왕형의 가족을 산 채로 들어오게 도와달라고 요청하시오. 만일 형이 말해서 가윤보가 우리 패거리에 가담하게 하면 더욱 좋은 일이오. 그도 없어서는 안 될 사람이오. 탁형과 선형, 병원진 형은 3천 인마를 거느리고 노주부에 가서 군량을 빌려오면서 선형네 집 형편이 어떤 가도 알아보셔야 합니다. 저는 백당 형, 이여규와 함께 군사를 거느리고 뒤에서 호응하겠습니다."

그러자 이밀이 물었다.

"그럼 저는 뭘 합니까?"

서무공이 웃으면서 말했다.

"형은 여포(呂布)[14] 같은 호색한은 아니지만, 오늘 금방 잔치를

---

14 여포(呂布, ?－198년, 字는 奉先)는 幷州(병주) 五原郡(오원군) 九原縣〔구원현, 今 내몽고자치구 황하 북안 包頭市(포두시) 九原區〕 출신이었다. 조조(曹操)는 여포를 '狼子野心이라 誠難久養' 이라고 했으며, 荀攸(순유)는 '呂布勇而無謀' 라고 하였고, 程昱(정욱)은 여포를 '粗中少親하고 剛而無禮하니 匹夫之雄' 이라고 평했다. 范曄(범엽)은 《後漢書》 75권, 〈劉焉袁術呂布列傳〉에서 '그 어찌 지나치지 않았는가? 땅도 몸도 다 잃었다. 원술(袁術)은 욕심으로 망했고, 여포 역시 그래서 망했다.' 라고 평했다. 《後漢書》 75권, 〈劉焉袁術呂布列傳〉에 입전되었다.

했으니, 책형 대신 본영을 지키시오. 후일에 다시 봅시다."

여러 사람들은 무공의 지시에 모두 찬동했다.

연거진과 왕당인, 제국원은 새벽에 길을 떠났다. 길을 잘 알고 있는 그들은 큰길로 가지 않고 지름길로 갔기에 얼마 지나지 않아서 서문 밖에 당도했다.

시국이 어지러우니 가윤보는 말장사를 걷어치우고 말았다. 연거진이 문을 두드리니 가윤보가 직접 나와서 맞이했고 일꾼을 불러 행장을 들여가게 했다. 가윤보는 세사람을 본채로 안내해서 인사를 나누었다. 연거진이 선웅신의 편지를 꺼내주니 가윤보가 읽었다. 편지를 읽고 나서 가윤보는 그들을 밀실로 안내해서 차를 권했다.

가윤보가 연거진에게 물었다.

"형은 제양 왕가촌으로 가는 길을 아시나?"

"그 길로 다녀본 적은 있는데, 백당네 집에 가본 적은 없소. 백당의 편지를 전해주어야겠는데, 어떻게 전하면 좋을지를 모르겠소. 아마 형이 직접 가셔야 좋을 것 같소. 차관(差官)들이 당도하기 전에 소식을 알릴 수 있겠지요?"

"큰길로 가면 사흘이 걸리지만 첩어강(牒於崗) 길로 가면서 사매령(斜梅嶺)을 지나 작은 시내를 따라 질러가면 하루면 당도할 수 있소."

가윤보는 술과 안주를 가져오라고 분부했다. 가윤보가 산채에 누구누구가 있으며, 병마는 얼마나 되는가를 물었다. 이에 세 사람이 자세히 알려주었다.

연거진이 말했다.

"가형은 객점도 그만두었으니, 할 일이 없을 것 아니요? 대장부의 기개를 가지고 세월을 헛되이 보내기는 아깝다는 생각이 듭니다."

"그럼 뭘 하겠소? 민둥산을 쳐다보며, 호수 주변을 산책하면서 소일하고 있소. 그전에 숙보 형이 자기와 함께 공을 세우고 입신양명(立身揚名)하자는 서신을 보내왔었소. 그렇지만 곰곰이 생각해 보니, 지금 난리가 일어난 곳이 2, 30 곳도 넘는데, 그걸 어떻게 막아낸단 말인가? 또 황제는 어리석은데다가 황음무도하며, 권세를 잡은 신하들은 간악한 흉계나 꾸미면서 사복만 채우는 세상이니 공을 세운들 무슨 쓸모가 있단 말인가? 양(楊) 장군만이 후세에 본보기가 될 것이라고 생각합니다."

가윤보의 말에 연거진도 동감하였다.

"옳은 말씀이오."

그러자 왕당인이 권고했다.

"가형(賈兄)께선 왜 와강산에 합류하지 않으십니까? 탁형과 이형이 거사하면 여느 사람들과는 다를 겁니다."

가윤보가 연거진에게 물었다.

"책형(翟兄)은 사람됨이 도대체 어떻습니까? 저는 아직 모르고 있습니다. 이밀 형은 명망이 높고 천하에 이름을 날릴 사람이라고 생각합니다. 또 재능도 있고 어진 사람을 예의와 겸손으로 대하니 평범한 사람과는 같을 수 없겠지요. 저도 때를 보아가며 여러 형제들과 만나서 상세히 이야기를 나눠보고 싶소이다."

연거진이 물었다.

"내일 언제쯤 떠나시렵니까?"

"오경에 떠나도록 합시다."

술상을 물리고 연거진은 자리에 누웠다.

다음 날, 가윤보는 연거진과 왕당인, 그리고 제국원과 함께 조반을 먹고 길을 떠났다. 사흘째 되는 날 저녁 무렵에, 그들은 왕가촌에 당도했다. 왕가촌은 작은 마을이었는데, 30여 호의 인가밖에 없었다. 가윤보가 들어서니 마침 왕백당의 처남 배숙방이 집에 있었다. 배숙방은 홀아비였는데, 창과 봉술을 즐기는 사나이였다. 연거진이 왕백당의 서신을 전해주자, 배숙방은 안채에 가지고 들어가서 누이동생한테 넘겨주었다. 다행히도 집에는 노인이 없고, 왕백당 부인 한 사람뿐이었다. 배숙방도 여동생을 보내려고 했다. 그는 서둘러 술상을 차리게 하고, 여동생에게 짐을 꾸리게 했다. 수레 한 대를 빌려 왕백당의 부인을 태우고, 다른 사람이 많이 보지 않을 때, 길을 떠나게 했다.

가윤보가 연거진에게 말했다.

"저는 멀리 전송하지 못하겠소. 길에서 조심하시고! 다음에 언제 다시 만나겠지요!"

일행은 서쪽을 향했고, 가윤보는 동쪽으로 떠났다. 얼마 가지 않아 연거진이 왕당인한테 말했다.

"깜박 잊은 일이 있으니 먼저 가게, 내가 곧 따라가겠네."

그리고 동쪽으로 나는 듯이 달려가는 연거진을 바라보면서 무슨 일인지 영문을 몰라 서성거리고 있는데, 연거진이 다시 허둥거리면서 돌아왔다.

제국원이 그에게 물었다.

"도대체 뭘 잊었나?"

"아니야, 잊은 건 없어. 내가 가윤보를 다시 설득할 묘안이 있는데, …"

연거진이 묘안을 얘기하자, 왕당인이 말했다.

"좋긴 좋은데, 그한테 어떤 변고라도 생기지 않겠나를 알아봐야 하지. 그래야 제때에 호응할 게 아니겠소?"

"그건 상관없네. 앞에 객점이 있으니 왕씨네 아주머니를 안전하게 모신 뒤 다시 가서 보도록 하지."

그들은 의논하면서 걸음을 빨리했다.

오가는 행적이 차질 있다고 탄식하지 말라. (莫嗟蹤跡有差池)
책모에 따라서 부평초처럼 다시 합쳐진다. (萍梗須謀至會合)

한편 우문술은 고구려 원정 실패에 따라 삭탈 관직을 당한 이후에 여의거(如意車)를 만들고 검은 구리(烏銅)로 병풍과 36개의 부채(扇)를 만들어서 양제한테 바치며 환심을 사, 신뢰를 회복하기 위해 온갖 애를 다썼다.

양제는 미루(迷樓)와 월관(月觀)을 얼마 전에 완공하였기에 우문술이 바친 고급 장식품이 마음에 들어, 즉석에서 우문술의 관직을 회복시켜 주었다. 위복사(韋福嗣)와 양적선(楊積善)이 우문술의 수중에 사로잡혀 혹형을 당하게 되자, 제양 왕백당이 왕가촌에서 산다는 사실을 실토했다.

그래서 제군(濟郡)의 장수타에게 장령을 파견해서 죄인을 잡으라는 문서를 급히 내려보냈다. 그날 장수타(張須陀, 37회 주석 참고)가 관아에서 일을 처리하고 있는데, 문지기가 들어와서 아뢰었다.

"동도(東都, 낙양)에서 차관이 기밀문서를 가지고 왔습니다."

말이 끝나기도 전에 차관이 와서 장수타한테 공문을 넘겨주었다.

장수타가 공문을 펼쳐보는데, 차관이 말했다.

"이건 대성(臺省) 기밀에 속합니다. 나으리께서 속히 붙잡아주십시오."

"알겠네."

장수타가 아전들에게 물었다.

"여기서 왕가촌까지 몇 리 길이냐?"

"2백 리가 넘습니다."

장수타는 군사 3백 명을 뽑아서 4, 5일치 군량을 각자 지니고 속히 떠나라고 분부했다.

장수타의 관아와 진숙보가 있는 응양부는 거리가 멀지 않았다. 그때 진숙보는 나사신과 한담하고 있다가 동경 차관이 내려와서 왕가촌으로 군사를 보냈다는 말을 듣고 가슴이 덜컥했다. 숙보가 생각을 굴리고 있는데, 부하가 밖에 와서 옛 친구가 나으리를 찾는다고 알렸다.

숙보가 달려나가보니 연거진이었다.

인사를 나누고 관아에 데리고 들어와서 물었다.

"그동안 형은 어디에 가있었소? 아직 사면도 받지 못했는데, 왜 여기까지 오셨소?"

연거진이 낮은 소리로 말했다.

"저는 와강산에 있는 책양의 산채에 가 있소. 선형의 분부를 받고 편지를 가지고 와서 가윤보와 함께 왕가촌에 있는 왕백당의 가솔을 산채로 들여보냈소. 지금 차관이 사람을 잡으러 왔는데 그림자도 없으니 틀림없이 자초지종을 알게 될 거요. 장수타가 찾아가면 가윤보한테 화가 미칠 것 같아서 형을 찾아왔소. 옛 정을 봐서라도 속히 도망치라고 가윤보한테 전해주시오. 다른 급한 일이 있어서 저는 노주로 가야 합니다."

숙보가 산채에 있는 형제들의 형편을 묻자, 연거진이 일일이 말해주고 나서 작별하였다. 숙보는 그를 만류할 수 없어 문밖까지 바래다주고 돌아와서 나사신한테 급한 사정을 말했다. 나사신은 소식을 전하려고 급히 말을 타고 가윤보를 찾아갔다. 나사신은 가윤보의 처소만 알고 있을 뿐, 그의 얼굴은 모르고 있었다.

문 앞에 이른 나사신이 말에서 내려 문을 열고 들어서니, 가윤보가 당황해하면서 그를 맞이했다.

나사신이 다급히 물었다.

"형의 존함이 가윤보이십니까?"

"그렇소이다."

가윤보는 나사신의 얼굴을 알고 있었다.

"나형께서 웬일로 이렇게 찾아오셨습니까?"

나사신이 그를 한쪽 구석으로 끌고가서 나직한 소리로 말했다.

"형께서 모반을 꾀한 왕백당의 가족들을 숨겨주었으니 관부에서 알게 되면 붙잡으려 할 것입니다. 어서 떠나야겠습니다."

말을 마치자마자 나사신은 말을 타고 줄달음쳤다.

가윤보는 대문을 닫아걸고 생각해 보았다.

'그날 밤 왕씨네 집을 찾아간 일은 쥐도 새도 모를 텐데, 어느 놈이 누설했을까? 나사신은 필경 숙보의 부탁을 받고 찾아와서 알렸을 것이다. 지금 내 형편이 사면초가(四面楚歌)이니, 지금 안 떠난다면 언제 떠날 수 있겠는가? 지금은 이 길밖에 없으니, 바로 떠나는 편이 낫겠다.'

그는 아내한테 말해서 빨리 짐을 꾸리도록 하고 하인을 불러 4, 5필의 말을 배불리 먹여 끌어내게 했다. 남녀가 모두 면사포로 얼굴을 가리고 와강을 향해 떠났다.

일행이 제주 경계를 막 벗어나니 와강으로 가는 길이 두 가닥으로 뻗었는데, 한 가닥은 큰길이고, 다른 한 가닥은 오솔길이었다.

'큰길로 가면 관군이 추격해 올 것이고, 오솔길로 가면 도적 무리가 달려들 것이다.'

그가 한참 망설이고 있는데, 대나무밭에 있는 큰 바위 위에서 낮잠을 자던 두 사나이가 벌떡 일어나면서 말했다.

"왔어! 왔구나!"

말 위에 앉아있던 가윤보가 깜짝 놀라면서 눈여겨보니 그 사람은 바로 제국원이었다. 다른 한 사람은 모르는 사람이었다.

가윤보가 말했다.

"자네들이 오는 통에 난 쫓기는 몸이 되었네. 그런데 이분은 누구신가?"

"왕당인 형인데, 역시 산채의 형제요. 우리가 자네를 설득하려고 연극을 꾸민 거요."

왕당인이 말했다.

"어서 갑시다. 앞에 있는 객점에서 형수님이 쉬고 계시니, 어서 가서 함께 떠납시다."

앞길에 있는 객점은 와강산에서 보낸 두목 조대붕(趙大鵬)이 운영하는 술집이었는데, 와강산에서는 객점에서 알아낸 모든 소식을 입수한 다음에 필요한 물자를 약탈하곤 했다. 가윤보가 듣고 기뻐하면서 어서 가자고 재촉했다. 왕당인을 따라 조대붕의 객점에 이른 일행은 왕백당의 아내를 만나서 함께 와강산으로 올라갔다.

한편 장수타는 관병을 거느리고 차관과 함께 왕백당의 가족들을 잡으려고 왕씨촌으로 갔다. 사흘 만에 도착하고 보니 대문은 굳게 자물쇠가 걸렸다. 아전이 자물쇠를 부수고 집안에 들어가 보니 아무런 흔적도 없었다. 이웃들에게 물으니, 닷새 전에 떠났다고 했다. 장수타는 분부를 내려 문에 못을 박고 봉함을 붙이게 한 다음, 이웃들을 끌고 아문에 와서 문초했다.

조씨라는 이웃이 아뢰었다.

"그날 밤 소인이 소변을 보려고 밖에 나갔다가 '가윤보, 어서 돌아가게, 우린 떠나겠네.' 라는 말소리를 들었습니다. 왕백당의 아내는 늘 나들이를 하는 여인이어서 죄를 짓고 도망치는 줄은 꿈에도 생각지 못했습니다."

장수타가 아전들에게 가윤보가 어디서 사는 지를 아느냐고 물으니 모른다고 대답하는데, 한 역졸이 나서면서 말했다.

"서문 밖에서 난전을 차리고 있는 사람이 있는데, 그를 가윤보라고 부릅니다. 그 사람이 확실한 지는 모르겠습니다."

조씨가 말했다.

"바로 그 사람입니다. 그날 밤 그 자가 서문 쪽으로 갔습니다."

장수타가 듣고 체포하러 가려고 일어서는데, 순라꾼 한 사람이 들어와서 알렸다.

"반군 무리의 수령인 유무주(劉武周)[15]가 부하 송금강(宋金剛)과 함께 무리 수천 명을 거느리고 박망(博望)을 지나 평원현(平原縣, 今 山東省 서북부 德州市 관할현)으로 진격해 들어왔습니다. 나으리께서는 어서 군사를 거느리고 가셔서 토벌하시기 바랍니다."

유무주(劉武周)

그 말을 듣자, 장수타는 아전을 시켜 진숙보를 모셔오게 했다. 진숙보가 들어서자, 장수타는 차인이 가지고 온 문서와 왕백당의 이웃의 진술한 자료들을 보여주면서 부탁했다.

"나는 반란군 무리가 우리 관내에 들어왔다니 군사를 이끌고 가서 공격해야겠네. 그러니 귀관이 성 밖에 있는 가윤보를 잡아다가 문초하면서 왕씨 일족의 행방을 알아봐 주게."

---

15 유무주(劉武周, 6세기－622년)－隋朝(수조) 말년 지방 할거 세력의 한 사람. 한때 고구려 원정에도 동참. 응양부(鷹揚府) 校尉(교위) 역임. 당 건국 이후에도 할거 세력으로 존속. 이세민에게 패전－돌궐 땅으로 도주, 사망.

그 말에 숙보는 가슴이 뜨끔했다.

'가윤보는 내가 알려서 도망치게 했는데 이미 떠났으면 몰라도 그냥 집에 있다면 이 일을 어찌한단 말인가?'

숙보는 잠깐 망설이다가 장수타에서 부탁했다.

"도적떼가 입경했다니, 제가 가서 물리치겠습니다. 이 일은 모반을 꾀한 대사이니, 대인께서 처리하시는 것이 더 타당할 것 같습니다."

"여러 말로 사양하지 말고 어서 가보게."

숙보는 하는 수 없이 가복 몇 명을 데리고 차관과 함께 성 밖에 가서 지방관리를 불러다가 가윤보의 저택으로 인도하게 했다. 문이 잠겨있기에 자물쇠를 부수고 들어가 보니 집은 이미 비어 있었다. 이웃들한테 물으니, 문은 그저께부터 잠겨 있었고 사람들이 언제 떠났는지는 모른다고 대답했다.

그러자 차관이 말했다.

"가윤보가 가족까지 거느리고 도망한 걸 보면 왕백당의 일당임이 틀림없습니다. 아직 멀리가지는 못했을 테니, 나으리께서 뒤쫓아가 잡아주시오."

"내가 어디로 쫓아가야 한단 말인가? 나는 장수타 나으리를 따라가서 도적의 무리를 정벌해야 한다."

숙보는 말을 타고 가버렸다. 차관은 하는 수 없이 장수타한테서 회문을 받아 가지고 동경으로 돌아가 바쳤다.

우문술이 회문을 받아 가지고 이웃들이 가윤보의 이름을 제공

했다는 그 대목을 보고 있었다. 때마침 차관이 도위 진숙보를 보내서 가윤보를 잡으려고 했는데, 진숙보가 적극 가지 않았다고 말했다.

그 말을 듣자 우문술은 갑자기 짚히는 바가 있는지, 아들 우문화급을 불렀다.

"진숙보란 놈을 죽여버리려고 하다가 내호아한테 조소까지 받지 않았느냐? 그런데 그 녀석이 지금 산동에서 관직에 있을 줄은 예상 못 했다. 나는 진숙보가 양적선과 연결된 왕백당과 한통속이라고 보고할 것이다. 그리고 양현감의 잔당이었던 위복사, 진숙보 그리고 이밀, 왕백당과 공모했고, 지금은 산동도위로 있으면서 모반을 획책하고 있다고 하겠단 말이다. 상소하면서, 보고 공문을 작성하면서 차인을 보내 장수타를 잡아오기만 하면 얼마든지 원수를 갚을 수 있다."

그러나 아들 우문화급이 말했다.

"아버님의 생각이 옳으시나, 장수타는 용감하고 지모가 있는 사람입니다. 하지만 숙보란 그놈은 아주 용맹하고 잔머리가 많아 아마도 장수타라도 당해내지 못할 겁니다. 어쨌든 도적 무리를 규합했다거나 모반을 꾀했다고 하면 그 죄가 큽니다. 그러니 그 가족들에게 연루시켜서 그놈의 일족을 동경으로 압송해와야 할 것입니다. 특히 처자식을 인질로 삼으면 그놈도 감히 날뛰지 못할 겁니다. 이것이 만전을 기할 수 있는 방책입니다."

"좋은 생각이다!"

부자간의 상론이 끝나자, 우문술은 상주문을 올려 진숙보를 이밀의 작당으로 몰았다. 이런 상주문이 비준받지 못할 리가 없었다. 그래서 우문술은 두 관리를 제주로 내려보냈다. 한 사람은 장수타의 군영으로 보내고, 다른 한 사람은 제주군승에게 보내 죄인들을 차질없이 제때에 잡아 올리라는 명령을 전달했다.

그때 나사신은 제군에서 도적을 막았고, 장수타와 진숙보는 평원현(平原縣)에서 반군 도적과 싸웠다. 반란군의 수가 많고 관병군이 적었기에 도적 무리는 흩어졌다가도 모이고, 모였다가도 흩어지곤 했다. 이쪽에서 물리치면 저쪽에서 달려드니 소탕할 수가 없었다.

그러나 그들 세 사람은 힘을 합쳐 막아냈다.

어느 날, 장수타가 평원에서 진숙보를 불러다가 유민들을 모아서 도적을 막을 계책을 상의하는데 갑자기 동경에서 차인이 찾아와서 병부 기밀이라고 하면서 문서를 내놓았다.

장수타가 받아서 뜯어보고 다시 봉투에 넣어 탁자 위에 내려놓자, 차인이 말했다.

"우문 나으리께서는 죄인이 도망치지 못하도록 나으리께서 즉각 시행하시라고 분부하셨습니다."

"알겠네! 내일 와서 회문(回文)을 받아 가게."

본영으로 돌아온 장수타는 등불 아래에서 상주하는 회문을 쓰기 시작했다. 장수타는 진숙보가 이밀의 작당이 아니라고 변호하면서, 간신들의 참언을 듣고 충신을 해쳐서는 안 된다는 내용을 써서 조심스러운 서리를 불러 필사하게 했다. 그리고 병부에 올릴 회문을 썼다. 이튿날 회문을 주려고 차인을 기다리는데 주민들을 안정시킨 숙보가 출병에 관한 업무를 의논하려고 장수타를 찾아왔다. 숙보가 본영에 왔다는 말을 들은 차인은 장수타가 숙보를 잡으려고 꾀어온 줄로만 알고 군영으로 찾아갔다.

그런데 장수타와 진숙보는 부드러운 얼굴로 마주 앉아서 업무를 의론하고 있었다. 숙보가 자리에서 일어서자, 차인은 그가 도망칠까봐 장수타에게 급히 말했다.

"병부의 차인이 회문을 받으러 왔습니다."

장수타가 차인을 꾸짖었다.

"뭘 그리 다급하게 재촉하는가?"

수타는 서리를 불러서 회문을 가져다주게 했다.

차관은 회문을 받게 되자 하는 수 없이 다시 말했다.

"차인은 회문을 받아 가지고 죄인을 압송해야 합니다. 나으리께서 죄인을 넘겨주시고 압송할 군사도 선발해 주십시오."

"그 일에 대해선 내가 회문에 밝혀 놓았으니, 자네는 회문만 가지고 돌아가면 되네."

"제가 동경을 떠날 때 우문술 나으리께선 죄인을 잡지 못하면 돌아오지 말라고 분부하셨습니다. 지금 죄인이 이 자리에 있으니, 나으리께서 잡아주시면 제가 압송하겠습니다."

장수타가 불편한 기색으로 말했다.

“자네는 차인이니 쓸데없이 참견할 일이 아니네? 회문에 다 썼고 상주문에도 똑똑히 밝혔네. 어서 올라가게.”

하지만 차인은 그래도 다른 생각이 있었다.

“이 사건은 모반과 관계되는 일이어서 특별 공문을 내려 체포하려는 죄인이니 예삿일이 아닙니다. 만일 죄인을 체포하여 압송하지 못하면 소인이 악당을 비호했다는 누명을 쓰게 될 뿐만 아니라 장 나으리한테도 불편한 일들이 많이 생길 것입니다.”

영문을 모르는 진숙보는 차인이 하도 간청하는 바람에 궁금하여 장수타에게 물었다.

“대인님, 도대체 어떤 죄인입니까? 죄가 확실하면 잡아들여야지요.”

그러자 장수타가 웃으면서 대답했다.

“내버려 두게!”

그러자 차인은 속이 달아서 고함치기 시작했다.

“반역범(逆犯)인 진숙보를 잡으라는 성지를 시행하지 않고, 어찌하여 그와 마주 앉아 저를 내쫓습니까? 죄인을 잡으라는 칙령을 이렇게 거역하는 법이 어디 있습니까?”

진숙보는 ‘역범 진숙보’라는 말을 듣자 자리에서 벌떡 일어나 장수타에게 말했다.

“대인, 진숙보가 어떤 모반 죄를 범했기에 조정에서 잡으라는 명령이 내려왔다는 말입니까? 만일 그런 칙명이 내렸다면, 진숙보는 가야 합니다. 대인께 연루시킬 수가 없습니다.”

장수타는 숙보가 모르게 일을 처리하려고 했지만 지금에 와서는 말하지 않을 수가 없게 되었다.

"어제 병부에서 진도위가 양현감 일당이라는 문서를 보내왔네. 도주범 위복사가 자네와 왕백당 가족이 결탁해서 이밀을 숨겼다고 했으니, 자네를 당장 잡아보내라는 명령이었네. 자네는 5년간 고구려 원정에서도 큰 전공을 세웠고, 오늘날은 산동에서 조석으로 나와 머리를 맞대고 있었으니, 언제 양현감과 내왕할 여가가 있었단 말인가? 충량(忠良)한 인재를 까닭 없이 억울하게 할 수 없는 일이니 변호하는 상주문을 지어 회문과 함께 병부에 바치려는데, 저 녀석이 차인 주제에 당치 않은 짓을 한단 말이네."

"진짜와 가짜는 밝혀지게 마련이니, 이 진숙보를 서울로 압송해다가 스스로 시비를 캐도록 해주십시오. 이밀을 잡지 못하니 그런 구실로 저를 해치려 드는 것인데, 만일 제가 동경에 올라가지 않으면 대인께 그 화가 미칠 것입니다."

진숙보는 사람을 불러서 의관을 가져오게 하고 관복과 관대를 바꾼 다음 동경으로 떠나려고 했다.

그러는 진숙보를 장수타가 극구 만류했다.

"그럴 것 없네! 지금 산동이나 하북 일대에서는 도위와 나, 둘에 의해 안정되고 있네. 도위가 없으면 나도 독불장군이지. 대장부가 죽지 않으면 몰라도 한번 죽는다면 나라를 위해 떳떳하게 목숨을 버려야 청사에 이름이 남지 않겠나? 그러니 어찌 작은 일에 구속받고 옥리들에게 능욕당하면서 참소한 자들을 기쁘게 만들어 줄 수 있겠는가?"

장수타는 서리를 불러다가 상소문을 숙보에게 보여주었다. 그런 다음 그 자리에서 봉해놓고 심부름하는 기패를 불러 향불 탁자를 가져오게 했다. 상소문에 절을 올린 다음, 기패에게 여비를 주고 차인에게 은자 열 냥을 상으로 주었다. 차인도 더는 고집을 부릴 수가 없어 동경으로 되돌아가는 수밖에 없었다.

숙보가 장수타한테 감사를 표하니, 장수타가 말했다.

"자네한테 은혜를 베풀려고 그런 게 아니라 나라와 지방을 위해서 그런 거네. 자네와 내가 동심협력해서 도적 무리를 소탕하고 백성을 위로하면서 나라를 위해 힘을 다하면 되는 거네."

숙보는 장수타의 처사에 감격해 마지않았다. 그래서 일심으로 공을 세워 나라에 보답하고 지기(知己)들에게 보답하려고 했다. 하지만 집에서는 이런 변고가 일어나고 있는 줄을 전혀 모르고 있었다.

간웅의 심계는 언제나 악독하지만, (總是奸雄心計毒)
그래도 충신은 굳건한 기둥이 된다. (故教忠義作强梁)

제44회

숙보 모친은 압송 중에 탈출했고, 나사신은 한밤에 원수를 죽이다.(寧夫人路途脫陷, 羅士信黑夜報仇.)

시로 읊나니,　　　　　　　　　　詩曰,

자고로 하늘은 사람의 마음을 아나니,　　(萬古知心只老天)
영웅의 탄식에 역시나 연민을 느낀다.　　(英雄堪歎亦堪憐)
충신인 악비 젊어 너무 일찍 죽었는데,　　(如公少緩須臾死)
간신인 진회 어찌 팔십을 살 수 있나?　　(此虜安能八十年)
막막한 하늘 엉긴 먼지에 달이 기우나,　　(漠漠凝塵空偃月)
당당한 모습 능연각[16] 초상으로 남았다.　　(堂堂遺像在凌煙)
서호의 길에 묻힐 줄을 일찍 알았다면,　　(早知埋骨西湖路)

---

16 능연각(凌煙閣) — 당 장안성 太極宮 서남의 작은 누각인데, 여기에 당의 개국 공신 24명 신하의 초상화를 제작, 보관하였다. 643년.

낚싯배 갈매기와 가까이하지 않았으리. (悔不鷗夷理釣船)

이 시는 원(元)나라 시절 섭정일(葉靖逸, 인명 미상)이 지은 시인데, 宋나라의 충신 악비(岳飛)가 충성을 다했는데도 승상 진회(秦檜)의 미움을 받았으며,[17] 비록 한세충(韓世忠), 하주(何鑄), 조사포

---

17 여진족의 金나라는 1126년 겨울에 남침했다. 1127년 북송의 휘종(徽宗)과 흠종(欽宗) 두 황제와 황족과 대신 3,000여 명, 일반 백성 10여만 명이 金나라로 끌려갔고 북송은 멸망한다. 이를 당시 흠종의 연호대로 '靖康之變(정강의 변)' 이라 한다.
'정강의 변' 은 漢族의 치욕이었지만 이는 부패와 무능, 사치와 안일로 점철된 휘종 통치의 당연한 결과였다. 뒷날 南宋에서는 이러한 치욕에 대한 직설적 표현조차 부끄러운 일이었다. 때문에 북송의 멸망을 '정강의 변' 이라 에둘러 표현하고, 두 황제가 잡혀가 억류된 사태를 '二聖北狩(이성북수, 두 황제가 북쪽을 순찰하며 지켰다)' 로 얼버무렸다. 휘종의 9子였던 康王(趙構)이 金에 인질로 갔다가 풀려나와 뒷날 제위에 올라 宋의 代를 이어 제위에 오른 것은 개인의 八字라는 말 이외에는 설명이 되질 않는다. 1127년, 南京應天府(今 河南省 商丘市)에서 제위에 올라 건염(建炎)으로 개원한 高宗(趙構)은 金에게 남쪽으로 쫓겼다가 1232년에 臨安(杭州)에 定都하였다. 역사에서는 이를 南宋(1127－1279년)이라 한다. 남송은 진령산맥과 淮水를 경계로 金과 대치하였다. 금과 남송의 대치는 중국 역사에서 또 다른 南北朝時代라고 부를 수 있다.
高宗은 즉위 후 오대십국시대에 개발된 강남의 경제력을 바탕으로 재정을 꾸리면서 岳飛(악비, 1103－1142) 등을 등용하며 북벌을 전개한다. 岳飛는 南宋의 항금(抗金) 명장으로, 시호는 忠武이다. 中國人들이라면 누구나 다 아는 민족 영웅이다. 그러나 고종은 나

(趙士褒) 등등이 악비를 살리려 했지만 구원하지 못했고, 악비는 끝내 죽을 수밖에 없었다. 이후 여진족 금(金)나라의 창궐을 막을 수가 없어 후세 사람들에게 몹시 안타까운 연민만 남았다.

중에 金과 화의를 주장하는 秦檜(진회)를 등용한다. 진회를 신임한 고종은 휘종과 흠종 두 황제의 소환에 소극적이었다. 결국 악비가 죽은 뒤, 南宋(남송)은 金(금)에게 칭신(稱臣)하는 굴욕적인 화의를 맺고(詔興和議, 1141년), 일시 평화를 유지한다.

秦檜(진회, 1090－1155년)는 북송 末年에 어사중승(御史中丞) 역임. 金에서 돌아온 뒤 두 차례 宰相(재상)에 임명되어 전후 19년 동안 남송의 정치를 주물렀다. 岳飛(악비)를 모함하여 죽였기에 악명을 천추에 길이 남겼고, 남송 말년의 賈似道(가사도)와 함께 '南宋의 2대 간신(奸臣)' 으로 꼽힌다. 가사도(賈似道, 1213－1275년)는 남송 멸망의 직접 책임이 있는 大臣이었다. 金과의 항쟁에서는 간신 진회, 몽고와의 싸움에서는 가사도가 그 역할을 다했다.

1155년에 진회는 66세로 病死(병사)한다. 사후에 진회는 申王으로 봉해졌고, 충헌(忠獻)이라는 시호를 내렸다. 진회가 죽자 장기간 억눌렸던 主戰派들이 岳飛의 명예를 회복하려는 요구가 거세지고 抗金(항금) 분위기 속에서 악비의 관작은 회복되었다. 악비의 명예회복은 곧 진회와 그 일족의 파멸이었다. 민간에 전해오는 이야기로, 당시 사람들이 밀가루로 진회의 형상을 만들어 끓는 기름에 넣어 볶아 먹었는데, 이를 '油炸檜(유작회, 기름에 볶은 진회)' 라고 불렀고, 이것이 오늘 중국인들이 일상적으로 먹는 '油條(유조, 꽈배기)' 의 시초라고 한다. 油條는 일반적으로 '교활한 사람' 이라는 뜻으로도 쓰이는데, 이를 보면 秦檜(진회)가 중국인들에게 어떠한 평가를 받고 있는지 알 수 있다.

그때 만일 인재를 아끼는 대신이 있어, 악비를 보호했더라면 악비가 살아 남아서 남송을 침입하는 金나라를 평정했을 수도 있었다. 그러므로 장군과 재상들이 서로 간에 힘을 합쳐 조화를 이루고, 서로 시기하지 말아야 나라를 융성시킬 수 있다.

반대로 핍박이 극에 이르면, 나라를 위해 난리를 평정해야 할 대신들이 도리어 반란을 일으킨다. 장수타는 제군(濟郡)의 통수로 발탁되었다. 부통수라 할 수 있는 제군의 군승(郡丞)은 산서(山西) 평양현(平陽縣)에서 발탁된 주치(周致)라는 사람이었다.

어느 날 주(周) 군승이 아문에서 집무 중에 병부에서 차인을 통해 보낸 문서를 보니, 진숙보의 가족을 구속 송치하라는 내용이었다. 군승은 부하를 시켜 숙보의 일족을 구속하라는 내용의 글을 응양부에 찾아가 나사신한테 전달케 하였다.

나사신이 군승의 문서 쪽지를 읽고 호통을 쳤다.

"형님은 천신만고 고생을 했고, 이제 겨우 앞길이 트이기 시작하는데, 어떻게 역도의 무리가 될 수 있겠는가? 괘씸한 놈들이로다. 냉큼 모두 물러가라!"

"군승의 분부이니 소인들도 감히 어길 수 없습니다. 군승께서도 경솔히 처사하시지 않았을 것입니다. 병부에서 내려온 문서인데다 또 우문술 나으리의 지시문까지 동봉되어 있으니 상부의 명에 따라 구속해야 합니다. 나으리께서도 깊이 생각해 보시기 바랍니다."

그러자 나사신이 화를 내며 말했다.

"물러가려면 갈 것이지 웬 말이 많은가? 더 떠들면 곤장을 30대씩 때릴 것이다."

나사신이 대노하자, 군졸은 돌아가서 군승한테 사실대로 말하는 수밖에 없었다. 군승도 다른 도리가 없어 교자를 타고 나사신을 찾아왔다.

나사신이 나와서 허리를 굽혀 인사를 했다. 군승은 나사신의 행동거지에 대해 알고 있는지라 거듭 미안해하면서 말했다.

"방금 경솔한 조치를 미안하게 생각하오. 그렇지만 도위 진숙보께선 무관이시고, 나는 문관이지만 같은 관리로서 어찌 사정을 보지 않을 수 있겠소? 하지만 병부의 문서와 칙령에서 역당이라고 하니 너무도 놀라운 데다가 차인의 불같은 재촉을 감당할 수가 없었소. 덮어 감추기가 어려운 일이니 같이 협조하려고 찾아왔소."

"저와 진도위는 결의형제간입니다. 형님께서 떠나시면서 어머님과 형수님을 저한테 부탁하셨는데, 제가 어찌 그분들을 능욕당하게 할 수 있겠습니까? 대인께서 널리 보살펴주시기를 바랄 뿐입니다."

"제가 보살펴드리지 않을 수가 없지요. 하지만 병부 문서를 회문하기는 어렵습니다."

"일이 크나 적으나 대인께서 담당하셔야 합니다. 잡아간다면 진도위부터 잡아가야지요. 본인을 잡아가두지 않고 가족부터 구속하는 조치는 도리에 어긋나지 않겠습니까?"

"저도 같은 관리로서 안면을 보고 찾아왔습니다. 차인한테 후한 뇌물을 주어서 마음을 안정시키고 보고서를 작성하여 일단 돌려보내면 어떻겠습니까? 진숙보의 모친과 아내를 관아에 잡아가두었지만 병이 중해서 지금 떠날 수가 없으니, 병이 나은 다음에 낙양으로 송치하겠다고 보고합시다. 그렇게 시일을 늦춘 뒤에 동경에 가서 연줄을 달면 아무도 해를 입지 않을 것입니다."

나사신은 젊지만 사리에 밝으면서도, 심지가 올바른 사람이었다.

"저희들 형제는 남한테서 돈을 받은 적도 없으니 남에게 줄 돈도 없습니다. 어쨌든 제가 있는 한 도위의 가족을 관가에 보낼 수가 없습니다."

나사신은 설복시킬 수 없게 되자, 군승은 아문으로 돌아가는 수 밖에 없었다. 차인이 하도 재촉하니 군승은 아문의 서리들을 불러 의논했다.

한 교활한 서리가 말했다.

"칙령에 따라 구속하지 않고서는 보고할 수가 없습니다. 또 나사신 수하에 병마가 있으니 억지로 빼앗아 올 수도 없습니다. 먼저 나사신을 다른 사유로 구속한다면 진숙보 가족을 구속 못할 걱정이 없을 것입니다. 더군다나 나사신과 진숙보는 함께 살고 있으며 또 결의형제라고 하니, 나사신도 역시 진숙보의 일족입니다. 함께 잡아가면 후환을 미리 막을 수도 있습니다."

"그 사람은 표범처럼 날쌘 사람인데, 어떻게 잡는단 말인가? 또 호송하는 길에서 일이라도 생기면 어찌하겠는가?"

그러자 교활한 서리가 대답했다.

"나으리, 그 점은 염려마십시오. 나사신과 숙보의 가족을 잡아서 차인한테 넘겨만 주면 그만입니다. 길에서 일이 생기는 거야 차인과 그 지방 관아의 책임입니다."

군승은 머리를 끄덕였다.

"그나저나 나사신을 어떻게 잡는단 말인가?"

서리가 군승의 귓전에 대고 몇 마디 소곤거리니 군승이 머리를 끄덕이면서 크게 기뻐했다. 군승은 그 서리를 시켜서 보고문을 어떻게 써야 할지 상의하자면서 나사신을 불러오게 했다.

그러자 나사신이 말했다.

"난 상관하지 않겠네. 자네들 나으리더러 마음대로 쓰라고 하게."

서리가 나사신을 위하는 척 둘러댔다.

"물론 군승의 이름으로 보고합니다. 하지만 군승께서는 회송 문서의 이런저런 문구 중 어느 것이 더 유리할지 의견을 들어보려는 뜻으로 청하는 것입니다. 군승께서 인정을 베푸는 뜻이라 생각하십시오."

"당신은 언사가 매우 유창하구먼, 성함이 무엇이요?"

"서판(書辦)인 계성(計成)입니다. 나으리의 저택 뒷골목에 살고 있습니다."

나사신은 그 말대로 믿고 말을 타고 군승의 관아로 갔다. 군승이 기뻐하면서 맞이했다.

"어쨌든 동료의 정분을 봐서라도 일이 좋게 되도록 문서를 작성하는 것이 도리지요. 그런데 엄청난 사태여서 회문을 작성하기가 어려워 망설이고 있습니다. 저는 관직을 내걸고 두 분 호걸을 위해 일을 원만히 처리하고 차인을 돌려보내려 합니다. 그러니 다시 한번 상의해 봅시다."

"대인의 주장대로 처리하십시오."

서판인 계성이 보고문 초안을 들고 와서 나사신한테 보였다. 진숙보의 아내와 모친이 병이 중하니, 지금 잡아두었다가 완쾌한 뒤에 압송하겠다는 내용이었다.

"저는 경험이 적어서 공문을 어떻게 쓰는지 잘 모릅니다. 이렇게 회문하면 되겠습니까?"

군승이 일부러 글자를 짚으면서 흠집을 찾았다.

"이 두 글자가 타당하지 못하군."

그는 서판을 불러서 다시 쓰게 했다. 그러다 보니 한나절이나 끌어서 점심때가 지났다. 군승은 병부에서 온 차인을 불러서 회송문을 넘겨 주었다. 그리고는 은자 열 냥을 주면서 나사신이 주는 것이라고 말했다.

군승이 점심을 먹고 가라고 만류했지만 나사신은 거듭 사절했다.

"같이 식사 한번 할 수 없다면 제 마음이 섭섭합니다."

군승을 따라 후당에 이르니 점심상이 차려져 있었다. 손님과 주인으로 마주 앉아 술을 마시기 시작했다. 나사신도 몇 잔 마셨는데 반시간도 안 되어 천지가 빙글빙글 돌아가면서 머리가 어지러워 식탁에 엎어졌다. 군승이 매복시켰던 역졸들이 나와서 나사신을 묶었다.

군승은 본채로 나와서 나사신의 부하들에게 말했다.

"나사신이 진숙보와 함께 역적 모의를 한 사실이 들어나서 칙령에 따라 구속하였으니 너희들은 항거하지 말라!"

나사신의 부하들은 그 말을 듣고 뿔뿔이 흩어졌다. 나사신이 잡히니 집에 주인이 없게 되었는지라 진숙보의 어머니 영씨(寧氏)와 아내 장씨, 어린 아들 진회옥(秦懷玉)도 구속되어 족쇄와 수갑을 차고 수레에 올랐다. 나사신도 족쇄와 수갑을 차고 호송 수레에 실렸다. 군승은 차인에게 보고 문서를 바꿔주었고, 호송할 병졸 40명을 뽑아주었다.

진회옥(秦懷玉, 진숙보의 아들)

그들은 그날로 제주 성을 벗어났다. 오경에 길을 떠났는데, 나사신이 점차 정신을 차리기 시작했다. 부인의 흐느낌 소리가 들려왔지만 몸을 움직일 수가 없었다. 눈을 떠보니 호송 수레에 갇혀있었다. 숙보의 모친과 어린아이를 안은 아내도 족쇄와 수갑을 차고 작은 수레에 앉아 울고 있었다.

그 정경을 바라보는 나사신의 가슴에서는 분노가 끓었다.

"내가 잘못해서 간계에 빠졌기에 형님의 어머니와 형수, 그리고 아들애까지 고생을 시키는구나."

나사신은 족쇄와 수갑을 부숴버리려고 하였으나 술에 마비된 몸을 아직 제대로 움직 일수가 없었다. 한동안 참았다가 진시(辰時)쯤 되니 정신이 원상태로 맑아졌다.

나사신이 고함 치며 몸을 위로 힘껏 뻗으니 호송 수레의 덮개가 부서졌고 두 팔을 쩍 벌리니 수갑이 끊어졌다. 한번 발길질하니 족쇄가 두 동강 나고 수레 난간이 부서졌다. 나사신은 난간에서 떨어져 나간 몽둥이를 들고 차인을 후려 갈겼다. 호송하던 관병들은 그의 용맹을 아는지라 감히 덤벼들 엄두를 못내고 소리를 지르며 도망쳤다.

나사신은 숙보 모친과 형수의 족쇄와 수갑을 풀어주었다.

수레 인부도 도망쳤기에 그가 직접 수레를 밀고 갔다.

"도와줄 사람도 없는데, 이놈들이 쫓아오면 어쩐다?"

나사신에게 좋은 수가 떠오르지 않았다. 때마침 수풀 속에서 장정 십여 명이 뛰쳐나왔다. 나사신은 급한 김에 길 옆에 서있는 대추나무를 뽑아들고 달려갔다.

그때 앞장을 섰던 두 사람 중 한사람이 말했다.

"나장군, 잠깐만. 나 가윤보요."

나사신은 가윤보의 집에 찾아가서 그를 만난 적이 있었다.

눈여겨보니 가윤보가 틀림없었다.

"가족들은 어쩌고 나를 찾아왔소?"

"가족은 왕씨네 형수님과 함께 와강산 산채에 안전하게 머물고 있습니다. 산채의 이밀 형이 이런 일이 있어 숙보 형한테까지 화가 미칠까 봐 소식을 염탐하게 했습니다. 과연 진형의 가족까지 붙잡히셨다니! 그리고 틀림없이 이 길을 지나가리라 짐작했습니다. 선웅신 형님댁 집사와 함께 병졸을 이끌고 와서 도적 무리로 변장하고 기다리던 참이었소. 그런데 나장군이 먼저 손을 써서 화를 벗어났구만."

"호송 수레를 부숴버리고 관병을 쫓아버렸지만 단신으로 수레까지 지켜야 했기에, 그놈들이 다시 쫓아올까 봐 크게 걱정했습니다. 가형을 만났으니 이젠 걱정 없습니다."

선웅신의 저택인 이현장의 집사였던 선전이 말했다.

"우리에게 타고갈 말도 있고 병기도 있으니 쫓아와도 두렵지 않습니다."

가윤보가 말했다.

"앞으로 몇십 리만 가면 두자갱(豆子坑)이오. 거기서 벗들이 기다리고 있소."

가윤보의 말이 끝나기도 전에 군승과 차인이 군사 6, 7백 명을 거느리고 추격해왔다.

그러자 선전이 가윤보한테 말했다.

"어서 진형의 가족과 아이를 거느리고 피하십시오. 저와 나장군이 남아서 탐관오리들을 죽여버리겠습니다."

그는 좋은 말 한 필을 나사신에게 내주었다.

나사신은 창을 거머쥐고 산꼭대기에 서서 고함쳤다.

"이놈들아, 우리 형제가 무슨 죄를 지었기에 조정에 잡아 바치려는거냐? 탐관오리들인 네 놈들이야말로 진짜 강도들이다. 오늘 깨끗이 없애버릴테다. 한 놈이라도 돌려보내면 나사신은 호걸이 아니다."

말 두 필이 관군들을 향해 곧장 달려갔다. 관군들은 나사신 한 사람만도 당해내기가 어려운데, 그의 옆에 건장한 사나이가 하나 더 있으니 감히 덤벼들 엄두조차 내지 못하고 말을 돌려 달아났다.

선전이 그런 모양을 보면서 껄껄 웃었다.

"그 주제에 관병이라고!"

선전은 더 쫓아가려는 나사신을 멈춰 세워 돌아왔다. 가윤보는 졸개 몇 명을 데리고 숙보 모친을 호위하여 앞으로 나아갔다. 길이 세 갈래로 갈라진 곳에 이르자, 한 무리의 사람들이 달려오는데 두목 같아 보이는 자가 소리쳤다.

"얘들아, 한 놈도 놓치지 말고 몽땅 잡아라."

눈치 빠른 가윤보는 그가 정교금임을 알아보고 너스레를 떨었다.

"이 도적 놈아, 진숙보도 몰라보느냐?"

정교금이 어이없이 웃으면서 말했다.

"나쁜 사람이구먼! 내 형의 이름을 빌어서 놀라게 할 작정이냐?"

정교금이 도끼를 휘두르면서 달려들자, 가윤보가 소리쳤다.

"정교금, 이분이 숙보 형 모친이셔! 모른척할 거야?"

나사신과 선전은 앞에 도적 무리가 나타났다는 말을 듣고 뒤쫓아왔다.

정교금이 숙보의 모친께 인사를 올렸다. 여러 사람들은 정교금을 따라서 정교금의 산채로 갔다. 우통이 숙보의 모친 여씨와 부인 장씨, 나사신과 인사를 나누었다. 정교금은 숙보의 모친을 뒤채로 모시고 가서 자기 어머니와 상봉케 했다.

숙보의 모친이 나사신한테 말했다.

"자네 형은 우리가 여기로 온 소식이나 들었는지? 지금 어떻게 지내고 있는 지 시름을 놓을 수가 없다."

말을 마치고 눈물을 흘리니, 정교금이 큰 소리로 말했다.

"큰어머님, 안심하세요. 제가 오늘 밤 졸개 몇백 명을 데리고 가서 형님을 모셔오면 될 것 아닙니까? 이제 아무 걱정 없습니다."

그러나 가윤보가 동의하지 않았다.

"진형과 장수타는 지금 6, 7천의 병마를 거느리고 있는데, 자네가 가서 제멋대로 설쳐대면 도움도 되지 않고 진형의 일만 그릇칠 수도 있네."

나사신이 나섰다.

"내가 가야겠소."

가윤보는 역시 머리를 저었다.

"자네도 합당치 않네."

선전이 말했다.

"제가 가면 어떻겠습니까?"

"자네가 합당하긴 한데, 진 나으리의 얼굴을 모르니 단언하기가 어렵군."

"제가 왜 모르겠습니까? 진 나으리께서 병환으로 고생할 때 저의 이현장에서 1년 남짓 계셨습니다."

정교금이 선전을 가리키면서 물었다.

"이분은 누구신가?"

가윤보가 말했다.

"소개가 늦었네, 선웅신 형 이현장의 유능한 집사이지. 지금 선형을 따라 산채에 와있네. 재간 있고 충의를 지키는 대장부이네."

"선웅신 형의 집사였구먼."

숙보 모친이 선전에게 부탁했다.

"집사가 군영에 찾아가서 내 아들한테 편지를 전해주겠다니 고맙네. 내가 편지를 써가지고 노자도 가지고 올테니, 속히 떠날 준비를 해주시게."

그러자 정교금이 막고 나섰다.

"큰어머님, 그런 법이 어디에 있습니까? 큰 어머님께서 여기로 오신 이상 모든 처사는 이 조카가 할 겁니다. 제가 어찌 큰어머님의 돈을 쓰겠습니까?"

그는 졸개를 불러서 은 한 덩이를 가져다가 선전에게 주었다.

"열 냥이네. 가지고 가면서 쓰게."

"노자는 저한테도 얼마든지 있습니다. 마님과 나으리께서는 걱정마십시오. 마님께서 편지만 쓰시면 제가 곧 떠나렵니다."

숙보의 어머니는 편지를 써서 선전에게 주었고, 뒤채에서 정교금의 모친과 옛 이야기를 나누면서 쉬었다. 나사신과 정교금, 가윤보 등은 밥을 먹고 방에 들어가 자리에 누웠다.

그러나 나사신은 생각할수록 분통이 터졌다.

'지금까지 업신여김을 당해본 적이 없는 나사신인데, 개 같은 군승놈과 서리놈한테 걸려들어 호송 수레에 갇혔고 하룻밤을 고생했다. 더구나 노모까지 괄시를 받았다. 예로부터 원한을 모르면 군자가 아니고(恨小非君子), 독하지 않으면 대장부가 아니다(無毒不丈夫)라고 했다. 이놈들을 죽여버리지 않고 내가 무슨 면목으로 이 세상을 산단 말이냐?'

화를 참을 수 없던 나사신은 새벽 오경에 자리에서 일어나 졸개처럼 변장하고 마구간에 가서 좋은 말 한 필을 끌어내어 타고서 산채의 정문에 이르렀다.

정문을 지키던 졸개가 물었다.

"나으리께서는 어디 가십니까?"

"관아에 볼일 있어 간다고 네 상관에게 말하라!"

그리고는 그대로 100리를 달려 제주 성 밖에 온 노사신은 작은 객점에 들어가서 배불리 먹고 주인한테 부탁했다.

"내 말을 잘 먹여주게. 난 성안에 들어가서 문서를 바치고 늦으면 친구 집에서 자고 오겠네."

"말은 제가 잘 먹일테니, 나으리께서는 맘 편히 일보시고 오십시오."

나사신이 성안에 들어서니 이미 날이 어두웠다. 토지묘에 들어가서 초경이 되기를 기다렸다. 그리고 살그머니 응양부 관아의 뒷문에 가보니 관아의 문은 이미 닫혀 있었다. 나사신은 화가 끓어올랐다.

골목에 들어서니 술병을 쥔 사람 하나가 비틀거리며 걸어가고 있었다.

"말씀 좀 물읍시다. 계(計)서판네 집이 어딥니까?"

"저쪽 끝에 가면 우물이 있는 집이 바로 그 집입니다."

나사신이 그 집 앞에 이르러 안을 들여다보니 사람이 보이지 않았다.

그는 손으로 대문을 두드렸다.

"누구요?"

"계상공과 얘기를 나누려 찾아왔습니다."

"방금 나가셨는데, 토지묘에서 심(沈) 상공과 이야기를 하고 있을 겁니다."

나사신이 다시 토지묘를 찾아가자, 어떤 자가 머리를 갸우뚱거리며 걸어가고 있었다. 나사신이 눈여겨보니 바로 찾고 있던 계서판이었다.

사신은 걸음을 멈추고 목소리를 바꿔 말했다.

"계상공, 여기로 오시오."

계서판은 어두워 똑똑히 보이지 않아, 병부에서 내려온 차인이라 생각하고 따라왔다.

"웅(熊) 나으리십니까?"

"그렇네."

계서판이 다가오자, 나사신은 다짜고짜로 그를 끌고 토지묘 안으로 들어갔다. 그제서야 계서판은 나사신임을 알고 혼비백산해서 벌벌 떨며 꿇어앉았다. 나사신은 그 자의 가슴팍을 딛고 서서 번쩍이는 칼을 뽑아들었다.

계서판이 애걸복걸했다.

"다신 그런 짓을 안 하겠으니 제발 목숨만 살려주십시오."

"닥쳐라, 사실대로 말해라. 개 같은 군승이 아직도 아문에 있느냐?"

"방금 일을 마치고 댁으로 돌아가셨습니다."

나사신은 시간을 끌지 않고 칼을 휘둘러 서판의 목을 벴다. 수급이 먼지 덮인 땅바닥에 나뒹굴었다. 나사신은 그 자의 저고리를 벗겨서 수급을 싼 다음 궤짝 밑에 놓았다.

토지묘 건너편이 관아이기에 노사신은 몸을 날려 담장 위에 뛰어올랐다. 마침 가까이에 버드나무가 있었기에 그 가지를 잡고 땅에 내려섰다. 군승 주가(周哥)가 엊그제 술을 먹이던 곳이었다. 안으로 들어가려고 하니 문이 닫혀있었다. 다행히 벽에 사다리가 있어서 그것을 가져다 놓고 뜨락으로 들어갈 수 있었다. 군승은 임지가 소란하다고 생각하여 가족을 데려오지 않고 어린 일꾼만을 데려다가 주방일을 시켰다.

나사신이 창문으로 방안을 들여다 보니, 군승이 촛불을 켜놓고 아직 자지 않고 있는데, 탁자 위에 여러 개의 은자 봉지를 늘어놓고 글을 써서 붙이고 있었다. 틀림없이 본가에 보내려 그러는 것 같았다. 나사신은 창문을 확 열어젖혔다. 군승은 도적이 온 줄 알고 몸으로 은덩이를 안으면서 소리를 지르려 했다. 바로 그 순간 칼을 쥔 나사신이 다른 한 손으로 그 자의 머리카락을 움켜잡고 얼굴을 치켜 올린 뒤 물었다.

"이 개 같은 놈아, 내가 누구인 줄 알겠지?"

군승은 기겁해서 말 한마디 못하고 꿇어 엎드려 살려달라는 말만 거듭했다. 나사신은 주저하지 않고 칼을 휘둘러 목을 베고 침상 위 이불보에 수급을 싸서 꽁무니에 찼다. 그리고는 탁자 위에 있는 은자들을 몽땅 품 속에 넣고 옆에 있는 붓을 들고 벽에 썼다.

'어젯 밤에 갇혔던 몸, 오늘 밤엔 살인한다. 원수를 갚고 나니, 이 마음 통쾌하구나.'

나사신은 붓을 내동댕이치고 다시 담을 뛰어 넘어왔다. 토지묘에 이르러 궤짝 밑에 밀어 두었던 계서판의 수급을 꺼내 함께 잘 싼 다음에 토지묘를 벗어나 성문으로 왔다. 때는 오경이어서 성문을 아직 열지 않았기에 낮은 곳을 찾아서 뛰어넘었다.

객점에 와서 구석진 곳에 두 개 머리통을 숨겨놓고 문을 두드리니 주인이 나왔다.

"나으리께서 일찍 일어나셨습니다. 성문이 열렸던가요?"

"난 긴급 공문을 가지고 온 사람인데, 왜 열어주지 않겠소? 말은 잘 먹였겠지?"

"분부대로 배가 터지게 먹였습니다."

나사신은 은자 한 봉지를 꺼내주었다.

"그럼 상을 주어야지. 어서 말을 끌어오게."

주인이 말을 끌어오자, 나사신은 말을 타고 천천히 나아갔다. 50여 리를 달리고 나니 배가 고팠다. 한 마을에 당도하니, 노인이 문 앞에서 술과 삶은 닭고기를 팔고 있었다.

나사신은 말에서 내려 술을 마셨다.

"이 마을은 어찌하여 이러듯 황량합니까?"

나사신의 물음에 노인이 대답했다.

"백성들이 부역에 시달려서 농토가 모두 황폐해지니, 가난하고 황량하지 않을 리가 있겠소?"

나사신은 홀로 생각에 잠겼다.

'내가 지니고 있는 은덩이는 탐관오리들이 백성들의 고혈(膏血)을 짜낸 거다. 그놈은 이 은자를 집에 보내서 처자들이 복을 누리게 하려고만 생각했지, 내가 다시 찾아갈 줄은 생각지 못했을 거다. 이 은자를 뭣 하러 산채로 지니고 간단 말인가?'

"노인 어른, 이 마을에 인가가 얼마나 됩니까?"

"많지 않소, 10여 호 밖에 안되는데, 남자들은 부역에 끌려나가고 아녀자와 노소들만 남아있다 보니 살아가기가 쉽지 않소."

"노인 어른, 사람들을 모두 불러오십시오. 내가 가지고 있는 은자를 나눠주겠소."

노인은 급히 달려가서 부인들을 불러왔다. 몸을 가리기조차 어려운 남루한 옷들을 입었고, 얼굴은 장작개비처럼 바짝 말라 있었다.

"모두 몇 집입니까?"

"열한 집입니다."

나사신은 품 속에서 은자를 꺼내 대충 무게를 짐작하며 열 한 무더기로 나눴다.

모두가 눈처럼 희디흰 은이었다.

"자, 한 집에서 한몫씩 가져다가 남자들이 돌아올 때까지 보탬하시오."

부인들과 노인들은 기뻐서 어쩔 바를 몰랐다.

그들은 나사신한테 절을 하고 한몫씩 가져갔다.

"나으리를 잘 대접해 드려야겠지만 집집마다 곡식 한 톨이 없습니다. 보릿가루와 닭고기는 있으니, 나으리께서 꺼리지 않으신다면 이 늙은이가 가서 가져오겠습니다."

"그것도 고맙습니다."

나사신이 대답하자, 노인는 나는 듯이 달려가서 닭고기 한 접시와 찬물에 탄 보릿가루 한 사발을 들고 왔다. 그러자 열한 집에서 모두 미숫가루나 찐 마늘이며 술을 가지고 오니, 마치 잔칫날 같았다. 나사신은 무척 즐거웠다. 나사신은 배불리 먹고 나서 인사하고 떠났다.

그날 아침 일찍 일어난 정교금은 나사신이 없어진 것을 알고 숙보 모친에게 알렸다. 교금은 나사신이 산채에 있기를 꺼려서 홀로 떠났을 것이라고 말했다.

그러나 숙보 모친은 나사신을 진정으로 믿고 있었다.

"사신은 충직한 사내여서 우릴 저버리지 않을 거네."

나사신은 한참을 달리다가 뒤를 돌아보니 안장에 매달았던 원수의 머리통이 없어진 것을 알았다. 너무 빨리 달리는 바람에 끈이 풀리면서 떨어졌던 것이다. 나사신은 말을 돌려 왔던 길을 되돌아가면서 머리통을 싼 보자기를 찾았다. 얼마 가지 않았는데, 골짜기에서 한 떼의 인마가 쏟아져 나왔다.

앞에는 군량과 마초를 실은 수레 십여 대에 50여 필이나 되는 군마가 뒤따랐다. 수건으로 머리를 동여맨 두목 같은 두세 명은 긴 칼과 도끼를 들었다. 나사신은 도적 무리라 생각하며 길 한편으로 비켜 섰다. 말을 탄 자들은 나사신을 깐깐히 훑어보았다.

나사신도 그들을 눈여겨 보았다.

뒤에 따라오던 두목 같은 한 사내가 말을 세우며 물었다.

"자넨 누군가?"

나사신은 그를 보면서 되물었다.

"자네는 누구인데 나한테 묻나?"

"제주 진숙보 형님댁의 나사신이 아니신가?"

"내 이름을 어떻게 아시오?"

그 사람은 말에서 내려 다가오면서 말했다.

"내가 연거진이오."

"가윤보가 도망치도록 전해달라고 내 관아에 찾아와서 부탁하던 사람 아니오?"

"그렇네."

나사신도 말에서 내려 서로 인사를 나누었다. 이들은 서무공의 지시에 따라 노주부에 가서 군량을 빼앗아오는 길이었다.

여러 사내들이 말에서 내려 나사신과 인사를 나누자, 연거진이 말했다.

"가윤보의 가족은 내가 와강의 산채로 모셔갔는데, 진형의 소식을 모르고 있소."

나사신은 관아에서 숙보 모친을 구속하여 낙양으로 압송하던 사건의 전말을 대충 이야기했다.

그러나 선웅신이 말했다.

"숙보의 모친께서 정교금한테 가 계신다니 나도 찾아가서 인사를 드려야겠소."

그러자 병원진이 말했다.

"여기까지 오셨다니 언제든 꼭 만날 날이 있을거요. 우린 지금 군량과 마초를 운송해야 하고, 또 군사를 많이 거느리고 있으니 나형과 함께 와강산에 가서 서무공 및 이밀 형과 숙보 형을 구해낼 방법을 토의하는 게 상책이라고 생각하오. 그런데 나형이 어디로 가려는지를 딱히 알 수 없구만."

"난 두자갱으로 돌아가야 하오. 그런데 가다가 길에서 물건을 잃어버렸소."

"어떤 물건인데?"

"원수의 머리를 두 개 잘라 보자기에 싸서 매달았는데 중간에 떨어진 것 같습니다."

책양이 물었다.

"누구의 머리통인가?"

나사신은 밤에 찾아가서 복수하고 은자를 백성들한테 나눠준 이야기를 대충 말했다.

그말을 듣자, 책양이 큰소리로 말했다.

"자네는 역시 진짜 사이이야! 여러 말 그만두고 우리 산채에 가서 의논합세."

"여러 형님들과 함께 산채에 찾아가서 인사를 올리는 게 합당한 일이라 생각하지만, 큰어머님께서 제가 없어졌다고 걱정하실 것만 같아 걱정이 됩니다. 저는 정(程)형의 산채에 가서 큰어머님을 찾아뵙고 와강산으로 찾아가도 늦지 않으리라 생각합니다."

선웅신이 당부했다.

"그럼 큰어머님한테 나의 문안도 전해드리게. 선웅신이 지금 와강산에 와있으니 정형의 산채를 찾아가서 꼭 문안을 올리겠다고 하게."

"예, 잘 알겠습니다."

그들은 손을 들어 작별 인사를 나누고 헤어졌다. 나사신은 두 자갱으로 돌아갔고, 책양과 여러 사람들은 와강으로 떠났다. 1리도 못갔는데 앞에 가던 군졸이 달려와서 알렸다.

"오솔길에서 수급 두 개를 발견했는데, 조금 전에 말한 그 수급 같습니다."

선웅신이 말했다.

"이리 가져와봐라! 한번 보자."

졸개가 가져온 걸 보니 온통 피투성이었다.

책양이 말했다.

"사람을 보내서 나사신한테 돌려줘야 하겠구먼."

그러나 선웅신은 찬동하지 않았다.

"그만둡시다. 죽은 두 사람은 우리 형제들의 일 때문에 관가의 명령을 받들고 법을 지키다가 재산도 목숨도 다 잃었을 것이요. 만일 수급까지 짓밟는다면, 우리가 하는 짓이 지나치게 잔인합니다. 병졸을 시켜 묻어주는 것이 도리입니다."

마음 씀씀이가 각각 다를 것이나, (處心各有見)
그래도 잔인한 짓은 옳지 않도다. (殘忍總非宜)

선웅신 일행은 두 사람의 목을 땅에 묻어주고 와강산 본부로 돌아갔다.

제45회

평원현에서 진숙보는 도망쳐 살아났고, 대해사에서 당만인은 의리로 자살하다.(平原縣秦叔寶逃生, 大海寺唐萬仞徇義.)

노래하기를, 詞曰,

위험할 때면 늘 천심을 알 수 있나니, (顚危每見天心巧)
어느날 아침 일이 터져 뒤얽혔더라도, (一朝事露紛紆)
살면서 어찌 지인 마음을 등지겠나? (此生安肯負知心)
간웅이 악독한 음모를 꾸미니, (奸雄施計毒)
부평초 같은 인생 눈물을 뿌린다. (淚灑落青萍)

산채의 여러 영웅 모여 잔치 벌리니, (寨內群英歡聚盛)
외로운 충신 공연히 굳은 절개 지킨다. (孤忠空抱堅貞)
어양의 한판 싸움에 뜻을 펴지 못하고, (漁陽一戰氣難伸)

엇갈린 존망에 큰 탄식이 많으니, (存亡多浩歎)
은덕에 인정을 떠나 자결한다. (恩犯別人情)
— 곡조 〈임강선〉 — 右調 〈臨江仙〉

한 사람만을 끝까지 따르면서 두 번 죽지 않으려는 지조는 충신의 절개이고, 영웅의 의기이다. 현능한 사람을 질투하고 사사로운 정으로 불의를 추구하는 사람은 일신의 쾌락만을 추구하고 나라의 일을 돌보지 않는다.

그러했기에 위(魏)나라의 범수(范雎)는 쫓겨나자, 진(秦)으로 망명했다가 나중에 위(魏)를 정벌하여 복수했다. 오자서(伍子胥)는 초(楚)에서 쫓겨나 오(吳)로 망명했다가, 다시 초나라를 전복시켜 원한을 풀었다. 쫓겨나거나 망명할 때의 결심이 어찌 그렇게 독할 수 있겠는가? 왜냐면 자신의 한 몸을 지킬만한 곳이 아예 없었기 때문일 것이다.

숙보 모친의 서신을 가지고 두자갱에 있는 정교금의 산채를 떠난 선전은 밤새 말을 달려 숙보의 군영에 도착하였다. 숙보가 본영에서 자신의 목숨을 구해준 장수타의 은혜에 어떻게 보답할 것인가를 생각하고 있는데 문지기가 와서 알렸다.

"나으리 댁에서 사람이 찾아왔습니다."

숙보는 어머니가 병환이 난 줄 알고 가슴이 철렁했다.

"어서 모셔라."

그런데 들어오는 사람은 바로 노주 선웅신 이현장의 집사인 선전인지라 깜짝 놀랐다.

'선웅신이 안부를 전하려고 이 사람을 보냈을까?'

숙보는 의아하면서도 반갑게 맞이했다.

"자네가 왔구먼! 나도 지금 생각하던 참이었네. 자! 함께 안으로 들어가세!"

숙보는 선전을 안으로 인도했다.

선전이 인사를 드리려고 하니 숙보가 말렸다.

"자넨 여느 사람과 다르네. 자네를 보니 선형을 만난 것 같아."

부하가 의자를 가져다 놓자, 선전을 앉게 했다.

"서서 몇 마디만 말씀드리고 서둘러 돌아가겠습니다."

"선형께서 서신을 보내던가?"

"아닙니다."

숙보는 불안한 생각이 들어서 부하들을 물리쳤다.

"너희들은 나가서 어서 식사를 준비해다오."

그들이 물러가자 선전은 품 속에서 기름종이로 싼 숙보 모친의 서신을 꺼내주었다.

숙보는 「어미의 글이니 아들 숙보가 직접 개봉하라.」라고 쓴 모친의 필적을 보고 서둘러 개봉했다.

양미간을 찌푸리고 읽던 숙보는 그만 아연실색한 표정을 지었다.

"태부인께선 집에 있는 가족들이 잡혔으니, 나으리께서도 화를 면치 못하셨으리라 걱정하고 계시는데, 뜻밖에도 나으리께선 무사하시구만요. 하지만 나사신이 호송되는 도중 뛰쳐나와 관병들을 물리치고 가족을 정교금의 산채에 모셨다는 사실을 알게 되면, 그들은 나으리를 역도와 내통했다고 압송케 하려던 그들의 판단이 옳았다고 생각할 것입니다. 그렇다면 장수타라도 나으리를 변호할 수가 없을 것입니다."

숙보가 그 말을 듣고 근심에 쌓여있는데 부하가 들어와서 아뢰었다.

"댁에서 여명(呂明)이란 사람이 찾아왔습니다."

여명이 들어오더니 숙보 앞에 꿇어앉아 흐느껴 울었다.

"나도 알고 있다. 어서 일어나서 천천히 얘기해 보아라."

여명은 군승이 찾아와서 나으리의 가족을 압송하려는 것을 나사신이 어떻게 물리쳤고, 군승이 꾀를 써서 나사신을 잡은 다음, 저녁 무렵에 가족을 무자비하게 압송했다며 전후 사정을 상세히 이야기했다.

"그날 밤 나으리한테 알려드리려고 했으나 성문마다 누구도 얼씬거리지 못하게 하면서 관병들이 차인과 나 나으리, 마님과 작은 마님, 도련님을 압송하였습니다. 이튿날 오후 호송하던 관병과 차인이 돌아오더니 나 나으리께서 호송 수레를 짓부수고 돌멩이로 관병 여러 명을 죽였다고 알려왔습니다. 그 다음날 밤 군승이 아문에서 살해당하고, 또 서리 한 명이 토지묘에서 죽어 검문이 심해져서 나올 수도 없었습니다. 그래서 소인은 이제야 찾아 왔습니다. 아마 오늘 저녁쯤이면 공문이 장 나으리한테 당도할 겁니다.”

숙보는 눈앞이 캄캄했다.

이런 일이 일어나다니! 숙보는 혼자 중얼거렸다.

‘난 어찌해야 하는가? 고향 땅을 지키면서 보국(報國)하고 지인들의 보살펴준 은덕을 보답하려 했는데, 이런 변고가 일어났으니 이제 모든 것이 끝나지 않았는가? 내 마음을 하늘은 알겠지!’

침울한 숙보를 바라보던 선전이 말했다.

“하늘이 알면 뭘합니까? 나으리께서 정말 단 한번이라도 조정에 불충한 마음을 먹었더라면 장수타 같은 분이 백 명이 있어도 나으리를 구해낼 수가 없을 것입니다. 아무 죄도 없는 모친과 처자식을 압송하는데, 누가 가만히 당하고 있겠습니까? 밤중에 관리와 서리를 죽인 사람이 나사신인 줄을 어찌 모른다고 하겠습니까? 그렇다고 도주한 나사신을 추격해서 잡아다가 관아에 넘기겠습니까? 일이 더 꼬이게 되면 나으리를 철석같이 믿어주는 장수타 나으리도 뒤로 빠지려 할 것입니다. 그렇게 된다면 누가 나으리의 목숨을 지켜 주겠습니까? 여기에 앉아있다가 간신들에게 모함을 받아 잡혀가면 태부인과 가족을 누가 지키겠습니까? 밤중에 관리를 죽이고 서리를 죽인 사람이 나사신임을 어찌 모른다고 할 수 있겠습니까? 더 늦추다가 일이 커지면 장수타도 발뺌을 하려고 할 겁니다. 사태가 더 나빠지기 전에 나으리께서 관할 하시던 병마를 이끌고 결단하셔야 합니다."

그러나 숙보의 얼굴이 일그러질 뿐, 숙보는 말이 없었다.

선전이 말을 이었다.

"나으리께서 병마와 함께 와강군에 합류하신다면, 나 나으리의 출중한 무예에, 또 많은 분들의 도움이 있으니 크고 또 쉽게 뜻을 이룰 수 있으며, 산채의 맹주를 넘어 주군의 자리에 오를 수도 있을 것입니다. 고향에서의 작은 은덕을 생가하면서 앉아서 다른 사람의 처분에 한 몸을 맡길 수는 없을 것입니다. 권력 앞에 힘을 써보지도 못하고 포박을 당할 수는 없습니다."

숙보가 길게 탄식하면서 말했다.

"무슨 일이나 아무 잘못도 없는데, 순전히 다른 사람 때문에 내 가족이 달아났고, 이제 나까지 막다른 골목에 몰렸으니, 영문도 모른 채 당할 수 없기에 내가 도주해야 하는 이 판국에 내가 휘하의 병마를 이끌고 배반한다면, 나를 보살펴준 장수타에게 보답을 못할망정 그를 곤경으로 몰아넣을 수는 없다. 일단은 나의 처지를 설명하고, 불가피한 나의 선택에 대한 이해를 먼저 구하는 것이 도리일 것이다. 그러고 이제는 관직을 버려야 할 막다른 처지이니, 관직에 대한 미련은 처음부터 없었다. 이 몸은 죽을 때까지 모친의 은덕을 갚아야 한다. 어머니를 생각해서라도 끝까지 나의 행실은 당당해야 한다."

진숙보는 선전에게 식사를 하고 술을 마시며 기다리게 했다. 숙보는 서둘러 장수타에게 올리는 사직 인사 편지를 작성했다.

「은주(恩主) 장대인(張大人) 휘하(麾下)

진숙보는 은혜를 입으며 슬하에서 몇 년간 일했습니다. 대인께서는 진숙보를 죽음에서 구해주셨으니, 저는 죽어서라도 대인의 크신 은혜에 보답하리라고 마음먹었습니다. 젊은 시절 의협심이 북받쳐 장안에서 악패를 죽인 일이 있었는데, 그래서 우문술과 원수를 지게 되었습니다. 그런데 그 악패가 우문술의 아들이라 우문술은 여러 번 저를 죽여서 원수를 갚으려고 했습니다. 근자에는 저를 역당으로 몰았지만 대인께서 살려주셨습니다. 그 자들은 복수하려고 저의 가족을 붙잡아 족쇄와 수갑을 채워서 끌고 압송하였습니다. 별의별 궁리를 다해서 저를 죽이려고 했습니다. 의형제인 나사신이 공평치 못한 처사를 보고서, 저의 가족을 되찾아 초야에 숨겼습니다. 비록 이 일은 저를 음해하려는 자들이 시작했고 저와 아무런 상관도 없이 일어났지만, 분명 모든 죄를 저에게 덮어씌울 것입니다! 권력을 잡은 간신이 조정에 있으니 저는 죽음을 면할 수 없습니다. 지금 연로하신 모친께서 떠돌며 걸식하게 되었으니 더욱 시름을 놓을 수가 없습니다. 저는 서서(徐庶)가 조조(曹操)를 찾아가던 길을[18] 걷지 않을 수가 없게 되

---

18 水鏡 선생 집에서 현덕(玄德)은 서서〔徐庶, 單福(선복)〕를 만난 뒤, 徐

었습니다. 하지만 입은 은혜를 갚지 못한 채 떠나니 죄송한 마음 그지 없습니다. 부평초처럼 떠돌아다니다가 대인님을 만나면 스스로 목을 잘라 하늘 같은 은혜에 보답하렵니다. 부득이 한 사정에 처한 저의 심정을 너그럽게 양해해 주시길 빌 뿐입니다. 숙보 삼가 절을 올립니다.」

숙보는 서신을 봉투에 넣고 '장 나으리 대계(張老爺臺啓)' 라고 써서 탁자 위에 놓았다. 그리고 그간 상으로 받아서 모아두었던

庶의 도움으로 樊城(번성)을 차지한다. 그러나 조조의 모사 정욱(程昱)의 책략으로 모친의 가짜 편지를 받은 서서는 허도(許都)로 돌아간다. 서서는 현덕과 헤어질 때 제갈량을 천거하면서 현덕에게 직접 방문하라고 권유한다. 현덕과 서서의 이별 장면은 매우 상세 장황하게 서술되었다. 이는 유비가 인재를 아끼면서도 다정다감한 군자라는 뜻을 강조하려는 의도일 것이다. 그리고 극적으로 구성되었다. 서서는 안 보일 정도로 멀리 가다가 되돌아와서 제갈량을 천거한다. 사실 자신 후임의 천거는 헤어지면서 해결해야 할 가장 중요한 일일 것이다. 그런데 마치 자신의 주머니 속에 갖고 있던 물건을 깜박 잊고 있다가 되돌려주듯 말하고 다시 떠나간다. 이는 독자나 청중의 관심을 끌기 위한 작자의 의도일 것이다.

徐庶(서서, 字는 元直) – 原名 福(복), 한미한 가문 출신. 《三國演義》에서는 서서의 본명이 單福(선복, 單은 성씨 선)으로 나왔다. 豫州(예주) 潁川郡(영천군) 長社縣〔장사현, 今 河南省(하남성) 許昌市(허창시)〕 출신. 서서는 제갈량을 추천한 뒤에 모친 때문에 조조에 귀부했지만, 조조는 서서를 크게 발탁하지 않았다. 서서는 魏 文帝 黃初 연간에 右中郎將(우중랑장), 御史中丞(어사중승)을 역임했다.

은자를 주머니에 챙긴 다음, 쌍간을 몸에 지니고 선전 및 여명 그리고 부하 4, 5명과 함께 말을 타고 본영을 나오면서 문지기에게 말했다.

"장 나으리께서 적진을 염탐하라는 문서를 보내왔기에 이틀 후에 돌아오겠다. 군영을 잘 지키면서 꼼짝들 말고 있거라."

숙보는 말을 타고 떠났다. 책양과 선웅신 일행은 와강산 산채에 이르러 이밀과 서무공을 만났다. 선웅신은 숙보의 모친이 붙잡혔던 일과 나사신이 용맹하게 압송 수레에서 뛰쳐나와 우통과 정교금을 만나서 두자갱 산채로 갔다는 이야기를 했다.

그 이야기를 듣고 이밀이 말했다.

"그럼 진형도 언제든 패거리에 가담하겠군. 숙보의 모친께서 정교금의 산채에 계신다니, 사람을 보내서 모셔만 오면 모자가 이곳에서 만나게 되지 않을까요?"

그러자 서무공이 말했다.

"그건 천천히 해야 할 일입니다. 사람을 보낸다고 해도 우씨와 정씨가 보내지 않으려 할 것이고, 또 숙보가 돌아오면 달리 결정할 수도 있습니다. 전일에 누군가에 의하면, 형양(滎陽)과 양군(梁郡)[19]에는 객상들이 많다고 합니다. 산채에는 지금 인마가 많으니 양식과 마초를 미리 확보 저장해야 합니다. 누구든 가서 치기만

19 형양(滎陽, 滎은 실개천 형)은, 今 河南省 중부 鄭州市 일대. 양군(梁郡), 隋代 梁郡은, 今 河南省 동부 商丘市(상구시) 일대.

하면 수확이 클 겁니다."

책양이 말했다.

"내가 가면 어떨까?"

서무공이 대답했다.

"형께서 가시려면 이밀형과 왕당인, 그리고 왕백당 세 분이 인마 2천을 거느리고 먼저 떠나시고, 책형(翟兄)과 병원진, 그리고 이여규 세 분이 역시 인마 2천을 거느리고 뒤에서 호응하면 틀림없는 만전지책(萬全之策)이 될 겁니다."

그러고 나서 선웅신에게 말했다.

"상의할 일이 있으니, 형은 본부에 남아계십시오."

두 갈래 인마가 속속 떠나갔다. 서무공이 숙보의 소식을 상세히 알려고 하던 차에 선전이 돌아와서 말했다.

"진 나으리께서 장수타한테 사직하는 서신을 남겨두고 이미 떠나서 모친을 만나시려고 두자갱으로 가셨습니다."

선웅신이 말했다.

"여기로 모셔왔다가 함께 갔으면 좋았을 걸 그랬군."

서무공이 말했다.

"그는 벗들보다 어머니를 만날 생각이 더 간절했으니, 여기에 먼저 들를 리가 없지요. 선형과 가윤보가 속히 두자갱으로 가셔야겠습니다."

그는 선웅신의 귓전에 대고 몇 마디 소근거렸다.

"그럼 나와 가윤보는 오솔길로 가겠소. 길에서 만나면 더 좋고!"

서무공도 그러는 게 좋겠다고 했다.

선전과 헤어진 뒤 진숙보는 여명을 비롯한 4, 5명 군졸을 거느리고 큰길로 가다가는 아는 사람이라도 만날까 봐 오솔길로 들어섰다.

장가보(張家堡)를 지나 독수강(獨樹崗)을 돌아서니 뒤에서 고함 소리가 들렸다.

"앞에 가는 분이 진형이 아니시오?"

숙보가 말을 세우고 뒤를 돌아다보니, 가윤보와 선웅신이 졸개 2, 30명을 데리고 왔다.

숙보가 말에서 내리고, 웅신과 가윤보도 말에서 내렸다.

"형은 나라를 위해 숱한 공을 세웠더군."

"그런 말은 입 밖에 내지도 말게. 정교금의 산채에 가서 상세히 말하지. 그런데 형들은 어디로 가시오?"

선웅신이 말했다.

"선전이 돌아와서 설명해 주기에 형을 마중하러 가는 길이오."

모두가 다시 말을 타고 가는데, 또 한 사람이 말을 타고 옆으로 달려왔다.

그 사람이 숙보를 보자 소리쳤다.

"드디어 형님이 오셨구나!"

숙보가 보니 나사신이었다.

"동생, 어머님께서는 건강하신가?"

"다행히도 몸은 건강하시지만 형 때문에 근심이 많으셨소. 나더러 매일 두세 번씩 길에 나가 기다리게 하셨소. 오늘 오셨으니, 이제 됐소. 내가 먼저 가서 산채에 알리겠소. 여러분들과 함께 천천히 오시오."

나사신은 소식을 알리려고 나는 듯이 달려갔다. 숙보의 모친은 아들이 온다는 소식을 듣자, 참을 수가 없어서 손자 회옥과 며느리 장씨를 데리고 나왔다. 정교금의 모친도 숙보 모친을 따라 정의당(正誼堂)으로 나왔다. 숙보의 아내 장씨는 손님들이 많은 것을 보자 머리를 숙이고 돌아 들어갔다. 우통과 정교금이 나와서 숙보와 선웅신을 맞아들이고 정의당에서 인사를 나누었다. 숙보는 어머니를 보자 달려가 절을 하려고 하다가, 정교금의 어머니가 본채에 있는 것을 보고 먼저 그의 어머니한테 절했다.

정교금의 어머니가 가까이 온 숙보의 손을 쥐면서 말했다.

"태평랑의 몸도 좋구나. 돌아왔으니 됐어. 하루 이틀만 늦게 왔어도 어머니가 병이 나셨을 거다."

숙보의 모친은 아들의 절을 받으면서 눈물을 흘렸다.

"어서 일어나거라. 저 분이 선웅신이시냐?"

"그렇습니다."

선웅신과 가윤보가 일어나서 숙보 모친께 절을 하고 다시 정교금의 모친한테도 절을 했다.

숙보 모친은 손자 회옥을 불러서 선웅신에게 절하게 했다.

"댁의 규수도 많이 자랐겠구만."

"예, 애련이는 얘보다 한 살 위인데 어리지만 식견이 높지요."

"훌륭한 규수일테지."

정교금의 모친이 숙보 모친에게 말했다.

"참, 세월이 빠르기도 하지. 태평랑이나 우리집 교금이가 저만 할 때가 엊그제 같았는데, 댁에선 벌써 손주가 저렇게 컸으니."

"어머니, 숙보 형은 관직에 있는 분인데, 그렇게 아명을 부르시면 되나요?"

"허물없는 조카인데 안 될게 뭐냐? 난 황제가 됐대도 그렇게 부를 테다."

그 말에 모두들 웃음을 터뜨렸다.

모친이 아들에게 말했다.

"얘야, 어서 가서 애 어미를 만나보고 오너라. 뒤채로 갔느니라."

숙보가 아내 장씨와 몇 마디 주고받고 나오니, 벌써 술상이 차려져 있었다. 우통이 여러 사람들에게 자리를 정해준 다음 잔을 들었다. 우통이 숙보에게 요동(遼東) 정벌하던 일을 물었고, 숙보가 자세히 이야기하니 여러 사람들은 모두 크게 감탄했다.

숙보가 우통에게 물었다.

"형은 무남장(武南莊)에서 남부럽지 않게 지낼 수 있는데, 왜 이곳으로 옮겨오셨소?"

그러자 정교금이 앞질러 대답했다.

"역시 장엽림에서 생긴 일 때문에 옮겨왔소. 그러지 않았으면 우형이 이런 곳에 와서 나와 함께 이런 장사를 할 리가 없지요."

그러자 우통이 덧붙여 말했다.

"그렇게 말할 게 아니야! 선형께서도 훌륭한 이현장에서 사시다가 이밀 형이 와강 산채로 옮겨온다는 소식을 듣고는 옮겨오지 않았나? 우리 형제들도 산채에서 사업을 벌여야 하네."

가윤보가 말했다.

"이런 세월엔 산채고 사원이고 할 것 없이 동심협력해야만 뜻을 이룰 수 있네. 지금 우리가 한 자리에 앉아있는 것처럼 말이네."

정교금이 말했다.

"우리 본채에 진형이 왔으니, 이제 선형만 옮겨오면 모두가 심복 형제들이어서 이제는 무슨 일이든 해낼 수가 있을거네. 왜 와강산에 뒤떨어진단 말인가? 책형(翟兄)이 황제가 된다면, 진형이나 선형도 황제가 되지 말라는 법이 없지."

그 말에 모두들 웃었다. 여러 사람들은 달이 질 때까지 즐겁게 술을 마셨다.

이튿날 본채에 모여 앉아서 환담을 나누는데, 병졸 하나가 들어와서 알렸다.

"와강산에서 선대왕님을 찾아뵙자고 사람이 찾아왔습니다."

선웅신은 부하를 시켜서 데려오게 했다.

"소인은 서대왕님께서 선대왕님한테 보내시는 비밀 편지를 가지고 왔습니다."

선웅신이 편지를 펼쳐보니, 다음과 같은 내용이었다.

「어제 정탐꾼이 염탐해 온 바에 의하면, 동도에서 유시를 내렸는데 하남(河南) 토포대사 배인기(裵仁基)가 군사 2만을 거느리고 산동토포대사 장수타를 도와서 이밀과 왕백당 등 모반한 무리를 소탕하고, 진숙보 및 관리와 서리를 죽인 죄인과 그 일족을 숨긴 소굴을 찾아내라는 영을 내렸다고 합니다. 앞으로 와강산과 두자갱에는 틀림없이 병마가 들이닥칠테니, 형은 속히 돌아와서 계책을 세워야 할 것 같습니다. 우통과 정교금 두 형과도 상의해 보십시오. 숙보 형을 만나 뵙고 싶습니다. 따로 편지를 올리지는 않겠습니다. 만약 함께 오신다면 기쁘겠습니다. 그럼 기다리겠습니다.」

선웅신이 편지를 읽으니 모두가 대경실색했다.

그러나 정교금은 오히려 호탕하게 웃으며 말했다.

"그까짓 일을 가지고 뭘 근심합니까? 몰려오면 한바탕 통쾌하게 싸워 물리쳐야지요."

그러자 숙보가 바로 말했다.

"정형, 이 일을 작게 보지 말게. 장수타는 용맹한데다가 지모까지 겸비한 사람이고, 배인기도 노장이야. 거기에 관군 2만이

온다니 그 기세가 대단할 거네. 이 산채에는 나사신까지 합해야 겨우 네 사람 밖에 없지 않나? 선형과 윤보 형은 가족이 와강산에 머물고 있으니 어쨌든 돌아가서 보살펴야 할 거네. 그러니 몇 사람으로 막아낼 수가 있겠나?"

우통이 말했다.

"전일에 책형(翟兄)께서 편지를 띄워 우릴 부르셨네. 그땐 진형이나 선형께서 오시지 않았기에 우리도 가지 않았네. 지금 선형의 가족은 와강산에 계시고, 진형과 태부인께서는 이곳에 계시니 두 곳을 하나로 합치면 대소사를 제때에 상의할 수 있을 거네."

숙보가 물었다.

"한 곳에 합치는 게 좋긴 좋은데, 와강산에 남은 집들이 있나요?"

선웅신이 대답했다.

"내가 산채에 도착하자마자 뒤쪽에 4, 50칸 되는 집을 지었고, 산 앞에는 수성(水城)과 망루까지 지었소. 창고도 정연하게 수리했으니, 세 집 가족이 아니라 여러 집안이 더 있어도 같이 살기에 좁지는 않을 것이요."

그러자 정교금이 말했다.

"그럼 우리도 아예 수습해 가지고 떠납시다."

선웅신이 가윤보에게 말했다.

"그럼 형이 먼저 산채로 돌아가서 세 분 가족들이 옮겨 간다고 무공 동생한테 알려주게."

가윤보는 그 말을 듣자 자리에서 일어났다. 우통과 정교금 그리고 진숙보는 가족을 거느리고 금은보화와 비단, 그리고 군량과 마초 등을 수습한 다음, 부하 2천여 명을 거느리고 와강 산채에 가서 합류했다. 바로,

맹호는 두 날개를 붙였고, (猛虎添雙翼)
교룡은 또 구름을 얻었다. (蛟龍又得雲)

이리하여 책양과 이밀이 거느린 두 갈래의 인마는 관군을 무찌르고, 객상을 약탈하면서 곳곳의 성읍을 점령하며 세력을 키웠는데, 하남 일대의 반군 세력 중 가장 강대하였다.

그때 장수타는 계속 평원현에 있었는데 2, 3일이 지나도 진숙보를 볼 수가 없었다. 그래서 숙보가 앓는 줄로만 알고 번건위더러 그의 군영에 가서 만나보라고 했다.

그런데 군영 정문을 지키던 병졸이 말했다.

"진 나으리께서는 이틀 전에 장 나으리의 분부를 받고 적진을 염탐하러 가셨는데, 아직 돌아오시지 않았습니다."

번건위가 장수타에게 통보했다.

장수타가 말했다.

"내가 언제 그를 보냈단 말이오? 참 기괴한 일이다."

때마침 제주에서 보낸 문서가 도착했다. 문서를 펼쳐본 장수

타는 깜짝 놀랐다. 당만인, 그리고 번건위와 함께 숙보의 본영에 이르러 관아에 들어가 보니 탁자 위에 서신 한 통이 있었다.

장수타가 편지를 읽어보고 대경실색했다.

"진숙보와 우문술은 본래 원수지간이었구나. 숙보는 우문술의 모함을 이겨낼 수가 없어서 가버렸다. 용감하고 지혜로운 그 사람은 나의 훌륭한 조수였는데, 그가 가버렸으니 어찌한단 말인가?"

본영으로 돌아온 장수타는 제주에 위관을 보내서 사실을 알렸다. 갑자기 황제가 명령을 내려 책양의 무리를 소탕하라며 장수타를 형양(滎陽) 통수(通守)로 전출보냈다. 장수타는 번건위와 당만인과 함께 부하 인마를 거느리고 형양에 가서 부임했다. 번건위와 당만인 두 사람은 본래 명문 출신들이지만, 무예는 숙보를 따르지 못했다. 두 사람은 의리를 지키는 사람으로 숙보와는 절친한 사이였다.

장수타가 군승으로 있을 때부터, 그들은 여러 차례 크고 작은 공을 세웠다. 그래서 숙보가 없는 지금은 그들을 측근으로 삼고 책양의 세력을 소멸하려고 결심했다. 하지만 책양의 용기와 무예는 다른 누구보다도 뛰어났음을 장수타는 알지 못했다.

이밀은 군사 1천여 명을 거느리고 금제관(金堤關, 故址, 今 河南省 滎陽市 廣武鎭)을 격파하고 형양 지방에 이르러 약탈을 자행하고 있었다. 책양은 군사를 나눠 여러 성문에서 관군과 전투를 벌였다.

장수타와 번건위, 당만인 세 장수는 각각 정병 5백 명씩을 거느리고 불의에 성문을 열고 일제히 출병했다. 책양은 용맹했지만 신출귀몰하는 장수타의 신묘한 창법을 당해낼 수가 없었다. 병원진과 이여규가 먼저 패퇴했다.

책양도 번건위와 당만인의 협공을 받았고 도주하는데 장수타의 공격도 받게 되자 10여 리 후퇴할 수 밖에 없었다. 다행히 이밀과 왕백당이 대부대를 거느리고 당도하여 관군에 대항하자, 장수타는 군사를 철수하였다.

다음 날, 이밀은 계책을 짰다. 인마를 사방에 매복시키고 책양으로 하여금 장수타의 병마를 유인하게 하였다. 관군이 형양의 대해사(大海寺) 근처에 이르니, 갑자기 사방에서 함성이 들리면서 이밀과 왕백당, 그리고 왕당인이 공격하였고, 뒤쪽에서는 책양과 병원진, 그리고 이여규의 병졸이 쏟아지면서 장수타의 관군을 중간에 넣고 완전히 포위했다.

번건위가 보니 장수타의 군사와 군마는 점점 줄어들고 있었다. 사졸보다 앞장선 장수타는 몇 곳이나 창에 찔려서 옷자락이 피로 물들었지만, 이밀을 계속 공격하였다. 번건위와 당만인은 그전에 숙보네 집에서 이밀을 만난 적이 있기에 서로 얼굴을 알고 있었다.

그러나 생사의 갈림길에 선 지금, 그간의 안면을 돌볼 겨를이 없었다. 그들이 장수타와 함께 포위망을 뚫고 전진하는데, 당만인이 보이지 않았다.

장수타가 말했다.

"내가 가서 그를 구해와야겠네."

번건위와 장수타가 다시 이밀의 군진으로 돌격하는데, 당만인은 적병들한테 포위되어 몇 곳이나 창에 찔린 채 겨우 싸우고 있었다. 장수타는 곧장 달려가 적병 몇 명을 찔러 눕히고 겹겹의 포위를 뚫고 나왔다. 그런데 이번에는 번건위가 보이지 않았다.

장수타가 부하들에게 분부했다.

"당장군을 성안으로 모셔 가거라. 나는 번장군을 찾아야 돌아가지 홀로는 돌아가지 않겠다."

그때 장수타의 몰골은 이미 볼품없이 되었지만 사람을 아끼고 의리를 중히 여기는 그는 다시 적진 속으로 달려들었다. 하지만 부상당한 말이 쓰러지면서 낙마한 번건위는 많은 군마의 발굽에 밟혀 이미 죽었기에, 어디에서도 번건위를 찾지 못했다.

처음에 이밀은 번건위와 당만인 두 사람이 장수타의 곁에 있는 것을 보고 마음속으로 다칠까 걱정하여 활로 공격하라고 명령하지 않았다. 마치 쥐를 잡아야 하나 그릇 깨질까 걱정을 해야 하는 투서기기(投鼠忌器)의 상황이었다.

그러나 지금은 장수타가 홀로 남았으니 활을 쏘라고 명령했다. 사방에서 화살이 메뚜기떼처럼 날아왔다. 장수타가 투구를 쓰고 갑옷을 입었지만, 어찌 그것으로 막아낼 수 있겠는가? 나라와 백성을 위해 충성을 다하던 용맹한 장수타는 애석하게도 전사하였다.

위수에 별 그림자도 지니, (渭水星沈影)
청운의 꿈 사라져 버렸네. (雲臺事已空)

책양과 이밀은 관군의 지휘관인 장수타를 죽이며 승전했다. 그 이후로 내황(內黃)과 위성(韋城), 그리고 옹구(雍丘) 등지에 주둔하던 관군들이 무리로 귀순했다. 이밀이 사람을 보내 와강 본부에 첩보를 올리니, 여러 호걸들은 손뼉을 치면서 기뻐했다.

그러나 유독 진숙보만이 장수타의 전사 소식에 눈물을 흘리며 침묵했다.

'그분은 나를 은혜로 대우하였고, 환난을 함께 겪고 동고동락(同苦同樂)하였다. 병부의 밀명이 내려왔을 때도 나를 변호하면서 얼마나 큰 은정을 베푸셨던가! 뜻밖의 변고가 생겨 내가 그분을 버리고 도망쳤기에 결국 그분은 피살되었다. 그분의 시신이 아직 어딘가에 버려졌는지도 알 수가 없다.'

그리고 숙보는 선웅신에게 말했다.

"선형, 내가 이곳을 찾아왔지만 아직 책형(翟兄)을 만나보지 못했으니 도리에 어긋나는 것 같습니다. 난 형양에 찾아가서 책형을 만나보고, 왕백당과 이밀도 만나보려 하는데 어떻겠소?"

그러자 서무공이 말했다.

"가시려면 우리와 함께 갑시다. 지금 많은 군현에서 관군이 귀순하는데, 그곳에 계시는 몇몇 형제들만으로는 통솔하기에 많이 부족할 것 같으니, 우리가 가서 도와와 할 것 같습니다. 여기 본부는 워낙 튼튼하니 장수 한두 명만 남아도 별일 없을 겁니다. 우통은 워낙 부호이고 성미가 쾌활한 분이니, 그와 연거진을 남겨 산채를 지키면서 가족들을 돌보게 합시다. 선전이 본부의 여러 업무를 관리하는 총령(總領)으로 승진되었으니 사졸을 관리한다거나 영내의 순시, 소요되는 일용품의 구매나 관리 등은 모두 그가 무난히 처리할 것입니다."

서무공의 지시와 필요한 조치를 마치자 여러 장수들은 부모, 아내 곁을 잠시 작별했다. 서무공, 제국원, 정교금, 가윤보가 선봉이 되고, 선웅신, 진숙보, 나사신이 후군이 되어 활과 창검을 지니고 인마를 인솔하여 와강의 본부를 떠났다.

정주(鄭州, 今 河南省 省會) 지방에 이르자 기마 초병이 달려와서 책대왕의 병마가 당도했다고 알렸다. 본래 책양과 이밀이 함께 사수현(汜水縣)을 공략하고 중모현(中牟縣) 등 여러 현을 공략하여 많은 여인과 금옥, 비단을 노획하자, 책양은 와강에 돌아가서 한바탕 즐겁게 놀아보려고 이밀과 헤어져 먼저 돌아오고 있었다. 두 부대가 서로 만났다. 책양은 진숙보의 명성을 오래 전부터 들어서 아는지라 예의로 후하게 대접했다.

선웅신이 말했다.

"책형! 우리가 만약 끝까지 도적의 무리로 남아야 한다면, 이 많은 여인들과 보물을 가지고 가서 와강만 지키면 됩니다. 그러나 천하를 다스리자면 반드시 이밀 형과 힘을 합해 지방의 주현을 장악해야 합니다."

책양이 그말을 듣고 대답도 하기 전에 기마 초병이 달려와서 알렸다.

"이밀 나으리께서 한성(韓城) 등 여러 지방의 투항을 받아들이고 곳곳의 많은 창고를 차지하였습니다. 이 나으리께서는 여러 대왕님들이 산에서 내려오신다는 말을 들으시고 선대왕님을 찾아서 여쭈라고 하셨습니다. 진 나으리가 오셨으면 선대왕님께서 속히 모시고 오셔서 군영에서 만나자고 하셨습니다."

그 말을 듣자, 책양은 군사를 이끌고 되돌아가서 이밀과 만났다.

형양현을 지날 때 숙보는 장수타의 시신이 어디에 있는지 알아오도록 했다. 부하들은 장수타의 은덕을 잊지 못해 서둘러 입관해서 번건위의 관과 함께 대해사의 법당에 모셨다.

이런 사실을 알게 된 진숙보가 선웅신한테 말했다.

"형이 나를 대신해서 책형한테 감사를 드려주오. 여러 형들이 먼저 떠난 다음, 저는 이곳에서 며칠 묵으려 합니다."

선웅신은 진숙보의 깊은 뜻을 금방 알아차렸다. 여러 사람들을 먼저 떠나가게 하고 선웅신만이 숙보와 나사신과 함께 남았다. 이튿날 부하들을 시켜 돼지와 양을 잡아서 제물을 차려 가지고 대해사로 찾아갔다. 낭하에 관 두 개가 놓여있었는데, 관 중앙에는 「수고형양통수장공지구(隋故滎陽通守張公之柩)」라고 쓰여있었고, 옆의 관에는 「수사절편장제군번호지구(隋死節偏將齊郡樊虎之柩)」라고 쓰여있었다.

진숙보와 나사신은 그 깊은 슬픔을 금할 수 없었다. 선웅신의 마음도 쓰렸다. 세 사람이 탄식하고 있는데, 갑자기 밖에 흰 도포에 흰 모자를 받쳐 쓴 사람들이 4, 50명쯤 몰려왔다. 나사신은 나쁜 놈들인 줄 알고 칼을 뽑아들고 호령했다.

"너희들은 왜 무리를 지어 모여드는 거냐?"

"소인들은 옛 주인의 은정을 잊을 수가 없어서 100일 동안 주인의 관 옆에서 밤을 지새우고 흩어지려 합니다. 오늘 진 나으리께서 제사 지내러 오셨다는 말을 듣고 알현하러 왔습니다."

숙보는 그들을 일어나라고 했다.

"병졸과 백성들도 저렇게 추모하는 분인데, 내가 대체 뭐길래 감히 배신했단 말이냐?"

급히 좌우를 시켜서 상복으로 갈아입고 제물을 차려놓자, 나사신과 함께 통곡하면서 제사를 지냈다. 여러 병사들도 땅에 엎드려 통곡을 했는데 밖에서도 울음소리가 들렸다. 선웅신도 명주띠를 허리에 매고 조상했다.

한창 제사를 지내는데, 밖으로부터 머리를 베수건으로 감고 상복을 입은 사람이 허리에 보검을 차고 눈물이 그렁그렁해서 들어왔다. 부하 두세 명이 뒤를 따랐는데 곧장 영구를 향해 다가갔다. 상장을 단 병졸들이 "당(唐) 나으리께서 오셨다." 고 수근거렸다. 숙보가 보니 당만인이었다.

숙보는 양팔을 올려 인사했다.

"당형께서 마침 잘 오셨소."

당만인은 인사도 들리지 않는 듯 영전에 다가가서 탁자를 잡아 두드리면서 대성통곡했다.

"공께서는 생전에 그처럼 정직하셨으니 신명께서 돌봐주실 겁니다. 이 당만인은 워낙 소인이었는데, 공께서 중용하시면서 관직을 주셨습니다. 여러 해 동안 추울세라 더울세라 한없는 은정을 베풀어주셨습니다. 공께서 아껴주시고 사랑해 주신 사람은 저뿐이 아니옵니다. 또 공께서는 저희들 두 사람을 승진시켜주셨습니다. 저는 장공께서 지켜주셨기에 살아남았고, 공께서는 싸움터에서 돌아가셨으니, 제가 어찌 양심 없이 홀로 살아가겠습니까."

한쪽 편에 서있던 숙보는 당만인이 울면서 하는 말을 죄다 들었다. 마지막에 와서는 구절마다 자기를 풍자하는 말이어서 온몸이 가시에 찔리는 것만 같았지만 그만두라고 권할 수도 없었다. 선웅신은 물론 다른 병졸들까지도 몰래 눈물을 흘리거나 흐느끼지 않는 자가 없었다.

당만인이 탁자를 치면서 외쳤다.

"주공의 영혼이 이 자리에 계신다면, 전날 싸움에서 함께 죽지 못한 제가 오늘 지하로 따라가도록 허락해 주십시오."

말을 마치자 칼이 번뜩이더니 땅에 떨어지는 소리가 들리고 당만인의 몸은 뒤로 기울었다. 병졸들이 달려가서 구원하려 했으나 벌써 더운 피가 온 땅바닥을 적셨다.

숙보가 달려가서 시체를 끌어안으며 소리쳤다.

"당형, 정말로 죽는 건가? 주공을 따라 지하로 가려면 이 진숙보도 함께 가겠네."

숙보는 땅에 떨어진 칼을 집어들고 자살하려 했다.

나사신이 뒤에서 달려들어 끌어안고 소리쳤다.

"형님, 어머님을 잊으셨소!"

나사신은 칼을 빼앗아 부하한테 넘겨주었다. 숙보는 홀로 목메어 흐느끼다가 관을 장만해서 장수타의 오른쪽에 모시라고 분부했다. 그런 뒤에 제물을 수습해서 장수타의 병졸들이 가져가게 하고 선웅신과 나사신과 함께 본영으로 돌아왔다.

제46회

이밀은 책양을 죽여 벗을 배신하고, 궁비와 놀아난 당공은 기병하였다.(殺翟讓李密負友, 亂宮妃唐公起兵.)

노래하기를, 詞曰,

부귀영화는 탐욕한 자의 미끼, (榮華自是貪夫餌)
득실에 언제나 대가가 따른다. (得失暗相酬)
아주 작은 이득을 탐하고, (戀戀蠅頭)
사소한 욕심으로 싸우는데, (營營蝸角)[20]

---

20 승두와각(蠅頭蝸角) – '파리의 머리 위에 있는 작은 이익' 을 승두미리(蠅頭微利)라 한다. 달팽이 뿔 위의 다툼〔蝸角之爭(와각지쟁)〕, 달팽이 왼쪽 뿔 위에 있는 촉씨(觸氏)의 나라와 오른쪽 뿔 위의 만씨(蠻氏) 나라가 보름간 전쟁을 했다는 이야기는 《莊子(장자)》 칙양(則陽)편에 나온다. '달팽이 뿔 위에서 승리했다는 헛된 명예' 라는 와각허명(蝸角虛名)이라 한다.

어찌하면 그치게 하겠나?　(何事能休)
기회와 인연 서로 어긋나고,　(機緣相左)
담소하다가 싸우며,　(談笑劍戟)
술자리에서 싸움을 막는다.　(樽俎沮戈矛)
功名은 어디에 있는가?　(功名安在)
한무더기 백골에,　(一堆白骨)
3척 흙무덤 하나.　(三尺荒丘)
— 곡조 〈청삼습〉　— 右調 〈青衫濕〉

천지 간에는 앞뒤가 다른 사람들이(兩截人) 많다. 빈궁하거나 몰락했을 때에는 속셈을 털어 놓으면서 인정이 두터운 듯 화목하다가, 부귀영화를 누리거나 권세를 잡으면 이전과 달리 남들이 자기를 해칠까 봐 시시각각 신경을 곤두세운다. 이렇게 갑자기 변하는 사람이 열에 아홉일 것이다. 사실 이런 성품은 타고난 것이어서 식견이 높고 학문이 많더라도 고쳐지질 않는다.

진숙보는 대해사(大海寺)에서 장수타와 당만인과 번건위의 세 시신을 입관해서 묘터를 골라 안장한 뒤에, 며칠간 제사를 지냈다. 그런 뒤에야, 선웅신, 나사신과 함께 떠나 와강산의 본채에 와서 이밀과 왕백당을 비롯한 여러 사람들을 만났다.

그들 모두는 지나간 일을 이야기하며, 새로운 승리를 경축하면서 즐겁게 담소했다. 진숙보는 이밀에게 경기병(輕騎兵)으로 동도

(東都, 낙양)를 기습하여 점거하는 일이 우선이고, 그런 뒤에 사방을 천천히 평정해야 한다고 권고했다.

책양이 그 계책을 좇아 부장 배숙방(裵叔方)에게 똘똘한 군졸 몇을 거느리고, 험준한 산림이나 관문, 교량, 주둔한 병마 등 필요한 정보를 염탐하라고 명령했다. 그런데 그만, 발각되면서 염탐 나간 군졸 세 명이 붙잡혔다. 책양의 첩자라는 사실이 밝혀졌고, 우문술의 관아에서 문초한 뒤에 처형되었다. 배숙방과 두세 명이 도망쳤지만, 동도에는 군사를 늘여 수비를 강화한다는 사실을 탐문해 돌아왔다.

그리고 이밀은 진숙보의 말을 듣고 정교금 및 나사신을 보내 경무장한 기병을 거느리고 기습토록 시켰다. 이들은 몰래 양성(陽城)을 지나 방산(方山)을 넘어, 직접 창성(倉城, 今 河南省 洛陽市 老城區에 해당)에 이르렀다. 책양과 이밀도 연이어 도착했다. 이들은 화살 한 대 쏘지 않고, 책양은 낙구창(洛口倉)을 점령했다.

이밀은 창고를 열어 사방의 백성들을 구제하니 모두 찾아와서 와강군에 귀부했다. 수나라 조정의 사대부인 시덕예(時德睿), 숙성(宿城) 현령인 조군언(祖君彦)[21] 등도 와강군에 귀의했다. 동도

---

21 조군언(祖君彦, ?–618년) – 北齊(북제) 僕射(복사) 조효징(祖孝徵)의 아들. 박학강기, 문장 우수, 수 문제와 양제에게 천거되었으나 등용치 않아 하급 書吏로 지냈다. 自負其才하여 늘 울적했고 반란을 생각했다. 李密을 위하여 〈爲密檄洛州文〉을 지어 煬帝의 10대 죄상을 밝혔다. 李密이 실패한 뒤 王世充에게 죽음을 당해 언사(偃師)에 육시(戮屍)되었다. 《新唐書》 97권, 〈李密傳〉에 보인다.

에서는 이런 실정을 탐지하고 월왕(越王) 양동(楊侗)이 명령을 내려 호분랑장 유인공(劉仁恭), 광록시 소경(少卿)인 방측(房前)에게 군사 2만 5천 명을 모으게 하였고, 사람을 보내 하남 포토대사(捕討大使) 배인기(裵仁基)에게 함께 와강군을 협공하여 창성에서 합류하라고 지시하였다.

그러나 이밀은 이를 미리 예측하고 군사를 다섯 갈래로 보내 수나라 관군 방측을 크게 격퇴하였고, 유인공과 방측은 겨우 도망쳐서 목숨을 건졌다. 동도의 군사가 대패했다는 소식을 듣자, 배인기는 군대를 주둔지에 그냥 머물면서 출병하지도 않았다.

이후로 이밀의 명성은 하남 일대에 크게 떨쳤다. 책양의 군사(軍師)인 가웅(賈雄)은 이밀이 아랫사람들을 사랑하는 것을 보고 이밀의 편에 섰다. 책양이 스스로 왕이 되려고 하자, 가웅은 책양의 운명(八字)을 점쳐 보고 그가 왕이 되면 불길하니 이밀을 보좌해야 한다는 점괘를 얻었다.

가웅이 책량에게 말했다.

"그는 포산공(蒲山公)입니다. 장군은 성이 책씨(翟氏)인데, 책은 택(澤)과 의미가 통합니다. 부들(蒲)은 반드시 소택(沼澤)에서만 살 수 있는 팔자입니다."

그때 민간에는 요언이 나돌았다.

'이씨(桃李子)와 황후가 양주(揚州)에서 헤매다 꽃밭에 나타난다. 함부로 말하지 말지니, 누가 알려 주겠나?

여기서 도리의 아들(桃李子)은, 곧 도망친(桃는 逃) 이(李)씨이고 '황후가 양주(揚州)에서 헤맨다(皇后繞揚州).' 는 말은 황제가 양주(江都)에 유람한 뒤에 도읍으로 돌아오지 못한다는 뜻이고, '함부로 말하지 말지니(勿浪語), 누가 알려주겠나?(誰道許)' 는 밀(密)이라고 풀이하였다.

그래서 책양은 여러 사람들과 의논하여 이밀을 위공(魏公)으로 추대하였다.

이밀은 제단을 쌓고 즉위하였고, 영평원년(永平元年, 大業 13年, 서기 617)이라 연호를 정하고 특사를 베풀었다. 이밀은 군영을 원수부(元帥府)라 칭하고, 책양을 상주국(上柱國) 사도(司徒) 동군공(東郡公)으로 추대하였다. 그리고 서세적(徐世勣)을 좌익위대장군(左翊衛大將軍), 선웅신(單雄信)을 우익위대장군(右翊衛大將軍), 진숙보(秦叔寶)를 좌무후대장군(左武侯大將軍), 왕백당(王伯當)을 우무후대장군(右武侯大將軍), 정지절(程知節, 정교금)을 후위장군(後衛將軍), 나사신(羅士信)을 표기장군(驃騎將軍), 그리고 제국원(齊國遠), 이여규(李如珪), 왕당인(王當仁) 등을 모두 虎賁郎將(호분랑장)에 임용하였다. 또 방언조(房彦藻)를 원수부좌장사(元帥府左長史), 병원진(邴元眞)을 우장사(右長史), 가윤보(賈潤甫)를 좌사마(左司馬), 연거진(連巨眞)을 우사마(右司馬)로 삼았다. 그 당시 수나라 관리로 귀부했던 공현(鞏縣)의 시효화(柴孝和)는 감찰어사(監察御史)가 되었다.

수나라 조정의 배인기는 하남(河南)을 지키고 있었지만 감찰어

사인 소회정(蕭懷靜)과 알력이 있었다. 배인기는 소회정이 고의적으로 시비를 걸거나 무시할 때마다 참을 수 없었다. 가윤보와 배인기는 옛 친구 간이었다. 가윤보는 몰래 그의 군영에 이르러 배인기와 그의 아들 배행엄(裴行儼)에게 소회정을 죽여버린 후 군대를 이끌고 위공(魏公, 李密)에게 와서 항복하게 했다.

그러자 위공 이밀은 예를 갖추어 대우했으며 배인기를 상주국 하동공(上柱國 河東公), 배행엄을 상주국 항군공(上柱國 降郡公)에 봉했다. 이밀이 군사를 거느리고 회락창(回洛倉)을 점거하자, 동도에서는 강도에 긴급 문서를 올려 구원을 청했다. 양제는 강도 통수인 왕세충(王世充)[22]에

왕세충(王世充)

22 왕세충(王世充, ?-621년, 字는 行滿)-수나라 말기 군벌 중 하나. 隋朝의 太尉, 相國 역임, 鄭王에 피봉되었다. 양제가 죽은 뒤, 619년에 洛陽을 차지하고 '大鄭皇帝'를 자칭하고, 연호를 개명(開明)이

게 강회(江淮) 일대 정병을 인솔하여 동도 낙양으로 진격케 하였다.

이밀은 장수들을 보내 왕세충의 군사를 막았고, 진숙보는 무양군(武陽郡, 今 甘肅省 지역)을 공격했다. 무양 군승은 원보장(元寶藏)이란 사람이었다.

진숙보의 군사가 당도했다는 소식을 듣고 원보장은 기실(記室)인 위징(魏徵)을 불러 계책을 의논했는데, 위징은 바로 화산(華山)의 도사(道士)인 위현성(魏玄成)이었다. 위현성은 천하가 혼란하니 영웅들이 뜻을 품을 때라고 생각하고 산을 내려와 원보장의 막하에 있었다.

원보장이 말했다.

"이밀의 군사는 사기가 높고 진숙보는 남들보다 뛰어나게 용맹한 사람이요. 거기에 본군의 정예 병력은 동도를 구원하러 갔으니 적을 어떻게 막아야 하겠나?"

위현성이 대답했다.

"이밀 장졸의 기세가 드높고 진숙보의 용맹은 알려진 그대로입니다. 이런 모양으로 그들을 대적한다는 것은 마치 모래로 황하를 막는 것과 다름없습니다. 명공께서는 반드시 좋은 계책으로

라 했다. 唐朝 고조 武德(무덕) 4년(621)에 李世民(이세민)에게 패전하여 파촉(巴蜀)에 유배되었다가 원수를 만나 피살되었다.

군내의 백성과 군사를 보전해야 합니다."

"무슨 훌륭한 계책이 있겠나?"

"오직 성을 들어 귀부하는 길 밖에 없습니다. 저는 투항하는 글을 작성해서 적의 군영에 가보겠습니다."

진숙보는 군사를 이끌고 무양에 당도하여 위현성과 상봉했다. 옛 친구를 만나니 각별히 즐거웠다.

"저 숙보는 생전에 선생 같은 분이 법당에서 일생을 마치지 않을 것이라고 늘 생각했습니다. 과연 제 생각이 틀리지 않았습니다."

그리고 무양군의 상황을 묻자, 위현성이 대답했다.

"군승인 원보장은 천의(天意)에 순응해서 성을 들어 귀부하려 하니, 옛 친구와 전투를 하지 않아도 될 것 같습니다."

"이 모두는 선생께서 협력하신 덕분입니다. 위공 군영에 가서 항서(降書)를 올립시다."

그리고 위현성과 진숙보는 휘장 안에서 술을 마시면서 밀린 이야기를 나누었다. 위현성은 왕자(王者)를 보좌할 인재라고 진숙보가 이밀에게 적극 천거하였고, 위현성은 이밀의 본영에 머물면서 이밀의 신임을 받았다. 숙보의 천거에 따라 이밀은 위현성을 원수부문학참군기실(元帥府文學參軍記室)로 임명했고, 원보장은 위주(魏州) 총관이 되었다.

책양은 용맹한 사나이였지만 상황에 따른 책모를 도모하지 못했다. 처음에는 도적의 무리에서 영웅이라 자처했으나 이밀의 지혜가 출중하다는 사실을 알았고 전투에서도 이밀보다 능력이 부족하다는 분명한 사실을 체감하고 있었다.

또한 가웅이나 이자영(李子英, 인명 미상) 같은 사람들도 유독 이밀만 존중하며 기꺼이 그의 수하에서 헌신하였다. 뒷날 이밀의 위망이 높아지고 권세가 커지니, 어떤 사람들은 달가워하지 않았다. 책양의 형 책홍(翟私)은 상주국 형양공이었는데 근본은 상스러운 사람이었다.

그가 늘 책양에게 말했다.

"왜 우리 가문의 권력을 남에게 넘겨주어 그들의 수하로 살아가느냐?"

또 휘하의 일부 사람도 위공의 족속들은 홍성하고 자기들이 냉랭한 처지에 빠지고 있는 현실을 절감하며 앙앙불락(怏怏不樂)했다. 그래서 옛말에도 '물건이 먼저 부패하고(物必先腐), 다음에 벌레가 생긴다(後蟲生之).' 라고 했다.

그때 만일 누가 중간에서 중재했더라면 아무 일도 없었을 것이다. 그러나 선웅신은 양쪽과 모두 다 잘 교류하였고 마음이 착한 사람이었다. 왕백당과 진숙보, 그리고 정교금은 이밀과 우정이 두터웠고, 서무공은 시비가 밝은 사람이었지만 중재하다가 혹시 화를 입을까 두려워했다.

어느 날 책양은 이밀에게 새로 귀순해온 언릉(鄢陵, 今 河南省 許昌市 관할 縣名) 자사인 최세추(崔世樞)한테 돈을 요구하여 받아내고 회군하려 했다. 이밀이 돌려줘야 한다고 했지만, 책양은 따르지 않았다. 또 원수부기실 형의기(邢義期)를 바둑을 두자고 불렀는데, 형의기가 늦게 왔다고 곤장 팔십 대로 체벌했다. 뿐만 아니라 방언조가 적을 격파하고 남쪽에서 돌아오니 엉뚱하게 금은보화를 내놓으라면서 말했다.

"자네들은 왜 위공(李密)한테만 주고 나한테는 주지 않는가? 위공은 내가 세운 사람이지만, 나중 일은 나도 보장할 수가 없다."

이는 협박과도 같았다. 그러자 방언조, 형의기, 사마(司馬)인 정정(鄭頲)은 책양을 제거해야 한다고 이밀에게 고했다.

그러자 이밀이 말했다.

"그는 내가 재앙을 면하도록 도와주었으니, 나에게는 은인입니다. 오늘 갑자기 그를 죽여야 한다면 사람들은 책양의 난폭한 행실은 모르고 도리어 내가 그를 질투해서 배신했다고 할테니 그 일은 옳지 않습니다."

그러면서 이밀은 갑자기 다른 방도를 떠올렸다.

'책양은 호걸이나 훗날 그가 수하에 거느렸던 사람들을 올려 등용하면, 책양은 오히려 심복지환으로 생각할 것이다.'

정정이 이밀에게 말했다.

"독사가 팔을 물으면 장사일지라도 팔을 잘라야 합니다. 영웅은 큰일을 하면서 작은 은혜를 모두 고려할 수 없습니다. 지금 헛명성을 고려하다 보면 팔을 잘라야 하는 큰일을 당할 수도 있습니다."

방언조도 이밀에게 말했다.

"책사도(책양)가 의심으로 결단을 내리지 못했기에 명공은 오늘에 이를 수 있었습니다. 만약 명공께서도 결단을 내리지 못한다면, 역시 이전 상황처럼 되돌아갈 수도 있습니다. 명공께서는 책사도가 거칠고 지모가 모자르는 사람으로만 알고 계십니다. 그러나 상스러운 사람들이 때로는 담력이 크거나 악독한 수단으로 일을 저지르기만 하면 누구보다도 더 나쁘다는 것을 모르시고 계십니다."

이밀이 말했다.

"그럼 여러분들이 나에게 계략을 마련하도록 하고 만전을 기해주기 바랍니다."

이튿날 이밀은 잔치를 준비하여 책홍, 책양 형제와 배인기 그리고 학효덕을 초청해서 함께 술을 마셨다. 이밀은 측근 장수들에게 밖에 나가 기다리게 했고 가까운 시종 몇 사람 외 모두를 내보냈다.

이밀의 측근으로 방언조와 사마인 정정 몇 사람만 남았다. 술상이 들어왔고, 책양과 사마부의 왕유신(王儒信)과 측근들은 그냥 남아 있었다.

방언조가 말했다.

"날씨가 추우니 사도의 수행원들에게도 술과 안주를 상으로 내려주십시오."

그러자 이밀이 말했다.

"술상을 푸짐하게 차려 대접하도록 하게."

그랬지만 측근들은 감히 물러나지를 못했다.

책양이 말했다.

"원수부에서 상을 내린다니 어서 가서 받아라."

책양의 측근들은 감사를 표하고 물러났다. 이밀 휘하의 장사 채건덕만이 홀로 칼을 짚고 서있었다.

한동안 한담하다가 이밀이 말했다.

"근자에 좋은 활 몇 자루를 얻었는데, 백발백중할 수 있답니다."

그리고 활을 가져다가 여러 사람에게 보여주라고 분부했다. 측근이 활을 가져와 '팔석궁(八石弓)'이라 하면서 먼저 책양에게 보여주었다.

책양이 활을 받아보면서 말했다.

"육석(六石)쯤 됐으면 한번 시험해 볼 텐데."

책양이 자리에서 일어나 활시위를 당길 찰나에 채건덕이 빼어 들었던 칼로 책양의 뒤통수를 찍어서 바닥에 쓰러뜨렸다. 순식간에 책양의 몸은 피투성이가 되었고 비명소리가 마치 소 울음소리처럼 울렸다. 백전 영웅이 한순간에 어이없이 목숨을 잃는 순간이었다.

그때 선웅신, 서무공, 제국원, 이여규, 병원진 등 5인은 사마인 가윤보와 연회 중이었다.

한창 잔을 들고 즐겁게 마시는데 하급 장교가 들어와서 알렸다.

"채건덕 원수께서 사도 책씨를 칼로 찍었습니다."

선웅신은 그 말을 듣고 깜짝 놀라면서 술잔을 바닥에 떨어뜨렸다.

"이게 도대체 웬일인가? 책형의 성미가 아무리 거칠다 하더라도 너그럽게 양해해 줬어야 하는 일 아니오? 우리가 와강산에 귀의할 때 어찌 오늘과 같은 일이 생길 줄 알았겠소?"

병원진이 말했다.

"자고로 힘센 두 수컷은 함께 존재할 수 없다(兩雄不並棲)라는 말이 있지 않습니까? 저는 이런 일이 언젠가는 일어날 줄을 오래전부터 짐작하고 있었습니다."

서무공이 말했다.

"지금 거사한 사람들치고 누가 자기를 암컷이라고 생각합니까? 애석할 뿐입니다."

이여규가 물었다.

"누가 애석해 합니까?"

"책형이 애석한 것이 아니라 이형이 애석한 것입니다."

가윤보가 머리를 끄덕이면서 동감을 표시했다.

한참 의논하고 있는데 부하가 들어와서 알렸다.

"밖에 손님이 오셨는데, 옛 친구라고 하면서 이 나으리를 찾습니다."

그러자 이여규가 나가더니 낯모를 사람과 손을 잡고 들어오면서 말했다.

"선형, 친구분이 오셨습니다."

선웅신이 일어나 보니 두여회(杜如晦)[23]였다. 여러 사람들은 서로 통성명하면서 인사를 나누었다.

두여회가 서무공한테 말했다.

"서형의 명성은 오래 전부터 들어 알고 있었습니다. 오늘 이렇게 뵈었으니 평생소원을 풀었습니다."

서무공이 말했다.

"제가 산채에 갔을 때 유문정(劉文靜, 24회 주석 참고) 형을 만났었습니다. 유형은 형의 문장이 훌륭하고 재능과 출중한 식견이 세상에 보기 드물다고 말했습니다. 오늘 이 자리에 오시니, 저는 한 자리에 앉기가 송구스럽습니다."

선웅신이 말했다.

"두형, 탁주(涿州) 장공근(張公謹, 12회 주석 참고) 댁에서 만나본 이후 오늘 처음이오. 저는 그동안 늘 형이 그리웠소. 오늘 무슨 바람이 불어서 이렇게 찾아오셨소?"

"저는 우연히 이곳을 지나다가 숙보 형을 만나려고 들렀는데, 군사를 이끌고 여양(黎陽)으로 가셨다고 들었습니다. 또 이여규

---

23 두여회(杜如晦, 585－630년, 字는 克明)－京兆郡(경조군) 杜陵縣人(두릉현인, 今 陝西省 西安市 長安區). 唐朝 초기 대신. 李世民의 정권 쟁탈과 貞觀之治(정관지치)를 이룩한 주요 모신(謀臣). 당 태종의 절대적인 신임을 받았다. 방현령(房玄齡)과 함께 '방현령이 책모를 만들면 두여회가 결단한다(房謀杜斷).' 의 주인공.

형이 여기에 계신다는 말을 듣고 찾아와 보니 선형을 비롯한 많은 호걸들이 모이셨습니다. 그래서 위공께서는 짧은 시일에 이런 대업을 이룩했을 것입니다. 앞으로 여러분들은 최고 영광을 지닌 공신이 될 겁니다."

선웅신이 길게 탄식하면서 말했다.

"사람 일이란 종잡을 수 없는 것인데, 최고의 영웅이라는 게 다 뭐요. 형은 수나라의 관리로 온성위(溫城尉)였는데, 무슨 일로 파직당했소?"

"천하의 일이란 복잡다단(複雜多端)한데 작은 벼슬에(升斗之俸) 도취되어 간신을 위해 봉사한다면, 어찌 큰일을 해낼 수 있겠습니까?"

그들은 한동안 이야기를 나누다가 작별하고 자리를 떴다. 이여규는 두여회와 제국원을 자택으로 데리고 가서 술과 안주를 대접했다.

두여회가 물었다.

"저는 조금 전에 원수부 앞을 지나다가 떠들썩하는 소리를 들었는데, 도대체 무슨 일이 있었습니까?"

그러자 제국원이 숨기지 않고 말했다.

"큰일은 아닙니다. 원수부에서 사람이 죽었습니다."

"누가 죽었소?"

이여규는 이밀과 책양 사이에 알력이 있어 오늘 이밀의 수하인 채건덕이 책양을 죽였다고 말해주었다.

이여규가 설명하였다.

"당초에 와강에서 책양이 이밀, 선웅신, 제국원. 저를 불러 모았었습니다. 그런데 오늘 이런 일이 일어났으니 앞으로 어떻게 될는지 참으로 암담합니다."

그러자 두여회가 말했다.

"그래서 선웅신의 안색이 참담했고 동생도 기운이 없었구만! 저는 이밀이 최고 두령이 된 다음부터 전과는 달리 제멋대로 판단한다는 말을 들은 적이 있습니다. 만일 이밀의 처사가 그 전과 다르고 그가 마음을 모질게 먹는다면, 형들은 좋은 두령을 만나지 못했으니 앞으로의 일을 다시 생각해 봐야 할 것입니다."

그러자 제국원도 말했다.

"나와 이여규 두 사람은 가족을 거느리고 오지 않았기에 꺼릴 바가 없습니다. 좋은 곳이 있다면 그냥 떠나버리면 그만이지 아무 상관도 없습니다."

두여회가 다시 말했다.

"좋은 곳이 있긴 있는데, 두 분 형이 가실지 모르겠습니다."

그러자 제국원과 이여규 두 사람이 동시에 물었다.

"어디요?"

"제가 올봄에 진양(晉陽)에 있는 유문정의 관서에 갔다가 시사창(柴嗣昌, 李淵의 사위)을 만났습니다. 그 사람과 저는 친밀한 사이입니다. 숙보 형과 두 분 형 이야기를 했더니 장안에서 정월 보름 등불놀이를 할 때 '과연 영웅다웠다' 라고 하면서 몹시 칭찬에 감탄하더군요. 두 분 형이 산채에 와있다는 말을 듣고 나더러 몰래 찾아보라고 했소. 지금 그의 장인인 당공(唐公, 李淵)께서 거사하려고 하는데, 여러 형들한테 큰 기대를 걸고 있습니다. 그런데 숙보는 이밀을 대신해서 싸우러 갔습니다. 그러니 두 분 형께서 이곳이 마음에 들지 않는다면, 두여회는 저와 함께 진양에 가서 시사창을 만나봅시다. 일이 성사되면 함께 부귀영화를 누릴 수 있습니다. 그리고 그의 처남 이세민(李世民)[24]은 도량이 넓고 예의로 아랫사람을 대하는 분이고, 형들과는 친분이 있으니 특별히 대해 줄거요."

그러나 제국원이 먼저 나서며 말했다.

"나는 안 갈테요. 다른 사람의 수하에서 눈치를 보면서 사느니, 차라리 산채에서 강도질하는 편이 더 나을 것이요!"

그때 한 사람이 불쑥 뛰어들어와서 두여회의 멱살을 거머쥐고 말했다.

---

24 李世民(598－649, 재위 627－649)－어렸을 적에 어떤 書生이 세민을 보고서 말했다. "龍鳳의 자태에 天日의 모습이로다. 관례를 치를 때쯤에는 틀림없이 濟世安民(제세안민) 할 수 있으리라." 서생은 가버렸고, 부친 이연(李淵)은 사람을 보내 찾았지만 만나지 못했고, 그 말에 따라 이름을 世民이라 개명했다. 이세민은 총명하고 용기와 결단력이 있고, 식견과 도량이 남달랐다. 수나라 황실이 어지러운 것을 보고 천하를 안정시켜야 한다는 마음을 혼자 품고서 晋陽(진양, 今 山西省 太原市)의 (수 양제) 別宮(별궁) 감독인 裵寂(배적)과 진양 현령 劉文靜(유문정) 등과 관계를 유지하고 있었다.

"좋아! 넌 사람을 뽑아가려고 찾아온 놈이구나. 원수부에 끌고 가서 목을 베야겠다."

두여회의 안색이 금방 하얗게 질렸다. 제국원이 보니 다름 아닌 학효덕(郝效德, 41회 주석 참고)인지라, 검을 뽑으면서 말했다.

"틀렸구나! 칼 놀음이나 해야겠구나!"

학효덕이 멱살을 놓고 너털웃음을 지었다.

"두 분 형께서는 급하게 서둘지 마시오. 방금 하신 말씀을 제가 다 들었습니다. 저도 형들과 같은 심정입니다. 우리를 거느리고 갈 수 있다면 생사를 돌보지 않겠소. 저는 전날 위현성이 했다는 말을 들었습니다. 길에서 서홍객(徐洪客) 형을 만났는데, 진정한 제왕이 태원에 나타나셨다고 말했습니다. 그런데 이밀은 지금 무슨 짓을 하고 있습니까? 책형도 그렇게 죽여버리는 판인데, 우리 따위는 더 말할 나위가 있겠습니까?"

이여규가 동감이라며 찬동했다.

"학형이 아주 통쾌하게 생각했습니다. 그런데 우리가 어떻게 간단 말이오?"

"어려울게 뭐 있겠습니까? 방금 기마 초병이 전했는데, 왕세충이 군사를 거느리고 낙북(洛北)에 온다고 하였습니다. 그러면 이밀은 내일 틀림없이 출병할 것입니다. 그때 두 분 형께서 이기든 패하든 관계치 말고 군사를 거느리고 추현(鄒縣)[25]으로 진군하면

25 추현(鄒縣) – 山東省 濟寧市 관할 鄒城市. 孟子(맹자) 출생지.

누가 쫓아오겠습니까?"

"좋은 계책이오."

학효덕이 두여회에게 물었다.

"형은 어디로 가시려 합니까?"

"지금 객소로 돌아갔다가 내일 아침 진양(晉陽)으로 떠나려 합니다."

"숙소는 어디에 있습니까?"

"남문 밖에 있는 서함휘(徐涵暉)네 객점(客店)이오."

학효덕은 인사를 하고 돌아갔다. 두여회는 학효덕이 먼저 나가는 것이 의심스러워서 제국원과 이여규에게 몇 마디 부탁을 한 다음에 작별하고 문을 나섰다. 두여회가 숙소에 당도하니, 학효덕이 부하 두 명을 거느리고 먼저 서함휘네 집에서 대기하고 있었다. 두여회가 학효덕이 말안장에 주머니를 실은 것을 보고 이상스러운 생각이 들어서 물었다.

"학형은 왜 이리 서두르시오?"

"이밀은 의심이 많은 성미여서 늦추면 다른 변고가 생길 수 있습니다. 저는 내일 오경에 장수들이 모여서 출병한다는 소식을 알고 있습니다. 그러니 먼저 떠나는 편이 나을 것입니다."

그들은 객점에서 저녁을 먹고 짐을 수습해 가지고 진양으로 떠났다. 며칠 걸어서 일행은 삭주(朔州, 今 山西省 서북부 朔州市) 무양촌(舞陽村)에 도착했다. 때는 겨울이어서 눈꽃이 흩날리는데 대나무밭 근처에 술집이 보였다.

“두형, 들어가서 술이나 몇 잔 마시고 떠나면 어떻겠습니까?”

“그럽시다.”

술집 앞에 이르러 말에서 내려 안으로 들어가니, 주인이 술과 안주를 가져왔다. 술을 마시고 가루떡을 먹고 나니 망치질하는 소리가 들려왔다. 말한테 여물을 주던 두 사람은 뒤를 돌아다보았다.

큰 나무 밑에 자리 잡은 대장간에 서너 사람이 불에 달군 쇠를 두드리고 있었다. 옆에 있는 식탁 위에는 쇠고기 한 접시, 구운 비둘기 고기 한 접시, 찐빵 한 접시가 놓여 있었다. 남쪽으로 향해 놓인 걸상에는 키가 9척이나 되는 사내가 앉아있는데, 털보였고 얼굴색이 쇳빛처럼 검었다. 눈이 별처럼 빛났고 위풍이 늠름했으며 기개가 당당했다.

좌우에 두 사람이 앉아있었는데, 한 사람은 주전자를 들고 다른 한 사람은 그릇을 들고 사나이에게 천천히 술을 부어 올렸다.

사내는 사양하지 않고 받아서 마시기만 했다. 술을 열 사발쯤 마신 다음, 그는 호탕하게 웃었다.

“남들은 부잣집에 가서 돈을 꾸는데, 자네들 형제는 왜 가난한 사람한테 와서 긁어가려고 하는가? 또 남들은 돈을 꿔주는 사람이 계약서를 쓰는데, 돈을 꾸는 자네들이 계약서를 쓰니 이상한 일이 아닌가?”

오른쪽에 앉은 사람이 말했다.

"형한테서는 한 푼도 빌리지 않겠습니다. 쪽지만 써주면 내 목숨을 구해주는 겁니다."

그는 다시 술을 부었다.

"그럼 어서 지필묵을 가져오게. 써놓고 술을 마셔야지. 취한 다음엔 잘못 쓸 수도 있으니까."

한 사람은 품 속에서 붉은 종이를 꺼내고, 다른 한 사람은 집안에 들어가서 붓과 먹을 가져다가 탁자 위에 놓았다.

오른쪽에 앉은 사람이 절을 하려고 하자, 그 사나이가 만류했다.

"그만두게, 내가 써주면 되지 않나."

사나이가 붓을 들고 물었다.

"그럼 말해보게, 어떻게 쓰라는 말인가."

"「울지공(尉遲恭)[26]이 금고에서 은 오백 냥을 빌려 갑니다. 대

---

26 울지공(尉遲恭, 585－658년, 尉는 벼슬 위, 다리미 울. 성씨 울, 字는 敬德)－隋末 唐初의 名將, 울지경덕으로 알려졌다. 삭주(朔州, 今 山西省 朔州市)人, 唐朝 大將, 능연각(凌煙閣) 24공신 중 한 사람. 시호, 忠武. 전설에서 울지경덕은 숯처럼 검은 얼굴, 쇠 채찍을 휘두르고 오추마(烏騅馬)를 타고 다닌다. 울지경덕과 진경(秦瓊, 진숙보)은 당 태종 이세민을 잡귀나 귀신으로부터 보호하는 임무를 수행했다. 李世民은 천하를 차지하는 과정에서 많은 사람들을 죽였다. 그리고 즉위 후 건강이 나빠졌고, 밤에는 악귀들이 온 궁궐 지붕의 기와를 집어 던지는 등 소란을 피우는 꿈을 꾸기도 했다. 당 태종은 걱정이 되어 여러 신하들에게 이야기하자 대장 진경(진숙보)과 울지공(울지경덕)이 밤에 황궁 정문을 수위하겠다고 하였다.

업(大業) 12년(서기 616) 11월 2일」이라고만 써주십시오."

사나이는 단숨에 쓰고 나서 붓을 놓고는 다시 술사발을 들더니 단숨에 마셔버렸다. 그는 아무 말도 없이 천천히 걸어서 대장간으로 들어갔다. 두 사람은 희색이 만면해서 그릇들을 거두어 가지고 동쪽으로 갔다.

이에 두여회가 쫓아가서 물었다.

울지공(尉遲恭)

"두 분 형씨께 물어보겠습니다. 저 호걸은 어떤 분이기에 형씨들이 그렇게 존대합니까?"

그날 밤 이후 아무 일도 없었고 태종도 숙면을 취할 수 있었다. 태종은 크게 기뻐하면서 화공에게 명하여 갑옷에 무장을 갖추고 성난 눈을 크게 뜨고서 당당히 궁문 양쪽을 지키는 두 장수의 모습을 그려 궁문 곳곳에 붙여두게 했다. 이후 모든 잡귀들의 소란이 그쳤으니 후세에도 이 두 장수는 문신(門神)으로 자리잡았다고 한다. 울지공은 대장장이(冶鐵匠)의 수호신이다.

"그분의 이름은 울지씨(尉遲氏)인데, 자는 경덕(敬德)이고, 마읍(馬邑) 사람입니다. 그는 팔의 힘만으로 2, 3천 근 무게를 들어올리고, 무기는 혼철단편(渾鐵單鞭)을 사용합니다. 글공부를 하면서 《시경(詩經)》, 《서경(書經)》까지 읽고 과거에 급제했지만 세월이 소란하다면서 관리 노릇을 하지 않았습니다. 그의 조상들은 대장간을 운영했는데 집에서, 할 일이 없으니 그 일을 거들고 있습니다."

"방금 두 분 형씨께서 부탁해 쓰신 쪽지는 어디에 쓰려는 겁니까?"

"자세한 건 말씀드리기 어렵습니다. 안녕히 가십시오."

두여회는 그 호걸을 등용하는 사람이 없다고 하니, 이 마을에 며칠 묵으면서 그와 사귄 다음에 당공한테 천거하고 싶은 생각이 들었다. 그러나 학효덕이 빨리 떠나자며 재촉했고, 또 부하가 말을 끌고오는 바람에 울지공이라는 이름을 다시 한번 되새기면서 말을 타고 떠났다.

다만 영웅의 얼굴만 알았으니, (但識英雄面)
서로 만난 뒤 마음에 못잊었다. (相看念不忘)

당공 이연은 양제를 화나게 한 뒤, 사위 시사창이 금은과 보화를 아끼지 않으면서 황제의 측근으로 아부하는 신하들과 사귀어 장인을 태원에 모셔다가 화를 면하게 했으니, 천하 일에 대해 생각할 여가가 없었다.

당공에게는 아들 네 명이 있었다.

큰아들은 건성(建成)[27]이라고 불렀는데, 평범한 공자로서 새 옷에 준마를 타고 다니면서 주색에 빠져있었다. 셋째 아들 현패(玄霸)는 일찍 죽었다. 넷째 원길(元吉)은 모략을 잘 꾸미고 교활했지만 패왕(霸王)이 될 재목은 아니었다. 영복사(永福寺)에서 태어난 둘째 아들 세민은 네 살 때에 한 서생이 그의 기이한 용모를 보고 "황제가 될 재목이니(龍鳳之姿, 天日之表), 성년이 되면(年至弱冠) 틀림없이 나라를 구하고 백성을 안정시키겠구나(必能濟世安民)!"라고 말하고는 떠나갔다.

당공(唐公)은 그 말이 밖으로 나갈까 두려워 그 사람을 쫓아가 후환을 없애려고 했지만 찾을 수가 없었다. 그래서 그의 말에 따라 아이의 이름을 세민(世民)이라고 지었다. 세민은 어릴 때부터 뛰어나게 총명했고 식견과 담력이 여느 사람과 달랐다.

장군 가문의 자식이니, 병서(兵書)와 무예를 익히기는 당연한 일이었고, 즐겨 사서(史書)를 읽었으며 친구를 널리 교제했다.

---

27 이건성〔李建成, 589－626년, 小字 비사문(毘沙門)〕－농서(隴西) 成紀人(성기인, 今 甘肅省 동남부 平涼市와 天水市 일대) 唐朝 高祖 李淵의 嫡長子(적장자). 唐 高祖의 太子, 뒷날 弟 李世民이 일으킨 玄武門之變(현무문지변)에서 화살에 맞아 죽었다. 追封 식은왕(息隱王).

이세민은 크게 될 친구를 사귀려고 재물을 아끼지 않았고, 인재들과 함께 하기를 즐긴다는 소문이 멀고 가까운 이웃에 널리 퍼졌다. 가장 가깝게 지내는 사람은 무공현(武功縣, 陝西省 咸陽市 관할 武功縣) 사람 유문정(劉文靜)이었는데, 진양(晉陽) 현령(縣令)으로 재직하고 있었다. 유문정은 문무를 겸비하고 지모가 출중했다.

그리고 지양(池陽)의 유홍기(劉私基)[28]와 이세민의 처조카인 장손순덕(長孫順德)[29]은 모두 무예와 용맹이 뛰어난 사람이었다. 그들은 보통 부잣집 자식들과는 달리 천하의 인심이 사나우니 제왕의 자질을 보여주면서 한 고조(漢 高祖)로 자부했다.

이밀이 모반한 뒤, 유문정은 이밀과 사돈지간이었기에 태원의 감옥에 갇혔다.

이세민이 감옥에 찾아가서 유문정을 만났는데, 문정이 반가워하면서 이세민을 떠보려고 물었다.

---

28 유홍기(劉弘基, 582－650년)－옹주(雍州) 池陽縣人(지양현인), 大業(대업) 말년 太原(태원)에서 봉기한 李淵 父子를 따랐다. 李世民과 友善, 長安 진격 시 선봉. 玄武門之變에서 이세민을 옹립, 貞觀 연간에 탐욕 수뇌로 여러 차례 탄핵을 받았다. 高宗 영휘(永徽) 원년(650)에 69세로 병사했다.《舊唐書》列傳 8권에 입전.

29 장손순덕(長孫順德, 長孫은 복성)－선비족, 初唐(초당) 시기 武將(무장), 태종의 長孫(장손) 황후와 황후의 친정 오빠 장손무기(長孫無忌)의 조카. 능연각(凌煙閣) 24공신의 한 명.《舊唐書》58권, 列傳(열전) 第8,《新唐書》118권, 列傳 32권에 입전.

"지금 천하가 소란한데 상(商)의 개국 군주인 탕왕(湯王)이나 주(周) 무왕(武王)[30], 그리고 한(漢) 고조(高祖, 劉邦)나 후한(後漢)의 광무제(光武帝, 劉秀)[31]와 같은 인재가 없어서 평정하지 못한다고 생각하는가요."

이세민이 대답했다.

"인재가 없는게 아니라 인재를 찾지 못하는 거요. 내가 그대를 찾아온 건 인정 때문이 아니라 지향(志向)이 같기에 천하대사를 의논해 보려는 마음이요."

---

30 周 武王〔생존, 재위 연도 미상, 受命 11년 뒤 克殷(前 1046), 3년 뒤(1043年) 붕어로 추정.〕 - 姬는 姓, 名은 發, 西伯 昌과 太姒(태사)의 嫡次子. 正妻는 邑姜(읍강). 시호는 武. 牧野之戰에서 殷을 타도(武王克殷). 西周의 건국자. 堯 - 舜 - 夏禹 - 商湯 - 周文王으로 이어지는 道統의 계승자. 儒家에서 받드는 先秦시대 첫째 明君. 西周 봉건제도 창시자. 아버지는 周 文王(前 1125 - 1051年) - 西伯 昌. 姬는 姓, 名은 昌. 商朝 말기 제후국 周의 君主, 작위는 西伯, 아들 周武王이 문왕으로 追謚(추시). 儒家의 大道를 통달, 존숭받는 인물. 공자가 본받으려 했던 聖人은 堯(요)와 舜(순), 그리고 禹王(우왕)과 湯王(탕왕)에 이어 周 文王과 武王, 그리고 周公을 꼽을 수 있다.

31 光武帝 유수(劉秀) - 서기 前 6년 12월에 출생하였고(양력으로 계산하면 前 5년 1월 15일생), 王莽(왕망) 新朝(신조)의 地皇(지황) 3년(서기 22년, 28세)에 起兵한 뒤, 서기 25년(31세)에 鄗縣(호현, 今河北省 서남부 石家莊市 관할 高邑縣)에서 즉위하고, 연호를 建武(건무), 國號(국호)를 漢(史稱 東漢, 後漢)으로 정했다. 32년을 재위하고 建武中元 2년(57년, 63세)에 낙양에서 죽었고, 시호는 光武, 묘호는 世祖. 능묘는 原陵이다.

"지금 황제가 강도(江都)를 순행하니 군사가 황하(黃河)와 낙수(洛水)를 메우고 있습니다. 또 이밀이 동도를 포위하고 있으며 도적들이 하루살이처럼 모여들어 산과 소택지를 막고 있는데, 아마 수만을 헤아릴 겁니다. 이런 기회에 진정한 제왕이 있다면, 그런 자들을 모아서 호령을 내리며 사해(四海)를 평정하기에 족할 것입니다. 지금 태원의 백성들은 도적을 피해서 모두 성안으로 들어갔습니다. 제가 요즈음 몇 년간 사귄 호걸들을 동원하면 수십 만을 모을 수 있고, 거기에다가 존공(尊公)께서 거느리시는 수 만 병사를 합치면 그 누가 따르지 않겠습니까? 그 힘으로 텅 비어 있는 관중(關中) 땅으로 진격하여 천하를 호령하면, 반년을 넘기지 않고도 제업(帝業)을 이룰 수 있습니다."

이세민이 웃으면서 찬동했다.

"그대 말씀이 내 뜻과 같소."

이세민은 남모르게 부하들을 시켜 사졸을 훈련시키면서 거사할 시기를 기다렸다. 한 달쯤 지나니 유문정이 출옥했다. 이세민은 거사하려고 했지만 부친이 따르지 않을까봐 유문정과 계략을 의논했다.

"존공(尊公, 李淵)께서는 평소에 진양궁감 배적(裵寂)과 친분이 두텁기에 그의 말이면 따를 것입니다. 존공께서 거사하시게 하려면 그 사람을 내세워야 합니다."

그러나 이세민은 배적에게 부탁하기 어려웠다. 그래서 배적이 술과 도박을 즐긴다는 말을 듣고 도박을 하면서 배적과 사귀었다. 이세민은 용산(龍山) 현령인 고빈렴(高斌廉)에게 수만 금을 대주면서 배적과 도박을 하면서 돈을 잃어주게 했다. 뒷날 배적은 이세민의 의도를 알아차렸지만 크게 기뻐하면서 이세민과 친밀해졌다.

이세민이 진심을 털어놓으니 배적이 선뜻 대답했다.

"그 일은 내게 맡기게나."

배적은 밤낮으로 생각하던 끝에 문뜩 한 가지 꾀를 떠올리며 수나라 황제의 별궁인 진양궁에 들어갔다. 마침 장(張)과 윤(尹) 두 사람의 후비가 매화꽃을 구경하다가 배적을 보고 물었다.

"무슨 일로 오셨어요?"

"저는 꽃을 꺾어가려고 왔습니다."

장부인이 웃으면서 말했다.

"꽃은 부인들이 꽂는데, 남자가 가져다가 뭘 하시렵니까?"

"부인께서는 남자는 꽃을 꽂아서는 안 된다고 생각하십니까? 애욕지심(愛慾之心)은 사람마다 가지고 있습니다. 꽃은 아리땁지만 소일거리에 지나지 않고 치장에 지나지 않기에 사람들의 적막감을 풀어주지 못하고 환난을 막아주지도 못합니다."

윤부인이 웃으면서 물었다.

"적막감을 풀어주고 환난을 막는다는 말씀은 무슨 뜻으로 하는 말씀인가요?"

"지금 수나라 조정은 소란스럽고 황제께서는 남쪽 강도를 순행하시면서 즐거움에 사로잡혀 돌아오시기를 잊었습니다. 태자는 어리고 궁중에는 황제가 없으니 영웅들이 다투어 일어나서 그 기반을 다지는 자들이 매우 많습니다. 마읍(馬邑) 교위(校尉)인 유무주(劉武周)도 분양궁(汾陽宮)을 차지하고 가한(可汗)[32]을 자칭했는데 그 세력이 대단합니다. 분양과 태원은 거리가 멀지 않은데 그들의 병마가 들이닥치면 누가 막겠습니까? 저는 비록 부수(副守)의 관직이지만 지혜가 얕고 힘이 약해서 보전하기 어려우니 어찌 안전할 수 있겠습니까?"

부인 두 사람이 두려워하면서 말했다.

"그럼 어쩌나요? 저희들 자매는 끝장이군요!"

"내게 한 가지 계책이 있는데, 원하시면 부인들과 상의해 보겠습니다. 부인들의 행복과 즐거움을 보전할 수 있을 뿐만 아니라 부귀영화를 누리도록 도울 수 있습니다."

부인 윤씨가 말했다.

"부귀영화를 어찌 바랄 수 있겠습니까? 재앙만 면할 수 있다면 만족해야지요."

---

32 가한(可汗, 音은 커한, Kéhán) — 大汗으로도 표기. 統治者(통치자)의 직함. 마을이나 부족의 최고 영수(領袖) 또는 중국인의 황제에 가까운 의미. 蒙古(몽고)와 중앙아시아 일대의 유목 민족인 선비(鮮卑), 위글(回紇), 유연(柔然), 고차(高車), 돌궐(突厥), 토욕혼(吐谷渾) 여진(女眞) 등이 세운 나라의 통치자에 대한 칭호. 汗은 땀 한. 汗(hán)이라 쓰고 'khàn칸' 이라 읽는 것은 可汗의 준말(例, 成吉思汗). 可汗의 부인은 可敦(가돈, kèdūn)이라 호칭.

"이곳 유수(留守)인 이연이 인마(人馬) 수만을 거느리고 있으며, 그의 아들 세민은 무적의 영웅인데, 천하의 호걸들을 모아 거사하려고 합니다. 그런데 이연이 따르지 않을 것 같아 감히 움직이지 못하고 있습니다. 그러나 천하는 머지않아 그에게 속할 겁니다. 그들 부자 두 사람은 이궁(離宮)에 있으면서 몇 년간 적막한 나날을 보내고 있습니다. 이 기회에 이연을 섬기면 화가 복으로 될 수 있고, 훗날 비할 바 없는 부귀를 누리게 될 터이니 어찌 좋은 일이 아니겠습니까?"

부인 장씨가 말했다.

"저도 오래 전부터 당공을 만나보고 싶었습니다. 하지만 자매들이 감히 여쭐 수가 없었지요. 또 당공은 충의를 지킨다는 소문뿐이고 일이 성사되지 않으면 어쩌나요?"

"다만 부인들의 마음이 굳지 못할까 봐 근심입니다. 마음만 굳게 다진다면 성사되지 못할까 걱정하지 않아도 됩니다."

부인 두 사람은 그 말을 듣고 기뻐하면서 말했다.

"성사만 되면 은혜를 한평생 잊지 않겠습니다. 하지만 어떤 계책인가요?"

배적이 부인들의 귓전에 대고 소곤소곤 이야기했고, 부인 두 사람은 머리를 끄덕이면서 응했다.

이튿 날 배적은 진양궁에 연회석을 차리고 사람을 보내서 당공을 청했다. 두 사람은 만나서 자리에 앉았다. 배적은 이세민이 부탁하던 일을 입 밖에 내지도 않고 술만 권했다.

당공이 거나하게 취했을 즈음, 배적이 말했다.

"혼자서 마시면 술맛이 없지요. 여기 미인이 두 사람이 있는데, 당공께 술을 권하도록 주선하겠습니다."

당공이 웃으면서 말했다.

"벗들이 마주 앉았는데 미인이 없구만! 안될 일이 무엇이겠소."

배적이 좌우를 시켜서 미인을 불러오게 했다. 잠시 후, 장신구들이 부딪치는 소리가 들리고 향기가 풍기더니 두 미인이 걸어나왔다. 당공이 눈여겨보니 과연 아리따운 미인들이었다. 과연,

웃는 얼굴, 고운 몸매, 봄날 옥 같은 살결, (花嫣柳媚玉生春)
깊은 궁궐 어디선가 홀연히 나타난 미인. (何處深宮忽豔妝)
먼지 같은 속세에도 천자를 알수 있나니, (自是塵埃識天子)
옛사람 양왕도 애정행각에 번뇌 있었다. (故人雲雨惱襄王)

두 미인이 술상으로 다가오더니 당공을 배알했다.

당공이 황급히 답례했고, 배적은 당공의 좌우에 자리를 잡아주었다. 술에 취해 정신이 흐릿해진 당공은 영문을 묻지않고 미녀들의 미색에 홀려 시름 놓고 폭음했다. 두 미인이 살뜰하게 시중들고 배적이 재삼 권하는 바람에 당공은 만취했다.

그때 배적은 슬그머니 자리를 떴다. 당공은 또 몇 잔을 더 마시

니 제대로 걸을 수 없을 정도가 되었다. 두 미인이 부축해서 잠자리에 모셨는데, 취기가 올라 정신이 흐릿해서 궁중인지 자신의 집인지 분간할 수가 없었다.

꽃은 미소 술은 연정을 불러오고, (花能索笑酒能親)
고운 얼굴 사내 마음을 풀어준다. (更有蛾眉解誤人)
수씨(隋氏) 방탕 천자 비웃지 말지어니, (莫笑隋家浪天子)
때를 만난 호걸 연정에 미혹된다. (乘時豪傑亦迷津)

미인과 달콤한 꿈에서 깨어난 당공은 간밤의 일에 놀라지 않을 수 없었다. 용상에 누워서 황포(黃袍) 이불로 몸을 덮고 있는 여인 두 사람을 보고 몹시 놀라면서 물었다.

"너희들은 누구냐?"

두 미인이 웃으면서 말했다.

"대인께서는 놀라지 마세요. 소첩들은 후궁인 장씨와 윤씨입니다."

당공은 대경실색했다.

"어찌 궁궐의 귀인들과 한자리에서 동침할 수 있었단 말이냐?"

그가 서둘러 옷을 입는데, 미인들이 말했다.

"폐하께서 남쪽을 순행하시면서 아직 회궁하시지 않으셨나이다. 영웅들이 곳곳에서 다투어 일어나니, 궁감(宮監)인 배공께서 대인한테 희망을 거시고 소첩들을 사사로이 시중들게 해서 후일의 계책을 짜게 했습니다."

당공이 탄식하면서 말했다.

"배현진(裴玄眞, 裵寂)이 나를 그르쳤구나!"

밖에 나와 어전 앞에 이르니, 배적이 마주오면서 말했다.

"한가한 이 궁궐에 사람도 없는데 어찌하여 일찍 기상하셨습니까?"

"사람은 없어도 마음은 두렵고 불안하오."

"영웅은 천하를 집으로 삼는데 그까짓 일에 신경을 쓰실 게 뭡니까?"

그는 좌우를 불러 세숫물을 떠오게 했다. 세수를 하고 나와 술상을 차려 술을 마시면서 배적이 말했다.

"지금 황제가 무도하고 백성들이 곤궁에서 허덕이니, 호걸들이 다투어 일어나 진양성 밖은 온통 싸움판이 되었습니다. 당공께서는 수중에 병권이 있는데, 어찌하여 의병을 일으켜 천하를 정복하고 백성을 구해서 만세불후의 대업을 이룩하려 하시지 않습니까?"

당공이 깜짝 놀라면서 말했다.

"공의 입에서 어찌 그런 말이 나올 수 있소. 나한테 멸문멸족의 큰 화를 입히려는 뜻이요?"

평소에 나라에서 입은 은혜를 잊지 않고 있는 이연은 뜻을 굽히지 않고 있었다.

"위로는 가혹한 형벌이 있고, 아래로는 도적 무리가 횡행하고 있는 이런 세상에서 자질구레한 일만 생각하다간 대의를 그르치게 됩니다. 차라리 민심에 순응해서 의병을 일으켜 화를 복으로 만들어야 할 일은 하늘이 공에게 남겨준 기회이니 놓치지 마십시오."

"공은 그런 소리를 다시 입 밖에 내지 마시오. 말이 새나가면 죄가 가볍지 않소."

배적이 웃으면서 말했다.

"어제 궁인들로 하여금 사사로이 당공을 시중들게 한 것은 당공께서 따르시지 않을까 봐 댁의 공자님과 상론하고 꾸민 계책입니다. 그 일이 발각되면 죽음을 면치 못합니다."

"우리 애는 그럴 애가 아니오. 공은 왜 사람을 사지로 몰아넣으려 하는가?"

말이 채 끝나자마자 갑자기 옆에서 금빛 관을 쓰고 수놓은 비단옷을 입은 사람이 나와서 말했다.

"배공은 시국을 꿰뚫어보시고 하시는 말씀이니 따르셔야 합니다."

당공은 그 자가 이세민인 줄 알고 대노했다.

"난 너를 잡아서 화를 면할 것이다."

그러나 이세민은 태연하게 말했다.

"저를 잡아서 죽인다고 해도 뜻을 굽힐 수 없을뿐더러, 아버님도 죄를 면하실 수 없습니다. 그러니 거사하시지 않고 어찌하시럽니까?"

"패가망신하게 된 것도 너 때문이고, 집일을 나라 일로 만들게 된 것도 너 때문이구나."

당공은 몰래 사람을 하동(河東)에 보내 큰아들 건성과 막내아들 원길을 태원에 모이게 한 뒤 거사했다. 어리석은 황제를 폐위시키고 밝은 황제를 세운다고 하면서 장안을 지키던 대왕(代王) 유(侑)를 천자로 내세우니, 그가 바로 공제(恭帝)였는데 당공에게 선위(禪位)했다(서기 618년).

그래서 이연이 황제가 되어[33] 태원에서 즉위하고(618년) 국호를 당(唐)[34]이라고 했으며, 연호를 무덕(武德)으로 정했다.[35] 건성

33 고조 이연(李淵) - 在世 565-635. 재위 618-626년. 高祖는 廟號이며 처음에는 太武皇帝라는 시호를 올렸다가 674년에 신요황제(神堯皇帝)로 바꾸었다. 唐에서는 淵字를 避諱(피휘)하였으니, 고구려의 연개소문(淵蓋蘇文)을 泉蓋蘇文(천개소문)으로 표기했다.

34 당(唐) - 618-907년 존속. 國君의 姓이 李씨이기에 李唐이라고도 부르며 높이는 뜻에서 大唐이라 호칭. 隋의 정치, 제도를 거의 그대로 수용했고 수 왕실과의 관계에서 보통 隋唐이라 합칭한다. 수도는 長安. 副都 洛陽(부도 낙양, 東都). 본거지였던 太原(北都)을 합하여 三都라 지칭. 唐에서는 老子가 李氏이기에 唐에서는 老子에게 '太上玄皇帝'라는 존호를 올렸고 道敎를 장려하였다.

35 이전에는 해(年)를 기록하는 방법으로 제왕의 재위 연도를 표기했고 年號가 없었다. 中國에서 연호를 최초로 사용한 사람은 전한 武帝로 建元(기원전 140-135년)이 최초의 연호이다. 이후 이 전통

을 태자로 삼고, 세민을 진왕(秦王)[36]으로, 원길을 제왕(齊王)으로 봉했다. 진왕 이세민이 군사를 거느리고 토벌하도록 명령을 내리고, 이연 자신도 군사를 이끌고 관중으로 진격하였다. 그야말로,

물에 비친 붉은 깃발의 그림자에, (水映朱旗赤)
창을 들면 하얀 파도가 흔들린다. (戈搖雪浪明)
허공 끝에 길게 무지개 생겨나니, (長虹接空起)
하늘 가에 천신 군사가 일어났다. (天際落神兵)

은 20세기까지 계속되었다. 황제가 즉위하면 改元을 하였지만 재위 중에도 수시로 연호를 바꾸었다. 천재지변이 일어나거나 天文 현상 또는 도참설이나 정치적 필요에서 연호를 바꾸었다. 당 태종은 재위기간 중 내내 貞觀(정관)이라는 연호를 사용했지만 고종은 즉위하던 해는 정관의 연호를 쓰고 다음 해부터 새 연호를 사용하여 35년 중 14번 개원하였다. 측천무후는 稱帝(칭제)하는 15년간에 16번 개원을 하여 중국 역사상 가장 많은 연호를 사용한 황제가 되었다. 一帝一元의 제도가 확립된 것은 明代부터이다. 明과 淸代에는 연호가, 곧 황제의 호칭으로도 통했다. 예를 들어, 洪武帝(홍무제)는 洪武를 연호로 사용한 明 太祖 朱元璋(주원장)이고, 乾隆帝(건륭제)는 청나라 高宗을 지칭한다. 明淸(명청) 이전의 시대는 年號早見表를 보아야만 알 수 있다.

36 秦王(진왕) 李世民(이세민) - 在世 599 - 649년(51歲), 재위 626 - 649년(28세 즉위). 연호 貞觀(627 - 649년).

【참고 자료 : 당대 주요 사건 年表】

서기	帝位	주요 내용	비고
618	高祖	이연 즉위(高祖). 양제 피살.	
621		지방 봉기군 평정.	
626	太宗	현무문의 변. 李世民 즉위.	
629		방현령, 두여회 정치 참여.	
630		이민족 – 태종을 天可汗 추대.	
637		신 율령반포.	
645		당 태종 고구려 원정 실패.	
649		태종 붕어, 高宗 계위.	
655	高宗	武則天 황후가 되다.	
668		고구려 멸망.	
683		고종 죽음. 中宗 즉위.	
684	睿宗	중종 폐위, 예종 즉위, 무후섭정.	
690	武周	則天武后, 국호 周. 稱帝.	
705	中宗	측천무후 퇴위, 韋后 專政.	
710		韋后, 中宗을 독살.	
	睿宗	예종 즉위.	
712	玄宗	현종 즉위.	
		杜甫 출생(712~770).	
713		연호 開元(713~742).	
736		간신 李林甫 專權.	
740		玄宗과 楊貴妃의 만남.	
742		연호 天寶(742~755).	
		안록산 평로절도사가 되다.	
745		楊玉環 貴妃로 책봉.	
751		중국제지법 서양에 알려지다.	
755		안록산의 亂 시작.	
756		현종 퇴위, 숙종 즉위.	

제47회

瓊花(경화)를 즐기는 쾌락 끝에 隋(수)는 망하고, 순절한 미인의 향기 굳은 절개를 지키다.(看瓊花樂盡隋終, 殉死節香銷烈見.)

노래하기를, 詞曰,

홍망성쇠는 구슬처럼 구르고, (興衰如丸轉)

광음은 빨리 지나며, (光陰速)

호시절은 끝내 머물지 않는다. (好景不終留)

북방 순수에 영웅을 기록하고, (記北狩英雄)

남쪽 순수는 부귀를 자랑하며, (南巡富貴)

상아 돛에 비단 밧줄로, (牙檣錦纜)

곳곳 다니며 즐겨 노닌다. (到處遨游)

석양 까마귀 홀연 시끄럽고, (忽轉眼斜陽鴉噪晚)

들녘 제방에 버들잎 진다. (野岸柳啼秋)

홀로 그때 회상하고, (暗想當年)
지난 일을 추억하면, (追思往事)
한바탕 꿈같이 지났는데, (一場好夢)
절반은 양주(揚州)의 일이었다. (半是揚州)
가련타, 그 몇 날이었나? (可憐能幾日)
꽃 같은 미인에 좋은 술, (花與酒)
천고 근심을 빚었노라. (釀成千古閒愁)
쾌락 반생을 말하지 말지니, (謾道半生消受)
몸과 마음 모두 녹았노라. (骨脆魂柔)
어찌 온갖 쾌락 누렸겠나? (奈歡娛萬種)
쉽게 막히고 금방 끝났으니, (易窮易盡)
모두가 하룻밤의 꿈이니, (悉來一日)
끝도 쉼도 없었다. (無了無休)
그대 믿지 못한다면, (說向君如不信)
비단 밧줄 유람 끝을 보게나! (試看練纏頭)
— 곡조 〈풍류자〉 — 右調 〈風流子〉

화복(禍福)과 성쇠(盛衰)는 서로 맞물려 돌고 돌아간다. 선조가 온갖 고생을 다하면서 세운 강산에서 밤낮없이 춤과 노래로 세월을 보내며 화려한 궁전을 지어 즐기고, 여색을 탐하는 것은 그야말로 천인공노(天人共怒)할 일이 아닐 수 없다.

그런 자들은 흥진비래(興盡悲來)의 쓴맛을 봐야 했고, 제 한 몸은 물론 자손까지도 보전하기가 어렵고, 천추에 웃음거리가 되고 만다.

당공 이연이 거병한 이야기는 잠시 한쪽에 밀어두기로 하자.

양제는 강도(江都) 무성(蕪城)에 화려한 궁원을 또 지었다. 월관(月觀)과 미루(迷樓)를 짓고 구곡지(九曲池)를 팠으며 대석교(大石橋)를 만들었다. 양제는 날마다 월관과 미루에서, 환락 전용 수레 아니면 병풍 속에 파묻혀서 음탕한 짓만 했다.

가지와 잎이 무성한 뿌리 깊은 큰 나무도 여럿이 달려들어 껍질을 벗기고 도끼질을 하면 쉽게 쇠락하는 법인데, 밤낮을 가리지 않고 매혹적인 궁인 및 미녀들과 음탕한 짓을 했으니 사람의 정력이 당해낼 수가 있겠는가?

양제는 자신도 모른 사이에 기진맥진했다고 느꼈다. 어느 날, 잠에서 깨어난 양제는 창문가에 피어난 꽃들 사이로 나비가 날아드는 모양을 구경하고 있었다. 그때 갑자기 내시가 달려와서 알렸다.

"번리관(蕃釐觀, 도교 사원)에 경화(瓊花, 瓊은 옥 경)가 피었습니다. 폐하께서는 완상하시길 바랍니다."

양제는 크게 기뻐했다. 번리관에 주연을 벌리고 십육원 부인들에게 경화 구경을 간다는 황제의 지시를 전달하게 했다. 얼마 후 소후와 십육원 부인들이 모두 모였다. 원자연은 빈림원에서 앓고 있기 때문에 오지 못하였다.

"경화는 강도(江都)의 진기한 꽃으로서 천하에 둘도 없는 것인데, 짐은 여태껏 보지 못했소. 오늘 그 꽃이 피었다 하여 구경하러 가려고 황후와 여러 궁비들을 특별히 불렀소. 그런데 왜 사(沙) 부인은 보이지 않는가?"

주귀아가 말했다.

"소첩이 오다가 만났는데, 조왕(趙王)께서 감기에 걸렸다고 했습니다. 아마 그래서 못 오실 것입니다."

청수원의 진(秦) 부인이 머리를 끄덕였다.

그러자 양제가 말했다.

"어린아이의 감기 같은 소양(小恙, 恙은 근심 양)에 경화 구경도 안온단 말이냐?"

"폐하께서는 아직 모르십니다. 조왕이 조금만 불편해도 사부인께서 겁을 먹고 곁을 떠나지 않습니다."

"사부인이 그 애를 아끼는 건 짐의 부탁을 잊지 않았기 때문이다."

양제와 소후는 옥 가마에 앉고 십오원 부인들과 미인들은 모두 향거(香車)에 앉아 함께 번리관으로갔다. 대전에 들어서니, 대청에는 삼청성상(三清聖像)[37]이 모셔져 있었다. 전당은 아주 넓었으

---

37 삼청(三清)－도교에서 숭배하는 최고의 신. 불교 사찰에 삼세불 또는 삼신불(三身佛)을 모신 것처럼, 도교의 사원인 도관(道觀)에는 삼청(三清)을 받들고 있다. 도교의 삼청이란 옥청원시천존(玉清元始天尊), 상청영보천존(上清永寶天尊), 태청도덕천존(太清道德天尊)을

나 몹시 낡았고 성상(聖像)도 파손되어 있었다.

소후는 성상을 보자 몸을 굽혀 절을 했다.

양제가 급히 막으면서 말했다.

"짐과 황후는 당당한 제후(帝后)인데 꼭두각시한테 하배(下拜)할 까닭은 무엇인가?"

"신령(神靈)의 위력은 대단히 영험하셔서 사람마다 가호를 받고 있나이다. 폐하께서도 신령님을 공경하셔야 합니다."

양제가 좌우의 측근들에게 물었다.

"경화가 어디에 있느냐?"

"뒤쪽 단 위에 있습니다."

옛날 번리(蕃釐)라고 부르는 선인(仙人)이 있어 신선 세계의 꽃나무를 말해도 사람들이 믿지 않았다. 그래서 번리는 백옥(白玉)을 땅에 심었는데 잠깐 사이에 나무로 자라났다.

말한다. 이중 태청도덕천존은 보통 태상노군(太上老君)이라 부르는 노자(老子)이다. 또 삼청이란 때때로 삼위의 천존이 거주하는 삼청천(三清天), 즉 삼청경(三清境)을 지칭하기도 한다. 삼청천은 태청천(太清天), 상청천(上清天), 옥청천(玉清天)으로 36천 중 신선이 거주하는 최고의 선경을 의미한다.

본래 도교는 노자를 조사(祖師)로 성립되었고 노자의 『도덕경』을 경전으로 삼고 있다. 그러나 뒷날 도교에서는 노자 한 사람만으로는 불교 삼세불(三世佛)의 기세를 당할 수 없다고 생각하여 원시천존과 영보천존을 만들어 불교의 삼세불과 숫자를 맞추었다고 한다. 도교에서는 태상노군을 도가 사상의 창시자이며 최고의 신으로 받들지만 서열상으로는 3위에 자리하고 있다.

그 나무에는 옥과 비슷한 꽃이 피었다. 또 옥을 심어서 자라난 나무에서 핀 꽃이기에 '경화' 라는 이름을 지었다고 한다. 후에 신선이 가버리자, 항간에서는 이상스럽게 생각하고 이곳에 번리관(蕃釐觀)을 지어서 그 일을 기념했다고 한다.

근자에 꽃나무는 한 장(丈) 높이로 자라 꽃을 피우는데 백설같이 희디흰 꽃에는 꽃술이 빼곡이 돋아났다. 이 선화(仙花)는 향기가 짙어 여느 꽃과는 비교할 수 없을 정도로 아름다운 자태였다.

양제와 소후가 후전에 이르러 옥돌로 쌓은 높은 대를 올려 쳐다보니, 백설같이 흰 꽃에서 기이한 향기가 짙게 풍겨왔다.

양제는 매우 기뻐했다.

"과연 헛소문이 아니었구나. 처음 보는 꽃이로다!"

계단을 올라가 자세히 보려고 하는데 의외의 일이 일어났다. 꽃 속에서 향기로운 바람이 일더니 광풍으로 변했다. 궁인과 내시들은 큰 바람이 일자, 양산을 펼쳐들어 양제와 소후를 중간에 세우고 주위를 빼곡이 둘러섰다가 바람이 지나가자 물러섰다.

양제가 다시 꽃을 보려고 하니 꽃잎과 꽃술이 온통 땅에 떨어져 있었고 가지에는 한 송이도 남아 있지 않았다. 그 돌변한 모습에 양제와 소후는 깜짝 놀라 아연실색했다.

"짐도 똑똑히 보지 못했는데, 이 모양이 되어버리다니 괘씸한 광풍이로다."

그는 머리를 돌려 비단 장막 안에 차려놓은 연회석을 바라보았다. 질서정연하게 배치된 연회석 양편에는 악사들과 무희들이 빼곡히 서서 흥을 돋우고 있었다. 그런데 경화가 깡그리 떨어져 버리자 흥이 깨지고 말았다.

"바람이 불어서 떨어진 건 모두 짐을 보지 못하게 하려는 요화(妖花)의 작간(作奸)이다. 뿌리까지 찍어버리지 않고서야 가슴의 한을 어떻게 푼단 말이냐?"

양제는 좌우에 명령하여 경화 나무를 당장 찍어버리라고 했다. 여러 부인들이 권고했다.

"경화 나무는 천하에 한 그루뿐입니다. 남겨두었다가 내년에 다시 피면 구경하십시오. 찍어버리면 멸종됩니다."

"천자인 내가 보지 못했는데, 남겨두었다가 누굴 보인단 말이냐? 오늘 그랬으니 내년을 어찌 기다린다는 말이냐? 종자를 없애버려도 별일 없다."

양제는 찍어버리라고 독촉했다. 내시들 중에서 누가 감히 영을 어긴단 말인가. 내시들은 도끼와 연장을 들고 하늘에서도 인간 세상에서도 볼 수 없는 경화를 뿌리채 찍어버리고 말았다. 양제는 술 마실 생각도 없었다.

그래서 소후와 함께 가마에 올라 여러 비빈들을 데리고 어원으로 돌아왔다.

양제가 소황후에게 물었다.

"짐은 어처들과 용주(龍舟)를 타고 구곡하를 유람하고 싶은데 어떠시오?"

"날씨가 청명하고 산수가 아름다우니 볼만할 것입니다."

양제는 용주에 연회석을 차려 구곡하를 유람하자고 좌우에 분부했다. 그리하여 수행인들이 모두 어원으로 갔다. 양제와 황후, 그리고 여러 부인들은 함께 용주에 올라 술을 마시면서 유람했다. 반나절이나 유람했지만 별로 흥미를 느끼지 못했던 양제는 배를 기슭에 대라고 분부했다. 모두들 가마에 앉아서 천천히 대석교에 이르렀다.

4월 초순인지라 초생달이 떠올라 버드나무 가지에 걸려 수면에 짙은 그림자를 던졌다. 양제와 황후의 가마가 다리에 이르렀다. 백석으로 쌓은 다리는 높고도 넓었으며 반들반들 윤기가 났다. 양안에는 큰 나무들이 늘어섰고, 다리 아래에서는 금붕어들이 헤엄치고 있었다. 경화가 지는 바람에 반나절이나 화가 나있던 양제가 이 정경을 보자 청량산(淸涼散)이라도 먹은 듯 마음이 상쾌해졌다.

양제가 교자를 세우라고 명령했다. 그리고는 비단 방석을 가져다 놓고 소후와 함께 앉았다. 또 비단 자리를 펴게 하여 여러 부인들을 앉힌 다음, 다리 위에 주안상을 차리게 하고는 다리 난간에 기대고 앉아서 부인들과 함께 술을 마셨다.

진부인이 말했다.

"이곳 경치가 매우 아름답습니다. 그림 속에 있는 평교(平橋)에 못지 않습니다."

황후가 양제한테 물었다.

"이 다리의 이름이 무엇이옵니까?"

"아직 이름이 없소."

그러자 하(夏) 부인이 말했다.

"폐하께서 오늘의 정경에 비추어 이름을 지으십시오. 후일에 재미있는 이야깃거리가 될것입니다."

"좋은 생각이야."

그리고 머리를 숙이고 생각에 잠겼던 양제는 주위를 둘러보며 사람을 세기 시작했다.

"경물이란 사람에 따라 이름을 다는 거요. 칠현향(七賢鄕)이나 오로당(五老堂)이라는 이름은 모두 모두 사람의 수에 따라 붙인 이름이오. 짐과 황후, 열다섯 부인, 그리고 주귀아, 원보아, 오강선, 설야아, 묘랑, 타랑, 월빈의 일곱을 합하면, 모두 스물네 명이 이곳에 모였으니 이십사교(二十四橋)라 이름 지으면 좋겠군."

모두가 좋다고 즐거워했다.

"이십사교라! 훌륭한 이름입니다. 폐하의 공평하신 마음을 충분히 느낄 수 있습니다."

옆에서 잇달아 술을 부어올리자, 양제는 즐거워서 연속 몇 잔을 마셨다.

"짐은 영문원(影紋院) 앞에서 화(花) 부인의 구성진 피리 소리를 들은 적이 있는데 마음이 후련해지더구만. 짐에게 한 번 더 들려

줄 수 없겠나?"

양(梁) 부인이 말했다.

"피리 소리는 먼 곳에서 들으면 더욱 그 운치를 더합니다."

적(狄) 부인도 말했다.

"밤에 화부인의 정원에 있는 망접루(望蝶樓)에서 이부인과 화부인이 피리를 불고 노래부르는 걸 들으니 처음에는 노랫소리와 피리 소리를 분간할 수 있었는데, 나중에는 한데 어울려서 노랫소리 같기도 하고 피리 소리 같기도 하여 듣는 사람이 취할듯했었습니다."

황후가 듣고 싶어서 말했다.

"이런 기회에 한 번 들어보고 싶습니다."

"옛 노래인가? 아니면 새로 지은 곡인가?"

하부인이 대답했다.

"사부인이 근일에 지은 〈북마옥랑(北馬玉郞)을 거느리고 누각에 오르다〉라는 가사는 아주 훌륭한 시입니다."

양제가 기뻐하면서 물었다.

"기억하는가? 기억하면 짐 앞에서 한 번 읊어보게. 문맥이 통하나 들어볼 테니."

하부인이 읊었다.

작은 정원 생황 소리, 한가한 봄날, (小院笙歌春晝閒)
인적 없는 곳에서 머리 단장하네. (恰是無人處整翠鬟)

누각에는 생황 연주 구슬픈데, (樓頭吹徹玉蘭寒)
연지와 곤지를 찍네. (注沈檀)
귓속말 소근대며, 그림자 흔들리고, (低低語影在鞦韆)
버드나무 가지에 휘감기네, (柳絲長易攀)
버드나무 가지에 휘감기네, (柳絲長易攀)
섬섬옥수로 주렴을 거두니, (玉鉤手捲珠簾)
갑자기 동풍이 부네, (又東風乍還)
갑자기 동풍이 부네. (又東風乍還)
조용히 앉아 생각하니, (閒思想)
고운 얼굴 이제는 늙었네. (朱顔凋換)
사랑받지 못해 눈물은 끝없네. (幸不至, 淚珠無限)

여전하구나 옥계와 조각한 난간, (知猶在, 玉砌雕闌)
여전하구나 옥계와 조각한 난간, (知猶在, 玉砌雕闌)
밝은 달밤, 옛일 돌이켜보니, (正月明回首)
봄날 사랑은 지나갔다. (春事闌珊)
첩첩 산에 또 첩첩 산, (一重山, 兩重山)
여름의 경치 여전한데, (想夏景依然)
어쩔 수 없네, 쌓이고 쌓인 수심, (沒亂煞, 許多愁)
봄물처럼 흘러가니 어이 끌어오랴? (向春江怎挽)

양제가 듣고 나서 감탄해 마지않았다.

"이렇듯 감정과 글이 맞물리게 잘 지었으니 사(沙) 부인은 과연 여학사(女學士)로다. 좌우는 듣거라! 어서 술 두 잔을 부어다가 이 부인과 화부인에게 드려라. 다리 동쪽 득월정(得月亭)에서 부르는 그녀들 노래를 들어보자."

화, 이부인 두 사람은 양제의 뜻을 차마 어길 수가 없었다. 그들은 술을 마신 다음 자리에서 일어섰다.

이부인이 적부인을 흘겨보면서 종알거렸다.

"모두가 임자의 입이 싼 탓이야."

그녀는 화부인과 함께 득월정에 올라갔다. 어원 복판에 있는 정자는 높고도 넓었다. 청아하게 울리는 두 여인의 노래와 옥피리 소리는 음률의 조화를 이루면서 하늘의 구름도 몰아가고, 사람마다 자기 허리에서 바람이 감도는 듯한 느낌을 가지게 했다.

양제는 찬탄을 금치 못했다. 때는 초순이어서 월광은 곧 사라졌다.

그 모습을 보고 양제가 제의했다.

"어둠이 짙으니 정자로 자리를 옮기면 어떻겠는가?"

양제를 따라 자리에서 일어선 황후와 여러 부인들이 노랫소리와 피리 소리를 들으면서 천천히 정자로 다가갔다. 노래를 끝마친 두 부인이 정자에서 내려왔다.

양제가 두 부인을 보면서 말했다.

"미인들의 입에서 흘러나오는 노랫소리는 그야말로 넋을 앗아가는구려. 그대들의 기예야말로 천상의 선녀에 비견할만하오."

궁인들이 서둘러 연회상을 차렸다. 양제는 두 여인들에게 술을 부어올리라고 좌우에 분부하고 나서 황후에게 말했다.

"오늘은 요화(妖花) 때문에 흥이 깨졌지만, 그래도 어느 날보다 즐겁게 놀았소."

"여러 부인들이 흥을 돋우어준 덕분이 아니겠습니까?"

"달이 졌는데 등불도 켤 수 없으니 어쩐다?"

이부인이 웃음을 머금고 말했다.

"이럴 때 적부인이 만든 형봉등(螢鳳燈)을 하나씩 가지면 그 여광으로 등불을 대신할 수 있습니다."

황후가 다급히 물었다.

"형봉등이란 어떻게 만든 것인가?"

적부인이 말했다.

"별 것 아니라 그냥 장난감입니다."

그리고는 이부인에게 눈을 곱게 흘겼다.

"몹쓸 사람이야! 폐하와 황후 앞에서 헛소리를 치다가 죄를 입을걸!"

양제가 웃으면서 말했다.

"부인이 만들어 놓은 형봉등을 몽땅 가지고 오시오."

얼마 후 궁녀가 달려와서 명주로 싼 함을 적부인에게 주었다. 적부인은 형봉등 한 개를 꺼내서 봉황의 주둥이를 연 다음, 일이십마리의 개똥벌레를 안에 넣어서 소후한테 바쳤다. 소후와 양제가 자세히 살펴보니 매미 껍질로 만든 날개가 봉황의 몸체와 연결되어 있었다. 머리에는 깃털을 달고 모자는 산호로 만들었으며, 입에는 구슬을 물렸는데 작은 등잔 같았다. 빛이 밖을 비추는데 머리에 꽂게 만들었다. 두 날개는 만지지 않아도 저절로 돌아갔다.

양제와 소후가 보고 나서 말했다.

"과연 묘한 생각인데, 손재간이 입신(入神)의 경지에 이르렀구나."

소후도 찬탄을 금치 못했다.

"과연 기묘하게 만들었다."

그리고는 궁인에게 주면서 머리에 꽂게 했다. 형봉등 80여 개가 있어 적부인은 개똥벌레를 넣어서 나누어주었다. 먼저 받은 부인들은 사람을 불러서 머리에 꽂으니 밝은 등불을 비추는 듯했다.

양제가 손뼉을 치면서 좋아했다.

"묘하구나! 개똥벌레의 불빛은 오늘 밤 큰 공을 세웠다. 날아다니는 개똥벌레들을 잡아서 어원에 넣으면 달빛보다는 못해도 그 빛으로 사방을 가려볼 수야 있겠지?"

"그것도 가관일 것입니다."

양제가 그 자리에서 명령했다. 무릇 개똥벌레를 한 주머니씩 잡아온 궁녀와 내시들에게는 상으로 명주 한 필씩을 준다고 했다. 얼마 되지 않아 궁녀와 내시와 백성들까지 개똥벌레를 잡아왔는데 육칠십 주머니나 되었다. 양제는 그들에게 상을 주게 했다.

잡아온 개똥벌레를 정자 주변과 산골짜기와 수림 속에 놓았는데, 바라보니 수만 개의 밝은 별들이 반짝이는 것 같았고 푸른 빛이 사방을 밝게 비춰주었다.

양제와 여러 부인들은 손뼉을 치면서 즐겼다. 사경까지 술잔을 기울이다가 비로소 환궁했다. 이처럼 황제는 궁궐과 어원에서 날마다 황음을 탐하며 주연을 즐겼다.

우문술(宇文述)의 큰아들 우문화급(宇文化及, 569－619년)의 관직은 우둔위장군(右屯衛將軍)이었다. 그와 그의 동생 지급(智及)은 용렬한 능력을 가졌으나 흉악하고 간사하기 이를 데 없는 인간이었다.

그들은 양제가 황음무도한 나날을 보낼 때 거기에 휩쓸려 들어가며 비열하게 살았다. 그는 동쪽을 순시하고, 서쪽으로 사냥을 다녔으며, 멀리 고구려 원정에도 참여했다. 그러면서 도처에 병영을 짓고, 각종 건축을 담당했으며, 단양(丹陽)에 양제를 위한 별궁을 건축하였고 백성을 가혹하게 탄압, 착취했다. 물론 그런 대규모 토목공사를 중지해야 한다는 간언(諫言)을 올리지도 않았다.

그 시절, 나라에 반기를 드는 도적 무리가 사방에서 일어났는데, 그 도가 지나쳐 정벌할 수도 없었고, 아무런 물자도 공급할 수가 없게 되었다. 여러 신하들은 강도에 모여 앉아서 오늘 한 개 현을 잃었고, 내일 또 한 개 성이 함락될 것이며, 오늘 어디에 있는 나라의 창고가 반란군에 빼앗겼으며, 또 어디 군량 창고가 공격당했다는 말만 주고받았다. 이런 상황을 황제에게 보고도 하지 않았고, 신하는 입 밖에 내지 않았다. 백성은 가난에 허덕이고 관리들의 부패는 극에 달했다.

당공 이연이 모반하여 군사를 일으켜 관중으로 진격한다는 소식을 듣고도, 양제와 신하들은 어쩔 방법이 없었다. 낭장(郎將) 두현(竇賢)이 본부 병력을 거느리고 관중으로 도망쳤다는 소식을 들은 양제는 두현을 추격할 군사를 급파하였다. 도주하는 관군이나 추격하는 관군 모두 군량이 없었으니, 결국 사지(死地)에서 각자 도생할 수밖에 없었다.

그때 군왕(君王)의 호위를 담당하는 호분위(虎賁衛)의 낭장(郎將)인 사마덕감(司馬德勘), 원예(元禮), 직각(直閣)인 배건통(裴虔通), 내사사인(內史舍人) 원민(元敏), 호야낭장(虎邪郎將) 조행추(趙行樞), 응양위(鷹揚衛) 낭장 맹병(孟秉), 훈시(勳侍)인 양사람(楊士覽) 등이 함께 상의하며 말했다.

"우리가 함께 도주한다면 추격해 올 군사가 없다. 또 쫓아와도 두려울 것이 없다."

이렇듯 몇 사람은 도주할 계책만을 의논했을 뿐이다. 권력의 핵심부에 속하는 우문지급이 그런 자들이 꾸미는 계책을 눈치채고서 말했다.

"황제가 무모하다고 하지만 아직 위엄이 있기에, 우리가 달아난다면 죽음을 면치 못할 것이다. 내가 보기에 하늘이 수나라를 해치려고 영웅들을 곳곳에서 봉기하게 만든 것 같다. 봉기한 각처의 우두머리가 지금 이미 만 명은 족히 될 터인데, 우리도 우리끼리 결의해야 한다. 이런 봉기는 제왕의 대업을 이루는 방편이니, 누구든지 함께 부귀영화를 누릴 수 있을 것이다."

여러 사람들이 동의한다고 대답했다. 그들은 우문화급을 황제로 삼기로 했다. 사마덕감은 황제 호위 군사의 부장들을 불러 모아 반역 봉기의 대의를 설명하였고, 모두가 따르겠다고 호응했다.

그들은 먼저 궁중 어구(御廐, 마굿간)에서 말을 훔쳤고, 필요한 병기를 준비했다. 우문화급이 가까운 대신들을 설득하면서, 이런 반역 계획은 이미 조정에 널리 퍼졌다.

그때 후궁의 묘랑(杳娘)은 연회에서 황제의 시중을 들다가 눈치를 보아 양제에게 이런 반역 소문을 말해주었다. 양제는 수(隋) 글자를 파자(破字)하여 점을 치게 하여, 길한 뜻을 택하고 흉한 일을 피하는 조치를 취하라고 명령했다.

그러자 묘랑이 말했다.

"수(隋)자는 국호입니다. 귀(耳)의 절반이 막혔고 중간에 있는 공(工)은 왕(王)이 아닙니다. 또 글자에 '之(갈 지)' 의 뜻이 없으니, 재난에서 벗어날 길도 없는 것 같습니다."

그러자 양제가 짐(朕) 글자를 풀어보라고 말하자, 묘랑이 대답했다.

“붓을 왼손에 쥐고 내리긋는 획을 오른쪽에 그으면 ‘연(淵)’ 글자와 비슷해집니다. 지금 이연이 거병했다 하니, 그가 짐(朕)을 자칭한다고 풀이할 수 있습니다. 만약 이를 폐하에 관련하여 설명한다면, 짐(朕)은 이번 달(月)에 8일(八天) 뿐입니다.”

그러자 양제가 대노하며 물었다.

“그럼 너의 목숨은 언제 끝날 것 같으냐?”

“제 목숨(命)의 끝은 오늘입니다.”

“어떻게 알았느냐?”

“저의 이름 묘(杳, 어두울 묘)를 파자(破字)하면 ‘十八日’ 이고, 남은 획이 없습니다. 그러니 오늘뿐입니다.”

양제는 대노하며 무사에게 묘랑을 끌고 나가 죽여버리라고 분부했다. 이후로는 감히 양제에게 지방 반란을 보고하는 자가 없었다.

양제는 늘 자신을 거울에 비춰보면서 말했다.

“나의 이 잘생긴 머리를 어느 놈이 감히 벨 수 있겠는가?”

양제는 가끔 천상(天象)을 보면, 황후에게 말했다.

“밖에서 어떤 자들이 짐을 죽이려 한다는데, 그러나 짐은 장성공(長城公, 남조 陳의 망국황제 陳 後主, 叔寶)처럼 나라를 잃지 않을 것이요. 그리고 황후도 결코 후주의 아내인 심후(沈后)와 같지는 않을 것이요.”

양제의 신임을 받고 있는 키가 매우 작은 왕의(王義)는 시국이 뒤엎어지리라는 것을 일찍부터 예상하고 있었지만 자신이 외국 사람이어서 황제를 도울 힘이 없는 현실을 원망할 뿐이었다. 그는 먼저 전 재산을 옮겨놓는 수밖에 없었다. 그는 어원을 지키는 태감(太監)인 정리(鄭理)와 여러 문을 지키는 숙위(宿衛)들과 가까이 지냈다.

그리고 우문씨 수하의 장군이나 사졸들과도 매우 친밀하게 지내면서 그들이 행동하는 정확한 시간을 알아내었다. 그런 다음에, 아내 강정정(姜亭亭)과 심부름하는 여자애 하나를 작은 수레에 태워 어원으로 들여보냈다.

강정정은 늘 어원으로 드나들었기에 막는 사람이 없었다. 그녀는 수레에서 내려 여종과 함께 보림원으로 들어갔다. 청수원의 진(秦) 부인, 문안원의 적(狄) 부인, 기음원의 하(夏) 부인, 의봉원의 이(李) 부인 등 4인과, 원보아, 사(沙) 부인, 조왕(趙王) 등 예닐곱 사람이 모여 앉아서 바둑을 두고 있었다.

사부인이 강정정을 보자 급히 물었다.

"어서 앉게! 도대체 바깥 형편은 어떻나?"

"제대로 인사드릴 겨를도 없네요. 지금 위험이 눈앞에 닥쳤는데, 아직도 한가히 보내고 계시는군요. 저의 남편이 사부인의 뜻을 알려고 저를 보냈습니다."

그말을 듣자, 여러 부인들은 얼굴을 감싸고 울었다. 사부인과 원보아만이 울지 않았다.

사부인이말했다.

"울어도 쓸데없어요. 자매들은 어쩌려는지?"

진부인이 말했다.

"이 자리에 있는 자매들은 한마음이니까 동생의 지휘를 기다릴뿐이네. 후원의 부인 몇몇이 엊저녁에 '1년에 폐하를 몇 번 만나지도 못하는데, 무슨 은총을 받는단 말인가. 동천(東天)에도 부처님이요, 서천(西天)에도 부처님이 계시다니 될 대로 되라지!' 하면서 떠벌리는 말을 들었어요. 그 말을 듣고 짐작이 갔어요."

사부인이 말했다.

"난 지휘할 것도 없어요. 조왕만 없다면 난 살아도 떳떳하게 살고 죽어도 떳떳하게 죽겠어요. 폐하께서 조왕을 저한테 맡기셨으니 그게 큰일이에요."

그녀는 강정정을 가리키면서 말했다.

"어질고 덕망 높은 정정이네 부부한테 의지해야 해요. 결심을 내렸으면 어서 돌아들 가서 준비해 가지고 와요."

부인들은 나는 듯이 흩어졌다. 원자연은 천문을 볼 줄 알았기에 수나라가 곧 망한다는 것을 알고 오래 전부터 병을 핑계대고 물건들을 보림원에 감추었다. 세 사람이 탈출을 상의하고 있는데 설야아가 뛰쳐들어왔다.

그녀는 강정정을 보면서 말했다.

"마침 정정 언니도 여기 있군요. 방금 주귀아 언니가 저더러 사부인을 찾아가라고 했어요. 바깥 정세가 긴급하대요. 아마 다신 만날 수 없을 것 같아요. 폐하께서 조왕을 부탁하셨으니 차질이 없도록 처사해야 합니다. 저도 폐하의 은총을 받았으니 함께 죽으려고 했어요. 하지만 귀아 언니는 어쨌든 살아야 한다고 재삼 부탁했어요."

사부인이 말했다.

"난 여기 칠팔 명의 여러분과 함께 어떻게 빠져나갈까를 강정정과 이야기하였어!"

설야아가 말했다.

"그건 어렵지 않아요. 귀비와 전 벌써 배치해놓았어요."

그녀는 소맷자락에서 문서를 하나 꺼냈다.

"이건 전일에 복건(福建)으로 가는 사람한테 내려보내려던 문서예요. 써넣기는 했지만 폐하께서는 며칠간 몸이 불편하셨고, 또 술 때문에 내려보내시지 못했어요. 귀아 언니가 조왕을 보호하려고 이 문서를 몰래 훔쳐냈어요. 이 문서를 가지고 저와 부인이 잘 상론하라고 했어요."

사부인이 눈물을 흘리면서 말했다.

"귀아 언니는 충정을 다했구나!"

그때 흩어져 갔던 네 명의 부인이 돌아왔다. 사부인은 설야아가 가져온 문서를 그녀들에게 보였다.

진부인이 말했다.

"이 문서만 있으면 어딘들 못가겠어요?"

원자연이 말했다.

"저의 생각으로는 두 패로 나누어 떠나는 게 좋을 것 같아요."

강정정도 이에 찬동했다.

"그래요, 어서 조왕한테 여장을 준비시켜 제가 데리고 온 계집애의 옷을 조왕한테 입히고, 계집애는 어린 내시로 변장시키세요. 전 조왕과 함께 먼저 나가겠어요. 부인들께서 옷차림을 다시 바꿔 입으신 다음에, 천천히 저의 집으로 오시면 귀신도 모를거예요."

하부인이 말했다.

"그런데 어디에 가서 칠팔 명이 입을 옷을 얻을 수 있겠나?"

사부인이 말했다.

"걱정하지 말아요, 저는 오래전부터 준비해뒀어요."

사부인은 옷장 문을 열고 내시들의 옷과 모자를 10여 벌이나 꺼내놓았다. 부인들은 기뻐하면서 옷을 바꿔 입었다.

조왕에게 옷을 갈아입히던 사부인이 말했다.

"얼굴에 바른 분도 지우지 않은 채 그런 옷을 입고 어떻게 나가요?"

부인들은 어이가 없어 웃음보를 터뜨렸다. 조왕이 옷을 다 바꿔 입자 바깥에도 어둠이 깃들기 시작했다. 사부인이 금칠을 한 상자에 꽃송이를 담아서 조왕에게 들게 했다.

강정정이 계집애한테 말했다.

"잠시 후 부인들을 모시고 집으로 오너라."

그녀는 조왕을 데리고 천천히 걸어서 어문에 이르러 수레에 앉았다. 아내가 어원으로 들어간 뒤 왕의는 나는 듯이 달려와서 태감인 정리를 데려다가 취하도록 술을 먹여서 돌려보냈다. 강정정이 어원문에 이르렀을 때 정리는 어린 내시들이 장난치는 것을 구경하고 있었다. 강정정이 수레에 오르는 것을 보자, 정리가 말했다.

"왕마님, 이제야 돌아가십니까? 방금 댁에 가서 폐를 끼치고 왔습니다."

"천만에요."

"이 계집애가 우리 어원에 와서 또 꽃을 가져가는구나."

"부인께서 선사하신 거예요."

그녀는 마음놓고 집으로 돌아왔다.

왕의가 조왕을 보고서는 여아 옷을 입은 차림새로 밀실에 숨게 했다. 그는 다시 어원 궁문에 달려가서 소식을 탐문했다. 7, 8명의 내시처럼 분장한 여인들이 활개치면서 걸어나오고 있었는데, 그중에는 계집애도 끼어있었다. 왕의는 부인들을 집으로 안내한 다음 서둘러 길 떠날 채비를 했다.

성문마다 돈과 재물을 주면서 사귄 친구들이 있었으니, 누가 그를 막겠는가? 등불을 켤 무렵 우문화급이 군사를 일으켜 궁궐 액정에 도착했을 때, 왕의는 조왕과 여러 부인들을 거느리고 궁성에서 빠져 나온 후였다.

평소에, 양제는 함부로 지껄이는 자를 제일 싫어했다. 그 앞에서 함부로 지껄이면 누구든 죽여버렸다.

그러던 양제가 오늘 자신이 이런 궁박(窮迫)한 처지에 몰릴 줄을 어찌 알았으랴. 처참한 정경을 느낀 양제는 소후와 함께 서각(西閣)에 숨어서 서로 마주 앉아 탄식만 했다.

밖에서는 함성이 천지를 진동했고 내시는 연속 달려와서 군사들이 내전으로 쳐들어온다고 소식을 알렸다. 둔위장군 독고성(獨孤盛)은 살해당했고, 천우(千牛)인 독고개원(獨孤開遠)도 싸우다가 죽었다.

한 무리의 반역자들이 궁녀를 붙잡고 황제가 있는 곳을 대라고 위협하니, 궁녀는 서각에 있다고 대답했다. 배건통(裵虔通)과 원례경(元禮徑)이 서각으로 들어왔다. 그들은 위에서 나는 인기척을 듣고 양제가 거기에 있는 줄을 알았다. 마문거(馬文擧)가 칼을 뽑아들고 그의 사졸들과 서각으로 올라갔다.

양제와 소후는 나란히 앉아서 울고 있었다.

양제는 여러 사람들을 보고 말했다.

"경들은 모두 짐의 신하가 아닌가? 짐은 후한 봉록과 높은 작위를 주어서 경들을 넉넉하게 살 수 있도록 해주었다. 그런데 무엇이 부족해서 오늘 이렇게 모반하는가?"

배건통이 말했다.

"폐하는 일신의 쾌락만 추구하면서 아래 신하들을 돌보지 않았기에 오늘 이런 변란이 일어났습니다."

그러자 뒤에서 주귀아가 불쑥 나왔다.

그녀는 여러 사람들한테 손가락질하면서 말했다.

"폐하의 하늘 같은 은혜를 입고도 어찌 양심을 속일 수 있습니까? 일년 내내 사시사철 받은 후한 봉록은 그만두고서라도 전일에 있었던 일만 생각해 봅시다. 당신들을 비롯한 시위(侍衛)들 대부분이 동도 사람들이 아닙니까? 그래서 폐하께서는 오랫동안 객지에서 배필 없이 홀로 사는 당신들의 어려움을 헤아리시고 강도 경내의 과부들을 궁전 앞에 모이라는 지시를 내리시고 마음에 드는 짝을 찾도록 당신들한테 배려하시지 않았습니까. 그런데도 신하들의 어려움을 돌봐주시지 않으셨다고 하니, 이건 망령되게 모반을 꾀하는게 아니고 뭡니까?"

양제가 잇달아 말했다.

"짐은 경들을 저버리지 않았는데, 경들은 왜 짐을 저버리려 하는가?"

사마덕감(司馬德勘)이 말했다.

"저희들은 확실히 폐하를 저버렸습니다. 하지만 오늘 천하가 뒤집혔습니다. 대흥성(大興城)과 동도 낙양을 도적들이 모두 차지했기에 폐하께서는 가실 곳이 없고, 저희들도 살길이 없게 되었습니다. 폐하의 수급을 가지고 천하에 사죄하는 길 밖에 없습니다."

주귀아가 그 말을 듣고 욕설을 퍼부었다.

"역적들의 입에서 그런 미친 소리가 나올 수 있는가? 폐하께서 덕을 쌓지 못하셨어도 천자로서 그 존엄이 극치에 달하고 조정의 군부(君父)로서 명분이 늠름하시다. 너희들은 일개 시위 군졸에 지나지 않는 보잘것없는 신하로서 천자를 위협하면서 망령되게 부귀를 얻으려 하니 만고역적이라는 더러운 이름을 결코 면치 못할 것이다!"

배건통이 그 말을 듣고 크게 분노했다.

"궁중 액정의 비천한 노비인 네년이 감히 악담질로 대사를 그르치려 하느냐?"

주귀아도 지지 않으려고 욕설을 퍼부었다.

"황제를 배반한 역적 놈아! 네놈들은 지금 병권을 믿고 발광이지. 수나라 황실은 천하에 은덕을 베풀었다. 천하에 어찌 충의를 가진 의사(義士)들이 없겠느냐? 황제를 위해 꼭 원수를 갚을 것이고 네놈들을 갈기갈기 찢어놓을 것이다. 그때에는 후회해도 늦을 거다!"

마문거(馬文擧)도 크게 분노하며 말했다.

"이 음란한 계집년아! 너 같은 년들이 평소에 알랑거리면서 군심(君心)을 미혹시켰기에 천하가 망했다. 네년을 죽여버리지 않고 어찌 천하에 사죄할 수 있겠느냐?"

그는 칼을 치켜들었다가 주귀아의 얼굴을 내리찍었다. 욕설을 퍼붓던 주귀아가 순간 땅바닥에 쓰러졌다. 불쌍한 주귀아의 아리따운 몸뚱이가 핏물로 붉게 변한 연못에 잠겼다. 주귀아를 죽여버린 마문거는 한 손에 장검을 들고 다른 한 손으로 양제를 잡아끌고 서각에서 내려갔다.

봉덕이(封德彝)가 올라오다가 사마덕감에게 말했다.

"허공(許公)께서 영을 내렸습니다. 그런 멍청이를 부축해 가지고 와서 나를 보게 하지 말고 어서 손을 써 처치하라 하였습니다."

소후가 그 말을 듣고 여러 사람들에게 애걸했다.

"여러 장군님들, 황제께서는 기실 덕을 쌓지 못했습니다. 하지만 지난 날의 봉록과 작위를 생각해서라도 제발 장군님들한테 자리를 양보하게 하시고, 그를 삼공(三公)으로 강직시켜 여생을 보낼 수 있게 배려해 주십시오."

갑자기 원보아가 뛰쳐나왔다. 그녀는 소후가 '장군님! 장군님!' 하면서 애걸하는 것을 보고 말했다.

"황후께서는 어찌 그럴 수가 있습니까? 이 역적 무리에 충신이 없는 이상 폐하께서 자리를 양보하신다고 해서 황후와 여생을 누릴 수 있게 무슨 자비를 베풀 것 같습니까!"

원보아가 양제를 바라보면서 말했다.

"영웅으로 자처하시던 폐하께서 어찌하여 지금은 목숨을 아끼시며 이 역적들에게 구걸하시나이까? 사람은 한 번 죽기 마련이니 소첩은 오늘 폐하 앞에서 죽겠습니다. 무엇이 두렵습니까? 소첩이 먼저 가니 폐하께서 어서 따라오십시오!"

마문거가 원보아를 잡아당기려고 했다.

원보아는 눈을 부릅뜨고 큰소리로 질책했다.

"역적들은 내게 가까이 오지 말아라!"

원보아는 말을 마치자 단검을 뽑아 제 목을 찔렀다. 원보아의 육신은 잠시 위로 솟구쳐 올랐다가 주저앉듯 쓰러졌다. 목에서 붉은 피가 마치 샘솟듯 사람들에게 뿜어졌다. 아리따운 몸뚱이 하나가 서서히 차갑게 굳었다. 그 정경을 본 소후는 질겁해서 아래로 달려 내려갔다. 양제는 가슴이 오만 갈래 찢기는 것만 같았다.

배건통은 칼을 들고 다가와서 양제를 칼로 찌르려고 했다.

그러자 양제가 고함쳤다.

"잠깐만! 천자는 죽어도 죽는 법이 따로 있다. 어서 짐독의 술〔鴆酒(짐주)〕을 가져오너라."

배건통이 말했다.

"짐주는 칼보다 죽는데 시간이 더 걸리는데, 어찌 드릴 수 있겠습니까?"

양제가 눈물을 흘리면서 말했다.

"짐은 천자이니 나의 육신을 보전해 달라."

마문거가 명주 한 필을 들고 들어왔다.

양제가 통곡하면서 말했다.

"그전에 봉의원(鳳儀院)의 이경아(李慶兒)가 꿈에 짐의 머리에 흰 용이 감고 있는 꿈을 꾸었다더니, 이경아의 꿈이 과연 영험하구나!"

모반자들은 군사들을 불러서 함께 손을 쓰게 했다. 그들은 양제를 방안에 떠밀어 넣고서 명주로 목을 졸라 죽였다. 그때 양제(煬帝, 楊廣)[38]의 나이 스물아홉 살이었다.

---

38 수 양제 양광(隋 煬帝 楊廣)은 569년에 출생하였다. 581년에 양견이

뒷사람이 시를 지어 양제의 죽음을 슬퍼하였다.[39]

隋를 건국했고, 그 해 13세에 晉王에 책봉되었다. 604년에 즉위하였으니 36세의 장년이었다. 618년 형식상 자살이지만 목을 졸려 죽었다. 죽을 때는 49세였다. 29세라는 나이는 착오이다. 隋 恭帝(수 공제) 양유(楊侑)가 양광에게 올린 시호가 양제(煬帝, 煬은 아궁이 불을 쬘 양)는 나쁜 뜻의 시호이다.

39 煬帝(양제)의 폭정은 크게 3가지로 나눌 수 있다. 우선 大興城(대흥성)을 건설하고 대운하를 굴착하는 등 엄청난 대규모의 토목공사를 벌려 국력을 탕진했고 백성들을 고통으로 내몰았다. 두 번째는 잦은 巡幸(순행)과 허영심, 그리고 사치와 향락에 따른 국고의 고갈이다. 외국 사절이 내조하러 왔을 때 한 달여씩 놀이판을 벌였다는 사실은 위에서 이야기했다. 겨울에 가로수를 비단으로 싸주는 낭비는 도대체 누구를 위한 것이었나?

세 번째 폭정은 무모한 고구려 원정이다. 동원 병력 113만에 군량 및 물자 수송인원이 그것의 2배였다면, 약 300만 명 이상이 동원되었다. 文帝(문제) 때 약 4,600만 인구에 남자를 절반으로 잡는다면 2,300만, 그중에서 300만이라면 청장년 남자의 절반은 다 동원되었다고 볼 수 있다.

마지막 순행으로 江都(강도)에 도착한 양제는 매일 술로 세월을 보냈다. 이미 전국 각지에서 봉기가 일어난 줄을 알고 있는 양제였기에 하루하루의 술자리는 가시방석이었다. 어느 날 그가 거울을 보면서 피식 웃으면서 말했다.

"잘생긴 이 머리를 누가 감히 자를 수 있겠는가!"

양제는 독주(毒酒)를 한 항아리 준비해놓고서 후궁들을 불러 놓고 말했다고 한다. "만약 적병이 여기까지 들어온다면 그대들이 우선 마셔라! 나는 나중에 마시겠노라!" 말은 이렇게 하면서도 양제는 자신의 제국은 결코 망하지 않을 것이라는 일말의 희망, 그리고

수조(隋朝) 천자는 여인에게만 정을 주면서, (隋家天子繫情偏)
오직 풍류만 즐길뿐 신선을 불원했다. (只願風流不願仙)
더러운 이름 천만세 길이 남겼으니, (遺臭謾留千萬世)
많은 꽃을 모두 꺾어버리기 십삼 년. (繁花拈盡十三年)
여색 탐닉 술독 빠져 마음에 병들고, (耽花嗜酒心頭痛)
분바른 여체 향기에 뼈조차 녹았다. (殢粉沾香骨裡綠)
부귀를 탐하다 되려 난신을 원망하며, (卻恨亂臣貪富貴)
궁정에 피를 뿌리니 정말 가련하도다. (宮廷血濺實堪憐)

구차하더라도 목숨을 건지리라고 스스로 위안을 하고 있었다. 그는 소황후에게 술잔을 권하면서 "통쾌하게 한 잔 하시오! 나는 결코 長城公(장성공)이 되지는 않을 것이며, 그대 또한 沈皇后(심황후)가 되지는 않을 것이요!"

장성공은 589년에 멸망한 남조 陳(진)의 後主(후주)이며, 심황후는 그의 부인이었다. 604년 양제가 즉위하는 해에 陳 後主도 52세를 일기로 죽었다. 文帝는 그에게 長城煬公(장성양공)이라는 치욕적인 시호를 내려주었다. '煬' 字에는 그 일생이 주색만을 탐하고 禮(예)를 멀리하여 인심을 잃었다는 평가를 포함하고 있다. 그러나 그런 시호를 자신이 받게 될 줄은 꿈에도 생각하지 못한 양제였다.

나중에 양제의 총애를 받던 후궁들이나 미인들은 아무도 독주 항아리를 찾지 않았다. 양제 자신도 독주를 마시지 않았다. 망국의 군주였지만, 그래도 천수를 누린 장성공처럼 목숨을 구걸할 형편도 되지 않았다. 양제는 자신의 비단 허리띠를 풀러 금위군 장수에게 내주었다. 칼로 내 목은 자르지 말라는 구걸의 표시였다. 당시 양제는 50세였다.

제48회

묘계로 선량한 벗을 당에 귀의케 하고, 얼굴을 훼손한 부인 넷은 절개를 지켰다.(遺巧計一良友歸唐, 破花容四夫人守志.)

노래하나니, **詞曰,**

하늘의 묘의(妙意)는 언제라도 볼 수 있나니, (好還每見天公巧)

스스로 지심(知心)에 지심으로 답해야 한다. (知心自有知心報)

학을 보면서 깊은 원한을 삭이고, (看鶴禁沈冤)

아늑한 저 하늘 끝까지, (天涯路杳)

이별의 한이 어떤지 안다. (離恨知多少)

여양 군영의 북소리 하늘 끝에 울리고, (黎陽鼙鼓連天噪)

외로운 충신의 묘책은 수(隋)를 보전했다. (孤忠奇策存隋廟)

한 줄 지어 서서, (一線雖延)

미인이 얼굴을 자해하나, (名花破損)

부처 얼굴은 여전히 좋다. (佛面重光好)

— 곡조 〈우중화〉 — 右調 〈雨中花〉

예로부터 마음을 알아주는 친우(知音)와 친우가 만나고, 의기가 투합하는 지기(知己)끼리 서로 만난다. 그리고 애정을 주면 애정으로 보답한다.[40]

양제는 일생 동안 매사에 여인들을 위해 마음을 쓰고 모든 행동에서 여인들의 미모에만 신경을 쓰다가 금수강산을 헌신짝 버리듯 했다. 생각 밖에도 은총을 받은 몇몇 여인들이 죽음으로 주군에 보답하려고 목숨을 바쳐 절개를 지키면서 청사(青史)에 이름을 남겼다.

내시 사마덕감은 양제의 목을 졸라 죽이고 우문화급(宇文化及)에게 보고했다. 우문화급은 배건통에게 영을 내려 황실의 촉왕(蜀王) 양수(楊秀)와 제왕(齊王) 양간(楊幹), 연왕(燕王)인 양담(楊倓) 및 여러 친왕(親王)과 그들 가족을 모두 죽여버리게 했다. 유독 진왕(秦王) 양호(楊浩)만이 평소에 우문지급과 가까이 왕래했기에 우문지급이 애써 구해주어서 목숨을 보존할 수 있었다.

양제가 죽고 난 뒤에 황후 소씨는 침대의 널빤지를 뜯어 관을 만들고 주귀아와 원보아와 함께 서원(西苑)의 유주당(流珠堂)에서

40 원문 鍾情必有鐘情相報(종정필유종정상보) — 종정(鍾情)은 애정을 주다. 鍾情一見은 한눈에 반하다.

장례를 치뤘다.

구슬 수의와 옥갑은 지금 어디 있나? (珠襦玉匣今何在)
석 자 봉분에 말털 같은 잡초도 없네. (馬鬣難存三尺封)

우문화급이 여러 왕들을 죽인 뒤에 갑병(甲兵)을 거느리고 후비들을 죽여 화근을 없애고자 정궁(正宮)에 도착하니, 한 부인이 여러 궁녀들과 함께 울고 있었다.

우문화급이 소리쳤다.

"너는 누구이기에 여기서 우는 거냐?"

그 부인이 급히 꿇어 앉으면서 말했다.

"저는 황후였던 소씨(蕭氏)입니다. 장군께서 목숨만 살려주십시오."

우문화급은 소황후의 고운 얼굴을 보자, 가여운 생각으로 죽이지는 않겠다고 말했다.

"황제가 황음무도하여 백성을 학대하고, 신하가 공을 세워도 아무런 상을 내리지 않아서 죽였지만, 그대와는 상관없소이다. 두려워 마시오. 나는 폭군을 제거하고 백성을 구하려고 군사를 일으킨 것이지, 다른 의도는 없소이다. 꺼리지 않는다면 함께 부귀영화를 누립시다."

우문화급은 소후의 손을 잡아 일으켰다. 우문화급이 인정을 베푸는 듯 말하자, 소후는 흐느끼면서 고운 목소리로 말했다.

"황제께서 황음무도했으니 죽어 마땅하지요. 첩은 생사를 장군한테 기탁하겠습니다."

"모든 일을 내가 주관하니 걱정하지 마십시오. 다시 부귀영화를 누릴 것입니다."

"장군께서 그럴 의향이 있으시다면, 왜 황제를 새로 옹립하고 대의를 천하에 알리지 않습니까?"

"나도 그렇게 하려고 생각하고 있습니다."

우문화급은 황후의 유지를 받들어 진왕(秦王) 양호(楊浩)를 황제로 옹립하고 스스로 대승상(大丞相)이 되어 백관을 통할하고, 동생 우문지급을 좌복야(左僕射), 배다른 동생 우문사급을 우복야(右僕射)에 임용하고, 장자 승기(丞基), 차자 승지(丞址)가 병권을 장악한다는 전령을 내렸다. 그리고 나머지 심복들에게도 후한 상을 주었다.

그러나 평소에 알력이 있던 신하들, 이를테면 내사시랑(內史侍郎) 우세기(虞世基), 어사대부(御史大夫) 배온(裴蘊), 밀서감(密書監) 원극(袁克), 좌익위대장군(左翊衛大將軍) 내호아(來護兒), 우익위 장군(右翊衛將軍) 우문협(宇文協), 천우(千牛)[41] 우문정(宇文晶), 양공(梁公) 숙신(蕭臣)의 가족은 물론, 그 조카에 이르기까지 전부 죽여 버렸다.

---

41 천우(千牛) — 千牛備身(천우비신), 고대 황제 호위를 담당하는 금위군(禁衛軍) 군관 명칭.

특히 급시랑 허선심(許善心)[42]이 조정에 찾아와서 축하하지 않았다며 우문화급은 사람을 보내서 궁정으로 붙잡아왔다가 다시 방면하였다. 그러나 허선심이 조정에서 나갈 때에 제대로 배례도 하지 않는다고 불손하다 하여 다시 불러서 죽여버렸다. 허선심의 어머니 범씨(范氏)는 92세였는데, 아들의 장례에서 눈물 한 방울 흘리지 않았다.

사람들이 왜 울지 않느냐고 물으니, 그 모친이말했다.

"내 아들은 국난(國難)에 죽었소이다. 나한테 이런 아들이 있는데 울어서 뭘 하겠소."

범씨는 자리에 누워 식음을 전폐하다가 죽었다.

우문화급은 장수와 사졸들이 서쪽으로 돌아가기를 원하기에 황후와 새 황제를 모시고 장안으로 돌아가려고 했다. 그래서 향락을 추구하다 살아남은 부인과 미인들을 모아서 배에 싣고 팽성(彭城, 今 江蘇省 북부 徐州市, 古稱 彭城)에서 서쪽으로 올라오게 했

---

42 허선심(許善心, 558-618년, 字는 務本)-대대로 남조 陳의 文臣이었다. 許善心은 9세에 喪父하고 모친의 손에 양육. 幼年에 聰明하고 心智가 뛰어났으며, 博聞强記하여 부친의 친우 서릉(徐陵)이 신동이라 칭찬했다. 양제 사후에 잡혀온 그를 宇文化及이 석방시켜주었지만 제대로 인사도 하지 않고 고마워하는 기색도 없자, '자신의 재주와 氣節을 자부하며 불손하다 하여 다시 불러다 살해했다. 그 때 61세였다. 越王 양동(楊侗)이 稱帝하며 左光祿大夫를 추증하였고, 시호는 文節이었다. 그 아들이 唐의 문신 허경종(許敬宗)이다.

다. 현복궁(顯福宮)에 이르자, 사마덕감과 조행구가 우문화급의 추잡한 생활과 장수들을 돌보지 않는 소행에 불만을 품고 후속부대를 급히 파견하여 습격해서 죽여버리려고 했다. 그런데 기밀이 누설되어 우문화급이 먼저 공격하여 그들을 죽여버렸다. 활대(滑臺)에 이르자, 왕궤(王軸)를 남겨서 황후와 새 황제를 지키게 하고, 자기는 여양(黎陽)으로 가서 창성(倉城)을 공격케 했다.

왕의 부부는 조왕(趙王)과 여러 부인들을 거느리고 무성(蕪城)에서 30여 리 떨어진 곳에 이르러 한 민가에서 휴식했다. 성안에서는 포 소리가 끊임없이 들려왔다. 오가는 행인들한테서 들으니 성안에서 대난리가 일어났다고 했다. 왕의는 조왕에게는 여장 차림을 하게 하고, 아내 강정정과 원자연, 그리고 설야아에게는 남장 차림을 하게 했다. 사씨, 진씨, 적씨, 이씨, 하씨, 다섯 부인과 계집애는 그냥 여장 차림을 했다.

원자연이 말했다.

"밤에 건상(乾象)을 보니 황제께서 이미 위난을 당한 것 같습니다. 저희들은 새장에서 빠져나오기는 했지만 어디로 가야 합니까?"

왕의가 말했다.

"갈만한 곳은 한 곳 밖에 없습니다."

부인들이 서둘러 물었다.

"어디로 가야 합니까?"

"태복(太僕)이었던 양의신(楊義臣)이 있는 곳으로 가야 합니다. 옛날에 폐하께서 참언을 들으시고 그에게서 병권을 거둬들이자, 그분은 고향으로 돌아와 은거하셨습니다. 수나라의 운명이 길지 못하다는 것을 미리 알고 성씨와 이름을 고치고 복주(濮州, 今 河南省 동북단 濮陽市) 뇌하택(雷夏澤)이란 곳에 살고 있습니다. 그분은 지혜와 용기가 출중하고 충군(忠君)하는 분입니다. 우리가 찾아가면 그분은 어린 조왕을 보시고 적절한 조치를 취하실 겁니다."

그러자 원자연이 말했다.

"그분은 저의 외삼촌입니다. 저는 늘 사(沙) 부인한테 말했었어요. 그곳에 가면 방법이 있을 거라고요. 그분도 우리와 한마음일 것입니다."

그리하여 일행은 배를 타고 복주로 떠났다.

양의신은 대업(大業) 7년에 참언으로 귀향한 뒤에 화가 미칠까 봐 신분을 숨기고는 복주 뇌하택에 은거하며 날마다 어부나 농민들과 어울리며 살았다. 그러던 중에 우문화급이 강도에서 황제를 살해했다는 소식을 듣고 그는 격분하였다.

"우문화급 같은 속물이 국권을 장악했단 말인가? 하지만 그의 동생 우문사급과 나는 교제가 두터우니 장래 천하가 합심해서 화급을 토벌할 때, 그가 멸족당하는 것을 내가 어찌 볼 수 있겠는가? 어서 계책을 써서 그가 해를 입지 않도록 해야겠다."

그는 하인 양방(楊芳)한테 친필을 써서 봉한 질그릇 항아리를 주고는 여양〔黎陽, 今 河南省 鶴壁市 관할 준현(浚縣)〕에 있는 우문사급한테 전하게 했다.

우문사급은 양방을 보자 기뻐했다.

"내가 태복공의 행방을 몰라 조석으로 근심하던 참인데 생각밖으로 자네가 찾아왔군."

그는 양방을 서재로 데리고 들어가, 조용히 물었다.

"태복공은 지금 어디서 뭘 하고 계신가?"

"소인의 주인께서는 참언으로 배척받으신 다음, 신분을 숨기시고 복주 뇌하택에서 고기잡이로 소일하고 계십니다."

"서신은 가지고 왔겠지?"

"서신은 없습니다. 그러나 친필을 써서 밀봉하신 이 질그릇 항아리만 보내셨습니다."

우문사급은 급히 봉함을 뜯었다. 항아리 안에는 대추 과자 두 쪽과 사탕으로 만든 거북(龜) 한 마리가 있었다. 우문사급은 그 뜻을 풀이할 수가 없어서 양방을 식사하도록 바깥 방으로 내보내고 홀로 앉아서 생각에 생각을 거듭했다.

그때 병풍 뒤로부터 한 미인이 나왔다. 우문사급의 여동생인데, 이름은 숙희(淑姬)였고, 올해 열일곱 살이었다. 숙희는 자색이 출중했고 뛰어나게 총명했다.

숙희는 우문사급의 기색을 보고 물었다.

"오빠! 누가 보낸 물건입니까? 왜 그렇게 걱정이 많으십니까?"

"나의 옛 친구인 수나라 태복 양의신께서 보내신 것이다. 병법에 정통하고 천문에도 능하신 분이다. 병권을 내놓게 되자 관직을 버리고 은거하셨는데, 오늘 사람을 보내서 이런 질항아리를 보내왔구나. 봉함을 뜯어보았는데, 안에는 두 가지 물건 밖에 없으니 이 수수께끼를 풀 수가 없구나."

그러자 숙희가 한 번 보더니 말했다.

"그게 뭐가 어려운가요? 어서 빨리(早, 棗는 대추 조) 당(唐, 糖은 사탕 당)에 귀속해서 멸족될 화를 당하지 말라고 오빠한테 충고하시는 뜻입니다."

우문사급이 기뻐하면서 말했다.

"맞아! 그런 뜻이야! 너는 정말 총명하고 지혜롭구나. 나도 편지를 보내기가 불편하니 몇 가지 물건을 보내서 답신해야겠다. 그런데 어떻게 하면 내 뜻을 알릴 수 있을까?"

"하지만 오빠의 뜻이 무엇인지를 아직 모르겠습니다. 오빠가 결정만 하시면 어려울 것이 없지요."

"우문화급의 소행이 그러하다면, 그가 실패할 건 불 보듯 뻔한 일이 아니냐? 서둘러 대처하지 않으면 후회막급할 것이야!"

"오라버니가 결심을 내리시면 제가 안에 들어가서 몇 가지 물건을 골라서 보내드리겠습니다."

한참 뒤에 숙희가 옻칠한 작은 상자 하나를 가지고 나왔다. 우문사급이 열어보니, 안에는 아이들 장난감 같은 종이로 만든 거위(紙鵝)가 있고, 그 거위 목에는 작은 물고기 잡는 통발〔魚罾(어증)〕

을 매달았다.

우문사급이 이상하다고 생각하며 동생에게 물었다.

"이것은 도대체 무슨 뜻이냐?"

숙희가 우문사급의 귀에 대고 몇 마디 말했다. 우문사급은 고개를 갸우뚱하며 상자를 봉해서 양방에게 주었다.

다음날 우문사급이 우문화급을 찾아가서 말했다.

"진왕(秦王) 이세민(李世民)이 군사를 모아 우리를 정벌하려고 합니다. 제가 심부름꾼을 몇 명 데리고 병난을 피해 도망가는 사람으로 꾸며 허실을 탐문해 가지고 수일 내로 돌아오겠습니다."

우문화급이 응낙하자, 우문사급은 처자와 숙희에게 남장을 하게 하고는 여양을 떠나 장안(長安, 今 陝西省 西安市)로 갔다. 그때 공제(恭帝)[43]는 당(唐)나라에[44] 양위하였고, 이연이 제위에 올라

---

43 수공제 양유(隋恭帝 楊侑, 605－619년)－隋양제의 長子 양소(楊昭)의 三子, 양제가 江都에 유람 중 도읍 大興城(長安)을 지켰다. 太原留守 이연(李淵)이 거병한 뒤에 괴뢰황제로 옹립되었다. 618년 공제 양유는 이연에게 선양했다. 619년에 15세로 죽었다. 시호는 恭帝.

44 唐은 본래 陶唐氏(도당씨) 堯(요)의 후손을 封한 나라이다. 周朝에서 周 成王이 古 唐國을 멸망시킨 뒤, 성왕의 아우인 叔虞(숙우)를 古 唐國의 옛 땅에 봉하여 唐國이라 했고 侯爵(후작)의 작위였으며, 도성은 今 山西省 남부 臨汾市(임분시) 동남의 翼城縣(익성현) 일대였다. 숙우의 아들이 뒷날 나라 이름을 晉(진)으로 고쳤고, 이 晋이 바로 춘추시대의 강력한 제후국이었으며, 근거지는 지금 山西省의 省會인 太原市 일대였다. 뒷날 晋이 韓, 魏, 趙로 갈라지면서 戰國시대가 시작된다. 당 건국 후 이세민은 晋王(진왕)에 봉해

연호를 무덕(武德)[45]으로 정했다.

우문사급은 여동생을 당 황제의 후궁인 소의(昭儀)[46]로 들여 보냈고, 당 황제는 우문사급을 상의동관삼사군사(上儀同管三司軍事)에 임명하였다.

졌고, 太原은 隴西 李氏(농서 이씨)의 세력 근거지로 副都의 지위를 누렸다.

唐은 중국 역사에서 여러 가지로 공헌한 바가 크다. 당은 중국 본토를 실질적으로 가장 오랫동안(618－907) 지배한 국가였다. 清의 국가 존속 기간(後金－清, 1616－1912)이 唐보다는 길지만 明 멸망 이후(1644)의 지배 기간은 唐보다 짧았다. 당은 강대한 국력과 국부를 바탕으로 하는 국제적 문화를 이룩하였으며 세계에서 최고 수준의 문화를 자랑하였다.

45 무덕(武德, 618－626년)－高祖(고조)의 年號(연호), 武德 연간에 각지에 세워진 정권은 14개 정도였다. 이들은 무덕 말년에 거의 다 소멸했다. 武德 9년(626년) 8월에 唐 太宗 즉위했다. 당 태종은 627년부터 정관(貞觀)으로 개원했다.

46 才人(재인), 昭儀(소의)－女官의 명칭. 황후 아래에 三妃(정일품에 해당)가 있고, 그 아래 六儀(정이품, 6명. 昭儀는 여기에 해당)가 있으며, 이어 美人(정삼품), 才人(정오품에 해당)의 품계가 있었다. 高宗은 태자로 있을 때, 4세 연상인 아버지의 후궁 武才人과 通姦(통간)했다. 태종이 죽자 삭발하고 여승이 되어 感業寺(감업사)에 머물렀는데, 高宗이 옛정을 못 잊어 했다. 당시 王皇后(왕황후)와 蕭淑妃(소숙비)가 서로 고종의 총애를 다투고 있었는데, 王皇后가 소숙비를 내치기 위한 방편으로 무씨를 궁으로 불러들였다. 결국 왕황후, 소숙비 모두 무소의에게 죽음을 당했다.

양의신의 하인은 우문사급이 준 상자를 가지고 복주에 있는 집으로 돌아가서 주인 양의신에게 상자를 바쳤다.

양의신이 상자를 뜯어보고 크게 기뻐했다.

"나의 친구가 살 길을 찾았구나!"

"나으리 이것은 무슨 뜻입니까?"

"다른 뜻은 없다. 나의 의도대로 하겠다는 말이다. 자넨 여양에서 뭘 보았나? 선제의 신하들 중에서 화를 입은 사람은 몇이나 되고, 조정 신하 중에서 절개를 지킨 사람은 몇이나 되던가?"

"소황후는 이미 절개를 잃었습니다. 다른 부인과 비빈들은 많이 도망쳤다고 합니다. 주귀아와 원보아는 역적들에게 욕설을 퍼붓고 절개를 지켜 죽었다고 합니다. 취하원(翠華院) 화부인(花夫人), 연문원(影紋院) 사부인(謝夫人), 인지원(仁智院) 강부인(姜夫人) 등은 모두 목을 매어 자결했습니다. 우문화급은 경명원(景明院) 양부인(梁夫人)의 자색을 보고 살려주려고 했지만 부인이 욕설을 퍼부었답니다. 우문화급은 감언이설로 권고했지만 부인이 하도 욕설을 퍼부으니 죽여버렸답니다. 원씨네 아가씨는(袁家小姐) 자취를 감추었는데, 아는 사람이 없습니다. 그리고 황실의 일족은 살해당했습니다. 다만 진왕 양호(楊浩)만이 우문지급과 친밀해서 황제로 등위했는데, 얼마 뒤에 우문화급이 짐주로 독살했다고 합니다. 오직 나이 어린 조왕(趙王) 양고(楊杲)[47] 만 도망쳤는데,

---

47 조왕 양고(楊杲)는 양제가 죽을 때, 난병에 피살되었지만(36회 주석 참고), 소설에서는 궁궐을 탈출한 것으로 묘사되었다.

사방에서 찾고 있답니다."

양의신은 양방의 말을 듣고 나서 탁자를 치며 울분을 감추지 못했다.

"미친 도적들이라 차마 이를 데 없이 잔인하고 악독하구나. 조정의 신하들은 관직을 탐내어 죽음을 두려워한다고 해도 번진(藩鎭)에 있는 대신들까지 충신(忠信)을 지키는 의사(義士)가 없어서 역적을 토벌하지 못한단 말이냐?"

양의신은 통곡했다. 밤에 가슴이 답답해서 촛불을 켜놓고 서재에서 책을 읽었다. 이경이 되자, 피곤해서 침상에 누웠으나 잠이 오지 않았다. 정원에는 달빛이 대낮처럼 밝았다. 그는 황홀경에 취하여 저도 모르게 바깥으로 나갔다. 그런데 밖에서 사모를 쓰고 붉은색 도포를 입은 사람이 급히 걸어오고 있었다. 양의신이 자세히 보니 급사랑(給事郎) 허선심(許善心)이었다.

양의신이 급히 물었다.

"허공께서 어떻게 여길 찾아오셨습니까?"

"장군께서 마침 밖에 계시는군요. 어서 폐하를 영접하시오."

그때까지 양의신은 양제가 죽은 줄을 모르고 있었다. 그는 급히 달려가서 맞이했다. 곤룡포를 입고 머리를 흰 명주 수건으로 동여맨 양제가 왔는데, 얼굴에 핏자국이 있는 두 궁녀가 양제를 부축하고 있었다.

한 궁녀가 양의신에게 말했다.

"장군님! 폐하께서는 어린 주군(主君) 모자가 도착하면 잘 보살펴달라 부탁하십니다."

어린 주군이 어디에 있느냐고 물으려는데, 양의신은 꿈에서 깨어났다. 달은 서쪽으로 완전히 기울었고 닭 울음소리가 들려오더니 동녘 하늘이 어슴푸레 밝아올 무렵 양의신은 너무도 꿈이 괴이해서 자리에서 일어났다. 지팡이를 짚고 밖에 나가 일꾼을 불러서 대문을 열게 하고는 이리저리 살펴보아도 아무런 종적이 없었다. 잠시 후 호숫가에서 철썩철썩 노 젓는 소리가 들리더니 배가 기슭에 와닿았다.

양의신은 일꾼과 함께 나무 밑에 숨어서 살펴보았다. 뱃사공이 나오더니 기슭에 올라와 사방을 두리번거렸다. 날이 채 밝지 않았기에 사람들은 아직 일어나지 않았다.

양의신은 참을 수 없어서 그 사람한테 다가가 물었다.

"어디서 오시는 길손이오?"

그 사람이 다가와서 말했다.

"저는 강도에서 변란에 쫓겨온 사람입니다."

그 사람은 양의신을 주의깊게 살펴보았다.

"그대의 성은 왕씨가 아니오?"

그 사람은 손으로 두 눈을 비비고 나서 다시 양의신을 보다가 달려와서 손을 잡으며 낮은 소리로 말했다.

"어르신 성씨는 양씨이지요?"

양의신은 급히 그 사람의 손을 잡고 대문가에 다가가서 말했다.

"그대는 순하(巡河) 왕(王) 대부가 아닌가?"

"예, 제가 바로 원신(遠臣) 왕의(王義)입니다."

양의신은 곧 집안으로 안내하려 했다.

왕의는 양의신의 귓전에 대고 말했다.

"잠깐만요, 어린 주군과 부인께서 배에 계십니다."

"곧 날이 밝을 텐데 어서 기슭으로 모시게."

양의신은 대문을 열어 놓게 하고 집에 들어가서 건복(巾服)을 갖춰입고 나왔다.

그는 대문 옆에 서서 들어오는 사람들을 맞이했다. 왕의가 옆에 서서 한 사람씩 소개했다. 남복 차림을 한 원자연이 대문에 들어서면서 인사했다.

"외삼촌, 조카가 왔어요!"

그녀는 눈물을 흘리면서 엎드려 절을 하려고 했다.

양의신은 두 손으로 원자연을 부축해 일으키면서 말했다.

"원씨네 조카였구나. 예전에 사람을 보내서 탐문해도 소식을 알지 못했는데, 이렇게 찾아왔구나. 잘 됐다. 인사는 천천히 하고 어서 들어가서 조왕과 부인들이 옷을 갈아입도록 도와드려라."

양의신의 원래 부인이었던 나(羅) 부인은 일찍 죽고 첩 왕씨만 있었고, 집에는 이름을 형아(馨兒)라고 부르는 다섯 살짜리 아들이 하나 있었다. 왕씨가 나와서 손님들을 맞이했고 본채에서 왕의는 어원에서 빠져나오던 이야기를 했다.

얼마 후 조왕이 나왔다. 나이는 아홉 살이었지만 식견이 넓었다. 사부인이 그의 손을 잡고 앞에 섰고 여러 부인들이 뒤따랐다. 남복 차림을 한 조왕은 넓죽한 얼굴에 미목(眉目)이 수려했다. 금지옥엽같은 태자여서 공경하는 마음을 금할 수 없었다.

양의신은 군신(君臣) 간의 예를 올리고 일꾼을 불러서 주단을 펴게 하고 걸상을 가져다 놓게 했다.

조왕이 사부인의 손을 잡아당기면서 말했다.

"어머니, 지금은 노선생께서 이런 예를 행할 때가 아닙니다. 이런 예를 행하시면, 저와 모친이 찾아온 뜻을 저버리는 겁니다!"

원귀인이 말했다.

"외삼촌, 조왕께서 아직 어리시니까 그러시지 않아도 돼요. 보통 인사를 올리세요."

"그럼 이 주단을 거두자. 자, 늙은 신하의 인사를 받으시오."

조왕이 말했다.

"먼저 모친과 인사하시고 저와 인사를 나눕시다."

"체통대로 하면 주군께 먼저 인사를 올려야 도리입니다."

"어머니, 이런 초야에 파묻혀서 체통을 따질 게 뭡니까? 선제께서 저를 후계자로 삼으시고 어머니에게 부탁하셔서 어머니의 보호를 받았으니 말이지, 그렇지 않았다면 저도 촉왕(蜀王) 수(秀)나 제왕(齊王) 양간(楊幹), 연왕(燕王)인 양담(楊倓)처럼 황천의 유령이 되었을 겁니다."

양의신은 어린 조왕의 주견이 바르고 대의를 깊이 알고 있음을 보고 크게 놀랐다. 원자연과 설야아가 사부인을 앞으로 끌었다. 조왕과 사부인이 나란히 서자 양의신이 절을 했다.

사부인이 눈물을 머금은 채, 답례하면서 말했다.

"수조(隋朝)의 작은 희망을 선생께서 보전하면 하늘에 계신 혼령도 감격하실 겁니다."

"제가 어찌 충성을 다하지 않겠습니까?"

네 번 절을 하고 일어나서, 양의신은 네 부인과 설야아와 인사를 나누려고 했다. 강정정은 분에 넘친다고 생각하고 원자연과 함께 재삼 물러섰다.

양의신이 왕의한테 말했다.

"원귀인은 저의 외조카입니다. 이는 부인을 지나치게 존중하는 것이 아닙니다. 만일 대부와 부인이 아니었다면 이 자리에 군신이 모일 수가 없었을 겁니다. 하물며 앞으로 할 일이 많은데, 부인께서 충성과 힘을 다하셔야지 않겠습니까? 그러니 노부가 따로 인사를 올려야겠습니다."

원자연이 나는 듯이 달려가서 강정정을 모셔다가 왕의 옆에 세워놓고 부부가 함께 인사를 받게 했다. 마지막으로 원자연이 양의신한테 네 번 절을 올렸다. 양의신이 술상을 네 상 차려 오라고 수하에게 분부했다.

"여러 부인들을 조용한 곳에 모시고 잘 대접해야겠지만, 궁벽한 산야에는 나물과 독한 술 밖에 없어서 죄송합니다. 하지만 초가집에 되는 대로 모여 앉으면 함께 의론하기가 좋지요."

조왕과 사부인이 한상에 앉고, 진, 적, 하, 이씨 부인 네 사람이, 그리고 설야아와 강정정, 그리고 원자연이 한상에 또 왕의와 양의신이 한상에 각각 앉았다.

술이 세 순배 돌자, 왕의가 양의신에게 말했다.

"다행히도 고령이신 노장군께서 일찍 기상하신 덕분에 우리가 다른 사람들의 눈에 띄지 않았습니다."

"이 늙은이가 일찍 일어나려고 해서 일어난 것이 아니라 선제께서 소식을 알려주셔서 일어났습니다. 그래서 밖에 나가 찾았지요."

조왕이 물었다.

"선황께서 어떻게 알려주셨습니까?"

양의신은 꿈 이야기를 자세히 했다. 그러자 여러 부인들은 얼굴을 가리고 흐느꼈다.

"저는 조정에서 밀려나온 후 시골 백성이 되어 바깥일에 간여하지 않았습니다. 그런데 뜻밖에도 꿈에 선제께서 전하를 저한테 부탁하셨습니다. 전하와 부인께서 초가집으로 찾아오셔서 저를 믿고 부탁하시니, 저는 선제의 뜻을 저버릴 수가 없습니다. 하지만 이 초가집은 비천한 곳이어서 천제가 머물 곳이 못 됩니다. 조심하지 않아서 뜻밖의 일이라도 생기면 구할 방법이 없습니다. 이곳에는 3, 4일 이상은 더 머물 수 없습니다. 시일을 더 끌면 좋지 않을 것입니다."

사부인이 물었다.

"그럼 어디로 가야 합니까?"

"갈 곳은 있습니다. 이밀과 그의 부친은 수나라 신하인데, 지금 이삼십만 군대를 거느리고 금용성(金墉城)[48]에 진을 치고 있습니다. 동도(東都)의 월왕(越王) 동(侗)과 영좌복야(令左僕射) 왕세충(王世充)[49]도 몇 만의 군사를 거느리고 낙창(洛倉)을 수비하고 있습니다. 서경(西京, 大興城) 이연은 황손인 대왕(代王) 유(侑)를 황제로 옹립한 뒤 대군을 일으키고 있습니다. 그렇지만 그들은 모두 가짜로 이름을 빌었을 뿐입니다. 성공하는 자는 내세운 이름을 버리고 자립할 것이며, 패망하는 자는 모두 그냥 사라질 것입니다. 제가 곰곰이 따져보았는데 갈 곳은 두 곳밖에 없습니다. 유주(幽州)총관 나예(羅藝)는 나이가 많아도 성실하고 활달하며 충성스럽고 용맹해서 평소에 이름을 날렸습니다. 선제께서는 그에게 유주를 지키라고 부탁했습니다. 수하에 강병용장들이 많아서 도적 무리들이 감히 범접하지 못합니다. 전하와 부인께서 가시면 환대할 것이고 한 집안처럼 지낼 수 있을 겁니다. 그런데 두건덕(竇建德, 573-621년, 26회 주석 참고)이란 도적 놈이 지금 창궐해서

---

48 금용성(金墉城)-금용성(金墉城)은 秦漢代의 형양현(滎陽縣). 隋 洛陽城 동쪽 15km, 鄭州市 서쪽 그 중간에 위치한 이궁이면서 군사요지. 曹魏(조위) 明帝(曹叡) 이후, 西晉, 십육국, 北魏, 北周, 隋, 唐朝 初年에 존속. 隋末이밀(李密)이 건국한 大魏國의 수도.

49 왕세충(王世充, ?-621년, 字는 行滿)-수나라 말기 군벌 중 하나. 隋朝의 太尉, 相國 역임, 鄭王에 피봉되었다. 양제가 죽은 뒤, 619년에 洛陽을 차지하고 '大鄭皇帝(대정황제)'를 자칭하고, 연호를 개명(開明)이라 했다. 《新唐書》 85권, 〈왕세충전〉에 입전.

길을 막을 겁니다. 그래도 떠난다면 길흉의 가능성은 반반입니다. 만일 안전한 곳을 찾아서 입신하시려면 의신공주(義臣公主, 安義公主?)가 있는 곳으로 가야 합니다. 비록 먼 이국땅이지만 계민가한(啓民可汗)은 성실하고 인정 깊은 사람이어서 간교한 중국 사람과 비할 수 없습니다. 하지만 종친들의 힘이 약하고 지금은 강성하지만 뒤를 이을 후대가 없다는 것을 신은 알고 있습니다. 일전에 그는 공주와 함께 먼길을 와서 선제를 배알했는데, 선제께서는 두터운 우정으로 대우하셨습니다. 전하께서 가시기만 하면 공주는 꼭 예의로 대할 것이니, 언제까지라도 걱정 없이 지낼 수 있습니다. 그곳만이 안전할 수 있습니다. 다른 지방에 대해서는 신도 말하기 어렵습니다."

조왕과 여러 부인들이 머리를 끄덕이면서 좋다고 했다.

사부인이 말했다.

"장군님의 말씀을 들으니, 충정의 마음을 알고도 남음이 있습니다. 하지만 그렇게 먼 길을 어떻게 가겠어요?"

"전하께서 결심만 하신다면 저한테 방법이 있습니다. 하지만 여러분들께서 모두 다 가실 수는 없습니다. 전하와 사부인, 왕대부와 영부인, 그리고 설귀빈께서 궁술과 기마술이 능하시니 함께 가시고, 나머지 네 부인과 저의 외조카는 떠나지 않는 편이 나을 겁니다."

부인이 네 사람이 듣고 울면서 말했다.

"저희들 다섯 자매는 생사를 함께하기로 결심했어요. 노장군님께서 될 수 있으면 함께 보살펴주세요."

"그럼 네 분 부인께 물읍시다. 선제의 은총을 생각하시고 수절하시면서 여생을 보내실 수 있겠습니까?"

진부인이 말했다.

"그게 무슨 말씀입니까? 우리 네 자매를 용속하고 우매한 여인들로만 보시지 마세요. 노장군님께선 굽실거리면서 역적을 따르실 수 있겠나요? 만일 노장군께서 도와주실 생각이 없으시면, 저희 자매들은 파도치는 물에 뛰어들어 굴원(屈原)[50]을 따라가겠어요. 어려울 것은 없습니다."

"제가 돕지 않으려는 게 아닙니다. 하지만 앞날이 창창한데 홀로 보내시자면 어려울 겁니다."

적부인이 말했다.

"노장군님께서 충신의사는 남자들 뿐이고, 여인들은 거개가

---

50 굴원(屈原, 前 340－278)은 戰國시대 楚의 三閭大夫(삼려대부). 楚 懷王(회왕)에게 충간을 했으나 방축되어 단옷날에 湘水(상수)에 투신했다. 문학 장르로 楚辭의 元祖. 그의 작품으로는 〈離騷(이소), 2,490字의 大作〉, 〈九章〉, 〈天問〉, 〈九歌〉, 〈漁父辭〉 등이 있다. 〈離騷〉는 天地 간을 幻游하는 초현실적인 내용이나 修辭(수사)에 치중한, 이전에는 볼 수 없던 새로운 시가 형식이었다. 〈離騷〉를 굴원의 작품으로 보지 않고, 漢 武帝 때 淮南王이었던 劉安(?－前 122년)의 游仙詩(유선시)이며 굴원의 다른 작품도 漢代의 시가라는 주장도 있다. 굴원을 참소를 당한 충신의 모델로 만들었고, 〈離騷〉에 '經' 字를 붙여 《離騷經》으로 부르게 한 장본인은 後漢의 王逸(왕일)이다. 屈原은 《史記》 84권, 〈屈原賈生列傳〉에 立傳되었다.

남의 장단에 춤을 추는 사람들이라고만 보지 마십시오. 옛날 일은 그만두고라도 오늘 주귀아나 원보아나 양부인을 보세요. 역적들과 떳떳이 싸우다가 죽었어요. 수나라 조정의 군신들이 부끄럽게 됐지요. 하물며 저희들은 선제의 은총을 깊이 받으면서 부귀영화를 누리던 여인들입니다. 노장군님께서 저희들이 다른 생각을 품고 있을까 봐 우려하시는 것 같은데, 행동을 보여야만 저희들의 뜻을 아시겠습니까?"

적부인은 급히 치마 속에 품었던 단도를 뽑아들고 자기의 아리따운 얼굴에 마구대고 흔들었다. 진씨, 이씨, 하씨 세 부인도 허리에서 칼을 뽑아들고 자기들의 얼굴을 찔렀다. 사부인과 강정정, 그리고 설야아와 원자연이 급히 달려들어 한 사람씩 붙잡았다. 하지만 그녀들의 아리따운 얼굴은 벌써 칼에 찢겨 피투성이가 되었다.

양의신이 급히 땅에 엎드려 사과했다.

"제가 실언했습니다. 선제의 깊은 은총이 헛되지 않았습니다. 네 부인께서 자애(自愛)해 주십시오."

조왕이 달려와서 양의신을 끌어다가 의자에 앉혔다.

양의신이 네 부인들에게 말했다.

"이곳에서 2리쯤 가면 단애촌(斷崖村)이라는 마을이 있는데, 수십 호의 농가가 있습니다. 모두가 소박한 백성들입니다. 그 마을에는 여정암(女貞庵)이라는 암자가 있는데, 늙은 여승 한 분이 있습니다. 창주(滄州) 사람인데 젊어서 과부가 되어 수절했습니다.

식견이 높은 그 여승은 혜안을 가지고 있어서 사람을 볼 줄 압니다. 아들이 역적이 되어 실패할 것을 알고 홀로 남쪽으로 옮겨와 그 암자에서 여생을 보내고 있습니다. 그곳은 마차나 수레도 보기 어렵고 인적이 닿지 않는 곳입니다. 만약 네 부인께서 그곳에 가셔서 향을 피우면서 도를 닦으시면 반생을 편안하게 보내실 수 있을 것입니다. 생활에 대해서는 제가 살아있는 한 근심 없도록 해드리겠습니다."

네 부인은 이구동성으로 말했다.

"그렇게 좋은 곳이 있으면 남은 목숨을 부지할 수 있을 것 같습니다. 그런데 언제면 떠날 수 있겠습니까?"

그러자 왕의가 말했다.

"반드시 길일을 택하고 사람을 보내서 알린 다음에 떠나야지요."

하부인이 말했다.

"일이 이 지경으로 됐는데 길일을 택해 무얼 하겠습니까? 장군님께서 속히 통지해 주셨으면 좋겠어요."

양의신이 동자를 불러서 역서(易書)를 가져오라고 했다. 마침 내일이 길일이었다. 식사를 마치자, 부인들과 조왕은 내실로 들어갔다. 양의신은 일꾼을 불러서 말 두 필을 끌어오게 했다. 문을 단단히 걸라고 분부한 다음, 왕의와 함께 말을 타고 단애촌 여정암에 가서 여승을 찾아 사연을 말했다.

늙은 여승은 이미 양의신이 충신의사라고 알고 있었고, 또 암자의 시주이기에 쉽게 승낙을 하였다. 왕의는 암자가 깨끗하고 풍경이 아름답다고 아내한테 말했다. 네 부인은 모두 기뻐했다.

원자연이 양의신한테 간청했다.

"외삼촌, 저도 부인들과 함께 출가하겠어요. 여기서 제가 뭘 하겠어요?"

"넌 이곳에 있거라. 상의할 일이 있다."

그러자 원자연은 말없이 물러났다. 하룻밤이 지나 다음날 오경에, 양의신은 진, 적, 하, 이씨 네 부인을 불러서 배에 타게 했다.

사부인과 조왕, 설야아와 강정정이 말했다.

"이렇게 헤어지면 언제 만날지 몰라요. 하늘이 가엾게 여기셔서 중원으로 돌아올 수 있다면 거처라도 알아야 찾아갈 수 있잖아요. 그러니 함께 가봐야겠습니다."

인정에 넘치는 그 말을 양의신은 차마 막을 수가 없었다. 그래서 자기와 원자연, 왕의 부부는 다른 배에 앉고 그녀들을 배에 태웠다.

암자에 도착하니, 여승이 나와서 맞이했다. 여승의 수하에는 두 제자가 있었는데, 한 제자는 정정(貞定)이라 불렀고 또 다른 한 제자도 정정(貞靜)이었는데, 글자 하나가 틀렸다. 열네댓 살 되어 보이는 여자애들이었다.

여승은 부인들과 인사를 나누면서 성씨를 물었다. 그리고는 제자를 불러서 여러 곳에 있는 불상을 구경하도록 안내하게 했다.

양의신은 은자 20냥을 여승에게 주었다.

"외조카께선 아직 수련할 때가 안 되었구먼요. 후에 기이한 상봉이 있겠어요."

"그렇습니다! 저도 이곳에 남겨두지는 않으렵니다. 오늘은 부인들과 함께 구경하러 왔습니다."

여승은 부인들에게 채식을 권했다. 저녁이 되니 사부인과 설야아, 강정정과 네 부인이 통곡하면서 헤어졌다. 조왕과 사부인 등은 양의신의 집으로 돌아왔다. 양의신은 하인 양방을 불러서 바다배가 언제 오는가를 탐문해오게 하고, 조왕과 사부인, 설야아, 왕의 부부를 배에 앉혀서 의성공주(義成公主)[51]가 있는 곳으로 보냈다.

---

51 의성공주(義成公主, ?-630년)-隋朝 宗室女, 父 楊諧, 隋朝에서 동동궐에 시집보낸 和親公主. 599년에 동돌궐 계민가한에게 화친책으로 시집보낸 안의공주(安義公主)가 죽자, 돌궐과 화친을 위하여 親隋하는 계민가한(啓民可汗)에게 시집보낸 공주. 동돌궐에서 30여 년 생활하면서 그들의 관습대로 啓民可汗의 아들인 시필가한(始畢可汗), 처라가한(處羅可汗), 힐리가한(頡利可汗)과 차례로 결혼, 아내가 되었다. 義成公主는 唐將 이정(李靖)에게 살해되었다(630년). 《新唐書》 列傳 第140 〈突厥 上〉 참고. 頡利可汗(힐리 칸) ; 東突厥(동돌권) 汗國(한국)의 最後 可汗(칸). 620-630년, 在位 10년. 이들은 태종이 즉위하던 626년에 쳐들어왔다. 태종은 정관 3년과 4년에 연속해서 李靖(이정)을 보내 이들을 공격하여 동돌궐을 멸망시켰고, 힐리가한을 생포해 장안으로 데려다가 살게 하였다.

제49회

배에서 부른 노래 적국의 신하 잡아두고, 말 위에서 원수와 혼인하여 부부가 되다.(舟中歌詞句敵國暫許君臣, 馬上締姻緣吳越反成秦晉.)

노래하기를,	詞曰,
어찌 그리 힘들게 구하려 애쓰며,	(何自苦奔求)
충군의 뜻을 다하려는가?	(曲盡忠謀)
밝은 달빛 아래 배 하나를 띄워,	(一輪明月泛扁舟)
벗을 찾아 마음을 전하려 하나	(報道知心相遇好)
간결한 마음에 머물기 어렵네.	(約法難留)
말 타고 창칼을 겨누다가,	(馬上起戈矛)
두 사람 정이 오갔고,	(兩意情酬)
외길에 만난 원수 서로 걱정했네.	(冤家路窄變成愁)
산과 바다를 두고 맹서를 하였고,	(記取山盟與海誓)

마음으로 결심하였다. (心上眉頭)

— 곡조〈낭도사〉 — *右調*〈*浪淘沙*〉

인간의 상봉은 정해진 운명(定數)이 있어서 원수지간이라도 서로 마음을 알아주는 지기(知己)가 되거나 아니면 연모하거나 존경하는 관계로 바뀌는 경우가 많이 있다.

(춘추시대) 제(齊)나라 환공(桓公)과 관중(管仲) 사이가 그러했다. 또한 적국 간에 혼인을 맺는 경우도 있는데, (춘추시대) 진 문공(晉 文公, 41회 주석 참고)과 진나라 목공(秦 穆公)[52]이 그러했다.

천성적으로 특별한 사람들은(非常之人) 의외의 상봉이 있어 보통 사람은 그 승패와 성쇠를 예측할 수 없다. 가령 월하노인(月下老人)이 붉은 실로 두 사람을 묶어주면 천리 밖에 떨어져 있어도 만나게 되는 법이다.

---

52 秦 穆公(재위 前 660－621년, 목공. 繆公으로도 표기)－이때부터 중원 서쪽의 미개국이던 秦이 강성해졌다. 춘추 5패의 한 사람(史記). 목공은 百里奚〔백리해, 생졸년 미상, 姜은 姓, 百里氏, 名은 奚(해, 百里傒, 百里子), 世人은 五羖大夫(오고대부)라 불렀다.〕를 등용했다. 백리해는 春秋時代 秦國의 政治家. 秦 穆公 5년(前 655), 百里奚는 晉(진) 獻公(헌공)이 딸을 시집보낼 때(晉秦之好) 딸려온 노비였는데, 도망갔다가 잡혔고, 진 목공이 검은 山羊의 가죽 5장으로 바꿔왔다(羊皮換相). 백리해는 秦 穆公을 도와 西戎(서융)의 여러 종족을 제패하고 영토를 넓히고 나라를 강성케 했다. 두 나라와 나라 사이의 혼인을 진진지호(秦晉之好)라 한다.

왕의(王義)가 조왕〔趙王 楊杲(양고)〕 등을 데리고 의성공주(義成公主)를 찾아간 이야기는 여기서 일단 뒤로 접어두겠다.

두건덕(竇建德)이 하북(河北)에서 장락왕(長樂王)을 자칭한 이후,[53] 제주(祭酒)인 능경(凌敬)[54]을 보내 하간군승(河間郡丞)인 왕종(王琮)을 설득하여 투항케 하였다. 두건덕은 왕종을 하간군 자사로 봉했다. 하북의 여러 군현에서는 그 소식을 듣고 많은 사람들이 두건덕을 찾아와 귀부했다.

그 해 겨울 큰 까마귀 한 마리가 낙수(樂壽, 지명, 今 河北省 동남부 滄州市 獻縣)에 와서 내렸는데, 수만 마리의 작은 새들이 따라왔다가 며칠 뒤에 어디론가 날아갔다. 사람들은 봉황이 찾아왔으니 대길할 조짐이라고 말했다.

또 종성(宗城)의 장형(張亨)이란 사람이 나무를 하다가 검은 옥기(玉器)를 하나 얻었는데, 그것을 가지고 낙수(樂壽)로 가서 두건덕에게 바쳤다. 그래서 두건덕은 낙수에서 즉위하고, 연호를 오봉 원년(五鳳 元年)이라 정하고, 국호를 대하(大夏, 618－621년 존속)라고 칭했으며, 조씨(曹氏)를 황후로 맞았다.

---

53 두건덕은 隋 양제 大業 13년(617년) 정월에 낙수(樂壽, 今 河北省 滄州市 獻縣)에서 長樂王을 자칭하며 활동 영역을 크게 늘렸다. 그래서 河北의 대부분 郡縣이 모두 두건덕의 통치하에 있었다.

54 능경(凌敬) － 隋末(수말) 반군인 夏王 두건덕의 대신 夏國(하국)의 國子祭酒(국자제주) 역임.

이보다 앞서 두건덕의 본처 진씨(陳氏)는 딸 하나만 낳고는 일찍 죽었다. 그 딸의 이름은 선랑(線娘)이였다. 두건덕이 군사를 일으킬 때 조단(曹旦)이 많은 사람들을 거느리고 와서 귀부했는데, 그에게 딸이 있다는 것을 알았다.

두건덕은 조단의 딸이 시집갈 나이가 지났지만 아직 상대자가 없는 것을 알고 후실로 맞아들였다.

두건덕은 조씨의 몸가짐이 단정하고 언행이 바른 것을 보고 서로 공경하면서 사랑했다. 군사에 대한 일은 언제나 그녀와 상의해서 결정했다. 그래서 사람들은 그녀를 규중량좌(閨中良佐, 佐는 도울 좌)라고 불렀다.

두건덕은 열아홉살 된 친딸 선랑을 용안공주(勇安公主)로 봉했다. 선랑은 방천극(方天戟)을 쓰면서 신출귀몰했고, 금환탄(金丸彈)을 연습하여 쏘았다 하면 백발백중이었다. 또 몸이 호리호리하고 용모가 뛰어나게 아리따웠으며 담략이 비상했다.

두건덕은 늘 사윗감을 고르려고 했지만, 그녀는 재모나 무예가 자기보다 뛰어난 남자이어야만 결혼하겠다고 말했다. 두건덕은 출정할 때마다 선랑이 후군을 지휘하게 했다.

또 여인의 군사 3백 명을 훈련시키면서 선랑의 좌우에서 시중들게 했다. 선랑은 아버지보다 더 강한 규율을 세웠고, 군령이 엄했으며 장수나 사졸들을 잘 돌봐주어 모두 그녀를 존경하며 복종했다.

두건덕은 양정도(楊政道)를 훈국공(勳國公)으로, 제선행(齊善行)

을 복야(僕射)[55]로, 송정목(宋正木)을 납언(納言)[56]으로, 능경(凌敬)을 제주(祭酒)로, 유흑달(劉黑達)과 고아현(高雅賢)을 총관(總管)으로, 손안조(孫安祖)를 영군장군(領軍將軍)으로, 조단(曹旦)을 호군장군(護軍將軍)으로 각각 봉하고 나머지 사람들에게도 관직과 작위를 내렸다.

그때 두건덕은 군사 1만여 명을 통솔하고, 이밀(李密)을 공격하다가 우문화급이 황제(煬帝)를 죽이고 주제넘게 황제로 자칭했다는 소식을 듣고 격분해서 그를 토벌하려고 하자, 제주 능경이 말했다.

"역도(逆徒) 우문화급을 토벌하는 것은 응당한 일입니다. 하지만 그 자는 군사 몇십 만을 가지고 있기에 가볍게 보아서는 안 됩니다. 그 자를 치자면 반드시 지모가 출중한 대장이 있어야 하는데, 제가 주공을 보좌할 한 사람을 천거하려 합니다."

"그 사람이 누구요?"

"도략(韜略)과 지모가 출중한 회동(淮東) 사람 양의신(楊義臣)으로 본래 수나라 태복(太僕)이었는데, 후에 간신들이 참소해서 초야에 은퇴했습니다. 장군이나 재상이 될 재능을 가지고 있는 확실한 인재입니다."

---

55 僕射(복야) - 본래 우두머리란 뜻으로, 각 분야별로 복야가 있었다. 侍中僕射(시중복야), 博士僕射(박사복야), 尙書僕射(상서복야), 謁者僕射(알자복야) 등이 그 예이다. 射는 벼슬 이름 야.

56 納言(납언) - 王命(왕명) 出納(출납)을 담당하는 관직.

그러자 두건덕이 듣고 크게 기뻐했다.

"경이 말하지 않았다면 난 그 사람을 영영 잊을뻔했소. 전에 나는 그 사람과 여러 번 겨룬 적이 있었는데, 그가 나라의 동량(棟梁, 대들보)이 될만한 인재라고 알고 있소. 그의 용병술을 따를 자가 천하에 몇이나 되겠소? 어서 그 사람을 초빙하시오."

이에 능경이 흔연히 수락하고 떠났다. 복주에 도착한 능경은 객점에 들어 쉬면서 인근 사람들에게 양의신의 행방을 물으니, 어떤 사람이 알려주었다.

"성 밖에 나가 몇 리 가면 뇌하택이라는 곳이 있는데, 노인 한 분이 있을 것입니다. 자기 성이 장씨라 하여 사람들은 그분을 장공(張公)이라고 부릅니다. 지금 호숫가에서 낚시를 하면서 소일하고 있습니다. 들은 바에 의하면, 그분의 본성은 양씨(楊氏)라고 합니다."

능경은 그곳 사람을 불러 배를 젓게 하여 뇌하택을 찾아갔다. 과연 산은 높지 않아도 수려하고 물은 깊지 않아도 맑았다. 소나무와 측백나무가 뒤섞여 푸르렀고, 원숭이와 학이 서로 따르며 놀았다. 녹음이 짙은 낮은 산 아래로 농가 몇 채가 있었고 파란물이 가득한 호수에는 배가 매어있었다. 노 젓던 사내가 일어서서 앞을 가리키면서 말했다.

"저 앞에 보이는 기와집에 장공이 살고 있습니다. 큰 배 옆에 있는 작은 배에 앉아있는 노인이 바로 장공입니다."

능경도 자리에서 일어나 앞쪽을 보았다. 백발이 가득하면서도 기상이 높은 노인이 뱃전에 기대어 홀로 술을 마시고 있었다. 뱃머리에는 시골 아이 서너 명이 앉아 함께 노래를 부르고 있었다. 능경은 배를 기슭에 멈추게 하고 언덕 위에 있는 관목 사이에서 몸을 감추고 살펴보았다.

노래를 마친 아이들이 노인에게 졸랐다.

"할아버지, 어제 불러주신 노래가 아주 좋았어요. 오늘 또 한 곡 불러주세요."

노인은 취기에 오른 눈을 지그시 감고 말했다.

"너희들은 내 노래를 들으려면 떠들지 말아야 한다. 조용히 앉아서 들어라."

노인은 〈취삼성(醉三醒)〉이란 노래를 불렀다.

용과 물고기가 가마솥에 함께 있어 탄식하고, (歎釜底魚龍眞混)
사슴과 짐승이 우리 속에 같이 노니 우습구나. (笑圈中豕鹿空奔)
달빛에 배를 띄워 안갯속 파도를 헤쳐나가며, (區區泛月煙波趁)
한가히 낚싯대에 낚시를 던졌다. (謾持竿, 下釣綸)
계봉산 비바람은 언제 그치려나? (試問溪鳳山雨何時定)
취하여 〈이소(離騷)〉 읽고 굴원을 추모한다. (只落得醉讀離騷弔楚魂)

능경은 그 노래를 듣고 크게 감탄하였다.

'세상을 개탄하는 은자(隱者)의 노래이다. 양의신이 틀림없구

나!'

그는 다시 내려와 배에 앉아 노인의 배에 가까이 다가갔다. 그를 본 아이들이 놀라며 언덕으로 도망쳤다.

능경이 그 배에 건너가서 손을 들어 인사하고 말했다.

"그간도 평안하셨습니까?"

양의신이 눈을 크게 뜨고 다시 보니 무명옷에 갈건을 쓴 사람이었다.

"그대는 누구시오?"

"저 능경이 태복님과 헤어진 지가 오랩니다. 태복께서 이리 백발이 되셨을 줄 생각지 못했습니다. 지난 날 뒤따라 다니면서 가르침을 받던 일을 생각하며 여전히 크신 덕행을 흠모하고 있습니다. 오늘 이렇게 뵈오니 마치 구름을 걷어내고 해를 보는듯합니다."

그러자 양의신이 능경을 쳐다보면서 말했다.

"누구신가 했더니 숙형(肅兄)이었구만! 오래간만이요. 그런데 오늘은 무슨 여가가 있어서 이렇게 오셨는가? 어서 집으로 들어갑시다."

능경의 손을 잡고 기슭에 오른 양의신은 어린애들을 불러서 배를 매게 하고 본채로 들어갔다. 두 사람은 정식 인사를 나누고 자리에 앉았다.

양의신이 물었다.

"지금 형은 누구에게 소속되어 있습니까?"

"저는 태복과 갈라진 뒤로 몸을 기탁할 곳이 없어 헤매다가 두건덕이 사람을 받아들이는 도량이 있기에 지금 하(夏)에 귀속되어 제주(祭酒)를 맡고 있습니다. 형님을 만나보고 싶은 생각이 간절해서 오늘 찾아왔습니다."

양의신은 술상을 차려서 능경을 대접했다. 술이 몇 순배 돌자, 능경은 따라온 시중꾼을 불러서 금과 비단을 가져다가 양의신 앞에 펼쳐 놓았다.

양의신이 깜짝 놀라면서 물었다.

"이런 보물은 어디에서 나온 것입니까?"

"하왕께서 공의 재능을 오랫동안 흠모하던 터라, 이 예물을 전해드리라고 저한테 분부하셨습니다."

"두건덕은 나와 원수지간이었는데, 오늘 이런 물건을 보내니, 틀림없이 까닭이 있을 것입니다."

"지금 황제께서 살해당하고 뭇 영웅들이 다투어 봉기하며 지방관을 죽이고 제후들과 맞서면서 재난을 제거하고 천하를 안정시켜 백성을 구하려고 합니다. 그러하기에 한 가지 재능이나 기예를 가지고 있는 사람들이 저마다 일어나고 있습니다. 그런데 경세제민(經世齊民)의 웅지를 품으셨고, 손자(孫子)나 오기(吳起)[57]

---

57 오기(吳起, 前 440－381년)－戰國初期의 兵法家. 兵家의 대표 인물. 衛國 左氏縣(今 山東省 定陶縣) 출신. 吳起는 魯, 魏, 楚 3국에 出仕(출사)하여 각국에서 능력을 인정받았다. 前 381년, 楚 悼王(도왕)이 죽은 뒤, 楚에서 兵變이 일어나며 피살되었다. 《吳子兵法》 6편

에 못지않은 재능을 가지고 계시는 태복께서 초야에 파묻혀 산림 속에서 늙어가시니 심히 애석합니다. 오늘 하주(夏主)께서는 정의를 받들고 인정(仁政)을 펴려고 제호(帝號)를 바꾸니 사방의 영웅이 호응하고 있습니다. 오래전부터 태복께서 나라의 동량임을 아시고 특별히 초빙하셔서 백성을 도탄 속에서 구하고 요순(堯舜)의 태평세월을 이룩하려 하시니, 태복께서 거절하지 마시고 하주의 갈망이 헛되지 않도록 도와주시기 바랍니다."

"충신은 두 군왕을 섬기지 않고, 열녀는 두 남편을 섬기지 않는 법입니다. 나는 수나라의 신하로서 천자의 흉폭한 정치를 바로잡아주지 못해서 역적들에게 살해당하게 했습니다. 아직 그 원수도 갚지 못하고 다른 사람을 섬기면, 무슨 면목으로 세상 사람들을 대하겠습니까?"

"그건 틀린 말씀입니다. 오늘 천하의 영웅들이 저마다 나라를 세웠으니, 수나라는 이미 없어지고 말았습니다. 양제의 원수를 갚으려면 하주에 소속되어 그 병력을 빌어 역적을 징벌하시면 태복께서 평소의 원한을 풀 수 있지 않겠습니까?"

능경의 말에 양의신의 마음이 움직였다.

"형의 말씀에 일리가 있습니다. 듣자니, 두건덕은 아랫사람들을 억울하게 한 일도 없고 역적모의를 꾀한 일도 없습니다. 하지

만 존재. 곧 〈圖國〉, 〈料敵(요적)〉, 〈治兵〉, 〈論將〉, 〈應變(응변)〉, 〈勵士(여사)〉 등이다. 《孫子兵法》과 함께 《孫吳兵法》으로 통칭. 北宋 시대에 《吳子兵法》은 《武經七書》의 하나였다.

만 세 가지 요구를 들어주어야 따를 수 있습니다."

"어떤 요구입니까?"

"첫째, 나는 하(夏)에 귀속될 수 없습니다. 둘째, 나의 이름을 세상에 알리지 마십시오. 셋째, 우문화급을 사로잡아서 두 분 임금의 원수를 갚은 뒤, 나의 귀향을 허락해줘야 합니다."

"그 세 가지 요구라면 하의 주군이 허락지 않을 이유가 없지요."

능경의 대답을 받자, 양의신은 하인을 불러서 예물을 받게 했다. 능경은 양의신과 작별했다.

양의신이 능경에게 당부했다.

"여기를 떠나서 조복산(曹濮山)에는 범원(范願)이 거느리는 도적 무리가 있는데, 그 수하에 용맹한 자들이 수천 명이나 됩니다. 그 자들은 멀리 태산(泰山, 28회 주석 참고)을 소굴로 삼고 봉주(逢州)를 드나드는 객상들의 물건을 빼앗고 있습니다. 지금 산채에 식량이 떨어져 도처에서 약탈하고 있습니다. 형께서 범원의 무리를 차지할 수 있다면 허씨(許氏)를 쉽게 없앨 수 있을 것입니다."

능경은 머리를 끄덕이면서 작별하고 배를 탔다. 두건덕은 우문화급을 징벌하려고 주야로 군마를 훈련시켰다. 그때 갑자기 당 진왕(唐 秦王, 李世民)이 유문정(劉文靜)을 보내 함께 우문화급을 징벌하자는 밀서를 전달해왔다.

두건덕이 서신을 읽어보니 여양(黎陽)에서 함께 합세하여 우문화급을 섬멸하자는 내용이었다.

두건덕이 유문정한테 말했다.

"나도 오래전부터 우문화급을 정벌하려고 생각하던 끝에 곧 출병하려고 했소. 유형이 돌아가시면 진왕한테 여쭈시오. 원로에서 귀체를 무리하지 마시고, 부장(部將) 한 사람이 군사를 거느리고 우리와 함께 역적을 죽여버리고 천하에 사죄하자고 말입니다."

"제가 분부를 받고 떠날 무렵에, 진왕께서는 이미 군사를 거느리고 장안을 떠나셨습니다."

유문정은 돌아갔다.

두건덕이 입궁하니, 딸 선랑이 물었다.

"당나라 사자가 무슨 일로 왔습니까?"

"진왕(秦王)의 밀서를 가지고 왔는데 함께 우문화급을 정벌하자고 제의해왔다. 나는 신하들과 의논하고 오늘 출병하기로 약속했다."

선랑이 말했다.

"저의 소견으로는, 부왕께서 직접 정벌하시지 않는 것이 더 좋겠습니다. 북방 총관 나예(羅藝)가 새로 당나라에 귀부하여 우리의 후방을 막고 있으며, 위조아(魏刁兒)[58]가 무리 수만 명을 거느

58 위조아(魏刁兒, 또는 魏刀兒, ?-618년) - 수나라 지방 반란군의 한 우두머리. 양제 大業 11년(615年) 10여만 군사를 거느리며, 자칭 '역산비(歷山飛)'. 魏帝를 칭하면서 기주(冀州), 정주(定州) 일대를 장악. 618년에 두건덕에게 패배, 그 군사는 두건덕에 합세했다.

리고 심택현(深澤縣)을 지키면서 위제(魏帝)를 자칭하고 기주(冀州)와 정주(定州) 등 여러 곳을 약탈하고 있습니다. 우리는 수년간 그들과 관계가 좋았지만 그래도 믿기 어렵습니다. 그들이 준비없는 틈을 타서 그들을 없애버려 후환을 제거하는 편이 더 나을 것입니다. 그리고 능경께서 돌아오기를 기다려서 거사하시는 것이 아마 가장 온전한 방책이라고 생각됩니다."

두건덕의 아내 조후(曹后, 曹旦의 딸) 역시 선랑의 계책을 찬동하자, 두건덕이 말했다.

"나한테도 생각하는 바가 있으니 더 참견하지 마오."

그날 두건덕은 정병 10여만 명을 출동시켰다. 유흑달을 정남(征南)대장군으로, 고아현을 선봉(先鋒)으로 삼고, 두건덕과 조단이 중군(中軍)을, 선랑이 후군을 각각 거느리고, 도읍인 낙수(樂壽)의 수비는 손안조와 조후가 맡기로 했다.

그리고 가무의 재능이 출중한 여인 열두 명을 선발해서 위조아한테 보내면서 북쪽으로 유주(幽州)의 나예(羅藝)를 막고, 동쪽의 동이(東夷) 등 이적(夷狄)을 막아달라고 부탁했다.

또 우문화급을 소멸한 다음, 수나라 황궁의 비빈과 보물들을 나누어주겠다고 약속했다.

그러자 위조아는 크게 기뻐하면서 두건덕을 믿고 주야로 주색에 빠져서 아무런 방비도 하지 않았다. 두건덕이 정병을 거느리고 소리 소문도 없이 야간 행군으로 심택(深澤)에 이르러 성을 포위할 줄 어찌 알았으랴!

위조아가 아직 취중에서 깨어나지 못했는데, 하간사(河間使) 왕종(王琮)과 옛 부장(部將)이었던 관수(關壽)가 위조아의 오만 무례한 행실을 이유로 죽여버리고 성문을 열고 투항했다. 두건덕은 자기가 살고 있는 땅을 들어 적에게 헌상하는 자는 의리를 지키지 않는 인간이라 여겨 관수의 목을 베어버리려고 했지만, 왕종이 간하며 저지하였다.

그래서 관수를 왕종이 수하에 거느리게 했다. 그는 위조아의 장수들에게 관직을 주고 포로가 된 자녀들을 돌려보내라고 명령을 내렸으며, 금과 비단을 나눠주며 장수들을 격려했다. 원근에서 이런 소문을 듣고 하 주군의 어진 마음을 알게 되었으며, 백성들이 탄복해서 역현(易縣)이나 정주(定州)를 비롯한 여러 주에서 많은 무리들이 귀부해왔다.

두건덕은 하북 일원의 군사를 모두 통합하여 거느리니 군세가 더욱 대단했다. 그는 기주(冀州)를 향해 진격했다.

기주자사인 국릉(鞠稜)은 과감하면서도 큰뜻을 가진 사람이었다. 처음에는 성을 지키려고 백방으로 애쓰다가 힘이 못미치게 되니 하(夏)에 투항했다. 두건덕은 국릉을 내사(內史)에 임명하여, 나예를 공격케 했다.

유주를 장악하고 있는 나예는 노련한 장군이었다. 이미 회갑이 지났지만 정력이 왕성하고 부인인 진씨(秦氏, 진숙보의 고모)와 서로 공경하며 애정이 깊었다. 그의 수하에는 정병 1, 2만의 군사가 있었지만, 수 양제의 명령으로 그 병력을 사방에 분산 배치케 했었기에 직접 거느린 병력은 6, 7천에 불과했다. 다행히 그 아들 나성(羅成)이 나이는 어리지만 뛰어나게 용맹했고, 부친한테서 넘겨받은 가문의 전통 병기인 나가창(羅家槍)을 쓰는 기술이 거의 입신(入神)의 경지에 이르렀다.

나성의 부모는 아들의 혼사를 결정하려 했지만, 나성은 혼인은 종신대사(終身大事)이기에 부모가 주관해야 하나, 그래도 대상자는 자신이 직접 선택하고 싶어했기에 부모도 강요하지 않았고, 그러다 보니 적정한 혼기가 지났었다.

두건덕이 대군으로 공격해온다는 기마 초병의 보고를 받자, 나성은 부친한테 말했다.

"두건덕이 대군을 통솔하고 우리의 영역을 쳐들어온다는데, 저는 그가 진을 치기 전에 기병 2천을 거느리고 나가서 그의 예봉을 꺾어놓겠습니다. 그렇게 하면 기가 죽어 물러갈지도 모릅니다."

아버지 나예가 말했다.

"넌 젊으니 혈기만을 믿고 경거망동할 수도 있는데, 그런 용기는 뒷날 장군이 될 사람의 바른 도리라 할 수 없다. 나한테도 두건덕을 물리칠 계책이 있다."

나예는 여러 장군들을 불러모았다. 우선 표하좌영총수(標下左營總帥) 장공근(張公謹)을 차출하여 정병 1천 명을 거느리고 성 밖에 있는 높은 산 좌측에 매복하였다가 성에서 자모포(子母炮) 소리가 들리면 두건덕의 전군(前軍)을 공격케 하였다. 그리고 우영총수(右營總帥) 사대내(史大奈)는 정병 1천 명을 거느리고 성 밖에 있는 높은 산 우측에 매복했다가, 성안에서 발사하는 자모포 소리와 함께 두건덕의 중군(中軍)을 공격하게 지시했다. 그리고 아들 나성은 정병 1천 명을 거느리고 성에서 30리 떨어진 독룡강(獨龍崗)에 매복했다가 두건덕이 패해서 도망칠 때 두건덕의 후군을 막으며 그들의 치중(輜重) 부대를 공격하라고 명령했다. 그리고 나예는 설만철(薛萬徹)과 설만균(薛萬均) 두 장수를 거느리고 본성을 지키겠다고 하였다. 나성은 군사를 거느리고 작전지역으로 떠났다.

두건덕은 대군을 통솔하고 성을 향하여 진격했다. 선봉 유흑달이 군진을 설치하였으나 나예의 성문이 굳게 닫힌 채 응전하려는 기미가 보이지 않았다. 그래서 성 밖에서 욕설을 퍼붓는 수밖에 없었다.

나중에 두건덕이 거느린 본진이 도착하자 운제(雲梯, 사다리)를 설치하고 성을 공격했다. 예상과 달리 성에서는 화포와 화전을 쏘아댔다. 운제가 불에 타버리니 물러서는 수밖에 없었다.

두건덕은 다시 수백 량의 성문을 부술 수 있는 충거(衝車)를 배치하여 북을 치고 함성을 지르면서 공격하게 했지만, 성 위에서 비 오듯 떨어뜨리는 불에 달군 쇳덩이들 때문에 충거들이 파손되었다. 아무리 애써도 성을 공격할 수가 없었다. 며칠간 대치상태에 이르니, 사졸들이 지쳤다.

그 이후 어느 야간, 삼경이 되자 나예는 장령들에게 밀령을 내렸다. 설만철과 설만균 형제 두 사람에게 분부하여 군사들을 배불리 먹이고 사람마다 떠들지 못하게 하는 재갈인 하무를 입에 물고 돌격케 하였다. 두건덕의 군진에 이르러 보니, 하나라 군사들은 깊은 잠에 빠져 있었다. 포소리가 울리자, 북소리가 천지를 진동하며 산이 무너져 내리고 바다가 끓어오르는 듯했다.

꿈속에서 놀라 깨어난 두건덕은 부랴부랴 갑옷을 입고 말을 탔다. 두건덕을 직접 호위하는 등문신(鄧文信)이 겨우 뒤따랐다. 두건덕 본진 중군 군영에 뛰어든 설만철은 단칼에 등문신을 찍어 넘겼다. 두건덕이 나는 듯이 달려와서 설만철과 접전했고, 고아현은 설만균과 싸웠으며, 유흑달은 나예를 상대했다.

여섯 장수가 한창 어울려 싸우는데 갑자기 자모포 소리가 세 번 들리자, 산의 좌우 양쪽에서 복병들이 달려 들었다. 두건덕은 간계에 빠진 줄을 알고 본영을 버리고 단숨에 30여 리를 후퇴했다. 두건덕의 군사들이 헐떡거리며 도망치는데 언덕 밑에서 징소리가 울리더니 어린 장수가 공격해왔다. 선봉 고아현은 어리다고 얕잡아보고 큰 칼로 내리찍으려다가 나성의 창에 오히려 왼쪽 다리를 찔렸다. 고아현은 아픔을 참을 수 없어 말에서 떨어질 뻔 했다. 다행히 유흑달이 달려와서 가로막아주었다. 십여 합을 싸우고 나니 유흑달은 물을 만난 용처럼 날랜 나성의 창을 막아낼 수 없었다.

두건덕은 유흑달이 실수라도 할까봐 달려와서 도와주었다. 나성은 싸울수록 힘과 용기가 솟았다. 나성은 유흑달의 얼굴을 찌르는 체하다가 별안간 고함치면서 방향을 바꿔 두건덕의 가슴 앞으로 창을 날렸다. 두건덕은 질겁하면서 물러섰다. 그들은 날이 밝을 때까지 싸웠다.

맨 뒤에는 여자 병졸들이 진영을 이루고 있었는데, 중간에 여장수가 있었다. 머리테를 둘둘 감아올리고 비취와 주옥으로 장식했으며, 몸에는 수를 놓은 하얀 비단의 전포(戰袍)를 입었으며, 손에는 방천화극(方天畫戟)을 들고 청총마를 타고 있었다.

나성이 여자 장수를 보고 창을 걷어올리면서 물었다.

"그대는 누구인가?"

"누구인데 감히 내 이름을 묻는가?"

"저 깃발에 새겨진 글자를 못보았는가?"

선랑이 바라보니 소꼬리 장식을 한 큰 깃발〔纛(대장기 독)〕의 중간에 나(羅) 자가 큼직하게 수놓아져 있었고, 양옆에는 「세대명가장(世代名家將), 신창천하문(神槍天下聞)」이라는 작은 글자가 쓰여져 있었다.

그러자 여자 장수가 소리쳤다.

"나총관의 아들이구먼!"

나성이 그녀의 진영에 휘날리는 깃발을 보니 중간에 하(夏) 자가 크게 새겨져 있고, 양옆에는 「결진란규정수(結陣蘭閨停繡) 최장련장담병(催妝蓮帳談兵)」이라는 작은 글자가 적혀 있었다.

나성이 마음속으로 생각했다.

'두건덕한테 용맹한 딸이 있다더니 저 여인이겠구나. 치장을 하지 않았어도 어여쁘고 기품이 느껴지는 여자로구나. 죽이기는 아까운 여인이니 골려나 주고 돌려보내자.'

그래서 나성이 선랑한테 말했다.

"그대 부친도 초야의 영웅일텐데, 수하에 목숨을 내걸고 싸울 장수가 없어서 딸을 내보내 부끄러운 솜씨를 보이게 한단 말인가?"

그말을 듣자 선랑도 대수롭지 않게 말했다.

"나도 지금 생각하고 있었소. 댁의 부친께서는 노장군인데, 수하에 목숨을 내걸고 싸울 장수가 없어서 강아지를 내몰아서 사람을 물게 하는가?"

선랑의 말에 여병들이 모두 큰소리로 웃어댔다. 크게 화가 난 나성은 창을 비껴들고 말을 달려 공격했다. 선랑도 방천극을 들고 응전했다. 그녀의 방천극은 신출귀몰해서 물샐 틈도 주지 않았다.

나성이 마음속으로 생각했다.

'훌륭한 재간을 가진 여자인데, 애석하게도 초야에 묻혀있구나. 허점을 보였다가 활로 혼내주자.'

나성은 창을 휘두르다가 뒤로 물러갔다. 선랑이 그러는 나성을 쫓아가는데 별안간 '쉬익' 하고 화살이 날아오는 소리가 들렸다. 눈치 빠른 선랑이 왼손을 쳐들어 화살을 잡았다. 살촉을 뽑아버린 화살이었는데, 깃털 옆에 '소장나성(小將羅成)' 이라는 글자가 새겨져 있었다.

선랑은 화살을 화살통에 집어넣으면서 눈썹을 찡그리며 소리쳤다.

"나랑(羅郎)은 저의가 음험하구나!"

그녀는 방천극을 안장 위에 놓고 비단 주머니에서 쇠구슬 한 알을 꺼내 쥐었다. 나성은 히죽거리면서 말머리를 돌려 달려왔다. 선랑은 탄환을 장전한 쇠뇌를 발사했다. 나성은 그녀가 답례로 활을 쏘려는 줄로만 알고 개의치 않았다.

그러나 어느 결에 쇠구슬이 날아와서 창을 쥔 오른손을 맞혔는데 하마터면 창을 떨어뜨릴 뻔했다. 나성은 수하를 불러서 금환을 집어오게 했다. 눈알만큼 큰 것이었는데, '선랑(線娘)' 이라는 글자가 새겨져 있었다.

'견원지간(犬猿之間)이지만 확실히 재간 있는 여자로구나. 저런 여인과 부부 인연을 맺는다면 평생 원이 없을텐데.'

나성은 기쁨에 겨워 말 위에서 선랑을 보았다. 볼수록 사랑스러웠다. 선랑도 말 위에서 나성의 출중한 인품과 기풍도 있으면서 온화한 모습을 보면서 마음속으로 기쁨을 금할 수 없었다.

'오늘 진짜 남아를 만났구나. 나 선랑이 저런 낭군한테 시집을

간다면 일생을 후회하지 않을 텐데!'

두 쌍의 눈길이 한참 동안 말없이 마주 보았다.

여병들은 멍해진 두 사람의 모양을 보고 어색해했다.

"어린 장군이 참 이상해. 싸우지도 않고 물러가지도 않고, 왜 우리 공주를 저렇게 뚫어지게 보는 거야? 돌아가서 공주님을 그려놓고 공양이라도 할 셈인가?"

나성이 웃으면서 물었다.

"공주는 올해 열아홉 살쯤 되었지요?"

선랑이 머리를 숙이면서 대답하지 않았다.

입이 빠른 한 병졸 여인이 말했다.

"할 말이 있으면 어서 지껄여보세요."

그 말에 선랑은 살짝 웃으면서 낮은 소리로 물었다.

"낭군은 춘추가 어떻게 되셨소?"

"스무 살입니다."

"부모님들은 모두 건재하시나요?"

"어머님께서는 올해 쉰아홉이시고, 아버님께서는 예순하나입니다. 공주님과 인연을 맺은 분은 성씨가 뭐고, 아니면 공주는 언제 출가하시렵니까?"

선랑은 수줍게 머리를 숙일 뿐 대답은 하지 않았다.

아까 말하던 그 여인이 또 말했다.

"우리 공주님은 아직 배필이 없으셔요. 생각이 있으시면 청혼하세요."

더 말하려고 하는데, 선랑이 눈썹을 곤두세우는 바람에 그 병졸 여인은 입을 다물었다.

그러자 나성의 부장이 소리쳤다.

"당신네 공주나 우리 군영 젊으신 장군님께서 모두 정혼하지 않았다면, 우리 두 가문이 화합하는데 좋겠군! 그러면 싸움도 없을 텐데!"

나성이 말을 달려 앞에 나와서 물었다.

"공주께서 꺼리지 않는다면 귀댁으로 청혼하러 가겠습니다."

"혼인대사는 우리가 아무렇게나 담론할 일이 아닙니다. 낭군께서 의향이 있다면 저는 기다리겠어요. 하지만 낭군의 마음이 굳지 못할까 걱정입니다."

"황천(皇天)이 보고 있나니, 만약 이 나성이 두씨와 함께 …"

이렇게 말한 나성이 급히 선랑에게 물었다.

"그런데 공주 존함이 뭐라 하였소?"

"쇠구슬에 새겨져 있잖아요!"

"이 나성이 두씨 선랑과 부부의 연을 맺지 못하면 죽어서도 묻힐 곳이 없을 것이요!"

나성의 말을 들은 선랑은 가슴이 울렁거렸다.

그러면서 나성의 진지한 마음이 전해졌는지 선랑은 주르륵 눈물을 흘리면서 말했다.

"낭군께서 진심으로 저를 생각하시니, 저도 죽음을 두려워하지 않고 진심으로 낭군을 기다리겠습니다. 하지만 청혼하러 오신다 하여도 아버님께서 선선히 승낙하시지 않을 것입니다."

"그럼 내가 누구한테 부탁해야 합니까?"

선랑이 한참 생각하다가 말했다.

"낭군께서는 수나라 조정에 계시던 태복 양의신을 아시나요?"

"양태복은 가친의 벗입니다."

"그분은 저의 아버님께서도 존경하십니다. 저희들이 허씨 일족을 멸망시키고 돌아오면 그분한테 중매를 서달라고 부탁하세요. 그럼 틀림없이 성사될 것입니다."

말을 마치자, 뒤에서 먼지가 뽀얗게 일어났다.

여병들이 떠들어댔다.

"댁에서 찾으십니다."

선랑이 눈물을 훔치면서 말했다.

"말씀 그만하시고 어서 돌아가세요."

모두가 말머리를 돌려세웠다. 얼마 가지 않고 선랑이 뒤를 돌아보니 나성이 말을 달려 좇아오고 있었다.

하는 수 없이 선랑도 말을 돌려 세우고 물었다.

"낭군은 왜 오십니까?"

"공주의 진심은 알 수 있지만, 그래도 후일에 만나면 증표로 삼을 수 있는 물건을 하나 기념으로 주시오."

"필요 없어요, 낭군의 화살을 소첩은 깊이 보관했어요. 소첩의 금환도 낭군께서 보관하시지 않았나요?"

나성은 그래도 석별의 정을 금할 수 없어서 앞으로 달려왔다.

"낭군께서는 어서 돌아가세요. 저도 돌보아 드릴 겨를이 없습니다."

그녀는 손으로 얼굴을 가리고 흐느끼듯, 오열하는 듯, 말머리를 돌려세웠다. 선랑은 그런 일을 입 밖에 내지 말라고 여병들을 단속했다. 얼마 가지 않으니 조단이 군사를 거느리고 와서 영접했다. 선랑이 오랫동안 돌아오지 않으니 두건덕은 시름을 놓을 수 없어 조단을 보냈던 것이다. 멀리에서 병마들이 달려오는 것을 보면서 나성도 탄식하며 기주로 돌아갔다.

서로 그리고 보나니 언젠가는 알리라. (相思相見知何日)
이때 이 일로 정들어 견디기 어려워라. (此時此際難爲情)

제50회

양의신이 적병을 빌려 역적을 없앴고, 조황후는 연회를 차려 소후를 욕했다.(藉寇兵義臣滅叛臣, 設宮宴曹后辱蕭后.)

노래하기를, 詞曰,

혼란 속 악인만 멋대로 날뛰나, (時危豺虎勢縱橫)
까닭 있어 화복이 달라진다. (福兮禍所因)
오직 공을 세워 뜻을 이루고도, (惟有功成志遂)
바로 몸을 숨겨 낚시를 즐긴다. (甘心退守漁綸)
옛날의 환희와 사랑, (前宵歡愛)
오늘은 사라진 영혼, (今日魂飛)
술잔에 흘리는 눈물. (淚滴金樽)
콩대를 태워 콩볶기 탄식하며, (堪歎煮豆燃萁)[59]

---

59 원문 堪歎煮豆燃萁 — 堪은 견딜 감. 歎은 탄식할 탄. 煮는 삶을 자.

나란히 함께 웃으며 마음 달래본다. (同僚嘲笑傷心)

— 곡조 〈조중조〉 — 調寄 〈朝中措〉

인간의 화복(禍福)과 성쇠(盛衰)는 꿈처럼 허무하다. 사람들이 꿈에서나 볼 수 있는 다른 사람의 몰락한 이후 모습을 보고 자신의 미래 모습을 예상할 수도 있다.

또 어떤 사람들은 입신출세하는 야망에 본래의 자기 모습을 잃어버리거나, 슬기롭고 기민한 자신의 본성을 탐욕스럽고 잔인한 성격으로 바꿔버리기도 한다.

그런 사람들은 결국 자신의 신세를 망친 뒤에야 자신의 과오를 깨닫는다. 얼마나 많은 영웅들이 그런 병에 걸렸던가!

燃은 태울 연, 萁는 콩깍지 기.

콩을 삶으며 콩깍지를 태우니(煮豆燃豆萁), / 콩은 솥에서 소리 없이 울도다(豆在釜中泣). / 본디 같은 뿌리서 자라났건만(本是同根生), / 어찌 이리 다급히 볶아대는가?(相煎何太急)

이 시는 《三國演義》 第79回 兄逼弟曹植賦詩(형핍제조식부시)에 수록되었다. 조조의 아들 曹植(조식, 192－232년, 字는 子建)은 조조와 아내 변씨(卞氏)의 第3子이다. 조비(曹丕)－조창(曹彰)－曹植 順. 曹魏(조위)의 저명한 詩人. '才高八斗(八斗之才)', '七步成詩' 의 주인공. 조식의 才華(재화)는 후세 시인의 推崇(추숭)을 받았다. 조조, 조비와 함께 시단의 '三曹' 로 불렸다. 曹植 작품은 1백여 편이 전하나 대부분 五言詩이고 후세에 《陳思王集》이 편찬되었다. 조식의 詩作은 '骨氣奇高(골기기고)' 하다는 평을 듣는데, 후한 말 建安文學의 성취와 특색(建安骨風)을 잘 나타내고 있다.

하(夏) 주군 두건덕(竇建德)은 딸 선랑(線娘)이 돌아와서 나성(羅成)을 격퇴했다는 말을 듣고 크게 기뻐했다. 그러나 실제로 인마를 점검해 보니 반 수 이상의 손실이 있었다.

그래도 어쩔 수 없이 근거지인 낙수(樂壽)로 돌아가 대오를 정돈하고 정벌 계획을 다시 상론하기로 했다.

(두건덕 아내) 조후(曹后)가 하 군주(두건덕)와 선랑을 만나서 출정했던 상황을 묻자, 선랑은 자세히 이야기해 주었고, 하주 두건덕도 말했다.

"승패란 정해진 것이 아니다. 하지만 이번에 패한건 고(孤, 寡人)가 적을 얕잡아보았기 때문에 군사를 잃었다. 등문신 같은 충성스러운 신하가 비참하게 죽은 것은 정말 가슴 아픈 일이다. 조단과 등문신의 말대로 했더라면, 이런 손해를 보지는 않았을 것이다."

조후가 물었다.

"그분들이 어떻게 말씀하셨나요?"

선랑이 대답했다.

"전일 나예(羅藝)의 성을 포위했을 때 외삼촌께서 부황에게 '대군을 성밑에 오래 주둔시키면 아군 군기가 해이해져서 준비가 되어 있지 않은 밤중에 적군이 불의의 습격을 하면 참패를 당할 수 있으니 경각심을 높여야 한다.' 고 남몰래 귀띔하셨지요. 그리고 등문신도 간언을 올렸어요. '승전했다고 장수들이 교만하고 사졸들이 게을러지면 패하는 법인데, 지금 사졸이 그런 상태인데다가 나예의 용병술이 대단하며, 또 우리가 비록 성을 포위했지만, 성 안에는 정예 군사가 많이 있기에 그런 권고를 받아들여야 합니다.' 라고 하였지만 아버님은 받아들이지 않았습니다."

조후가 말했다.

"폐하께서는 약한 힘으로 강한 적을 막으시면서 한동안 승전하시더니 교만해져서 삼군이 손해를 봤어요. 이후에도 경계하지 않으면 소첩은 기댈 곳이 없게 됩니다."

"황후의 말이 지당하오. 나는 이후로 꼭 조심할 것이요."

"제 소견으로는, 폐하께서 조서를 내리셔서 자신의 죄를 다스리시고 존호(尊號)를 버리시며, 식사에 음식을 줄여 검약의 모습을 보이시고, 백포(白砲)에 백마를 타고, 죽은 군사의 제사를 지낸 뒤에 그 유족들에게 상을 내리시며, 용사들의 상벌을 엄히 시행한다면 인심을 안정시킬 수 있습니다. 그래야만 다시 군사의 사기를 높여 허씨 세력을 정벌할 수 있을 겁니다. 그렇게 장수와 사졸들을 격려하시면 승전하지 못할 리가 없지요."

두건덕은 조후의 말을 그대로 실천하였다. 다음 날, 공적과 죄책에 따라 상벌을 내리고, 전사자의 제사를 지내주었으며, 유가족들에게 여러 상을 하사하고 문안했다. 근방에서 그런 소문을 듣고 탄복하지 않는 자가 없었다.

능경이 돌아왔다는 소식을 접한 두건덕은 몹시 기뻐했다.

"능경이 돌아왔으니, 나의 뜻이 성공할 것이다."

급히 어전으로 능경을 불러서 물었다.

"경은 먼 길에 수고가 많았소. 초빙하는 일은 어떻게 되었소?"

"저는 주공의 엄명을 받고 양의신을 찾아서 주공의 뜻을 전했습니다. 처음에는 재삼 사절하다가 선제께서 살해되셨는데, 장군은 원수를 갚지 않겠느냐고 말하니 비로소 동의했습니다. 하지만 주공께서 세 가지 조건을 동의해야 따르겠다고 했습니다."

"세 가지 조건이 무엇입니까?"

능경이 일일이 설명하였다.

그러자 두건덕이 대답하였다.

"만약 양의신이 나를 따라 정벌에 나선다면, 곧 나의 신하가 되는 것인데 내가 어찌 수락하지 않겠는가? 모두 수락할 것이다."

"그 사람이 나와 작별할 때 양의신은 저한테 남몰래 부탁을 했습니다. '주공께서 일러준 사람의 도움을 받으면 우문화급을 없애지 못할 까닭이 없다.' 라고 말했습니다."

능경은 두건덕의 귓전에 대고 몇 마디 소근거렸다.

그러자 두건덕은 크게 찬탄하였다.

"과연, 전국(戰國) 시대의 손자(孫子)나 오기(吳起)도 따르지 못할 뛰어난 계책이로다!"

다음 날 아침, 주군과 신하 간의 조회가 끝나자, 두건덕은 유흑달을 불러 말했다.

"어제 당나라 진왕(秦王, 李世民)이 서신을 보내와 군량 2천 석을 꿔달라고 했네. 우문화급의 세력을 토벌한 다음 이자까지 합쳐서 돌려주겠다고 하였소. 짐은 당나라와 합쳐서 도적을 토벌하려 하는데, 어차피 우리가 형제와 같은 의리가 있는데, 빌려주지 않을 수가 없네. 경과 능경은 수레 2백 대를 마련해서 군량을 싣고 사졸들을 거느리고 호송하라. 중도에 차질이 없도록 해야 하네."

두 사람이 분부를 받고 떠났다. 능경이 장졸에게 분부했다.

"분명 가는 길에 도적이 출현할 것이니, 너희들은 모두 농부처럼 변장하라. 군량을 틀림없이 호송해야 하는데 병장기를 지니고 조심하면서 비밀을 지켜야 한다. 명을 어기는 자는 벌로 다스리겠다."

일행은 식량 수레를 호송하였다. 며칠 후 조주(曹州, 今 山東省 서남부, 菏澤市 관할 曹縣. 河南省과 접경)와 복주(濮州, 今 山東省 鄄城市와 河南省 范縣 및 濮陽市 남부)의 계선에 도달하였다.

그곳 태항산(太行山)[60] 줄기에 도적떼 우두머리 범원(范願)이 있었는데, 그는 비호대왕(飛虎大王)이라고 자칭했다. 그 휘하에 있는 3천 명 졸개가 모두 용맹하였다. 조주와 복주의 변경에서 험산을 소굴로 삼고 오가는 객상(客商)의 물건을 빼앗았다. 이틀 동

---

60 태행산(太行山, 五行山, 王母山, 太形山) — 中國 北京市(북경시), 河北省(하북성), 山西省(산서성), 河南省(하남성) 4개 省市에 걸친 대 산맥. 黃河 북안, 山西 고원, 華北 평원의 경계를 이루는 장장 400km의 대 산맥. 석탄 매장량이 풍부하다.

안 양식을 이어대지 못해서 근심하고 있었는데, 졸개가 달려오더니 북쪽 길에 군량을 실은 두건덕 군사의 수레 2백여 대가 나타났다는 보고를 했다. 당나라를 도와주기 위해 보내는 군량인데, 호송하는 군사도 없으니, 쉽게 빼앗을 수 있다고 말했다.

범원이 좋아하며 말했다.

"군량이 떨어졌는데 마침 잘 왔다."

범원은 부하 2천 명을 거느리고 군량 수레를 탈취하려고 하산했다.

날이 저물 무렵 척후병이 달려와서 말했다.

"군량을 실은 수레로 진영을 만들고, 백성 옷 차림을 한 인부들이 파수도 세우지 않고 자고 있습니다."

범원은 크게 기뻐하면서 군량 수레들이 늘어선 곳으로 진격했다. 사방은 쥐죽은 듯 잠잠했고 말소리조차 들리지 않았다. 갑자기 포성이 들리자 인부들은 질겁해서 도망쳤다. 도적들이 달려들어 덮개를 벗기고 보니 군량이 하나도 없는 빈 수레였다.

범원은 함정에 빠진 줄 알고 도망치려고 하는데, 사방에서 갑자기 들리는 포성이 천지를 진동했다. 두건덕의 하나라 군사 5천여 명이 물샐틈 없이 포위망을 좁혀오면서 범원의 병력을 가운데로 몰아넣었다. 갑자기 횃불이 타오르면서 사방이 대낮처럼 밝아졌다. 두건덕 군영에서 번쩍이는 투구를 쓴 장수가 큰 도끼를 휘두르며 달려오면서 벽력 같이 소리를 질렀다.

"도적 놈 범원은 어서 말에서 내려 항복하거라!"

"넌 어떤 놈이냐?"

"어르신은 하나라 대장 유흑달이시다."

범원이 코웃음을 치면서 말했다.

"난 또 어떤 녀석인가 했네! 지금 하씨를 위해 죽을 둥 살 둥 날뛴다지? 네가 도적질 했던 때를 생각해서라도 길 값은 내야지 않겠느냐? 어르신이 돌아가도록 냉큼 비켜서지 못할까? 그래야 앞으로 네가 망한 다음, 옛 직업을 다시 찾아도 면목이 설게 아니냐."

"도적 놈이 감히 어르신님 이름을 더럽히는가?"

유흑달이 힘껏 내리찍는 도끼를 범원은 겨우 막아냈다. 그들은 30여 합을 싸웠지만 승부가 나지 않았다.

두건덕의 진영에서 한 사람이 말을 달려나오며 소리쳤다.

"두 장수는 잠깐 멈추시오. 내가 두 사람을 중재하겠소!"

범원이 물었다.

"너는 또 누구인가?"

"하(夏)나라 제주(祭酒) 능경이다."

"제주께서 우리를 어떻게 중재할 것인가?"

"귀하의 처지는 지금 함정에 빠진 호랑이와 같아서 날개가 있어도 날아갈 수 없다. 그런데 어찌하여 잘못을 버리고 바른길로 들어서지 않는가? 하(夏)의 주군에게 귀순하여 함께 우문화급을 토벌하고 양제의 원수를 갚으면, 높은 관직에 후한 봉록을 받는 것이, 이곳의 도적으로 사는 것보다 훨씬 나을 것이다."

"제주의 말씀이 일리는 있지만 하나라 주군이 나를 받아주겠는가?"

"하주께서는 지금 옛 원한을 잊고 현명한 인재를 널리 등용하는데, 왜 받아들이지 않겠는가?"

범원은 그 말을 듣고 기뻐하면서 창을 버리고 말에서 내려 투항했다. 도적 무리 2천 명도 병장기를 버리고 땅에 꿇어앉았다. 범원은 두 사람을 산채에 모시고 가서 인사를 나눈 다음 무리를 거느리고 귀순하려 했다.

그러자 능경이 말했다.

"유장군과 귀하는 먼저 산채에 머물며 휴식하십시오. 저는 뇌하택에 가서 양(楊) 태복을 모셔오겠으니 함께 떠납시다."

두 사람과 작별한 능경은 시종을 데리고 떠났다.

양의신은 능경과 헤어진 후 매일 밤 천상(天象)을 관찰했다. 흘연 서북쪽 하늘에서 태을성(太乙星)이 추자성(陬紫星)과 수성(宿星, 宿는 별자리 수) 사이에 끼어 있는데, 그 빛이 꺼져가고 있었다.

능경은 크게 기뻐하면서 양방에게 말했다.

"우문화급이 죽을 때가 되었다! 어서 병장기를 수습해 가지고 능(凌) 대부가 오기를 기다려서 그 도적 놈을 죽여버리고 황제의 원수를 갚아야겠다."

양방은 분부대로 따랐다. 이튿 날 아침 능경이 찾아왔다는 소식을 듣고, 양의신은 그를 맞아들였다.

"하 주군의 분부를 받고 태복님을 모시러 왔습니다. 태복께서 말씀하신 세 가지 조건을 허락하셨고, 범원도 계책대로 투항해 지금 산채에서 기다리고 있습니다."

양의신은 기뻐하면서 술상을 차려 능경을 후하게 대접하고, 집안 사람들에게 한 달이면 돌아올테니 그간 농사 일을 잘하라고 분부했다. 그가 능경과 함께 뇌하택을 떠나 태항산에 이르니, 유흑달과 범원의 인마(人馬)들이 기다리다가 그들을 산채로 맞아 들였다.

범원은 자기가 양의신의 계책에 의해 붙잡힌 줄을 알고 하배하면서 말했다.

"저는 워낙 우둔한 놈입니다. 장군님의 보살핌을 받았으니, 힘을 다해 장군님과 함께 역적을 정벌하겠습니다."

"귀하가 잘못을 버리고 옳은 길을 찾으려 하니, 이 늙은이의 경모하던 마음을 어기지 않았구려. 산채로 붙잡아온 여자들에게 여비를 주어서 어서 집으로 돌려보내시오. 장차 공만 세우면 얼마든지 있을 테니 근심하지 마시오."

범원은 양의신이 시키는 대로 여인들을 풀어주었다. 그리고 산채에는 불을 질렀다. 양의신은 인마를 거느리고 조주를 지나 두건덕의 본거지인 낙수에 도착했다. 능경은 양의신을 역참의 안가에 머물게 한 다음, 유흑달, 범원과 함께 찾아가서 하 주군 두건덕을 배알했다.

범원이 보물을 선물로 올리니, 두건덕이 말했다.

"경이 나에게 귀의하려 하는데, 천하를 다스리는 일에 온 힘을 다한다면 그것이 바로 나라에 바치는 보배일 것이요. 그러니 나는 나라에 이익이 없는 이런 보배는 받을 수 없소. 경이 보관해 두었다가 뒷날 장수들한테 상으로 주시오."

범원은 하 주군의 말에 경탄을 금치 못했다.

하주 두건덕이 능경에게 물었다.

"양의신을 초청하여 모셔왔는가?"

"지금 성 밖에 있는 역참에 계십니다. 지난 날 양의신은 폐하와 대적하면서 양보하지 않았습니다. 지금 폐하께서 직접 영접하시면서 극진한 대접을 하지 않으면, 그가 마음을 안정하지 못하고 자신의 능력을 다 바치지 않을 것이라 짐작됩니다."

"경의 소견이 옳소."

두건덕은 천자가 타는 수레를 준비해 가지고 문무백관을 거느리고 성 밖에 나가서 양의신을 영접했다. 두건덕이 역참에 이르니, 양의신이 하배했다. 검고 진한 눈썹, 성성한 백발, 학의 깃털로 만든 옷을 입은 양의신은 우주를 받든 기수요, 나라를 다스릴 수령의 풍모였다.

그래서 두건덕도 급히 답례했다.

"망국지신으로서 대왕의 부름을 받는 것만 해도 감격인데, 어찌 답례까지 받겠습니까?"

두건덕이 말했다.

"과인은 충의지사이신 태복을 존경합니다. 그래서 황제를 해친 역적을 죽여버릴 일을 함께 상론하려고 특별히 모시게 하였습니다."

"역적 우문화급을 당장 죽여버리고 천하에 사죄하지 못한 일이 한스러울 뿐입니다. 저를 대신해서 제주(祭酒)가 여쭈신 그대로 일을 끝마치면 대왕께서 소인이 고향으로 돌아가도록 자비를 베풀어주시기 바랍니다."

"과인은 천하의 신임을 받으려고 하는데, 어찌 언약을 어기겠습니까?"

그들은 함께 성에 들어와서 양의신을 공관까지 배웅하고 연회를 마련하여 여러 외빈을 접대했다. 군신들과 여러 가지를 의논하면서 해가 서쪽을 기울 때까지 마시다가 입궁했다.

두건덕은 길일을 택하여 출병하였는데, 유흑달을 대장군으로 임명하고 원수 직인을 주었으며 범원을 선봉으로, 고아현을 전군(前軍)으로, 손안조와 제선행을 후군(後軍)으로, 조단을 참군납언(參軍納言)으로, 배구(裵矩)와 송정본(宋正本)을 운량납언(運糧納言)으로, 선랑(線娘)을 감군정사(監軍正使)로 임명하였다.

능경과 공덕소(孔德紹)를 도읍에 남겨 수비하게 하고, 조후를 감국(監國)으로 임명하였다. 양의신은 하주 두건덕과 함께 있으면서 계책을 세우기로 했다. 대병 10만이 호호탕탕하게 위현〔魏縣, 今 河北省 남부 邯鄲市(한단시) 관할 魏懸〕을 향해 공격을 시작했다.

진왕 이세민과 회안왕(淮安王) 이신통(李神通)[61]이 먼저 군사를 이끌고 위현에 이르렀다.

유문정이 각국에 서신을 전한 뒤에 돌아와서 말했다.

"위공 이밀은 군사를 거느리고 와서 회동할 것이며, 왕세충은 북벌할 의향이 없었습니다. 하주 두건덕은 전하께서 친히 먼 길을 오실 것 없이 부장 한두 사람이 군사를 거느리고 와서 회합한다면 얼마든지 역적을 멸망케 할 수 있다고 말했습니다."

이세민이 말했다.

"그렇다면 마침 잘 됐소. 어제 부황께서는 정양가한(定陽可汗) 유무주(劉武周)[62]는 병주(並州, 今 河北省 및 내몽고자치구의 일부 지역)를 공격하고, 낙양 왕세충은 이주(伊州)를 공략하며, 양(梁)을 칭하는 소선(蕭銑)은 협주(峽州)를 공격 중이나, 적의 세력이 강대하여 내가 직접 가서 정벌하는 것이 나을 것이라 명령하였소. 그러니 유문정(劉文靜)과 회안왕, 이정(李靖, 16회 주석 참고)이 합심해서 우문화급을 공략하여 죽여버리시오."

이세민은 병부인(兵符印)을 이신통에게 넘겨주고 자기는 장안

---

61 이신통(李神通, 577－630년)－名은 수(壽), 字로 알려졌다. 唐 高祖(당 고조) 李淵(이연)의 사촌 아우. 唐朝 초년의 대신. 《新唐書》· 列傳 第三 宗室에 입전.

62 유무주(劉武周, ?－622년)－隋朝 말년 지방 할거 세력의 하나. 統治(통치) 617－620년, 연호 天興(천흥).

으로 돌아갔다.

이정은 원래 장출진(張出塵)을 데리고 떠돌아다니다가 태원에 이르러 장중견(張仲堅)과 서홍객(徐洪客)을 방문하였고, 이어 유문정을 찾아가 만났다. 그때 이세민은 현명한 인재를 모집하고 있었는데, 유문정이 그들 세 사람을 데리고 가서 이세민을 알현했다. 이세민은 그들 세 사람의 비범한 기개와 도량을 보고 후한 예물을 주면서 초빙했다.

서홍객은 이세민의 천자다운 얼굴과 뛰어난 풍채를 보고 그가 진짜 천자가 될 재목이라고 단번에 알아보았다. 이세민과 장중견이 바둑을 두었는데, 장중견이 두 번째 판마저 패할 것 같자, 바둑의 동남쪽 구역을 수습하려고 했다.

그러나 이세민이 계속 공격을 늦추지 않자, 중견이 말했다.

"어찌하여 진왕께서는 적은 구역만 차지하면서 저를 이기지 못하게 합니까?"

이세민이 웃으면서 공격을 멈추자, 서홍객이 장중견에게 말했다.

"천하의 대세가 이미 정해졌으니, 형은 더 이상 억지를 부리지 마시오."

그들은 이세민과 작별하고 가산을 정리하고 장출진의 여동생과 함께 해외인 부여국(扶餘國)으로 이주하여 따로 사업을 벌였다. 이정은 이세민의 막료로서 의기가 투합하였다. 진왕은 이정에게 하(夏)의 두건덕을 도와 허씨 세력을 토벌하게 했다.

한편 우문화급은 세 갈래로 공격해 오는 군사들을 막아낼 힘이 없었다. 그래서 나라의 창고에 있는 금은보화와 비단을 풀어서 해적들을 모집하였으며, 그런 군사력으로 제후의 군사들을 막아 자신의 권력을 유지하려 시도했다.

서무공(徐懋功)은 우문화급이 군사를 모집한다는 사실을 탐지한 뒤, 심복인 왕부(王簿)로 하여금 은대용(殷大用)이라는 가명으로 3천 병력을 거느리고 독약 3백 근을 몰래 감춰 가지고 우문화급이 있는 성으로 들어가게 했다. 우문화급은 기뻐하면서 왕부를 전전도우후(前殿都虞侯)로 봉했다.

회안왕 이신통은 이세민한테서 병부(兵符)와 장인(將印)을 받은 다음 우문화급을 공격하려고 성에서 40리 떨어진 곳에 와서 군영을 설치하고 기다렸다.

우문화급은 이세민이 군사를 거느린 채 서북쪽 군사들을 구하러 떠났다는 사실을 척후병을 통하여 정보를 입수했다. 그러면서 이신통을 지모가 없는 장수라고 깔보았다. 그래서 군사를 거느리고 성 밖으로 출전하였으나 지모가 출중한 이정이 기습하리라고는 예상하지 못했다. 우문화급이 본영에 이르렀을 때 측면에서 유굉기(劉宏基)가 우문화급을 생포하려고 급습하였다.

우문화급 휘하의 대장 두영(杜榮)과 마화(馬華) 두 장수가 화극(畵戟)을 잡아들고 나와서 막다가 유굉기의 큰 칼에 좌우의 두 화극이 동시에 부러져버렸다. 두영과 마화는 화극 자루로 유굉기가 탄 말의 머리를 때리는 수밖에 없었다. 그러는 사이에 우문화급은 급히 도망쳤고 유굉기 역시 진영으로 돌아왔다.

우문화급의 부장 두영은 군사의 창을 받아 쥐고 뒤쫓아왔는데, 활을 잡은 이정이 두영의 가슴을 겨냥하고 화살을 날리자, 두영은 말에서 떨어졌다. 우문화급은 대패하였다. 다행히 장자 우문승기(宇文丞基)가 달려와서 구원하였다.

우문화급은 위현을 버리고 소후와 함께 요성(聊城)으로 달아났다. 당의 군사들이 이런 상황을 낱낱이 염탐 수집하자, 이정이 말했다.

"적병은 패하여 요성으로 도망쳤지만 아직 그 세력이 커서 한동안은 쉽게 소멸하기 어렵습니다. 제가 상황을 보면서 허실을 염탐한 다음 기이한 계책으로 공격할 것입니다."

이신통은 "내 뜻과 같소."라고 말했다.

그들은 소수의 기병을 거느리고 진지에서 20리쯤 떨어진 곳에 있는 높은 언덕 위에 올라가서 요성의 적진을 바라보았다.

이정이 말했다.

"역적 우문화급은, 곧 패망할 것입니다."

여러 장수들이 물었다.

"적도의 기세가 지금 한창인데, 어째서 패망할 것 같다고 말씀하십니까?"

"요성 위에 아무런 기색도 없으니 어찌 그가 죽지 않겠는가? 그러나 당(唐)과 위(魏) 두 진영에도 승리의 조짐이 보이지 않으니, 우문씨가 누구의 손에 죽을는지 알 수 없다."

말을 채 끝맺지도 못했는데, 북쪽으로부터 일진 살기(殺氣)가 휘몰려오더니 하늘로 잇닿아 올랐다. 남쪽으로부터는 연기와 같은 바람이 불어왔다.

그러자 이정이 말했다.

"북쪽에서 온 군사들이 이 역적무리를 생포할 것 같도다."

해가 지고 어둠이 깃들었다. 까마귀와 까치들이 무리를 지어 보금자리로 날아가는 것을 보자, 이정이 말했다.

"좋은 수가 있다!"

그들은 말을 타고 숙영지로 돌아왔다.

이신통이 이정에게 물었다.

"무슨 좋은 생각이 있습니까?"

이정이 이신통의 귓전에 대고 낮은 목소리로 말했다. 이신통이 머리를 끄덕이면서 좋다고 했다. 그리고 부장(部將) 굴돌통(屈突通)을 시켜 사냥할 줄 아는 군사 5백 명을 거느리고 성안에서 날아오는 날 짐승을 잡되 산 놈을 붙잡은 자에게는 그 수에 따라 상을 주라고 명령했다. 굴돌통이 그 명을 받고 떠났다.

하(夏)의 군주 두건덕은 양의신을 청해서 성을 공략할 계책을 논의했는데, 양의신이 말했다.

"소장은 금방 도착해서 적정을 잘 모르니 그 허실을 알 수 없습니다. 범원에게 인마 3천을 주어서 도전하게 하여 적병의 동정을 살핀 다음 계책을 짜면 만전의 대책이 될 것입니다."

두건덕은 양의신의 뜻을 따랐다. 양의신은 범원을 불러서 출전하되 꼭 패전하고 돌아와야지 승전해서는 안 된다고 당부했다. 범원이 명을 받고 요성으로 달려갔다. 우문화급의 둘째 아들 우문승기가 나와서 응전했는데 두 사람은 50여 합이나 싸웠다. 나중에 범원은 패하는 척하면서 20리 밖으로 물러섰다. 우문승기도 더 추격하지 않았다.

양쪽은 징을 울려 군사를 거두었다. 양의신은 유흑달에게 역시 20리를 물러나라고 분부했다. 유독 이정은 양의신이 적을 유인하는 전술이라고 알았다.

굴돌통은 살아있는 까마귀, 까치, 비둘기, 참새 등을 많이 잡아왔다. 호두씨와 복숭아 씨를 쪼개고 쑥에 불을 붙여서 그 안에 넣고 그것을 날짐승의 날개에 실로 동여 매어 성으로 날려보냈다. 그날 범원을 이기고 돌아온 우문승기는 우문화급에게 보고했다.

"하나라 군사를 두려워 할 것 없으니, 내일 정병 5만을 거느리고 다시 결사전을 벌여 북에서 온 두건덕을 사로잡고, 서쪽으로는 당의 군사들을 격파하겠다."고 큰소리쳤다.

우문지급이 말했다.

"세 갈래로 들이닥치는 군사들의 예기가 대단한데, 어찌 한쪽만을 막을 수 있겠느냐? 여러 장군들을 도처에 매복시키고 사방에서 호응하게 해야만 패할 염려가 없을 것이다."

우문화급은 동생 지급의 말이 옳다고 생각하면서 부장 양사람

(楊士覽), 정선과(鄭善果), 사마웅(司馬雄), 영호(寧虎) 등을 사방에 매복시켰다.

태자 우문승기를 전군(前軍)으로, 동생인 우문지급을 중군으로 삼고, 우문화급은 후군을 맡았다. 공격 분장이 끝나자, 요성 60리 밖에 진을 치고 포성을 신호로 삼았다. 은대용과 우문승지를 남겨 성을 지키면서 황제를 보호하기로 했다. 여러 장군들이 성 밖으로 나가고 우문화급만이 그대로 있었다.

우문화급이 밤에 소후와 함께 침궁에서 자고 있는데, 별안간 성안에서 화재가 일어났다는 급보가 들어왔다. 우문화급은 부랴부랴 궁전을 나와 순시해 보니 검은 연기가 치솟고 불길이 하늘에 닿았다.

이정의 꾀로 성안은 온통 불바다가 되었다. 무기와 군량 창고, 성곽, 어전들이 세찬 불길에 타고 있었다. 은대용은 불을 끈다는 구실로 3일분의 음료수를 장만해 놓고 성안에 있는 우물마다 독약을 넣으라고 부하들에게 분부했다. 우문화급은 불에 그을린 병사들이 갑자기 구토와 설사를 하면서 땅바닥에 쓰러지는 것을 보자 통곡했다.

하늘이 재앙을 내려 자기의 목숨을 빼앗아간다고 생각했다. 우문화급은 온밤을 경황없이 보냈다. 하나라의 첩자들이 이런 상황을 하주 두건덕에게 보고했다. 양의신은 위(魏)의 서무공과 당의 이정이 꾀를 썼음을 알고 범원이 허(許)의 군졸로 변장한 군사

1만을 거느리게 하여 우문지급의 본영에서 20리 떨어진 곳에 매복케 했다.

그리고 유흑달, 조단, 왕종 등에게 군사 5만을 거느리고 우문지급을 대적하게 했다. 정병 2만을 선발해서 양의신이 친히 거느리고 우문지급의 본영으로 쳐들어가 우문화급을 잡기로 약정하였다. 고야현, 손안조, 송정본은 군사 4만을 거느리고 중도에 매복했다가 우문승기의 구원병을 차단케 했다. 군사 2만을 남겨 배구가 거느리고 본영을 지키게 하고, 선랑이 두건덕을 호위하기로 했다. 군사 배정이 끝나자, 군사들을 배불리 먹였다.

포성이 3번 울리자, 두건덕은 군사를 거느리고 직접 요성을 공격했다. 당나라와 위(魏)의 진영에서는 두건덕의 공략 계획을 탐지하고 포성을 울려 위세를 북돋워주었으며 성문을 공격했다. 우문화급은 성문을 열어 응전하라고 은대용을 재촉했다. 두건덕은 우문화급을 알고 있기에 두말없이 언월도(偃月刀)를 휘두르면서 공격했다.

우문화급은 장창을 잡고 응전했다. 20여 합을 싸우고 나니 은대용이 달려와 성문을 활짝 열었다. 우문화급은 중도에 우문지급이 매복해 있을 줄 알고 있기에 싸우면서 물러섰다.

그런데 양의신이 우문지급의 본영을 부숴버리고 달려와서는 두건덕에게 말했다.

"주공께서는 어서 성안에 들어가서서 백성들을 안정시키고 국보와 도서들을 수습하십시오. 신이 저 도적 놈의 목을 자르겠습니다."

하주 두건덕은 말을 돌려 병사들을 이끌고 성안으로 들어갔다. 양의신이 창을 들고 우문화급을 추격하여 찔렀다. 싸움을 지켜보던 선랑이 양의신이 실수라도 할까봐 비단 주머니에서 쇠구슬을 꺼내 가지고 우문화급의 얼굴을 쏘았다. 칼을 든 남방의 여군사 4명이 말 앞으로 달려가더니 칼로 우문화급이 탄 말의 다리를 마구 찍었다.

양의신이 창으로 한번 찌르자 우문화급은 말에서 굴러 떨어졌다. 양의신은 부하를 불러 우문화급을 묶어서 죄수 수레에 싣게 했다. 조단은 이미 두 사람의 목을 벴고, 유흑달과 여러 장수들은 우문지급 부장 서너 명과 한 덩어리가 되어 싸우고 있었다.

양의신은 우문화급이 갇혀 있는 죄수 수레를 뒤로 하고 우문화급의 군사들을 향해 소리쳤다.

"너희들은 모두 수나라 군사들로서 이 역적 놈의 핍박을 받았다. 너희들 가족은 모두 관중(關中)에 있다. 역적 놈을 사로잡았으니 관중으로 돌아갈 자는 돌아가게 허락하고, 하(夏)나라에 귀순하려는 자는 관직과 상을 줄 것이다. 만일 항복치 않는 자가 있다면 모두 생매장하겠다."

군사들은 그 말을 듣자, 병기와 투구를 버리고 항복했다. 죄수 호송 수레에 갇혀있는 형을 바라보는 우문지급의 가슴은 여러 갈래 찢기는 것만 같았다. 병사들이 병기와 투구를 버리고 항복하는 것을 보고는 우문승기가 진지로 도망치려 했다.

그때 뜻밖에도 손안조가 나는 듯이 달려나와 창으로 그의 허리를 찌르는 통에 말에서 떨어지고 말았다. 양의신은 형구를 씌워서 호송 수레에 실으라고 명령했다. 군사들은 몰려가서 우문승기의 진지를 공략했다. 두건덕이 무사를 이끌고 성문에 들어서니, 한 장수가 수급 하나를 들고 두건덕의 말 앞에 와서 아뢰었다.

"저는 위공(魏公, 李密)의 신하 좌익위대장군 서무공의 수장(首將)인 왕부(王簿)입니다. 대장의 명을 받들고 은대용이라 성명을 바꾸고, 3천 군사를 해적으로 변장시켜 우문화급의 성에 들어가서 도우후(都虞侯)의 관직을 받았습니다. 전일에 독약을 우물에 넣어서 군사들을 물리친 후 성문을 열고 대왕의 군사들을 맞이하였습니다. 이것은 우문화급의 둘째 아들 우문승기의 수급인데 대왕께 바치겠습니다. 신은 이 자리에서 인사를 드리고 물러가겠습니다."

두건덕이 말했다.

"경은 성을 공략하는데 대공을 세웠으니 며칠간 묵으면서 과인이 군사들에게 주는 상을 받아가지고 돌아가도 늦지 않을 것이오."

"서무공 장군께서는 공과 상을 탐내어 군기를 어겨서는 안 된다고 엄숙하게 분부하셨습니다."

왕부는 작별하고 그 자리에서 떠나가니 하주가 찬탄하며 말했다.

"왕부야말로 대장부이다. 서무공을 통수로 한 군사들은 과연 규율이 엄하구나."

군사를 거느리고 입성한 하(夏) 주군인 두건덕은 양제의 황후인 소후(蕭后)를 정전에 모시고 배알했으며, 양제의 신위를 세운 다음 상복을 입은 문무백관들을 거느리고 제사를 지냈다.

선랑이 여러 장수들을 거느리고 궁전에 들어왔고, 우문화급과 우문지급을 실은 죄인 호송 수레가 들어왔다. 조단이 두 사람의 수급을 들고, 범원이 우문승기의 수급을 들었으며, 유흑달과 손안조가 사로잡은 적장들을 묶어가지고 들어와서 전공(戰功)을 보고했다. 하주는 우문화급과 우문지급을 기둥에 묶고 능지처참을 해서 양제에게 제사를 지내라고 부하들에게 분부했다.

붙잡혀온 적장들은 신위 앞에 꿇어앉혀놓고 항복하는 자는 용서해주고 불복하는 자는 죽여버렸다. 하주는 국보와 도서들을 정리하면서 용비전(龍飛殿)에서 경축대회를 열고 공신들에게 상을 주도록 준비시켰다. 당과 위공의 군사들은 이미 돌아갔다.

하주 두건덕은 양의신을 모셔오라고 손안조에게 분부했다.

그때 마침 대본영을 지키고 있던 배구(裵矩)가 한 부장을 보내서 아뢰었다.

"양장군의 서신을 올리려고 대왕님을 찾아왔습니다."

두건덕이 서신을 펼쳐보았다. 서신에는 역적 우문화급을 사로잡아 뜻을 이루었으니 대왕께서 전에 허락하신 그대로 귀향하도록 자애로운 은혜를 베풀어주시기를 바란다는 내용이었다.

그리고 시 한 수가 적혀 있었다.

관모를 벗고 북방에 은거하나니, (掛冠玄武早歸休)
산천을 즐겨 부귀를 아니 바란다. (志樂林泉莫幸求)
일엽편주 띄워 무한 경치 즐기니, (獨泛扁舟無限景)
파도넘어 동정호의 가을을 보리라. (波濤西接洞庭秋)

두건덕이 읽고 나서 말했다.

"양의신이 돌아갔으니, 나는 한 팔을 잃었구나!"

유흑달과 조단이 군사를 거느리고 쫓아가려 하자, 두건덕이 말렸다.

"내가 이미 허락한 일이니 쫓아가면 약속을 어기는 것이다."

하주는 수나라 궁궐에 있던 보물과 도서와 문서를 선랑이 보관 관리하도록 지시했고, 소황후를 만나 물었다.

"이제 어디로 가시렵니까?"

"소첩은 나라와 집이 다 망한 신세니 생사와 영욕이 모두 대왕 처분에 달렸습니다."

두건덕은 웃기만 할 뿐 대답하지 않았다.

옆에 있던 선랑은 부친이 우문화급의 전철을 밟을까 걱정이 되어 말했다.

"그렇다면 제가 황후와 함께 먼저 낙수로 가겠습니다. 그러면 어머님께서도 시름을 놓으실 것입니다. 그리고 대군은 천천히 회군하면 될 것입니다.”

두건덕이 찬동했다.

“공주의 말이 옳도다. 내일 아침 외삼촌과 함께 인마 2만을 거느리고 먼저 낙수로 돌아가거라.”

그날 밤 소황후는 공주를 자신의 침궁에서 쉬게 했다. 이튿날 이른 아침 조단은 군사들에게 떠날 준비를 시켰다. 소후는 한준아(韓俊娥), 아랑(雅娘), 나라(羅羅), 소희아(小喜兒) 등 4명의 궁인과 함께 가마에 앉았다. 선랑은 궁중에서 2, 30명의 건강한 궁녀들을 선발하였고, 5, 6명의 미녀를 선발한 뒤에 함께 출발하였다. 바로,

> 장졸의 높은 사기 하늘을 뒤덮었고, (士馬崢嶸塵蔽日)
> 군사들 모두 개선가 불러 회군하다. (軍士齊唱凱歌回)

낙수에 도착하자, 기마 초병을 보내서 선랑이 돌아온다는 소식을 전하게 하니, 조후가 능경을 보내서 영접하게 했다. 능경은 소후를 잠시 역사(驛舍)에 머물게 하고 선랑과 함께 성에 들어와서 조후를 배알했다. 선랑은 수나라의 국보와 도서 문서들을 바치고는 거느리고 온 궁궐의 미녀들을 불러들였다. 조후는 크게 기뻐했다.

선랑이 말했다.

"소황후는 역사에서 대기하며 모후의 지시를 기다리게 했습니다."

그러자 조후가 말했다.

"그 여우같은 여자는 수나라 천하를 망치게 하였고, 제 남편까지 잡아먹었는데, 여기 와서 뭘 한단 말이냐?"

그러자 능경이 말했다.

"주공께서는 절대로 우문화급처럼 처사하시지는 않을 것입니다. 그러니 소후가 오면 예를 갖추어 접대해야 합니다. 주공께서 돌아오시면 제가 소후를 다른 곳으로 보내겠습니다."

조단이 말했다.

"능대부의 말씀이 옳습니다."

조후가 말했다.

"그럼 궁중에서 연회를 차리지요. 제가 족질이 낫지 않아서 영접을 못하니 입궁하라고 하세요."

능경이 역사에 나아가 소후에게 말했다.

"국모께서 나오셔서 영접하셔야 되겠지만, 지금 족질이 완쾌치 못해서 신이 대신 나왔습니다. 어서 교자에 오르셔서 입궁하십시오."

교자에 올라 탄 소황후는 만감이 교차했다. 양제의 생전에는 수많은 수행원들과 문무백관들이 뒤를 따랐으니 얼마나 멋들어졌던가! 하지만 오늘은 처지가 완전히 바뀌었다. 소황후는 서글펐다.

어느덧 궁문에 이르니, 선랑이 조후를 대신하여 영접하면서 궁중으로 안내했다.

봉황관(鳳凰冠) 밑에 머리를 꾸며 얹고 곤룡포를 입은 조후는 용모가 출중했고 몸가짐이 단정하고 장중했다. 어디 하나 범접할 만한 여지는 추호도 없었다. 조후는 궁녀 네 명의 부축을 받으면서 내려와 소후를 어전으로 안내했다. 소후를 상좌에 모시고 하례하려 하니, 소후가 재삼 사절해서 손님과 주인 간의 인사를 나누었다. 인사가 끝나니 좌우에서 상석으로 모셨다. 소후 조후(曹后), 선랑(線娘, 勇安公主)이 함께 용안궁(龍安宮)으로 들어갔다. 풍성한 연회석이 마련되어 있었다.

조후가 잔을 들고 소후한테 말했다.

"초창기여서 거처가 스산하니 어가를 모실만한 곳이 못됩니다. 그래도 이렇게 찾아주시니 고맙기가 그지 없습니다."

소후가 대답했다.

"영락(零落)되어 유랑하는 인간이 상국의 보살핌을 받는 것만으로도 만족스러운데, 이렇게 성대히 접대까지 해주시니 부끄러워 얼굴이 붉어집니다."

모두가 자리에 앉았다.

술이 세 순배를 돌자, 조후가 소후한테 물었다.

"동경과 서경 가운데서 어느 곳이 더 좋습니까?"

"서경은 규모가 크지만 유심하지는 못합니다. 동경은 궁실이 화려한 데다가 서원(西苑)에 호수와 바다와 삼림까지 있습니다.

16원의 아늑한 궁궐과 우아하게 꾸며진 많은 궁전은 사시사철 경치가 아름답습니다."

"듣자니, 노래 시합도 하고 시(詩) 짓기는 물론 꽃 만들기도 하셨다고 하더군요. 황후께서는 좋은 시를 많이 읊으셨겠습니다."

"십육원 부인들이 시를 읊으면 소첩과 선황께서 평가만 했을 뿐이지요."

"또 듣자니, 청야유(淸夜遊) 밤놀이를 할 때는 마상에서 상주문을 올리고, 잡극을 연기하고, 달밤에 층계에서 말 타는 놀이를 하면서 천고의 제왕들보다도 더 즐겁게 놀았다더군요?"

그러자 한준아가 뒤에서 대답했다.

"그날 밤엔 황후께서 흥취가 도도하시기에 황제께서 많은 어마(御馬)를 어원에 끌어다가 청야유로 밤을 새우게 했습니다."

그러자 다시 조후가 소후한테 물었다.

"저 애는 무슨 일을 하는 아이였습니까?"

소후가 궁인을 가리키면서 말했다.

"저 아이는 한준아라 부르고, 저 아이는 아랑이라고 합니다. 저 두 아이는 본래 황제의 총애를 받았습니다. 저 아이는 나라(羅羅)[63]라 부르고, 이 아이는 소회아라고 부르는데 어릴 때부터 저의 곁에 있었어요."

---

63 宮人 나라(羅羅)－나중에 수나라가 멸망한 뒤에 돌궐 땅에서, 사부인이 양육한 趙王〔조왕, 양고(楊杲)〕과 결혼하여 나왕후로 불렸다(65회).

조후가 한준아한테 물었다.

"미인들이 모두 몇이나 있었느냐?"

"주귀아, 원보아, 설야아, 묘랑, 타낭, 소첩과 아랑, 그리고 나중에 오강선, 월빈이 왔습니다."

"묘랑은 글자를 파자(破字)했다가 황제의 노여움으로 죽었고, 주귀아와 원보아 두 미인은 역적에게 욕을 퍼붓고 자결했다던데, 타낭은 어디로 갔느냐?"

그러자 아랑이 대답했다.

"우문지급이 핍박하니 연못에 뛰어들어 죽었습니다."

조후가 웃으면서 말했다.

"타낭이나 주귀아, 원보아는 정말 어리석구나! 인생은 한 번뿐이오. 풀은 한 가을뿐이라는 말이 있지 않느냐? 왜 너희들처럼 황후를 따라다니면서 즐겁게 살지 않고 죽는단 말이냐?"

소황후는 조후가 자기를 조롱하고 있다는 사실을 알았지만 개의치 않았다.

선랑이 물었다.

"검무를 잘 춘다는 미인은 어디로 갔느냐?"

한준아가 대답했다.

"설야아지요. 다섯 부인, 그리고 조왕과 함께 도망갔는데 행방을 알 수가 없습니다."

조후가 머리를 끄덕이면서 말했다.

"그래도 그 부인들은 어린 왕을 모시고 도망갔으니 식견이 있는 사람들이다."

조후가 다시 소후한테 물었다.

"선제께서는 어원에서 십육원 부인들과 정이 끈끈했지만 그래도 저녁마다 회궁하셨다고 말하더군요. 그러니 부부의 정분이 여간 깊지 않았겠지요?"

"한 달에 네댓 밤씩은 어원에서 보냈습니다."

조후가 다시 물었다.

"황제께서 능금(綾錦)을 총애하시자, 황후께서는 선황의 성질을 돋구려고 오강선을 월관(月觀)에 들어가게 하고, 원보아를 미루(迷樓)에 잡아두었다고 하던데 정말이었습니까?"

소후가 마음속으로 생각했다.

'궁중 안에서 옛날에 벌어진 일인데, 어떻게 이렇게 상세히 알겠는가? 차라리 거짓말을 하는 편이 낫겠다.'

"소첩은 수하를 너그럽게 대했으니 그런 일은 있을 수 없었습니다."

그러자 조후가 웃으면서 말했다.

"지금 이곳에 거짓인지 아닌지 대질을 할 수 있는 아이가 있지요. 제가 지금 불러오지요. 그럼 숨기기가 더욱 어려울 것입니다."

조후는 청금(青琴)을 불러오라고 궁노에게 분부했다. 잠시 후에 15, 6세 정도 되어 보이는 궁녀가 나와서 소후 앞에 꿇어앉았다. 소후가 한참 뜯어보니 원자연의 궁녀 청금인지라 급히 물었다.

"난 네가 원부인을 따라간 줄로만 알고 있었는데, 어떻게 이곳에 와있느냐?"

청금은 눈물만 흘리면서 말하지 못했다.

선랑이 대답했다.

"저 아이는 남방 사람이에요. 제가 말을 타고 가다가 만났지요. 수나라 궁녀지만 하도 영리해서 데리고 왔어요."

조후가 웃으면서 나라를 가리켰다.

"저 아이는 황후의 말씀을 잘 들었더군요. 황제께서 하도 총애하시니 재삼 사절하면서 아름다운 시구를 올렸다던데, 황후께서 기억하시나요?"

"기억하고 있습니다."

소후가 대답하고 그 시구를 읊었다.

소첩은 그냥 바람 따른 물결과 같고, (個人無賴是橫波)
화장하고 치장한 미인이 아니예요. (黛梁隆顱簇小娥)
오늘 화장하며 시중들 꿈을 꾸지만, (今日留濃伴成夢)
오지 않더라도 내 마음 어찌하리오. (不留依任意如何)

조후가 듣고 감탄하며 말했다.

"의미가 깊군요. 선황께서는 무척 다정다감하신 분이셨나요?"

선랑이 물었다.

"오강선이란 미인은 도대체 어디로 갔겠나?"

한준아가 대답했다.

"황제께서 피살되셨다는 소식을 듣자, 월빈과 함께 목을 매어 자결했습니다."

그러자 선랑이 또 물었다.

"십육원 부인들 가운데서 다섯 분이 도망치고, 지금 몇 분이 남아 계시는가?"

그러자 아랑이 대답했다.

"화씨 부인, 사씨(謝氏) 부인, 강씨(姜氏) 부인은 목을 매어 자결했사옵고, 양(梁) 부인과 설(薛) 부인은 우문화급의 뜻을 따르지 않았다고 피살당했습니다. 그리고 화명원 강(江) 부인, 영휘원 나(羅) 부인, 강양원 가(賈) 부인은 변란이 생긴 뒤에 행방을 모릅니다. 적진원(積珍院) 번(樊) 부인, 명하원 양(楊) 부인, 신광원 주(周) 부인 세 분은 지금도 요성궁에 계십니다."

조후가 길게 한숨을 쉬면서 말했다.

"몇몇 계집들 때문에 금수강산이 망하고 말았구나. 다행히도 죽음으로 절개를 지키고 난리에 목숨을 바쳐 은혜에 보답했으니, 황천에 가신 선제의 영혼도 얼마쯤은 위안을 받으시겠지. 그런데 그 세 부인께서는 요성에 계시면서, 왜 황후와 함께 순행(巡幸)하지 않나요?"

한준아가 대답했다.

"왜 안 오셨는지는 저희들도 알 수 없습니다."

선랑이 웃으면서 말했다.

"기왕 비파를 안았으니 세 곡을 연속 노래한다고 하였으니, 재미를 보는 김에 즐거움을 만끽하려고 그런 것 같습니다."

소후는 그들 모녀가 비꼬는 바람에 얼굴을 찡그리고 자기를 변호하며 말했다.

"황후와 공주께서 그날 상황을 모두 아실 수 없을 것입니다. 저 역시 비겁하게 죽음을 겁내서 목숨을 부지한 것은 아닙니다. 그날 밤 역적들이 갑자기 들이닥치니 피가 낭자했고 시체가 널렸습니다. 선제의 시신은 침상 위에 있었고 주귀아, 원보아의 시신은 기둥에 기대어 있었어요. 저는 침상 널빤지를 뜯어서 관을 짜 선제를 모셨고, 뒤이어 주귀아와 원보아의 시신을 입관했어요. 그러지 않았다면 시신이 썩어 무슨 모양이 됐겠어요?"

조후가 말했다.

"그것도 국모로서 응당하셔야 할 일이었지요. 서민들 필부의 기본 행실을 따라 배우시지 않고 고생하시면서도 수나라 조상 영전에 제사를 지내 선조의 영혼을 안심시켜서 멸망되게 하지 않으려는 황후의 뜻을 저도 알 것 같습니다."

조후의 말을 듣고, 소후가 말했다.

"황후께서 저의 진심을 말씀해 주셨습니다."

조후가 말했다.

"황후께서 앞에서 말씀하신 처사야 옳은 거지요. 하지만 후에 역적들이 진왕(秦王) 양호(楊浩)를 황제로 옹립했다가 짐새의 독주로 살해했지요. 그때 황후께선 역적과 아기자기한 시간을 보내셨는데, 진왕을 구하기 위해 왜 한마디도 간언을 말하지 않았나요? 그건 무슨 까닭이 있었습니까?"

"그때 미망인(未亡人)의 목숨은 역적의 손에 쥐어져 있었으니, 말한들 무슨 소용이 있겠나요?"

"미망인이란 말씀은 입 밖에 내지도 마세요. 도대체 수씨네 미망인인가요, 아니면 허씨(許氏)네 미망인인가요?"

여기까지 말하자, 소후는 얼굴을 감싸쥐고 울었다. 한준아와 아랑까지도 슬피 통곡했다. 모두가 난감한 분위기에 휩싸였을 때 궁녀가 달려와 알렸다.

"주공께서 당도하셨으니 중전께서는 영접하십시오."

조후가 소황후에게 말했다.

"더 얘기를 나누고 싶지만 주공께서 돌아오셨다는군요. 황후께서는 잠시 능대부(凌敬) 저택에 가셔서 쉬세요. 내일 사람을 보내서 다시 모시겠습니다."

소황후는 교자를 타고 능경의 저택으로 갔다.

다음에 무슨 일이 있었는지 알지 못하니, 다음 회를 읽어 보시라.

제51회

천명 군주는 적국 옥에 갇혔고, 才女(재녀) 佳人(가인)의 묘계로 벗어나다.(眞命主南牢身陷, 奇女子巧計龍飛.)

노래하기를, 詞曰,

무슨 일로 웅심(雄心)을 드러내는가? (何事雄心自逞)
무단히 유리의 옥에 갇혔도다. (無端羑里羈國)[64]
군신(君臣)이 잠간 만나 눈물 짓고, (君臣暫見淚交流)
하룻새 근심을 해결하였다. (甚日放眉頭)
다행히 가인의 꿈에 나타났고, (幸遇佳人夢)

64 원문 無端羑里羈國(무단유리기국) – 商朝(殷) 말기에 周 文王(前 1152–1056년, 西伯 昌, 姬姓, 周氏, 名은 昌)은 殷(은)의 폭군 紂王(주왕)에 의해 이곳 유리〔羑里, 羑는 인도할 유, 今 河南省 북부 安陽市 湯陰縣(탕음현)〕의 감옥에 갇혔다.(羈는 굴레 기. 잡아매다) 문왕은 옥중에서《易經(역경)》을 보완하였다.

양책(良策)에 여러 영웅 감탄하였다. (感群英盡吐良謀)

주마가편으로 멀리 보내었고, (玉鞭驕馬贈長游)

세 번 겹쳐 이별을 노래한다. (三疊唱離愁)

— 곡조〈금당춘〉 — 調寄〈錦堂春〉

명철한 인물(哲人)은 앞일을 예측하는 재주가 있기에 좋은 일(吉)을 만들고 흉한 일(凶)을 피할 수 있다. 그렇더라도 결국에는 정해진 운명을 피해 달아날 수는 없다.

예를 들어, 곽박(郭璞)[65]과 복후(卜珝)[66]는 둘 다 《주역(周易)》의

---

65 곽박(郭璞, 276－324년, 字는 景純)－河東郡 聞喜縣人(今 山西省). 西晉 곽원(郭瑗)의 아들. 東晉의 學者, 文學, 훈고학(訓詁學)의 대가. 方術의 大師이며 〈遊仙詩〉의 祖師. 그의 《爾雅注(이아주)》, 《方言注》는 晉代 漢語 方言 연구의 명저이다. 東晉의 明帝(재위 323－326년)는 왕도(王導)를 사도(司徒)에 임명하고 대도독의 지위를 더하여 모든 군사를 감독하여 왕돈(王敦)을 토벌케 하였다. 왕돈이 다시 반기를 들면서 군사를 일으켰으나 병이 났다. (왕돈이) 곽박을 시켜 점을 치게 하였는데, 곽박이 말했다. "명공께서 일을 일으켰지만 화가 틀림없이 멀지 않았습니다." 왕돈이 대노하며 물었다. "그대의 수명은 얼마나 남았는가?" 곽박이 말했다. "나의 명은 오늘 낮에 끝날 것입니다." 왕돈은 곽박의 목을 베었다.

66 복후(卜珝, ?－312년, 字는 子玉)－匈奴(흉노) 後部人(후부인). 《周易》에 밝았다. 五胡十六國 시대, 漢趙(한조)의 開國君王(개국군왕)인 유연(劉淵)의 신하. 유연(劉淵)은 五胡十六國 시대에 漢趙의 開國 君王. 304年에 유연은 서진 조정의 내분(八王의 난)을 틈타 자립하여 漢王을 칭하고(재위 304 －310년간) 군림하다.

이치(易理)에 정통한 사람이었다.

하루는 곽박이 복후를 만나 탄식하며 말했다.

"나는 자네만 못하네. 그러나 자넨 끝내 전쟁의 재앙을 면치 못할 것이네!"

그러자 복후가 말했다.

"내 나이 이제 겨우 마흔하나인데 재상에 올랐으니 화(禍)를 당하겠지. 그렇지만 자네도 타고난 명대로 다 살지는 못할 것이네."

"나의 재난은 강남에 있네. 아무리 궁리해도 그걸 피할 묘책이 생각나질 않는구먼!"

그러자 복후가 말했다.

"자네가 벼슬을 그만둔다면 피할 수 있지."

"내가 관직을 그만둘 수는 없어. 마치 자네가 재상 노릇을 그만 두지 못하는 것처럼!"

뒷날 복후(卜珝)는 유연의 아들 유총(劉聰, 昭武帝) 휘하의 장군으로 재직 중에 패전하며 죽었고, 곽복도 재직 중에 상관인 왕돈(王敦)에게 살해당했다.

그러니 정해진 운명은 제왕이라도 피할 길이 없을 뿐 아니라 《주역》에 정통한 사람이라도 피할 수 없다.

수(隋)에 반기를 든 하(夏)의 주군인 두건덕은 낙수(樂壽)의 궁궐에 돌아왔다.

조후(曹后)가 궁궐로 맞아 모시고 인사를 올린 다음에 말했다.

"전하께서 군무(軍務)에 노고가 많으셨습니다. 다행히 역신(逆臣)을 모두 처단해 버리고 명분을 바로 세우셨으니 이제부터는 명성이 당(唐)이나 위(魏)나라보다 더 높아질 것입니다. 그런데 수나라 황태주(皇泰主)[67]가 아직도 동도(東都)에 있다는데, 전하께서 신하를 파견하여 표문을 올려 아뢰었는지 모르겠사옵니다."

"과인이 이미 양세웅(楊世雄)을 시켜 표문을 보냈소. 궁중의 재물과 궁녀를 네 몫으로 나누어 두 몫은 공신과 장졸들에게 하사하였고, 나머지 두 몫은 함께 도적을 무찌르는데 공로가 있는 당나라와 위나라에 사례했습니다. 과인은 다만 국보와 진귀한 도서만 남겨두었을 뿐입니다."

"전하의 처분은 매우 훌륭하십니다. 그런데 살아있는 보배가 여기 있었는데, 전하께서는 어디에다 감추어 두셨습니까?"

"왕후는 나를 우문화급 무리와 같이 보지 마시오. 과인이 군사를 일으킨 뒤 온 천하를 동분서주하면서 편안히 쉰 적이 없는데,

---

67 황태주(皇泰主, 600년대 ?－619년 7월) － 名은 양동(楊侗). 隋 煬帝의 손자. 元德太子 양소(楊昭)의 次子. 東都 洛陽을 지키는 동안 양제가 叛將 우문화급(宇文化及)에게 피살되자, 낙양의 관리에 의해 황제로 옹립되었다. 연호는 황태(皇泰) 618년 6월－619년 5월까지 재위. 隋의 마지막 황제. 즉위 후, 곧 왕세충(王世充)에게 권력을 빼앗겼다가 살해되었다. 시호는 隋 공제(恭帝). 그의 동생 양유(楊侑)도 시호는 공제이다. 唐朝에서 편찬된《隋書》에는 양유가 마지막 황제로 고조 李淵에게 선양한 것으로 기록되었다. 즉위 이전에는 양동(楊侗)을 월왕(越王)으로, 즉위 이후에는 皇泰主로 칭했다.

어느 여가에 환락을 누릴 수 있었겠소? 양제의 황후 소씨를 중원에 남겨두면 다른 사람들에게 모욕당할까 걱정되어 데려왔을 뿐입니다. 딸애와 같이 보냈는데, 소황후를 보낼 곳은 따로 있습니다."

"소첩은 질투가 심한 여자가 아닙니다. 다만 나라를 위할 뿐입니다. 만약 그러하시다면 종묘사직의 복이 옵니다."

하룻밤 지난 다음 하주는 능경을 시켜 소후 등을 의성공주(義成公主)가 출가한 돌궐족의 나라로 보내게 했다. 소후는 원래부터 활동하기를 좋아했다. 이곳에 와서 얌전하게 앉아 조후로부터 심한 조소와 모욕을 당하고는 자기가 용납되기 어려운 존재라는 사실을 깨달았다. 그런던 차에 자기를 의성공주한테로 보내려 한다는 말을 들은 소후는 몹시 기뻐하며 마음속으로 생각했다.

'오히려 외국에 나가서 몇 년쯤 있는 것도 괜찮아! 여기에서 다른 사람의 업신여김을 받기보다야 훨씬 낫겠지!'

소황후는 능경을 재촉하여 길을 떠났다. 배에 앉아 돛을 올리니 얼마 후 돌궐국에 이르렀다.[68] 능경이 사람을 보내 의성공주

---

68 두건덕의 도읍지인 낙수(樂壽, 지명, 今 河北省 滄州市 獻縣)에서 동돌궐의 근거지를 찾아가려 한다면, 황하를 거슬러 상류인 내몽고 자치주까지 가야 한다. 여기 소설처럼 '얼마 후'로 표현할 수 없는 거리이고 시간이다. 高昌國(고창국)은 서역의 나라 이름이다. 황하를 따라 내려와 바닷길로 가는 여정이 아니다. 본 소설에서는 지리적 관점에서 상당히 모순되는 내용이 자주 보인다.

에게 소식을 전했다. 돌궐의 칸(可汗)은 고창(高昌)왕 국백아(鞠伯雅)의 생일을 축하하러 가고 나라에 없었다.

의성공주가 즉각 왕의(王義)더러 낙타와 말을 가지고 가서 소후를 맞이하게 했다. 또 문관을 보내 능경을 역관(驛館)에 모신 다음, 초대하게 했다. 왕의가 배에 가서 머리를 조아리며 소황후를 알현하니 타향에서 옛 친구를 만난 듯, 눈물이 비 오듯 쏟아졌다.

소황후가 왕의에게 물었다.

"왕의, 너는 왜 여기에 있느냐?"

"신하는 본래 외국인이었습니다. 선제의 깊은 은총을 받았었는데, 어찌 다시 새 황제를 모시겠습니까? 저는 지금 여기서 조왕(趙王)과 사(沙) 부인을 모시고 있습니다. 선제께서 신하의 간언(諫言)을 듣지 않아 나라를 너무나 가볍게 잃어버리셨습니다. 오늘 황후께서 이곳에 오시어 혈육을 만났으니, 이제는 편안히 지내실 수 있습니다. 공주께서는 저를 보내시면서 빨리 황후를 궁중에 모시어 만나라고 했습니다."

소후가 배에서 내려 뭍에 올라 멋진 말을 타고 궁중에 들어갔다. 의성공주가 사부인과 함께 나와 소황후를 안으로 모신 다음, 서로 인사를 나눈 뒤 머리를 싸맨 채 통곡했다.

소후가 사부인에게 말했다.

"당신네들은 모두 여기로 도망쳐오면서, 나 혼자만 남겨두어 고생하게 했구려!"

사부인이 대답했다.

"소첩들은 황후께서 의연히 황후로 소양궁(昭陽宮)에 자리를 지키신다고 들었습니다. 그래서 역적을 소멸해 버리고 옛 땅을 수복한 뒤 우리들을 불러들이기를 기다렸습니다. 그런데 뜻밖에도 많은 곡절을 겪었습니다."

한창 이야기를 나누는데, 설야아와 강정정이 나와서 알현했다.

소후가 사부인에게 물었다.

"다른 부인들도 다 여기에 있겠군요?"

설야아가 대답했다.

"함께 나온 적(狄), 진(秦), 이(李), 하(夏) 네 부인은 이미 머리를 깎고 불문(佛門)에 들어가 비구니가 되었습니다."

소후가 듣고서는 길게 탄식하더니, 사부인에게 말했다.

"부인이 여기에 있는데, 왜 조왕(趙王)은 보이지 않는가?"

"금방 다른 아이들과 같이 사냥하러 나갔사옵니다."

"나는 늘 그 애를 보고 싶었소."

"잠시 후, 돌아올 것입니다. 황후마마를 만나면 몹시 기뻐할 것입니다."

얼마 후 잔칫상이 차려졌는데, 뭇 새와 짐승 고기뿐이었다. 그때 왕의는 돌궐국에서 시랑의 벼슬에 있었고, 강정정은 부인으로 봉(封)해졌으며, 설야아는 조왕의 보모가 되었다.

해가 기울었을 때 내시가 들어와 아뢰었다.

"작은 나으리께서 돌아오셨습니다."

소후는 2년 만에 조왕을 만났다. 조왕은 어느 새 몸이 웅장하게 장성했고, 많은 짐승을 잡아들고 들어오며 소리쳤다.

"어머니, 제가 돌아왔어요!"

조왕은 안에 차려놓은 술상을 보고 즉시 물러 나가려 했다.

그러자 사부인이 말했다.

"너의 큰어머님이 여기 오셨다. 어서 와서 인사를 올려라."

조왕이 멈춰 서자, 설야아와 강정정이 급히 달려와 조왕에게 말했다.

"이분이 너의 아버님 정실이신 소황후이시다. 너의 큰어머님이야. 어서 가서 인사를 올려야지."

말을 들은 조왕이 다가가 위를 향해 두 번 읍했다.

소황후가 말했다.

"2년 동안 보지 못했는데 이렇게 장성했구나!"

조왕이 밖으로 나가려 하자, 사부인이 말했다.

"네가 왜 절을 올리지 않고 달아나려느냐?"

설야아가 다시 붙잡아 돌려 세우니, 조왕이 말했다.

"보모! 보모는 모릅니다. 그전에 수나라 궁중에 있을 때에는 저분이 저의 큰어머님이었으니 마땅히 큰절로 인사를 올려야 했습니다. 그런데 듣자니, 저분은 이미 허씨(許氏, 宇文化及)한테 개가(改嫁)했다고 하니 모자의 은정은 이미 끊어졌습니다. 더구나

저 분은 절개를 지키지 않은 부인입니다. 읍으로 인사한 것도 어머님의 면목을 보아 한 것입니다. 명을 어길 수 없어 읍하기는 했으나 과분한 인사였습니다."

조왕은 말을 마친 다음, 설야아의 손을 뿌리치고 밖으로 나갔다. 이 말을 들은 소후는 양심의 가책을 느껴 대성통곡했다. 양제와 재위 중에는 은정이 두터웠고, 우문화급을 만나서는 뜨거운 사랑을 받았었다.

그랬으나 지금은 굴러다니다 오늘 이 지경에 이르니, 아들이 어머니라 하지 않고 절개도 지키지 못했다고 비난을 들어야 하고, 상봉의 즐거움도 느낄 수 없으니, 이렇듯 번뇌에 부대끼게 되는구나! 생각하면 생각할수록 눈물만 쏟아졌다. 마치 맹강녀(孟姜女)가 울음으로 장성(長城)을 무너트리듯 통곡하였다.[69]

의성공주와 사부인 등이 재삼 권고하여 울음을 그쳤다. 이때부터 소후는 마음을 가라앉히고 의성공주와 함께 지냈다.

이하 이야기는 일단 줄인다.

---

69 맹강녀(孟姜女)의 통곡 – 중국 고대 전설에 의하면, 제(齊)나라 만기량(萬杞梁)의 처 맹강(孟姜)은 장성을 축조하는 부역에 동원된 남편의 겨울옷을 지어 가지고, 장성의 부역 현장을 찾아갔다. 그러나 남편은 이미 죽었다고 하는데, 시신이 어디에 있는지 아무도 몰랐다. 맹강녀가 장성에서 서글피 통곡하자, 장성이 무너졌고 무너진 성벽에서는 죽은 인부의 백골이 쏟아졌다. 맹강녀는 자신의 손을 찔러 흐른 피를 백골에 적셔 남편의 유골을 찾아내 장례를 치렀다.

이세민은 장안에 돌아와 황제(唐帝)를 알현했다.

부황(父皇)이 아들에게 말했다.

"세 곳 군사들 세력 다툼이 매우 극렬하구나!"

이세민이 대답했다.

"아무리 대단한들 두려울 자는 없습니다. 유무주(劉武周)[70]와 소선(蕭銑)[71]이 서북에 주둔하였고, 왕세충(王世充, 48회 주석 참고)은 중앙부에 할거하고 있습니다. 저는 먼저 왕세충한테 서신을 보내 연맹을 맺었고, 왕세충을 일단 안심시킨 뒤, 유무주와 양나라 소선을 공격하면 무찌를 수 있다고 생각합니다만, 부황의 생각은 어떠신 지 모르겠습니다."

당 고조가 그렇게 하는 것이 좋겠다고 대답하자, 이세민은 즉시 서신 한 통을 써서 양통(楊通)과 장천(張千)에게 주어 낙양에 가서 왕세충을 만나게 하였다.

두 사람은 명을 받고 떠났다.

그러나 왕세충은 이세민의 서신을 받아보고 크게 분노하면서 서신을 찢어버리고, 양통을 즉석에서 참수했고, 장천의 양쪽 귀

---

70 유무주(劉武周, ?－622년)－隋朝(수조) 말년 지방 할거 세력 중 하나. 이세민에 밀려 돌궐족의 땅으로 도주, 거기에서 죽음을 당했다. 50회 주석 참고.

71 소선(蕭銑, 583－621년)－隋末(수말) 천하 대란 시기에 봉기하여(大業 13년, 617년) 양왕(梁王)을 칭했다가 稱帝(칭제)했다. 蕭銑은 장안에서 처형되었다.

를 잘라버린 뒤에 풀어주었다. 장천이 머리를 싸 쥐고 장안으로 돌아와 황제에게 울며 호소했다.

황제가 대노하며 친히 군사를 이끌고 나가 왕세충을 토벌하려 하자, 이세민이 말했다.

"부황께서는 노여워 마십시오. 제가 방법을 마련하겠습니다. 이정(李靖)을 행군대원수로 임명하여 군사 10만 명을 거느리고 유무주를 견제한 다음, 제가 한 무리(旅)의 군사를 거느리고 나가 왕세충을 없애버리겠습니다."

원천강(袁天罡)

황제가 매우 기뻐하며 진왕에게 10만 대군을 통솔하여 낙양으로 진격하라 명령했다. 이때 이세민 부중(府中)의 막료로는 두여회(杜如晦, 46회 주석 참고), 원천강(袁天罡),[72] 이순풍(李淳風),[73]

---

72 원천강(袁天罡, 袁天綱, 573-645년, 罡은 별이름 강) - 益州 成都縣(今四川 成都市) 사람. 唐朝 初年 相士(관상가) 겸 역학(易學)과 風水地理의 대가. 隋朝에서도 관상가로 이름을 날렸다. 강보에 쌓인 남아 옷을 입은 武則天의 관상을 보고서는 "이 아이가 여아라면

후군집(侯君集),[74] 요사렴(姚思廉),[75] 황보무일(皇甫無逸)[76] 등이 있

틀림없이 천하의 主君이 될 것이라." 예언했었다. 이순풍(李淳風)이 당 태종을 따라 出遊했다. 태종이 검은 말과 붉은 말을 보고서는 이 말들이 불(火)을 보면 어느 말이 먼저 물에 뛰어들겠느냐고 물었다. 원천강은 점을 쳐서 이괘(離卦)를 얻었고, 離는 火이니 붉은 말이 먼저 물에 뛰어들 것이라고 말했다. 그러나 이순풍은 木에서 火를 얻으니 검은 연기가 난 뒤에 불이 붙으니 검은 말이 먼저 뛰어들 것이라 말했다. 실험을 했더니 검은 말이 먼저 뛰어들었다. 그러나 이순풍은 만약 원천강이 아니라면 연기가 난 다음에 불이 붙을 것이라는 생각을 못했을 것이라고 겸손하게 말했다.

73 이순풍(李淳風, 602－670년)－唐朝 초기 관리. 天文學과 數學의 대가. 부친을 따라 젊은 나이에 천태산(天台山)에서 수도했다. 隋 煬帝의 司監官으로 天文星象과 曆法 및 수학에 능통했다. 唐이 中弱하여 女主가 출현할 것이라 예언했다. 이순풍은 武后가 칭제할 것이라 예언했다. 태종이 죽이려 하자, 이순풍이 만류했다. "잠시 황실이 쇠약해지나 그 때문에 사직은 오히려 늘어날 것이며, 만약 무측천을 죽이면 남자로 바뀌 출생하여 황족의 씨를 완전히 말릴 것이라 예언하였다." 그래서 태종이 죽이지 않았다고 한다. 이순풍은 貞觀 22년(648년) 太史令이 되었다. 《算經十書》를 저술. 唐高宗 時, 이순풍은 《皇極曆(황극력)》을 개정하여 《인덕력(麟德曆)》을 만들었고, 麟德 2년(665년)부터 적용하였다.

74 후군집(侯君集, ?－643년)－唐朝 初期(당조 초기) 장수. 능연각(凌煙閣) 24공신 중 한 사람.

75 요사렴(姚思廉, 557－637년, 字는 簡之. 原名은 簡, 字는 思廉)－以字 行. 唐 李淵 稱帝 후에, 李世民 秦王府 文學館 學士. 玄武門之變(현무문지변) 후 太子洗馬. 貞觀 初年, 著作郎이 되었고 '十八學士'의 한 사람. 위징(魏徵)과 함께 남조 梁과 陳의 정사를 편찬하였다.

었다.

이세민은 평소에 이들을 매우 존중하였다. 때문에 매번 출병할 때마다 이들은 이세민을 따라 막하에서 참모로 충실하게 이세민을 섬겼다. 이세민이 은개산(殷開山)[77]을 선봉으로, 사악(史岳)과 왕상(王常)을 선봉 좌호위와 우호위로, 유홍기(劉弘基)를 중군정사(中軍正使), 단지현(段志玄)과 백현도(白顯道)를 좌,우호위(左,右護衛)로 임명했다.

이순풍(李淳風)

그리고 진왕(秦王) 이세민은 한 부대를 거느리고 후군(後軍)이

76 황보무일(皇甫無逸, 567－627년, 字는 仁儉)－隋朝, 唐朝 관리. 618년, 隋 煬帝 피살 후, 낙양에서 段達(단달)과 함께 越王 양동(楊侗)을 황제로 옹립했으나 나중에 王世充에 밀리자, 당에 귀부했다. 刑部尙書(형부상서), 御史大夫(어사대부) 역임했다.

77 은개산(殷開山, ?－622년, 名은 嶠, 字는 開山, 以字 行)－初唐 장수. 戰功(전공)으로 운국공(鄖國公)에 봉해졌고, 능연각(凌煙閣) 24공신 중 한 사람이다.

되었다. 장손무기(長孫無忌)[78]와 마삼보(馬三保)[79] 등은 선단을 호위하는 보위선기(保衛船騎)가 되어 수륙으로 병진하여 낙양(洛陽)에 이르렀다. 왕세충은 소식을 듣고 군사를 거느리고 수수(睢水, 睢는 강이름 수, 濉河)에서 진을 치고 응전했다. 이세민은 수수 북쪽에 진을 쳤다.

양쪽 군사가 접전했으나 당나라 군사의 진공을 막아낼 수가 없었다. 왕세충은 크게 패전하고는 성안에 들어가 나오지 않았다.

이튿날 당나라 군영에서는 연회를 차려 삼군을 위로했다.

이세민이 주흥에 겨워 그곳 사람에게 물었다.

"이곳에 유람할만한 풍경이 있는가?"

"낙양성의 북쪽 10리밖에 북망산(北邙山, 首陽山)[80]이 있는데,

---

78 장손무기(長孫無忌, 594－659년, 字는 輔機)－河南 洛陽人(하남 낙양인). 박학다식, 모략(謀略)에 뛰어났고 少年 시기부터 이세민의 친우. 唐初 大臣, 능연각(凌煙閣) 24공신 중 첫째. 태종의 아내 長孫皇后(장손황후)의 친오빠. 唐 高宗의 외삼촌. 장손무기의 아들과 태종의 첫딸이 결혼. 서로 사돈이 되었다.

79 마삼보(馬三保, 생몰년 미상)－본래 당고조의 사위인 시소(柴紹, 시사창)의 家童(가동)이었다. 平陽公主(평양공주)와 秦王(진왕) 이세민을 따라 여러 공을 세웠다.

80 북망산〔北邙山, 河南省 洛陽市 북쪽, 黃河 남안, 진령산맥(秦嶺山脈)의 여맥(餘脈), 효산(崤山)의 지맥(支脉)〕. 洛陽市 북에서 황하를 따라 鄭州市 북의 廣武山에 이르는 100km의 산 줄기. 해발 300m 정도의 산이 이어졌다. 北邙山은, 今 河南省 洛陽市 북쪽에 해발 300m 정도의 황토 구릉지로 무덤쓰기에 알맞은 산이라고 한다. 東周 이래로 後

그 주위가 100리나 됩니다. 옛 제왕의 능과 충신열사들의 묘가 별처럼 널려 있습니다. 또 진귀한 금수가 있고 송백이 울창하여 아름답기 그지없습니다."

진왕이 듣고 기뻐하며 말했다.

"내가 거기에 가서 사냥을 해야겠다."[81]

漢 光武帝 외 여러 황제, 魏, 西晉의 여러 제왕들의 무덤이 즐비하고, 呂不韋(여불위), 안진경(顔眞卿), 두보(杜甫)의 묘도 이곳에 있으며, 현재 洛陽古墓博物館이 여기에 있다. 당대에는 유람지로서의 명성도 있었으며 詩人 張籍(장적)은 '人居朝市하며 未解愁하면 請君하니 暫向北邙游하라.'는 명구를 남겼다. 孟津縣(맹진현)과 경계하는 북망산 최고봉을 首陽山(수양산)이라 하며, 이곳에 백이와 숙제가 죽은 곳이라 하여 이제묘(夷齊廟)가 있다.

81 〔참고〕 멧돼지를 사냥하는 이세민 – 世民은 젊어서 힘으로도 한 명성을 누렸다. 이세민이 지니고 다닌 무기 중 가장 유명한 것은 2m가 넘는 巨闕天弓(거궐천궁)이라는 활이었고 거의 백발백중이었다는 기록이 있다. 태종 이세민의 모친이 선비족이었기 때문에 그의 몸에는 유목민족의 기질이 있었고, 그래서 그런지 사냥을 무척이나 좋아했었다. 태종이 天策上將으로 天策府를 설치하고 있을 때, 사냥을 나가서 멧돼지 떼를 만났다. 태종이 연속 4개의 화살로 4마리를 죽였는데도 한 마리가 이세민을 향해 돌진했다. 그때 이부상서인 唐儉(당검)이 급히 말에서 내려 멧돼지와 육박전을 벌렸다. 이에 태종이 칼로 멧돼지를 죽인 뒤 농담으로 말했다. "천책부 장사는 上將인 내가 적을 무찌르는 것을 못 보았는가? 무엇을 두려워하는가?" 그 이부상서 당검은 전에 천책부 소속의 長史(장사)였었다. 그러자 당검이 즉시 대답했다. "漢 고조는 馬上에서 천하를 얻었지만 馬上에서 통치하지 않았습니다. 폐하께서는 神

다음 날 아침 이순풍(李淳風)이 말했다.

"신이 아침에 일어나 점을 쳐보니 전하께 백일지재(百日之災)가 있을 것 같습니다. 사냥은 물론이고 유람을 삼가셔야 합니다. 더군다나 지금 존안(尊顔)에 푸른 기운이 어리었으니 나가시지 않는 것이 마땅합니다."

그러나 이세민이 말했다.

"내가 아침저녁 말을 타고 질주하지만 오히려 정신이 상쾌하오. 오늘이라 하여 특별히 무슨 해로운 일이 있겠는가?"

이세민은 마삼보와 함께 활을 메고 십여 명의 수행 인원을 데리고 북망산으로 갔다.

산 아래에 도착한 이세민이 사방을 둘러보고 탄식하며 말했다.

"전세의 황제들이 중화(中華)를 다스렸고, 얼마나 많은 영웅호걸이 백만대군을 통솔했더냐? 그런데 오늘은 몇 개의 돌로 만든 사람과 말만이 따르고 있구나. 또 가시나무가 무성하고 여우와 토끼가 벗이 되어 같이 놀고 있으니 안타까울 뿐이다. 앞으로 당나라의 천하 역시 이렇게 되겠지!"

이세민이 탄식하고 있는데, 서북쪽에서 흰 사슴 한 마리가 뛰

武로 四方을 평정하고서도, 어찌하여 산짐승을 상대로 雄心(웅심)이나 자랑하고 싶습니까?" 태종은 당검의 말을 옳다고 인정하고 다시는 사냥을 하지 않았다고 한다.

어나왔다.

이세민이 활을 당겨 쏘자, 화살이 사슴의 등에 맞았다. 사슴은 화살을 꽂은 채 서쪽으로 도망쳤다. 진왕이 말을 달려 뒤쫓아 얼마를 달렸지만, 산등성이를 돌아서자 사슴이 보이지 않았다. 진왕은 여기 저기 찾아 헤매다 저도 모르게 한 곳에 이르렀다. 넓은 들판에 깃발이 해를 가리고 창이 수풀을 이루었다.

새로 세운 성문 위 편액에는 「금용성(金墉城)」이란 세 글자가 쓰여 있었는데 햇빛을 받아 눈부시게 빛났다.

이세민이 물었다.

"이곳이 바로 이밀(李密)이 웅거한 성인가?"

마삼보가 대답했다.

"그렇습니다. 전하, 빨리 돌아가셔야 합니다. 만약 그들에게 발각되면 빠져나가기 어렵습니다."

그런데 이세민이 주의하지 않아 성문을 지키는 군졸에게 발각되고 말았다. 군졸들이 재빨리 위공(魏公) 이밀에게 알렸다.

이밀이 말했다.

"이는 필시 세민이 적을 유인해 내려고 계교를 부리는 것이니 쫓아갈 필요가 없어."

그러자 정교금이 성큼 나서며 말했다.

"전하, 지금 붙잡지 않고 어느 때를 기다리겠습니까?"

정교금은 말을 마치자, 큰 도끼를 들고 청종마(青鬃馬)에 올라 성문을 나섰다. 진숙보는 정교금이 실수할까 걱정되어 뒤따라 나섰다. 이세민이 돌아가려는데 말 탄 장수가 나는 듯이 달려오며 외쳤다.

"이세민, 도망치지 말아라."

이세민이 창을 들고 물었다.

"너는 누구인가?"

정교금이 대답했다.

"내가 바로 정교금이다. 너를 잡으러 왔다."

그러자 이세민도 욕으로 맞받았다.

"너! 이 비천한 자식! 두려울 게 뭐냐!"

정교금이 큰 도끼를 쳐들고 이세민에게 덮쳐들었다. 이세민은 창을 들어 막았다. 둘은 삼십여 합을 싸웠고, 마삼보는 진숙보와 맞붙었다. 이세민이 패하여 달아났고, 마삼보도 숙보를 당해내지 못하고 도망쳤다. 정교금이 이세민을 바짝 뒤좇아 가까이 좇아오자, 이세민은 활에 화살을 먹여 쏘았다. 윙하는 소리와 함께 화살은 요금이 투구의 장식을 맞추었다. 이세민이 교금을 맞히지 못하자 황급히 채찍을 휘두르며 다시 달아났다.

마침 앞에 오래된 낡은 사당이 나타났는데, 편액에 「노군당(老君堂)」[82]이라고 쓰여 있어 이세민이 마음속으로 생각했다.

'이 사당 안에 들어가 피신해야겠다.'

이세민은 급히 사당에 들어가 문을 닫고 큰 돌을 들어다 문을

---

82 노군당(老君堂) – 老君은 太上老君. 곧 老子.

받쳐 놓았다. 그리고 말은 사당의 낭하 밑에 매어 놓았다.

그런 다음 노군의 신상(神象)에 읍하고 말했다.

"신성(神聖)께서 이세민을 구해주시어 이 재난을 벗어나게 해 주신다면, 사당을 수리하고 금상을 세우겠습니다."

기도를 마친 이세민은 신주 뒤에 숨었다. 이노군은 영묘한 감응이 있으므로 늘 향불이 끊어지지 않았다.

오늘의 '진명지주(眞命之主)' 인 자미궁(紫微宮)이 재난을 당했는데, 어찌 현성(顯聖)하지 않으랴? 회오리바람이 휘몰아오면서 이세민이 타고 온 말 발자국 흔적을 없애버렸을 뿐만 아니라 사당의 대문에는 거미줄을 쳐놓았다.

정교금은 길이 세 갈래로 된 어귀에 이르렀으나 갑자기 이세민이 보이지 않았다. 사방을 둘러보니 앞에 있는 큰 수풀에 나무가 무성했다. 수림 속에 들어가 다시 산등성이에 올라가니 산 뒤쪽으로 낡은 사당이 보였다. 교금이 사당 앞에 이르러 문을 열려고 해도 열리지가 않았다. 문에는 거미줄이 엉켜있고 거기에 먼지가 앉은 것으로 보아 오랫동안 사람이 드나들지 않은 것 같았다. 정교금은 말머리를 돌려 다시 산등성이로 올라갔다. 그곳에서 다시 사당을 바라보는 순간 깜짝 놀랐다. 사당의 용마루 가운데에 큰 구렁이 한 마리가 도사리고 앉아있는 것이었다.

교금은 구렁이를 보고 생각했다.

'내가 듣자니, 한(漢)나라 유방(劉邦)이 망탕산(芒碭山)의 큰 구렁이를 죽이고 난 뒤에 황제가 되었다고 한다. 나도 대장부가 아닌가? 내가 어찌 이런 요물을 없애버리지 못한단 말인가?

정교금은 급히 산에서 내려와 사당문 앞에 이르러 말에서 내렸다. 그리고 문을 막아놓은 돌을 밀어버리고 문을 열었다. 지붕을 바라보니 구렁이가 보이지 않자, 교금은 속으로생각했다.

'이 요물이 사당 안으로 들어간 모양이다.'

전각 앞에 이르니, 말 한 필이 기둥에 매여있었다.

그것을 본 교금이 생각했다.

'원래 이세민이 여기에 숨어 있었구나.'

그가 또 대들보를 올려다보니 구렁이는 보이지 않았다. 신주 위에 드리워진 천이 흔들리는 것이 마치 뱀의 꼬리가 바깥에 드러난 것 같았다. 이세민은 전각 안으로 사람이 들어와 자세히 훑어보는 낌새를 알고는 가볍게 검을 뽑았다. 숙보가 전각 안에 뒤따라 들어섰을 때, 교금이 늘어진 막을 쳐들고 외쳤다.

"도적 놈이 여기에 숨어 있었구나."

교금은 큰 도끼를 들어 이세민의 머리를 내리찍으려 했다. 그 때 숙보가 앞을 보니 갑자기 다섯 발가락을 가진 금룡이 보였다. 숙보는 진명지주(眞命之主)임을 알고 나는 듯이 달려가 쌍간으로 정교금의 도끼를 후려치며 말했다.

"동생, 왜 이리 무모하오! 당나라 황제와 위(魏)나라 임금은 같은 성씨요. 또 일찍이 서신 내왕이 있는 줄을 모르는가? 이세민의 주검을 갖고 가서 위왕을 만나보면 공(功)은 고사하고 오히려 죄를 짓게 되오."

교금이 말했다.

"형님! 형님은 모르시오. 내가 금방 보니 세민은 누런 구렁이 요정(妖精)입니다. 지금 죽여버리지 않으면 도망쳐 버립니다."

숙보가 빙그레 웃으며 이세민을 신주 안에서 부축해 나왔다. 그런 다음 부하더러 이세민을 느슨하게 묶게 하고는 사당문을 나섰다. 시종들이 이세민의 말을 끌어왔다.

정교금과 진숙보는 말에 올라 뒤에서 압송했다.

일행이 금용성으로 돌어오자, 거리의 백성들이 누군지도 모르고 혀를 차며 말했다.

"얼마나 훌륭한 호걸이오. 수려한 안목에 준수한 용모와 커다란 두 귀를 보시오. 무슨 죄를 범했는지 두 장군에게 압송되어 성안으로 들어오는구만."

숙보네를 따라 들어온 백성 몇이서 말했다.

"당신들은 이분을 깔보지 마시오. 이분은 당나라 왕이요. 우연하게 여기를 지나다가 두 분 장군께 나포됐소."

백성들이 말했다.

"그러길래 인물이 빼어났구만. 원래는 금지옥엽(金枝玉葉)이었는데, 가석하군!"

숙보는 말 위에서 백성들이 주고받는 말을 들었다.

진숙보는 이세민을 풀어주고 싶었으나 뭇사람들의 이목 때문에 풀어주지 못하고 관아로 압송했다.

위공 이밀이 도부수(刀斧手)들을 시켜 이세민을 층계 아래에 끌어다 세우게 하고 질책했다.

"너! 이 교활한 도적 놈이 제발로 죽으러 왔구나. 너의 아버지는 장안에 아무 공덕도 없이 앉아서 공짜로 대통(大統)을 누리지만, 나는 용성을 차지하고 만백성을 관리한다. 전번에 하남을 탈취하였고, 오늘은 암암리에 이곳 금용성을 기습하려 하니, 무슨 도리냐?"

이세민이 대답했다.

"숙부님, 잠시 노여움을 삭이십시오. 이 조카가 여쭐 말씀이 있습니다. 낙양의 왕세충이 저의 사신을 죽여버렸기 때문에 제가 군사를 이끌고 와서 왕세충을 토벌하여 그의 삼군을 패배시켰습니다. 왕세충이 성문을 걸어닫고 나오지 않기에 군사를 천추령(千秋嶺) 아래에 주둔시켰습니다. 우연히 술기운에 사냥을 나왔다가 금용성에 찾아와 숙부님을 방문하고자 했는데, 뜻밖에도 숙부님의 의심을 받게 되었습니다."

그러나 이밀은 크게 화를 내며 말했다.

"이 교활한 녀석아, 나와 네가 무슨 친척이라고 나를 숙부라고 부르는가? 네가 용기를 믿고 적을 경시하며 찾아와 허실을 염탐한 다음 금용성을 공격하려 했으면서도 번지르한 거짓말로 나를 속이려 드느냐?"

이밀은 말을 마친 뒤 무사에게 명하여 이세민을 끌어내다 머리를 베라고 명했다.

그때 위현성(魏玄成, 魏徵, 10회 주석 참고)이 말했다.

"주공, 만약 세민의 목을 자르면 금용성이 화를 면치 못하게 됩니다. 이는 사직을 안정시키는 계책이 아닙니다."

이밀이 무슨 까닭인가를 물었다.

"이 사람은 동서를 징벌하고 장안에 들어가 아버지와 함께 대통을 이어가고 있습니다. 거느린 군사가 정예하고 군량도 풍족합니다. 또 수하에 맹장이 운집해 있으며 모사가 많습니다. 황제가 만약 우리 주공께서 자기 사랑하는 아들을 살해했다는 사실을 알면 온 나라의 군사를 거느리고 와서 끝끝내 복수하려 할 것이니 언제 끝장을 보겠습니까?"

이밀이 물었다.

"그렇다면 놓아주어야 한단 말이오?"

위현성이 대답했다.

"이세민을 여기에 가둬두고 이연에게 알리는 것이 더 나을 것입니다. 만약 서신을 보내며 우리가 요구하는 공물(貢物)을 보내오면 이세민을 놓아줍시다. 만약 그렇게 하지 않는다고 해도 이연의 아들을 인질로 여기에 잡아둔다면 죽을 때까지 우리를 침범하지 못할 것이니, 그것이 우리로서는 큰 이득일 것입니다."

이밀이 말했다.

"그 방법도 매우 괜찮은 방책이요."

이밀은 즉시 옥졸에게 이세민을 남쪽 감옥에 집어넣으라고 명령했다.

청룡과 백호가 함께 죄수로 갇혔으니,　(青龍白虎同囚室)

영웅이 서로 마주보며 눈물을 흘린다.　(難免英雄相對泣)

그때 당나라 황제는 장안에 있었다. 마삼보가 돌아가 이세민이 붙잡힌 소식을 전하자, 당나라 황제는 사람을 이밀한테 보내 이세민을 구하려 했다.

유문정과 이밀은 매부와 처남 사이였기에 황제가 유문정에게 서신을 써주고 금용성에 가서 이밀을 만나게 했다. 그러나 뜻밖에도 이밀은 친척이라는 사실을 승인하지 않을 뿐만 아니라 오히려 유문정의 목을 자르려 했다. 다행히 서무공이 말렸기에 유문정을 죽이지 않고 남쪽 감옥에 함께 투옥시켰다. 이밀이 유문정을 감옥에 가둬두었을 때, 갑자기 부장 하나가 달려와 이밀에게 상주했다.

"개주(開州)[83] 개공(凱公)의 교위(校尉)가 자사(刺史)인 박초(搏鈔)를 죽이고 인수(印綬)를 탈취했으며, 참군(參軍) 서운(徐雲)과 합세하면서 영릉(寧陵)자사인 고수옹(顧守雍)과 함께 결탁하여 반란을 일으켰습니다. 큰 부대를 이끌고 우리 변경에 쳐들어와 만주(滿州)자사 하정(何定)을 유인하여 성곽을 바치게 했습니다. 두 곳의 인마와 개공이 언사(偃師)와 맹진(孟津)[84] 지방을 공격하고 있

83 개주(開州) – 今 重慶市(오늘날 중경시) 開州區(개주구)에 해당.

84 언사(偃師)는, 今 河南省(하남성) 洛陽市(낙양시) 偃師區. 맹진(孟津)은, 今 河南城 洛陽市 관할 孟津區.

습니다. 여러 군(郡)의 백성들이 지켜내지 못하여 몹시 위급합니다."

이밀이 보고를 듣고 크게 놀라며 말했다.

"언사(偃師)는 우리에게 목구멍 같이 중요한 곳이며 군량을 저장해 둔 곳이오. 만약 언사를 잃으면 위나라의 큰 재난이니, 고(孤)가 친히 대군을 통솔하여 징벌하겠소."

이밀은 즉시 명을 내려 정교금을 선봉으로, 선웅신(單雄信), 왕백당(王伯堂)을 좌우호위로 하고, 나사신(羅士信), 왕당인(王當仁)은 군량과 마초를 공급하게 했다. 그리고 서무공(徐懋功, 徐世勣), 위현성(魏玄成, 魏徵), 진숙보(秦淑甫, 秦瓊)가 남아서 국사를 총괄하도록 분장한 다음에 친히 군사를 인솔하여 개주(開州, 今 重慶市 관할 開縣)를 목표로 출정했다.

한편 이세민과 유문정은 감옥에 갇혀 있었으나 진숙보가 끼니때마다 음식을 보내와 고생스럽지는 않았다.

더욱이 감옥을 지키는 옥관 서입본(徐立本)은 착한 사람이었다. 그의 자(字)는 의부(義扶)였는데, 아내를 잃은 뒤, 열여덟 살 된 딸 혜영(惠英)이 있었는데, 아직 출가시키지 않았다. 서의부(徐義扶)의 관직은 낮았으나 견식이 넓고 안목이 예리한 사람이었다.

그는 옥살이 하는 죄인 가운데 억울하게 갇힌 사람이 많다는 사실을 잘 알고 있었다. 때문에 앞날을 생각하지 않고 있는 힘껏 착한 일을 많이 하면서 사람들을 널리 구제하는 그런 성품이었다.

이세민이 감옥에 갇힌 날 밤에, 서의부의 딸 혜영은 꿈에 누런 용 한 마리가 감방 안에 도사리고 있었다. 혜영이 놀라며 감방에 다가가서 조용히 엿보자, 그 용이 날아서 자기 몸에 감기는 꿈을 꾸다가 놀라 깨어났다.

혜영은 꿈 이야기를 아버지에게 들려주었다. 의부는 이세민이 진명지주임을 알고 그들 두 사람을 풀어줄 마음을 품었다. 그렇지만 풀어줄만한 방법이 없었다.

다만 깨끗한 방에 모시고 매일 세 끼를 잘 대접해 줄 뿐이었다. 두 사람은 그의 은덕에 깊이 감동되었다.

어느날 진숙보와 위현성이 서무공의 집에서 술을 마실 때였다. 이세민의 이야기가 나오자, 숙보가 큰소리로 웃었다.

서무공과 위현성 두 사람이 물었다.

"진형은 무엇이 우습습니까?"

숙보가 대답했다.

"내가 생각했지만, 정교금 동생은 정말 미련한 사람이오."

서무공이 물었다.

"왜 미련하다고 합니까?"

"그날 노군당 사당 안에서 교금이 이세민을 찍어 죽이려 할 때 갑자기 다섯 발가락을 가진 황금 용이 도끼를 잡으려 했습니다. 때문에 제가 급히 쌍간으로 막았습니다. 그러나 가만히 놓아줄 수가 없어 성안으로 압송해왔지요. 정교금 동생이 이세민을 누런 구렁이의 요정이라고 하면서 없애버려야 한다고 하니, 어찌 우습지 않습니까?"

위현성이 말했다.

"내가 보기에, 이세민은 용의 몰골에 봉안(鳳眼)이 완연하니 천명을 받은 진명지주(眞命之主)가 틀림없습니다. 때문에 그전에 주공께서 이세민을 죽이려 할 때 내가 극력 말려 옥에 가두게 했습니다. 앞으로 이세민의 액운이 다 지나 당나라로 돌아가게 되면, 착한 사람과 악한 사람이 다 같이 화를 입게 될 것이니 이 일을 어찌하면 좋겠습니까?"

서무공이 말했다.

"우리 마음이 통하는 몇몇 형제들은 이세민이 어려움을 겪고 있을 때에 그와 사귀어 둡시다. 그러면 나중에 다시 만나 같이 일할 수 있을 것입니다."

숙보는 예전에 황제 이연의 목숨을 구해준 일을 말하지 않은 채, 오늘 또 이세민의 목숨을 구해주리라 마음을 먹고 응낙하며 말했다.

"서형의 말씀이 지당합니다."

그러자 위현성이 말했다.

"내 생각에는 주공이 돌아오기 전에 기회를 보아 우리가 술을 가지고 옥으로 찾아갑시다. 그래서 이세민, 유문정과 함께 이야기를 나누며 우리들이 이밀에게 맹종하는 사람은 아니라는 뜻을 이야기해 주는 것이 좋을 것 같습니다. 두 분의 의향은 어떠하신가요?"

숙보가 대답했다.

"위형의 말씀이 옳습니다. 저도 그렇게 하고 싶은 마음이 있습니다. 내일 두 분 형님께서 일찍 오셔서 같이 갑시다."

그리고 하룻밤이 지났다. 다음 날 숙보가 술 두 상을 준비하고 가만히 사람을 시켜 남쪽 감옥에 가져가게 했다. 위현성과 서무공이 왔을 때는 점심 때라서 세 사람은 모두 평복을 입고 심부름꾼을 앞세워 각자 교자에 앉아 남쪽 감옥 문 앞에 이르렀다.

먼저 심부름꾼이 옥관 서입본(徐立本, 徐義扶)에게 알리자, 서의부는 서둘러 달려와 옥문을 열고 영접하였다. 위현성 등 세 사람은 심부름꾼을 시켜 교군들을 돌려보내게 했다. 서의부는 세 사람을 감방으로 안내하여 이세민, 유문정과 만나게 했다.

이세민과 유문정이 절을 올려 사례하자, 서무공이 말했다.

"저희들이 비록 몽매하지만 전하의 영명(英明)을 모르는 것이 아닙니다. 억울하게 옥에 갇힌 것은 전하와 유형의 운명에서 벗어날 수 없는 며칠간의 재액일 것입니다. 요즈음 주공께서는 군사를 거느리고 개주를 토벌하러 갔습니다. 때문에 우리들이 찾아와 뵙고 가르침을 받고자 합니다."

위현성이 물었다.

"이곳에서 어떻게 앉아 이야기를 나눌 수 있겠소?"

그러자 숙보가 말했다.

"안에 술상을 준비했습니다."

유문정이 서무공에게 말했다.

"옥관 서씨가 비록 관직은 낮으나 심상치 않은 사람입니다. 뜻밖에도 아침저녁으로 매일 은근한 접대를 받고 있습니다. 그의 재능과 견식은 뭇사람들과 많이 다릅니다."

여러 사람은 이야기를 하며 안 건물로 들어갔다. 안에는 세 칸의 깨끗한 방이 있었다. 벽에는 그림과 글이 걸려 있었다. 모두가 격언과 착한 행실을 해야 한다는 내용이었다.

세 사람은 이세민을 상좌에 모시고 유문정을 그 다음 자리에 모셨다. 위현성과, 진숙보, 서무공이 각기 자리에 앉았다.

이세민이 말했다.

"세 분 선생의 성의를 받겠습니다. 세민에게 무슨 덕망과 재능이 있어 이런 우대를 받겠습니까? 옥관 서의부가 지금은 비록 하찮은 관직에 있으나 앞으로는 큰일을 하게 될 겁니다. 조석으로 그의 도움을 받고 있는데, 이 술상을 빌어 옥관도 청하여 자리를 같이하고 싶습니다. 세 분 선생께서 그와 한자리에서 술을 마시겠습니까?"

서무공이 말했다.

"그 사람은 원래 수나라 과거시험에서 갑과(甲科)에 뽑힌 사람입니다. 그때 수나라 주공이 그를 사마로 임명했는데, 무슨 생각이었는지 형조의 감수직을 자원했습니다."

위현성이 말했다.

"내가 들은 바에 의하면, 그분은 착한 일을 즐겨한다고 합디다. 참 재미있는 분입니다. 이런 세상에서 관직의 대소를 논할 게 뭡니까? 빨리 청합시다."

심부름꾼이 서의부를 청해오자, 서로 자리를 사양하다가 서의부는 말석에 앉았다.

술이 세 순배 돌았을 때 서의부의 가동(家童)이 들어와 주인에게 알렸다.

"궁궐에서 명령이 내렸습니다."

이 말을 들은 서의부는 서둘러 달려나갔다. 위현성 등은 모두 깜짝 놀라며 두려워했다. 그러나 곧 서의부가 돌아와 자리에 앉자, 위현성이 다급히 물었다.

"궁중에서 무슨 명령이 왔습니까?"

서의부가 웃으며 대답했다.

"감히 속이지 못하겠습니다. 왕후 왕씨 마마는 저의 딸과 연분이 있습니다. 딸애가 글귀나 알아보고 음률에 밝아 왕후 마마의 칭찬을 많이 받습니다. 그래서 후궁에서 자주 내시를 보내 궁중에 데려다 왕후를 모시게 합니다. 앞서 왕후가 태자를 낳았을 때도 들어가 문안을 올렸습니다. 오늘이 마침 한 달이 되는 날이라서 다시 저의 딸애를 불러들였는데, 무슨 일이 있는지는 모르겠습니다."

서무공이 물었다.

"따님의 재질과 인물이 뛰어난 것 같습니다. 금년에 몇 살입니까?"

"딸애 이름은 혜영(惠英)이라 부르는데, 금년에 열여덟살입니다."

진숙보와 위현성이 이세민과 하남을 기습한 이야기를 주고받는 것을 본 서무공도 서의부와 하던 이야기를 그만두고 함께 전쟁에 대한 이야기를 주고받았다.

한창 재미나게 이야기를 나눌 때 심부름꾼이 들어와 위현성에게 말했다.

"연락 온 부장에 의하면, 위왕께서 사람을 띄워 대사령(大赦令)을 보내왔답니다."

위현성이 숙보와 무공에게 말했다.

"두 분 형님께서는 전하를 모시고 술을 마십시오. 제가 나갔다가 돌아오겠습니다." 현성은 말을 마치고 나갔다. 유문정과 서무공은 오래전부터 교분이 있었고, 숙보와 세민은 서로 간에 은정이 깊었다. 네 사람은 이야기할수록 서로 마음이 맞았다.

그때 갑자기 심부름꾼이 들어와 위 나으리께서 돌아왔다고 알렸다.

무공이 말했다.

"아마도 주공께서 개공을 투항시키고 잃은 땅을 수복하고는 대사령을 내린 것 같은데, 왜 형님은 오히려 근심하는 기색입니까?”

위현성이 소매 속에서 대사령을 꺼내들고 말했다.

“두 분께서 대사령을 보시면 알게 될 겁니다. 개공이 투항했고 태자가 태어났기에 대사령을 내린다고 썼습니다. 그러나 다음에는 ‘사람을 죽인 강도와 이세민, 유문정 두 사람을 제외한 나머지 범인들의 죄를 사면한다.’ 라고 썼습니다.”

무공과 숙보가 읽어보고는 양미간을 찌푸리며 아무 말도 하지 않았다. 이때 바깥에서 사람들이 떠드는 소리가 들려왔다.

현성이 물었다.

“왜 이리 시끄럽습니까?”

서의부가 대답했다.

“아마도 궁중에서 저의 딸애를 돌려보낸 것 같습니다.”

심부름꾼이 들어오더니 서의부를 모셔갔다.

서무공이 말했다.

“전날 진형이 두 분을 석방해달라고 주공께 간청하려 했었는데, 제 생각에는 될 것 같지 않습니다. 왜냐하면 예전의 위공(魏公, 李密)은 그래도 인정이 있었지만, 근간에 와서는 오만해졌고 자기 재능만 믿고 제멋대로 행동합니다. 만약 두 분을 놓아주려 했다면 전번 날 먼저 친척이라는 사실을 인정했을 것이고, 이렇게까지는 대하지 않았을 겁니다.”

숙보가 물었다.

“그럼 어떻게 상론하겠습니까?”

이들이 의논하는 말을 들은 이세민이 미안해하며 말했다.

"세 분 선생의 두터운 보살핌을 받게 되었습니다. 혹시 우리 두사람의 액운이 끝나지 않았을 수도 있으니, 저희는 여기에 얼마동안 더 있어도 괜찮습니다. 세 분 선생께서는 수고스럽겠지만 이전처럼 잘 보살펴주시기만을 바랍니다."

현성이 말했다.

"제게 한 가지 방책이 있긴 있습니다."

현성이 방책을 이야기하려는데, 의부가 들어오자 입을 다물었다.

유문정이 여러 사람들에게 말했다.

"의부형은 우리들과 한마음이니, 여러분들이 할 이야기가 있으면 꺼리지 말고 곧이곧대로 말씀하십시오."

위현성이 유문정에게 말했다.

"유형, 대사령에서 남쪽 감옥의 두 분은 사면하지 않는다고 한, 아니 불(不)자에 획을 더 그어 근본 본(本)자로 살짝 고쳐놓으면 주공께서 돌아와도 의심하지는 않을 것 같습니다. 만약 일이 생기더라도 생명에 관계되는 책임은 우리 세 사람이 감당하겠습니다."

진숙보가 기뻐하며 말했다.

"그 방법이 훌륭합니다. 오직 위형이 쓰셔야 주공의 친필처럼 쓸 수 있습니다."

여러 사람이 모여섰다. 그렇게 하는 것이 좋겠다는 사람도 있고, 묵묵히 입을 다물고 있는 사람도 있었다.

서의부가 말했다.

"저한테 한 가지 계책이 있습니다. 그러나 세 분 대인께서 저를 논의에 참여시켜 주실는까는 모르겠습니다."

서무공이 대답했다.

"형한테 좋은 계책이 있으면 빨리 말씀하시오."

의부가 말했다.

"「不」자를 「本」자로 고쳐놓고 읽으면 어딘가 어울리지 않습니다. 더구나 주공은 흐리멍텅하지도 않습니다. 보아하니 그가 다른 줄로 바꿔쓸 때는 매우 신중하게 고려합니다. 만약 오늘 不자를 本자로 고쳐놓으면 주공께서 돌아와 고친 것을 틀림없이 알아낼 것입니다. 그렇게 되면 일이 더욱 시끄럽게 됩니다. 오히려 제가 진왕(秦王) 전하와 유(劉) 대부(大夫, 文靜)를 풀어주기보다 못합니다. 주공께서 돌아오시면 세 분 대인께서는 모든 책임을 저한테 밀어버리십시오. 그렇게 되면 핑계를 댈 수 있습니다. 다만 방비를 잘하지 못했다는 책망을 들을 뿐 큰 재난은 없을 겁니다. 대사령을 뜯어고치는 것은, 조정의 칙서를 애들 장난으로 여긴 것이 되지 않습니까?"

여러 사람들이 말했다.

"이 계책이 괜찮습니다."

위현성이 말했다.

"서형의 생각이 매우 통쾌합니다. 그런데 어떻게 방면하시렵니까?"

서의부가 대답했다.

"금방 왕후께서 저의 딸애를 불러들였습니다. 태자가 태어난 지 한 달이 되었기에 주공한테 올리는 소(疏)를 쓰려 했습니다. 그런데 왕후께서 몸이 불편하여 저의 딸애를 대신해 쓰게 하고, 사람을 시켜 맹진에 보내게 했습니다. 딸애가 생각이 있어 이 기회를 타서 왕후에게 맹진에 가는 일을 저한테 맡겨달라고 했습니다. 내일 사경(四更)에 떠나게 됩니다. 이것이 대사령을 고칠 좋은 기회가 아니겠습니까? 조령에서 저더러 서대인한테 가서 군사를 데려다 감옥을 지키게 하라고 한 궁중 문서 초안이 여기에 있습니다. 상주문은 누런 비단으로 봉해 놓았는데, 딸애가 지금 보관하고 있습니다."

의부가 소매 안에서 궁중의 문서 초안을 꺼냈다. 서무공이 받아보니 이렇게 쓰여있었다.

「병부 관인 담당하는 서 장관에게 명한다. 속히 군사 이십 명을 남쪽 감옥으로 보내 감옥을 지키게 하라. 옥관(獄官) 서의부가 공무를 마치고 돌아오면 인계하라. 지체하지 말고 실행하라.」

현성과 숙보가 읽어보고서는 매우 좋아하며 말했다.

"이는 당공(唐公)의 홍복(弘福)입니다. 전하께서 돌아가시어 부자가 상봉하고 군신이 다시 재회하실 수 있습니다."

서의부가 말했다.

"좋은 말 다섯 필과 안장이 있어야 일을 성사시킬 수 있습니다."

현성이 물었다.

"서형까지 포함시켜 세 필이면 되겠는데, 두 필은 어디 다 쓰시렵니까?"

서의부가 대답했다.

"딸애와 우리 집 일꾼도 말이 있어야 하겠습니다."

서무공이 말했다.

"그러하시다면 따님을 모셔다가 진왕 전하를 만나보시게 해야 동행하기 좋을 것 같습니다."

서의부가 안으로 들어가더니 즉시 딸 혜영과 함께 나왔다. 혜영은 남장을 하였으나 연지분을 바르지 않은 아리따운 여자였다. 서의부가 말을 했다.

"총망한 때이니 웃어른들게 세 번만 절을 해라."

여러 사람들이 답례하려 했으나 서의부가 재삼 말리는 바람에 할 수 없이 세 번 읍(揖)으로 답례했다.

인사를 올린 혜영은 나는 듯이 밖으로 나갔다.

서무공이 말했다.

"제가 전번에 우문화급을 토벌할 때 준마 두 필을 얻었는데 잘 훈련시킨 말입니다. 한 필을 전하께 기증하고, 다른 한 필은 서형의 따님에게 기증하겠습니다."

숙보가 말했다.

"진왕 전하의 추풍마(追風馬)는 제가 마구간에서 잘 기르게 했습니다. 그 외에 또 두 필을 더 골라오겠습니다. 훗날 만날 기회가 있게 될 겁니다. 우리도 헤어집시다."

서무공이 여러 사람에게 말했다.

"여러분, 빨리 준비해야 하겠습니다. 좀 있다 제가 군사를 보내겠습니다. 저의 관서로 와주십시오."

의부는 세 사람을 문밖까지 전송했다. 그런 다음 귀중품들을 꾸리고 두 벌의 청의와 작은 모자를 가져와 이세민과 문정에게 주면서 갈아입게 했다.

의부가 또 과일과 채소를 보낸 다음 심부름꾼더러 술독을 들어다 객실에 놓게 했다.

이세민이 서의부에게 물었다.

"술과 채소로 무얼 하시려고 그럽니까?"

유문정이 말했다.

"그분에게 생각이 있는 것 같습니다. 잠깐 지나면 알게 될 것입니다."

이야기를 주고받는데 대문을 두드리는 소리가 들렸다. 의부가 심부름꾼을 시켜 빨리 가서 문을 열라고 했다. 늙은 대장이 10명의 병졸을 데리고 들어와서 의부 앞에 와 머리를 조아려 인사를 올렸다.

의부가 여러 사람들에게 말했다.

"안의 금문(禁門)은 금방 서대인께서 군사를 보내 순찰하게 했으니 거기는 봉쇄되었다. 마침 나의 두 분 외삼촌도 나와 함께 맹진에 계시는 선(單)장군한테 가야 할 공무가 있기에 여기에다 술상을 차려놓았다. 추운 날씨에 술이 독 안에 있으니 너희들이 마셔라. 다 마신 다음 그릇들을 잘 치워 놓으면 된다."

서의부가 말을 마치자, 혜영이 등불을 들고 이세민과 문정과 함께 나왔다. 심부름꾼이 행장을 짊어지자 서의부가 병졸을 불러내 문을 잘 닫게 했다. 따라 나온 병졸이 문을 닫고 안으로 들어갔다.

서의부 등 다섯 사람이 얼마 안 갔을 때, 숙보의 심부름꾼이 앞에 와서 말했다.

"우리 나으리께서 집에서 서씨(徐氏) 나으리를 기다리고 계십니다."

서의부 일행이 숙보의 관서에 들어서니, 뜰 안에 말 다섯 필이 매여 있었다.

진숙보가 급히 나와 영접하며 이세민에게 말했다.

"전하께서 돌아가실 마음으로 몹시 초조해하시기에 더 만류하지는 못하겠습니다."

진숙보는 뜰에 있는 말을 가리키며 말했다.

"이 두 필은 금방 서무공 형님이 사람을 시켜 끌어왔습니다. 이 금은을 장식한 안장을 얹은 말은 전하께 기증하셨고, 저쪽에 비단 수를 놓은 안장 얹은 말은 혜영 소저한테 기증했습니다. 전하의 말은 문정 형님이 타고 가십시오. 저 편의 두 필은 제가 의부와 심부름꾼에게 기증한 말입니다. 모두 잘 길들인 말들이고 걸음도 빠릅니다."

숙보가 또 옷 소매안에서 편지를 꺼내들고 문정에게 말했다.

"이 편지 세 통을 형님께서 갖고 가 주십시오. 한 통은 황제(唐帝)께 감사를 드리는 상주문입니다. 그리고 나머지 두 통은 이약사(李藥師, 李靖)와 (李淵의 사위) 시사창(柴嗣昌) 두 분께 올리는 서신입니다. 저를 대신하여 인사를 전해주십시오."

유문정은 보자기를 풀어 안에 넣어 잘 간수했다. 숙보가 심부름꾼을 시켜 자기의 말을 끌어오게 했다.

이세민을 성 밖으로 전송하려는 것이었다.

그러자 이세민이 말리며 말했다.

"장군의 두터운 정의를 세민은 마음속에 아로새기고 있습니다. 더는 수고를 끼칠 수 없으니 전송하지 마십시오. 다른 사람들이 혐의를 가질까 걱정됩니다."

숙보가 눈물을 뿌리며 말했다.

"무사는 지기(知己)를 위해 죽는 법입니다.[85] 대장부가 혐의를

---

85 원문 士爲知己者死(사위지기자사) – 다음에는 보통 女爲悅己者容(여자는 자신을 기쁘게 해주는 사람을 위하여 화장을 한다.)는 구절이 이어진다. 본래 인생에서 얻기 어려운 것은 한 사람의 진정한 친구이다(人生難得一知己). 사람을 아는 사람은 지혜롭고(知人者智), 자신을 아는 사람은 명철한 사람이다(知己者明).

걱정한다면 무슨 일을 하겠습니까!"

숙보가 말에 오르자, 다른 사람들도 말에 올라 급히 성문을 나섰다. 숙보가 재삼 부탁하고 손을 들어 작별했다.

> 자고로 총명한 자 총명한 이를 아껴주니, (惺惺自古惜惺惺)
> 용렬한 사람에게 말해봐야 끝내 모른다. (說與庸愚總不解)

제52회

이세민은 감은하여 숙보 모친을 모셔왔고, 숙보 모친은 계략에 빠져 타향으로 갔다.(李世民感恩劫友母, 寧夫人惑計走他鄉.)

노래하기를, 詞曰,

굳게 잠긴 창, 사방은 청산(青山)인데, (深鎖的窗, 遍青山)
눈에는 수심만 가득. (愁腸滿目)
무슨 연유로 바람에 비가 오고, (甚來由, 風風雨雨)
사람 마음을 뒤흔든다. (亂人心曲)
말하자 정들어 마음이 흔들리니, (說到情中心無主)
강에서 봄철 골짜기를 바라본다. (行看江上春生谷)
다리에 지나는 배의 그림자 없고, (正空梁斷影泛牙檣)
무엇이 비춰지나? (成何局)
호랑이 그린 곳, 두려운 사람. (畫虎處, 人觳觫)

사냥매 비웃고, 사마귀 맞서,	(笑鷹揚, 螳臂促)
높이 나는 거위, 어찌 다투지 않으랴.	(怎與人無競, 高飛黃鵠)
구절양장의 굽은 비탈길,	(眼底羊腸逢九坂)
끝없는 격랑, 수심만 가득하다.	(天邊鱷浪愁千斛)
새그물을 치고 두견을 부르나?	(甚張羅? 叫得子規來)
인생이 그런 것이다.	(人生足)
— 곡조 〈만강홍〉	— 調寄 〈滿江紅〉

쉽게도 흘러가는 세월이지만, 세상엔 해야 할 일은 끝이 없다. 자식이 밖에 나가면 부모들은 한시도 시름을 놓지 못한다. 공명을 이루면 부귀영화가 뒤따르고 쉽게 뜻을 이루지만, 역경에 처하면 떠돌며 부딪치며 남에게 의지하는 처량한 신세를 면치 못한다.

진왕(秦王) 이세민(李世民)과 유문정(劉文靜), 그리고 서의부(徐儀扶)와 그의 딸 혜영(惠英)은 말을 타고 금용성을 떠나 숙보와 작별하였고 밤을 새며 길을 재촉하였다. 길을 가면서 이세민은 진숙보의 위인(爲人)을 생각하며 유문정에게 말했다.

"진숙보 그분의 은정은 극진하고 빈틈이 없었소. 「도화담의 물이 천길이나 깊어도, 나를 전송하는 왕륜(汪倫)의 정에는 못미친다.」라는 시 한 구절은[86] 아마도 숙보 같은 사람을 두고 한 말일

86 원문 「桃花潭水深千尺(도화담수심천척), 不及汪倫送我情(불급왕륜송

것이요! 어떻게 하면 그를 하루라도 빨리 당나라에 귀의시켜 시름을 놓겠는지?"

유문정이 대답했다.

"숙보도 당나라에 귀의하기를 간절히 바라고 있습니다. 그런데 위(魏)의 세력이 한창 홍성해지고, 몇몇 형제들이 모두 와강채(瓦崗寨)에서 손을 잡고 거사했으며, 선웅신(單雄信)이란 사람을 결의형제의 맹주로 모시고 생사를 같이 하기로 다짐한 처지이니, 어찌 경솔하게 그들을 포기하고 우리에게 올 수 있겠습니까? 지금 그들 세 사람도 딴 생각을 갖고 있습니다. 그 전날에 책양(翟讓)이 죽었을 때, 여러 사람들의 마음이 한번 흔들렸지만 그렇더

아정).」 - 이 구절은 唐 李白(701-762)의 〈贈汪倫〉의 구절이다. 이백의 명성이 한창 무르익었을 때, 涇州(경주, 今 安徽省 동남부 宣城市 관할 涇縣)에 汪倫(왕륜)이란 사람이 있었다. 왕륜은 호탕한 성격에 의리를 알고 재물을 쓸 줄 아는 사나이로, 이백의 명성을 듣고 흠모하며 이백을 초청하여 환대했다. 환대를 받고 떠나는 이백을 위하여 온 마을 사람들이 도화담 호숫가 언덕에서 발로 장단을 맞추며 이별가를 불러주었다. 감격한 이백은 시를 지어 완륜에게 주었다. 전문은 아래와 같다.

〈왕륜에게 주다〉〈贈汪倫〉

이백이 배를 타고 떠나려 하는데, (李白乘舟將欲行)
갑자기 언덕에서 답가 소리 들렸네. (忽聞岸上踏歌聲)
도화연 깊이가 1천 척이라 하지만, (桃花潭水深千尺)
왕륜의 이별의 정보다 깊지 못하리. (不及汪倫送我情)

이백은 이세민보다 1백 년 정도 후세 사람이다. 태종은 李白의 시를 인용할 수 없다. 清代(청대) 저자의 상상일 뿐이다.

라도 흩어지려면 아직 시기가 이른 것 같습니다."

이 말에 이세민은 크게 탄식했다.

"그렇다면 숙보가 내 사람이 되기는 틀렸구나!"

그러자 뒤따라가던 서의부가 말했다.

"전하께서는 걱정하지 마시옵소서. 저의 계책대로 하면 숙보가 우리에게 귀의할 것입니다."

"무슨 계책이 있소?"

"숙보는 무관이지만 효성이 지극합니다. 그의 모친의 춘추가 칠십이 가까운데, 며느리 장씨와 함께 와강산에서 살고 계십니다."

"위나라 장령들이 모두 금용성에 살고 있는데, 가속들은 아직 산채에 있단 말인가?"

"금용성에는 이밀의 가족만 살고 있습니다. 다른 사람의 가족들은 모두 산채에 있는데, 우통(尤通, 俊達)과 연거진(連巨眞) 두 장령이 산채를 지키고 있습니다. 제 생각엔 먼저 진숙보의 모친을 모셔다가 잘 대우하면, 이 소식에 접한 진숙보가 꼭 서서(徐庶)[87]가 조조에 귀부하듯 당에 귀의할 것입니다."

"그 계책이 좋긴 하지만 무슨 수로 모셔오겠는가?"

"저는 당년에 유주(幽州)에서 벼슬을 했기에 총관 나예(羅藝) 댁과 숙보가 내, 외종 간의 인척인 줄을 알고 있습니다. 금년이 마

87 서서(徐庶) — 제45회 주석 참고.

침 숙보 모친의 일흔돌 생신입니다. 만약 나예의 부인이 태안주(泰安州)에 참배하러 가다가 이곳을 지나면서 숙보 모친과 배 위에서 이야기를 나누려 한다는 거짓 전갈을 보내면 숙보 모친이 틀림없이 산채를 떠날 것입니다. 산채만 떠나면 장안으로 모셔가는 것이야 어려울 것 있겠습니까?"

그러자 유문정이 말했다.

"그럼 늦추지 말고 돌아가자마자 시작합시다."

세 사람이 한창 이야기하는 사이에 어느덧 천추령(千秋嶺)에 도달하였다.

이때 뒤에서 하인 하나가 소리쳤다.

"아씨의 신발 한 짝이 벗겨졌습니다!"

그 말을 듣고 말을 돌려 세운 이세민이 보니 서혜영의 깜찍한 발이 드러났다. 서혜영은 성미가 호방한 처녀였지만 저도 모르게 얼굴이 잘 익은 앵두알처럼 새빨갛게 되었다.

서의부가 말했다.

"한 짝을 잃어버렸으면, 왜 다른 한 짝도 벗어버리지 못하느냐?"

그러나 이세민은 말에 채찍질을 하면서 오던 길로 되돌아 달려갔다. 잠시 뒤에 이세민이 신발 한 짝을 주워들고 와서 웃으며 혜영에게 말했다.

"이게 경의 신발이겠지?"

서혜영은 재빨리 말 위에서 내려와 이세민의 손에서 신발을 받아 신고 말을 탔다. 세민과 혜영은 비록 비가 구름을 따라가듯, 여기까지 오면서 밤길에 보살펴주며 서로 정이 엉키었다. 일행은 밤에는 쉬고 낮에는 길을 걸어 어느덧 패릉천(覇陵川)[88]에 이르렀다.

이세민이 유문정에게 말했다.

“내가 우연히 사냥하러 나왔다가 뜻밖에도 큰 재난을 당했구만. 만약 혜영과 부친 의부, 그리고 진숙보와 위현성, 그리고 서무공 세 사람이 합심해 구해주지 않았더라면 감옥에서 늙어 죽을 뻔했네.”

유문정이 대답했다.

“그것 역시 전하와 신의 팔자에 있는 백일지재(百日之災)입니다. 다행히 서의부가 조석으로 돌봐주어 고생을 덜하였습니다. 또 의부의 따님이 위왕 왕후의 은총을 마다하고 계책을 꾸며서 저희들을 곤경에서 벗어나게 했습니다. 주공께서는 명철한 인재를 얻으셨고, 또 규중의 훌륭한 보좌관까지 얻으셨으니, 이것이 어찌 전화위복이 아니겠습니까!”

이렇게 말을 주고 받는데 앞에서 먼지가 크게 일어나며 한 떼

88 패릉천(覇陵川) – 패릉(覇陵, 灞陵)은 漢 文帝의 능침이다. 今 陝西省 西安市 동쪽 白鹿原(백록원) 강촌에 覇水(今 灞河) 가까이에 있다. 漢代 능묘 중 부장품이 없는 가장 검소한 황릉으로 알려졌다.

의 인마가 달려왔다. 바라보니 대당(大唐)의 깃발을 들었다.

이세민이 말했다.

"부황께서 내가 귀국하는 줄을 아시고 사람을 보내 영접하는 게 아닐까?"

말을 채 마치기도 전에 원천강과 이순풍, 이정 세 사람이 말을 달려 이세민 앞에 이르렀다.

"전하, 신들이 전하를 맞으러 나왔습니다."

이세민이 말했다.

"내가 당초에 충신들이 간하는 말을 듣지 않았기에 이런 곤경을 치뤘소. 앞으로는 이번 일을 교훈 삼아 신중하게 처사하겠소."

그때 진왕부(秦王府)의 막료들도 속속 당도해서 모두가 동관(潼關)으로 들어갔다.

이세민이 서의부에게 말했다.

"경과 따님은 잠시 역관에 머무십시오. 내가 부황을 뵙고 수레를 보내 따님을 모셔야 체통에 맞습니다."

서의부은 고개를 끄덕이며 역관에 들어가 쉬었다.

이세민은 여러 신하들과 함께 궁전에 들어가 황제를 뵙고, 후궁에 들어가 두태후(竇太后)도 배알했다.[89] 두태후는 죽었던 아들

89 고조 이연의 황후 太穆皇后(태목황후) 두씨(竇氏, 569－613년)－北周 神武郡公 두의(竇毅)의 딸.－李淵의 正妻, 隱太子 建成, 唐 太宗 李

이 되살아온 듯 눈물을 금치 못했다. 이세민이 곤경에 빠졌던 전후 사정을 일일이 상주하니 황제가 말했다.

"진숙보, 서무공(서세적), 위현성(위징) 등 이 세 은인이 지금은 당나라에 귀의하지 못하지만, 짐은 그들의 은혜를 잊을 수 없구나. 너도 꼭 가슴속에 새겨두어라. 서입본(徐立本)에게 빨리 이품관대(二品冠帶)를 하사하고, 딸 혜영에게 봉관을 씌우고 예복을 입혀 즉각 짐과 대면케 하라."

이세민은 옆에 있는 시종에게 진왕부의 궁녀 네 명을 골라 교자를 준비해 가지고 가서 서혜영과 그의 아버지 의부를 궁 안으로 모시라고 분부했다. 황제는 서의부 부녀를 아주 우대했다.

서의부에게는 상대부(上大夫) 벼슬을 내렸다. 그리고 그의 딸 혜영에게는 서혜비(徐惠妃)란 이름을 하사하였고, 일품부인(一品夫人)의 품계를 내린 다음 이세민의 비(妃)가 되어 진왕부의 군기(軍機) 업무를 돕게 하였다.

이세민은 또 숙보가 올린 사례하는 상주문을 황제에게 올렸다.

황제가 읽고 나서 말했다.

"짐은 이전에도 우연히 길에서 숙보의 도움을 받았기에 온 가족을 구할 수 있었다. 오늘 또 짐의 아들이 그의 도움을 받아 목숨을 보존하였구나! 우리 부자가 모두 그의 은덕을 입었는데, 어

世民, 衛懷王 李玄霸, 李元吉, 平陽昭公主의 생모. 李淵 稱帝 이전에 죽었다. 때문에 이때는 모황후를 상면할 수가 없다. 이연 즉위 후에 태목황후(太穆皇后)로 추존했다. 헌릉(獻陵)에 합장.

느 때에야 그 은혜를 조금이라도 갚을 수 있겠는가?"

이세민이 말했다.

"폐하께서는 너무 심려하지 마십시오. 저에게 좋은 계책이 있사오니 머지않아 그분을 당나라에 귀의하게 하겠습니다."

이세민이 말을 마치자, 여러 사람은 사은(謝恩)하고 물러갔다. 며칠이 지나지 않아 이세민은 즉시 이정(李靖)과 서의부에게 정병(精兵) 2천 명과 궁녀 몇 명을 주어서 혜비 부인을 모시고 와강산으로 가서 진숙보의 모친을 산채에서 꾀어내게 했다.

한편 위공 이밀은 언사(偃師, 지명, 今 河南省 洛陽市 偃師區)에서 개공(凱公)의 투항을 받고 큰 승리를 거둔 뒤, 대사령을 내린 다음 곧장 돌아왔어야 했다. 그런데 그는 자기의 재간을 헤아리지 못하고 황하 북부 지역을 순행하다가 감천산(甘泉山) 기슭에서 하왕(夏王) 두건덕의 부장 왕종(王綜)의 저항을 받아 전투를 벌였다. 이밀은 왕종이 쏜 화살에 왼팔을 맞고 참패하여 사기가 떨어졌다.

이때 서무공에게서 옥관(獄官) 서의부가 사사로이 이세민과 유문정을 방면한 다음, 스스로 궁중의 심부름을 떠났는데 행방불명이라는 소식이 전해져왔다. 이 소식을 접한 이밀은 대노하며 밤을 새워 금용성으로 돌아왔다. 위현성, 서무공, 진숙보가 이밀을 영접했다.

이밀은 이들 세 명이 기미를 채고서도 단짝이 되어 사사로운 정에 얽매여 불법행위를 감싸줬고, 뇌물을 받아먹고 놓아주었으니 기강을 멸시했다고 욕설을 퍼부은 다음, 당장 세 사람의 목을 베겠다고 말했다.

다행히 조군언(祖君彦)과 가윤보가 재삼 말렸기에 그들을 죽이지 않고 잠시 감옥에 가두어놓고 공을 세워 속죄하게 했다.

한편 숙보의 어머니는 며느리 장씨와 손자 회옥(懷玉)을 데리고 와강채에서 살고 있었다. 비록 숙보가 자주 사람을 보내 문안을 전하고 보살폈지만, 칠십 고령인 모친은 제주성 밖에서 자식이 슬하에서 조석으로 보살펴주던 시절보다 즐겁지 못하다고 생각했다.

그러나 아들이 공명에 뜻을 두고 윗사람을 섬기니 하는 수 없이 탄식하며 나날을 보낼 뿐이었다.

그러던 어느 날 한 하인이 들어와 알렸다.

"유주(幽州)에 계시는 나(羅) 장군 댁에서 산채에 사람을 보내왔는데, 노부인께 문안하고 만나 뵙겠다 합니다."

숙보 모친이 며느리 장씨에게 말했다.

"고모 댁에서 내 회갑에 사람을 보내어 축수를 하였느니라. 그 후 여러 해 동안 기별이 없더니, 오늘 왜 사람을 보내왔을까? 내 일흔 살 생일이라고 또 사람을 보내왔을까?"

며느리 장씨가 말했다.

"무슨 영문인지는 나가서 사람을 만나보면 알겠지요."

숙보 모친은 손자 회옥과 함께 대청에 나가 심부름꾼 두 사람을 만났다.

그 두 사람은 무릎을 꿇고 여쭈었다.

“소관(小官) 울지남(尉遲南)과 울지북이 대부인께 인사 올립니다. 이것은 나공댁 부인께서 드리는 예물입니다. 나공댁에서 보내는 생신 예물은 대부인이 배에 가시면 나부인께서 직접 올릴 것입니다.”

숙보 모친은 급히 회옥이더러 두 심부름꾼을 일으키게 했다. 뒤이어 차림새가 단정한 시녀 네 명이 앞에 나서며 대부인에게 절을 했다.

심부름꾼이 말했다.

“이 네 시녀는 나공댁에서 대부인님을 모셔오라고 보냈습니다.”

숙보 모친이 말했다.

“아들은 금용성에서 일을 보기에 지금 산채에 없소. 두 분이 어찌 수고스럽게 왕림하셨소? 두 분께서는 곁채에서 휴식하오. 회옥아, 어서 가서 연(連) 아저씨를 청하여 이분들을 모시게 해라.”

회옥이 대답하고 자리를 떴다. 숙보 모친과 같이 안방으로 들어온 네 시녀는 장씨 부인을 뵈온 후 수하 사람에게 나부인이 보낸 예물을 들여오라고 했다. 진귀한 예물은 2, 3천 냥이나 될듯했다. 산채의 병졸들은 대개가 강도 출신이니, 언제 이런 진귀한 물건들을 구경이나 했겠는가? 그들은 모두가 입을 딱 벌렸다. 심지

어는 우통과 연거진마저도 부러워 혀를 차며 칭찬했다.

"나공댁이 아니고서야 누가 이렇게 후한 예물을 마련할 수 있겠습니까? 나부인 개인의 예물이 이러하니 생신 예물이야 더 이를 데 있겠습니까?"

네 시녀는 장씨 부인에게 인사를 올리고 말했다.

"나공댁 부인께서 참배하러 가시다가 여기를 지나시며 대부인과 부인님, 그리고 도련님을 배에 모셔다 서로 상면하고, 옛정을 나누자고 하시면서 우리들에게 인사를 드리라고 분부하셨습니다."

장씨 부인은 하인들에게 손님을 접대할 주안상을 준비하라고 분부하였다.

고부가 마주 앉아 의논을 하는데, 먼저 숙보 모친이 말했다.

"만약 아들이 없다고 예물을 받지 않고, 그애 고모도 만나보지도 않는다면 친척간의 내왕은 끊어지고 말 것이다. 그렇다고 우리가 가자니 금용성에 있는 아들한테 기별할 수도 없으니 어떻게 하나?"

그때 마침 정교금의 어머니도 함께 있다가 말했다.

"우린 이렇게 훌륭한 친척이 찾아주길 바랄 수도 없어요. 몇천 리 밖에서 이렇게 많은 예물까지 마련해 갖고 와서 만나자는데, 무슨 고려가 그리도 많아요?"

부인 장씨가 말했다.

"그전에 회옥 아버지가 죄를 짓고 유주에 갔을 때도, 고모부가 친척이라며 구원해 주셨기에 돌아오셨지요. 그리고 십 년 전 어머님 회갑 때에도 고모님이 사람을 보내 축수했었습니다. 이렇게 정이 두터운 친척은 드뭅니다. 그런데 오늘 그들의 성의를 받아들이지 않는다면 우리들을 박정하고 체면도 모르는 사람들이라 생각하실 것입니다."

숙보 모친이 말했다.

"글세 나가서 만나 뵈어야 하는데!"

정교금의 모친은 숙보 모친에게 응당 모든 가족이 나가서 뵈어야 한다고 말했다. 숙보 모친이 생각하는 동안 울지남과 울지북을 만나본 연거진이 들어와, 몇 년 전 회갑 때 만났던 사람이라고 숙보 모친에게 설명하였다.

그런데 어느 덧 해가 기울 때라서 일단 하룻저녁을 지낸 다음 내일 아침에 나루에 나가서 뵙기로 결정하였다.

다음 날 아침 모두 조반을 마쳤다. 숙보의 모친 영씨(寧氏), 숙보의 부인 장씨와 정교금의 모친 등이 각자 의복을 갖춰 입고, 5, 6명의 어린 하녀와 나씨 부인댁에서 온 시녀 4명 등 일행이 나루터로 나갔다.

멀리 바라보니 강에는 큰 배 두 척이 정박했고, 작은 배는 그 수효를 헤아리기 어려웠다. 숙보 모친 일행이 뱃전에 이르니, 선창 안에 네댓 명의 궁노가 귀부인 차림을 한 아리따운 여인을 모시고 나왔다. 이 여인은 다름 아닌 서혜영이었다.

숙보 모친이 교자를 세우라 하고는 물었다.

"저분은 나마님이 아닌데 누군가?"

숙보 모친을 모시러 왔던 시녀가 대답했다.

"저 분은 우리댁 나으리의 둘째 부인이올시다."

진숙보 모친은 더 묻지 않았다. 여러 사람들이 선창에 들어가려 할 때 장수 하나가 공연히 선창 어귀에서 뛰어나와 바라다 보았다. 그러자 회옥이 두 눈썹을 곤두세우고 사나운 소리로 무례하다고 소리를 질러 꾸짖었다. 깜짝 놀란 사내가 즉시 선창 안으로 들어가 버렸다.

다른 배의 선루 위에서 바라보고 있던 이정이 놀라 옆에 있는 사람에게 물었다.

"저 아이가 숙보 아들인가?"

"그렇습니다."

"나이는 어려도 영기(英氣)가 대단하니 정녕 용장의 아들답구나!"

이정은 급히 사람을 시켜 숙보 아들을 배 위로 모셔오게 했다. 숙보 모친 일행이 선창 안에 들어서자, 한 시녀가 일일이 아뢰었다.

"이분은 진마님이시고, 저분은 정마님이시며, 이분은 부인 장씨올시다."

서혜비는 매사람에게 배례하고 나서 숙보 모친에게 말했다.

"집의 큰 마님은 앞에 있는 배에 계시옵니다. 소첩더러 작은 배로 먼저 와서 영접하라고 하셨습니다. 마님과 부인께서 저희들의 호의를 거절하시지 않고 이렇게 왕림하신 걸 보면 은정이 매우 두터움을 알겠습니다." 그리고는 가마꾼과 병졸들에게 돌아갔다가 모레 맞이하러 나오라고 말했다.

숙보 모친이 말했다.

"아들 숙보는 금용성에 있어 오지 못했소. 마님께서 보내주신 예물을 잘 받았고, 귀한 분이 왕림하여 맞아주니 황공하기 그지없소."

배 안에는 주안상이 이미 마련되어 있었다. 사람들이 자리에 앉자마자 술을 권하였다.

이정은 진회옥을 불러다 서의부와 대면시켰다. 이정은 회옥에게 부친께서 전일에 서신을 보내왔다고 말하며, 그 서신을 회옥에게 보여주었다. 회옥은 그제야 그가 이약사란 것을 알았다. 아버지의 지기와 상봉한 회옥은 경모(敬慕)의 감정을 금할 수 없었다.

그런데 갑자기 또 포소리가 세 번 울리자, 북소리가 나더니 배가 서서히 움직였다. 숙보의 모친은 배 안에서 회옥이가 보이지 않으니 시름을 놓지 못하고 급히 사람을 시켜 데려다 자기 곁에 앉혔다. 뱃머리에서는 주악 소리가 요란하게 울리고, 순풍에 돛을 올린 배들이 질서정연하게 열을 지어 나아갔다.

이 광경을 목격한 연거진은 의혹을 품었는데, 다행히 밤에 서의부의 배에서 묵으면서 의부가 그에게 모든 것을 미리 사실대로 알려주었다. 연거진은 다소 마음을 놓았으나, 이미 남의 손안에 들었으니 잠자코 있을 수 밖에 없었다.

서혜비도 그날 숙보 모친네를 보니 모두 단정하고 장중하며 소박한 사람들인데다 이미 몸을 배에 실었으니 날개가 돋지 않는 이상 날아가지 못하리라 생각했다. 그래서 그녀는 부인 장씨에게 실정을 상세히 알려주었다. 부인 장씨는 즉각 시어머니에게 사실을 알려주었다. 숙보 모친은 예전에 진숙보가 사수강에서 당공 이연을 구해준 일은 알고 있었지만, 얼마 전에 감옥에 갇힌 이세민을 놓아준 일은 전혀 모르고 있었다.

서혜비가 이번 사건의 자초지종을 낱낱이 들려주며 말했다.

"진왕 이세민 전하께서는 진 장군의 은덕을 잊을 수 없어 소첩과 저의 부친이 당나라 황제를 배알한 다음 계교로 대부인을 모셔오라고 하셨습니다."

이때에야 진숙보의 모친과 아내는 자기들과 이야기하는 사람이 유주 나(羅) 나으리의 두 번째 부인이 아니고 이세민의 후비(後妃)란 사실을 알게 되어 다시 인사를 하였다.

다행히도 정교금의 모친은 술에 취해 상에 엎드려 자고 있었기에 그들의 이야기를 듣지 못했다.

숙보 모친이 말했다.

"아들이 우둔하여 전하의 호의를 욕되게 했군요. 그런데 어떻게 우리 집안과 나총관 댁이 내외 종간임을 아셨나요?"

"가친께서 그전에 유주에서 관직에 있었습니다. 그래서 나총관 댁의 사정과 드나드는 심부름꾼들을 잘 알고 있었습니다."

"그랬길래 그렇게도 신통히 울지남 형제로 분장했군. 그런데 위(魏)나라 세력이 아직도 쇠잔하지 않으니, 우리 애가 어떻게 급급히 당나라에 귀의할 수 있겠나요? 부인께서 마땅히 먼저 사람을 띄워 편지를 전하는 게 좋을 것 같습니다."

"그 일은 응당 우리가 할 일입니다. 그런데 저 정(程) 마님께는 절대 말씀하지 말아 주세요."

숙보 모친 일행은 배에서 이틀 동안 묵었다. 이날 아침 일어나니 전방의 보초(前哨)가 보고하는 소리가 들려왔다.

"앞에서 도적선 3, 40척이 다가오고 있습니다."

저쪽 선루에서 잠을 자던 진회옥은 이 말을 듣고 재빨리 옷을 걸치고 일어나 엿보았다.

이정이 선창 안에서 한 부장을 불러들였다. 그 장령은 전에 울지북으로 변장했던 사람이었다. 이정이 상위의 영기(令旗)를 중군관에게 넘겨주어 그 장령에게 건네주게 했다. 그 장령이 꿇어앉아 영기를 받아 쥐자, 이정이 위에 앉아서 분부했다.

"전초에서 도적선이 우리를 향해 다가오고 있다는 보고가 들어왔다. 네가 병졸을 거느리고 가보아라. 도적을 죽이지 말고 산 채로 묶어다가 내 앞에 대령시켜라."

그 장령이 대답하고 떠나갔다. 이윽고 포소리가 하늘을 진동시켰고 고함소리가 끊이지 않았다. 배 안의 병졸들은 화살을 먹이고 칼을 뽑아들어 만반의 전투 태세를 취했다. 두어 시진(時辰)도 안 되어 징소리가 울리더니 그 장령이 돌아와 무릎을 꿇고 말했다.

"원수 나으리께 영기를 바치옵니다. 적선을 이미 포로하였고 두목도 배 위에 묶어 두었으니 원수 나으리께서 처분하시기를 바랍니다."

이정이 영기를 거둬들이며 물었다.

"적선에서 무슨 깃발을 걸었더냐?"

그 장령이 대답했다.

"위(魏)나라 깃발을 내걸었습니다."

이정은 이맛살을 찌푸리며 말했다.

"위나라 군사라면 이리 압송하라."

그 장령은 대답하고 물러갔다. 이때 크고 작은 배들이 모두 닻을 내렸다. 뱃머리에는 장령들과 도부수, 포박꾼들이 번쩍거리는 병장기를 들고 위풍당당하게 서있었다. 전선(戰船) 안에서 키가 큰 사나이가 끌려 나왔는데, 뒷배에 있던 연거진이 그 사나이를 바라보고 깜짝 놀라며 말했다.

"아니, 우리 가윤보가 왜 이곳에서 맞부딪쳐 잡혔을까?"

그는 급히 진회옥에게 알리려고 서둘렀다. 그런데 배 위의 사람들이 붐비어 저쪽 배로 갈 방도가 없었다. 서의부도 보이지 않았다. 그는 뱃전에 엎드려 그들이 어떻게 처분하는가를 엿들었다.

이정이 물었다.

"너는 어디 사람이고, 이름이 뭐냐?"

가윤보가 대답했다.

"나는 위나라 사람으로 가윤보라 부르오."

"네가 위나라 군졸이라면 우리가 당(唐)의 깃발을 걸고 여기에 출병한 것을 보고서도 어찌 감히 공격할 수 있는가? 내가 너한테 묻겠다. 너는 이밀의 명을 받고 어디에 갔었고, 지금은 어디에서 오는 길인가?"

"왕세충이 작년 가을에 우리한테서 군량 2만 곡(斛)을 꾸어 갔었소. 그런데 뜻밖에 금년 가을 우리나라에 흉년이 들어 위공이 나더러 꾸어준 양곡을 받아오라고 했소."

"왕세충은 잔인하고 좀스러운 사람이야. 그는 언제나 기회를 노려 어부지리를 얻으려 하는데, 너희 나라 이밀이 오히려 그런 놈에게 군량을 꾸어주었으니, 우(虞)나라가 진(晉)나라에 길을 빌려주고(假道), 그것 때문에 자기를 망친 옛일과 무엇이 다르겠는가? 그러니 이밀이야말로 진짜 필부(匹夫)임을 알 수 있다."

"소란한 세상, 천하가 누구 손에 들어갈지 알 수 없는데, 당신은 왜 그런 말을 하오?"

이정이 탁자를 탕! 내리치며 소리쳤다.

"이밀의 수하는 대개 무지몽매한 자들이다. 얼마 전에도 우리 진왕 전하께서 위(魏)의 남쪽 옥에 갇혔을 때도 유문정은 우리를 모욕했기에 우리가 정식으로 항의하고 따지려 했었다. 그런데도 오히려 우리 군사의 깃발을 보고도 우리를 공격하니, 그런 흉악한 죄를 우리가 어찌 용서할 수 있겠는냐?"

그러면서 이정은 가윤보를 데려다가 참수하라고 명령했다. 좌우 병졸이 묶인 가윤보를 끌고 나가려 했다.

그때 이를 보고 있던 연거진은 놀라 혼비백산하며 진회옥을 찾아서 이정을 만나려 했다. 그러나 진회옥은 이미 서의부로부터 사안의 자초지종을 설명 들었기에 서둘지 않았다.

그리고 이정은 끌려나가는 가윤보를 다시 불러 세웠다. 그리고 가윤보의 포박을 풀러주고 상좌로 안내했다. 가윤보는 이정에게 사과했다.

이정은 진왕의 구현(求賢)하는 진심을 설명하면서 서의부와 진회옥, 연거진 등을 불러 가윤보와 만나게 했다.

진회옥과 연거진을 만나 가윤보는 크게 놀라며 물었다.

가윤보가 서의부를 보자, 서의부에게 물었다.

"너는 진왕과 유문정을 멋대로 풀어주고 여기서 내 앞에 나타날 수 있는가?"

그리고 연거진과 진회옥에게도 말했다.

"너희는 지금 와강산의 산채에 있어야 하거늘, 왜 여기에 있는가?"

그러자 서의부가 가윤보에게 그간의 일을 차례대로 설명해 주었다.

그러자 가윤보가 서의부에게 말했다.

"자네는 진왕을 따라 높이 날아 여기까지 왔구먼! 그러나 자네 때문에 군사(軍師) 서무공, 숙보 형, 그리고 위기실(魏記室, 위현성) 등은 지금 감옥에 갇혀있네!"

진회옥은 부친 숙보가 갇혀있다는 말에 통곡했다.

그러다가 이정에게 물었다.

"저에게 2천의 군사를 빌려주시면 제가 금용성을 공격하여 부친을 구출하겠습니다."

숙보의 모친도 숙보가 옥에 갇혀있다는 말을 전해들었다. 그래서 사람을 보내 자세한 사정을 물었다.

그러자 가윤보가 이정에게 말했다.

"숙보의 모친께서 여기 배에 계시다면 이리 모셔서, 아니면 제가 가서 숙보 모친을 뵐 수 있게 해주시요!"

그러자 이정이 회옥에게 말했다.

"조카가 가서 조모를 이 배로 모시고 오게! 그래서 가윤보의 말을 직접 들으시는 것이 좋을 것이네!"

숙보의 모친은 손자를 따라 이정의 큰 배로 옮겨왔다. 여러 사람이 모두 숙보의 모친께 인사를 올렸다. 숙보 모친은 가윤보에게 무슨 일로 숙보가 옥에 갇혔는가를 물었다.

가윤보는 그간의 일을 상세히 숙보 모친과 회옥에게 설명하였다. 그러면서 자신이 군사를 거느리고 왕세충의 진영에 빌려준 군량을 받으러 갔던 일과 위공의 실책과 군량 사정 등을 설명하였다.

“위공은 정교금을 징묘도위(徵猫都尉)로 봉하고 집집마다 고양이 한 마리씩 창고에 갖다 바치되, 고양이가 없으면 쌀 열 섬 씩을 벌금으로 내라는 명령을 내렸지요. 그런데 쥐가 고양이보다 더 많다 보니 잡아낼 수 없었습니다. 쥐와 고양이가 한 집에 살면서 제각기 세간을 차린 격이 되고 말았으니 쥐들로 인한 재난은 끊이지 않았지요. 위공이 후회막심해 하는데 근자에 또 소선(蕭銑)이 군대의 급료가 부족하다면서 군사를 거느리고 와서 양식 5만 곡을 꿔달라고 강요하면서 주지 않으면 죽기 살기로 싸워보겠다고 협박했습니다. 이렇게 되자, 급해진 위공은 그들 셋을 감옥에서 내놓았어요. 진형님과 나사신에게는 군사를 주어 소선을 치게 하고, 서무공은 여양에 보냈고, 위현성은 낙창(洛倉)을 지키게 했습니다. 금년에 재해가 들어 가을 양식을 거두워들일 가망이 없자, 저를 왕세충에게 보내 이전에 꾸어준 양곡을 받아오라고 했습니다. 지금 이원수께서 이세민의 명을 받들어 백모님을 장안으로 모셔 가신다니 와강에 있으시기보다는 백 배 더 나을 겁니다. 제가 돌아가서 숙보 형님께 이 소식을 전하면, 숙보 형님은 꼭 당나라에 귀부할 것입니다.”

가윤보가 또 연거진에게 말했다.

“거진 형, 형은 마땅히 와강으로 돌아가야 합니다. 여러 형제들의 가속이 아직 산채에 있는데, 우통 혼자 남아있다가 만약 무슨 일이라도 생기면 누구의 잘못입니까? 저는 공무가 급해 떠나가겠습니다. 백모님, 부디 몸조심하십시오!"

그리고는 여러 사람들과 작별했다. 이정은 가윤보의 됨됨이가 마음에 들어 서의부에게 부탁해 그를 당나라에 귀의하게 하려 했다.

그러자 가윤보가 말했다.

"이 동생이 무지몽매하여 주인을 제대로 찾지 못했습니다. 또 지금의 국세가 어떠한가도 알고 있지만 끝까지 그 주인을 섬기려 합니다. 성쇠에 따라 거취를 그르는 일을 저는 하지 않을 것이요! 훗날 다시 만날 때가 있지 않겠소?"

가윤보는 말을 마치고 떠나갔다. 이정은 더욱 탄복했다. 연거진은 숙보와의 의리가 깊어 함께 장안에 가서 숙보 가족의 안착한 결과를 보고 다시 와강의 산채로 돌아왔다.

제53회

周公을 꿈꿨다며 왕세충은 魏(위)를 공격했고, 이밀은 서세적을 버리고 당에 귀부했다.(夢周公王世棄絶魏, 棄徐勣李立遂歸唐.)

시로 읊기를, 詩曰,

성패는 모두 하늘에 있다 해도, (成敗雖由天)
성공은 역시 사람의 일이로다. (良亦本人事)
선니강에서 호랑이에 놀랐지만, (宣尼驚暴虎)
교만 방자를 조심하라 훈계였다. (所戒在驕恣)
소인 사내에 무슨 능력 있으랴? (夫何器小夫)
승진했다고 그의 뜻이 방자했다. (乘高肆其志)
어느 날 백성의 뜻이 달라지니, (一旦衆情移)
복인가 재앙인가는 두고 봐야지. (福兮禍所伺)
교룡이 그 근거지를 잃어버리면, (蛟螭失所居)
결국은 땅강아지에 제압당한다. (遂爲螻蟻制)

크게 후회해도 아무 소용없나니, (噬臍徒空悲)

길이 청사에 웃음거리로 남았다. (貽笑滿靑史)

무슨 일을 할 때 마치 호랑이 등에 올라탄 듯(騎虎之勢) 맹렬한 기세로 잘 진행될지라도, 그것이 나라의 일이라면, 혼란을 바로 잡을만한 일대의 위인이라야 모든 난관을 극복할 수 있다.

그러나 보통 녹록(碌碌)한, 보잘 것 없는 사나이라면, 젊어 한 때 이름을 날렸더라도, 망령되어 분수에 맞지 않는다면, 모든 일이 무너지고 망하게 되는데, 그때는 아무리 후회해도 어쩔 수가 없을 것이다.[90]

여기서 진숙보의 모친이 당에 귀부한 이야기는 일단 접어두겠다.

가윤보(賈潤甫)는 이정(李靖)과 헤어진 뒤에 바로 낙양으로 돌아왔고, 왕세충(王世充)이 군사를 크게 조련한다는 사실을 알았기에, 군영으로 그를 만나러 찾아갔다.

왕세충은 가윤보가 찾아온 뜻을 간파했기에 일부러 가윤보를 만나주지 않았고, 또 아무런 답신도 없었다. 그리고는 겨우 부장

---

90 원문 纔知噬臍無及(재지서제무급) – 纔는 겨우 재. 噬는 깨물 서. 臍는 배꼽 제. 사향노루가 배꼽의 사향 때문에 사냥꾼에게 잡혀죽는다. 자신의 배꼽을 물어뜯으려 해도 배꼽에 닿지 않는다. 이를 서제막급(噬臍莫及)이라 한다. 곧 후회해도 소용없다는 뜻이다.

한 사람을 보내 말했다.

"지금 우리 군영에도 군량이 부족하거늘, 어디서 군량을 얻어다가 너희에게 빌려온 것을 갚겠는가? 우리가 회수(淮水) 지역에 진출하여 벼를 징발하면 그때 위공(魏公, 李密)에게 상환하겠다."

가윤보는 왕세충의 그러한 배신의 정황을 보고서는 군량 상환을 요청하지도, 또 답신이 내려오기를 기다리지 않았다. 가윤보는 빈손으로 금용성(金墉城)[91]에 돌아와 위공에게 보고하였다.

"왕세충의 언행은 흑심을 가지고 배신할 뿐만 아니라 오히려 우리를 공격할 뜻이니 명공께서는 예방하지 않을 수 없습니다."

그러자 이밀이 분노하며 말했다.

"내가 어찌 이런 도적 놈을 상대하겠는가! 내가 당장 그놈을 없애버리겠다."

그러면서 날을 잡아 군사를 출동시켰다. 이밀은 정지절(程知節, 정교금)과 번문초(樊文超)를 전대(前隊)로, 선웅신(單雄信)과 왕당인(王當仁)을 중군으로, 그리고 이밀 자신과 왕백당(王伯當)과 배인기(裴仁基)는 후대(後隊)로 편성하여 동도(東都, 낙양)를 향했다.

한편 왕세충의 척후병들이 이를 탐지하여 보고하자, 왕세충은

---

91 금용성(金墉城) - 秦漢代의 형양현(滎陽縣). 隋 洛陽城 동쪽 15km, 鄭州市 서쪽 그 중간에 위치한 이궁이면서 군사 요지. 曹魏의 明帝〔曹叡(조예)〕 이후, 西晉, 십육국, 北魏, 北周, 隋, 唐朝 初年에 존속. 隋末 이밀(李密)이 건국한 大魏國(대위국)의 수도.

마음속으로 이밀과 사생결단을 내야 한다고 생각하면서도 이밀이 병력과 군량이 많아 승리를 장담할 수 없기에 군영에서 번민하고 있었다.

그러자 하급 병졸 하나가 말했다.

"작년에 군량을 빌리러 갔던 군사가 돌아와 말했습니다. 이밀의 군량 창고 곡물을 쥐가 모두 먹어치우기에, 가윤보를 승진시켜 쥐를 잡는 고양이를 징발하는 징묘도위(徵猫都尉)에 임명하였으며, 그들 궁중에 많은 재앙이 일어났다고 말했습니다. 금용성의 백성들은 이 모두가 옛날 주공(周公)의 사당터를 허물고 제사를 지내지 않았기에 주공이 저주를 내린 것이라 생각하고 있습니다."

그러자 정(鄭)나라 황제를 자칭하는 왕세충이 말했다.

"그런 말을 어찌 믿을 수 있겠는가?"

그러자 그 병졸이 말했다.

"그때 다녀온 사람들이 모두 그런 말을 했는데, 왜 거짓말을 했겠습니까?"

그러자 왕세충도 웃으며 혼자 중얼거렸다.

"정말 그러하다면, 나의 계책이 적중할 것이다. 그런데 내 뜻을 이해할 영리한 사람이 필요해! 정말 멋진 계략이야!"

왕세충이 그 병졸을 바라보자, 병졸도 미소를 띠고 고개를 숙인 채 말이 없었다.

다음 날 왕세충은 북을 쳐서 여러 부장을 불러 모아 적을 막을 방책을 논의하였다.

왕세충이 물었다.

"이밀이 차지하고 있는 금용(金墉)의 궁궐은 본래 수나라 궁궐이었나? 아니면 이밀이 새로 지은 것인가?"

그러자 장영통(張永通)이란 사람이 대답하였다.

"위주(魏主)의 궁궐은 본래 옛 주공(周公)을 모시는 사당이었습니다. 그런데 이밀은 주공의 사당은 '당연히 노(魯)에 있어야 하고, 여기에 모시는 것은 옳지 않다.' 라고 말하면서 묘당을 허물고 그 자리에 궁궐을 지었습니다. 그러자 주공이 여러 번 이밀 신하들의 꿈에 나타났지만 아무도 이밀에게 상주하지 않았습니다."

그러자 왕세충이 탁자를 치며 말했다.

"허! 참! 참으로 괴이한 일이야! 어젯밤 삼경쯤 내 꿈에 큰 관에 조복을 입은 어떤 존귀한 분이 나타나서 말했소. '나는 周 文王의 아들 희단이다.(姬旦, 姬는 周의 國姓. 旦은 아침 단. 周公 名)' 라고 하면서 '상계(上界)에 올라 내가 신이 되었고, 금용성에 묘당이 있었으나 이밀이 허문 뒤에 그 터에 궁실을 지었고 그 목재로 낙구(洛口)에 창고를 지었다. 그러니 너는 갈 곳 없는 나를 호위하라. 지금 이밀의 천수는 이제 끝났고 패망할 것이다. 그러나 대정(大鄭)의 왕! 너는 내 원수를 갚아주고 천하의 주인이 되거라!' 라고 말했소! 그러니 이밀이 주공의 사당을 헐어버린 것이 틀림없구나!"

그러자 여러 신하들이 말했다.

"신인(神人)의 출현과 당부는 우리 주군의 명덕(明德) 때문입니다. 지금 위공 이밀의 땅은 틀림없이 폐하께 귀속할 것입니다."

그러자 왕세충이 보다 더 엄숙하게 말했다.

"이 세상의 부귀는 응당 바로 여러분과 함께 나눌 것이고, 결코 나 혼자 누리지 않을 것이니 경들은 나를 도와주기 바란다."

이렇게 논의하고 있는데 병졸 서넛이 들어와 아뢰었다.

"중군 오른쪽 초소 기수인 진용(陳龍)이 갑자기 산발하고 맨발 바람으로 미친듯이 '나는 동정왕(東鄭王)을 만나겠다' 라고 고함을 지르고 있습니다."

왕세충이 듣고 희색이 만면하여 신하들에게 말했다.

"평소에 성실하고 순박하던 사람이, 왜 갑자기 광기를 부린단 말인가? 경들도 짐과 함께 만나봅시다."

모두가 말에 올라 훈련장에 이르렀다. 군사(軍師)인 환법사(桓法嗣)가 먼저 말에 올라 달려가 보니 진용은 눈을 딱 감고 평상 위에 반듯이 누워서 높은 소리로 문왕(文王)을 칭송한 〈대아(大雅)〉의 시구를 읊조리고 있었다.

「문왕이 하늘에 계시니(文王在上), 천하가 환하도다(於昭于天).

周(주)가 비록 오랜 나라지만(周雖舊邦), 천명은 더욱 새로워라

(其命維新).」[92]

그 병졸은 왕세충이 온 것을 알고, 별안간 후다닥 일어나더니 평상 위에 서서 밖을 향하여 소리쳤다.

"동정왕은 들어라! 주공 단(旦)의 혼령으로 여기 붙어 있다! 어젯밤에 부탁한 말을 왜 아직 실행하지 않는가? 꿈에서 들은 말을 헛말이라 여겼는가? 아니면 잊었단 말인가? 너와 신하들이 동심 협력한다면, 나도 신병(神兵) 삼천으로 너를 도와 위(魏)나라 군사를 치겠노라. 보고만 있지 말라! 진공(進攻)이 상책이다. 나는 그만 가겠다!"

말을 마치자 상 위에서 훌쩍 뛰어내리더니 먼지를 뽀얗게 날리며 마구 춤을 추었다. 이때 왕세충과 신하들은 벌써 모두 땅에 꿇어 엎드려 머리를 조아리며 말했다.

"대왕님의 명령을 삼가 받들겠습니다. 우리는 합심하여 적을 토벌하여 위나라 궁궐을 수복한 다음, 거기에 다시 훌륭한 사당을 지어 모시겠습니다."

왕세충 일행이 급히 일어나 진용을 찾아보니, 그는 풀밭에서 넘어져 굳어져 있었다. 얼굴색은 잿빛이 되었고, 수족은 얼음장처럼 차가웠다. 왕세충은 사람을 시켜 그를 업어 데려가게 했다. 이때부터 정(鄭)나라 병졸과 장령들의 가슴속에는 저마다 주공

---

92 이는《詩經(시경) 大雅(대아) 文王之什》의〈文王〉의 구절이다. 다음에「有周不顯, 帝命不時. 文王陟降, 在帝左右.」가 이어진다.

단(旦)이 자리잡게 되었다.

본시 간교하고 꾀 많은 왕세충은 싸움에서 늘 부정한 술책을 많이 썼다. 그리고 군사(軍師)라는 환법사(桓法嗣) 역시 사악한 짓을 일삼는 무뢰한이었다. 그는 이 난리통에 자기의 욕망을 성취하고, 부귀영화를 누리려고 수시로 괴상망칙한 계책을 꾸며 왕세충의 비위를 맞추었다.

왕세충은 궁으로 돌아가, 환법사에게 내일 훈련장에 가서 몸집이 우람하고 키가 8척 되는 병졸 3천 명을 선발하여 발에다 3, 4자의 나무다리를 묶고, 얼굴에 가면을 씌우고, 몸에는 알록달록한 옷을 입힌 뒤에, 걷는 연습을 시키라고 지시하였다.

며칠 사이에 연습이 끝나자, 환법사가 왕세충에게 아뢰었다.

"이 계책을 빨리 실행하여 적들이 준비가 없는 틈을 타서 공격해야 합니다."

왕세충은 그렇게 하라고 허락했다. 이번 사건이 이밀의 세력을 거둬들이고, 하늘이 정해준 천자를 도와주는 한 과정이라고 누가 알았겠는가? 만약 이밀이 명철한 사람이었다면 나라에 재앙이 여러 번 거듭 나타나는 이 시기에 금용성을 지키면서 잘못을 바로잡고 신하들을 잘 아우르며 나라의 기강을 바로 세우도록 힘써야 했었다.

그런데 이밀은 스스로 재략이 뛰어나다고 우쭐대면서 지난 날 죽을 고비에서 요행히 살아났던 그 쓴맛을 깡그리 잊어버리고,

늘 한고조(漢高祖) 유방(劉邦)처럼, 삼척 검을 비껴들고 천하를 손안에 넣을 수 있다고 과신하고 있었다.

이밀은 지혜가 출중하고 계략이 많은 군사(軍師) 서무공(徐懋功, 서세적)을 여양으로 보냈고, 충성스럽고 용맹한 진숙보와 나사신을 보잘 것 없는 소선(蕭銑)을 방어하라고 내보냈으며, 가윤보가 여러 번 기묘한 계책을 상주했지만 유념하지 않고 흘려버리면서 낙구(洛口)의 군량 창고를 관리케 하였다.

그리고는 사리사욕에 눈이 어둡고 의리도 모르는 병원진(邴元眞) 같은 소인을 자기 신변에 남겨두었다. 그러면서 자신의 용맹만을 믿고 싸우기를 좋아하는 선웅신과 정교금 같은 장수만 남아 있었다.

이밀은 군대를 인솔하고 왕세충을 향해 진격했다. 이틀이 안 되어 기마 보초가 왕세충도 군사를 거느리고 진격해오고 있다는 소식을 전했다.

쌍방은 40여 리 사이를 두고 진을 쳤다. 이밀은 취병천(翠屛川)의 동쪽 산에, 왕세충은 취병천의 서쪽 산에 주둔하였다. 군사(軍師)인 환법사가 경호원 2, 3백 명을 거느리고 가만히 동쪽 산 정상에 올라가 위나라 병영을 내려다보니 대오가 질서 정연했다. 병영은 마치 하늘의 뭇별들이 땅 위에 내린 듯 촘촘이 배치되어 있었다. 살기가 충천한 이 모습에 보기만 해도 간담이 서늘해졌다. 환법사가 마음속으로 생각했다.

'내가 비록 나무다리를 만들어 붙인 가짜 신병(神兵)을 훈련시켰지만, 저렇게 정예의 군사를 이길 수 있겠는가?'

이맛살을 찌푸리고 사방을 하염없이 둘러보던 그는 갑자기 동북쪽 산 기슭에서 늠름한 사나이 7, 8명이 산이 울리도록 도끼를 휘두르며 나무를 찍고 있는 광경을 보았다. 환법사는 저도 모르게 빙그레 웃으며 말했다.

"내게 더 좋은 수가 생겼도다!"

그는 한 부장을 살그머니 불러서 귓속말로 몇 마디 당부하고 나서 말을 타고 병영으로 돌아갔다.

이튿날 그는 왕세충을 찾아가 말했다.

"저도 어젯밤에 꿈에서 주공(周公)을 만났는데, 저에게 '환법사야, 내 부탁을 잘 듣거라. 내일 내가 몰래 한 사람을 보내 너를 도와 괴수를 사로잡게 할 테니, 네가 어서 주군을 찾아가 빨리 진군하라고 재촉하여 결판을 내라!' 라고 말했습니다."

그리고는 왕세충의 귀에 대고 뭐라고 소근거렸는데, 왕세충이 크게 기뻐했다. 환법사는 빨갛고 파란 색깔로 짐승의 그림을 그려놓은 판자로 정방형의 성(城)을 만들고 병졸과 군마를 모두 그 안에다 숨겨놓았다.

왕세충은 중군 군영에 앉아서 군사 환법사가 지휘하는 모양을 그냥 구경했다.

이윽고 사령부의 군졸이 아뢰었다.

"이밀을 잡았습니다."

뒤미처 압송해 온 사람을 보니 나무꾼들이었는데, 그 우두머리 이름이 이밀이었다.

왕세충이 물었다.

"어디서 잡았느냐?"

병졸이 대답했다.

"소인들이 명령을 받고 순라하다가 산등성이 오솔길에서 이 사람들을 만났습니다. 그런데 그중에 이밀도 끼어있기에 소인들이 달려들어 잡아왔습니다. 그래서 우리의 전공을 아룁니다."

왕세충이 화를 내며 묻자, 그 나무꾼 우두머리가 억울하다며 변명하였다.

"소인은 국자감(國子監) 조교(助教)인 육덕명(陸德明)의 하인들입니다. 성 안에 땔나무가 없어 우리를 보내 나무를 해오라고 했습니다. 그런데 저를 이밀이라고 하다니… 같이 온 무리들이 입증할 수 있습니다."

그러자 순라 병졸이 말했다.

"이 자는 이밀이 분명합니다. 나무꾼으로 가장하고 우리의 군영을 염탐하였습니다."

왕세충은 다시 나무꾼들에게 거듭 캐물었다. 확실히 은퇴한 관원의 하인들이었고 나무하러 온 것도 틀림없었다. 왕세충은 옆에 있는 군졸들에게 오랏줄을 풀어주라고 명령한 다음에 말했다.

"나는 너희들 모두가 평민이란 사실을 잘 알고 있다. 내가 너희들을 쓰려고 하는데, 너희들 가운데 북망산의 한적한 샛길을 잘 아는 사람이 있는가?"

한 나무꾼이 다른 두 사람을 가리키며 말했다.

"이 사람은 별명이 만산비(滿山飛)인 김용(金勇)이고, 저 사람은 천산갑(穿山甲)이라는 방운(龐雲)입니다. 이들 두 사람은 늘 산을 오르내리기에 산속 샛길을 손금 보듯 잘 알고 있습니다."

왕세충이 말했다.

"좋아! 좋았어!"

그리고는 먼저 잡혀와 이밀이라고 지적당한 사람을 앞에 불러다가 중군 파총(把總)이란 군사 직분을 주고 김용과 방운에게는 좌우분장이라는 군사 직분을 준 다음에, 그들에게 모자와 전포를 충분히 내려주었다. 그리고는 중군에게 귓속말을 몇 마디 하고 나서 그들을 데려가라고 분부하였다. 나무꾼들은 크게 기뻐하며 머리를 조아려 사례하고 군영을 나와 대오에 들어갔다.

양편의 군영을 보면,

피 흘리는 싸움, 연기가 흩어지나, (紛紛戰血煙雲灑)
승패와 존망의 결과를 알 수없네. (勝敗存亡未可知)

한편 이밀의 선봉장인 정교금은 적수를 만나 한바탕 통쾌하게 싸워보고 싶었다. 그런데 뜻밖에 왕세충의 인마는 나무로 성을 만들고 꼼짝도 하지 않았다. 그가 군마를 휘몰아 나무 성책에 접근해가면, 말들은 나무 성책에 울긋불긋하게 그려져 있는 야수들의 그림을 보고는 기겁하며 머리를 돌려 되돌아왔다.

이때 선웅신이 거느린 중군도 도착했다. 선두 부대에게 높은 사다리차에 올라 돌을 안으로 던지며 진군하라고 명령했다. 그러나 헛수고만 했지 성책을 함락시키지는 못했다.

후군의 이밀이 도착하여 군진을 배치하자, 저녁때가 되었다. 이밀은 적병의 야간 기습에 각별히 경계할 것과 경계병의 경보에 특별히 귀를 기울이라고 명령했다. 삼경이 되자, 사방에서 은은히 들려오는 포소리가 끊이지 않았다. 위나라 군사들은 두렵고 당황했다.

그때 갑자기 순라병이 선봉부대에 달려와 알렸다.

"왕세충의 나무 성책이 열려 있고 안에는 등불이 켜졌으나 사람의 그림자조차 볼 수 없습니다. 이에 보고합니다."

낮에 반나절이나 공격했어도 헛수고만 했던 정교금은 울화가 치밀어 안절부절 못하던 차에 이 소식을 들었으니 어찌 참을 수 있었겠는가!

정교금은 자기가 앞장서서 군마를 거느리고 왕세충의 병영으로 치달았다. 멀리서 바라보니 나무로 만든 성책이 활짝 열려 있고 여기저기에 켜놓은 횃불이 사방을 대낮처럼 환하게 비추었다. 하지만 밖에는 병졸 하나 찾아볼 수가 없었다. 부아가 머리 끝까지 치민 정교금은 양손에 도끼를 들고 고래고래 소리를 질렀다.

"담력이 있는 자는 나오라!"

이때 왕세충의 병영에서 포소리가 울리더니 한 부장이 달려 나와 십여합을 겨루고는 패배해 도망쳤다. 정교금은 내친 김에 10여 리를 뒤쫓았다. 그때 왕세충의 병영에서 하늘을 진동시키는 포소리가 또 울리더니, 뒤이어 여기저기서 포소리가 요란하게 울렸다. 갑자기 괴상한 바람이 땅을 훑으며 맞은 쪽에서 불어왔다.

이때는 첫 닭이 울었고, 날도 이미 희뿌연히 밝았다. 정교금은 병졸들을 독촉해 쳐들어 갔는데, 갑자기 옆에서 7, 8무더기의 군졸들이 달려나왔다. 모두 파란 얼굴에 빨간 머리카락이었고 큰입에는 승냥이 이빨이 드러났다. 몸에는 오색 전포를 입었고, 나무다리를 한 듯 키가 매우 컸다. 그들은 유황 화약 불길이 하늘로 치솟는 속에서 칼을 들고 중군의 뒤쪽으로부터 진격하며 저마다 고함을 질렀다.

"천병이 출현했으니 살려거든 어서 투항하라."

선웅신의 병사들은 모두 크게 놀라며 말머리를 돌려 도망치려 했다. 그런데 말들은 귀신의 물골을 한 꺽다리들을 보자 울부짖으며 마구 날뛰더니 죽을 둥 살 둥 모르고 큰길로 달려나갔다. 선웅신은 하는 수 없이 마음을 다짐하며 선봉 대오를 따라 앞으로 뛰쳐나갔다. 정교금과 선웅신이 이끄는 두 부대가 왕세충의 많은 장병들과 뒤엉켜 혈전을 벌였다. 정교금이 한창 싸움에 열을 올리고 있을 때 누군가 외치는 소리가 들려왔다.

"군영을 기습한 사람들이 이밀을 잡아왔다!"

한 무리의 병졸들이 비단 전포에 갑옷을 입은 이밀의 손을 뒤로 포박해 말 등에 얹었다.

그는 끌려가면서 마구 소리쳤다.

"빨리 와서 나를 구해라! 빨리 와서 나를 구하라!"

이밀은 병졸들에게 끌려 적진 안으로 들어갔다. 이것을 목격한 정교금은 깜짝 놀라며 비장(裨將) 번문초에게 말했다.

"위공이 잡혀갔으니 싸워도 소용없다. 다들 제각각 갈 데로 가자!"

번문초가 말했다.

"아무나 주군으로 섬기면 똑같습니다. 흩어져도 갈 곳이 없으니 투항합시다."

그리고는 이밀이 사로잡혔으니 투항하라는 명령을 내렸다. 이 말을 들은 부하들은 저마다 병장기를 내동댕이 치고 갑옷을 벗어버리고는 꿇어앉았다. 정교금은 어머니가 걱정되어 혼란한 틈을 타 투구와 갑옷을 벗어버리고 슬그머니 꽁무니를 뺐다.

선웅신과 왕당인이 인솔한 중군(中軍)은 앞의 병졸들이 모두 꿇어앉은 것을 보고 영문을 몰랐다.

이때 급보를 전하는 사람이 달려와 알렸다.

"위공이 잡혀가고 앞의 부대는 모두 투항했습니다."

성미가 거친 선웅신은 이밀이 어떻게 되어 잡혀갔을까에 대해서는 잘 생각하지도 않고 당황하며 왕당인에게 말했다.

"위공이 적에게 잡혀갔으니 우리가 더 싸워봐야 쓸데없소. 아예 우리들이 포위망을 뚫고 나갑시다."

왕당인도 동감을 표시했다.

"장군 말이 옳습니다."

그들은 휘하를 불러 모아 기를 쓰고 포위를 뚫으며 1리 남짓 달려 나갔다. 그런데 사방에서 조여드는 적병들은 갈수록 많아졌다. 선웅신이 고개를 돌려보니 왕당인이 보이지 않았다. 몸을 돌려 왕당인을 찾으려 하는데 적군의 장령 장영통이 말을 달려 앞을 막았다.

웅신은 급히 긴자루 달린 창을 들고 맞받아 싸웠다. 그런데 뜻밖에 도적들이 끝에 낫 같은 고리가 달린 수십 개의 창으로 웅신이 탄 말을 넘어뜨렸다. 웅신은 할 수 없이 병졸을 거느리고 투항했다.

한편 위공 이밀은 정예부대의 장졸을 거느리고 싸우고 있었는데, 갑자기 앞의 부대가 흩어지자 급히 배인기에게 나가 구원하라고 명령했다. 그런데 배인기도 적들의 갈고리 창에 걸려 잡혀 버렸다.

이밀이 놀라며 의아한 생각이 들어 잠시 머뭇거리는 순간 뒷산에서 고함소리가 끊이지 않더니 단도(短刀)를 든 보병 두 부대가 산 아래로 달려 내려와 뒤를 차단하며 포위 공격해 왔다. 이밀이 고개를 돌려 자기 군영을 바라보니 불길이 충천했다. 진지를 고수하던 병졸들은 뿔뿔이 도망치다가 벼랑 아래로 나뒹굴어 떨어졌다.

원래 왕세충은 나무꾼들의 안내를 받으며 밤중에 병사를 거느리고 이밀의 병영을 기습했다. 왕세충은 병사들에게 불이 쉽게 붙는 초석과 유황 등을 지니고 가서 이밀의 군사가 싸우러 나간 틈을 타, 군영에 불을 지르게 하였다.

이밀은 평소 자기 세력이 강하다는 자부심이 많았다. 따라서 누구도 감히 자신의 군영을 노리지 못한다고 여기면서 별다른 대책도 세우지 않았고, 군영도 제대로 세우지 않았다. 따라서 수백 명의 적병은 무인지경에 들어오듯 거침없이 들어와 이밀의 군영에 불을 지르고 다시 되돌아 마구 들이쳤다.

이때 이밀은 뒤에 있는 적을 막으려 하는데 왕세충의 인마가 정면으로 덮쳐 들었다. 정면의 적을 막으려 하면 뒤에서 보병이 달려들어 말 그대로 앞뒤로 협공을 받았다.

이밀은 하는 수없이 옷을 바꿔입고 장졸들 틈에 끼여 낙구의 군량 창고 쪽으로 도망쳤다. 가윤보가 소식을 듣고 멀리 나와맞아들였고, 좋은 말로 위로했다.

"한고조는 여러 번 패전하였지만 끝내 천하를 손에 넣었습니다. 항우(項羽)[93]는 비록 승전하였지만 나중엔 멸망하였습니다.

---

93 항우〔項羽, 項籍(항적), 前 232－202〕－字는 羽, 項羽라 통칭. 前 207년 秦朝(진조) 멸망의 결정적 전투인 鉅鹿(거록)의 싸움에서 秦軍(진군)을 격파하고 스스로 西楚霸王(서초패왕)이 되었다. 楚漢戰爭 중

주공께서는 안심하시고 훗날을 도모하십시오."

이밀은 낙구창에서 하룻 밤을 묵었다. 이튿날 여러 장령들과 계책을 의논하려 할 때 정교금이 병졸 10여명을 거느리고 도망쳐 왔다. 이밀이 화를 내며 물었다.

"선발 부대가 어떻게 했기에 이런 꼴이 되었느냐?"

정교금이 대답했다.

"저희가 처음에 적병에게 쫓겨 6, 7리쯤 밀렸습니다. 그 순간 괴상한 바람이 불어오면서 수많은 신병(神兵)이 나타났습니다. 그래도 우리는 힘껏 싸웠습니다. 그때 갑자기 적들이 주공과 똑같이 생긴 사람의 손을 뒤로 결박하고 말에 앉혀 끌고 갔습니다. 우리 군사들은 주공께서 적들에게 잡힌 줄로만 알고 싸우지 않았습니다. 게다가 적병들이 사방에서 사납게 덮쳐드니 비장 번문초가 군사를 거느리고 투항했습니다. 저는 하는 수없이 갑옷을 벗어버리고 후퇴하며 빠져나왔습니다. 그런데 병원진이 이미 성문을 열고 왕세충에게 투항했기에 이곳으로 왔습니다. 다행히 주공께서 무사하시니 시름이 놓입니다. 이제 보니 적들이 계책을 꾸민 것이 확실합니다."

垓下(해하)의 전투에서 漢王(한왕) 劉邦(유방)에게 패하자, 長江(장강)의 북쪽 지류인 烏江(오강)에서 자결하였다. 그의 용기와 무예 힘은 천고에 최고였으며('羽之神勇 千古無二') 霸王(패왕)은, 곧 항우를 지칭하는 고유명사로 통한다. 《史記 項羽本紀》 참고.

정교금의 말이 채 끝나기도 전에 위현성이 혼자 말을 타고 왔다.

이밀은 크게 놀라며 급히 물었다.

"자넨 왜 금용성을 떠났는가? 무슨 일이라도 생겼는가?"

위현성이 대답했다.

"엊저녁 오경쯤에 한 무리 인마가 달려와 성문을 열라고 소리쳤습니다. 정(鄭) 사마가 성 위에 올라가 횃불을 켜들고 보니 주공께서 말 위에 앉아 계시더랍니다. 그래서 사마가 급히 성문을 열고 맞아들이는 순간 적병에게 사로잡히고 말았습니다. 배인엄(裵仁儼)도 붙잡혔습니다. 급해진 저는 적의 계책에 속았음을 알고 궁전 시위를 시켜 왕후께 알리고 왕후와 태자와 함께 남문으로 빠져나왔습니다. 마침 길에서 왕당인을 만나 왕후와 태자를 그에게 맡겨 와강의 산채로 모셔가게 했습니다. 저는 일부러 이곳으로 찾아오는 길인데, 마침 모두 여기 계시는군요.

금방 길가에서 도망쳐오는 병졸이 '왕세충의 대부대가 또 추격해 온다.' 라고 하는 말을 들었습니다."

위현성이 말을 마치자, 가윤보의 순라병이 들어와 보고하였다.

"호뢰관(虎牢關)[94]도 함락되었습니다. 적의 대부대가 우리 낙

---

94 호뢰관(虎牢關, 又稱 汜水關)－唐代 唐 高祖 조부 이호(李虎)를 피휘하여 무뢰관(武牢關)으로 개칭했다. 낙양성의 동쪽, 今 河南省 형양시(滎陽市) 서북부 16km 사수진(汜水鎭) 관내에 위치. 洛陽 동편

구에서 30리 떨어진 곳에 다다랐으니 빨리 피신해야 합니다."

이때 위현성도 어찌할 바를 몰랐다. 이밀은 왕세충의 세력이 크니 낙구에서는 아무래도 방어할 수 없다고 생각하며 하양(河陽)으로 옮겨가서 지키자고 했다. 하양은 조군언(祖君彦, 46회 주석 참고)이 지키고 있는 지방이었다. 이틀이 못되어 순라 병졸이 언사(偃師)와 낙구(洛口)도 함락되었다고 보고했다.

이밀이 탄식하며 말했다.

"적들이 이런 계책을 꾸밀 줄 어찌 알았으랴! 넓은 땅을 빼앗겼고 유능한 장수 여럿을 잃었구나. 이는 모두 내가 소홀했기 때문에 빚어진 결과이다. 마음을 확실하게 잡을 수 없으니 어쩔 수 없구나."

왕백당이 말했다.

"지금 상황에서는 남쪽으로 황하를 건너오지 못하게 지키고, 북쪽으로 태항산을 차지하고 동쪽으로 여양(黎陽)과 연결하여 방어해야 합니다. 서무공은 사람이 충성스럽고 의리를 중히 여기니, 승패나 길흉에 마음이 변치 않을 것입니다. 그리고 지혜롭고 계략이 많아 한쪽 방면을 맡을 수 있으니, 신이 그와 함께 여양을 지키면서 옮겨간 군사의 식량은 하북(河北)에서 해결하겠습니다.

의 문호이며 요새지. 남쪽으로는 숭악(嵩岳)과 연결, 북쪽은 黃河에 연접한 그야말로 '一夫當關(일부당관)에 萬夫莫開(만부막개)'의 요새지. 歷代 兵家의 必爭之地였다.

비록 왕세충과 근접하더라도 제가 목숨을 내걸고 지키겠습니다. 주공께서는 태항산에 계시며 양쪽을 돌보십시오. 주공께서 그곳에 계신다면 원래 부하들이 모두 찾아 모일 것입니다. 그때 가서 우리가 힘이 모자라면 험한 지세를 이용해 방어하고, 힘이 자라면 기회를 보아가며 싸우는 것이 묘책인 듯합니다."

이밀이 말했다.

"그 계책이 아주 적절한 것 같소."

그리고 여러 장령들에게 물었으나 모두가 묵묵부답이었다.

이밀이 다시 되물어서야 여러 부장들이 겨우 이렇게 말했다.

"그저께의 북망산 싸움에서 사람들은 모두 겁을 먹었습니다. 선웅신이 투항하였고 배인기와 정(鄭) 사마(司馬), 그리고 배인엄은 사로잡혔습니다. 그리고 우리는 하양(河陽), 창성(倉城), 언사(偃師), 낙구(洛口), 호뢰(虎牢) 등 요지를 연달아 잃어버렸습니다. 그러니 장령들은 방어하겠다는 의지가 더욱 약해졌고, 병졸들은 목숨을 내걸고 싸우려 하지 않습니다. 사람이 자기의 이해관계를 따지는 것은 누구나 마찬가지 아니겠습니까? 지금 주공께는 군사가 2만 명 밖에 남지 않았습니다. 아마 좀 더 시간이 지나면 장졸들이 모두 뿔뿔이 흩어질 수도 있습니다. 그때 가서 주공께서 지키려고 하여도 누가 도와주려 나서겠습니까?"

이 말을 들은 이밀은 저도 모르게 뜨거운 눈물을 흘리며 말했다.

"나는 여러분의 도움으로 앞서 낙구를 함락하고 여양을 차지하였으며, 북으로는 왕세충과 대항했고 남쪽에서는 우문화급을 이겼소. 그런데 의외로 이번 싸움에 패전하고 나니 외톨이가 되어 지키자니 지킬 사람이 없고 옮겨가자니 갈 곳도 없으니, 이 몸이 살아서 뭘 한단 말인가?"

말을 마친 그는 칼을 뽑아 자결하려 했다.

그러자 백당이 그를 꼭 부둥켜 안고 눈물을 흘리며 말했다.

"주공(主公)! 주공께서는 온갖 역경을 겪으며 금방 대업을 이루었습니다. 오늘 비록 실패하였으나 부흥할 수 있는데, 왜 자결하려 하십니까?"

두 사람이 부둥켜 안고 대성통곡하자 여러 부장들도 모두 눈물을 흘렸다.

한동안 흐느끼던 이밀이 말했다.

"아! 나도 장한 뜻을 품고 남의 손 아래서 살려 하지 않았으나, 오늘 나 자신을 망치고 어쩔 수 없는 마지막에 몰렸도다. 나는 여양에는 가지 않겠소. 그대들이 나를 저버리지 않고 함께 관중(關中)에 들어가 당나라 황제께 귀의하면 그대들도 부귀영화를 누릴 수 있을 것 같소."

그러자 여러 부장들이 일제히 대답했다.

"주공을 따라 당나라에 귀의하겠습니다."

이밀이 왕백당에게 말했다.

"장군의 가족은 와강에 있지요. 오늘 관중으로 가면 가속들과 멀리 떨어져 걱정할 것이니, 장군은 돌아가시오."

백당이 대답했다.

"이전에 전하와 생사를 같이 하기로 맹세했는데, 오늘 어찌 저버릴 수 있겠습니까? 이 몸이 들판에서 죽게 되어도 저는 기꺼이 맞이할 것인데, 제가 어찌 가속을 걱정하겠습니까!"

이 말에 동행하려던 사람들이 감동되어 다 같이 가겠다고 말했다.

그런데 유독 정교금만은 펄쩍 뛰며 말했다.

"여러분들은 갈 수 있겠지만, 나는 따라갈 수가 없습니다. 결코 내가 무정해서가 아니오."

모두가 물었다.

"왜 그러시오?"

이밀이 말했다.

"나는 알겠소. 자당께서 와강의 산채에 계시니 갈 수 없는 것이니 어쩔 수 없지요!"

"그런 이유가 아닙니다. 비록 노모께서 와강에 계시지만 우(尤) 형과 나는 다른 형제들과 다른 사이요. 그러기에 언제나 저의 노모님을 보살펴 줄 것이기에, 나는 마음을 놓을수 있습니다. 그런데 작년에 이세민이 감옥에 백일동안 갇혀있게 된 것이 내탓이었소."

여러 사람이 물었다.

"그건 공적인 업무였는데 어찌 자네만 탓을 하겠는가?"

"그날 이세민이 우리 금용성을 엿볼 때, 여러 사람들은 그가 무슨 꿍꿍이를 꾸민다고 말하면서도 누구 하나 감히 잡으러 나서지 않았지요. 그런데 오직 나만이 죽음을 무릅쓰고 성 밖으로 뒤쫓아갔었소. 노군(老君)의 사당까지 쫓아가보니 이세민이 신주를 모신 감실(龕室) 안에 숨어 있었소. 내 눈에는 이세민이 구렁이의 요정으로 보여 도끼로 찍어 죽일 뻔했소. 다행히 숙보 형이 말리며 '사로잡아다 주공과 대면시키자' 고 하여, 그들 두 사람이 옥살이를 하게 되었소. 지금 사람들은 '은덕을 입었어도 곧 잊어버리나(恩則便忘), 원한만은 분명히 기억합니다(怨則分明).'[95] 내가 이번에 제 발로 찾아가면 틀림없이 나를 육장(肉醬)으로 만들 것이니, 그러면 저의 노모를 누가 돌본단 말이오? 난 안 가겠소!"

말을 마친 정교금은 여러 사람에게 한번 양팔을 들어 인사하고는 밖으로 나가버렸다.

---

95 은원(恩怨) - 은덕은 은덕으로 갚아야 한다(恩將恩報). 은혜를 입었으면 은혜에 보답하고, 덕을 입었으면 덕으로 갚아야 한다(有恩報恩有德報德). 군자는 은혜를 베풀지만 그 보답을 바라지 않는다(君子施恩不望報). 은덕을 입었으면 보태어 갚아야 하니, 절대로 잊어서는 안 된다(恩有重報不敢有忘). 은덕은 크고 작은 데 있는 것이 아니고, 위급할 때 도와준 데 있다(恩不在大小而在救急). 원수는 크고 작은 악행이 문제가 아니고, 마음에 상처를 주었기 때문이다(怨不在大小而在傷心). 대장부는 은혜와 원수를 분명히 안다(大丈夫恩怨分明). 은혜를 잊고 의를 저버린다면 소인이다(忘恩負義是小人). 모든 일에 (원한을) 풀어야지 원한을 맺어서는 안 된다(凡事宜解不宜結).

여러 사람이 말했다.

"지금은 누구나 제 마음이 내키는 곳으로 오갈 수 있으니, 그가 안 가도 우리는 따라갑시다."

이밀은 지체하다가는 또 무슨 변고라도 생길까 걱정이 되어, 진숙보가 돌아오기를 기다리지 않았고 서무공도 만나보지 않은 채, 자기의 군사 2만 명을 거느리고 서쪽으로 떠났다. 그는 원수부의 아전인 유섭(柳燮)을 먼저 보내 당나라 황제에게 상주하게 했다.

당나라 황제는 오래전부터 이밀이 재략(才略)이 뛰어난 사람이기에 가히 쓸 수 있다고 생각했고, 또 하남(河南)과 산동(山東) 지역에 이밀의 옛 부하들이 많기에 그를 받아들이면 그의 부하들도 모집하여 쓸 수 있다고 생각하여 크게 기뻐했다.

황제 이연은 먼저 장군 단지현(段志玄)을 보내 이밀을 위로하였고, 또 사법(司法)인 허경종(許敬宗)[96]을 파견해 영접케 하였다.

---

96 허경종(許敬宗, 592－672년, 字는 延族)－唐朝官員, 中書令(宰相) 역임. 소년 시절 文才로 유명, 618년 부친 許善心은 宇文化及에게 피살되었고, 허경종은 瓦崗軍 이밀(李密)의 비서격인 記室이 되었다. 와강군 실패 후 허경종은 당에 투항하여 이세민 秦王府의 學士가 되었다. 부침을 겪은 뒤 唐 高宗 李治 즉위한 뒤 禮部尙書가 되었다. 81세의 천수를 누리고 高宗 咸亨 3年(672)에 죽었다.

왕년에 이밀이 맹주가 되려 할 때, 이연도 자기를 얼마나 떠받들었던가? 그런데 지금 실패하여 어쩔 수 없이 도리어 그의 신하가 되어 허리를 굽히게 되었으니, 이밀은 속으로 불평이 가득했고 불쾌했다.

그러나 지금의 이런 상황에서는 부득불 이연을 섬겨야 했다. 이밀은 왕백당을 비롯한 수하 사람들을 거느리고 장안에 들어가 당나라 황제에게 입조(入朝)하였다. 여러 장령들이 배례를 마치자, 황제가 이밀을 어전으로 불러 자리를 권하며 말했다.

"동생, 싸우느라 고생이 많았소. 내 아들 세민이 빈주(豳州)[97]에서 돌아오면, 동생과 같이 동도를 평정하고 동생의 원수를 갚아주겠소."

그리고는 어명을 내려 이밀에게 광록경상주국(光祿卿上柱國)이란 벼슬을 제수하고 형국공(邢國公)에 봉했다. 왕백당을 좌무위장군(左武衛將軍)으로, 가윤보를 우무위장군(右武衛將軍)으로 임명했으며, 위현성(魏徵)에게는 진왕부 기실 참군(秦王府記室參軍)의 관직을 수여했다.

이밀 일행은 사은하고 물러나왔다. 황제는 또 이밀이 가족이 없음을 염려하여 자기의 외사촌 누이동생인 독고(獨孤)씨를 아내로 맞게 하였다. 관직은 비록 높지 않았지만 황제의 은총은 대단

97 빈주(豳州) – 치소는 定安縣〔今 甘肅省(감숙성) 동부 寧縣(영현)〕. 관할 지역은 今 甘肅省 동부와 陝西省 중부지역.

하였다. 정히,

생각하니, 어제는 교룡이었으나, (憶昔爲龍螭)
오늘은 땅을 기는 쥐가 되었다. (今乃作地鼠)
허리 굽혀 줄지어 들고 나오며, (屈身伍絳灌)
목이 메어 아무 말도 못하겠네. (哽咽不得語)

제54회

정교금은 은덕 입어 어머니를 모시고, 왕백당은 벗을 위해 목숨을 바치다.(釋前仇程咬金見母受恩, 踐死誓王伯當爲友捐軀.)

노래하기를,	詞曰,
힘들게 이룬 높은 명성 회고하니,	(憶苦聲名如哄)
영웅이 함께 도우며 수습했었다.	(收拾群英相共)
상등 방책도 일조에 잃어버렸고,	(一旦失等謀)
눈물 청산에 뿌리며 가슴 아프다.	(淚灑青山可痛)
꿈속 같았어, 꿈이였었네!	(如夢, 如夢)
어쩔 수 없이 마음으로 보낸다.	(賴有心交斷送)
— 곡조 〈여몽령〉	— 調寄〈如夢令〉

옛사람이 말했다.

'분수를 지켜 족(足)한 줄 알면 욕(辱)이 없고, 정녕 분수를 모

르고 다욕(多慾)하면, 욕된 일이 따라온다.'[98]

재능과 지식을 가진 사람은 늙어도 남의 충고에 귀를 기울이지 않는데, 마치 늙은 화상(和尙)이 끝까지 고집을 부리는 것과 같다. 만약 한창 젊은 나이에 모든 일이 순풍에 돛 단 듯 뜻대로 되어갈 때에, 누가 남의 말에 귀를 기울이겠나?

위공(魏公) 이밀은 장안에 들어가면서 이전에 동도에 있을 적에 수(隋) 황태주(皇泰主, 51회 주석 참고)가 자기에게 태위(太尉)의 관직을 수여하고, 내외의 군무를 총괄하게 하던 일을 생각했다.

그런데 오늘 당나라에 귀부한다면, 당의 황제가 자신을 박대하지는 않을 것이고, 자신의 동생처럼 여긴다면? 황제의 사촌동생인 이신통(李神通)과 집안 조카 항렬인 이도현(李道玄)[99]을 모두 왕

---

98 《老子道德經》 33장 – 知人者智, 自知者明. 勝人者有力, 自勝者强, 知足者富. 强行者有志, 不失其所者久, 死而不亡者壽. 지족이면 치욕이 없고(知足不辱), 멈출 곳을 알면 위태롭지 않다(知止不殆). 만족을 안다면 군자이고(知足是君子), 탐욕을 부린다면 소인이다(貪婪婪是小人). 욕심이 생기면 지혜는 혼미해진다(貪心生則智昏). 만족을 아는 사람은 빈천하더라도 즐겁지만(知足者貧賤亦樂) 만족을 모르는 사람에게는 부귀하더라도 걱정만 한다(不知足者富貴亦憂). 사람 마음은 만족을 모르니(人心不知足), 은을 얻었으면 금을 생각한다(得銀思金).

99 이도현(李道玄, 604–622) – 唐 高祖 李淵의 五叔인 李繪의 孫子. 성실하며 용맹. 이세민을 따라 많은 전공을 세웠는데, 19세에 전사했다.

으로 봉했으니 자기도 왕에 봉해줄 것이라 기대했었다. 그러나 의외로 광록경이란 관직을 하사하니 마음속으로 몹시 불쾌했다.

그러나 이밀은 이것이 바로 당나라 황제가 자기를 아끼고 자기의 목숨을 보전해 주기 위한 조치라는 사실을 깨닫지 못했다. 만약 그에게 더 큰 벼슬을 내린다면, 틀림없이 다른 신하의 질투를 받을 것이다.

그리고 아직 관동의 하남(河南)과 산동(山東) 일대를 평정하지 못하였기에 그 지역에 남아있는 이밀의 옛 부하들은 그를 통해 받아들이며 위무(慰撫)해야만 했다. 그래서 지금 높은 관작(官爵)을 수여한다면 나중에 공을 세워도 더 높여줄 수 없기에 임시로 그런 자리에 놓아두고 이밀을 조정하면서, 이밀의 콧대와 예기를 꺾으려는 속셈도 있었다.

이밀은 자신이 남을 수용할만한 도량이 부족하다는 결점은 생각조차 하지 않았다. 그전에 이세민이 금용성에 잡혀왔을 때에 얼마나 몰인정하게 대해 주었던가?

그런데 지금 이밀이 당나라에 귀부하자, 당 황제는 얼마나 많은 인정을 베풀었는가? 그럼에도 불구하고 황제 혼자의 자부심으로 자신을 영웅의 기개가 차고 넘치는 대장부로 여기면서 가슴속에 불만을 품고 있었다.

이밀이 투항한 지 거의 한 달이 지났다. 이세민이 설거(薛擧)의 아들 설인과(薛仁果)[100]가 농서(隴西) 지역에서 일으킨 반란을 평정한 후에 개선하고 있었다. 연락 장수가 서둘러 장안에 달려와 첩보를 전했다.

황제는 이밀을 불러 말했다.

"경이 여기에 온 뒤로 아직 세민과 상면하지 못하였소. 짐은 세민이 이전의 일로 불쾌해하면 경에게 이롭지 못할까 봐 걱정이 되오. 그러니 경이 멀리 나가서 신하의 예를 다하여 영접해 주오."

이밀은 마지못해 응낙하였다. 그때 위현성은 병에 걸려 진왕부에 있었다. 이밀은 왕백당을 비롯한 20여 명을 거느리고 장안을 떠나 북쪽으로 향했다. 그들이 빈주에 도착했을 때, 기마 초병이 달려와 이세민의 인마가 앞에 가까이 왔다고 통보하였다.

이밀은 조군언에게 물었다.

"진왕이 물으면, 내가 어떻게 대답해야 하겠나?"

조군언이 말했다.

"묻지 않으면 잠자코 계시고, 물으면 폐하께서 신하에게 멀리 나가 마중하라 하셨다고 대답하십시오. 그러면 감히 주공을 해치지 못할 것입니다."

두 사람이 한창 의론하고 있는데, 갑자기 북소리가 요란하고 포소리가 하늘에 진동했다. 금의를 입은 의장 대열이 선명한 색의 모자를 쓰고 걸어왔다. 좌우 총관(總管) 10명이 받쳐 든 칼과

---

100 설인과(薛仁果, 仁果, ?–619년) – 唐朝 初 농서(隴西) 지역 할거 세력 중 하나. 西秦 霸王(서진패왕) 설거(薛擧)의 長子. 당조의 공격으로 소멸했다.

창 등의 병장기가 햇빛에 번쩍거렸다. 앞에서 뭐라고 몇 마디 외치자 악사의 주악이 크게 울렸다. 진왕이 오는 줄로 생각한 이밀 일행은 즉시 양쪽으로 갈라섰다.

이때 말 위에 앉은 장수가 큰소리로말했다.

"우린 진왕이 아니라 장손무기(長孫無忌, 이세민의 손위 처남)와 유홍기(劉弘基, 46회 주석 참고)이다. 전하께서는 뒤에 계시는데, 너는 누구냐? 그 자리에 서서 진왕(秦王) 전하를 기다려라."

이 말을 들은 이밀은 정말 괴로웠다. 그는 이세민이 고의로 여러 장수들을 착각하게 꾸며 자기를 모욕한다는 것을 잘 알고 있었다. 그렇다고 영접하지 않으면 황제가 언짢아할 것이고, 다시 앞으로 나가 영접하자니 치욕을 견디기가 어려웠다.

한창 이렇게 후회하고 있을 때 다시 한 무리의 인마가 줄지어 다가왔다. 앞에는 정숙하라는 금패(金牌) 한 쌍을 높이 쳐들었고 중간에는 오색 깃발이 날렸으며 병장기가 삼엄하게 줄지었다. 뒤에서 지르는 고함소리가 점차 가까워지자 눈부시게 장식한 수레가 보였는데, 봉황이 날아들고 교룡이 노니는듯했다.

이밀은 속으로 생각했다.

'진왕 이세민이 틀림없겠구나.'

그는 급히 여러 장병들과 함께 허리를 굽혀 절하였다.

이때 말 위에 앉은 두 사람이 껄껄 웃으며 말했다.

"우리는 마삼보(馬三保)와 백현도(白顯道)요. 재작년에 우리가 금용성에 가서 당신을 방문했는데, 오늘은 당신이 장안에 왔구만. 전하를 영접하려거든 뒤에 오는 수레에 높이 앉으신 분이니, 조심스럽게 앞에 나가 영접하게."

이 말을 들은 이밀의 얼굴에는 분노의 기색이 역력했다.

그는 가슴을 치고 땅을 구르더니 하늘을 향해 탄식하며 말했다.

"대장부가 자립하지 못하고 남에게 허리를 굽히니 이런 치욕을 당하는구나. 무슨 면목으로 이 세상을 살아가겠는가?"

그리고는 칼을 뽑아들고 자결하려는 이밀을 보고, 왕백당이 급히 달려와 뺏으며 말했다.

"주공께서는 왜 이러십니까? 문왕(文王)은 유리(羑里)의 옥에 갇혀 온갖 고생을 다했고, 월왕(越王) 구천(句踐)[101]은 회계(會稽)에서 수모를 당하면서도 끝내 대업을 이루었습니다. 그러니 주공께서도 마땅히 참아가며 천천히 앞일을 도모해야 합니다."

이때 갑자기 어떤 사람이 알렸다.

"앞에 바람에 날리는 누른 깃발에 '秦王' 이란 글자를 수놓았습니다. 이번에 오는 사람은 진왕이 틀림없는 것 같습니다."

이밀은 하는 수없이 몸을 돌려 길가에 섰다. 마침내 한 무리의 인마가 오색 깃발을 앞세우고 다가왔다. 흰말을 탄 갑사들이 짝을 지어왔는데, 등에 멘 붉은 활에 거가(車駕)가 현란했다. 역사

---

101 구천(勾踐, 句踐. 재위 前 496－464年)－春秋(춘추) 후기 越國(월국) 군주. 臥薪嘗膽(와신상담)의 주인공.

(力士)들이 앞에서 길을 열고 의장대가 뒤를 따랐다. 장수 사악(史岳)과 도무흠(陶武欽)이 대오에 맞춰 걸어왔고, 왕상(王常)과 구사윤(邱士尹)이 말고삐를 잡고 천천히 걸어왔다. 이 네 장수는 원래 이밀을 알고 있어 말 위에서 손을 들어 아는 체하며 말했다.

"위왕(魏王)은 우릴 보고 중얼대지 마시오. 오늘은 그냥 지나갑니다."

이밀과 그의 부장들은 아무 말도 못하고 저도 모르게 눈물을 흘렸다. 왕백당이 다시 위로했다.

이어 은개산(殷開山)[102]과 낙양의 서리들이 좌우에서 줄지어 이세민을 호위했다. 망포(蟒袍)에 넓은 관대(冠帶)를 한 진왕은 휘장을 친 수레 안에 높이 앉아있었다.

이밀이 이세민을 알아보고 즉시 나는 듯이 달려가 엎드리며 말했다.

"못난 늙은이가 멀리 나가 영접하지 못했사오니, 전하께서는 널리 용서해 주십시오."

이세민은 이밀을 보자, 자신도 모르게 화가 치밀어 활에 화살을 먹이고 힘껏 당겼다. 이런 모습을 본 왕백당과 가윤보, 조군언, 유주신(柳周臣) 등 위나라 장수들은 기겁해 안색이 파랗게 질려 땅에 꿇어 엎드렸다.

---

102 은개산〔殷開山, 6世紀?－622년, 名은 嶠(교), 字는 開山, 以字行〕－初唐軍事人物, 戰功으로, 鄖國公(운국공)에 봉해졌다. 능연각(凌煙閣) 24공신의 한 사람. 622년 유흑달을 정벌하던 중 病死(병사)했다.

두 손으로 얼굴을 감싸 쥔 이밀은 두려움에 온몸을 떨었다. 진왕이 내려다보니 사람들이 마치 개처럼 땅에 엎드려 있었다. 제왕의 도량을 가진 이세민은 화살을 거두고 활고자로 이밀을 가리키며 말했다.

"필부도 오늘 같은 날이 있구나! 원래는 너에게 화살을 하나 쏘아 나를 옥에 가두었던 원한을 풀려 했으나 여러 사람이 연루되었고, 또 내가 도량 없는 사람일 것 같아 잠시 목숨을 살려두겠다!"

이세민은 큰소리로 꾸짖고 지나가 버렸다. 이 모든 것은 이밀이 자기를 맞으러 온다는 것을 안 이세민이 고의로 열 명의 장수를 자기처럼 꾸며 이밀을 골려준 것이었다. 장안에 도착한 이세민은 궁에 들어가 황제를 알현하였다.

황제가 말했다.

"반란을 진압하느라 고생이 많았다."

"폐하의 홍복에 의거하였고, 여러 장수들이 목숨을 걸고 싸웠기에 개선할 수 있었습니다. 사로잡은 설인과와 나종후(羅宗睺)를 압송하였사오니 처분을 바랍니다."

황제는 크게 기뻐하며 즉시 목을 베어 효수하라고 지시한 뒤, 이세민에게 물었다.

"이밀을 만나보았느냐?"

"만나보았습니다."

"이전에 짐은 이밀의 투항을 받아들이지 않으려 했지만 유문정이 '정(鄭)과 위(魏)는 서로 잇대어 있기에 그들의 사이는 입술과 치아〔순치(脣齒)〕와 같습니다.' 라고 하였다. 지금 왕세충이 이밀을 패배시켰으니, 이는 괵(虢)이 망했으면 우(虞)가 독존할 수 없는 것과 같지 않겠느냐? 만약 우리가 그의 투항을 받아들이지 않는다면, 궁지에 빠진 이밀은 병사를 거느리고 다른 나라에 투항할 것이다. 그러면 적이 하나 더 늘어나지 않겠느냐?"

"저에게 은혜를 베풀어주신 분들은 왜 보이지 않습니까?"

"위현성은 이미 여기에 와있다. 짐은 그가 유용한 인재이기에 너의 관부에 보내 너를 돕게 조치하였다. 듣자니, 요즈음 몸이 불편하다고 하였다. 그래서 아마 너를 맞으러 가지 못했을 것이다."

말을 마친 뒤, 황제가 세민과 같이 후궁으로 들어갔다. 세민은 황후를 배알한 뒤, 사은하고 조정에서 나왔다.

세민은 원래 어지러운 세상을 바로잡을 동량(棟梁)이기에 현명한 인재를 아끼고 불러모았다. 하물며 당년에 자신에게 은혜를 베푼 사람에게 어찌 관심을 두지 않겠는가? 진왕부에 들린 이세민은 즉시 위현성의 숙소로 갔다.

위현성(위징)은 원래 병이 없었다. 그는 이밀이 자기에게 같이 가서 이세민을 영접하자고 말할 경우, 뿌리칠 수도 없고, 그렇다고 함께 가는 것도 모양새가 좋지 않다고 생각하여 일부러 칭병하고 가지 않았다.

그런데 이세민이 자신을 문병하러 왔다는 말을 듣고 급히 달려

나가 엎드려 말하였다.

"제가 우연히 잔병에 걸려 영접하지 못했사오니 전하의 용서를 빕니다."

이세민은 바로 위현성을 부축해 일으키며 말했다.

"나와 선생은 다른 사람과 같지 않거늘, 어찌 이런 예를 갖추시는가?"

위현성이 말했다.

"위공이 세력을 잃고 투항하였사오니 전하께서는 너그럽게 옛일을 잊으십시오."

진왕이 말했다.

"선생의 두터운 신뢰를 받은 과인은 그 은덕을 자나깨나 잊지 못하고 있습니다. 오늘 선생께서 짐을 저버리지 않고 다시 찾아주셨으니 한평생 마음을 놓겠습니다. 필부 이밀이 땅에 꿇어 엎드려 있는 모습을 보는 순간 짐이 그 목을 베려 했으나 여러 사람들의 권유가 있어 꾹 참았습니다. 그 자를 절대 해치지는 않을 것이나, 꼭 다른 사람의 손에 죽을 겁니다."

그리고는 다시 물었다.

"숙보와 무공 두 분은 왜 오지 않았습니까?"

"서무공은 지금 여양을 지키고 있습니다. 그는 지혜와 계략이 많은 사람입니다. 위공이 스스로 자신의 재주와 능력이 출중하다고 생각하면서 무공과 잘 어울리지 않기에 무공은 오히려 잘 되었다며 여양을 지키고 있을 뿐, 다른 마음은 없습니다. 진숙보는 반적 소선(蕭銑)을 정벌차 출정하여 아직 돌아오지 않았습니다. 위공은 이번에 여기로 오면서 그들에게 알리지도 않았다고 합니다."

"숙보의 자당과 영랑은 짐이 여기에 모셔다 잘 보살피고 있습니다."

"그도 지금쯤은 알고 있을 것입니다. 그렇지만 그는 효성이 지극하고 친구와 의리를 지키는 사람입니다. 선웅신은 이미 왕세충에게 투항했으니 잠시 그곳에 눌러있을 것 같습니다."

진왕이 또 물었다.

"성미가 거친 그 정교금이란 사람은 왜 보이지 않는가요?"

"그는 전에 전하께 죄를 지었기에 감히 오지 못하고 어머니를 모시려고 와강의 산채로 돌아갔습니다. 그가 성미는 우락부락하지만 모친에 대한 효성이 지극하고 아주 충직한 사내입니다. 어제 서의부를 만나서야 그의 모친도 여기에 있다는 것을 알았습니다. 그가 이런 사연을 모르고 와강으로 갔는데, 모친이 여기 있다는 소식만 들으면 꼭 목숨을 내걸고 장안으로 돌아올 것입니다. 전하께서는 그가 오면 이전의 불찰을 양해하시고 너그럽게 대해 주시옵소서."

진왕과 위현성은 그날부터 조석으로 담론하며, 아주 긴밀한 군신(君臣) 관계를 유지했다.

한편 와강에 도착한 정교금은 모친이 보이지 않자, 우통을 다그쳤다.

우통이 말했다.

"자당께서는 진숙보 모친의 시누이가 유주에서 왔다 하여 만나러 가는데 함께 나갔다가 진왕 부하의 꾀에 넘어가 장안으로 갔네."

"우형, 형은 또 나를 골려주는구먼."

"내가 언제 거짓말을 하던가?"

그리고는 지난 일을 모두 말해주었다.

"그때 그 사람들은 진백모님을 모셔가려고 했었네. 그런데 자당께서 기어코 같이 가시려 하더군. 내가 아무리 말려도 자당께서 기어이 가시겠다 하시기에 연거진 형더러 모셔가라고 했네. 전날에 연거진이 장안에서 돌아왔는데, 자당님과 진백모님은 진왕 부중에서 아주 무사히 지내신다네. 만약 자네가 믿지 못하겠으면 여양에 가서 연거진에게 물어보면 자세히 알 수 있네."

정교금은 그제야 풀이 죽어 한동안 깊이 생각하다가 큰소리로 말했다.

"좋아, 벼락 맞을 녀석들! 이런 못된 계책을 쓰다니! 내 목숨을 걸고 한 번 해보자!"

이튿날 정교금은 우통과 작별 인사도 없이 하인 두 사람을 데리고 곧장 장안으로 출발하였다. 그야말로,

다만 모친 생각에 제 몸을 아끼지 않고, (只念娘親不惜軀)

제 몸 아니 돌보고 모친께 보은만 하네. (願將遺體報親恩)

정교금은 큰길로 가면 아는 사람을 만날까 두려워 샛길로 들어섰다. 한 달도 안 되어 장안에 도착하여 성안에 들어간 교금은 우선 진왕부(秦王府) 근처에 머물 곳을 정했다.

정교금은 먼저 아랫사람을 시켜 자신의 성함을 적어 넣어 면담을 신청한 뒤에 진왕부의 정문이 열리기를 기다렸다.

정교금이 찾아왔다는 사실을 알게 된 이세민은 부하들에게 위엄을 갖춰 정렬케 하였고 형구도 미리 준비시켰다. 이세민이 입궐하자, 여러 장수들은 알현하고 양쪽으로 갈라섰다.

정문을 지키는 관리가 큰소리로 보고하였다.

"위(魏)에서 온 죄인 정교금이 뵙고자 들어왔습니다."

안에서 대기하던 무사가 일제히 다시 복창하니, 마치 봄날 우레 소리와 같았다. 높은 자리에 앉은 진왕은 웃통을 벗긴 사내가 결박당한 채 늠름히 걸어 들어오는 모습을 보았다. 붉은 칠을 한 계단에 이르러 꿋꿋이 서있는 모습이 당당했다.

진왕은 자신도 모르게 노기가 치밀어 올라 눈썹을 곧장 세우며 탁자를 탕 치며 외쳤다.

"네 이놈, 오늘 죽으려고 제 발로 걸어왔느냐! 그때 과인이 노군당에 들어갔다가 하마터면 네 놈의 도끼에 찍혀 죽을뻔했던 일을 기억하겠지! 과인은 오늘 네 놈을 기름 가마에 튀겨서 토막을 내어 원한을 풀겠다."

그러자 정교금이 껄껄 웃으며 말했다.

"난 그때 위나라가 있다는 것을 알았지만, 당나라가 있다는 사실을 몰랐습니다. 대장부는 은혜를 꼭 갚지만 원한도 꼭 해명합니다. 내가 죽음을 두려워했다면 장안으로 찾아오지도 않았을 것입니다. 죽이려 한다면 죽이면 그뿐입니다. 다만 빨리 모친을 뵙고 싶습니다. 모친을 뵙고 이 목숨 버리겠습니다."

"네 이놈! 이 지경에서 구차한 변명이냐! 네 놈을 우선 잡아 매달았다가 죽이겠다. 여봐라! 저놈을 끌어다가 그 모친을 만나게 한 뒤에 형벌을 가해라!"

무사들이 마구 달려들어 정교금을 밖으로 끌어내었다.

진숙보의 모친이 거처하는 곳은 진왕부 동쪽의 큰 집이었는데, 정교금의 모친도 함께 머물고 있었다. 진숙보의 모친이 장안에 도착하자, 진왕은 즉시 20여 명이나 되는 여인을 보내 모든 시중을 들게 하였고, 또 무사 20여 명이 거처를 언제나 호위케 하였다. 뿐만 아니라 날마다 생활에 필요한 물품을 보내주었고, 달마다 비단 따위를 선물하였다.

진왕은 진숙보와 정교금의 모친 둘을 똑같이 대해 주었기에, 두 노인은 편안히 생활하면서 진왕의 은덕에 몹시 감격했다. 무사들이 정교금을 진숙보 모친의 거처로 끌고 갔다.

이 소식을 접한 진숙보와 정교금의 모친은 황급히 달려나왔다. 정교금의 어머니는 아들의 꼴을 보자 달려가 끌어안고 대성통곡하며 사연을 말했지만 알아들을 수가 없었다.

정교금이 다급히 물었다.

"어머니, 울지마세요. 어머니가 여기 오신 뒤 몸은 어떠신가요? 보살펴주는 사람은 있습니까?"

정교금의 모친은 그저 울기만 할 뿐 한마디 대꾸도 하지 못하자, 숙보의 모친이 대신 말해주었다. 장안에 온 뒤로 진왕께서 사람을 보내 시중들게 하였고, 매일 생활용품을 보내주며 달마다 특별한 선물을 주고, 아랫사람을 보내 문안하는 일 등을 모두 알려주었다.

"진왕은 나와 자네 모친에게 똑같이 은혜를 베풀어주면서 아무런 차별을 두지 않았네."

그래도 정교금은 자기 어머니에게 물었다.

"어머니, 정말인가요?"

정교금의 모친은 눈물을 닦으면서 고개를 끄덕였다. 그리고 옆에 있는 두 시녀를 가리키며 말했다.

"이 두 아이들은 진왕 전하께서 보내 나를 돌보는 시녀이다."

"어머니 저는 지금 부끄럽기 그지없습니다. 나는 진왕이 그렇게 좋은 사람인 줄은 미처 몰랐습니다. 이 아들은 오늘 진왕 앞에 가서 기꺼이 죽겠습니다. 어머님, 제 걱정은 마시고 여기 큰어머님과 함께 남은 여생을 편히 보내십시오!"

정교금이 말을 마치고 돌아서 나가려 하자, 그의 어머니가 붙잡았다.

진숙보의 모친이 교금에게 말했다.

“자네는 너무 서둘지 말고 내 말좀 듣게나. 그때 진왕께서는 내 아들을 당나라에 귀의시키려고 유주의 나씨댁으로 꾸미고서 나를 배로 불러내었네. 자네 어머님은 좋은 생각으로 나와 함께 산채를 떠났기에 나를 따라 장안에 오게 되었네. 지금 위공도 이미 당나라에 투항하였다니 내 아들도 틀림없이 여기를 찾아 올 것이네. 그런데 어찌 나 때문에 집을 떠나온 자네 어머니가 아들을 잃게 하겠는가?”

그리고는 자기 시녀에게 말했다.

“가서 내 겉옷을 준비하라. 이 늙은이가 직접 진왕을 뵙고 용서를 빌겠다.”

이때 서너 명의 교위를 따라 온 관리가 관대와 관복을 받쳐들고 들어오더니 큰 소리로 말했다.

“전하께서 너그럽게 정교금의 죄를 용서하셨다. 정교금은 즉시 관복을 입고 전하를 배알토록 하시오.”

말이 떨어지자 교위들이 재빨리 정교금의 밧줄을 풀어주고 관복을 입혀주었다.

정교금의 모친은 이 말을 듣고 그 자리에 꿇어앉아 하늘에 절을 하면서 말했다.

“전하께서 천하를 통일하시고 만수무강하시기를 비옵니다.”

그러자 여러 사람이 모두 웃었다. 정교금이 관복으로 갈아입고 자기 어머니와 진숙보의 모친께 절을 하려고 하니, 그의 어머니가 말렸다.

“얘야, 내게 절하지 말고 빨리 진왕부에 달려가 진왕께 큰절로 감사해야 한다. 전하의 큰 은덕에 네가 충성으로 보답한다면 나는 지금 죽어도 여한이 없다.”

정교금은 어머니의 말씀대로 즉시 관리를 따라 진왕부로 들어갔다. 이때 이세민은 집현당(集賢堂)에서 여러 신하들과 군무를 협의하고 있었다. 교위가 들어와서 진숙보의 모친이 전하를 알현하고자 했던 일과, 정교금의 어머니가 하늘을 향해 축수하던 정경을 낱낱이 아뢰자, 진왕은 웃으며 위현성과 유문정에게 말했다.

“다행히 과인이 먼저 사람을 보내 정교금을 용서했기에 망정이지, 만약 진숙보의 모친이 찾아오셨다면 호의를 보이지 못할뻔 했구만.”

이세민이 말을 채 마치기도 전에 관리가 들어와 정교금이 문 앞에서 기다린다고 아뢰었다.

진왕이 분부했다.

“어서 모셔라.”

본래 진왕부는 궁궐의 서부에서 외빈을 접견하던 곳이었다. 관리가 이미 정교금을 단 앞에 데려왔다.

정교금은 진왕이 나오는 것을 보고 즉시 꿇어 엎드려 눈물을 흘리며 말했다.

"신은 눈뜬 소경이어서 당년에 영명하신 군주님을 알아뵙지 못하고 죽을죄를 지어 황송할 뿐입니다. 오늘 비록 은혜를 입어 죽음을 면했지만 도리어 부끄러울 뿐입니다."

진왕은 계단을 내려와 정교금을 부축해 일으키며 말했다.

"조금 전에는 경의 마음을 떠보았을 뿐이오. 과인은 경이 충직한 사람인 줄을 진작부터 알고 있었소. 경이 위나라를 섬기던 것처럼 여기 당(唐)을 섬겨주기 바라오."

"전하께서 저의 어머님을 보살펴주신 은혜를 입었사오니, 어찌 몸바쳐 보답하지 않겠습니까!"

진왕이 정교금에게 그날 왕세충과 전투에 관하여 묻자 정교금은 상세히 보고하였다.

진왕이 또 물었다.

"숙보와 무공을 만나보았소?"

"신은 싸움에서 패한 뒤 위공이 당나라에 투항하겠다는 말을 듣고 즉시 와강의 산채로 달려갔습니다. 와강에 이르러 어머님의 소식을 듣고 곧장 여러 날을 보내며 이곳으로 왔기에 진숙보와 서무공을 만나지 못하였습니다. 오늘 저는 전하의 하해 같은 은덕에 보답할 길이 없습니다. 그리고 북망산(北邙山)과 언사(偃師) 일대에 옛날 위의 군졸과 저의 심복 1, 2천여 명이 남아있는데, 제가 가서 그 무리를 불러 모으고 또 진숙보와 서무공을 비롯한 여러 형제를 당에 귀의케 하려는데, 전하께서 제가 나가는 것을 허락하시겠습니까?"

진왕이 크게 기뻐하며 말했다.

"짐이 어찌 수락하지 않겠는가? 그 말만 들어도 경의 충성심을 알 수 있소. 그렇지만, 우선 폐하를 만나뵙고 경이 상주한 다음 폐하의 의향을 들어보고 결정토록 하시오."

진왕은 즉석에서 하급 관리를 불러 정교금을 대궐로 안내하여 황제를 배알하게 하라고 분부했다. 정교금은 즉시 진왕부를 나와 입조하여 황제를 배알하였다.

황제는 정교금이 몸집이 우람하고 말이 시원시원한 것을 보고 호익대장군(虎翼大將軍) 겸 진왕부 행군총관(行軍摠管)에 임명하며 상주한 업무는 진왕의 지시에 따르라고 분부하였다. 정교금이 황제에게 사은하고 궁전을 나와 다시 진왕부로 와서 진왕에게 사례했다.

이후 즉시 거처로 가서 자기 어머니와 진숙보의 모친, 그리고 진숙보의 아내 장씨를 만나보았다. 진숙보의 아들 진회옥도 나와서 정교금을 뵈었다.

이튿날 아침 정교금은 진왕께 신고를 마치고 낙양 쪽을 향해 떠났다. 전날 장안에 들어올 때는 구사일생의 신세였지만 오늘 장안을 나가면서는 비단 관복에 말을 탔으며 수종들이 따랐으니 이전과는 다른 사람이었다. 그는 곧장 동도(東都) 낙양으로 달렸다.

새로운 지기 상관에 감은하여. (因感新知己)

옛날의 벗과 동료를 찾아가네. (來尋舊侶盟)

한편 이밀은 이세민에게 모욕을 당한 후 매일 자신의 형국공부(邢國公府)에 틀어박혀 안절부절하며 수심에 잠겨있었다. 좌우가 정교금이 찾아왔다고 하기에 그는 정교금이 자기를 찾아오리라 기대하고 있었다. 그러면 동도의 소식이라도 알아보려고 했지만 예상 밖으로 정교금은 이밀을 인사차 찾아오지 않았다. 3, 4일이 지나서 이밀은 황제가 정교금을 호익대장군으로 봉했고, 공무로 낙양으로 출장나갔다는 소식을 들었다.

이밀은 답답하여 왕백당 등 같이 온 장수들에게 말했다.

"정교금은 나의 옛 신하인데, 그가 여기에 온 지 2, 3일이 되어도 나를 보러오지 않았네. 인정이 아무리 박하다 해도 어찌 이럴 수 있단 말인가? 지금 황제가 그에게 관작을 주었고, 또 장안을 떠난 것으로 보아 옛 부하들을 끌어모아 당나라를 도우려는 뜻이 틀림없네. 우리가 여기 앉아서 죽기만 기다려서야 무슨 출세가 있겠는가?"

이밀의 옛 장수와 병사는 예전에는 아무 성곽이나 땅을 탈취하여 재산을 손쉽게 얻었다. 그러나 장안에 들어온 뒤에는 모두 주머니가 비어 불안한 나날을 보내고 있었다.

오늘 이밀이 달아날 생각을 품고 있다는 사실을 눈치채고 여럿이 상의하였다.

"서무공은 지금 여양(黎陽)에 있고, 장선상(張善相)은 이주(伊州,

今 河南省 중부 平頂山市 관할 汝州市)에 있으며, 숙보와 나사신은 이미 소선을 평정하고 와강으로 돌아갔을 것입니다. 그리고 선웅신 일행은 모두 낙양에 있지요. 전하께서는 아직도 유망하신데 뭣 때문에 여기서 남의 눈치를 보며 살아간단 말입니까?"

왕백당도 찬성했다.

"우리가 여기서 끝까지 이렇게 살아야 한다면 정말 말이 안 됩니다."

그러자 이밀이 말했다.

"그럼 황제에게 산동으로 가서 옛 부하들을 수습하라고 상주하는 게 좋은가, 아니면 제각각 관외로 도망쳐 다시 모이는 게 좋겠는가?"

그러자 가윤보가 말했다.

"그렇게 하는 것은 온당치 않습니다. 황제께서는 주공을 아주 너그럽게 대우하고 있습니다. 하물며 나라 주인의 이름이 도참에 적혀 있으니, 천하는 마침내 통일될 것입니다. 전하께서 이미 투항한 이상 다른 생각을 품었더라도 성언사(盛彦師)와 사만보(史萬寶) 등이 관문을 물샐틈 없이 지키고 있기에 빠져나갈 수도 없습니다. 혹시 관중 밖으로 빠져나간다 하여도 어느 여가에 군사를 끌어모은단 말입니까? 반역자로 몰리면 누가 다시 받아주겠습니까? 주공께서는 가만히 계시다가 천천히 방법을 강구하는 것이 만전지계라고 생각합니다."

그러자 이밀이 분노하며 말했다.

"경은 나의 심복이었는데, 어찌 그런 말을 하는가! 다른 마음을 품은 사람은 먼저 죽여버리고 거사하리라."

그러자 가윤보가 울면서 말했다.

"주공께서 사도 책양(翟讓)을 죽인 후부터 사람들은 모두 배은망덕했다고 여기면서 상하가 모두 마음이 맞지 않았습니다. 오늘 기어이 죽음의 길을 택하신다면, 누가 자신의 군사를 주공께 맡기겠습니까? 저는 주공의 두터운 혜택을 받은 사람이기에 감히 바른말을 하오니 깊이 생각하십시오. 만약 주공께서 출세만 한다면 저도 죽음을 마다하지 않겠습니다."

이밀이 대노하며 칼을 뽑아 찌르려 하자, 왕백당 등이 겨우 제지하였다.

그러자 조군언이 말했다.

"나의 생각은 공주님께 알려 같이 장안을 빠져나가는 것이 좋을 듯합니다. 만약 진왕이 알고 사람을 파견하여 막는다고 하여도 공주님이 있기에 해치기 어려울 것입니다. 이는 촉한(蜀漢)의 유비(劉備)[103]가 오(吳)나라에서 손씨(孫氏) 부인[104]과 결혼하여 촉

103 유비(劉備, 161－223년, 字는 玄德)－涿郡(탁군) 涿縣〔今 河北省 중부 涿州市(탁주시), 北京市 서남 연접〕 출신. 蜀漢 개국 皇帝, 시호 昭烈皇帝, 보통 先主로 지칭, 아들 劉禪(유선)은 '後主'로 지칭한다. 유비는 본래 讀書(독서)를 좋아하지 않았고 評馬論犬, 音樂, 華美한 衣服 등을 좋아하였다. 신장 七尺五寸(약 173cm, 漢代 1척은 23.1cm), 팔이 무릎에 닿을 정도였다니 약간 기형에 大耳하여 '大耳兒'로 조롱당했다. 다른 사람을 잘 대우했고 喜怒의 감

한으로 돌아가던 계책과 같으니, 주공께서는 어떻게 생각하시는지요?"

여러 사람의 생각이 합치되지 않으니, 이밀은 화가 나서 안으로 들어갔다.

독고공주가 물었다.

"대장부는 마땅히 흉금이 넓어야 하는데, 왜 낭군의 얼굴에는

정을 안색에 나타나지 않았으며 豪俠義士(호협의사)와 잘 사귀었다. 《三國志 蜀書》 2권, 〈先主傳〉에 立傳.

104 孫夫人(손부인, 생몰년 미상)－손권(孫權)의 여동생, 才智가 민첩했고 그 성격은 강강(剛强)했다. 적벽대전 이후 손권은 유비의 커가는 세력을 두려워하여 孫夫人을 유비에게 출가시켰다(서기 209). 유비와 결혼했지만 손부인은 오빠를 믿고 오만하며 무장한 시녀의 호위를 받으며 유비와 만났다. 건안 17년(서기 212), 유비가 촉에 들어가자, 형주에 남은 손부인을 데려가려고 손권은 모친이 위독하다며 큰 배를 보냈다. 손부인은 阿斗(劉禪)를 데리고 돌아가려다가 제갈량이 조운을 보내 아두를 뺏어온다. 劉備가 益州(익주)를 차지한 뒤에 吳壹(吳懿)의 여동생을 정실로 맞이했고 그 이후 손부인에 관한 기록은 보이지 않는다. 正史에는 孫부인에 관한 내용이 없다. 《三國演義》에는 손부인의 이름이 孫仁(손인)으로 나온다. 일이 처음 목적과 반대로 종결되었을 때 '東吳招親 弄假成眞(동오초친 농가성진)－東吳에서 주선한 혼사는 거짓이 진실이 되었다.'는 속담이 있다. '周郎妙計安天下(주랑묘계안천하)나 賠了夫人又折兵(배료부인우절병)'－주유는 묘책으로 천하를 안정시키려 했지만 부인도 뺏기고 패전했다.－라는 속담은 '이중의 손해를 당하다'라는 뜻으로 사용된다.

우유부단하고 수심이 어려있습니까?"

이밀이 말했다.

"나와 함께 한 가지 일을 상론할 수 있겠소?"

"부부 사이에 무슨 기피할 일이 있겠습니까?"

"나는 당나라를 배반하고 떠나려는데 그대가 걱정되오. 차마 버리고 갈 수 없어 함께 떠나려는데 갈 수 있겠소?"

"그게 무슨 말씀입니까? 저의 오빠는 당신의 투항을 받아들였고, 상공(上公)으로 대우하였고, 가정이 없다고 소첩을 아내로 맞이하게 하였습니다. 총애를 받아 가정을 이루었고 남부럽지 않게 부귀영화를 누리게 되었습니다. 이곳에 오신 지 얼마 아니 되어 베풀어주신 은덕에 보답하려고 하지 않고 도리어 딴마음을 먹다니요? 만약 조금이라도 양심이 있다면 그런 망령된 생각을 하지 않을 것입니다."

"황제의 은총이 두텁지만, 진왕은 나에게 너무 모욕적이요. 나와 진왕은 이제 양립(兩立)할 수 없으니, 나는 산동에 가서 옛 부하들을 수습하여 다시 거사하려 하오. 아내는 남편에게 복종하기를 기쁨으로 여겨야 하는데, 당신이 좇으려 하지 않으니 다른 마음을 품고 있는 것 아닌가요?"

그러자 공주가 이밀의 얼굴에 침을 뱉으며 말했다.

"저는 당신을 좋은 사람으로 여겼고 나라에 충성하리라고 믿었어요. 그런데 뜻밖에도 이렇게 불충불의(不忠不義)하니, 평생 어찌 당신을 믿고 살 수 있겠습니까?"

이 말을 들은 이밀은 살기등등했다. 다행히 곁에 있던 궁노가 이밀의 마음을 헤아려 보고 급히 앞으로 나서며 말했다.

"부마께서는 노여워 마십시오. 우리 공주가 젊은 나이에 대의를 몰라서 그럴 수 있습니다. 옛말이 틀리지 않습니다. 부창부수(夫唱婦隨)하며 남편의 뜻을 거역하지 않고 순종하는 것이 아내의 도리입니다. 부마께서 그런 말씀을 하신 이상 천천히 상의하실 일입니다. 어찌 한마디 말에 부부의 정을 상하게 하겠습니까?"

이밀은 궁노의 말을 듣고 분이 반쯤 사그라져 밖으로 나왔다.

조군언이 물었다.

"금방 안으로 들어가셔서 공주와 상의를 마치셨습니까?"

그러나 이밀은 다시 화를 내며 말했다.

"내가 금방 몇 마디 말했더니 괘씸한 사람이 도리어 나를 충성스럽지 못하고 배은망덕하다고 책망했소. 그래서 내가 죽여버리려다가 참고 나오는 중이오."

왕백당이 말했다.

"비밀이 누설됐으니 큰일났습니다. 재난이 닥쳐올 것입니다."

"그럼, 무슨 방도가 없나?"

조군언이 말했다.

"떠나려면 우리가 즉시 출발해야 합니다. 좀 더 지체했다간 장안을 벗어나기도 어렵습니다."

이밀은 말을 듣고 즉시 안채로 통하는 문을 봉쇄했다. 그런 다음 왕백당에게 여러 장수들을 불러오고 행장과 무기를 수습하라고 분부했다. 60여 명이나 되는 무리는 날이 밝기 전에 북문으로 빠져 나갔다. 북문을 지키던 장졸이 급히 진왕부에 보고했고, 크게 분노한 진왕은 서둘러 형국공부로 달려갔다.

안채로 통하는 문이 봉쇄된 것을 본 진왕은 급히 사람을 시켜 문을 열게 하였다. 독고공주는 저녁에 이밀이 한 말을 모두 고했다. 이세민은 너무도 격분하여 이를 갈며 재빨리 황제에게 상주하였다.

황제도 대노하며 즉시 병사를 풀어 그들을 사로잡으라 했다.

이때 유문정이 말했다.

"군사를 동원할 필요가 없습니다. 각 지방 총관에게 호두패(虎頭牌)를 띄워 이밀 일행이 지나가면 생포해 오라는 명령만 내리면 됩니다. 그가 어디로 도망치겠습니까?"

황제는 좋은 계책이라 칭찬하고는 즉시 호두패를 각지에 전달하게 했다.

이밀과 왕백당 등은 더욱 바삐 서둘렀다. 곧 동관(潼關)을 벗어났다.

이밀이 여러 사람에게 말했다.

"우리가 이주의 장선상에게 가려면 작은 샛길로 가야 빠르고, 여양의 서무공에게로 가려면 큰길로 가야 하네."

가윤보가 말했다.

"앞길이 갈수록 어렵습니다. 저의 소견에는 우리가 두 패로 나눠 한패는 여양으로 가고, 다른 사람들은 이주로 가는 것이 좋을 것 같습니다."

이밀도 찬성하였다.

"그 말에 일리가 있네. 자네와 조군언은 큰길을 따라 여양으로 가게. 나와 백당은 샛길을 따라 동남방 이주로 가겠네. 목적지에 이르면 각기 사람을 보내 알리도록 하세."

가윤보와 조군언은 20여 명의 무리를 거느리고 큰길로 달렸다. 이밀과 왕백당 등 30여 명은 또 며칠을 달려 도림현(桃林縣, 今 河南省 중서부 靈寶市 북쪽)에 도착했다.

도림현 지사인 방정치(方正治)는 아주 현명한 사람이었다. 그는 이 사람들이 밤을 타 현성을 지나려 하니 이상한 생각이 들어 군사들에게 상세히 심문하고 행장까지 검사하라고 명령했다. 이밀 수하의 장수와 병졸들은 원래 도적 출신인지라 그 야성을 고치지 못했다. 그들은 이 작은 현에서 이렇게 엄하게 검문하자, 화가 나서 칼을 들어 문지기를 죽이고 성안으로 밀려 들어갔다. 왕백당이 급히 제지하려 했으나 제지시킬 수가 없었다. 크게 놀란 자사 방정치는 웅주(熊州, 今 河南省 낙양시 관할 宜陽縣)로 도망쳤다.

이밀의 장졸이 성안으로 쳐들어갔으나 막는 사람이 없었다. 그들은 오랫동안 주머니가 텅 비어있던 차라 창고를 털어낸 다음 하룻밤을 묵고 이튿날 떠났다.

웅주에 이른 방정치는 웅주를 지키는 장군 사만보에게 이 사실을 알렸다.

크게 놀란 사만보가 어찌 할 방법을 몰라 쩔쩔매자 총관인 성언사(盛彦師)가 말했다.

“어려울 게 없습니다. 나한테 계책이 있으니, 수십 명의 인마만 가지고도 그 자의 목을 벨 수 있습니다.”

사만보가 재삼 물어도 성언사는 끝내 계책을 말하지 않았다. 이때 이밀은 관병들이 낙주(洛州)에서 막을 것이고 산길은 지키지 않으리라 여겼다. 그는 일행을 거느리고 산길을 따라 천천히 걸었다.

그들은 웅이산(熊耳山)[105] 남쪽 밑에 이르렀다. 길 왼편에는 높은 산이 솟아있었고, 밑은 깊은 계곡이었다. 이밀과 왕백당이 좌우를 돌아보지 않고 먼저 말을 몰아 달려갔다. 이때 갑자기 포소리가 울리더니 산위 수풀 속에서 화살이 빗발처럼 날아왔다. 그들의 몸에는 갑옷이나 투구도 없었다. 또 계곡에 매복했던 병사들이 몰려나오며 앞뒤를 가로막았다.

진퇴양난의 궁지에 몰린 이밀과 불쌍한 왕백당은 적을 물리칠 수 없었다. 그래도 왕백당은 이밀의 온몸을 꼭 부둥켜 안고 자신의 몸으로 화살을 막았으나 두 사람은 날아오는 화살에 맞아 결

105 웅이산(熊耳山) – 河南省(하남성) 洛陽市(낙양시) 서남, 진령(秦嶺) 산맥의 동쪽 지맥, 해발 700–1,600m. 주봉인 전보산(全寶山)은 해발 2,054m, 이하(伊河)와 낙하(洛河)의 분수령이다.

국은 목숨을 잃었다. 매복해 있던 장졸이 그들 수급을 베고 시체를 묻은 뒤 황제에게 첩보를 올렸다.

황제는 크게 기뻐하며 두 사람의 수급을 효시하게 하였고, 수급을 훔치는 사람은 삼족을 멸한다고 공고했다.

재능이 있어도 선용하지 못해, (有才不善用)
결국은 재능 때문에 죽었다. (乃爲才所使)
정교금 진숙보를 못 따랐으니, (不及程與秦)
둘은 청사에 방명을 남겼었다. (芳名垂青史)

※ 방명(芳名) : (꽃다운 이름이란 뜻으로) 남의 이름을 높이어 이르는 말.

제55회

서세적은 눈물로 이밀의 장례를 치루고, 이세민은 문상하여 군심을 감동시켰다.(徐世勣一慟成喪禮, 唐秦王親唁服軍心.)

노래하기를,	詞曰,
쉬쉬 찬바람 부는 백사장에서 묻노니,	(淅淅凄風問沙場)
어찌 영웅의 기를 꺾어버릴수 있으랴?	(何使人英雄氣奪)
요행 자신을 알아주는 분을 만나면,	(幸遇著知心將帥)
진정 충성과 의리를 다한다.	(忠肝義魂)
첩첩 산골짝 몰락에 크게 놀랐노니,	(危澗層巒眞駭目)
뼈에 박히는 화살촉 핏자국 남았다.	(穿骨利鏃猶存血)
위로 한마디 천심(天心)을 기꺼이 돌리니	(喜片言, 換得天心回)
그냥 슬퍼하지 말라.	(毋庸戚)
새가 지저귀는 적막한 산속,	(鳥啾啾, 山寂寂)

마음 더더욱 굳고, 정도 깊어진다.	(心耿耿, 情脈脈)
진왕(秦王) 훌륭한 풍채, 죽음 빛내준다.	(看王章炫熠, 泉臺生色)
한잔 술 부어 원혼을 달래주니,	(一杯澆破幽魂享)
삼군 모두 눈물 씻고 환호한다.	(三軍淚盡歡聲出)
서둘러 마치고 은덕 입어 입조하니,	(忙收拾, 荷恩游帝里)
존망 여부가 결론났다.	(存亡結)
— 곡조 〈만강홍〉	— 調寄 〈滿江紅〉

사람들이 혼란한 세상을 살다 보면 충정(忠貞)을 상실하고 염치(廉恥)[106]도 모르게 된다. 오늘은 이 사람을 섬기다가 내일이면 다른 사람을 섬기니, 마치 여로(旅路)의 나그네가 아무 객점에 투숙하는 것 같다. 수치스러운 일이지만 그러나 전혀 마음에 두지 않는다.

어지러운 세상에 적도(賊徒)가 멋대로 날뛰기에, 산림이나 농촌 막론하고 편히 살만한 곳도 없다. 본래 뛰어난 능력을 가진 사나이라면 몸을 던져 장수가 되지만, 진정한 주군을 만나지 못하고 세력의 핍박을 받아 마음을 바꾸거나 다른 사람을 섬기게 된다.

이렇게 다른 사람과 서로 의지하다가 설령 그를 위해 목숨을

106 염치(廉恥)－사람이 염치가 없다면 무슨 짓이든 할 수 있다(人無廉恥 百事可爲).－뻔뻔한 짓도 할 수 있다는 뜻. 치욕을 아는 것은 용(勇)과 비슷하다(知恥近乎勇).

바쳐도 충성을 바쳤다 할 수도 없고, 그저 초목처럼 썩어버린다. 그러니 충정을 바치기보다는 권력이나 이득을 따르며 목숨이나 유지하는 것만 못하다고 생각한다. 그러니 이는 신하된 자의 정도(正道)라 할 수도 없다. 그렇더라도 영웅이라면, 부득불 상세하게 그런 아랫사람들의 마음을 헤아려주어야 한다.

지금 당(唐) 황제(高祖) 이연(李淵, 566－635년, 재위 616－626년. 연호 武德)은 이밀(李密)과 왕백당(王伯當)의 수급(首級)을 효시(梟市)했다. 이를 목격한 위현성(魏玄成, 魏徵, 580－643년)의 마음은 비통하고 불안하였다.

위징은 눈물을 흘리며 진왕 이세민(李世民, 598－649년, 재위 626－649년, 연호 貞觀 627－649년)에게 말했다.

"신하는 마땅히 충성스러워야 하고(爲臣當忠), 벗은 마땅히 의리를(交友當義) 지켜야 합니다. 군왕에게 충성하지 못하는 신하는 친구에게도 의리를 지킬 수 없습니다. 왕백당과 이밀은 처음에는 문경지교(刎頸之交)[107]를 맺었다가 나중에는 군신(君臣)의 관계였습니다. 그런데 이밀은 자신의 재능을 과신하면서 다른 사람의 간언(諫言)을 받아들이지 않았습니다. 단 한 번의 패전으로 세력을 잃었고, 그 때문에 당(唐)에 귀부하였지만 배신하였으며 결

107 문경지교(刎頸之交, 刎은 목벨 문, 頸은 목 경)－전국시대 인상여(藺相如)와 장군 염파(廉頗)의 교우와 의리. 부형청죄(負荊請罪). 司馬遷(사마천) 《史記 廉頗藺相如列傳(염파인상여열전)》 참고.

국 패전하며 전사하였습니다. 같이 죽은 사람 20여 명 중 유독 왕백당만이 충절과 의리를 지켰습니다. 저는 이밀과 마음을 터놓고 지내던 지난 3년을 생각하지 않을 수 없습니다. 살아서는 이밀을 끝까지 섬길 수 없었지만, 그렇지만 그가 죽은 뒤라 하여 의리를 저버릴 수는 없습니다. 지금 그들의 시신이 황량한 산속에 처량하게 방치되었고, 그들 혼백은 어디를 떠도는지 알 수도 없습니다. 바람 따라 달빛을 따라, 눈빛속을 헤맬 것입니다. 생각하면 저의 마음은 괴로울 뿐입니다. 전하께서 저에게 한 달간 말미를 주십사고 간청드립니다. 제가 웅주(熊州) 웅이산(熊耳山)[108]에 가서 왕백당과 이밀의 시신을 찾아 안장하고 돌아오겠습니다. 그렇게 할 수 있다면 산 사람의 마음도 위안이 되고, 죽은 사람의 혼령도 정처 없이 떠돌아다니지는 않을 것입니다. 이렇게 할 수만 있다면 모두가 전하의 너그러운 마음과 크나큰 도량을 알 것입니다."

"과인은 조석으로 경과 정사를 담론해야 하는데, 어찌 그런 필부 때문에 과인의 옆을 떠나려 하시오?"

"그렇지 않습니다. 제가 전하를 섬길 시간은 많이 있지만 이밀을 위하여 해야 할 일은 오직 이뿐입니다. 옛날 한고조(漢高祖)와 항우(項羽)가 여러 해 동안 치열하게 싸웠지만, 항우가 오강(烏

---

108 웅주(熊州) – 治所 宜陽縣(의양현, 今 河南省 낙양시 관할 宜陽縣 서쪽). 웅이산(熊耳山) – 河南省 경내, 洛陽市 서남 진령(秦嶺) 산맥 동쪽의 지맥. 700m에서 1,600m의 산들이 이어졌다.

江)[109]에서 자결하니, 한고조는 왕(王)의 예의로 그를 안장하였습니다. 그러자 제후들은 모두 한고조의 고매한 인풍과 관용에 모두 감탄하였고 그 때문에 천하는 쉽게 안정되었습니다. 전하께서도 멸망한 진(秦)의 가혹한 법을 버리시고 요순(堯舜)의 덕행을 따르시기 바랍니다. 하물며 오늘 왕법이 명백하나 위(魏)나라 장병들은 관망하고 배회하며 어디에도 소속되지 않았습니다. 그러니 전하께서는 조정에 상주하여 그들과 가속들을 사면하고 그 부하들에게 관용을 베푸셔야 합니다. 이렇게 되면 위의 장졸의 마음이 당나라에 쏠려 귀부할 것이고, 또 정(鄭)이나 하(夏)나라의 군

---

109 오강(烏江) – 今 安徽省(안휘성) 중동부 巢湖市(소호시) 관할 和縣의 烏江鎭, 項羽 자문지지(自刎之地).
四面楚歌(사면초가) 이후, 도주한 항우는 오강을 건너지 않고, 배를 댄 오강의 정장(亭長)에게 말했다. "이제 하늘이 나를 없애려 하는데, 건너 무얼 하겠는가! 그리고 나는 江東 자제 8천 명과 강을 건너 서쪽으로 갔다가 지금 단 한 사람도 같이 돌아오지 못했으니, 설령 강동의 부형들이 나를 동정하며 왕으로 삼는다 하여도 내가 무슨 면목으로 그들을 보겠는가? 설령 부형들이 말을 않는다 하여도 내 홀로 마음에 부끄럽지 않겠는가?" 항우가 최후 육박전을 벌리다가 漢의 기병 사마인 여마동(呂馬童)을 보고서 말했다. "너는 내 친구가 아닌가?" 여마동에게 항우가 또 말했다. "漢에서 내 머리에 천금과 만호의 땅을 상으로 걸었다고 들었는데, 내가 너를 위해 상을 타게 해주겠다." 그리고서는 자기 목을 찔렀다. 한왕이 항우를 魯公(노공)의 칭호로 穀城(곡성)에 장례했다. 항씨의 여러 종족은 죽이지 않았고, 항백(項伯) 등 4인을 열후(列侯)에 봉했고 劉氏 姓을 하사했다.

사도 이런 소식을 듣고 귀순하게 될 것입니다. 저의 이번 걸음은 이밀의 장례만을 위해서가 아니라 당나라를 돕는 계책이오니 전하께서 살펴주시기 바랍니다."

"과인이 생각 좀 해보겠소."

다음 날, 진왕은 위징의 말을 황제에게 상주하였다. 황제는 좋은 생각이라 하면서 즉시 이밀과 왕백당의 처자 및 도망친 위공 장졸의 모든 죄를 사면하고, 또 지방관에게 그들을 추격하지 말라는 칙명을 내렸다.

위징은 황제의 사면 칙서를 받아들고 진왕부를 출발하여 웅주를 향했다. 여양에 있는 서무공은 이밀이 싸움에서 패한 뒤에 장졸을 거느리고 당나라에 투항했다는 소식을 들었다. 그는 이밀이 끝까지 당을 섬기지 못하고 꼭 자기를 망칠 것이라 여겼기에, 여양을 고수하다가 진숙보가 돌아오면 다시 상의하려 했다.

그 후 몇 달이 안 되어 숙보와 나사신이 소선을 물리치고 개선했다. 그들이 여양을 지나게 되자, 서무공이 사람을 보내 영접했다.

숙보와 나사신이 성안에 들어와 서무공을 만나자, 서무공은 이밀이 패전하고 투항한 일을 그들에게 들려주었다. 숙보는 일의 전말을 듣고 발을 구르며 원망하였다.

"위공은 정말 어리석기 그지없군. 그래! 따라간 신하들도 마찬가지야. 일이란 순조로울 때도 있고, 좌절당할 때도 있다는 사실을 생각하지 않았고, 진언(進言)도 없이 함께 당나라에 투항했는가!"

"위공은 자기만 고명하다고 자신하면서 언제나 신하의 말은 들으려고 하지 않았으니, 앞으로 꼭 사변(事變)이 일어날 것이네. 진형은 장차 어디로 가려오?"

"두세 달이나 어머님께서 소식이 없으니 먼저 빨리 와강에 가 보아야겠네."

"제가 깜박 잊었구만. 형은 아직도 모르시오? 자당과 아주머님, 아드님이 모두 진왕의 속임수에 넘어가 장안으로 갔소."

이 말에 숙보는 안색이 돌변하더니 물었다.

"그게 무슨 말이오?"

"연거진이 친히 모셔다 드리고 돌아왔소. 형이 가서 연거진에게 물으면 알 것이오."

숙보는 즉시 나사신에게 말했다.

"동생, 자네는 잠시 병마를 거느리고 여기에 주둔해 있게. 나는 와강에 다녀오겠네."

진숙보는 군졸을 서너 명을 데리고 와강채로 갔다.

거기서 우통과 연거진을 만나자, 숙보가 물었다.

"진왕이 어떻게 어머님을 꾀어갔는가?"

연거진이 대답했다.

"진형, 먼저 저한테 묻지 마시고 제가 받아온 자당님의 서신을 읽어보신 뒤 천천히 얘기합시다."

연거진이 안으로 들어갔다. 우통은 진왕이 서혜비(徐惠妃)를 유주(幽州) 나총관의 부인으로 가장하고, 백모를 꾀어간 경과를 한 절반 이야기했다. 이때 연거진이 서신 두 통을 가져왔다. 한 통은 숙보 어머니의 서신이고, 다른 한 통은 유문정(劉文靜)의 서신이였다.

서신을 받아든 숙보는 먼저 어머니의 서신을 읽었다.

겉봉에는 "숙보는 보아라."라고 쓰여 있었다.

어머니의 글씨를 본 숙보의 두 눈에서는 저도 모르게 눈물이 흘렀다. 끝까지 읽고 난 숙보는 눈물을 닦았다.

숙보는 다시 유문정의 서신을 본 후 연거진에게 물었다.

"형은 장안에서 며칠 묵었소?"

"4, 5일 묵었었소. 진왕은 하루 건너 사람을 자당의 거처에 보내 문안을 하고, 서혜비 부녀(父女)도 늘 궁인을 시켜 여러 물건들을 보내왔소. 내가 떠나올 때 자당께서는 형님이 금용성에 돌아오시면 즉시 수습해 가지고 당나라로 귀의하게 하라고 재삼 당부하셨소. 이는 위공이 당나라에 가기 전의 일입니다. 지금 위공은 이미 당나라의 신하가 되었으니 형님도 어서 떠나가시오."

우통은 급히 그전에 서혜비가 보내온 예물을 숙보에게 넘겨주었다.

숙보가 또 물었다.

"정교금은 어디로 갔습니까?"

연거진이 말했다.

“그는 처음엔 위공을 따라 당나라에 투항하려 하지 않았소. 그러나 와강에 와서 어머니의 소식을 듣자, 하룻밤을 묵지도 않고 그날로 장안으로 갔소.”

숙보는 마음속으로 여러 가지를 생각했다.

‘만약 위공이 여러 신하들과 함께 당나라에 투항하지 않았더라면, 내가 어머니를 뵈러 장안에 가도 괜찮았다. 그러나 지금은 위공이 거기에 있는데, 내가 가면 황제가 나에게 각별한 은혜를 베풀어줄 것이니 가는 게 좋겠는가? 아니면 그렇게 하지 않는 것이 좋을까? 나를 위공 이밀의 신하와 같이 대해준다면 진왕께서 불안해 할 것이고, 나를 상경(上卿)으로 대우한다면 위공이 속으로 내가 진작부터 당나라에 귀의할 마음이 있었기에 진왕과 짜고 먼저 어머니를 장안으로 꾀어가게 했다고 생각할 것이다. 이러지도 저러지도 쉽게 결정할 수가 없도다. 먼저 여양에 가서 서무공과 상의하면서 그의 생각을 들어봐야겠다.’

그는 즉시 우통, 그리고 연거진과 작별하고 서둘러 말을 몰아 여양으로 갔다. 숙보는 서무공과 나사신을 만나자, 일의 자초지종을 얘기했다.

무공이 말했다.

“백모님의 사정을 보아서는 진형이 한시라도 바삐 장안에 가야겠군. 그러나 지금의 형세로 보아서는 가지 말아야 하네. 위공이 당나라에 투항하기는 했지만 절대 오래 있지 못할 것이오. 또 여러 신하들도 평안한 나날을 보내지 못할 것이오. 하물며 진왕이 이미 돌아갔으니 조만간에 꼭 변고가 있을 것이오. 정세가 안정된 다음에 가는 것이 가장 안전한 방책일 것 같소."

숙보는 무공의 말이 옳다고 여겨 급히 모친께 올리는 서신 한 통과 유문정에게도 회답하는 서신을 작성했다. 숙보는 나사신에게 하인 둘을 데리고 몰래 장안에 들어가 어머니를 위로하라고 했다.

이튿날 행장을 수습한 나사신은 심부름꾼처럼 가장하고 서무공과 작별한 뒤에 말에 올랐다. 숙보도 말을 타고 한동안 전송하며 세세히 당부하고 말머리를 돌렸다.

그리고 여양의 관아에 돌아와 서무공에게 말했다.

"무공 형, 선웅신 형이 왕세충한테 복속하기로 한 결정은 타당하지 못한 것 같은데, 어떻게 하면 좋겠소? 나와 그는 생사를 같이 하자고 맹세한 사이인데, 지금 각기 다른 주공을 모시게 되었으니, 이건 그전의 맹세를 어긴 것이 아니겠습니까?"

서무공이 말했다.

"나도 그와는 절친한 사이인데 어찌 걱정되지 않겠나? 선웅신 형은 활달하고 다정하지만 세상 물정에 어두운데다 고집이 세고 너무 강직하기에 융통성 있는 임기응변(臨機應變)을 하지 못합니다. 그는 당공이 자기 형을 죽인 원수임을 늘 잊지 않고 있으니, 설령 소진(蘇秦)[110]과 장의(張儀)[111]가 다시 살아나 설득한다 해도

---

110 소진(蘇秦, ?－前 284년, 字는 季子)－東周 낙읍(洛邑, 洛陽)인. 鬼谷子

마음을 돌려세우기 어려울 것입니다. 지금 우리가 당에 투항한다면, 이는 마치 여인이 재가(再嫁)하는 모양과 같으니, 또다시 일을

(귀곡자)의 徒弟(도제). 戰國시대 縱橫家(종횡가). 소진과 張儀(장의)는 鬼谷子 아래서 함께 縱橫(종횡)의 술수를 배웠다. 이후 몇 년 동안 제후를 찾아 유세했지만 인정을 받지 못했다. 다시 각고하며《陰符》를 정독한 다음에 유세에 나서 연(燕) 文公의 인정을 받고 사신으로 趙國에 나갔다. 소진은 6國이 合縱(합종)하여 抗秦(항진)해야 한다는 戰略을 유세하여 결국 6국의 연맹을 이루며 '從約長(종약장)' 이 되어 六國의 相印을 지닐 수 있었으며, 이후 15년 간, 秦은 함곡관(函谷關)을 나올 수 없었다. 나중에 齊가 燕을 침략했고 소진은 齊에 점령한 땅을 돌려주라고 설득했는데, 결국 齊에서 보낸 자객에게 살해되었다. 소진이 성공한 동안 張儀의 연횡책은 설득력을 잃었다.《史記 蘇秦列傳》에 입전.

111 장의(張儀, 前 373－310년)－魏國(위국) 安邑人〔안읍인, 今 山西省 서남부 運城市(운성시) 관할 夏縣〕. 戰國 시기의 저명한 종횡가(縱橫家)이다. 楚에서 도적으로 몰려, 수백 대를 얻어맞고도 '혀는 남아 있으니 괜찮다' 고 말했다. 秦과 和親하고 동맹하여 평화를 유지하자는 連橫策(연횡책, 連衡)을 주장하여 秦 惠文王에게 중용되었고 소진의 합종책을 해체시켰다. 前 311년, 秦 惠文王이 죽고 그 아들 武王이 즉위하자, 武王과 사이가 안 좋았던 장의는 고국 魏에 돌아와 죽었다. 1973年 長沙의 馬王堆(마왕퇴) 漢墓에서 출토된《戰國縱橫家書(전국종횡가서)》의 기재에 의하면, 蘇秦은 前 284년, 張儀는 前310년에 죽었고 일부 내용은《史記》나《資治通鑑》과 다르다고 하였다. 소진도 鬼谷子(귀곡자)의 徒弟였지만 같은 시기에 한 자리에서 수학했는지는 미상이다. 보통 '蘇秦張儀' 로 호칭하다 보니 蘇秦이 먼저 사람처럼 생각되나 장의는 소진보다 26년이나 먼저 죽었다.《史記 張儀列傳》에 立傳.

그르칠 수는 없소. 만약 우리가 한 번 더 실책하다면 후회막급 아니겠소!"

진숙보도 고개를 끄덕이며 옳다고 했다. 숙보는 남모르게 선웅신을 찾아가서 만나보고 싶었지만, 도리어 선웅신에게 만류당해 돌아오지 못할까 걱정되어 보고 싶은 마음을 달래며 여양에 눌러앉아 있었다.

이때 마침 가윤보가 돌아왔다.

진숙보와 서무공은 그를 보자 놀라며 물었다.

"위공께서 당나라에 투항한 이후에 어떻게 지내는가?"

가윤보가 대답했다.

"말도 마십시오!"

그리고는 황제가 위공에게 관작을 주고 혼인까지 시켜준 일을 낱낱이 알려준 다음에 말했다.

"그후 위공이 공주를 버리고 도망쳤습니다. 그런데 지나오는 요소마다 엄밀히 단속하기에 위공이 나와 조군언을 여양으로 가게 하고, 위공과 왕백당은 이주(伊州)로 갔습니다. 조군언이 유주신을 만나자 샛길을 알아보러 갔습니다. 내가 금방 길에서 선웅신 형 댁의 집사였던 선전(單全)을 만났는데, 그가 하는 말이 선형이 나를 꼭 만나보자고 한다면서 절대 지체하지 말라고 하더군요. 내가 가서 그를 설득시켜 한곳에 모일 수만 있게 되면 얼마나 좋겠는가? 위공이 사람을 보내오면 이 말을 전해주시게."

서무공과 진숙보가 말했다.

"우리도 여기서 그를 염려하고 있는데, 자네가 가보겠다니 시름놓겠네."

그 이튿날 가윤보는 길을 떠났다.

진숙보는 가슴이 답답해서 서무공과 함께 교외에 나가 사냥을 했다. 그런데 갑자기 하얀 소복(素服)을 입은 한 부대가 다가왔다.

진숙보가 눈여겨보니 다름 아닌 위현성인지라, 서무공에게 말했다.

"서형, 현성 형이 왔소!"

그들은 말에서 내려 풀밭에서 서로 만났다.

숙보가 위현성의 손을 잡고 다급히 물었다.

"형장께선 왜 이런 옷차림을 했소?"

"형들은 위공과 왕백당 형이 이미 고인이 된 것을 아직 모르고 있구만!"

설명을 들은 숙보는 대성통곡하였고, 서무공도 눈물을 뿌렸다.

숙보가 현성에게 물었다.

"위공과 왕백당이 언제 어디에서 어떻게 돌아가셨는가?"

위현성은 마치 안타깝고 체념한 듯 양미간을 찌푸리며 말했다.

"한마디 말로는 다 말할 수 없습니다."

서무공이 말했다.

"이곳은 긴 이야기를 나눌 곳이 못 되니 어서 관아로 들어가서 이야기합시다."

그들은 모두 말에 올라 성안으로 들어왔다. 관아에 이르니, 마침 왕부(王簿)를 비롯한 3, 4명의 장수들이 소식을 탐문하러 찾아왔다. 서무공은 여러 사람을 서재로 안내하여 자리를 정했다.

위현성은 이밀이 당나라에 투항했던 일의 자초지종과 웅주로 도망쳤다가 빗발치듯 날아오는 화살을 맞아 죽은 경과를 낱낱이 이야기했다.

진숙보는 하늘이 꺼지도록 한숨을 쉬고 말했다.

"무공 형의 예측이 틀림없었군. 그런데 형님은 왜 왔소?"

위현성이 대답했다.

"나는 진왕 휘하 진왕부에 체류하다가 위공의 소식을 듣고 가슴이 미어지는 것 같아 진왕께 위공과 백당의 시체를 찾으러 가겠으니 한 달 동안 말미를 달라고 했네. 진왕께서는 응낙하시면서 두 분 형을 모셔오라고 했네. 진왕께서는 또 황제께 상주해 내가 오가는 길에서 시끄러운 일이 있을까 걱정하시면서 은혜를 베풀어 사면 칙서까지 주셨는데, 모든 위공의 신하들은 내가 청해 당에 귀순하면 발탁하여 등용하겠다고 했습니다."

말을 마친 현성은 상자 속에서 사면 칙서를 꺼냈다. 서무공과 진숙보는 그 칙서를 훑어보았다.

무공이 먼저 말했다.

“사람들이 당나라로 가려 하겠는지 아니 하겠는지는 천천히 의논하기로 하고, 먼저 알고 싶은 것은 형이 웅주에 가서 위공과 백당의 시신을 찾았는지가 매우 궁금합니다.”

위현성이 대답했다.

“제가 그저께 웅주 웅이산에 도착했습니다. 그 산은 몇십 장 높이의 벼랑이 깎아지른듯하고, 왼쪽은 수림이 우거지고 오른 쪽은 깊은 계곡인데, 중간에 있는 길로는 말 두 필밖에 지나갈 수 없었소. 내가 그곳에 이르러보니 아무런 흔적도 찾아볼 수 없더군요. 그래서 위로 더 올라가 다시 찾아보았지요. 다행히 늙은 중이 머무는 작은 암자를 찾아 문을 두드리고 물었지요. 마침 절에서 일하는 사람이 저를 알아보더군요. 그는 원래 위공의 신변에서 일하던 사람인데 쉰 살이라고 했습니다. 그 사람은 그날 위공과 함께 조난당했는데, 하늘 덕분으로 죽음을 면하자 암자로 출가했다고 했습니다. 그가 두 사람의 시신이 묻힌 곳을 알고 있다면서 나를 데리고 갔습니다. 가서 보니 자그마한 흙무지더군. 급히 사람들을 시켜 파보니 흙범벅이 된 두 구의 시신이 있었습니다. 화살에 난자 당해 형체조차 알아볼 수 없을 정도로 처참했지요! 이 지경으로 된 영웅의 참상을 보는 순간 정말 마음이 아팠습니다. 내가 관 두 개를 사서 대충 입관한 후 잠시 암자에다 놓아두었네. 여러 형님들을 만난 다음에 가서 장례를 치루겠다고 생각하고 있습니다. 그런데 두 수급이 아직도 장안에 효시되었는데, 감히 누구도 가져가지 못합니다. 제가 전날에 수급을 가져다

묻겠다고 나서려다가 황제가 대노하고 있기에 시체를 찾으러 가는 것마저 허락하지 않을까 두려워 그만두었으니 방법을 찾아 수급을 가져와야 합니다."

그러자 서무공이 말했다.

"그건 저에게 맡기시오. 그런데 여러 형제들이 더는 새로운 일을 시작할 생각이 없다면, 모두 함께 가서 위공의 장례를 지낸 후 제각기 흩어지고, 다시 위훈을 떨칠 생각이 있다면, 내 생각으로는 진왕을 제외하고는 섬길만한 사람이 없습니다. 그렇지만 우리가 떳떳이 찾아가야지 굶주린 새들이 숲을 찾아가듯 구차하게 구걸한다면, 당의 신하들이 위나라 신하들을 모두 모자란 무리들로 초개(草芥, 지푸라기) 같은 속물이라고 여길 것입니다."

그러자 숙보를 비롯한 여럿이 한결같이 말했다.

"군사(軍師)의 말씀이 지당합니다."

그러자 서무공이 또 말을 이었다.

"나는 오늘 저녁에 길을 떠날 준비를 하고 내일 아침 일찍 장안으로 떠나겠습니다. 와강 산채의 형제들에게는 잠시 알리지 마시오. 왜냐하면, 첫째, 우리의 이번 걸음에서 길흉화복을 아직은 가늠하기 어려우니 와강 산채를 남겨두면 나중이라도 최후에 물러설 곳이 있기 때문이오. 두 번째는 선웅신 형의 가족이 아직도 산채에 있는데, 선형은 절대 당나라에 귀의하고자 하지 않을 것이오. 그러니 그의 식구들을 장안에 데리고 가는 게 좋은지, 아니면 산채에 홀로 남겨두는 게 좋은 지는 우리가 갈 자리를 정한 다음에 사람을 시켜 왕세충에게 보내도 늦지 않기 때문이오."

그러자 숙보가 물었다.

"그럼, 이곳은 어떻게 하겠소?"

서무공이 대답했다.

"우리 앞에는 왕세충이 있고, 뒤에는 두건덕이 있습니다. 위공은 이미 돌아가셨으니 이 비좁은 땅조차 지켜내기도 어렵습니다. 그러니 부(副) 장군 왕부가 수고스럽지만, 우리가 길을 떠난 후에 즉시 창고의 양식을 백성들에게 나누어주고 급료를 군사들에게 지급하시오. 군사들의 의복과 깃발은 모두 흰색으로 만드시오. 며칠 사이에 모든 준비를 끝낸 다음, 재빨리 3천 명의 군사를 거느리고 웅주로 가서 위공의 장례에 동참하도록 하시오. 그래야만 신하된 우리의 충의를 보여줄 수가 있습니다."

모두가 찬동하며 말했다.

"군사(軍師)의 처사가 천만 지당합니다."

서무공은 분부를 마치고 이튿날 아침 떠나기 직전 숙보와 현성에게 말했다.

"두 형장께서는 행장을 수습하고 의복과 깃발을 흰색으로 바꾼 다음 빨리 웅이산으로 오시오. 난 먼저 떠나겠소."

서무공은 하인 서너 명을 데리고 장안으로 떠났다. 진숙보는 군사들에게 밤을 새워 의복과 깃발을 모두 흰색으로 바꾸게 했다. 며칠이 안 되어 모든 준비가 다 끝났다.

숙보는 또 왕부에게 군사를 거느리고 빨리 뒤따르라 분부하고는 위현성과 함께 웅주를 향해 떠났다.

살아서는 지기(知己)로 생각하였고, (生前念知己)
죽어서는 신하(臣下)로 충성 다한다. (死後盡臣忠)

여양을 떠난 서무공은 밤낮으로 길을 재촉하여 장안에 도착하였다. 성안에 들어가 거처를 잡은 서무공은 서생(書生) 차림을 한 다음, 하인을 데리고 이밀과 왕백당의 수급이 효시되어 있는 곳으로 갔다.

두 개의 장대 꼭대기에 걸린 상자에는 머리 두 개가 들어 있었다. 그런 모양을 본 서무공의 마음은 칼로 도려내듯 아팠다. 수급을 향해 네 번 절을 올린 서무공은 두 손으로 장대를 부여 쥐고 대성통곡했다.

울음소리에 놀란 장졸이 달려들어 그를 궁궐로 끌고 갔다. 이때 정양(定陽, 今 山西省 臨汾市 관할 吉縣)의 반란 세력인 유무주(劉武周)는 제멋대로 황제라 자칭하면서, 대장 송금강(宋金剛)에게 군사 2만 명을 주고 울지경덕(尉遲敬德)[112]을 선봉으로 삼아 병주(幷

112 울지경덕〔尉遲敬德, 585－658년, 名은 융(融)〕, 後世 사서에는 울지공(尉遲恭)으로 기록. 字는 敬德, 以字 行. 隋末 唐初의 장군, 능연각(凌煙閣) 24공신 중 한 사람. 시호 충무 忠武. 46회 주석 참고.

州)로 쳐들어왔다.

병주 태원(太原)은 제왕(齊王) 이원길(李元吉, 당고조의 四子. 太宗의 親弟)이 지키고 있었는데, 휘하의 맹장 1, 2십 명이 모두 울지경덕에게 패배했다. 이원길은 하는 수 없어 밤을 도와 장안으로 사람을 보내 구원병을 요청하였다.

황제는 배적(裴寂)에게 장졸 1만 명을 거느리고 가서 태원을 구원하라고 명령했다. 이날 진왕 이세민은 교련장에서 군사를 훈련시키고 있었다. 궁문지기가 어떤 자가 장대를 부둥켜안고 운다고 보고하자, 황제가 대노하며 그 자를 잡아오게 했다.

부장들이 즉시 서무공을 황제 앞에 끌어다 꿇어앉혔다.

황제가 물었다.

"너는 이밀 수하의 누구인가? 이렇게 대담하게 명령을 어기고 효시당한 자를 위해 통곡하느냐? 만약 사실대로 말하지 않으면 목을 벨 것이다."

그러자 서무공이 큰소리로 대답하였다.

"옛날 선왕(先王)은 시신의 뼈와 살점을 묻어 해골이 나뒹굴지 않게 하였습니다. 서진(西晉 265−317년 존속) 때 조위(曹魏)의 왕경(王經)[113]이 죽은 뒤 상웅(向雄, 向은 성씨 상)은 동시(東市)에서 목놓

---

113 왕경(王經, ?−260년, 字는 彦緯)−三國時代 조위(曹魏) 大臣. 상웅(向雄, ?−286년, 字는 茂伯. 向은 성씨 상)−魏晉(위진) 시기 인물, 河南尹(하남윤) 역임. 서진 武帝 太康 初年(286년)에 간언을 올려 출궁되었고, 울분으로 죽었다.

아 울었습니다. 또 상웅이 뒷날 촉한(蜀漢)을 정벌했던 장군 종회(鍾會)[114]의 시신을 걷어다 매장했어도 진문제(晉文帝, 司馬昭)[115]는 징벌하지 않았습니다. 동탁(董卓)[116]이 죽은 뒤에 채옹(蔡邕)[117]이 그의 시신에 엎드려 울었다가 위조(魏祖, 曹操)가 알고 형벌을 가했지만, 결국은 위조(魏朝)의 천명은 오래가지 못했습니다. 이런 몇 사람이 그때, 어찌 먼저 그들의 공적과 죄악을 가늠하고서 울며 장례를 지냈겠습니까! 오늘 이밀과 왕백당은 받아야 할 징벌을 이미 받았습니다. 신(臣)은 군신(君臣)의 의리를 못잊어 울었습니다. 요순과 같은 현명한 군주라면 마땅히 허용해야 할 것입

---

114 종회(鍾會, 225－264년, 字는 士季)－三國時期 曹魏의 대신, 蜀漢을 멸망시킨 장수 중 한 사람. 학자. 명필로도 유명. 入蜀한 뒤에 강유(姜維)와 연합 정변을 일으켰다가 난군에 휩싸여 죽었다.

115 사마소(司馬昭, 211－265년)－사마의(司馬懿)의 아들 西晉 武帝 司馬炎(사마염)의 부친. 촉한을 멸망케 했다. 사마염이 魏 조환(曹奐)의 선양을 받아 즉위한 뒤에 太祖 文皇帝로 추존했다.

116 동탁(董卓, 141－192년)－涼州 隴西 臨洮人(양주 농서 임조인). 後漢 말 涼州 軍閥(군벌)이며 權臣, 포악한 행위로 역사상 가장 부정적 평가를 받는 인물. 《後漢書》 72권, 〈董卓列傳〉에 입전.

117 채옹(蔡邕, 133－192년, 字는 伯喈)－邕은 화할 옹. 喈는 새소리 개. 음률에 정통, 박학했음. 名筆(명필)로 飛白書(비백서)의 창시자. 後漢의 유명한 才女 蔡琰(채염, 文姬, 177?－249? 음악가이며 여류 시인)의 父. 뒷날 王允에 의해 옥사했다. 《後漢書》 60권(下), 〈馬融蔡邕列傳〉에 입전. 蔡琰(채염)은 《後漢書》 84권, 〈列女傳〉에 입전. 그녀의 〈悲憤(비분)〉 詩가 전한다.

니다. 만약 폐하께서 시신마저 용서하시지 않고 제가 통곡한 바를 가지고 치죄하신다면, 장차 현명한 사람들이 어찌 당을 찾아와 귀부할 수 있겠습니까?"

무공의 말에 황제는 안색이 갑자기 변하더니 물었다.

"너는 대관절 누구냐?"

"저의 성은 서씨(徐氏)이고 자는 무공(懋功)이며, 이름은 세적(世勣)입니다."

황제가 웃으며 말했다.

"원래는 내 아들 진왕(秦王)의 은인이었군. 경은 어째서 진작 말하지 않았는가? 짐은 밤낮 경들을 생각하고 있었네. 경은 어서 일어나 의관을 바로 하고 짐을 정식으로 조현(朝見)하라."

황제는 즉시 위병들에게 이밀과 왕백당의 수급을 장대에서 내리라고 명령하였다. 서무공은 여전히 서생 차림으로 붉은 섬돌 앞에 꿇어 엎드려 있었다.

황제가 즉석에서 그에게 관대를 하사하고 작위를 주려 하니, 무공이 또 상주하였다.

"군주는 충의로운 신하를 생각하옵고 신하 역시 현명한 군주를 모시려고 합니다. 위(魏)에 충성을 다하지 못한 신하가 어찌 당나라를 위하여 자기의 절개를 바칠 수 있겠습니까? 지금 위공의 시체와 수급이 두 곳에 있으니 신은 가슴이 아픕니다. 바라옵건대, 폐하께서 하해 같은 은혜를 베푸시어 두 수급을 하사하시면 신은 돌아가서 장례를 치루겠습니다. 만약 그렇게 승낙하시면 신 서무공 한 사람만이 은혜에 감격하지 않고, 위의 장수와 군사들도 감복하며 폐하를 섬길 것입니다."

황제는 크게 기뻐하며 중서(中書)에게 이밀을 원래의 관직대로 장례를 지내게 하라는 칙서를 지으라고 명하였다.

그리고는 서세적에게 말하였다.

"진왕(世民)이 경을 오랫동안 기다리고 있네. 경은 빨리 웅주를 다녀오기 바란다."

서무공은 사은하고 궁에서 나와 두 수급을 작은 관에 넣어 마차에 실은 뒤 밤을 도와 장안을 떠나 웅주로 향했다.

2, 3일이 걸려 위현성도 이세민에게 복명(復命)하고 말했다.

"여양의 3천 장졸은 부장 왕부의 인솔하에 이미 웅이산에 와서 주둔하였습니다. 진숙보 등도 지금 웅이산에 와서 묘지를 손질하고 있습니다. 신은 복명한 후 돌아가서 그들과 함께 장례를 끝내고 돌아와서 전하를 섬기려 합니다."

진왕이 승낙하였다.

이때 진숙보의 명을 받은 나사신은 장안에 도착하여 숙보의 모친을 만나본 뒤, 숙보가 웅주에 이르렀다는 소식을 듣고 장안을 떠나 웅주로 갔다.

그날 세민을 하직한 정교금은 뜻밖에 도중에서 병에 걸려 앓다

보니 반달 뒤에야 다시 운신할 수 있게 되었다.

정교금은 먼저 심복 두 사람을 보내 주둔하고 있는 장졸들에게 소식을 전하게 했다. 거의 와강에 이르렀을 때 식솔과 몇몇 하인을 거느리고 오는 가윤보의 수레와 만났다.

정교금은 위공이 지금 장안에 있으니 가속을 거느리고 가서 같이 지내게 하려 한다고 말했다. 그들은 말에서 내려 서로 인사를 나누었다.

가윤보가 자신의 수레를 멈춰 세우고 급히 정교금에게 물었다.

"오는 길에 위공의 소식을 들었소?"

"아무 소식도 듣지 못했소."

"듣자니, 위공과 왕백당은 웅이산에서 죽었다고 합니다. 병졸의 말에 의하면, 진숙보와 서무공 두 형과 여러 장수들은 모두 위공의 장례를 지내려 웅주의 웅이산으로 갔다고 합니다."

이 말에 정교금은 저도 모르게 눈물을 흘리면서 말했다.

"위공은 우매하고 무능하여 멸망을 자초했소. 그렇지만 형들이 간곡히 만류했더라면 죽지는 않았을 것이오."

"그건 모르고 하는 말이네. 그날 밤 형공부에서 행장을 꾸릴 때 나는 이번 행동이 타당치 못하다고 재삼 말렸다네. 그런데 위공은 도리어 내가 딴마음을 품고 있다면서 낯을 붉히며 나를 죽이려 했다네. 다행히 왕백당 형님이 말렸기에 화를 면했네."

"형은 서무공과 진숙보를 만나보았소?"

"여양에서 만나보았네. 선웅신 형이 나를 만나 자기와 동도로 가서 선웅신 형을 만나 당나라에 귀순하자고 권하니 완강하게 거절하더구만. 그러면서 자기의 가속과 하인 선전(單全)을 왕세충에게로 데려다 달라고 부탁하기에 웅신 형의 부탁대로 시행하고 돌아오는 길이네."

"가(賈)형은 지금 누구에게 의탁하려 하오?"

"위나라를 섬기다 성사를 못했는데, 어찌 또 다른데 의탁하겠소? 난 경치좋은 곳에 가서 자리잡고 여생을 보내며 형님들이 출세하는 것이나 보겠네. 나를 걱정해 주어 고맙지만, 나의 걱정은 하지 말게."

가윤보는 두 손을 잡아 읍하고 말에 올라 떠나갔다.

정교금도 말에 올라 속으로 생각했다.

'칠척(七尺) 대장부로 태어나 충의를 못하면 효도라도 해서 기특한 대장부가 되어야지! 내 일생에 친구들의 은혜를 많이 입어 감사하기 그지없지만, 그중에서도 우통의 은혜가 제일 깊다. 그분이 아니었더라면 나는 지금도 시골 마을 반구점(斑鳩店)에서 갈퀴나 만들어 팔며 살게 아닌가? 그는 지금 와강 산채에 묻혀 살면서 이렇다 할 벼슬도 못하였지. 내가 지금 이렇게 좋은 황제를 섬기게 되었으니, 그를 천거하여 벼슬이라도 몇 년하게 되면 그의 은혜를 조금이라도 갚는 길이 아닌가?'

이렇게 마음먹은 정교금은 급히 산채로 가서 우통(尤通)과 연거진, 왕당인에게 위공과 백당이 작고했다는 소식을 알렸다. 이 소식을 들은 왕후와 왕부인은 대성통곡했다. 정교금은 그들더러 창고의 물건을 수습하게 한 후 가속들을 데리고 길을 떠났다. 부하 병졸까지 합쳐 1천여 명의 대오가 나란히 길에 올랐다.

그들이 닷새쯤 걸어 독양령(獨楊嶺)에 거의 이르렀을 때 한무리의 인마가 앞에서 달려오고 있었다. 연거진이 깜짝 놀라 즉시 사람을 보내 뒤따라오는 정교금에게 알렸다. 서둘러 말을 몰아 달려온 정교금이 깃발을 보고는 자기가 주둔시킨 2천 명의 인마임을 알았다.

성미가 활달한 정교금은 줄곧 병사들의 두터운 신임을 받았다. 왕세충과의 싸움에서 지고 도망칠 때 그는 지금 이쪽으로 오고 있는 인마들을 수습하여 여기에 주둔시켰었다. 그는 당나라에 투항한 이밀이 안정되면, 자기는 이 부대를 거느리고 예전의 사업을 계속하려 했었다. 그런데 지금은 당나라를 섬기게 되었으니, 이 부대도 데려가려고 생각하고는 이렇게 분부하였다.

"너희들이 앞장서 웅주로 들어가 웅이산 아래에 주둔하고 기다려라."

그리고 또 연거진에게 말했다.

"이들은 나의 인마이니, 놀라지 말고 빨리 걷게."

반달이 못 되어 일행은 웅주에 이르렀다. 조군언과 유주신도 당도했다. 함께 웅이산으로 가니 흰옷 차림을 한 군사들이 그곳에 주둔하고 있었다. 서무공과 진숙보가 그들을 접견했다.

서무공이 우통과 연거진에게 말했다.

“우리가 산채의 형제들에게 알리지 않고 여기로 온 것은 일의 길흉을 가늠할 수 없었기 때문이었소.”

정교금이 말했다.

“연거진 동생은 이런 변고가 생긴 줄을 모르고 있었소. 내가 다행히 길에서 선웅신 형의 가속을 데려다주고 오는 윤보 형을 만나 알게 됐소.”

진숙보가 말했다.

“가윤보 형이 선형의 가족을 데려다주었다니 참 잘 되었소. 그런데 윤보는 왜 보이지 않는가?”

“그는 다른 사람을 섬길 생각이 없다며 가족을 데리고 경치 좋은 곳을 찾아 은거하겠다며 떠났습니다. 이번에 내가 위공의 가족과 백당 형의 가족을 모두 데리고 왔는데 어떻게 하겠소?”

서무공이 기뻐하며 말했다.

“하늘이 위공과 왕형을 보우해주어 때마침 가족이 왔소. 아직 묻지 않았으니, 이는 모두 정교금 형의 공로요. 숙보 형, 묘지 곁의 세 칸짜리 막이 널찍하니 형님이 두 분의 가족을 그리로 모셔 주십시오.”

우통과 정교금은 사방을 휘둘러보았다. 산 아래는 양지바른 넓은 들이고, 뒤에는 높은 흙산이 솟아 있었다. 산 뒤에는 흰 돌로 담을 둘러 쌓았고, 담 앞에는 다섯 칸짜리 큰 초가집을 지었다. 그 안에 석판으로 깊게 파 놓은 두 개의 묘혈 옆에는 관 두 개가 놓여 있었다. 제단과 용도(甬道)와 제향을 올릴 건 향당은 모두 새롭게 만들었으며 석인(石人)과 석마(石馬)는 살아있는 것처럼 줄지어있었다. 소나무와 측백나무가 울울창창했고, 망주석이 반듯했으며 석비(石碑)도 있었다. 주위는 삿자리로 만든 막과 정자가 여러 개였다.

우통이 둘러보고 찬탄하며 말했다.

"진숙보와 서무공 두 분 형은 온 지 며칠 안 되었건만, 이렇게 훌륭한 분묘를 만들다니 정말 위공이 반평생 영웅들을 헛되이 사귀지 않았구려."

우통은 급히 연거진과 함께 뒤따르는 사람들 중에서 이밀과 혼약했었던 왕설아(王雪兒)와 모친, 그리고 왕백당 가족들에게 상복을 갈아입게 했다.

위현성(魏徵), 서무공(徐世勣), 진숙보(秦瓊) 등이 여러 장수들을 인솔하고 들어와서 그들을 묘지로 안내했다. 왕후와 백당부인은 관을 끌어안고 대성통곡했다. 묘지 밖에서는 왕당인이 두 손으로 영좌를 흔들며 곡을 하였다. 여러 장수들은 그들이 서럽게 우는 것을 보자, 모두 눈물을 흘렸다. 사람들이 한창 비통한 심정에 잠겨 있을 때 왕후가 묘 밖으로 나와 서무공, 진숙보, 위현성 등을 향해 절을 하였다.

진숙보, 서무공, 위현성 세 사람은 급히 꿇어 엎드리며 말했다.

"왕후께서 할 말씀이 있으시면 이러지 마시고 어서 말씀하십시오."

"소첩이 오늘 여기로 오니 꿈인 것 같습니다. 이런 뜻밖의 변고가 생겼지만 다행히도 위공께서 아직 땅속에 들어가지 않아 한번 더 볼 수 있게 되었으니, 이제 죽어도 한이 없습니다. 더구나 황은(皇恩)이 하해(河海) 같아 아들을 사면해 주었습니다. 세 장군께서는 이전의 정분을 생각하여 저의 아들을 잘 보살펴 주십시오. 소첩은 오늘 위공을 따라 저승으로 가려 합니다."

말을 마친 왕후는 패검을 뽑아 목에다 대었다. 곁에 있던 왕당인이 재빨리 왕후의 손목을 잡아당겼고 여러 장령들도 모두 말리며 위로의 말을 하였다. 이렇게 경황이 없는데, 묘 안에서 왕백당의 부인이 또 돌에다 머리를 박으려 했다. 다행히 우통의 부인과 연거진의 부인이 붙잡았기에 별고는 없었다.

정교금은 안팎에서 일어난 소동이 안정되자, 진숙보에게 말했다.

"진형, 난 장안에 돌아가 복명해야겠소. 두 집의 가족은 형님이 잘 돌봐주시오."

위현성이 정교금에게 말했다.

"형이 복명하러 가면서 내가 서의부에게 보내는 서신을 전해주오. 만약 누가 조상하러 오겠다면 형이 서둘러 먼저 와서 알려주시오."

정교금은 응락하고 장안으로 가서 자기 어머니와 진숙보의 모친을 만나본 뒤에 이세민을 알현하러 진왕부에 들어갔다.

이때 이세민은 진왕부에 없었다. 황제와 함께 궁궐에서 동생인 제왕(齊王) 원길(元吉)을 만나고 있었다.

유무주가 송금강과 울지경덕을 파견하여 당나라 군사를 격파하고 병주(幷州)를 포위하자, 다급해진 원길은 울지경덕의 화상을 그려 가지고 자기의 처자와 함께 북문을 몰래 빠져나와 장안으로 도망쳐 왔다. 이에 진왕은 황제 및 여러 대신들과 함께 태화전(太和殿)에서 원길이 가지고 온 울지경덕의 화상을 보고 있었다.

정교금은 조정에 들어가 황제와 진왕을 배알하였다.

황제가 물었다.

"경이 이번에 가서 거느리고 온 장졸이 얼마나 되는가?"

"신의 수하에는 2천 명의 보병이 있습니다. 와강 산채에 우통과 연거진이란 두 신하가 있는데, 그들 수하에도 2, 3천 명의 병마가 있습니다. 서무공과 진숙보를 비롯한 여러 장령이 여양에서 4, 5천 인마를 거느리고 왔으니 모두 합치면 1만여 명이 됩니다. 지금 모두 웅주 웅이산에 머물러 있는데, 위공의 장례가 끝나면 모두 와서 폐하께 귀부할 것입니다."

황제는 크게 기뻐하며 정교금에게 물었다.

"경은 또 가려는가?"

정교금이 대답했다.

"신은 위공의 장례에 가려고 합니다. 그리고는 즉시 부하를 거느리고 장안으로 되돌아오겠습니다."

말을 마친 정교금은 조정에서 물러나와 급히 서의부를 찾아가 위현성의 서찰을 전했다.

서신에는 이밀과 왕백당 두 집의 부인네들이 어떻게 정렬하고 삼군이 어떻게 슬퍼해서든 일과 또 그의 딸 혜비부인에게 왕후와의 정의를 생각해서라도 이세민에게 권해 황제의 제물을 하사받게 하여 여러 사람의 마음을 위로하게 하라는 내용이 쓰여 있었다.

서의부는 그 뜻을 이해하고, 곧 진왕부에 가서 혜비에게 말했다. 부인은 왕후와의 정을 잊지 못해 진왕에게 말했고, 또 위현성이 자기 부친에게 보낸 서신도 보였다.

진왕은 위현성의 당부대로 조정의 제물을 하사받은 다음, 예부(禮部)에서 관원을 파견하여 보내주게 하려 했다.

이세민이 휘하 여러 모사들에게 말했다.

"위나라 군사 1만여 명이 지금 웅주에 모여있네. 그들은 모두 전투 능력이 우수하고 경험도 많지요. 만약 과인이 몸소 가서 조문하지 않는다면, 어찌 그들을 감복시킬 수 있겠소?"

여러 사람들은 진왕의 존엄이 손상될까 걱정되어 가지 않는 것이 좋을 것이라는 의견을 제시하였다.

그러자 이세민이 말했다.

"옛날 삼국시기에 유비와 손권은 서로 천하를 쟁탈하여 여러 번 치열한 전투를 벌였소. 그러나 공명(孔明, 제갈량)이 계책을 써서 주유(周瑜, 175-210年, 字는 公瑾)[118]의 울화를 돋우었고, 결국 주유는 죽었습니다. 그런데 제갈량은 친히 오군(吳郡)에 가서 주유를 조문했습니다.[119] 그러자 손권 휘하의 모든 장수들이 감읍(感泣)하였소. 지금 이밀은 수나라 대신의 후손으로 그 가문은 본래 명문이었고, 이밀의 지략도 뛰어났으니 그가 결코 녹록한 인물은 아니었소. 다만 그가 자신의 재능을 너무 과신하며 남의 충고를 받아들이지 않았기에 패망했을 뿐이요. 지금 그는 이미 죽었고, 말하자면 과인의 이밀에 대한 원한도 이제는 풀렸소. 내가 이밀을 조문하려는 뜻은 나라의 대계(大計)를 위한 것이요. 여러분들은 상황에 따른 임시 조치도 할 수 있어야 하오. 너무 대의명분만을 고집할 수는 없을 것이요!"

그러자 진왕부의 모든 모사가 일제히 말했다.

---

118 주유(周瑜, 175-210年, 字는 公瑾)-35회 주석 참고.

119 병석의 주유는 손권에게 자신의 후임으로 노숙(魯肅)을 천거하는 글을 써 보낸 다음, 여러 장수들을 불러 놓고 말했다. "나는 끝까지 진충보국(盡忠報國)하려 했으나 이미 나의 천명은 끝났다. 너희들은 오후(吳侯, 손권)를 잘 섬겨 대업을 이루도록 하라." 그리고 잠시 기절했다가 다시 깨어나 하늘을 우러러보며 길게 탄식한다. "주유를 출생케 했다면, 왜 제갈량도 출생케 했습니까?(旣生瑜 何生亮)" 말을 마치고 그대로 죽으니, 그의 나이 서른여섯이었다. 이 소식을 들은 제갈량은 시상(柴桑)에 가서 주유의 영전에 조문하였다.

"이 모주는 전하의 관인대도(寬仁大度)이며 만전지계(萬全之計)입니다."

이에 진왕은 자신의 뜻을 그대로 실천하였다. 진왕부의 많은 모신(謀臣)과 무사들을 거느리고 조문하되, 먼저 서의부를 시켜 나라에서 하사하는 제물을 준비하고 챙겨 출발케 하였다. 그리고 서혜비는 이밀의 부인과 모친, 왕백당의 가족을 위한 제물과 위안 물품을 챙겨 동행케 하였다.

서의부와 정교금은 주야로 쉬지 않고 웅주에 가서 진왕의 조문을 통보케 하였다.

지난날 이밀 휘하의 장졸들은 당 황제가 제물을 하사하였으며, 진왕이 직접 조문하러 오고 있다는 소식에 마음속으로 크게 위안을 받았다.

서무공은 진왕의 조문에 관련하여 각각의 할 일을 아래와 같이 정하였다.

위현성과 진숙보는 진왕부의 모사들을 접대하고, 정교금과 왕당인은 진왕을 수행하는 장수를 접대하며, 우통과 연거진은 조문하러 온 사람들의 조의(弔儀)와 예물을 접수하고, 왕부와 유주신은 진왕을 수행한 하급 사졸 접대를 담당하게 했다.

서무공은 또 장수들에게 명을 내려 병사들의 군용(軍容)을 선명하게 하고, 깃발을 정연하게 하여 5리에 한 개 군영(營), 10리에 한 개의 정(亭)을 세우게 했다.

모든 준비를 끝낸 뒤에 그는 또 기병 20명을 골라 주야로 소식을 탐문하게 했다.

며칠 후 진왕이 옹주에 이르렀다.

포소리가 세 번 울리더니 4, 5백 명의 백의(白衣)를 입은 갑사(甲士)들이 나와 진왕을 영접했는데, 한 손에 작은 막대기 하나씩을 들고 땅에 꿇어앉아 아뢰었다.

"좌초천총(左消千總) 묘량(苗粱)이 전하의 왕림을 영접하옵니다."

또 4, 5리쯤 가니 많은 백의 갑사들이 포를 쏘고 순서대로 막대를 짚고 땅에 꿇어앉아 영접했다. 수레에 앉은 진왕은 장졸의 군용(軍容)이 단정하고 깃발이 정연한 것을 보고 속으로 이렇게 생각하였다.

'위나라 장수들이 병사를 예의 바르게 다스렸구나. 이런 데도 이밀이 성사를 못했으니 정말 애석하도다.'

이세민 일행은 천천히 나아갔다. 웅이산에서 몇 리 떨어진 곳에 이르니, 갑자기 하늘을 진동하는 포소리가 세 번 울렸고 북과 나팔 소리가 요란했다.

서무공과 위현성, 그리고 진숙보가 장수들을 거느리고 허리를 굽힌 채 서있었다. 진왕의 수레가 곁에 이르자, 모두 꿇어 엎드려 배례하였다. 이 광경을 목격한 진왕은 급히 수레에서 일어서며 큰소리로 말하였다.

"여러분은 어서 일어나시오."

위나라 장수들은 진왕의 수레가 지나가자 일제히 말에 올라 뒤따랐다. 의장대가 고적을 울리며 앞에 서고 장수들의 대오가 진왕을 옹위하여 묘문 앞에 이르니 또 포소리가 세 번 울렸다.

진왕의 수레가 멈춰 서자, 모두가 인사하고 붉은 비단을 드리운 세 칸짜리 넓은 장막으로 들어가 앉았다.

진왕이 서의부에게 물었다.

"조정에서 보낸 제물은 올렸는가?"

"올렸습니다."

진왕은 즉시 일어나 옷을 갈아 입었다. 그는 흰색 용포를 입고, 허리에는 남전(藍田) 벽옥의 띠를 매었다. 서무공 등이 급히 신주를 모신 제상 앞으로 다가가 진왕에게 절하며 배례를 그만두시라고 말하였다. 그러나 진왕은 응낙하지 않고 기어이 안으로 들어가 조문하려 하자, 여러 사람들도 진왕을 모시고 묘문 안으로 들어갔다.

위나라 장수와 병졸들이 일제히 땅에 꿇어앉아 진왕을 모시었다. 제단 앞에 이른 진왕은 묘 밖에 모신 위패에 써놓은 황색 글씨를 보았다.

거기에는 「당,고광록경,상주국,부마형국공이휘밀지위(唐故光錄卿上柱國駙馬邢國公,李諱密之位)」라고 쓰여 있었고, 옆에 있는 위패에는 「당,고우위대장군왕휘용지위(唐故右衛大將軍王諱勇之位)」라고 쓰여 있었다.

왼쪽에는 상복을 입은 서무공, 위현성, 진숙보, 정교금 등 4, 5

명의 장수들이 답례했고, 오른쪽에는 왕당인이 서너 살 되는 세자(世子) 계운(啓運)을 부축하고 있었는데, 상복 차림을 한 채 땅에 꿇어 엎드려 있었다. 묘 안에서는 곡소리가 하늘에 진동했다. 진왕은 제사를 올리는 한편 흐느끼며 분명치 않게 조문하며 말했다.

"당초 금용성에 있을 적에는 기개가 높고 위풍을 떨쳐 많은 사람들의 희망이었는데, 오늘은 저 세상 사람이 되었네!"라고 말했다.

쳐다보니 세자는 어렸고 묘 안에서 들려오는 통곡소리는 애처로웠다. 진왕이 비록 영웅이었지만 이런 정경을 목도(目睹)하고 흘러내리는 눈물을 참을 수 없었다. 진왕이 눈물을 흘리니 모두가 꿇어 엎드려 울었고 장졸들도 모두 통곡하였다.

조문을 마친 진왕은 수레에 앉아 손님을 모시는 휘장으로 돌아가 옷을 갈아입었다.

서무공은 세자 계운을 안고 여러 장수들과 함께 세민에게 머리를 숙여 진심으로 사례했다.

진왕은 서무공 등을 부축하며 말했다.

"여러분은 장례를 마치고, 조정의 기대를 저버리지 말고 속히 장안으로 돌아와 짐과 상면하기 바랍니다."

서무공이 대답했다.

"저희들은 절대 지체함이 없이 여러 장수를 거느리고 장안으로 가서 황제 폐하를 알현하겠습니다."

말을 마친 서무공은 서둘러 묘지로 돌아갔다. 진왕부의 문무 관원들도 저마다 지전(紙錢)을 마련하여 제사를 지냈다. 진왕이 돌아갈 때 위나라 장졸들은 10리 밖까지 나가 전송했다.

진왕이 제사 지낸 외에 은자 5천 냥을 내어 위의 장졸을 포상해 주니 장졸들이 모두 기뻐하였다.

서무공은 급히 문서 담당자에게 사례하는 표문(謝表) 두 장을 쓰게 한 다음 유주신을 시켜 표문을 가지고 진왕을 따라 장안으로 가서 상주하게 하였다. 그리고 날을 택해 두 영구를 매장한 뒤 떠날 준비를 했다.

그런데 왕후와 왕백당 부인이 한사코 묘지를 지키겠다며 같이 떠나려 하지 않았다. 서무공 일행은 하는 수없이 먼저 3, 40명의 군사를 남겨 묘지를 지키게 하고 이후에 다시 돌아보기로 하였다. 그리고 그들은 자기의 군사들을 거느리고 장안으로 출발하였다.

장안에 도착하자, 먼저 진왕부에 가서 진왕을 알현했고 진왕은 위(魏)의 옛 신하들을 거느리고 입조하여 황제를 조현(朝見)하였다. 서무공이 장졸 등록부를 바치자, 황제가 보고 크게 기뻐하며 즉시 그를 좌무위대장군(左武衛大將軍)으로, 진숙보를 우무위대장군(右武衛大將軍)으로, 나사신을 마군총관(馬軍總管)으로, 우통을 좌삼통군(左三統軍)으로, 연거진을 우사통군(右四統軍)으로, 왕부를 마보총관(馬步總管)으로 임명하였다.

왕부가 그 자리에서 아뢰었다.

"신하는 이 관직을 받지 못하겠습니다."

"무슨 까닭인가?"

"신이 이번에 입조한 까닭의 하나는 용안을 뵈옵고 폐하께서 요순(堯舜) 같은 성군(聖君)이신가를 알고 싶었고, 다른 하나는 작고하신 옛 주인께 베푸신 은혜에 머리 조아려 사례 드리려는 뜻이었습니다. 신은 죽음을 무릅쓰고 폐하께 한마디 상주하고자 합니다."

"짐은 경의 죄를 추궁하지 않겠으니, 어서 말하라."

"신이 듣기로, 폐하께서는 노인을 우러러 모시고, 어린아이를 사랑하며, 죄인의 처자에게 죄를 주지 않고, 불쌍한 사람을 보살펴주셨다고 하였습니다. 옛 주인께서 당나라에 귀부한 뒤로 폐하께서는 인정을 베푸시어 그의 죄를 사면하셨고 관작을 하사하셨으며, 공주님까지 아내로 맞게 했으니 그 은혜는 망극하옵니다. 그런데 뜻밖에도 옛 주인인 밀(密)이 배은망덕하여 스스로 죽음의 길을 택하였지만, 저희는 모두 폐하의 은덕을 입었습니다. 그러나 옛 주인의 처는 몇 번이나 죽으려 하였고, 어린 아들의 목숨도 아침이슬마냥 가련합니다. 이미 고혼이 된 사람은 불쌍히 여길 필요가 없더라도 살아있는 사람은 돌봐주어야 합니다. 만약 백성을 다스리는 도리로 말한다면, 오늘 이미 당나라의 백성이되었고, 윤리를 헤아려본다면, 폐하의 인척입니다. 지금 독고 공주께서는 아직도 형국공부에 계시온데, 부부지간의 정이 깊지 않았다 할지라도 이미 배필을 맺은 이상 부부라고 해야 합니다. 그러니 이밀의 자식이면 곧 그녀의 자식이온데, 어찌 자기의 자식을 생각하지 않을 수 있습니까? 만약 그들을 풍찬노숙하게 내버려둔다면, 후세 사관들이 현명하신 폐하의 참된 뜻을 제대로 기록하지 못할 염려도 있으니, 어찌 사방에서 폐하의 덕행을 우러러볼 수 있겠습니까? 그래서 신은 위(魏) 유민(遺民)으로 남을지언정 당의 신하가 되지는 못하겠습니다."

황제가 듣고 옳은 말이라 생각하여 더욱 기뻐하며 말했다.

"경은 무관인데 대의에 이토록 밝으니 위 장령들은 재능이 뛰어나군!"

말을 마친 황제는 즉시 예부에 명하여 왕씨 모자를 형국공부로 데려오게 하면서 계운의 이름을 '계심(啓心)'이라 고쳐주고, 왕백당의 처도 함께 형국공부에 거처하게 한 후 독고공주와 함께 부양하도록 명령했다.

그리고 왕부의 관직을 호익대장군(虎翼大將軍)으로 올려주었고, 조군언과 유주신을 비롯한 여러 사람에게도 각각 관직을 하사하였다. 왕부 등은 황제에게 사은하고 물러나왔다.

황제가 왕부 등에게 관작을 봉할 때 진양(晋陽)에서 급보가 들어왔다.

유무주가 성을 포위 공격하여 위험이 경각에 놓였으니, 급히 군사를 보내 구원해달라고 하자, 황제가 말했다.

"진양은 중원의 군사 요지이니 어찌 잃어버릴 수 있단 말인가? 사태가 위급한 때에 유능한 장령이 없구나."

그러자 서무공이 말했다.

"신이 견마지로(犬馬之勞)를 다해 유무주를 제거하여 폐하의 은덕에 보답하겠습니다."

"짐은 오래전부터 경이 지혜가 뛰어나고 계략이 많아 장수지재(將師之才)임을 알고 있었다. 그런데 송금강의 수하에 울지경덕이란 명장이 하나 있는데, 용맹이 남보다 뛰어나다 하니 쉽게 물리치기 어려울 것이다."

그리고는 벽에 붙여놓은 화상을 가리키며 말했다.

"저것이 울지 놈의 화상이니, 경들이 한번 보게나."

진왕이 서무공 등을 거느리고 화상 앞으로 다가갔다. 몸이 구척이나 되고 검은 얼굴에 둥그런 눈, 넓적한 입에 새우 수염을 길렀으며 콧날이 우뚝 섰다. 머리에 쇠 투구를 쓰고, 몸에는 붉은 갑옷을 입은 울지경덕은 쇠채찍을 들고 있었는데 흡사 흉악한 천신(天神)처럼 보였다.

서무공이 말했다.

"이런 자는 뚝심이나 쓰는 용부(勇夫)에 불과하오니 괴이하게 여길 필요는 없습니다."

진숙보가 진왕에게 말했다.

"하찮은 놈의 화상으로 조정을 더럽히다! 고약한 자입니다. 폐하께서 저에게 붓을 주시면 제가 저 화상에 먹칠을 하겠습니다."

진왕이 좌우에 명하여 붓을 가져다 숙보에게 주게 했다.

숙보가 붓을 들자, 이를 악물고 화상에다 온통 먹칠을 하고 나서 꿇어 엎드려 상주했다.

"신이 군사 3천 명을 거느리고 진양에 가서 저놈을 잡아 족치겠습니다. 만약 이기지 못하면 벌을 기꺼이 받겠습니다."

황제도 크게 기뻐하며 말했다.

"경이 가기만 하면 꼭 승리할 것이니, 짐이 무슨 걱정이 있겠나!"

즉시 서무공을 대원수로, 진숙보를 대장군으로, 왕부를 선봉으로, 나사신을 부선봉으로, 정교금을 군량 조달 총관으로 임명하였다. 그리고 진왕(秦王) 이세민(李世民)을 감군대사(監軍大使)로 임명하여 당나라 장병을 거느리고 후위를 맡게 하였다.

여러 장수들은 황제에게 신고, 배례한 뒤에 물러가서 그날 밤으로 군사를 거느리고 병주를 향해 떠났다.

만약 용을 따라 올라 공훈을 세우려 한다면, (若要攀龍樹勛績)
오직 전장에 나가 피를 흘리며 싸워야 한다. (還須血戰上沙場)[120]

---

120 용왕을 따라다니면 기우제 차린 음식을 먹고(跟着龍王吃賀雨), 족제비를 따라다니면 닭 훔치는 법을 배우며(跟着黃鼠狼學偸鷄), 늑대를 따라다니면 고기를 먹고(跟着狼吃肉), 개를 따라다니면 똥을 먹는 법이다(跟着狗吃屎).

제56회

사람을 삶아먹은 짐승 같은 주찬, 부친 대신해 종군한 효녀 목란.(啖活人朱燦獸心, 代從軍木蘭孝父.)

노래하기를,	**詞曰,**
공연히 천심(天心)을 자문하나,	(枉自問天心)
소녀는 혼이 나갔다.	(少女離魂)
전장(戰場)에 길을 잃고 헤매면서,	(沙場有路叩迷津)
부모의 참된 은덕 생각한다.	(只念劬勞恩切切)
영리한 재주 어찌 아끼랴?	(豈惜伶什)
깃발, 북 치고 서로 공격하니,	(旗鼓兩相侵)
기를 쓰며 목숨도 버린다.	(拼死輕生)
누구나 공훈을 세울 뜻있으니,	(人人有志立功勳)
영웅의 눈물을 비웃지 말지니,	(莫笑英雄曾下淚)

앞길을 내다보아라. (且看前程)

— 곡조 〈낭도사〉 — 調寄 〈浪淘沙〉

병법에 이르기를, 교만한 군사는 필패한다(兵驕必敗). 교만한 자는 잘난체하며 남을 경시하기에 교만하면 인심을 잃고, 인심을 얻지 못하니 무리를 거느리지 못한다. 그러니 어찌 실패하지 않겠는가?

수(隋) 왕조가 멸망할 무렵, 지방에서 2, 30명이 왕을 자칭했는데 모두가 초야(草野)의 간웅(奸雄)들이었다. 마치 제나라 사람이 무덤 사이를 돌며 음식을 얻어먹고(齊人乞食), 집에 와서 아내와 첩한테는 귀인 벗의 초대를 받아 잘 먹었다고 트림을 하는 사내와[121] 같은 사람들이었다.

---

121 《孟子, 離婁(이루) 章句 下》－一妻와 첩(妾)을 거느리고 사는 齊人이 있었다. 그 제나라 사람은 매일 집을 나가 공동묘지에서 몇 군데를 돌아다니며 제사 지낸 음식과 술을 구걸하여 얻어먹고 집에와서는 부귀한 사람의 초대로 실컷 배불리 먹었다고 처첩에게 자랑했다. 그 처첩은 남편을 찾아오는 사람이 없기에 의심하고 남편을 미행했다. 그리고 남편이 거지처럼 얻어먹는 현장을 목격하고 돌아와 '우리가 평생을 우러러보며 같이 살 남편의 하는 꼴이 저렇다.' 면서 서로 껴안고 울었다. 그날도 남편은 돌아와 트림을 하며 자랑했다.
군자의 눈으로 볼 때, 부귀와 영화를 찾아다니는 방법이 아내와 첩에게 부끄럽지 않아 그 처첩이 껴안고 울지 않는 사람은 아마 극히 드물 것이다.

그리고 또 거지(花子)가 〈연화락(蓮花落)〉 노래나 불러 얻은 음식으로 배나 채우려는 무리와 같았다. 그런 자들이 잠시 하는 짓거리를 바꾸었을 뿐, 처음부터 큰일을 하려는 뜻도 없었다.

재능이 뛰어났다는 이밀이라지만, 겨우 10여 명의 호걸과 사귀었으니, 그가 죽은 뒤, 장례나 치러주는 것으로 끝나 버렸다.

진왕 이세민과 서세적(徐世勣, 서무공)은 많은 인마를 거느리고 장안을 떠나 며칠 후, 병주(幷州, 太原)에 도착하였다.

서세적이 진왕에게 말했다.

"신은 군사를 거느리고 유무주를 토벌하려 하지만, 배후에서 왕세충이 무슨 책동을 벌릴 경우 우리가 구원하기가 어려울 것 같아 걱정이 됩니다. 신이 생각할 때, 주찬(朱燦)이 근래에 회남(淮南)의 양사림(楊士林)의 핍박을 받아 궁지에 몰렸기에 귀부하였고, 성상(聖上)께서 초왕(楚王)에 봉하여 국담(菊潭)[122]에 머물게 하셨습니다. 제 생각에는, 전하께서 그에게 서신 한 통을 보내 위로하는 한편, 왕세충이 수나라 황제를 시해하고 황위(皇位)를 찬탈하려 하니 병사를 거느리고 가서 천자를 시살한 역적 놈을 토벌하여 백성의 울분을 풀어주고, 빼앗은 정(鄭)나라의 땅은 함께 나누어 가지자고 하십시오. 그러면 탐욕스럽고 미련한 주찬이 꼭 응할 것 같습니다."

---

122 국담(菊潭) – 지명. 今 河南省 서남부 南陽市 관할 內鄕縣.

"그 자는 사람 고기를 먹기 좋아하는 고약한 버릇이 있소. 수(隋)의 저작좌랑(著作佐郎)인 육종전(陸從典)과 통사사인(通事舍人) 안민초(顏泯楚)가 빈객으로 갔는데, 그 자가 이들 두 사람을 모두 잡아먹었네. 흉악하기 그지 없는 놈을 과인이 오래 전부터 없애 버리려 했소. 지금 비록 당나라에 귀순하기는 했지만, 어찌 그런 자와 교제할 수 있단 말이오?"

"꼭 그렇게만 볼 것은 아닙니다. 주찬이 응하여 협력한다면 전하께서는 군사 2, 3천 명을 보내 멀리서 그를 돕는척하다가 정(鄭)나라와 초(楚)나라가 서로 싸우게 되면, 우리는 여기서 쉽게 어부지리(漁父之利)[123]를 얻을 수 있습니다. 만약 그가 응하지 않는다면, 제가 군사를 풀어 주찬을 치면서 왕세충의 세력을 견제해야 합니다. 왕세충은 남쪽에서 재난이 생기면 앞뒤를 돌볼 수 없음을 알기에, 감히 군사를 이끌고 서쪽으로 공격하지 못할 것입니다. 이것이 바로 우(虞)나라를 치는 척하면서 괵(虢)나라를 없애는 계책인데 전하의 생각은 어떠십니까?"

그러자 듣고 있던 학사(學士) 단각(段慤)이 말했다.

"신은 주찬과 잘 아는 사이입니다. 신이 전하의 서신을 가지고 가서 이해관계를 피력하며 공격하라고 한다면 꼭 말을 들을 것입

---

123 방휼지쟁(蚌鷸之爭, 蚌은 민물조개 방. 鷸은 도요새 휼)은 漁父之利(어부지리)와 같은 뜻이다. 방합과 도요새의 다툼이라는 말이며, 서로 적대하여 버티며 양보하지 않는다는 말이다. 양호상투(兩虎相鬪)도 같은 비유이다. 이는《戰國策 燕策》30권에 수록되었다.

니다."

진왕이 말했다.

"듣자니 경은 술을 좋아한다던데, 군사 전략을 그르칠까 걱정되네."

그러자 단각이 말했다.

"군국대사를 어찌 애들 장난처럼 여기겠습니까? 저는 이번 걸음에 술을 끊겠습니다."

"그렇다면 과인이 시름을 놓겠네."

단각은 진왕의 서신을 받아 가지고 주찬의 근거지인 국담으로 갔다. 원래 주찬은 수나라 때 박주(亳州)[124]의 현리(縣吏)로 있었는데, 그때 단각과 술친구로 아주 가까운 사이였다(至交酒友). 주찬은 단각이 왔다는 말을 듣고 서둘러 반갑게 맞이하며 손님 자리에 앉히고 말했다.

"그간 몇 년이나 소식이 없어 다시 못보는 줄 알았네. 단형은 지금 어디에 있소?"

단각이 대답했다.

"나는 당나라에 귀순하여 학사 직분을 담당하고 있네."

"내가 듣기로, 이밀은 왕세충에게 패배한 뒤, 많은 장졸을 거느리고 당나라에 투항하였다던데 확실한가?"

"확실하다 뿐인가? 지금은 병사가 수십 만이나 불어나서 정말

---

124 박주(亳州) — 古稱 초현(譙縣) — 安徽省 서북부, 박주는 藥材(약재), 白酒, 煙草(연초)의 생산지로 유명. 中華藥都의 美稱.

로 부국강병을 이룩했네. 진왕(秦王)께서는 왕세충이 수의 황태주(皇泰主, 51회 주석 참고)를 시해하고 황제로 자칭한다는 소식을 들으시고 격분하여 대왕과 영원한 벗으로 사귀면서 함께 황제를 시살한 역적을 토벌하려고 하네. 만약 왕세충이 가진 재물을 빼앗으면 대왕에게 모두 내주면서, 점령한 땅과 백성은 두 나라에서 함께 다스리자고 하였네."

"진왕께서 그런 호의가 있고, 또 옛 친구가 찾아와서 말하는데 내가 어찌 따르지 않겠나? 내일 곧 군사를 거느리고 정(鄭)나라를 토벌하겠으니 자네들은 1, 2천 명의 군사만 보내 도와주면 되네."

그리고는 부하에게 술상을 차리라고 분부하고 물었다.

"자네의 주량도 최근에 틀림없이 퍽 늘었을 것이오!"

그러자 단각이 말했다.

"난 이미 술을 끊었기에 형의 성의를 받아들이지 못하겠소."

"이전엔 자네와 내가 밤을 새워가며 마시지 않았나. 그런데 오늘 지기(知己)를 만나 마시지 않겠다니? 공무와 관련하여 나도 이미 확실하게 대답했으니 정분을 보아서라도 양껏 마시며 회포를 풀어야지 그런 법이 어디 있나?"

주찬은 술잔에 가득 술을 따랐다. 본래 술을 즐기는 술꾼은 술만 보면 마음이 움직이게 마련이다. 이는 여색을 좋아하는 사람이 무염(無鹽)[125] 같은 추녀〔醜女, 嫫母(모모)〕라도 꺼리지 않고 좋아

---

125 무염(無鹽) – 무염(無艷)으로도 通. 원명은 종리춘(鍾離春) – 齊 선

하는 이치와 같다. 단각도 잔에 부은 술을 보자, 입안에서 군침이 돌았고 잔을 들어 단숨에 비웠다.

두 사람은 흥미진진하게 담소하며 술잔을 연속 들었다. 단각은 술을 끊었다고 말한 자신을 잊고 따라주는 대로 마셔댔다. 주찬은 수나라 양제가 1천 리 변하(汴河)를 개착할 때에 흉년이 들었는데, 매일 사람의 고기를 먹고 기회만 있으면 술을 마셔 두 눈알이 빨개졌었다.

술이 거나하게 되자, 단각이 웃으며 주찬에게 물었다.

"대왕! 자네, 전에 인육(人肉)을 즐겨 먹었는데, 높은 자리에 있는 오늘에도 늘 먹나?"

이 말에 주찬은 얼굴에 노기를 띠며 속으로 생각했다.

'이 개자식(狗才)! 내가 이전의 악습을 다 고쳤는데도 사람들 앞에서 나의 단점을 지껄이다니!'

주찬은 화가 나서 즉시 돌려 말했다.

"나는 지금 서생(書生)의 고기만 즐겨 먹네. 서생의 고기는 만만한데다 맛도 다르단 말이야. 더구나 술에 취한 놈의 고기는 술

왕(宣王)의 王后. 鍾無艷(종무염), 鍾無鹽(종무염)으로도 표기. 戰國시대 齊國 無鹽(今 山東省 東平縣 無鹽村)의 여성. 너무 추녀라서 40이 넘도 록 결혼하지 못했다. 뒷날 제 선왕을 찾아가 여악(女樂)을 없애고 아부하는 자를 멀리하라는 등 직언하였고, 그 때문에 왕후가 되었다고 한다. 추녀를 말할 때 또 등장하는 모모(嫫母)는 黃帝(황제)의 네 번째 妃(비)인데, 추녀이지만 현덕(賢德)을 지녔다. 추녀의 대명사로 통한다.

찌끼에 절인 돼지고기 맛이 난단 말일세!"

그러자 술이 오른 단각도 노기를 띠며 지지 않고 말했다.

"개 같은 소리! 네가 소졸들의 고기나 처먹었지, 서생의 고기가 너한테 언제 생겼겠나!"

"내가 개 같은 소리를 했다고? 내가 오늘 네 살점을 뜯어먹으며 너한테도 술안주로 한 점 줄테니, 자네도 자네 고기 좀 먹어보게! 맛이 정말 희한할 거야!"

"네가 나를 먹었다면 너의 머리통은 네 모가지 위에 붙어있기 어려울 것이야! 하하하!"

단각은 술 취한 농담이었다. 그러나 주찬은 크게 분노하면서 도부수(刀斧手)를 불러들였다. 그리고 단각을 끌고 나가, 안주로 만들어 접시에 담아 올리라고 분부하였다.

문장을 읊던 불쌍한 풍류 명사, (可憐詞翰名流客)
닭이나 개처럼 솥에서 죽었네. (如同雞犬釜中亡)

단각을 수행했던 당나라 무사가 기겁을 하며 밤새 당나라 병영에 와서 사건을 보고하였다. 보고를 받은 진왕은 군사를 동원하여 주찬을 죽이고, 단각의 원수를 갚으려 했다.

바로 이 무렵, 임사홍(林士弘)[126]을 토벌하러 갔던 이정(李靖)이

---

126 임사홍(林士弘, ?-622년) - 隋末唐初 지방할거세력의 하나. 한때

이주(伊州)를 지나면서 장선상(張善相)을 설득 복속시켜, 2, 3천 명의 인마를 거느리고 당나라에 귀부하게 했다.

진왕이 출정했다는 소식을 들은 이정은 서둘러 장선상을 본영으로 데리고 와서 진왕을 알현하게 했다.

이세민은 매우 기뻐하며 주찬이 취중에 학사 단각을 죽여 삶아먹은 일을 이야기하니, 이정이 물었다.

"전하께서는 지금 어찌하실 생각입니까?"

"그 역적 놈을 과인이 직접 토벌하고 저승에 간 단각의 원수를 갚으려 하네."

"금수와 같은 놈을 전하께서 몸소 출정하시어 처단할 필요는 없습니다. 신이 듣자오니, 병주에서 이미 몇 개 현을 잃었고, 회주(澮州, 今 山西省 南部, 臨汾市 관할 翼城縣)도 매우 위급하다 하오니, 전하께서는 속히 가서 구원하십시오. 신이 장선상과 같이 군사를 거느리고 가서 주찬이란 놈을 사로잡고 전하를 찾아뵙겠습니다."

"경이 가겠다면 과인은 시름을 놓겠네."

진왕은 즉시 당나라 장수 4, 5명과 정병 1만 명을 내주면서 이

예장(豫章) 일원의 군현을 점거, 수의 군사를 파양호(鄱陽湖)에서 대파했고, 南越王(남월왕) 또는 楚帝를 참칭하며 延康, 太平 등의 연호도 사용했다. 전성기에는 지금의 江西省에서 廣東省 廣州에 이르는 땅을 호령했다. 당고조 武德 5년(622년) 패전한 뒤 산 계곡에 숨었다가 병사했다. 《新唐書》 100권에 열전이 있다.

정을 정초(征楚)대장군, 장선상을 마보총관(馬步總管), 백현도를 선봉으로 임명하고 당부했다.

"경은 꼭 승전한 후, 병력을 거느리고 하남(河南)의 홍구(鴻溝)로 와서 대기하게. 과인이 유무주(劉武周)를 토벌하고 와서 회합하여 왕세충을 토벌하러 가세."

이정이 대답하고 장선상과 같이 진왕을 작별한 후 군사를 거느리고 떠났다.

한편, 반적 유무주는 돌궐(突厥)의 갈사나가한(曷沙奈可汗)과 손을 잡았다. 갈사나가한은 시필가한(始畢可汗)의 동생인데, 자기 형의 가한(可汗)의 지위를 물려받아 서돌궐이라 칭하면서 북쪽에 자리잡고 무리를 모아 거느리고 있었다.

반적인 유무주가 갈사나가한에게 예물을 보내 우호를 맺고 중원 땅을 침범하자고 청하자 선뜻 응하고 군사를 모집하기 시작했다.

이 무렵 특별한 여인이 한 사람 출현하였으니, 그 여인의 성은 화(花)씨이며 이름은 목란(木蘭)[127]이었다. 아버지 이름은 호(弧, 활

127 화목란(花木蘭) - 북조 시가 〈木蘭辭(목란사)〉에 서술된 선비족(鮮卑族)으로 추정되는 여장부. 부친 대신 종군(從軍)한 기마(騎馬) 여전사. 〈목란사〉에서는 성씨나 생존 시대 등 그 사적에 관한 기록이 없다. 본 소설에서는 목란의 여동생인 화우란(花又蘭)의 활동

호)이고, 자는 승지(乘之)였다. 탁발씨(拓拔氏, 拓은 주울 척. 넓힐 탁. 성씨, 복성 탁. 拓跋氏) 위(魏) 나라의[128] 하북(河北) 사람으로서 하급 군직인 천부장(千夫長)이었다.

화승지는 첫 부인이 죽자, 중원 사람인 원(袁)씨와 재혼하였다. 울타리 밖에 목란 한 그루를 심었는데 몇 년이 지나도록 꽃이 피지 않다가 첫딸을 낳자 꽃이 활짝 피었다.

그래서 아버지는 딸의 이름을 목란(木蘭)이라 지었다고 한다.[129] 그 뒤에 또 딸을 낳자, 이름을 우란(又蘭, 又는 또 우)이라고 지었다. 그 후에 아들을 보았으나 아직은 유아였다. 목란은 눈이 부리부리하고 목소리가 크고 낭랑하여 어릴 때부터 기이했다. 화승지는 아들을 낳기 전에 목란을 아들처럼 여기며 활쏘기를 가르쳐주었다. 10여 세가 되어도 바느질 같은 것은 아예 몰랐으며, 글

과 그 묘사가 많다.

128 탁발씨(拓拔氏) 위(魏)－탁발씨(拓跋氏) 또는 拓拔, 托跋(탁발), 古代 선비족(鮮卑族)의 한 갈래. 拓跋部의 族長(족장), 拓跋部 선우(單于)의 가계(家系)－5호 16국의 분열을 통일한 북위(北魏, 386－534년 존속)－이후 동위와 서위로 분열. 탁발씨는 한화정책을 추진하며 성을 중국식 '元(원)'으로 改姓(개성). 西魏(서위) 시기에 탁발씨로 복원, 唐朝 이후 漢人에 융합되었다.

129 北魏(386－534년 존속) 시대 民歌의 대표작은 작자 미상의 〈木蘭詩(목란시) 또는 木蘭辭〉라는 장편 서사시인데, 목란(木蘭)이라는 처녀가 늙은 아버지를 대신하여 남장을 하고 10년간 종군하며 혁혁한 전공을 세우고 돌아와 다시 여장을 하니 사람들이 놀랐다는 내용이다. 본 소설의 목란과 우란은 완전한 가공인물이다.

을 배우고 병서(兵書)를 읽었다.

돌궐국(突厥國)에서 군사를 모집할 때 목란은 이미 열일곱 살이었고 생김새가 사내처럼 늠름했다. 북방 사람들의 가정에서는 여자들이 할 일이 적었고, 집집마다 활과 말이 갖추어져 있다. 목란은 늘 말을 타고 들에 나가 놀았다.

부모들은 그녀가 이미 어엿한 처녀로 자라게 되니 배필을 정해주려고 했지만 목란은 그때마다 거절했다.

하루는 화승지가 식구들에게 말했다.

"지금 갈사나가한(曷沙奈可汗)이 군사를 모집하고 있소. 나는 군대에 적을 둔 천부장(千夫長)이니 나가야 할 것 같구려."

그의 처 원씨가 말했다.

"연세가 많은 당신이 어떻게 싸움터에 간단 말이에요?"

"나에겐 대신 복무할 장성한 아들도 없으니 어떻게 몸을 뺄 수 있겠나?"

"은자 몇 냥을 써서 면하도록 하지요."

"모두 은자를 써서 병역을 면한다면 군대가 어떻게 만들어지겠소. 그리고 은자를 어디서 마련한단 말이오."

"당신이 늙어 싸움을 못하는 건 제쳐놓고라도, 당신이 가시면 우리들은 어떻게 살아간단 말인가요?"

며칠이 지나, 화승지에게 훈련에 참가하고 점호하라는 군령이 연이어 내려왔다. 화승지는 하는 수없이 남들과 같이 가서 등록했다. 그런데 누가 알았으랴, 군사상황이 촉박하여 즉시 군량을 주면서 사흘 안에 떠나라고 할 줄을! 온 집안 식구들은 근심 속에서 나날을 보냈다.

목란이 혼자 속으로 생각했다.

'전국 시기 오(吳)나라와 월(越)나라가 싸울 때 손무자(孫武子)[130]가 여자 군사를 훈련시켰었다. 그러니 여자도 군대에 갈 수 있다. 사서(史書)에는 수기여장(繡旗女將)이란 말도 적혀 있지 않은가? 또 수나라 초기에는 금산부인(金傘夫人)이 있었는데, 그녀가 용감하게 싸워 적을 물리치고 승전하였다고 칭찬했다. 그래! 그렇다면 이런 여자들이 모두 부모가 없었단 말인가? 그런게 아니라 그때 형세 하에서 조정의 핍박에 못이겨 마지못해 종군(從軍)했건만 오히려 청사(青史)에 이름을 남기게 된 것이다. 지금 아버지는 연세가 높은데, 오빠도 없고 동생들뿐이다. 만약 아버지가 싸움터에 가시면, 우리 집은 누굴 의지해 살아간단 말인가? 가령 싸움터에서 전사라도 하시면 해골을 어찌 고향에 가져올 수 있겠는가? 아예 내가 남자 의복을 입고서 아버지를 대신해 싸움터로 가는 것이 상책이다. 내가 약삭빠르게 처신하면 절대 폭로

---

130 孫武子(손무자) ─ 孫子 ─ 吳나라 孫武(손무, 前 545─470년, 字는 長卿) ─ 본래 齊國人. 孫武는 고소성(姑蘇城, 今 江蘇 蘇州市) 밖 穹窿山(궁륭산)에 은거하며 《孫子兵法》을 완성. 나중에 闔廬(합려)의 신하. 楚를 격파하고 吳를 강국으로 만들었다. 손무의 3子 중 장남은 전사했고, 차남 孫明(손명)이 富春侯(부춘후)에 봉해졌다. 이 사람이 富春 孫氏의 시조이다. 뒷날 孫臏(손빈)은 孫武의 5世孫이었다. 後漢 말 孫堅(손견)은 富春孫氏의 후예였다.

되지 않는다. 한두 해 지나 집에 돌아오게 되면 부모가 낳아 키워 준 은혜를 갚을 수 있으니 좋지 않은가. 그런데 내가 남복(男服)하고 남자로 꾸미면 비슷하겠는지 모르겠구나.'

목란은 방안으로 들어가 아버지의 투구를 쓰고 갑옷을 입어보았다. 다만 목란의 발이 작아서 발에 천을 더 감고 군화를 신었다. 걸음걸이도 제법 괜찮은 것 같았다. 물독에 가서 자신의 모습을 비춰보며 스스로 대견하다고 생각하며 마음속으로 중얼거렸다.

"좋았어! 내 차림새는 천부장이 아니라 장군감이야!"

갑자기 들어온 모친이 보고서는 크게 놀라며 물었다.

"얘가 무슨 짓을 하려고 군복을 입었느냐? 왜 이렇게 꾸미냐?"

뒤따라 온 아버지도 웃으며 말했다.

"이건 무슨 일이냐?"

그러자 목란이 말했다.

"아버지, 내가 이렇게 차려입으니 싸움터에 나가도 될 것 같아요!"

그러자 아버지가 뜻밖의 말을 했다.

"그래 너도 갈 수 있어! 어제 점호한 병졸이 모두 3천몇백 명이었는데, 너처럼 늠름한 사내는 없었어! 그런데 목란아! 너는 사내가 아니야!"

아버지 눈가에는 눈물이 돌았다. 아버지 말은 장성한 아들이 없다는 아쉬움이었다.

목란은 아무렇지도 않다는 듯 말했다.

"내가 사내가 아니라서 아버지는 지금도 서운하신가요?"

"네가 계집애라는 사실이 자랑은 아니잖느냐! 네가 사내라면 오늘 같은 날 이 아버지가 무슨 걱정을 하겠느냐! 네가 사내라면 내가 말리더라도 너는 싸움터에 나가 큰 공을 세워 우리 가문을 빛낼 텐데!"

"아버지 어머니 걱정하지 마세요! 저는 이미 결심했습니다. 아버지를 대신하여 내일 종군(從軍)하겠어요."

어머니가 깜짝 놀라며 말했다.

"무슨 정신 나간 소리냐? 너는 계집애야! 누가 너를 받아준대?"

"어머니, 그간 난리 때마다 많은 부인이나 공주가 남자처럼 차려입고 피난을 가야 발각되지 않아 안전했다고 하잖아요! 세상이 어지럽다며 여자가 아니라 남자처럼 꾸미고 남자가 되어야 합니다. 그러니 내가 아버지 대신 군졸이 된다면 누가 알아보겠어요! 나는 사내보다도 말을 더 잘 타고, 활도 잘 쏠 수 있어요! 내가 늘 조심조심하면 남이 나를 알아보지 못할 거예요. 그러니 안심하세요!"

이제는 부모가 만류하는 것이 아니라, 딸이 부모를 안심시키고 있었다.

그래도 어머니 원씨가 목란을 껴안고 말했다.

"안 된다. 시집도 안 간 처녀가 어떻게 남정네 사이에서 견딜 수 있겠느냐! 종군한다는 일 자체가 말이 되지 않는다!"

목란의 뜻은 확고했다. 목란은 오히려 부모에게 고집부리지 말라고 말했다. 부모는 너무 어이없는 일을 당하여 그저 멍할 뿐이었다. 가련한 어머니는 훌쩍거리며 눈물만 훔칠 뿐 아무 말도 못하고 할 일도 없었다.

다음 날 몇 사람이 목란의 집 문을 두드렸다. 화승지가 밖을 보니 같이 갈 동료가 동행하자고 말했다.

그러자 화승지가 대꾸하기 전에 남장 차림의 목란이 문을 열고 나가며 말했다.

"아버지는 나이가 많고 몸이 허약해서 못가십니다. 우리집에서는 제가 대신 갑니다."

그러자 그들이 웃으며 말했다.

"화형, 우리는 이렇게 큰아들이 있는 줄 몰랐네! 정말 늠름하구나!"

이에 화승지는 다른 말을 둘러댈 수 없어 그냥 우물쭈물했다.

"사정이 이렇게 되었네. 자네들이 내 아들을 잘 돌봐주게나!"

"이렇게 큰아들이 있다면 부친 대신 나가야지! 암! 응당 나가야지! 아들이 공을 세우면 화씨 가문도 빛날 것이요!"

아버지의 벗들도 뜻밖의 일에 내심 당황하였다. 그렇다고 여기서 목란의 군복을 벗으라 할 수도 없었다.

"아버지, 어머니 저 다녀오겠습니다!"

목란은 칼을 차고, 활과 화살통을 메었으며 창을 들었다. 아버지는 목란의 성화에 목란을 군영까지 데려다 줄 수도 없었다. 어머니는 그냥 자리에 주저앉아 아무 말도 못하고 쳐다만 보았다.

이웃 부녀자들이 수근대는 소리도 들렸다. 화승지는 아무 말도 못했다. 다만 혼자서 떨치고 앞서 걸어가는 딸이 자랑스러울 뿐이었다.

목란이 떠난 뒤, 1년도 못되어 화승지는 노환으로 세상을 떳다. 아내 원씨는 어린 자식들과 생계가 막막했다. 어머니 원씨는 같은 마을의 위씨(魏氏)에게 개가하였다.

그 뒤의 이야기는 일단 접어둔다.[131]

---

131 목란의 이야기는 중국문학사에서 북위(北魏) 시대 民歌(민가)의 대표작으로 알려졌다. 작자 미상의 〈木蘭詩〉 또는 〈木蘭辭(목란사)〉라는 장편 서사시인데, 목란(木蘭)이라는 처녀가 늙은 아버지를 대신하여 남장을 하고 10년간 종군하며 혁혁한 전공을 세우고 돌아와 다시 여장을 하니 사람들이 놀랐다는 내용이다. 이 목란의 이야기는 중국인들에게 애국심을 고취시키는 효과가 있어 동화책이나 교과서에 실려 누구나 알고 있는 전설이 되었다. 여기서는 막연히 당나라의 일로 서술되었다.

북방 유목민족들의 거주지는 자연환경이 거칠고 유목생활은 남쪽의 농경 정착생활과 근본적으로 달랐다. 따라서 유목민들은 강인하고 상무(尙武)의 기풍이 있었는데, 이러한 기질과 계속되는 전쟁의 참상은 그들의 시가 속에 나타나 있다. 〈勅勒歌(칙륵가)〉라고 알려진 선비족의 시가는 북방의 광활한 대지를 극적으로 묘사하고 있는데, 옮겨보면 다음과 같다.

칙륵천 음산 아래(勅勒川 陰山下),

한편 진왕 이세민과 서세적(서무공)은 군사를 거느리고 유무주와 싸워 이미 5, 6개의 군현을 수복하였다. 그런데 백벽관(栢壁關)[132]에서 교전하는 진숙보와 울지경덕은 맞붙어 20여 합을 겨루었지만 승부가 나지 않았다. 송금강(宋金剛)[133]은 울지경덕이 진숙보를 이기지 못하니 딴마음을 품지 않았나 의심하며 사람을 보내 독전하게 했다.

울지경덕은 또다시 관문에서 내려와 진숙보에게 싸움을 걸었다. 그들은 다시 1백여 합을 싸웠으나 여전히 승패를 가리지 못했다. 군진 앞에서 이 광경을 보고 있던 진왕은 숙보를 아끼는 한편 울지경덕도 버리기 아쉬웠다. 어둠이 짙어지자, 진왕은 쌍방에 부상이라도 생길까 걱정되어 징을 울렸다. 두 장수는 각각 자

하늘은 둥근 천막, 사방 들판을 덮었다(天似穹廬 籠蓋四野).
푸른 하늘 끝없는 초원(天蒼蒼 野茫茫),
바람에 풀이 누워, 우양(牛羊)이 보이네(風吹草低見牛羊).

132 백벽관(栢壁關) — 今 山西省(산서성) 중남부 분하(汾河) 하류. 運城市(운성시) 관할 신강현(新絳縣).

133 송금강(宋金剛, ?—620년) — 수나라 말기 민변(民變)의 수령. 上谷(상곡, 今 河北省)人 — 상곡 지역에서 반기를 든 뒤에 두건덕(竇建德)에게 패배한 뒤, 남은 무리를 거느리고 山西(산서)의 유무주(劉武周)에 의탁하여 宋王에 피봉되었다. 이후 여러 전투에서 승리하며 세력을 키운 뒤 남하하여 李世民(이세민)과 교전했다. 이것이 유명한 백벽의 싸움(柏壁之戰, 619년 11월)이다. 패전한 송금강은 1백여 기병을 거느리고 돌궐지역으로 도망 피난하였으나 돌궐에 잡혀 허리를 잘려(腰斬) 살해되었다.

기의 병영으로 돌아갔다.

화가 난 진숙보는 군사더러 횃불을 켜들게 하고 야간전투를 벌이려고 했다. 진왕이 말려도 숙보는 따르지 않았다.

그러자 상대방의 진지에서 포소리가 울리더니 수많은 횃불을 켜들고 주위를 밝게 비추었다. 울지경덕이 진 앞에서 큰소리로 외쳤다.

"어서 나와 다시 겨뤄보자!"

진숙보가 듣고 웃으며 말했다.

"이놈도 나와 같은 생각을 했구나."

말을 마친 숙보는 급히 말을 갈아타고 진 앞으로 나서며 울지경덕에게 말했다.

"오늘 밤에 네 놈을 죽이지 못하면, 절대 군영으로 돌아가지 않을 것이다."

그러자 울지경덕도 똑같이 응수했다.

"오늘 밤, 네 놈의 머리를 베지 못하면 나도 군영으로 돌아가지 않겠다."

두 장수는 다시 백여 합을 겨루었으나 승부가 나지 않았다.

울지경덕이 웃으며 말했다.

"부끄럽기 그지 없군. 우리 두 사람은 재주를 다 부렸기에 서로의 생각을 잘 안다. 그러니 네가 나와 힘겨루기를 할 담력이 있느냐?"

"무슨 힘을 어떻게 겨루겠는가?"

“전국시대에 맹분(孟賁)과 하육(夏育)은 살아있는 소의 뿔을 뽑았고, 오(吳)나라의 오자서(伍子胥)는 큰 정〔鼎(솥 정)〕을 들어올렸으며, 항우(項羽)는 산을 뽑는 힘(力拔山)을 자랑했었다. 오늘 우리 두 사람이 잔꾀를 부리지 말고 떳떳하게 네가 먼저 나의 채찍에 몇 번 맞고, 나도 너의 쇠채찍(鐵鐧)에 몇 번 맞아 누가 강하고 약한가를 결정하는 힘 겨루기를 하자.”

“나잇살이나 먹은 놈이 애들 장난을 하려 드는구나. 소는 짐승이고, 큰솥은 쇳덩어리이고, 산은 흙무지니 모두 죽은 물건이야. 사람의 살과 가죽은 부모가 남겨준 것인데 설사 맞아 죽지 않는다 하더라도 어찌 몸을 상하게 한단 말이냐? 칼부림을 하다가 죽는다 하더라도 후세에 이름을 떨칠 수 있다. 난 그런 장난은 하지 않겠다.”

울지경덕이 숙보 말을 듣고 마음속으로 생각했다.

‘그 말도 일 리가 있어. 채찍에 맞거나 철간에 맞으면 죽을 건 뻔하지. 설사 죽지 않는다 해도 병신이 될 게 아닌가!’

그는 곁에 1, 2천 근가량 되는 큰 바위가 두 개 있는 것을 보고 숙보에게 말했다.

“이 두 바윗돌의 크기가 비슷하니 돌 부수기 내기를 하는 것이 어떻겠는가? 병장기로 내리쳐서 깨트리데 여러 번 더 많이 쳐서 깬 사람이 지는 것으로 하는 게 어떠냐?”

“너의 채찍 무게가 얼마냐?”

"120근 무게이다."

"나의 철간은 하나가 64근이니, 두 개를 합쳐도 네 것보다 얼마 더 무겁지 않다."

"그럼 내가 너의 쌍간으로 때리고 네가 나의 채찍으로 때려라. 우리 둘이 병기를 바꾸어내기를 하잔 말이다. 네가 지면 정양(定陽)에 투항하고, 내가 지면 당나라에 귀순하기로 하자. 세 번씩 내리쳐서 승부를 결정하는 게 어떠냐?"

"그렇게 하자."

두 사람은 말에서 내렸다.

울지경덕이 먼저 전포 자락을 들추더니 채찍을 숙보에게 건넸다. 숙보도 한 쌍의 간을 경덕에게 주었다. 울지경덕은 두 눈을 부릅뜨고 있는 힘을 다하여 한번 내리쳤으나 바윗돌에는 실금도 생기지 않았다. 또 한 번 힘껏 내리치니 두세 치 깊이로 파였다. 조급해진 울지경덕이 젖 먹던 힘까지 다 실어 내리치자 쿵 소리와 함께 바위가 두 쪽으로 갈라졌다.

경덕이 웃으며 말했다.

"어때! 이번엔 네 차례다."

숙보도 소매를 걷어올렸다. 숙보는 바위를 보면서 마음속으로 하늘에 빌었다.

"창천(蒼天)이시여! 저 진경(秦瓊)과 오랑캐 사내와 지금 시합을 합니다. 당조 천자의 홍복(洪福)을 믿겠습니다. 진왕께서 일통천하할 수 있도록, 저 숙보가 이번 시합에서 이겨야 합니다. 3번 후려치기 전에 이 바윗돌을 가를 수 있게 힘을 보태주십시오!"

숙보는 두 손으로 울지경덕의 쇠채찍을 움켜잡았다. 그리고 팔을 크게 휘둘러 채찍을 후려쳤다. 단 한 번에 돌에는 맞은 자국이 뚜렷하게 생겼다.

숙보가 채찍을 들어 다시 한번 휘둘러 내리치자, 딱 소리 한 번에 바위는 밑까지 갈라졌다.

숙보가 웃으며 말했다.

"어때! 바위 갈라진 것 확실하게 봤지! 만약 사람이었으면 완전히 다진 고기가 되었을 거야! 너는 3번, 나는 2번이야! 그럼 자네가 졌지!"

그러자 울지경덕이 말했다.

"내 채찍이 더 무거웠기에 두 번에 갈라진 것이지! 네 철간이 너무 가벼웠어!"

두 사람이 입씨름을 하려 할 때, 4, 5명 소졸이 큰 술통 하나와 소고기 쟁반 두 개를 들고 와 두 사람 앞에 꿇어앉으며 말했다.

"전하께서 두 분 장사가 힘을 많이 쓰셨다며, 이 한 통으로 신력(神力)을 보충하시라고 보내셨습니다."

그러나 울지경덕이 식식거리며 말했다.

"누가 너희 음식을 먹겠는가? 죽기 살기로 판가름 내야지! 다시 겨루자!"

두 사람이 각각 병장기를 바꾸고, 자기 말 위에 올라탔다. 그러자 당나라 군영에서 크게 징소리가 울렸다. 진숙보는 어쩔 수 없이 말머리를 돌려 군영으로 돌아갔다. 울지경덕도 자기 진지로 돌아갔다.

이것은 진숙보와 울지경덕이 철간을 세 번 내리치고 채찍을 두 번 내리쳐서 바윗돌을 토막 낸 일인데, 삼국 때 유비와 손권이 칼로 바위를 토막 낸 이야기를 모방한 것이다. 그런데 후세의 작자는 듣는 사람이 깜짝놀라게 하려고 숙보가 채찍을 세 번 맞으며 버티었고, 울지경덕이 두 번 철간에 맞아 쓰러졌다고 하였으니 거짓이 아니겠는가! 두 번 세 번 맞았으면, 숙보의 말대로 완전히 고기 다진 듯 아니면 눌린 두부가 되었을 것이다.

울지경덕이 군영으로 돌아간 뒤, 몇몇 병졸은 자신들이 본 놀라운 모습을 송금강에게 자랑하듯 설명해 주었다.

그러나 송금강은 전혀 기뻐하지 않았다.

송금강이 크게 화를 내며 말했다.

"승부를 겨루는 전쟁판에서 어찌 내기를 하고 술을 마시며 장난을 쳤는가! 틀림없이 암암리에 사통(私通)하고 태만하며 우리 군영의 약점을 말하지 않았는가?"

송금강이 유무주에게 즉시 상주하였고, 유무주는 크게 화를 내며 급히 측근에게 말했다.

"울지경덕의 목을 베어 오너라!"

여러 장수들이 의아해하면서도 세 번 네 번 사정하고 간청해서, 겨우 울지경덕의 목숨을 지켰다. 유무주는 다른 장수를 차출하여 백벽관을 지키게 하고, 울지경덕을 개휴(介休, 地名)에 보내 군량과 마초를 지키게 했다. 다행히 죽음을 면한 울지경덕은 부끄러운대로 인마를 거느리고 백벽관을 떠나 개휴로 떠났다.

이런 소식을 탐문한 서세적은 매우 기뻤다.

이때 갑자기 적정을 염탐하던 척후병이 달려와 갈사나가한(曷沙奈可汗)의 부대가 유무주를 도우러 온다고 첩보를 아뢰었다.

서세적은 즉시 진왕의 귀에 입을 가까이대고 몇 마디 말하였다. 진왕은 총관 유세양(劉世讓)에게 금과 주옥을 가지고 갈사나가한의 진영에 가서 계교로 군사행동을 제지하게 했다. 그리고 서세적은 군사를 거느리고 백벽관을 향해 진공했다.

백벽관을 지키던 〔유무주(劉武周)의〕 장수 심상(尋相)은 오래전부터 당나라에 귀순할 생각이 있었던지라, 당나라 군사의 기세에 눌려 백벽관을 열고 투항하였다.

그리고 이전에 이밀 휘하에 있었던 장졸은 저마다 공을 세우려는 생각에 송금강의 인마를 닥치는 대로 죽였다. 송금강은 대패하였고, 군졸 겨우 2, 3천 명이 남았다. 크게 당황한 유무주는 남은 군사를 이끌고 북쪽 돌궐 땅으로 옮겨갔다.

개휴에서 군량과 마초를 지키고 있던 울지경덕은 서세적이 나사신과 왕부를 먼저 개휴로 파견했다는 소식을 들었다.

그날 안봉(安封) 지방에 이르니, 인부들이 군량과 마초를 실어 오고 있었다. 울지경덕이 앞으로 나와 점검하니 군량이 3천 석이고, 마초는 1만여 단이었다. 수레에는 모두 작은 노란색 깃발을 기호로 꽂았다. 울지경덕은 날이 저물자, 호송하는 병사에게 군량과 마초를 복판에 쌓아놓고 그 주위에 군막을 치고 자라고 명령하였다. 울지경덕도 갑옷을 벗지 않고 병영 안에 앉아있었다.

갑자기 앞에서 시끄러운 소리가 들리더니 병졸이 달려와 아뢰었다.

"적도가 습격해 옵니다!"

울지경덕은 즉시 채찍을 들고 말에 올랐다. 2, 3리쯤 갔을 때 갑자기 포소리가 크게 울리더니 함성이 하늘에 진동했다. 경덕은 고개를 들고 쳐다보았다. 그리고 희미한 달빛 속에서 한 무리의 인마가 장수를 선두로 덮쳐오는 것을 보고 물었다.

"넌 어디서 오는 누구냐?"

그 장수가 대꾸했다.

"난 대당 진왕부 수하의 대장 왕부이다. 난 진왕의 명을 받고 너희 군량과 마초를 인수하러 왔다."

울지경덕이 말했다.

"발칙한 놈, 내가 누군지 아느냐?"

왕부가 웃으며 말했다.

"목숨을 겨우 부지한 네 놈을 내가 어찌 모르겠느냐!"

경덕은 대노하며 재빨리 채찍을 들어 면상을 후려쳤다. 왕부도 창을 들어 막았다. 5, 60합을 겨루고 나서 왕부는 못 이기는 척하며 도망쳤다. 뒤를 바짝 쫓던 울지경덕은 땅이 갈라지는 듯한 고함소리를 듣고 고개를 돌려 바라보았다. 충천하는 불빛이 하늘과 땅을 붉게 물들였다.

울지경덕은 왕부를 내버려 두고 즉시 말머리를 돌려 달려가 보니 다시 벼락치는 듯 요란한 소리가 들렸다. 삽시간에 수레와 3천 석의 군량과 1만여 단의 볏짚이 몽땅 잿더미로 변했다. 나사신이 태워버린 것이었다. 왕부가 울지경덕을 꾀어간 후에 나사신이 와서 불을 질렀던 것이다. 군량과 마초를 잃은 울지경덕의 마음은 더욱 불안했다. 그는 왕부가 개휴성을 칠까 걱정되어 나는 듯 개휴를 향해 달려갔다. 도중에서 왕부와 나사신을 만나 또 한바탕 싸웠다. 두 사람은 울지경덕을 당해낼 재간이 없어 개휴 성 안으로 들어가게 내버려두었다.

진왕 이세민과 서세적의 본부대가 당도하자, 그들은 개휴성을 물샐틈 없이 에워쌌다. 진왕은 심상을 성안으로 들여보내 경덕을 설복하게 했다.

울지경덕이 말했다.

"나는 유무주의 행방을 알아야 당나라에 투항할 것이다. 그가 죽었다면, 나는 다른 주군을 모시겠다. 그러나 만약 나를 핍박한다면 목숨을 걸고 싸우는 수밖에 없네!"

심상은 할 수 없이 성을 나와 경덕의 말을 진왕에게 전했다. 진왕은 전달을 듣고 몹시 초조해했다. 이때 총관 유세양이 돌아왔다고 아뢰었다. 이세민은 기뻐하며 그를 맞았다. 유세양은 유무주와 송금강의 수급을 진왕에게 바쳤다.

진왕이 깜짝 놀라며 물었다.

"이것은 어디서 왔는가?"

세양이 대답했다.

"신은 전하의 명령대로 병주를 가로질러 가다가 도중에서 갈사나가한의 병마가 만봉산(萬峰山) 기슭에 주둔하고 있다는 소식을 들었습니다. 신은 즉시 병영으로 찾아가서 서신과 예물을 선사하고 나서 이렇게 말하였습니다. '황제께서는 정(鄭)나라를 토벌하고 수나라 황태주를 사살한 죄인을 징벌하기 위해 귀국의 힘을 빌리려 하오니, 같이 토벌하는 것이 어떠하신지요?' 그러자 갈사나가한은 매우 기뻐하며 이렇게 말했습니다. '지금 내가 유무주 놈을 괘씸하게 생각하고 있는 중이요. 그 자가 우리더러 함께 당신네 당나라를 치자고 했네. 그런데 뜻밖에 그 자가 선공을 써서 공략한 군현은 물론 백성들과 금은보화를 모두 차지하고 말았네. 그리고는 우리더러 뒤에서 자기네를 돕게 했네. 지금 황제께서 예물까지 보내어 우리와 사이좋게 지내자고 하니, 나는 군사를 거느리고 먼저 유무주 놈을 징벌하고 자네들과 같이 왕세충을 토벌할 것이요.' 그런데 때마침 일이 잘 되려고 신이 가한의 병영에 머문지 이틀도 안 되어 유무주와 송금강이 우리 군에게 호되게 얻어맞고 막다른 골목에 이르게 되자 갈사나가한을 찾아왔습니다. 갈사나가한은 대노하여 계책을 써서 그 두 놈을 죽인 후 수급을 베어 신더러 갖고 가서 조정에 바치라고 하였습니다."

진왕은 이 말을 듣자, 손을 이마에 대며 말했다.

"이는 하늘이 나에게 성공할 기회를 준 것이다!"

진왕은 즉시 유세양에게 후한 상을 내렸다. 그리고 심상에게 유무주와 송금강의 수급을 가지고 다시 개휴 성안으로 들어가서 울지경덕에게 보이고 당나라에 귀순하도록 잘 설득하여 복속케 하라고 지시하였다. 심상이 명을 받고 성안으로 들어가 수급을 울지경덕에게 보였다. 경덕은 그 두 사람의 수급이 틀림없음을 보고는 대성통곡하였다.

그리고 제사를 지낸 후 수급을 관에 넣어 안장하고 나서 성문을 열고 당나라에 투항하였다. 진왕은 울지경덕을 만나자, 귀빈처럼 대하면서 즉시 황제에게 대첩보를 상주하였다. 황제는 크게 기뻐하며 울지경덕에게 좌부통장군(左府統將軍)의 직분을 하사하였고, 유세양을 병주 태수로 임명하였다. 그밖에 다른 장수들에게도 상을 주고 관직을 올려주었다.

물이 말라도 산은 그대로나, (水窮山未盡)
돌에 새겨진 옥책(玉策)이 새롭다. (石剖玉方新)

제57회

두선랑은 서신을 고쳐 청혼을 거절하고, 옷깃을 잘라서 선웅신과 의리를 끊었다.(改書簡竇公主辭姻, 割袍襟單雄信斷義.)

시로 읊기를, 詩曰,

이수와 낙수 출렁대며 제도(帝都) 감싸나, (伊洛湯湯繞帝城)
여기서 수(隋)는 나라 경영에 실패했다. (隋家從此廢經營)
끝없는 전투 다시 싸움이 이어지니, (斧斤未輟干戈起)
붉은 칠 궁궐 찬역 행위가 일어났다. (丹漆方塗篡逆生)
우물 안 개구리 남면(南面)하여 정조(鄭朝) 칭제하고, (南面井蛙稱鄭主)
서쪽의 개미들 당조(唐朝) 군사 귀부한다. (西來屯蟻聚唐兵)
흥망성세는 순간에 구름처럼 뒤바뀌고, (興衰瞬息如雲幻)
북망산 걸린 반달 월색만 아름답다. (唯有邙山伴月明)

영웅의 공업(功業)은 하늘이(天公) 정해준 것이니 억지로 얻을 수 있는 물건이 아니다. 황제로 즉위하기 — 이것은 가난한 사람이 곰 발바닥〔熊掌(웅장)〕 요리를 먹고 싶다 하여 먹을 수 있는 것이 아닌 것과 같다. 못난 사내가 서시(西施) 같은 미인을 원한다 하여 차지하는 것이 아니다.[134]

그런 사람이 아무리 간사한 책모와 거친 모략을 모두 동원한다 하여도, 그저 한바탕 도박이고 한때의 쾌락일 뿐이다.

큰 종소리에 날이 밝고 꿈이 깨면 삽시간에 와해하고 눈 녹듯 사라지면서 몸뚱이와 머리가 따로 분리되며, 도깨비나 잡귀가 되어 통곡하고 떠돌게 된다. 그러면서 원수진 사람들이 침이나 뱉어댈 뿐이다.

갈사나가한(曷沙奈可汗)은 유세양(劉世讓)에게 송금강의 수급을 진왕에게 바치게 했다. 세민은 갈사나가한이 당나라를 도와 정(鄭)나라를 토벌하는 것을 수락하였다. 갈사나가한은 즉시 주둔지를 떠나 하남(河南)으로 향했다.

이때 화목란은 건강하고 무예도 뛰어나며 영리하기에 후비대(後備隊)의 마군두령(馬軍頭領)으로 승진하였다. 몇 천의 군마가 염강(鹽崗)이란 곳에 이르렀을 때, 멀리 희미하게 보이는 산속에

---

134 주색은 여러 나라를 망치게 하였고(酒色多能誤國邦),
미색 때문에 충량한 신하를 잃었다(由來美色喪忠良).
周는 달기 때문에 종사를 잃었고(周因妲己宗祀失),
吳는 서시 때문에 사직이 망했다(吳爲西施社稷亡).

서 한 무리의 군마가 달려나왔다.

갈사나가한은 즉시 사람을 보내 물어보게 했다.

“너희들은 어디서 오는 군사인가?”

그 장수가 대답했다.

“나는 하주(夏主) 두건덕(竇建德) 휘하의 대장 범원(范願)이다.”

원래 두건덕은 용안공주(勇安公主) 선랑(線娘, 두건덕 전처 소생)이 화주(華州) 서악(西嶽, 華山)에 참배하러 가겠다고 하니 범원을 파견하여 호송하게 했는데, 참배를 마치고 돌아가는 길에 이들과 만나게 된 것이다.

범원은 상대방이 갈사나가한임을 알고 나서 물었다.

“너희들은 서돌궐 사람들인데, 우리 중국에는 뭣하러 왔느냐?”

갈사나가한이 대답했다.

“당나라에서 우리더러 정나라 토벌을 도와달라기에 왔다.”

그러자 범원이 대노하며 꾸짖었다.

“당과 정나라는 모두 수나라의 신하이다. 네놈들은 북쪽 변방이나 지키고 있을 것이지 뭣 때문에 남의 침략을 도와주느냐?”

갈사나가한도 이 말을 듣자, 성이 나서 외쳤다.

“소금 밀매 장삿꾼인 두건덕이 너희 같은 강도를 긁어 모아놓고 무슨 큰일을 하겠다고 함부로 혓바닥을 놀리느냐!”

범원과 그 휘하의 장졸은 본래 강도질을 일삼던 무리라서 갈사나가한이 자신들의 치부를 건드리자, 모두 악에 받쳐 갈사나가한의 인마를 닥치는 대로 찍어죽였다. 그러자 돌궐의 군사들은 뿔뿔이 도망쳤다. 갈사나가한이 위급한 찰나에 마침 후비대를 거느린 화목란이 당도하였다.

목란은 치열한 싸움이 벌어진 상황을 보고 앞장서 돌진해 달려들어 갈사나가한을 구해 가지고 자신의 군영으로 돌아왔다. 목란은 자기 병졸들에게 등에 짊어진 천운포(穿雲炮)를 일제히 쏘라고 명령하였다. 범원은 그 포의 살상력이 강한 것을 보고 즉시 대오를 이끌고 퇴각하였다.

목란이 병졸을 거느리고 뒤쫓아갔는데 갑자기 옆에서 많은 여인 병졸들이 뛰쳐나왔다. 여병들은 저마다 한 손에는 등나무로 만든 둥근 방패를 들었고, 다른 한 손에는 큰 칼을 들었다. 그들은 기병을 보자, 모두 낙엽이 바람에 날리듯 땅에 나뒹굴었다.

목란이 급히 자기의 병졸에게 물러서라고 명령하였으나 때는 이미 늦었다. 그 여병들이 이미 말 앞에 모여들었다. 목란이 탄 말의 다리가 칼에 찍혀 넘어지자 목란은 말에서 떨어졌다.

하나라 병졸들이 즉시 갈쿠리로 목란을 잡아끌고 갔다. 이 광경을 목격한 한 장수가 목란을 구하려고 창을 들고 나는 듯이 달려갔으나 활 쏘는 것과 같은 소리가 나면서 철환(鐵丸)이 날아와 장수의 호심경(護心鏡)을 박살냈다. 그 장수가 몸을 옆으로 굽히며 철환을 주우려다가 하나라 병사들에게 잡혔다. 갈사나가한의 군사들은 두 사람이 생포되자 모두 말머리를 돌려 도망쳐버렸다.

두선랑이 목란과 그 장령을 압송하여 범원을 뒤따랐을 때는 이미 해가 서산으로 넘어간 뒤였다. 앞에 간 부대는 이미 병영을 짓고 주둔하였고, 두선랑도 말에서 내려 자기의 막사로 갔다.

두선랑은 마음속으로 생각했다.

'금방 잡아온 두 오랑캐 놈을 병영에 놔둘 수는 없어.'

그녀는 부장에게 그 두 사람을 데려오라고 했다. 여병은 즉시 목란과 허우대가 크고 못생긴 사나이를 데려왔다. 여병들 중 하나가 아주 어엿하게 생긴 화목란을 보고 불쌍하게 여겨 화목란에게 귀띔했다.

"우리 공주님은 군법을 엄하게 다스리니 조심해서 대답하오."

목란이 공주 두선랑이 앉아있는 장막 안으로 들어가자, 주위 여병들이 한결같이 소리를질렀다.

"어서 꿇어라!"

그 못생긴 사나이는 눈을 부릅뜨고 선랑을 노려보았다. 선랑은 못생긴 사나이한테 관심조차 없는 듯 목란에게 먼저 물었다.

"얼굴이 멀쑥한 사내의 성명은 뭐냐? 생김새가 늠름한 걸 보니 평생 병졸 노릇을 하지는 않겠구나. 만약 네가 우리에게 투항한다면 너를 장수로 써주겠다."

"투항하라면 투항하겠소. 그런데 나의 부모님이 모두 북방에 계시오. 나를 놓아주면 부모님을 잘 안정시켜 놓고 돌아와 당신을 섬기겠소."

선랑이 화를 내며 소리쳤다.

"허튼 소리! 투항하겠다면 투항할 것이지 무슨 조건이냐. 투항하지 않겠다면 목을 베겠다."

"내가 당신한테 투항한다 해도 당신이 여자이기에 수치가 아니오. 또한 당신이 나의 목을 벤다고 해도 내가 여자이니 당신도 영예롭지는 않소."

선랑이 깜짝 놀라 물었다.

"그래? 네가 남자가 아니고 여자란 말이냐?"

"그렇소."

선랑은 수하 여자 병사들에게 일렀다.

"너희들이 저 사람을 뒷방에 데리고 가서 검사하고 다시 보고하라."

여병 두 사람은 목란을 이끌고 뒷방으로 갔다.

선랑이 말했다.

"너! 추한 놈도 할 말이 있느냐?"

"공주님, 나는 여자가 아니라 정말 남자이니 이곳에 남겨둘 수가 없지요. 공주께서 놓아주신다면 후일에 혹시 만나서라도 꼭 은혜를 갚겠습니다."

선랑이 대노하며 소리 질렀다.

"이 오랑캐 놈아, 무슨 헛소리냐? 저 놈을 끌어내다 목을 잘라라!"

5, 6명의 여병이 나는 듯이 달려들어 사나이를 끌어내려 하자, 그가 고함쳤다.

"나 제씨(齊氏)가 죽는 것이야 두렵지 않지만, 젊은 나(羅) 장군의 부탁을 어기고 손안조(孫安祖)[135]를 한 번 만나보지 못하는 것이 가석하구나."

선랑은 이 말을 듣고 급히 그 사내를 돌려세우라고 명령한 뒤에 물었다.

"네 이놈, 금방 뭐라고 했느냐?"

"나는 아무 말도 안했습니다."

"네가 나장군과 손안조 두 사람이 어떻다고 말하는 것을 내가 분명히 들었다. 그래, 어느 손안조를 말했느냐?"

"손안조야 하나 뿐이지요. 바로 두건덕 휘하에서 벼슬하는 사람입니다. 어디에 가서 또 두 번째 손안조를 찾겠습니까?"

선랑이 바로 포박을 풀어주게 하고 자리를 권하며 물었다.

"그대 성명이 뭐요? 우리 집 손사마(孫司馬)와 어떻게 아는 사이인가?"

"나는 성이 제씨이고 호는 국원(國遠)이며, 산서(山西) 사람입니다. 공주님의 부친과도 알고 있는 사이고, 손사마와는 절친한 친구입니다. 재작년에 손사마가 서신을 보내 우리 형제더러 자기한테 와서 벼슬을 하라고 했는데, 그때 일이 있어 가지 못하였습니다."

---

135 손안조(孫安祖) - 두건덕과 동향 출신. 두건덕 휘하의 영군장군(領軍將軍). 37회 주석 참고.

원래 제국원과 이여규 두 사람은 이밀이 책양(翟讓)을 죽이자 시사창을 찾아갔었다. 마침 당공이 기의(起義)할 때라 시사창이 그 두 사람을 호군교위단련사(護軍校尉團鍊使)에 임명했다. 시사창은 또 그들 두 사람을 데리고 가서 당나라를 위해 군현 몇 개를 점령하기까지 했다.

그 후 시사창이 황제에게 상주하니 황제가 그 두 사람에게 호군교위(護軍校尉) 벼슬을 하사하고 악현(鄂縣)에 주둔하게 했다. 그는 유주자사(幽州刺史) 장공근(張公謹)의 생일 때 장공근과 결의형제인 시사창의 부탁을 받고 유주를 찾아갔다.

때마침 유주 나(羅) 총관의 아들 나성(羅成)도 자주 공근의 관아에 찾아와 술을 마시다가 서로 알게 되었다. 나성은 제국원이 진숙보와 선웅신과도 막역한 관계임을 알고, 서신을 써서 제국원에게 주며 수고스럽지만 진숙보에게 전해달라고 하였다.

선랑이 그의 말을 듣고 말했다.

"족하가 우리 손사마와도 절친한 사이이고 부왕(父王)과도 안면이 있다니 반갑습니다. 우리 진영에서는 지금 인재가 부족합니다. 내가 돌아가 부왕께 상주할 테니 여기서 관직을 받으시오. 그런데 금방 말씀하신 나장군은 어디 사람인지요?"

제국원이 대답했다.

"바로 유주총관 나예(羅藝)의 아드님인 나성(羅成)입니다. 나성과 산동의 진숙보는 이종사촌 간이기에 혼사 일을 진숙보에게 부탁하여 그분더러 선웅신에게 청구하여 성사시켜 달라고 하였습니다. 그래서 이번에 저를 보내며 그분을 만나보라고 하였습니다. 그런데 생각밖에 갈사나가한에게 끌려와 당신네와 싸우게 되었습니다."

선랑이 말을 듣고 난 뒤 잠깐 침묵을 지키더니 말했다.

"이런 일은 있을 수 없어. 어찌 혼인대사를 친구에게 부탁하여 천 리 길을 찾아가 청혼하게 한단 말인가?"[136]

제국원이 말했다.

"저는 한평생 거짓말이라고는 할 줄 모릅니다. 나장군의 서신이 여기에 있습니다."

제국원이 일어나 전포 앞자락을 헤치더니 가슴에 붙게 매달아 놓은 문서 주머니 안에서 기름종이로 여러 겹 싼 서신 한 통을 꺼내 바쳤다. 선랑이 시종을 시켜 가져오라 분부했다. 서신을 받아 보니 붉은 종이로 싼 겉봉에 두 줄 큰 글자가 쓰여있었다.

「유주원수부(幽州元帥府) 나성(羅成)이 산동제주(山東齊州) 진장군숙보(秦將軍叔寶)에게 올리니 개봉하시오.」

선랑이 보고 나서 즉시 서신을 자기의 장화 속에 밀어넣고 휘하 사람들에게 분부했다.

"밖에서 순라하는 병졸 몇 사람을 불러오너라."

휘하 사람이 장막 밖으로 나가더니 남자 병졸 4명을 불러왔다.

---

136 나성과 두선랑은 맞대결을 한다. 그러던 중 청춘남녀로 연정을 느껴 서로 마음속으로 연모한다. 49회 참고.

선랑이 분부했다.

"너희들은 초롱불을 켜들고 저분 제씨를 앞에 있는 범장군 병영으로 모셔 가거라. 나의 부탁이니 범장군더러 이분을 잘 모시라고 해라."

그리고는 제국원에게 물었다.

"작은 나(羅)장군의 서신을 잠시 여기에 두었다가 족하가 우리나라에 가서 손(孫)사마를 만나 본 후에 돌려드리면 어떻겠습니까?"

그러자 제국원은 별 수 없이 순라병을 따라 범원의 병영으로 갔다.

선랑은 제국원이 떠나가자, 일어섰다. 이때 한 여병이 꿇어앉아 아뢰었다.

"그 말쑥하게 생긴 사람은 여자가 확실하며 거짓말이 아니었습니다."

"이곳으로 다시 데려오너라."

선랑이 자리에 앉아 물었다.

"네가 여자라는데, 성과 이름은 무엇인가? 왜 종군하게 되었는지를 사실대로 말해라."

"저의 성은 화씨(花氏)이고, 이름은 목란이올시다. 부모님의 연세가 많으신데다 오빠도 없고 손아래 동생들뿐이니 부친께서 전쟁터에 나가시면 의지할 사람이 없습니다. 저는 남자들 가운데서 충신 효자를 찾기 어려움을 부끄럽게 생각하고 이 몸을 아끼지 않고 남복 차림으로 왕명을 받들었습니다. 비록 병사들은 모른다 하지만, 저는 부끄러운 생각을 한시도 잊지 않았으니 공주께서 널리 용서해 주십시오."

말을 마친 목란의 두 눈에서 눈물이 줄줄 흘렀다. 이 정경을 지켜보던 선랑은 측은한 생각이 들어 위로했다.

"듣고 보니 너는 효녀로구나. 북방의 용맹한 사람들이 사는 고장에서 오히려 이렇게 효성이 지극한 여자가 생겨나 큰일을 하리라고는 생각하지 못했다. 내가 도리어 탄복해 머리를 숙여야겠다!"

말을 마친 선랑은 목란을 청하여 귀빈의 예로 서로 인사를 나누었다.

목란이 겸손하게 사례하였다.

"공주께서는 금지옥엽이시고 소첩은 천하고 아둔한 인간입니다. 공주의 너그러운 용서를 받은 것만도 과분한데, 어찌 함께 자리를 같이할 수가 있겠습니까."

"이름과 작위는 사람들이 쉽게 얻을 수 있지만 진정한 효녀노릇을 하기는 어렵다. 나는 스스로 여자로 태어났기에 해와 달처럼 빛을 뿌릴수 없다고 원망하였는데 생각 밖에도 네가 이런 마음을 품고 있었구나. 난 지금 규중에 훌륭한 친구가 없으니 너와 자매를 맺어 영욕을 같이하는 것이 어떠냐?"

"그건 감당하기 어렵습니다."

"내 이미 작심하였으니 너는 너무 겸손하지 말아라. 그래, 금년에 나이가 얼마냐?"

"열일곱입니다."

"내가 너보다 3년이나 연상이니, 내가 언니로구나."

두 사람은 먼저 하늘에 네 번 절하고 서로가 네 번 맞절을 하였다. 병영이다 보니 큰 연회를 베풀 수가 없어 저녁을 같이 먹었고, 선랑은 목란을 자기 병영에 남아 같이 자게 하였다.

"동생은 허혼한 남자가 있나?"

목란은 고개를 저으며 대답했다.

"우리 고장은 편벽한 곳이라서 마땅한 사람을 찾기가 힘들어요. 저는 언니의 과분한 사랑을 받아 기쁘기 한량없으나, 언니는 이 다음에 집으로 돌아가면 부모님과 함께 지내시겠는데, 그때 저는 어디에서 거처하나요?"

이 말에 선랑은 양미간을 찌푸리며 아무런 대꾸도 하지 않았다.

목란이 물었다.

"언니는 이팔청춘 꽃다운 나이가 지났는데, 아직 마음에 드는 낭군님을 만나지 못했나요?"

"계모님이 마음은 어질지만 국사를 보살피시느라 바쁘고, 아버님은 동분서주하시며 군무를 돌보시느라 분망하시니, 언제 여가가 있어 그런 일을 생각할 수 있겠니?"

"이 세상에 할 일이 많고 많은데 조그마한 가정 일에 구속받을 필요가 없지요."

그들은 한동안 또 한담을 하였다. 목란은 피곤을 참지 못하고 의복을 입은 채 잠들었다.

선랑은 살그머니 일어나 장화에서 젊은 나(羅)장군의 서신을 꺼내들고 속으로 생각했다.

'금방 제국원은 나 도련님이 자기 혼사 일을 진숙보에게 부탁했다고 하였는데, 그분이 마음에 둔 사람은 누굴까? 서신을 뜯어 뭐라고 쓰였는지 읽어봐야겠다.'

선랑은 작은 칼로 가볍게 봉한 곳을 뜯고는 서신을 꺼내 탁자 위에 놓고 자세히 읽어보았다. 앞에는 상례로 쓰는 문안의 말이 쓰여 있었다.

뒷부분을 읽던 선랑은 저도 모르게 눈물을 흘리며 말했다.

"아, 알고 보니 양의신이 죽었길래, 나성 도련님이 그분에게 부탁하지 못하고 진숙보에게 부탁했구나."

마지막까지 읽고 난 선랑은 저도 모르게 탄식하며 말했다.

"아! 나공자님! 나공자님 당신은 나를 마음속에 두고 다른 가인(佳人)을 찾지는 않았군요. 당신은 저의 일이 얼마나 까다롭게 되었는 지 알고 계시는가요? 만약 양의신이 돌아가시지 않았더라면 부왕께서 혹시 그분의 말을 들을지 몰라도, 지금 그분이 돌아가셨으니 선웅신께서 서신을 보낸다 해도 부왕께서 어찌 윤허한다 하겠어요? 혹시 저의 어머님이 계신다면 말하기가 좋겠지만,… 지금 저의 계모가 아무리 현명하다 해도 딸인 제가 어찌 그런 말을 입 밖에 낼 수 있겠나요?"

선랑은 자기의 처지를 생각하고 한바탕 흐느껴 울고 나서 또 다시 탄식하며 말했다.

"아서라! 그만 잊어야지! 이 연분은 내세(來世)에 가서나 맺도록 하자. 왜 나 때문에 한 사나이의 청춘을 그르치게 한단 말이냐? 됐어! 내가 그때 (선웅신의) 이현장(二賢莊)에 있을 때 선씨(單氏)댁 애련 아씨의 두터운 사랑을 받아 결의자매를 맺었지. 오늘 나공자께서 진숙보에게 부탁하였지만, 서신의 몇 구절을 고쳐 진숙보더러 선씨 딸의 중매를 서게 한다면 선웅신이 꼭 답신을 하겠지! 그렇게 되면 애련에게 진 빚도 갚게 되고, 또 나의 소원도 풀게 되니 양편이 다 좋게 될 게 아닌가?"

이렇게 결심한 두선랑 용안공주는 서기를 불러다 서신을 복사하게 하고 원본을 고친 다음 원래대로 봉해 장화 속에 넣었다.

어느 덧 다음 날 아침이 밝았다. 목란이 일어나 머리를 빗었다. 선랑 역시 단장을 하였다. 장졸이 아침을 먹고 나서 야영지를 떠나려는데, 기마 초병 몇 명이 달려와 선랑에게 아뢰었다.

"전하께서 공주님을 속히 귀국케 하시랍니다. 왕세충이 당나라 군사에게 골탕을 먹고 우리에게 구원을 요구하여 전하께서 몸소 구원하러 출정을 준비하고 계십니다."

"알았다! 너희들은 먼저 돌아가거라!"

그녀는 아랫사람을 시켜 엊저녁에 제국원을 모셔간 순라병을 데려오게 했다. 곧 순라병이 들어오자, 선랑은 장화 속에서 서신을 꺼내 여비 스무 냥과 함께 순라병에게 주며 말했다.

"이 서신과 은자 스무냥을 어제 저녁 앞의 병영으로 모셔간 제씨께 드려라. 내가 공무가 있어 다시 만나지 못한다고 여쭈어라."

순라병은 서신과 은자를 받아들고 나갔다. 선랑은 휘하의 여병을 선발대로 정하고 범원의 부대를 뒤따르게 한 뒤, 급히 서둘러 행군하였다. 제국원은 하(夏)에서도 출병한다는 사실을 알고 손안조를 만나보지 않은 채 진숙보를 찾아 떠나갔다.

장군이 쉬려 하마 하자, (將軍休下馬)
앞길로 각자 달려간다. (各自趨前程)

진왕 이세민과 서세적은 유무주를 소탕하고 울지경덕을 귀순시킨 뒤 세력이 더욱 강해졌다.

서무공이 진왕에게 말했다.

"왕세충이 위공 이밀을 격파한 이후, 여러 지역을 차지하였고, 또 많은 군마가 증가되었기에 그 성세가 이전과 같지 않습니다. 지금 전하께서 그 자를 소멸하지 않는다면 후일에 더욱 수습하기 어려울 것입니다. 먼저 여러 장수를 보내 그 자의 졸개들을 소탕케 하여 잃어버렸던 지역을 수복하고, 군량을 공급받지 못하게 해야 합니다. 그런 다음 사방에서 조여가면 그 자가 외부의 지원을 받을 수 없고 안에서 지켜내기 어렵게 되어 사로잡을 수 있습니다. 마치 큰 게를 잡을 때 먼저 게의 여러 개 다리를 끊어버리면 집게 두 개가 아무리 강하다 해도 멋대로 횡행할 수 없는 것과 같습니다."

진왕은 훌륭한 계책이라고 칭찬하며 장졸 명부를 모두 서무공에게 주었다. 무공은 즉시 총관 사만보(史萬寶)[137]를 불러 낙양 근처의 의양현(宜陽縣)에서 출병하여 용문(龍門) 일대를[138] 점령하라고 명령하였다. 그리고, 장군 유덕위(劉德威)[139]는 태행산(太行山)으로부터 하내(河內) 지방을 점거할 것과, 상곡공(上谷公) 왕군곽(王君郭)은 낙구(洛口)에서 왕세충의 군량 공급로를 차단하고, 총관 황군한(黃君漢)은 하음(河陰)에서 떠나 낙성을 점령하며, 대장 굴돌통(屈突通)[140]과 두궤(竇軌)[141]는 중간에 매복해 있다가 위급한 곳을 지원하고, 왕부와 정교금, 우통, 연거진은 여양(黎陽)에 가서 위(魏)나라의 옛 땅을 수복하며, 나사신과 심상은 천금보(千

137 사만보(史萬寶) – 隋唐(수당) 무렵 京兆(경조) 杜陵(두릉, 今 西安市) 人. 隋朝 명장 史萬歲(사만세)의 아우. 唐朝初期 제2등 좌명공신(佐命功臣). 封爵 原國公.

138 의향현(宜陽縣)은, 今 河南城 洛陽市 관할 宜陽縣. 龍門은, 今 陝西省(섬서성) 渭南市(위남시) 관할 韓城市 관할 일대.

139 유덕위(劉德威, 582–652년) – 唐朝 官員. 뒷날 형부상서 역임.

140 굴돌통(屈突通, 557–628년, 屈突은 복성) – 鮮卑族(선비족) 출신. 雍州(옹주) 長安人(장안인), 능연각 24공신 중 12위.

141 두궤(竇軌, ?–630년, 字는 士則) – 隋朝(수조), 唐朝(당조) 관리.

金堡)와 호뢰(虎牢) 지역을 공격하라고 명령하였다.

그리고 서무공과 진왕 이세민, 진숙보, 울지경덕은 하남으로 가서 홍구계(鴻溝界) 어귀에서 이정(李靖)과 회합하도록 했다.

각 장수들은 원수의 명령을 받고 제각기 병력을 거느리고 떠났다.

진왕도 군사를 인솔하여 하남을 향해 떠났다. 이때 이정에 의해 궁지에 빠진 주찬은 국담에서 몇 사람을 거느리고 하남으로 도망쳐 왕세충에게 투항했다.

이정은 군사를 홍구계 입구에 주둔시키고 진왕의 부대를 기다렸다.

달포가 되지 않아 진왕이 당도하여 이정에게 말했다.

"경이 야수 주찬을 크게 혼내 도망치게 했는데, 지금 왕세충 군세는 어떠한가?"

"신이 이미 사람을 보내 자세히 탐문하였습니다. 그자들은 우리 당나라 군사가 토벌하러 온다는 소식을 듣고 곳곳에 자신의 형제와 조카들을 파견하여 지키고 있습니다. 위왕(魏王) 왕홍열(王弘烈)이 양양(襄陽)을, 형왕(邢王) 왕행본(王行本)이 호뢰를, 송왕(宋王) 왕태수(王泰守)가 진주(陳州)를, 제왕(齊王) 왕세운(王世運)이 남성(南城)을, 초왕(楚王) 왕세위(王世偉)가 보성(寶城)을, 월왕(越王) 왕군도(王君度)가 동성(東城)을, 한왕(漢王) 왕현서(王玄恕)가 합가성(合嘉城)을, 노왕(魯王) 왕도어(王道御)가 요의성(曜儀城)을 지키고 있습니다. 그자들은 주야로 순찰하며 경계가 삼엄합니다."

보고를 들은 진왕이 웃으며 말했다.

"왕세충은 우매하기 짝이 없구나. 어찌 나라의 모든 권력을 자기 가문에서 독차지 한다는가! 어찌 그의 자제들이 모두 현명하고 지혜가 뛰어난 사람들이란 말이냐? 내가 즉시 그놈들을 소멸하리라."

진왕은 즉시 군사를 거느리고 낙양으로 진공하였다. 이 소식을 들은 왕세충은 군사 2만 명을 거느리고 방제문(方諸門)을 나와 곡수(谷水)에 이르러 군진을 치고 당나라 군사와 대치했다. 당나라 장수들은 아직 군영을 세우지 않은 틈을 타서 적군이 진공할까 두려워 가슴을 조였다. 이세민은 평소에 작은 병력으로 상대의 많은 군사를 공격하여 없애버렸고 기묘한 전술로 승전했기에 조금도 개의하지 않으며 말했다.

"적들이 강가에 진을 친 것은 우리가 기습할까 두려워한 것이니, 적들의 기개가 이미 꺾인 것이 분명하도다."

진왕 이세민은 즉시 숙보와 울지경덕에게 왕세충의 앞 진지로 돌격하라 명령하고 자신은 정교금, 나사신, 구행공(邱行恭), 그리고 단지현(段志玄) 등을 거느리고 왕세충의 배후 진지를 공격하였다. 비록 수십 명밖에 안 되었지만 정예 장졸이였기에 모두 다 용감하게 적을 무찔렀다. 정(鄭)나라 장수는 진왕의 병마가 적은 것을 보고는 의기양양하게 공격해왔다. 사악(史岳)과 왕상(王常) 등이 몇백 명의 사졸을 죽였으나 겹겹이 포위를 뚫고 나오기는 힘

겨웠다. 한창 치열하게 싸우고 있을 때였다.

갑자기 진왕이 탄 군마가 앞발을 헛디디며 진왕을 떨어트렸다. 그때 정나라 진지에서 두 장수가 달려와 창으로 진왕을 찌르려고 하였다. 사악은 벼락치듯 외치며 한 장수를 찔러 죽이고 말을 빼앗아주어 진왕을 타게 하려는데, 다른 한 장수도 왕상이 쏜 화살에 인후를 맞고 말 위에서 떨어졌다. 앞에서는 경덕과 숙보가 함께 한동안 계속 싸웠다.

왕세충은 더는 지탱할 수 없게 되자 퇴각하였고, 당나라 병사들이 성 아래까지 쫓아가며 정나라 군사 7천여 명이나 죽이고 돌아왔다.

이튿날 이세민과 서세적이 병영 앞에서 한가로이 거닐며 산책을 하는데 2, 3십 명 백성이 손에 활을 들고 그물을 메고 가는 것을 보았다.

진왕이 아랫사람을 시켜 그들을 불러오게 한 뒤에 물었다.

"당신들은 어디로 뭘하러 가는가?"

백성들이 꿇어앉아 아뢰었다.

"어떤 사람이 전하는 말에 의하면, 어제 위선무(魏宣武) 능묘 위에 봉황새가 날아왔답니다. 그 봉황새가 능묘 나무에 있다기에 우리 사냥꾼들이 잡으러 가는 길입니다."

"위선무의 묘가 얼마나 먼가?"

"한 20여 리 가량 됩니다."

"자네들이 길을 안내하게. 만약 정말이라면 내가 후한 상을 주겠네."

그러나 서세적이 만류했다.

"안 됩니다. 위선무의 능묘는 왕세충의 병영과 가깝습니다. 만약 복병이 있으면 어찌하겠습니까?"

"왕세충이 두 번이나 골탕을 먹었으니 어찌 감히 뛰쳐나와 싸움을 걸겠소?"

말을 마친 진왕은 갑옷을 입고 중무장한 기병 5백 명을 거느리고 병영을 나섰다. 그들이 유과(榆窠)란 곳에 이르니 지세가 평탄하였다. 그 주위는 탁 트인 개활지였고 멀리에 수림이 우거졌다. 왼쪽에는 비래봉이 우뚝 솟아있고, 오른쪽에는 폭간천(爆澗泉)이 있었다. 고요한 숲속에는 새들이 날아들고 야수가 뛰놀았다.

옛날 황제가 남겨놓은 석실에다 위선무가 능묘를 수축하였으니 정말 명승지였다. 진왕은 두리번거리며 찬탄하고 흠모해 마지않았다. 이때 사냥꾼들이 고함을 질렀다.

"저기 날아오는 새가 봉황이 아닌가?"

진왕이 눈여겨보니 큰 새 한 마리가 날고 7, 80마리 작은 새들이 그 뒤를 따라와 큰 나무에 앉았다. 그 새는 목이 길고 머리에는 꽃무늬가 돋았으며, 다섯 가지 색깔의 깃털은 햇빛에 눈부시게 빛나는데, 보면 볼수록 기이하였다.

진왕이 말했다.

"저 새는 해외(海外)에 산다는 난새(鸞)인데, 봉황으로 잘못 봤소."

사냥꾼들이 그물을 펼치려는데, 그들 중 한 사람이 손가락질하며 말했다.

"저기 또 군사들이 출동했네. 큰일 났어!"

사람들이 뿔뿔이 흩어졌다. 서무공은 재빨리 진왕에게 말머리를 돌리라고 했다.

진왕은 급히 활에 살을 먹여 난새를 쏘았다. 화살이 날개에 꽂힌 채 난새가 골짜기 어귀로 날아갔다. 진왕도 말을 몰아 골짜기를 벗어났다. 밖에는 온통 정나라 깃발이었다. 한 장수가 나는 듯이 말을 달려오며 소리 질렀다.

"세민아! 정나라 대장 연이(燕伊)가 널 잡으러 왔다!"

이세민은 즉시 골짜기 안으로 들어가 말을 멈추고 활시위를 당겨 연이를 땅에 떨어뜨렸다. 진왕이 난새를 보니 골짜기 맞은편 나무 위에서 깃을 다듬고 있었다. 앞은 깎아지른듯한 골짜기였고 뒤에는 정나라 병사들이 몰려오고 있었다.

진왕은 그야말로 진퇴양난에 처해있는데, 난새는 마치 친구를 부르듯 지저귀고 있었다. 진왕은 하는 수 없어 말에 채찍질하여 너비가 서너 길 되는 깊은 골짜기를 뛰어넘었다.

난새는 진왕이 오는 것을 보더니 또 10여 척 앞으로 날아가서 높은 나뭇가지 위에 앉았다. 여기저기서 울리는 징소리가 요란했다.

다급한 진왕은 난새에게 말했다.

"영조(靈鳥)야! 네가 만약 나를 구해주려거든, 나를 향해 세 번 울어라."

난새가 진왕을 향해 세 번 울었다. 진왕은 골짜기 곁의 산길이 울퉁불퉁한 것을 보고 말에서 내려 말을 나무에 매놓고 난새를 따라 산속으로 들어가 숲을 가르며 걸었다. 산꼭대기에 올라 멀리 바라보니 한 장수가 악귀처럼 말을 몰아 달려왔다. 진왕은 그가 선웅신이란 것을 알아보았다. 그의 뒤에는 또 한 장수가 말을 몰아 나는 듯 달려왔는데 다름 아닌 서무공이었다.

진왕이 한참 멍하니 쳐다보고 있는데, 영조가 또 울었다.

진왕이 급히 몸을 돌리며 속으로 생각했다.

'영조가 날아가지 않고 그냥 우는 것을 보니, 필경 이 산속에 나갈 길이 따로 있는 모양이다.'

진왕이 난새를 따라 걸어가니 석실이 나타났고, 그 앞에 늙은 중이 서있었다. 얼굴에 윤기가 돌고 용모가 단정한 그 화상이 난새를 향해 손을 흔드니 난새는 화상의 손에 가서 앉았다. 노승은 즉시 석실 안으로 들어갔다. 진왕도 기이하게 여겨 급히 석실 안으로 따라 들어가 보니 노승은 결가부좌를 하고 앉아있었다.

"스님, 금방 가지고 들어온 영조를 저에게 보여주십시오."

"이 영조는 군왕께서 이 시각에 어려움에 처했다는 사실을 알고 부처님 앞에서 날아왔습니다. 군왕께서 보시겠습니까?"

말을 마친 중은 소매 안에서 큰 새를 꺼냈다. 꽁지에는 화살이 여전히 꽂혀 있었다. 진왕이 자세히 보니 그 난새는 흰 앵무새로 변해버렸다.

"이 화살을 군왕께 돌려드립니다."

그리고는 새를 공중으로 던져 날려보냈다. 화살을 받아 전통에 넣은 진왕은 이 노승이 성승(聖僧)임을 알고 급히 물었다.

"과인이 오늘 이 재난에서 벗어날 수 있겠습니까?"

"재난이 이 시각에 있으니, 군왕께서 어서 내 뒤에 숨어서 편안히 주무십시오. 이 노승이 재난을 제거할 방법을 알고 있습니다."

진왕은 그의 말대로 숨었다. 그 노승은 수인(手印)을 하고 주문을 몇 마디 외우자 그의 머리 위에서 내뿜는 흰빛이 석실문을 봉해버렸다.

선웅신은 이곳 지형을 잘 알고 있었다. 이 골짜기가 오호곡(五虎谷)이고 앞의 골짜기는 단혼간(斷魂澗)인데, 다른 길은 없었다. 선웅신은 연이가 앞서 쫓아가는 것을 보고 그가 자기보다 먼저 공을 세울까 걱정되어 골짜기 안으로 달려왔다. 그런데 말이 혼자 뛰어나왔고 연이는 화살에 맞아 땅에 쓰러져 있었다.

웅신이 대노하며 말했다.

"이 놈을 죽여 연이의 원수를 갚지 않으면 사내대장부가 아니다."

선웅신은 말에 채찍질하여 골짜기를 휘돌아 진왕을 찾았다. 이때 갑자기 뒤에서 말 한 필이 달려나오며 큰 소리로 말했다.

"선형, 우리 주군을 해치지 마시오. 나 서무공이 여기 있소! 선형, 그간 안녕하셨소? 이전에 위공을 모실 적에는 늘 같이 있으며 형의 많은 가르침을 받았고 두터운 우정도 함께했었지요. 오늘 형을 만나 상의할 일이 있으니 저의 주군을 핍박하지 마시요!"

"지난 날 자네와 같이 있을 적에는 형제였소. 그러나 지금은 각기 다른 주인을 섬기니 우리는 원수란 말이오. 난 기어이 세민을 죽여 형님의 원수를 갚고 신하의 도리를 다하겠소."

"형은 옛날에 향을 피워놓고 맹세한 일을 잊었소? 나의 주군이면 형의 주군인데, 형은 왜 이리 무정하오?"

"이는 나라의 대사이지 웅신의 사사로운 일이 아니오. 지금 나 서세적이 차마 형을 해치지 못하는 건 결의형제의 정분 때문이요. 형은 무슨 말이 그리 많소."

그리고 칼을 뽑아 옷자락을 베어버리고 말에 채찍질하며 진왕을 찾으러 갔다. 무공은 사태가 위태롭게 되자 말머리를 돌려 주공께서 위험하다고 소리치며 여러 장수들을 불렀다. 이때 울지경덕은 낙수(洛水) 가에서 말에 물을 먹이고 있었는데, 갑자기 동북쪽에서 나는 듯이 달려오는 말을 보았다. 경덕이 눈여겨보니 서무공이었다.

서무공이 외쳤다.

"전하께서 정나라 장수 선웅신에게 쫓기어 오호 골짜기로 들어가셨으니 빨리 가서 구하시오!"

이 말을 들은 울지경덕은 물에서 나와 말을 타고 채찍을 들고 나는 듯이 뒤쫓아갔다. 그즈음 선웅신은 사방을 돌아보았으나 진왕의 그림자조차 찾아볼 수가 없었다. 주위를 두리번거리고 있을 때 골짜기 안에서 흙탕물이 괴어오르는 것을 보았다. 그리고 말의 울음소리만 들릴 뿐이었다.

선웅신은 자기가 탄 말고삐를 낚아채어 골짜기를 뛰어넘었다. 아무리 찾아보아도 종적은 없고 나무 아래에 매어있는 말이 울부짖고 있는 것이 보였다. 선웅신은 말에서 내려 산꼭대기로 올라갔다. 석실 어귀에 가보니 얼룩 범 한 마리가 굴 안에 웅크리고 있었다. 범은 웅신을 보더니 "어흥!" 하고 골짜기가 떠나갈 듯이 포효했다. 깜짝 놀란 선웅신은 속으로 생각했다.

'진왕이 범에게 먹히지 않았으면 골짜기에 떨어져 죽은 것 같군. 다시 밑에 내려가 보자.'

그는 자기 말에 앉아 진왕의 말을 끌고 골짜기 어귀에 이르렀다. 그때 저쪽 산등성이에서 얼굴이 검은 장수가 벼락치듯 외쳤다.

"우리 주공을 해치지 말아라. 울지경덕이 여기에 있다!"

말을 마친 그는 골짜기를 뛰어 건넜다. 선웅신이 급히 진왕의 말을 놓고 자루가 긴 창으로 내리쳤다. 경덕은 몸을 옆으로 슬쩍 비키며 채찍을 휘둘러 웅신의 손목을 내리쳤다. 그리고는 채찍을 말안장에 놓고 즉시 웅신이 든 창을 나꿔챘다. 웅신이 비록 용맹해도 경덕의 힘을 당해낼 수가 없었다. 네다섯 번 밀고 당기고 하다가 끝내 경덕에게 창을 빼앗긴 웅신은 골짜기를 뛰어넘어 도망쳐버렸다.

굴 안에 있던 진왕은 신기한 재간을 부리는 화상의 모습을 바라보고 있었다. 선웅신이 굴 어귀에 와서 서너 번 안을 들여다보고는 웬 영문인지 감히 굴 안으로 들어오지를 못했다.

노승이 합장하고 말했다.

"나무아미타불, 재난은 이미 사라졌고 구원병이 왔으니 군왕께선 밖에 나가십시오."

진왕이 일어나 감사를 드리고 말했다.

"과인이 오늘 스님의 법력으로 구원을 받았습니다. 과인이 고가 태원으로 돌아가면 신하를 보내 스님을 모셔다 공양하려 합니다. 그런데 스님의 법호를 어떻게 부릅니까?"

"빈승은 당삼장(唐三藏)[142]이라 부릅니다. 산신령이 빈승을 공양하니 걱정마십시오. 다만 바라건대, 천하를 태평스레 다스려가는 좋은 황제가 되어 주시면 족하겠습니다. 빈승이 게송(偈頌) 네 구절을 알려드리니 꼭 기억하십시오."

나라를 세우려면 덕을 쌓아가고, (建業唯存德)

---

142 당삼장(唐三藏) – 고전소설 《西遊記》 주인공. 손오공(孫悟空)의 師父. 그 원형은 초당의 현장법사(玄奘法師)이다. 현장(玄奘, 602–664, 俗姓 陳, 名은 褘, 아름다울 의) – 今 河南省 洛陽市 偃師區 사람. 위대한 譯經師. 중국 佛教 法相唯識宗을 개창. 그의 구술로 제자가 편찬한 《大唐西域記》가 있다. 생존 연대로 보면, 당 태종이 626년에 즉위하였으니, 소설 속에서 이때는 노승이 아니었다.

세상을 다스리려 효를 실천하며, (治世宜全孝)
덕행과 효도를 겸비가 어렵지만, (兩好更難能)
근본을 지키며 나라에 권장하길. (本源當推保)

말을 마친 화상은 조용히 눈을 감고 참선에 들었다.

산에서 내려온 진왕이 골짜기를 휘돌아 자기의 말을 찾아탔다. 이때 울지경덕이 말을 몰아 나는 듯이 달려오다 진왕을 보고 물었다.

"이제는 안심하십시오, 전하께서는 놀라시지 않으셨는지요?"

"별일 없네, 웅신이란 놈은?"

"신이 그 자의 창을 빼앗자 골짜기 밖으로 도망쳤습니다. 여긴 오래 머물 곳이 아니오니, 어서 저와 함께 골짜기를 떠나시지요."

말 두 마리가 골짜기를 지나 오호곡 어귀에 이르자, 정나라 장수 번우(樊佑)와 진지략(陳智略)이 막고 나섰다. 경덕은 두말없이 채찍을 휘둘러 물리치고는 혈로를 뚫어 겹겹 포위를 벗어났다. 이때 진숙보와 서세적은 여러 장수를 거느리고 왕세충의 후방부대와 싸우고 있었다.

경덕이 이정에게 말했다.

"자넨 전하를 모시고 군영으로 돌아가게. 내가 되돌아가서 놈들을 족치겠네."

말을 마친 그는 즉시 정나라 장졸 속으로 뛰어들어 용맹하게 싸웠다. 정나라 군사가 수효는 많았지만 진숙보와 울지경덕 두 사람을 당해낼 재간이 없었다.

한 자루의 채찍과 두 자루의 쌍간을 휘두르니 정나라 장졸은 추풍낙엽처럼 쓰러졌다. 한창 싸우던 경덕이 문득 고개를 쳐드는 순간 머리에 새깃을 꽂고 망포에 옥띠를 두른 사람이 높은 언덕 말위에 앉아 싸움을 구경하는 모습을 보았다.

울지경덕이 즉시 여러 장졸을 제쳐놓고 채찍을 들고 곧장 앞으로 달려가니 기겁한 왕세충은 급히 말머리를 돌려 도망쳐버렸다. 경덕은 군사를 거느리고 신성(新城)까지 추격했다가 되돌아왔다.

서세적은 징을 울려 인마를 수습한 다음, 진왕의 본영으로 되돌아가 승전을 축하했다.

진왕이 웃으며 말했다.

"만약 경덕이 용맹하게 싸우지 않았다면, 과인은 적에 포위되어 위험에 빠질 뻔했소."

말을 마친 진왕은 금은을 경덕에게 상으로 하사하였다. 이때부터 진왕은 경덕을 더욱 믿고 아꼈다. 왕세충은 당나라 장수의 용맹을 알고 감히 나와서 싸움을 걸지 못했다.

진왕과 왕세충은 며칠 동안 대치하였다. 하루는 진왕이 여러 장수들과 적을 공격할 대책을 의논하고 있을 때 각지방에서 첩보가 계속 올라왔다.

진왕과 무공이 펼쳐보니 영주(滎州), 변주(汴州), 저주(沮州), 화주(華州) 등이 모두 당(唐)에 귀부하였다. 또 현주총관(顯州總管) 양경(楊慶)은 관할 25개 주현을 거느리고 투항하였다.

또 울주자사(尉州刺史) 시덕예(時德睿) 역시 관할 기(杞), 하(夏), 수(隨), 진(陳), 허(許), 영(穎), 위(魏) 등 7주를 거느리고 투항했다.

왕부(王簿)와 정지절(程知節, 정교금) 역시 문서를 보내 이주(伊州), 여양(黎陽), 창성(倉城) 등이 이미 당에 투항했다고 보고하였다.

다만 천금보(千金堡)와 호뢰(虎牢)는 아직 나사신(羅士信)과 심상(尋相)이 함락시키지 못하고 있었다. 그리고 중로대장(中路大將) 굴돌통(屈突通)은 정나라 척후병을 잡아 문초하였는데, 정(鄭)에서 은밀히 두건덕에게 구원병을 청했다는 소식이 있었다.

이에 서세적이 말했다.

"폐하의 홍복(洪福)을 빌어 정나라 땅 3분의 2가 이미 당나라에 들어왔습니다. 그런데 천금보와 호뢰는 각 주현의 목구멍과 같은 곳인지라, 그 두 곳을 차지하지 않으면 이미 차지한 땅도 확보하기가 힘듭니다. 그러기에 신이 꼭 한 번 다녀와야 하겠습니다."

서세적은 진왕과 작별한 후 정예부대 1천 명을 거느리고 밤을 새워 호뢰를 향해 진군해나갔다. 바로,

무기를 잡고서 사방으로 영역을 넓히니, (待把干戈展經緯)
오로지 웃음 속 담소하며 싸움을 보노라. (只看談笑弄兵鋒)

제58회

두건덕은 곡구에서 사로잡히고, 서세적은 초가에서 가약을 맺다.(竇建德谷口被擒, 徐懋功草廬訂約.)

노래하기를,	**詞曰,**
양호(兩虎)가 이빨 갈아 실컷 싸우며,	(磨牙兩虎鬪方酣)
부릅뜬 화난 눈으로 노려본다.	(怒目炯眈眈)
일조(一朝)에 나라 깨지는 회오리 속에,	(一朝國破委層嵐)
천추에 얘깃거리로 남았다.	(千秋貽笑談)
가인(佳人)과 해후하여 기쁜 마음으로,	(邂逅佳人心欲醉)
부창부수 백 년을 즐기리라.	(隨唱百年歡)
굳은 약속 지켜 즐거운 이야기,	(王章有約話便便)
장군은 가사를 챙긴다.	(將軍閫內專)
— 곡조 〈원랑귀〉	**— 調寄 〈阮郎歸〉**

춘추시대에, 변장자(卞莊子)가 두 마리 호랑이를 죽였다는데,[143] 그가 언제 호랑이 두 마리를 찔렀던가? 호랑이 두 마리가 서로 싸운다면, 약한 호랑이는 죽고 강한 호랑이도 상처를 입을 것이다. 그러면 죽은 호랑이를 뭐하러 찌르겠는가? 부상당한 큰 호랑이를 찌르면, 큰 힘을 들이지 않고도 한꺼번에 호랑이 두 마리를 잡을 수 있으니, 이거야말로 일거양득(一擧兩得)이다.

왕세충(王世充)은 멸망한 위(魏)의 잔여세력을 흡수하여 병력을 늘이고 강자와 대처하면서 그 땅을 차지하여 나라의 근본을 강화시켰다.

진왕(秦王) 이세민(李世民)의 성세(聲勢)가 비록 강대하다지만,

---

143 《戰國策 秦策》에 나오는 이야기이다.
「"王께서는 管與(관여)란 사람 이야기를 못 들으셨습니까? 호랑이 두 마리가 사람을 서로 잡아먹겠다고 싸우고 있었습니다." 管莊子(관장자, 卞莊子)가 호랑이를 찔러 죽이려 하자, 管與(관여)란 사람이 제지하며 말했습니다. "호랑이는 사나운 짐승이고, 사람은 좋은 먹이입니다. 지금 두 호랑이가 사람을 놓고 싸우는데, 힘없는 놈은 틀림없이 죽지만, 큰 놈도 크게 상처를 입을 것입니다. 당신은 상처 입은 호랑이를 기다렸다가 찌르면, 일거에 두 마리를 잡을 수 있으니(一擧而兼兩虎), 호랑이 한 마리를 죽일 힘을 들이지 않고도 두 마리를 죽였다는 이름을 얻을 것입니다. 지금 齊(제)와 楚(초)의 전쟁에 틀림없이 패자가 있습니다. 그러면 대왕이 군사를 일으켜 구원해준다면, 곧 齊를 구원했다는 利가 있지만, 楚를 정벌하는 위험은 없을 것입니다."」

금방 어떻게 없앨 수 있는 왕세충은 아니었다. 아주 긴요한 요해처(要害之地)를 차지했었지만 그동안의 실책으로 동, 서쪽에서 패전하여 비옥한 땅을 모두 상실하였고, 왕세충은 낙양을 지키면서 아무런 조치도 취할 수가 없었다. 그래서 금은보화를 싸들고 신하인 장손안세(長孫安世)[144]를 하왕(夏王) 두건덕(竇建德)에게 보내 구원을 요청하였다.

이에 두건덕은 편안히 앉아서 상대인 진왕이 지치기를 기다렸으니〔以逸待勞(이일대로)〕 이제는 손님이 주인이 되는 것처럼(反客作主) 처지가 바뀌었다.

서세적은 왕부와 나사신이 공을 세우지 못할까 걱정되어 몸소 군사를 거느리고 천금보(千金堡)로 행군하였다. 그런데 나사신은 이미 계교로 적을 격파하였으며 성내의 군졸과 백성, 노약자를 불문하고 모조리 죽여버려 빈 성을 만들어버린 줄을 알지 못했다. 결국 서무공은 그저 크게 탄식할 뿐이었다.

왕부(王簿)도 이미 호뢰(虎牢)의 요지를 점거한 뒤에 군사 1천여 명을 정(鄭)나라 군사로 변장하여 야간에 성문을 열고 들어갔다. 그리고 단잠에 빠져있는 왕세충의 부장 왕행본(王行本)을 산채로 결박지었으며 낙양성을 점거하였다.

---

144 장손안세(長孫安世, 571－621년, 名은 仁, 字는 安世, 以字 行)－隋의 大臣. 수 양제 사후 왕세충에 굴복. 內史令 역임. 뒷날 옥사했다.

그리하여 호뢰와 낙양의 두 곳 모두 당의 땅이 되어 있었다.

서무공은 크게 기뻐하며 왕부에게 말했다.

"여기 중요한 두 곳을 차지하였지만 왕세충은 대왕(代王) 완(琬)과 장손안세(長孫安世)를 두건덕에게 보내 지원을 요구했소. 그런데 두건덕이 군사를 얼마나 보내서 도울지는 아직 모르겠소. 두 장군의 공로는 내가 진왕께 보고한 다음에 진왕의 지시를 기다려겠소."

왕세충의 명을 받고 많은 금은보배와 비단을 가지고 두건덕의 근거지인 낙수(樂壽)에 도착한 장손안세는 먼저 보물을 여러 장수들에게 뿌렸다.

그러나 유독 제주(祭酒)인 능경(凌敬)은 왕세충의 예물을 받지 않았고, 대장 조단(曹旦)도 인편에 뇌물을 그대로 되돌려 보냈다. 이튿날 장손안세는 일찍 하(夏)의 주군을 배알하고 국서와 함께 금과 비단을 바쳤다.

하주 두건덕이 말했다.

"이웃나라에서 구원을 요청하니 당연히 도와야 합니다. 하지만 나는 당나라와 이미 오랫동안 친선을 도모해 왔는데, 무슨 이유로 싸운단 말이오? 더욱이 과인이 맹해공(孟海公)[145]을 격파하

145 맹해공(孟海公, ?－621년)－隋末(수말) 曹州(조주) 濟陰人(제음인), 隋末 農民起義(농민기의) 세력 중 하나. 618년 양제 피살 뒤에 孟海公은 '宋 義王'을 자칭했다. 620년 11월, 두건덕에게 굴복했

고 개선한 지 얼마 안 되는데, 어찌 또 군사를 고생시키겠소?"

장손안세가 말했다.

"우리 정(鄭)과 대왕의 하(夏)는 아주 가까운 그야말로 입술과 치아와 같은, 순치지국(脣齒之國)입니다. 우리 정(鄭)이 망하게 되면 하나라 또한 위험에 처하게 될 것입니다."

"그대는 잠시 물러가오. 여러 대신들과 상의해 보겠소."

장손안세가 물러가자, 두건덕은 여러 신하와 의논했다. 하나라 장수들은 왕세충의 예물을 받았기에 정나라를 도와주는 것이 좋다고 말했다.

"수나라가 망하자, 천하가 사분 오열되었습니다. 관중(關中)은 당나라가 차지했고, 하남은 정나라가 차지했으며, 하북은 하나라가 차지했으니, 지금 형세로는 세 나라가 정립하게 되었습니다. 이제 당나라가 정나라를 토벌하여 정 땅의 일부를 이미 차지하였습니다. 만약 정나라가 힘이 부족하면 틀림없이 당나라에게 멸망될 것이고, 정나라가 망하게 되면 틀림없이 하나라가 당나라의 적수가 되어야 합니다. 그렇게 되면, 우리 하나라도 혼자의 힘으로는 지탱하기 어렵습니다. 그러니 지금 출병하여 정나라와 내외 협공하여 승리한다면 우리의 위망이 크게 높아지게 됩니다. 이

고, 두건덕은 부장 범원(范願)을 남겨 曹州를 지키게 했다. 나중에 두건덕이 당나라에 박살나면서 맹해공은 포로가 되어 장안에 압송되어 처형되었다. 맹해공의 3명 부인 중 2번째 흑(黑)부인은 울지경덕(尉遲敬德)의 아내가 되었다.

기회를 타서 정나라와 당나라를 동시에 탈취하여 천하통일을 이루도록 도모하는 것이 좋은 방책입니다."

이 말을 들은 두건덕은 손뼉을 치며 좋아했다.

"경들의 논의가 아주 훌륭하오. 그런데 우리의 힘이 모자랄까 걱정이요."

그러자 능경이 말했다.

"전하의 말씀은 타당치 못합니다. 지금 당나라는 대군을 동원하여 동도(東都, 洛陽)를 포위하였고, 여러 장수가 길목을 지키고 있는데, 우리가 얼마만한 군사를 출병시켜야 그들을 대처할 수 있겠습니까? 우리가 대군을 거느리고 황하를 건너가 회주(懷州) 하양(河陽)을 점령한 후 대군으로 그곳을 지키고 있다가, 험준한 태항산을 넘어 상당(上黨)[146]으로 들어가 각 군현에 격문을 보내고 호구(壺口)로 들어가 박진(薄津)을 위협하면 하동의 땅을 쉽게 차지할 수 있습니다. 그렇게 하면 3가지 이점이 있습니다. 당나라 주력이 모두 낙양에 있기에 나라 안은 텅 비었을 것이니 우리가 공격하여도 아주 안전하니, 이것이 첫 번째 이점입니다. 그리고 영토를 확장하고 백성을 차지하는데 큰 힘을 들이지 않아도 되니, 이것이 바로 두 번째 이점입니다. 우리 군사가 자기 나라 경내에 들어가게 되면 진왕이 틀림없이 군사를 이끌고 돌아와 구

---

146 상당(上黨) – 郡名(군명). 今 山西省(산서성) 동남부 長治市(장치시), 晋城市(진성시) 대부분에 해당.

원할 것이고, 그로 인하여 정나라의 위험이 자연히 해소될 것이니, 이것이 세 번째 이로운 점이라 할 수 있습니다. 만약 이 기회를 놓치면 오히려 우리가 해를 입게 됩니다. 바라건대, 주공께서는 신중히 고려하시고 처분하십시오."

여러 장수가 말했다.

"자고로 군사를 구원하는 것은 불을 끄는 것과 같다고(救兵如救火) 하였습니다. 만약 제주(祭酒) 능경의 말처럼, 길을 서두르지 않으면 하동(河東, 今 山西省 지역)을 점령하는데 날짜만 오래 걸리기 마련입니다. 그러면 정나라의 급한 위험을 어찌 해결할 수 있겠습니까? 만약 당나라가 낙양을 함락하고 왕세충을 잡아간다면 순망치한(脣亡齒寒)의 결과를 초래하게 됩니다. 그렇게 되면 주공은 천하 사람에게 신의가 없는 사람이라는 비난을 받게 될 것입니다."

그러나 두건덕은 아무런 응대도 없이 그만 후궁으로 들어갔다.

병풍 뒤에서 이런 논의를 듣었던 조후(曹后)가 두건덕을 맞이하며 물었다.

"여태 무슨 일을 의논하셨습니까?"

두건덕이 조정에서 논의된 일을 조후에게 이야기했다.

"여러 신하의 의견은 옳지 못하오나, 다만 제주 능경의 방책은 매우 훌륭하다고 생각되니, 전하께서는 마땅히 들으셔야 할 것 같습니다."

"그건 가당치 않은 의견이오."

"전하께서 당나라 국내가 텅 비는 기회를 타서 낙구(洛口)로부터 전진하며 태항산(太行山) 이북을 차지하고, 돌궐과 연합하여 서쪽에서 관중(關中) 땅을 공격하게 한다면 당나라는 병력을 이끌고 돌아갈 수 밖에 없습니다. 그러면 정나라는 구하지 않아도 자연히 위험에서 벗어나게 되는데, 어째서 가당치 않다고 하시오?"

"과인도 생각이 있으니 왕후는 크게 염려마시오."

이튿날 아침 조회때 장손안세가 또 입조하여 원병을 애걸하였다. 하 군주는 조단(曹旦)을 선봉으로, 유흑달(劉黑達)을 행군총관(行軍總管)으로 임명하고, 자신은 손안조와 함께 후군를 인솔하기로 했다.

용안공주 선랑(線娘)은 그날 밤 나성의 서신을 몰래 읽고 지나친 슬픔으로 병이 났기에 제주인 능경, 그리고 왕후인 조후(曹后)와 함께 나라를 지키게 되었다. 하주가 군사 15만 명을 거느리고 호뢰를 향해 떠나갔다.

이미 척후병이 진왕에게 이런 소식을 전하였다. 여러 장수들은 앞뒤로 적의 공격을 받을까 몹시 걱정하였으나 유독 진왕만은 매우 기뻐하였다.

이정이 웃으며 말했다.

"전하께서 이번 출정에 화살 하나로 수리 두 마리를 쏘아 잡으려 생각하시니 정말 뜻밖입니다."

그러자 기실(記室)인 곽효각(郭孝恪)[147]이 말했다.

"낙양이 우리 손에 들어올 날이 눈앞에 있습니다. 두건덕이 주제넘게 멀리서 구원하러오니, 이는 전하에게 두 나라를 소멸하라는 하늘의 뜻입니다. 이 기회를 놓쳐서는 절대로 안 됩니다."

설목(薛牧)이란 부장이 말했다.

"왕세충은 극악무도합니다. 또 그의 부하들이 비록 강회(江淮) 지방에서는 잘 싸우는 군사들이지만, 지금은 군량이 부족하고 외로운 성을 고수하며 앉아서 죽기를 기다리고 있습니다. 그런데 만약 두건덕이 와서 그 자들과 회합하고 군량을 준다면 적의 세력이 강해져 당해내기가 힘들 것입니다."

이정이 말했다.

"지금 우리는 병력을 나누어 낙양을 겹겹이 포위하여야 합니다. 전하께서는 정예부대를 거느리고 성고(成皐, 今 河南省 鄭州市 관할 滎陽市)를 신속히 점령한 후, 사기를 배양하고 기다리다가 피로한 적들을 불의에 들이치면 두건덕은 꼼짝 못하고 패배할 것입니다. 이렇게 선수를 써서 두건덕을 패배시키면 왕세충이 듣고 스스로 투항할 것입니다."

진왕이 기뻐하며 말했다.

---

147 곽효각(郭孝恪, ? – 649년) – 唐朝(당조) 初年(초년) 장수. 《新唐書(신당서)》 111권에 立傳(입전).

"경의 생각이 내 마음과 꼭 같소. 그런데 이곳은 장군이 맡아 통솔해야겠소."

"전하께서는 염려 마십시오. 두건덕이 결단나게 되면 이곳에서는 주공의 힘을 빌어 왕세충을 사로잡을 수 있습니다."

진왕은 숙보와 울지경덕 두 장수만 거느리고 그밖의 장수와 병사들은 낙양 부근에 머물러 있게 하였다. 현갑병(玄甲兵) 5천 명을 인솔하여 호뢰에 도착한 진왕은 서무공 등의 여러 장수와 만났다.

서무공(서세적)이 말했다.

"신은 전하께서 꼭 오실 줄 알았습니다. 오늘 또 장군 두 분도 같이 오셨으니 적을 쉽게 박멸할 수 있을 것입니다."

"듣자니, 하나라 군사 10만 명이 온다는데 그게 정말인가?"

"병력이 얼마인가는 물으실 필요도 없습니다. 신이 오늘 밤 3천 명의 병사로 적의 간담을 서늘하게 만들겠습니다."

말을 마친 무공이 진왕의 귓전에 몇 마디를 말하니, 진왕은 "묘책이로다!" 하며 손뼉을 쳤다. 무공이 군령을 전달하는 화살인 영전(令箭) 하나를 꺼내 나사신에게 주며 말했다.

"장군은 부장 고증생(高甑生)과 함께 1천 병력을 거느리고 즉시 남쪽 작산(鵲山)으로 몰래 들어가 매복하시오. 그리고 여기 서신을 가지고 가서 여기에 쓰인대로 준비하시오."

또 영전 하나와 쪽지 서신 한 장을 진숙보와 부장 양건방(梁建方)에게 주며 분부했다.

"두 분 장군도 병력 1천 명을 거느리고 사수(汜水) 동북쪽의 토산에 매복하고 있다가 여기에 쓰인대로 작전을 펴십시오."

숙보와 양건방은 명을 받고 떠나갔다. 무공은 또 영전 하나와 쪽지 서신 한 통을 경덕과 부장 백사양(白士讓)에게 주며 말했다.

"두 분 장군은 호뢰 서쪽에서 이 쪽지에 쓰인대로 작전을 펴십시오. 만약 작산까지 쳐들어갔다가 나사신 장군을 만나게 되면 승패를 불문하고 재빨리 되돌아 나오시오."

이에 울지경덕과 백사양도 명령을 받고 떠나갔다.

나사신과 고증생이 병영으로 돌아와 쪽지 서신을 펼쳐보니, 사람마다 조그마한 빨간 초롱불을 하나씩 준비하라고 되어 있었다. 또 모든 군마는 구리와 쇠로 만든 방울을 달고 중군에서 두 번째 포소리가 울리면 함성을 지르며 돌격했다가 화총(火銃)을 든 부대와 함께 병영으로 돌아오라고 쓰여 있었다.

진숙보와 양건방도 병영에 돌아가 쪽지 서신을 펼쳐 보았다.

「병졸마다 횃불 하나와 작은 징을 하나씩 들고 포소리가 세 번 울리면 돌격해 들어갔다가 화총과 초롱불을 든 부대와 합쳐 되돌아오라.」

그리고 서무공은 남산 앞에 긴 장대 하나를 세우게 한 뒤, 부장 우문사(宇文士)에게 현갑병 2천 명을 거느리고 지키게 하였다.

하나라 선봉 조단은 호뢰에 이르러 20여 리 정도 떨어진 곳에 군진을 치고 매일 당나라 군영에 와서 싸움을 걸었으나 누구도 응전하지 않았다. 조단은 자기들이 대군을 거느리고 왔기에 당나라 군사가 감히 머리를 내밀지 못한다고 여겼다. 비록 당나라 군사가 밤에 병영을 기습할까 두려워 엄밀히 방비는 하였지만 병사들은 긴장이 풀릴 대로 풀렸다.

그날 밤, 모든 병졸이 갑옷을 벗고 편안히 자고 있는데, 갑자기 하늘과 땅을 진동하는 포소리가 울렸다. 조단이 급히 말에 올라 병영을 나와보니 화승총을 든 병사들이 검은 얼굴 사내의 인솔하에 기습해 왔다. 조단이 재빨리 창을 들어 적을 찌르려는 순간 상대방이 휘두르는 채찍이 이미 가슴팍을 후려쳤다. 조단이 급히 몸을 한쪽으로 비켰으나 화승총이 뿜은 불길이 얼굴에 닿아 수염을 모조리 태워버리자 자기 진영으로 도망쳤다.

그리고 1천 명의 군사를 거느린 울지경덕이 좌충우돌하니 누구도 감히 막지를 못했다. 울지경덕이 작산에 거의 이르렀을 때 갑자기 두 번째 포소리가 들리며 말을 탄 나사신이 보였다. 그는 빨간 초롱불과 말에 방울을 단 군사를 거느리고 달려왔는데, 마치 몇천 명의 부대가 돌격해오는 듯한 기세였다.

하나라 군영에서는 두 번째 부대의 장수 고야현이 나는 듯이 병마를 거느리고 달려와 접전했으나 교룡이 춤추듯 휘두르는 나사신의 창을 당해낼 수가 없었다.

고야현이 유흑달에게 말했다.

"형님, 저 남산에 걸려있는 빨간 초롱불이 당나라 군대의 암호가 틀림없소. 우리가 저 초롱불만 쏘면 당나라 군사들이 저절로 혼란에 빠질거요."

말을 마친 그는 말에 채찍을 가해 앞으로 달려갔다. 유흑달이 활시위를 힘껏 당겨 빨간 초롱불을 떨구었다. 그러자 또 다른 초롱불이 불쑥 나타났다. 고야현이 그 초롱불을 쏘려 하는데 포소리가 울리며 수많은 횃불이 날아왔다.

그 가운데에서 장수 한 명이 뛰쳐나오며 외쳤다.

"진숙보가 여기 있다. 역적 놈아, 나의 칼을 받아라."

고야현이 재빨리 창을 들어 막았으나 진숙보가 즉시 창을 한 쪽으로 밀어내며 칼로 내리치자 고야현의 창이 땅에 떨어졌다. 양건방이 달려가 고야현을 찌르려고 할 때 다행히 유흑달이 한 발 앞서 고야현을 구해서 도주했다.

진숙보와 울지경덕, 그리고 나사신이 거느린 3천 병력이 한곳에 모이니 마치 몇만 명이 되는 듯한 기세로 동에 번쩍 서에 번쩍 하며 적들을 사정없이 무찌르고 있을 때 당나라 본진에서 퇴각하라는 징이 크게 울렸다. 하는 수없이 말머리를 돌려 군영으로 돌아왔다.

진왕은 서세적과 함께 병영 안에 경축 연회상을 차렸다. 울지경덕과 진숙보가 병영으로 돌아와 3천 병마를 점검해 보니 부상했거나 실종된 장졸이 하나도 없었다. 진왕이 양고기와 술, 그리고 은자를 장졸에게 상으로 나눠주었다.

이때 서세적이 말했다.

"오늘 밤의 거동은 적들에게 우리 공격을 예고한데 불과합니다. 곧 하나라 병졸에게 우리 당나라 장졸의 위력을 보여준 셈이요. 내일 싸움에서는 누구나 힘 좀 써야 합니다. 승패는 내일 싸움에 달렸습니다."

진왕도 낙양이 걱정되어 빨리 승패를 결정하려고 결심하였다.

한편 두건덕은 자신의 선봉 부대가 어젯밤 당나라 군사들에게 교란을 당했기에 새벽 사경에 즉시 밥을 지어 먹으라는 명령을 내렸다. 그리고는 유흑달을 선봉으로 조단을 중군으로 바꾸어 판저(板渚)란 곳에서 우구곡(牛口谷)이란 곳으로 이동시켰다.

두건덕은 군사를 북쪽으로는 황하, 남쪽으로는 작산에 이르기까지 20여 리에 걸쳐 진을 치게 하였다. 두건덕은 당나라 군졸이 아무런 동정도 없자, 먼저 병졸 3백 명을 보내 사수를 건너게 하였다. 당나라 군사는 하나라 병사의 기세가 도도한 것을 보고 두려워 했다. 진왕은 아무런 내색도 내지 않고 서세적과 같이 높은 언덕에 올라가 말을 세우고 멀리 바라보고만 있었다.

서세적이 말했다.

"두건덕이 산동에서 군사를 일으킨 이후 하찮은 놈들만 상대했지 대적과는 접전한 적이 없습니다. 오늘 비록 대군을 거느리고 왔지만 대오가 정연하지 못하고 규율이 엄하지도 못하니, 우리가 쉽게 박멸할 수 있습니다."

한편 정(鄭)나라의 대왕(代王) 완(琬)도 자기 호위병을 거느리고 군진 뒤에서 독려하고 있었다. 금관에 비단 전포를 입은 완이 서역의 대원국(大宛國)에서 수 양제에게 공물로 바쳤던 청종마(青鬃馬)를 타고 기문(旗門) 뒤에서 왔다 갔다 하는 것을 보고 진왕이 말했다.

"저 어린 장군 녀석이 아주 좋은 말을 탔군!"

울지경덕이 옆에서 말했다.

"전하께서 저 말이 좋다 하시니, 제가 가서 가져오겠습니다."

진왕이 "안돼! 그건 무리야!"라고 말하자, 경덕이 "별일 없습니다." 하고는 두 발로 말 배를 차더니 하나라 병영을 향해 달려갔다. 그의 곁에 있던 고증생과 양건방은 울지경덕이 실수할까 염려되어 즉시 말을 타고 뒤쫓았다.

대왕 완이 말고삐를 잡고 전투 구경을 하고 있을 때였다. 갑자기 귓전에서 "네가 어디로 도망가겠냐!" 하는 말소리가 들리더니, 독수리에게 채인 병아리처럼 울지경덕에게 잡혀 높이 들렸다. 그의 말이 앞으로 달리려는 순간, 경덕은 신발 고리 끝을 청종마 말고삐에 걸었다. 이때 고증생이 쫓아와 청종마를 몰고 함께 군영으로 돌아왔다.

하나라 장졸들은 당나라 장수가 군진 뒤에서 대왕 완을 붙잡아가는 것을 보고 깜짝 놀라 더 싸울 생각도 못하고 황급히 퇴각했다.

그러자 서세적이 큰소리로 외쳤다.

"이때 적을 공격하지 않으면 어느 때를 기다리겠는가!"

그리고 직접 공격을 알리는 북을 두드리자, 당나라의 장수 백사양(白士讓)과 양무위(楊武威), 왕부(王簿), 그리고 도무흠(陶武欽) 등이 정예부대를 통솔하여 함께 앞으로 진격하였다.

진왕도 경기병을 거느리고 울지경덕과 진숙보, 그리고 나사신과 함께 사수를 건너 하나라 군영의 뒤쪽으로 공격하며 당의 깃발을 들고 앞뒤에서 협공했다.

두건덕의 장졸은 크게 놀라며 뒤로 퇴각했다. 당의 군사는 30여 리를 추격하며 1만여 명의 수급을 베었다. 급히 퇴각하던 두건덕은 왕의 예복을 벗어버리고 병졸 같은 차림새로 달아나다가 공교롭게 (李淵의 사위) 시사창 부부가 거느린 낭자군(娘子軍)과 맞닥뜨렸다. 호위병을 찾으니 거의 다 뿔뿔이 도망쳐버렸고, 두건덕은 창에 맞은 상태에서 싸우자니 혼자 힘으로는 지탱할 수가 없었다. 다시 창에 찔리기만 하면 목숨마저 잃게 될 것 같았다.

두건덕은 우구저(牛口渚) 물가의 무성한 갈대를 보고 몸을 숨길 수 있으리라 여겨 말을 몰아 갈대밭 속으로 들어갔다. 그러나 낭자군 군사도 주저하지 않고 추격하였다. 그런데 두건덕이 입은 금빛 갑옷이 빛을 반사하여 군졸의 눈에 띄었다.

당나라 장졸은 이를 보고 하나라 장수가 갈대밭 속으로 도망쳐 들어갔다고 생각하였다. 그러면서 거기장군(車騎將軍) 백사양과 양무위(楊武威)가 말을 채찍질하며 달려와 긴 창으로 갈대밭 곳곳을 마구 휘저으며 찔러대었다.

갈대밭에 쪼그려 있던 두건덕은 뛰쳐나와 싸울 수도 없는 중상이었고 겁이 났다. 그렇다고 가만히 있으면 어느 창에 찔릴지도 몰랐다.

할 수 없이 일어선 두건덕이 외쳤다.

"나는 하나라 왕이다. 장군이 나를 구원하면 하북 땅을 같이 나누어 부귀영화를 함께 누리겠다!"

그러자 양무위가 소리쳤다.

"갈대 밭에서 나오면 내가 구원하겠소."

그러면서 긴 말고삐를 던져주었다. 말고삐를 잡고 끌려나온 두건덕은 그 자리에서 밧줄에 묶였다. 양무위는 두건덕을 말안장에 앉게 한 뒤 손발을 묶어 두세 명 군졸을 시켜 두건덕을 압송케 했다.

울지경덕은 적장 유흑달의 목을 잘라 창 끝에 꿰어 왔다. 왕부는 범원의 수급을 베었으며, 나사신은 정나라 사자로 왔던 왕세충의 내사령인 장손안세를 생포해 전공(戰功)을 보고하였다.

가련하다. 하나라 십만 대군이 하루 아침에 죽거나 부상당하고 흩어져 버렸다.

오직 손안조 한 사람만이 2, 30명의 병졸을 거느리고 낙수로 도망쳤다. 하급 장교가 하주 두건덕을 잡았다고 본영에 있는 진왕에게 보고하였다. 진왕과 여러 장수들은 그 보고를 믿지 않았다. 그런데 양무위와 백사양이 두건덕을 압송해서 중군으로 들어왔다. 여러 사람이 바라보니, 과연 하의 군주 두건덕이었다. 두건덕은 무릎을 꿇지 않고 버티었다.

진왕이 두건덕을 보고 웃으며 물었다.

"내가 왕세충을 토벌하는데, 너와 무슨 상관이 있다고 네가 월경(越境)하여 우리 군사를 건드리느냐?"

그러나 건덕은 묻는 말엔 대답하지 않고 우스갯소리를 했다.

"내가 오늘 내발로 찾아오지 않으면 그대가 힘들게 멀리까지 와서 잡을까 염려되어 그냥 찾아왔소."

진왕이 크게 한번 웃고 나서 양무위와 백사양에게 물었다.

"저 사람이 잡힐 때 어떤 꼴을 하고 있던가."

백사양이 대답했다.

"시사창 부부께서 통솔한 낭자군에게 쫓겨 우구골에 이르렀고, 시사창의 군사가 계속 앞으로 전진하자, 저 사람은 갈대밭에 들어가 수렁에 몸을 적시며 쪼그려 앉아 숨어 있는 꼴을 우리 군사가 발견하여 생포하였습니다. 그러니 '콩알이 소의 입안에 들어가면(豆入牛口) 오래 견디지 못한다(勢不能久).' 라는 속언과 딱 맞았습니다."

그러자 진왕이 한 번 더 웃으면서 말했다.

"구멍 두(竇)가 아니라 콩 두(豆)라서 제발로 소의 아가리에(牛口) 찾아갔구먼!"

그러면서 두건덕을 뒤 병영에 감금하라 분부했다.

긴옷을 입고서 하북(河北) 일대에 놀았으나, (垂衣河北盡悠遊)
강 건너 공연히 싸워 원수가 되었는가? (何事橫戈浪結仇)
괴팍한 성질에 누가 당신을 구원하랴? (愎諫逞强誰與救)
불쌍타 손발이 묶인 포로가 되었구나! (可憐束手作俘囚)

두건덕의 군졸 5만여 명이 한꺼번에 사로잡혔다는 말을 들은 진왕은 즉시 엄한 분부를 내렸다.

"그들을 죽이면 애석할 뿐이니 모두 석방하여 고향으로 돌아가 농사짓게 하여라."

여러 장수들은 포로를 방면하면 다시 뭉쳐서 맞서지 않을까 염려하자, 서세적이 말했다.

"두건덕은 초야의 영웅이었지만, 그의 2십 만 대군도 제대로 힘 한번 써보지도 못하고 이렇게 패망했소. 그러니 누가 감히 그들을 다시 모아서 우리와 맞서 싸운단 말이오? 방면하면 저들은 전하의 은혜와 위엄을 널리 선전하게 되니 산동과 하북지방은 싸우지 않고도 우리 손에 들어올 것이요!"

여러 장수들은 모두 그의 말에 탄복하였다.

진왕이 속으로 생각했다.

'시사창 부부가 군사를 거느리고 여기까지 왔는데, 왜 나를 만나러 오지 않을까? 혹시나 두건덕의 여당에게 속아넘어간 것은 아닐까?'

진왕이 즉시 사람을 보내 선발부대의 부장에게 물어보게 했더니, 그들은 이미 낙양으로 돌아갔다고 말했다.

진왕은 더 묻지 않고 서세적에게 말했다.

"내가 여기의 부대를 정돈할테니 경은 여러 장수와 함께 먼저 낙양으로 진격하시오. 그곳에서 다시 낙수로 가서 하나라의 도적들을 수습하고 군현의 백성들을 안무한 다음, 빨리 낙양으로 다시 돌아와 우리와 회합하도록 하시오."

서세적은 명을 받고 이튿날 자기의 병마를 거느리고 떠나 며칠 후 낙수에 도착하였다.

서세적은 즉시 왕부에게 명령을 내려 군사들에게 한 사람이라도 함부로 죽이지 말 것과 백성의 재물 탈취를 엄금하였다. 동시에 명을 어긴 자는 목을 베어 효수한다고 알렸다.

낙수 성안 백성들은 하 군주의 불길한 소식을 듣고 당나라 병사들이 오면 백성을 못 살게 핍박할까 걱정이 많았다. 그런데 군사(軍師) 서세적이 엄정한 법규로 백성을 위로하고 질서정연하게 백성을 다스리자 남녀노소할 것 없이 모두 기뻐하며 길에 나와 당나라 군사를 맞았다.

성안에 들어온 서세적은 재물 창고를 열어 일일이 점검하였고, 또 군량 창고를 열어 몇몇 늙은이를 모셔다 그들에게 가난한 백성을 구제하게 시켰다.

그러자 5, 6명의 늙은이는 땅에 엎드려 눈물을 흘리며 말하였다.

"하주께서 나라를 다스릴 적에 절약하고 가난한 백성을 보호해 주어 그분의 은혜를 많이 받았습니다. 오늘 나라를 잃은 우리 백성들의 슬픔은 이루 다 형언할 수 없는데, 그분이 비축한 물자를 어찌 나누어 가질 수 있겠습니까? 오늘 장군께서 여기에 오시어 백성들을 안무하고 추호도 해치지 않으니 실로 생각 밖입니다. 바라건대, 이 군량을 저축해 두었다가 군사들의 급료로 쓰신다면 낙수 백성들은 그 혜택을 입지 않았어도 장군의 은덕에 감동하겠습니다."

서세적이 고개를 끄덕여 칭찬하고 창고를 예전대로 봉한 뒤에 두건덕의 궁전에 들어갔다. 큰 전각에 사모(紗帽)를 쓰고 붉은 관복을 입은 사람이 대들보에 목을 매고 죽었는데, 얼굴색은 산 사람 그대로였다. 그런데 한쪽 흰 벽에는 절구(絶句) 한 수가 쓰여 있었다.

몇 년을 충성 다해 힘들여 섬겼는데, (幾年肝膽奉辛勤)
한 수를 잘못 두어 나라가 망했구나. (一著全輸事業傾)
일찍이 무덤 향해 간언을 올렸지만, (早向泉臺報知己)
어느 靑山에 고혼을 위로받겠는가! (靑山何處弔孤魂)

하(夏)의 제주(祭酒) 능경 짓다(夏 祭酒 凌敬 題).

서세적은 벽에 적힌 절명시(絶命詩)를 읽고 탄식하더니 급히 군사를 시켜 관을 마련해 시체를 염하게 했다. 서세적이 내궁으로 들어가 보니 창문은 모두 활짝 열렸으나 모든 물건들은 그대로 있었다. 봉관을 쓰고 비단옷을 입은 부인이 대들보에 목을 매 죽은 것이 보였다. 서세적은 죽은 여인이 조후(曹后)인 줄 알고 급히 사람을 시켜 바닥에 내리게 한 뒤에 관을 마련해 염하게 하였다. 궁안을 샅샅이 돌아보아도 늙은 궁녀 10여 명 밖에 없었다.

서세적은 마음속으로 생각했다.

'듣자니, 두건덕에게 용감한 딸이 있다던데 왜 보이지 않을까?'

어느 궁녀에게 물으니, 궁녀가 대답했다.

"전날에 손안조가 돌아와 전하께서 사로잡혔다고 알리자, 그날 밤으로 화목란이란 여인과 함께 어디론가 떠나갔습니다."

서세적이 왕부에게 말했다.

"두건덕에게는 훌륭한 신하가 있었고 현명한 처가 있어 집안과 나라를 제대로 잘 다스렸기에 모두 칭찬해 마지않았다. 그런데 천명을 알지 못하여 하루아침에 사로잡히고 나라가 망했으니, 하늘이 정해 놓은 운명이란 어쩔 수 없네!"

두건덕은 일찍이 우문화급을 멸망시킨 뒤에 우문화급이 가지고 있던 수 양제의 전국(傳國) 옥새와 진귀한 보물들을 전부 하나라로 가져갔었다. 서세적은 그것들을 일일이 수습한 뒤에 도서 문서들과 함께 큰 수레에 나눠 실었다.

서세적은 명망이 높은 좌복야(左僕射) 제선행(齊善行)이 치사(致仕)한 뒤에 집에서 글을 읽으며 소일하는 것을 알고 제선행을 초빙하여 하의 도읍 낙수의 통치를 부탁하였으나, 제선행이 사절했다.

"소인은 늙고 병약한 몸으로 세상을 멀리한 지도 오래니 장군께서는 따로 현명한 사람을 물색하시오. 소인은 만년을 편안히 보내고 싶습니다."

서세적이 말했다.

"당분간 적임자가 없어 그러니 공은 사절하지 마시오."

"소인이 한 사람 천거하겠는데, 그분은 능히 중임을 감당할 수 있을 것이오."

"그분이 누구신지요?"

"그분 본명은 모르나 모두들 그를 '서패생(西貝生)'이라 부릅니다. 내가 알기로는, 그분이 이전에 위공 이밀의 막료였다는 말을 들었습니다. 지금은 권석촌(拳石村)에 은거하면서 점을 치며 살고 있답니다. 그분이 낙수를 다스리면 꼭 인심을 안정시킬 것입니다."

"그럼 어르신께서 임시로 낙수의 일을 맡아보시다가, 제가 서패생을 모셔온 뒤에 물러나시면 어떻겠습니까?"

제선행은 하는 수없이 인신(印信)을 받고 임시로 수락하였다.

서세적은 부하를 거느리고 서패생을 찾아가며 향촌 사람들에게 물었다.

"권석촌이 어디입니까?"

"뇌하(雷夏)란 고을을 지나 3, 4리쯤 가면 권석촌입니다."

서세적은 앞에 가는 왕부에게 빨리 가자고 재촉하였다. 얼마를 가지 않아 권석촌에 도착했다고 알려왔다. 서세적이 인마를 큰 절 뜰 안에서 쉬게 하고 서생 차림을 한 다음 동자를 데리고 권석촌으로 들어갔다.

원래 이 마을은 이삼백 세대가 살고 있는 큰 마을이었다. 거리의 중심에 이르니 높이 걸린 간판에는 아래와 같은 글이 쓰여 있었다.

「서패생의 술수는 왕후(王候)를 감동시키고 점패는 귀신을 놀라게 한다. 빈한한 사람이 와서 점을 치면 한 푼도 받지 않는다.」

서세적이 마을 사람들에게 물었다.

"저 서패생의 댁이 어딘가요?"

마을 사람이 손으로 북쪽을 가리키며 말했다.

"서북쪽으로 세 번째 집이올시다."

서세적은 골목으로 들어가 세 번째 집을 찾았다. 문에는 대련(對聯)이 붙어있었는데 글이 적혀 있었다.

제갈량 삼국 분업 크게 부끄럽나니, (深慚諸葛三分業)
그래서 문왕 팔괘 글만 읽고 살겠다. (且誦文王八卦辭)

서세적이 문을 밀고 들어가니, 동자가 나오며 말했다.

"귀인께서는 편히 앉으십시오. 선생께서 곧 나오십니다."

서세적이 잠깐 앉아있으려니 두건을 쓰고 덧옷을 입은 사람이 문발을 제치고 나왔다.

눈여겨보던 서세적은 저도 모르게 웃으며 말했다.

“난 누구라구! 원래 가형(賈兄)이 여기에 계셨구만!”

가윤보도 웃으며 말했다.

“오늘 아침에 점패를 보고 군사께서 여기로 오실 줄 알았소. 그래서 점치러 오는 사람을 모두 돌려보내고 기다리던 중이요.”

인사를 마치자, 가윤보가 서세적의 손을 이끌고 안으로 들어가서 독역헌(讀易軒)에 좌정하였다.

가윤보가 말했다.

“공을 세우고 이름을 날린 군사(軍師)한테 축하를 올립니다. 장차 당나라의 으뜸가는 공신으로는 아마 군사를 꼽아야 할 것 같습니다.”

“형은 나와 오랜 친구이면서 공신이라니 웬 말씀이오? 그저 한평생 탈없이 살기만 바랄 뿐입니다.”

말을 주고받으며 차를 마시자, 안에서 주안상을 차려왔다.

서세적이 흔연히 술잔을 들자, 가윤보가 말했다.

“군사께서는 군무에 바쁠텐데, 무슨 여가가 있어 이 구석진 곳까지 왕림하셨습니까?”

서세적은 하주 두건덕이 진왕에게 패한 이야기를 들려주고, 낙수를 다스릴 현인으로 제선행이 가윤보를 추천했다는 말도 전했다.

그러자 윤보가 웃으며 말했다.

"저는 위공 이밀이 변고가 있은 후부터 기가 꺾이고 마음을 죽여버렸습니다. 그래서 명예와 재물과는 담을 쌓고 산수 좋은 곳을 찾아 고기나 낚고 나무나 하며 살아가려 했습니다. 그런데 뜻밖에 기인을 만나 점술을 전수받았는데, 정말로 사람을 놀라게 할 정도로 신통합니다. 저는 점술로 보통 사람들을 도우며 여생을 보내려 하는데 뜻밖에 서형께서 저를 찾아오셨군요."

"저는 벌써부터 형의 재능과 도량에 감복했습니다. 그런데 점술을 누가 전수하였는지 저한테 좀 알려주시오."

"서형이 술 석잔 마시면 알려주겠소. 아마 내 말을 듣고 나면 형도 부러워할거요."

서세적은 연이어 석 잔을 마셨다.

이에 가윤보가 말했다.

"일찍이 수나라의 노장(老將) 양의신(楊義臣)이라는 분이 있었소. 그분은 육도삼략(六韜三略)에 정통하고 학문이 깊은 노장이었는데, 수나라 황제가 어리석어 벼슬을 버리고 뇌하에 은거해 있었습니다."

"그 양의신이란 분을 나도 만나본 적이 있는데, 그분한테 가르침을 받았습니까?"

"아니요. 그분에게 외(外) 조카딸이 있는데, 성은 원씨(袁氏)이고 이름은 자연(紫煙)입니다. 그 여인은 수나라에 입궁하였습니다. 바느질 같은 것은 배우지 않고 어려서부터 천상(天象)을 관측

하고 천문에 매우 익숙했습니다. 그래서 수나라 황제가 그녀를 귀인으로 삼았지요. 후에 우문화급이 황제를 시해하자, 원자연은 계책을 꾸며 외삼촌네 집으로 도망쳐 왔소. 그후 삭발하고 비구니가 되려는 것을 양의신이 귀인과 배필을 묶어 복을 누릴 팔자라면서 그만두게 했소. 재작년에 내가 우연히 뇌택(雷澤)에 거처를 정했는데, 양의신과 이웃이 되어 조석으로 같이 지냈습니다. 그 분도 원귀인과 막역한 사이가 되었기에 나에게 점술을 가르쳐 주었지요."

"양공께서는 지금도 계십니까?"

"작년에 이미 작고했습니다. 원귀인과 양의신의 아들, 그리고 여(如) 부인이 지금 여기서 묘를 지키고 있습니다."

"그분 묘소가 어디 있습니까?"

가윤보가 창문을 열고 서쪽을 가리키며 말했다.

"저기 수풀이 무성한 곳이 양공 묘지입니다. 그의 식솔들도 그 안에서 살고 있습니다."

"양공이 비록 돌아가셨지만 나도 생전에 만난 적이 있으니, 오늘 묘지를 찾아 조문하고 귀인을 만나보고 싶은데 괜찮겠습니까?"

"괜찮을 것입니다."

서세적이 수하 사람에게 지전을 마련하라 분부하고 윤보와 함께 걸어갔다. 나무들이 우거진 숲속에 흙으로 쌓은 무덤 하나가

외로이 있었다.

서세적이 탄식하며 말했다.

"영웅의 끝이 이렇게 허망할 수가!"

가윤보가 급히 원귀인에게 알렸다. 원귀인은 양의신의 아들 형아(馨兒)를 불러 상복으로 갈아입히고 묘 앞에 나가 사례하게 한 뒤에 손님을 사당에 모시게 했다. 서세적이 기어코 원귀인을 만나보려고 하자 원자연도 사람 만나기를 꺼리지 않고 소복 차림으로 나와 서세적을 만났다.

서세적이 눈여겨보니 원귀인의 용모가 단정하고 몸가짐이 장중하며 얼굴이 아름다울 뿐만 아니라 태도 또한 경박하고 요염한 기색이 없기에 존경하는 마음으로 말했다.

"저는 왕명을 받고 하나라 왕궁의 물건을 수습하러 낙수에 왔습니다. 어제 한 궁녀를 만났는데, 이름을 청금(青琴)이라 불렀습니다. 수 양제의 옛 궁인인데, 자기가 부인의 시녀였다고 하였습니다. 그 궁녀가 말하기를, 부인의 재질과 학문은 많은 남자들도 따르지 못한다고 했습니다. 제가 청금을 보내 부인의 시중을 들게 하려는데 어떠하신지요?"

"소첩은 그 궁녀가 횡포한 병졸들에게 잡혀간 줄로 알고 있었습니다만, 생각밖에 여전히 궁안에 있었군요. 소첩은 혼자 살아가기도 힘겨운데, 무슨 힘으로 다른 사람까지 먹여살리겠습니까? 하여튼 장군의 두터운 인정을 받아들이지 못하겠습니다."

원자연은 말을 마치고 인사를 한 뒤, 안으로 들어갔다. 이때 서세적은 원자연의 미모에 넋을 잃고는 가윤보에게 도움을 청했다.

“이 몸이 강호에 떠돌면서 뜻을 이루지 못해 아직 아내를 맞지 못했습니다. 오늘 이 여인을 보니 실로 마음에 듭니다. 형이 중매를 서주었으면 하는데, 저를 위하여 힘써주시겠습니까?”

“이런 일은 좋은 일인데, 내가 왜 거절하겠소! 꼭 성취시킬테니 먼저 우리 집에 가 계시오. 내가 갔다 와서 알려주겠소.”

서세적은 천천히 가윤보네 집으로 갔다.

이윽고 가윤보가 웃으며 들어오더니 말했다.

“원귀인이 처음엔 홀로 지내겠다는 것을 제가 재삼 설득시켜 끝내 허락을 받았소. 그런데 그녀의 세 가지 조건을 들어줘야 할 것 같소.”

서세적이 다그쳐 물었다.

“무슨 조건이요?”

“첫째는 양공의 3년 상을 마쳐야 형님을 모시겠다고 합니다. 둘째는 양공의 모자를 봉양하고, 양공의 아들 형아를 키워서 출세시키는 일입니다. 그리고 셋째는 여정암(女貞庵)에서 수 양제의 네 부인이 불도를 닦고 있는데, 그 여승들은 모두 원귀인과 결의 자매 간이니 양공이 그 여인들을 출가시킬 때 해마다 시주하기로 하고 양공이 몸소 시주를 하셨습니다. 그런데 앞으로 부부가 되면 반드시 양공의 뜻을 이어서 결의 자매에 대한 귀인의 정의를 다할 수 있게 해달라는 뜻이요. 이 세 가지 일을 꼭 지키겠다면, 원귀인은 형씨와 혼약하겠다고 하였소."

"그 세 가지 일이 아니라 몇 가지 더 있어도 기꺼이 따르겠습니다."

서세적이 기뻐하며 데리고 온 동자더러 앞 병영 왕부 장군한테 가서 은자 2백 냥과 비단 10필을 가져오게 하고, 자기 몸에 지닌 패옥을 풀어 윤보에게 주며 말했다.

"군무에 바빠 보내다 보니 미처 예물을 마련하지 못했습니다. 이 두 가지 물건과 은자를 먼저 채단 삼아 보내주십시오."

가윤보가 즉시 수하 사람과 동자를 불러 물건들을 가지고 가서 원자연에게 전해주며 서세적이 세 가지 조건을 모두 수락했다고 알렸다.

원자연은 물건과 은자를 받고 나서 태을혼천구(太己混天球) 하나와 자기 머리에서 금비녀 하나를 뽑아 가윤보에게 내주었다.

가윤보가 동자 및 심부름꾼을 데리고 돌아와 두 가지 물건을 서세적에게 주니, 서세적이 말했다.

"형이 저의 혼사를 성사시켜 주었으니 내일 약소하나마 사례하겠습니다. 낙수의 백성을 다스릴 임명장도 보내주겠습니다. 우리가 함께 현명한 황제를 보좌하면 얼마나 좋은 일입니까!"

"다른 이야기는 나중에 합시다. 군사에게 묻고 싶은 말은 왕세충의 목숨이 경각에 달렸는데, 웅신 형은 어떻게 할 작정이시요?"

"선웅신의 일이 어렵게 얽혔습니다."

서세적은 이맛살을 찌푸리고 탄식하며 이렇게 서두를 떼고는 선웅신이 진왕을 추격하던 얘기를 들려주자, 윤보가 발을 구르며 안타까워하며 말했다.

"그러고 보면 선웅신 형님이 상서롭지 못하구만. 군사와 진숙보는 모두 웅신 형과 생사를 같이 하기로 다짐한 형제이니, 어떻게 해서라도 선형을 구하는 것이 좋을 것입니다."

"그것은 당연한 말씀입니다."

어느덧 날이 저물어 서세적을 맞이하려고 사람들이 왔기에 가윤보와 작별하지 않을 수 없었다. 이튿날 서세적이 부하를 시켜 임명장과 서신, 그리고 은자 이백 냥을 가윤보에게 전하게 했다.

그리고 또 소교 두 명을 시켜 예물로 보내는 금 1백 냥을 궁녀 청금과 함께 원자연한테 보내왔다.

두 소교가 돌아와서 아뢰었다.

"궁노와 황금 1백 냥은 부인께서 모두 접수하였습니다."

윤보한테 보낸 부하도 돌아와서 아뢰었다.

"가윤보 자택 대문은 봉해졌으며, 인적이 없어 위임장과 은전을 도로 가져왔습니다."

깜짝 놀란 서세적이 말했다.

"그럼 나는 어제 귀신을 만났단 말인가?"

그리고서는 급히 말에 올라 권석촌으로 달려가 보았다. 과연 대문에는 자물쇠가 걸려 있었다. 이웃에 물으니, 온 집 식구가 어젯밤 오경에 일어나 모두 천태산(天台山)으로 참배하러 갔다고 했다.

서세적이 탄식하며 말했다.

"가형은 왜 이리도 박정하오?"

그는 의심스러운 생각이 들어 급히 양공의 묘지로 달려가니 원자연이 형아에게 옷을 갈아 입고 나와 서세적을 전송하게 했다. 서세적이 손을 잡고 몇 마디 당부하고는 말에 올라 낙양을 향해 떠났다. 그야말로,

> 시골길을 지나다 우연히 만난 혈육, (陌路頓成骨肉)
> 떠나자니 무한히 깊은 정만 남았다. (臨行無限深情)

제59회

영웅은 옥중에서 서로 회포를 풀고, 기특한 효녀는 황후의 총애를 받다.(狠英雄犴牢聚首, 奇女子鳳閣沾恩.)

노래하기를,	**詞曰,**
옛날 무서웠던 왕좌를 누렸지만,	(昔日龍潭鳳窟)
오늘 속세(俗世)의 업해(業海)는 돌고 돈다.	(而今孽鏡輪回)
몇 년 큰일이 한줌 재가 되었는데,	(幾年事業總成灰)
낙수는 도도히 거침없이 흐른다.	(洛水滔滔無礙)
어찌 순망치한을 말할 수 있겠나,	(說甚唇亡齒寒)
모든 인연, 폐허 이끼라 탄식한다.	(堪嗟緣盡荒苔)
깜짝 열풍에 속진을 날려버리면,	(霎時撇下熱塵埃)
오직 밝은 달만 여전히 빛난다.	(只看月明常在)
— 곡조《서강월》	**— 右調《西江月》**

세상의 일이란 자신이 스스로 해결해야지, 남에게 의지할 수는 없다. 남에게 의지한다면, 그 사람의 수행 여부나 역량의 유무 등을 알 수 없다. 누구나 자신의 힘으로 충(忠), 효(孝), 절(節, 지조), 의(義) 4개의 덕목을 견지한다면, 어느 흉악한 귀신이나 철석(鐵石)같은 심장을 가진 사람일지라도 감동을 줄 수 있다.

서세적이 낙양으로 들어간 이야기는 여기서는 생략한다.

한편 낙양성안에 고립된 왕세충은 이정(李靖)의 군사에게 철통같이 포위되었다. 성안의 장졸은 밤낮으로 순시하고 경계하다 보니 모두 기진맥진하였고, 군량까지 부족하니 많은 장졸들은 차라리 성을 들어 투항하고 싶었다.

그러나 오직 선웅신(單雄信)만은 꿋꿋이 버티며 남문을 굳게 지키고 있었다.

어느 날 황혼 무렵 징소리가 요란히 울리더니, 한 무리의 군사가 성 밖에 와서 큰소리로 외쳤다.

"빨리 성문을 열어라. 우리는 하(夏) 주군이 파견한 군사들인데, 용안공주(勇安公主)가 여기에 계신다."

성 위의 병졸이 급히 선웅신에게 알렸다. 선웅신이 성 위에 올라가 성 밖을 내다보니 수많은 여병들이 하(夏)나라 깃발을 들고 있었다. 그 속에 비단옷 차림을 한 공주가 손에 방천화극을 들고 말위에 앉아있었다.

선웅신은 두건덕의 딸이라 여기고 사람을 시켜 왕세충에게 알리고는 몸소 성을 지키는 병사를 거느리고 내려가서 성문을 열고 맞아들였다.

그런데 진왕의 매형인 시사창 부부가 낭자군을 거느리고 낙양의 관문에 와서 이정을 만나본 후, 용안공주로 가장하고 계책을 꾸며 성문을 열게 할 줄을 짐작이나 했겠는가!

방패와 칼을 든 여자 병사들은 성문 안에 들어오자마자 4, 5명의 문지기 군사를 해치웠다.

이 정경을 목격한 정나라의 병졸들이 고함을 쳤다.

"큰일 났다. 적들이 들어왔다!"

선웅신이 창을 들고 나는 듯이 달려오자, 굴돌통(屈突通, 57회 주석 참고)과 은개산(殷開山, 54회 주석 참고), 그리고 심상(尋相)을 비롯한 장수들이 선웅신을 겹겹이 포위했다. 선웅신은 힘으로는 여러 장수를 막아낼 수 있겠지만 방패를 든 수많은 여자 병졸을 어찌 막아낼 방법이 없었다. 여자 병졸들이 목숨을 내걸고 말 앞으로 데굴데굴 굴러와서 웅신이 탄 말을 넘어뜨리니, 웅신도 꼼짝 못하고 붙잡히게 되었다.

더욱 가소로운 것은 사람 고기를 즐겨먹는 주찬이 이정에게 쫓겨 왕세충한테 도망쳐왔고, 왕세충을 마치 장성(長城)처럼 굳게 믿고 있다가, 낙양성이 함락되는 바람에 주찬 역시 생포되었다.

시사창 부부가 급히 궁전으로 들어가 왕세충을 죽이려고 할 때, 왕세충은 스스로를 포박하고 나라의 지도와 옥새를 받쳐들고 궁안에서 걸어 나왔다.

이정이 여러 장수에게 분부하여 왕세충의 식솔을 모두 묶어 죄수 호송 수레에 싣게 하고 백성을 보살피게 하였다. 그때 소교 하나가 다가와 알렸다.

"진왕께서 지금 도착하셨습니다."

이정이 여러 장수 및 많은 백성과 함께 진왕, 李世民을 성안으로 맞아들여 곧장 궁전에 이르렀다. 이정과 여러 장수들은 진왕을 알현했다.

진왕이 이정에게 말했다.

"내가 호뢰에 갈 때 경은 하(夏)나라가 망하면 정(鄭)나라도 따라서 망한다고 하더니, 과연 경의 말이 옳았소."

"교활하기 그지없는 왕세충이 방어를 아주 엄하게 하였습니다. 다행히 시사창 장군께서 기묘한 계책으로 성문을 열게 하였기에 세충이 스스로 결박하고 투항하였습니다."

진왕이 웃으며 왕세충에게 물었다.

"네가 그전에 나를 어린애로 여기지 않았느냐? 네가 아무리 간교한 계책을 써도 어찌 나의 몇몇 장수의 손아귀에서 빠져 나갈 수 있겠느냐?"

왕세충이 죄수 호송 수레 안에서 대답했다.

"죄인은 오래전부터 당나라에 귀순하고자 하였습니다. 그런데 여러 장수들이 유예하며 결단을 내리지 않았고, 전하께서 본영에 계시지 않는다는 것을 알았기에 오늘에야 투항하였습니다. 바라건대, 성은을 베푸시어 목숨만 살려주십시요."

진왕이 웃고 나서 여러 장수에게 창고를 점검하고 옥문을 열어 죄수들을 방면하라고 분부했다. 그리고는 후궁으로 들어가서 시사창 부부를 만나보고 진귀한 골동품들을 수습하였다.

이때 두건덕과 왕세충의 대왕 완(代王 琬), 장손안세(長孫安世)를 가둔 수레 3대와 왕세충과 주찬을 가두어놓은 수레 몇 대가 얼마간 떨어져 있었다. 군교들은 진왕과 여러 장수가 떠나가자, 수레들을 밀어다 한곳에 모아놓았다.

왕세충이 눈물을 흘리며 외쳤다.

"하주(夏主), 내가 당신을 망쳐놓았습니다. 면목없소이다!"

두건덕은 두 눈을 지그시 감고 아무 말도 하지 않았다.

곁에 있던 대왕(代王) 왕완(王琬)이 부르짖었다.

"숙부님, 가련한 저를 어떻게든 구해주세요."

왕세충이 얼핏 돌아보며 말했다.

"내가 너를 구할 수 있다면 나부터 먼저 살겠다."

그리고는 자기 곁 수레에 갇혀있는 태자 현응(玄應)을 보며 말했다.

"너의 동생도 여기 갇혀있는 것을 보지 못하나? 너는 그래도 나와 같이 살았지만 궁에 있는 숙모와 여러 자매들은 무슨 꼴이 되었는지 알 수 없구나!"

그러더니 왕세충은 훌쩍거리며 울기 시작했다.

두건덕은 이런 꼴을 보고 역겨운지, 땅이 꺼지게 한숨짓고는 소리쳤다.

"참, 내가 네놈들이 이처럼 못난 자식들인 줄 몰랐다. 진작 알았으면 네놈들을 구하러 오질 않았겠다. 대장부가 세상에 태어나서 아름다운 이름을 전하지 못할 바엔 더러운 이름으로 천추에 남을 뿐! 그래도 나라의 왕이었다는 작자가 이런 판국에 제 처자식이나 걱정하며 계집년들처럼 훌쩍거리니, 어찌 사내대장부라 하겠냐!"

그리고는 곁에 있는 젊은 하급 군교에게 말했다.

"내 수레를 저쪽으로 끌어가 주게. 저런 병신들 넋두리를 시끄러워 못 듣겠소. 내 귀만 더러워지네!"

낙양의 백성들은 거리 양편에 서서 이구동성으로 두건덕을 가리키며 말했다.

"듣자니, 하주는 낙수에 있을 때 백성을 아주 잘 보살피고 아꼈다더군! 청렴하고 공정하며 우리의 정(鄭)왕보다 몇십만 배 훌륭한 분이었다오. 그리고 황후도 현명한 분인데 부지런히 나라를 다스렸다더군요. 그런데 오늘 정나라 때문에 나라를 잃었으니 얼마나 서글프겠소."

진숙보가 진왕을 따라와 보니 낙양은 이미 함락되었다. 진숙보는 왕세충에게 투항한 선웅신이 걱정되어 서둘러 성안으로 들어왔다. 왕세충의 자식과 친척들, 그리고 정나라의 신하들이 모두 수레에 갇혀있었으나 유독 선웅신만은 보이지 않았다. 장졸에게 물어보니, 정교금이 선웅신을 데리고 동쪽으로 갔다고 알려주었다.

급히 동쪽 거리에 달려가 찾아보던 진숙보가 정교금 수하의 한 소졸을 만나 멈춰 세우고 물었다.

"너의 나으리가 어디에 있느냐?"

"선씨와 함께 토지묘(土地廟)에서 담소하고 계십니다."

숙보가 그 소졸에게 토지묘로 안내하게 했다. 목에 쇠사슬을 걸친 선웅신은 정교금과 마주 앉아있었다.

진숙보가 달려가 선웅신을 부둥켜 안고 울음을 터뜨리자, 선웅신이 말했다.

"진형, 상심하지 마오. 나는 전일에 진왕이 정나라를 토벌한다는 소식을 듣고 이미 생사를 도외시했소. 오늘 망국의 포로가 되었으니 어찌 살아남기 바라겠소. 그런데 하주는 왜 이렇게 빨리 패배했소?"

"선형, 왜 그런 말을 하오? 우리 형제들이 원래 고락과 생사를 같이하기로 하였는데 생각 밖에도 위공과 백당이 먼저 돌아가자, 나머지 사람들은 사방으로 흩어져버렸고 우리 몇 사람밖에 남지 않았소. 이전에는 두 나라였으나 오늘은 모두 한 집안 식구가 되었는데, 어찌 서로 돌보지 않을 수 있겠소? 하물며 형의 자질과 능력으로 당을 위해 공을 세우려 한다면 꼭 훌륭한 인물이 될 것입니다."

진숙보는 이어 두건덕이 어떻게 패배하고 생포되었는가를 이야기해 주었다. 그때 갑자기 누군가 문을 밀고 들어왔다. 선웅신이 바라보니, 바로 자신의 이현장의 살림을 총괄하던(管家) 선전(單全)이었다.

"자네는 집을 돌보지 않고 여긴 왜 왔느냐? 집에도 사람들이 잡으러 왔더냐?"

"오늘 새벽 오경 때 가윤보 나으리가 왔었습니다. 그분은 나으리의 분부라면서 안방 마님과 소저를 억지로 데리고 가면서 숙보 모친 계신 곳으로 모셔 간다고 말했습니다. 그래서 소인이 나으리께 물으러 왔는데, 숙보님도 여기에 계신다기에 사실 여부를 확인하러 왔습니다."

그러자 선웅신이 정교금에게 말했다.

"나는 가윤보 동생을 만나본 지 오랜데, 이는 어찌된 영문이오?"

"윤보 형은 생각이 깊은 분이지요. 그가 숙보 모친 계신 곳으로 모셔간다 했다면 별일 없을 것이요."

진숙보도 옆에서 거들었다.

"가형은 의협심이 강한 분이니, 형을 대신해 아주머님과 따님을 꼭 잘 지켜줄 것이니 걱정하지 마시오."

선웅신이 선전에게 말했다.

"넌 빨리 찾아가서 집사람들을 돌보아라. 젊은 장교 두 사람이 나를 도와주니 내 걱정은 하지 말아라!"

그러자 숙보도 선전에게 말했다.

"나으리가 걱정하지 않도록 가윤보가 간 곳을 찾아가 보게. 여기는 내가 사람을 시켜 시중들게 하겠네."

선전은 눈물을 닦으며 머뭇머뭇 떠나갔다. 그리고, 4, 5명의 병졸이 문을 열고 들어왔다. 모두 숙보의 호위병들이었다.

숙보가 물었다.

"잠자리 할만한 거처를 구했느냐?"

호위병 하나가 대답했다.

"북쪽 거리 강변에 자리잡은 역신 장금동(張金童)의 집으로 정했습니다. 정지절(정교금) 나으리의 짐도 그곳에 두었습니다. 그리고 오늘 밤 보화전(保和殿)에서 연회를 차린다고 합니다. 진왕께서 두 분 나으리더러 참석하시라는 명령이 내릴 것 같습니다."

정교금이 말했다.

"우리의 숙소를 한 곳에 정했으니 참 잘 됐군!"

숙보가 선웅신에게 말했다.

"이곳은 있을 곳이 못 되니 웅신 형도 우리 거처로 함께 갑시다."

"나는 죄인이니 응당 여기에 있어야 하오. 두 분은 어서 가보오."

웅신의 말이 떨어지자마자, 정교금이 고함을 질렀다.

"무슨 놈의 귀인이고 죄인이란 말이오. 선형은 호걸인데, 왜 우리 두 사람을 남처럼 대하오!"

말을 마친 정교금이 급히 웅신의 목에 감겨있는 쇠사슬을 벗겨 소교에게 넘겨주었다. 숙보가 두 팔로 웅신을 부축하여 토지묘를 나왔다. 숙보와 정교금은 보화전으로 갔다.

이정은 거기서 한창 성문 보초와 거리를 순찰한 장졸을 분산 배치하면서, 만약 장졸이 백성의 재물을 약탈한다면 엄히 사형에 처한다는 공고문을 붙이라고 분부하고 있었다.

진왕은 기실인 방현령(房玄齡)[148]을 시켜 중서문하성(中書門下

---

148 방현령〔房玄齡, 579－648, 名은 喬(교)〕－玄齡은 그의 字. 지금의 산동성 濟南(제남) 출신으로, 18세에 관직에 나가 秦王 李世民을 섬기기 시작한 이래 진왕의 참모로 역할을 다했다. 626년 현무문의 변 때, 방현령과 杜如晦(두여회), 長孫無忌(장손무기), 尉遲敬德(울지경덕), 侯君集(후군집) 5인의 공적이 제일이었다. 太宗이 즉위 후에 中書令이 되었다가 636년에 梁國公에 봉해졌고 貞觀 16년(642년)에 三公의 하나인 사공(司空)이 되었다. 房玄齡, 위징(魏徵), 두여회(杜如晦), 왕규(王珪, 570－639)를 唐初 四大名相이라 꼽는다. 방현령은 기획과 일을 구상하는 데는 뛰어났으나 약간 우유부단하여 쉽게 결단을 내리지 못하고 꼭 두여회를 불러 같이 논의하고 결정을 보았다. 그래서 당시 사람들이 '房謀杜斷(방모두단)' 이라 하였다. 그 자신이 부지런했고, 모든 사람들에게 똑같이 잘 대해 주었고 특히 행정업무에 밝았다고 한다.

省)에 가서 토지대장과 인구를 알 수 있는 호적(戶籍)과 그간의 인사(人事) 명령인 제고(制誥)를 수습하게 하고, 소우(蕭瑀)[149]와 두궤(竇軌)[150] 두 사람을 시켜 낙양의 나라 창고를 밀봉(密封)하게 했다.

이렇게 행정과 처세에는 달인이었지만 대단한 애처가(? = 공처가)였던 방현령이었다. 방현령이 나이가 많기에 집에서 편히 시중을 받으라고 太宗이 2명의 미녀를 특별히 하사하였다. 그런데 방현령의 부인이 한사코 젊은 미녀를 집에 들이는 것을 반대하였다. 그 소식을 들은 太宗은 불같이 화를 내며 황후를 시켜 방현령의 부인을 황궁으로 불러 말했다.

"부인이 어찌 내 뜻을 감히 거역하는가? 질투를 그치고 두 미인을 받아들이거나, 아니면 여기 독주를 마시고 내 앞에서 죽든지 선택하시오."

그러자 방현령의 부인은 두말도 하지 않고 독주를 단숨에 마셔 버렸다. 그러나 사실은 독주가 아니라 식초(醋)였다. 이를 본 太宗(태종)은 탄식하며 말했다.

"夫人(부인)을 이리 핍박한 것을 원망하지 마시오. 차라리 죽을지언정 남편만을 위하겠다는 부인의 마음을 잘 알았으니, 내가 명령을 거두겠소!"

이후로 '식초를 마시다(吃醋, chīcù)' 는 '여인의 질투', '질투하다', '강짜를 부리다' 라는 뜻으로 쓰인다.

방현령(房玄齡)은 정관 22년(648)에 죽었다. 태종은 슬픔을 이기지 못했다. 방현령은 태종을 도와 천하를 평정케 했고, 죽을 때까지 재상의 자리를 포함하여 32년을 근무하여 현명한 재상이라 불렸으나 특별히 볼만한 치적은 없었다.

149 소우(蕭瑀, 575－648년, 字는 時文)－唐朝 爵封(작봉)은 宋國公, 太子太保, 尙書左僕射 역임. 凌煙閣(능연각) 24공신의 한 사람.

150 두궤(竇軌, ?－630년, 字는 士則)－隋朝(수조), 唐朝官員(당조관원).

그리고 진왕의 매형인 시사창과 우문사급에게 부탁하여 모든 돈과 비단을 점검한 다음, 공을 세운 사람과 전투에 참가한 장졸에게 골고루 나눠주게 했다.

이정이 진숙보와 정교금에게 말했다.

"진왕께서는 두 분 장군더러 내일 아침 낙수 창고에 남겨 놓은 쌀을 운반해다가 성안의 백성들을 구제하라고 하셨습니다."

"낙창의 쌀은 백성들에게 노인과 빈민을 거느리고 낙창에 가면 구제해 준다고 알려주면 되는데, 하필 이곳까지 옮겨올 이유가 무엇이요?"

말을 마친 그는 즉시 서기에게 공고문을 쓰라고 분부했다.

이때 굴돌통이 달려 들어와 숙보에게 말했다.

"진장군, 선웅신이 지금 어디에 있습니까? 진왕께서 범인들을 모두 옥에 가두고 군사를 파견해 지키라는 명령을 내렸습니다. 그런데 유독 웅신만이 보이지 않습니다."

"명령이 어디 있소?"

굴돌통이 소매 안에서 꺼낸 내용을 숙보가 받아 읽어보았다.

「단달(段達)은 수나라 조정의 대신으로 왕세충을 도와 황제의 자리를 찬탈하고 황제를 시해했다. 주찬은 무고한 사람을 잔혹하게 죽였고, 특히 당의 사신을 죽였다. 선웅신, 양공경(楊公卿), 곽사형(郭士衡), 장금동(張金童), 그리고 곽선재(郭善才) 등은 잠시 쇠사슬을 채워 옥에 가둬 장졸이 지키게 하다가 장안에 데려가서 성지(聖旨)를 기다려 처분한다.」

숙보가 이맛살을 찌푸리며 미처 대답을 하지 않았는데, 정교금이 말했다.

"굴장군! 선웅신은 우리 두 사람과 사이좋은 형제요. 그가 지금 우리 거처에 있으니 옥에 가둘 필요는 없소. 장안에 간 다음 선웅신을 당신한테 넘겨주겠소."

이때 제국원과 이여규, 우통 역시 선웅신을 위문하려고 진숙보를 찾아왔다. 이여규가 이런 모습을 목격하고 격분하여 푸념했다.

"우리 형제들이 피흘리며 싸워 공을 세웠는데, 그래 한 사람의 목숨도 담보하지 못한단 말이오?"

"저는 진왕의 명을 받고 조사할 뿐이오. 여러 장군들이 담보하시겠다는데, 내가 왜 인정 베푸는 걸 방해하겠소."

이튿날 진왕은 시사창이 거느린 낭자군을 먼저 떠나보냈다. 제국원과 이여규도 하는 수 없이 숙보 및 정교금과 서둘러 작별 인사를 나누고 악현〔鄂縣, 今 湖北省 동부, 장강 南岸 鄂州市(악주시)〕으로 떠나갔다.

그때 마침 서세적이 낙수에서 돌아와 진왕을 배알하였다. 진왕이 낙수의 일을 어떻게 처리했는가 문자, 서세적이 대답했다.

"신이 낙수에 이르니 제주(祭酒) 능경(凌敬)은 이미 목을 매어 죽었고, 조후(曹后)와 4명의 궁녀도 목을 매어 죽었습니다. 그밖에 비빈 20여 명이 있었으나 모두 아둔한 사람들이었습니다. 그런데 두건덕의 딸이 보이지 않았습니다. 백성들은 남녀노소 불문하고 두건덕이 사로잡혔다는 소식을 듣고 탄식하지 않는 사람이 없었습니다. 신이 쌀 창고를 열어 구제하려 하니 백성 모두 받으려 하지 않았습니다. 또 우리 병졸들이 백성을 조금도 해치지 않으니 모두들 저축한 양식을 군량에 보태라고 하였습니다. 그러기에 원근의 관리들이 모두 찾아와 당나라 신하가 되겠다고 하였습니다. 신이 그들 가운데에서 나이가 많은 제선행(諸善行)이란 사람을 물색해 낙수를 관할 통치하게 하였습니다만, 전하의 생각이 어떠신지 모르겠습니다."

진왕은 고개를 끄덕이며 칭찬했다. 이어 휴양(睢陽)의 왕도현(王道玄)과 우문화급 및 대장 굴돌통에게 잠시 낙양을 진수(鎭守)하게 하고 나머지 장졸들에게는 철수 준비를 하라고 명령하였다.

서세적은 선웅신이 숙보가 거처하는 곳에 있다는 말을 듣고 급히 찾아가 만나보고 말했다.

"제가 어제께 낙수에서 돌아오는 길에서 친구를 만났는데, 그 친구가 하는 말이 가윤보 형이 형님의 가족을 호송했다고 하더군요. 아마도 가윤보 형이 진왕이 이번에 잡은 죄인들을 장안으로 데리고 가서 황제의 성지를 기다려 처분할 줄 알고 형님의 가족을 먼저 진숙보 모친이 계시는 곳으로 모셔가는 것 같았소. 제가 윤보 형이 가는 도중에 시끄러운 일이라도 생길까 걱정되어 군교한 명에 병졸 20명을 딸려 보냈습니다. 또 여비로 은자 삼백 냥을 주었으니 모두 무사히 장안으로 갈 수 있을 것입니다. 형님은 걱정 안하셔도 됩니다."

선웅신이 말했다.

"내가 알기로는, '새가 죽을 때 그 울음이 애달프고(鳥之將死 其鳴也哀), 사람이 죽을 때, 그 말이 착하다(人之將死 其言也善).'이라 했습니다. 그런데 내가 오늘 이 지경에 처했어도 착한 말 한 마디 없고, 구슬피 울지도 못하고 있소. 하지만 여러 형제분들이 나의 식솔을 보살펴 주니 당장 죽는다 해도 살아있는 것과 같습니다."

숙보는 사람을 시켜 나귀가 끄는 교자를 하나 얻어오게 했다. 그런 다음 선웅신을 태우고 진왕을 따라 장안으로 떠났다.

무기 해제 전투 중지 명령따라, (橫戈頓令烽煙熄)
馬上(말위)에서 북치고 노래하며 개선한다. (金橙頻敲唱凱回)

며칠 후 진왕은 장안에 도착했다. 전령이 이미 소식을 황제에게 알렸고, 황제는 대신과 출정하지 않은 진왕부의 막료에게 명령하여 성 밖에 나가 영접하게 하였다.

정연한 취타수 대오에 이어 창과 깃발을 세운 부대가 지나가자, 몇몇의 선령관(宣令官)과 기패관(旗牌官)이 왕세충, 두건덕, 주찬 및 포로가 된 대신과 장수, 그리고 종친 자제들을 압송하며 뒤따랐다.

비단 전포에 갑옷을 입은 진왕은 울지경덕이 탈취한 준마를 타고는 갑옷에 무장을 갖춘 장졸의 호위를 받으며 입성하였다. 진왕은 먼저 태묘(太廟)에 포로들을 헌상하여 전과를 보고하였다. 그리고 궁전으로 들어가 황제와 황후를 배알했다.

황제는 날이 저물었으니 장수들에게 먼저 쉬다가 광록시(光錄寺)에서 주관하는 태화전의 연회에 참석하고 상을 받으라고 지시하였다. 그리고 하나라와 정나라의 포로들과 주찬 등은 모두 형옥을 담당하는 대리시(大理寺)의 옥에 가두었다가 황제의 처분을 기다리게 하라는 성지(聖旨)를 내렸다.

선웅신도 죄수 무리를 따라 이동하였다. 형부에서는 죄수의 명단을 작성하여 내려보냈고, 7, 8명의 교위를 파견하여 죄수들을 감옥으로 압송했다.

교위가 감옥 문 어귀에 이르러 큰소리로 외쳤다.

"옥졸들은 모두 나와 죄수들을 명부에 기록된 대로 수감하라, 이 자들은 두 나라의 죄수이니 명심해서 지켜라."

옥졸들은 복창하고서 한 사람씩 명단과 대조하고 낮은 문 안으로 데려갔다. 어둠침침하고 더러운 세 칸 크기 밀실이었다. 웅신은 마음속에서 불이 일어날 지경으로 갑갑했다.

두건덕이 돌아보니 양쪽에는 형구를 목에 쓰고 족쇄를 찬 죄수 20여 명이 먼저 갇혀 있었다. 그들은 앉아있거나 엎드려있었는데, 오래 굶어서 몸이 바짝 말라 사람인지 귀신인지 분별할 수가 없었다.

이 광경을 목격한 두건덕의 웅심(雄心)은 단번에 절반쯤 사라져 버렸다. 다행히도 옛 친구인 선웅신을 만났기에 헤어진 이후의 그립던 이야기를 나누었다.

그때, 갑자기 크고 늠름한 사내가 문 입구에서 안을 들여다보며 소리쳤다.

"누가 두건덕이고, 누가 선장군이오?"

건덕이 입을 열기 전에 갑갑해 하던 선웅신이 이제는 자기의 명도 다 했구나 생각하며 앞으로 다가가 사납게 말했다.

"내가 선웅신이다. 왜 부르느냐?"

옥졸 두목인 그 사나이가 말했다.

"두 분 나으리는 밖으로 나오시오."

건덕과 웅신이 나오자, 그 사내는 그들을 왼쪽에 있는 깨끗한 방으로 안내했다. 방안에는 침상과 탁자, 그리고 걸터앉을 수 있는 의자도 있었다.

그 사내가 말했다.

"금방 명단을 내려보냈다는 말을 듣고 소인이 즉시 달려와 보살펴드리려고 했습니다. 그런데 서무공(서세적)과 진숙보 나으리께서 분부가 있다고 하여 만나뵙느라고 조금 지체하였습니다. 그리고 두 분 나으리께서 여기에 오시면 자기도 뵈러 오시겠다고 했습니다. 그래서 이 방을 깨끗이 청소해 놓고 모시게 되었습니다."

두건덕이 속으로 생각했다.

'그래, 이 모두 저 선웅신의 덕분이 아닌가? 그런데 선웅신은 왜 이런 대우를 받는가?'

그 옥리가 말했다.

"3일 전에 손씨 나으리가 소인에게 특별한 부탁을 하였습니다."

그러자 두건덕이 생각했다.

'손안조가 도망쳤다가 다시 돌아왔단 말인가?'

이때 밖에서 떠드는 소리와 함께 칠팔 명의 옥리가 큰 침구 보따리를 들여놓았다. 그리고 술독 하나와 맛있는 요리를 담은 그릇을 들고와 옥리에게 넘겨주며 말했다.

"이는 선웅신의 침구야. 그리고 술과 안주도 보내왔네. 그리고 장군 나으리들은 공무가 있어 선 나으리를 뵈러오지 못한다고 하시면서 너희들이 잘 모시라고 했네."

소교들이 떠나가자 옥졸들은 서둘러 잠자리를 펴놓았다. 두건덕과 선웅신 두 호걸은 원래 흉금이 넓은지라 만사를 제쳐놓고 마주 앉아서 술을 마시며 이야기를 나누었다.

황후 두씨(竇氏)는 진왕이 개선하자 매우 기뻤다. 연회가 끝나고 이경이 지나 자리에 눕자 어느 새 잠이 들었는데, 그날 꿈에 금빛옷을 입은 나한(羅漢)[151]이 황후에게 절을 올리고 말하였다.

---

151 나한(羅漢, 阿羅漢) — 응공(應供)으로 漢譯(한역). 최상급 수행자. 생

"황후의 아드님이 돌아오면서 나의 제자 하나를 데리고 왔습니다. 어서 그에게 머리를 깎게 하여 저한테 돌려 주십시오."

말을 마친 나한은 어디론가 사라져버렸다. 두 황후는 잠에서 깨어나 꿈 이야기를 황제에게 들려주었다.

황제가 말하였다.

"어제 저녁에 진왕이 돌아온 후 상세히 물어보지 못했는데, 내일 아침 조회 때 물어보겠소."

두 황후는 뒤척거리며 잠을 이루지 못하다가 오경을 알리는 딱딱이 소리가 나자 더는 참지 못하고 내시를 불러 진왕에게 입궁하라고 전달하였다.

그때 진왕은 진왕부에서 세면을 마치고 입궁하려고 하는데, 내시가 황후의 명령을 전하기에 급히 궁전으로 가서 황제와 두 황후를 알현하였다.

두후가 말했다.

"네가 장안을 떠나 두 나라를 치던 과정을 나에게 상세히 들려다오."

진왕은 단각이라는 학사가 주찬에게 잡아먹힌 이야기부터 시작하여, 자신이 선무릉(宣武陵)에서 사냥하다 선웅신에게 잡힐 뻔했을 때 다행히 석실에서 성승(聖僧) 당삼장(唐三藏)을 만났는데, 그가 신통력으로 자기를 숨겨주고는 네 구절의 게송(偈頌)을 지어

사 윤회의 고통을 벗어난 功德(공덕)을 구비한 聖者(성자).

주며 충고했던 일, 그리고 울지경덕이 달려와 구해준 일 등을 낱낱이 이야기하였다.

두후가 다 듣고 나서 고개를 끄덕이며 말했다.

"아들아, 어젯밤에 나한님이 현몽(現夢)하셨는데, 원래는 그런 연고가 있었구나."

진왕이 물었다.

"무슨 꿈을 꾸셨습니까?"

두 황후가 꿈 이야기를 하고 나서 말했다.

"내가 생각건대, 죄인 가운데에 꼭 좋은 사람이 끼어있을 것 같다."

그리고는 진왕에게 분부했다.

"금방 네가 당삼장이 게송을 가르쳐 주었다고 했는데, 어서 여기에 써서 다오. 내가 자세히 읽어보겠다."

진왕이 4구절을 모두 써놓자 여러 사람이 머리를 싸매고 그 깊은 뜻을 알아내려 애썼다. 이때 우문(宇文) 성을 가진 소의(昭儀)가 앞으로 다가왔다.

두후는 여러 비빈 가운데에서 이 여자를 아주 좋아하는지라 즉시 소의에게 말했다.

"마침 잘 왔네. 소의는 아주 총명하니, 꼭 이 게송의 뜻을 알아 맞힐 수 있을 것이다."

두 황후가 꿈 이야기를 하고 나서 진왕이 쓴 네 구절의 게송을 소의에게 보였다.

소의가 말했다.

“첫 구절은 그 뜻이 분명합니다. 하(夏)나라 군왕의 이름 자가 들어있습니다. 두 번째 구절을 보면, 이 사람은 효자인 것 같습니다. 세 번째 구절만은 해석할 수 없사옵고, 네 번째 구절은 명백하니 이해하기 어렵지 않습니다.”

두후가 말했다.

“어떻게 쉽게 이해되는가?”

“황후마마의 성이 두씨이고, 건덕의 성도 두씨옵니다. 물에는 원천이 있고 나무에는 뿌리가 있습니다. 이렇게 보면, 한 집안이니 두건덕의 죄를 사면하셔도 괜찮을 것 같습니다.”

두후가 고개를 끄덕이며 옳다고 하니, 진왕이 말했다.

“두건덕은 맹호와 같은 사내입니다. 놓아주기는 쉬워도 잡기는 매우 어렵습니다. 오늘 조상 혼령 덕분에 사면 받을 수도 있겠습니다만, 저한테 생포당한 감정이 남아 있으니 사면했다가 차후에 후환이 있으면 문제가 될 수도 있습니다.”

황제가 말했다.

“지금은 그런 걱정을 하지 않아도 좋을 것이다. 주찬이란 놈은 잔인무도하니 죽여 마땅하다. 또 왕세충을 데려다가 그의 신하들 가운데 효자가 있는지를 알아보겠다.”

진왕이 교위를 옥에 보내 주찬을 끌어내 즉시 목을 베고 왕세충을 황제 앞으로 끌어오라고 분부하였다.

건덕과 웅신은 침상에서 자고 날이 샐 무렵에 일어나 이야기를 주고받았다. 그때 복도에서 사람들의 발걸음 소리가 어지럽게 들리더니 뒷방으로 가서 문을 두드리는 소리가 들렸다. 또 조금 지나 그 방안에서 목에 채운 칼과 족쇄 소리가 들려왔다. 옥졸이 죄인을 끌어내려 하자 뒤쪽 옥에 갇혀있는 죄인들은 누구를 끌어내려는지 몰라 모두 간이 콩알만 해서 부들부들 떨었다. 칼과 족쇄가 부딪치며 나는 소리가 마치 싸움에 나선 병사들의 갑옷과 투구가 부딪치는 소리처럼 요란했다. 건덕이 벌떡 일어나 문짝 틈으로 밖을 내다보았다. 사형을 집행하는 칠팔 명의 회자수(劊子手, 집행인)들이 붉은 옷을 입은 채 웃통을 벗은 사람을 묶어서 끌어냈다. 자세히 보니 바로 주찬이었다. 그 뒤에 또 한 사람이 묶여 나왔는데, 다름 아닌 왕세충이었다.

두건덕이 선웅신에게 말했다.

"두형, 우리도 때가 된 것 같소. 일어나시오."

"맘대로 하라지!"

웅신이 한마디 내뱉었다.

이때 어떤 사람이 문을 두드리며 말했다.

"선 나으리, 집에서 사람이 찾아왔습이다."

웅신이 일어나 문을 여니 바로 관가(管家)인 선전이었다. 선전은 주인을 보자, 웅신의 두 다리를 부여안고 꿇어앉아 엉엉 울었다.

웅신도 참을 수 없어 눈물을 흘리며 물었다.

"울지 말고 어서 일어나거라. 마님과 아씨는 어디 계시냐?"

선전이 일어서더니 웅신의 귓전에 작은 소리로 말했다.

"나의 일은 예측할 수 있으니, 너는 마님과 아씨를 잘 돌보아라. 그것이 주인에 대한 충성이다. 나는 이곳 여러 나으리들이 보살펴 주니 걱정 말아라. 네가 여기 있으면 오히려 내 마음이 더 산란하니 어서 돌아가거라."

선전이 떠나기가 아쉬워 머뭇거렸다.

이때 옥졸 우두머리가 문을 밀고 들어오더니, 건덕에게 말했다.

"두 나으리, 손 나으리가 오셨습니다."

건덕이 입을 열기도 전에 손안조(孫安祖)가 앞에 다가왔다. 그들은 서로 부둥켜안고 울었다.

두건덕이 물었다.

"경은 낙수로 돌아갔는데, 왜 또 왔소?"

건덕은 미간을 찌푸리며 안조의 말을 듣고 있었다.

"사람이란 100년을 살아도 끝내 죽기 마련인데, 하필 그렇게 애를 쓸게 뭔가? 경은 어서 공주와 같이 돌아가 조후와 여러분을 잘 안장하오."

그러나 안조는 떠나지 않고 두건덕 신변에 남아 있었다. 이 이야기는 여기서 생략한다.

묶여 나온 주찬은 형장에 끌려가 목이 잘렸고, 왕세충은 결박당한 채 궁전으로 끌려갔다.

황제가 군주를 시해하고 권력을 찬탈한 일을 꾸짖자, 간악하고 교활한 세충은 책임을 모두 신하들에게 뒤집어씌웠다.

황제가 또 완강히 항거하다가 성이 함락되어서야 투항한 일을 책망하니, 세충은 머리를 조아리며 말했다.

"저는 죽어 마땅하옵니다. 그런데 진왕 전하께서는 이미 신하를 죽이지 않겠다고 약속하였사오니, 제발 황은(皇恩)을 베푸서서 목숨만 살려주십시오."

황제가 진왕의 의사에 좇아 그를 서인(庶人)으로 강등시키고, 그의 형제와 조카들을 모두 삭방(朔方, 북방 변경 지역. 郡名)에 안치시키게 하자, 세충이 사은하고 궁전을 나섰다.

황제는 또 사람을 보내 두건덕을 대령시키게 하였다.

이때 궁문을 지키는 관리가 달려와 아뢰었다.

"두 여인이 스스로 두 손을 묶고 궁문 앞에 꿇어앉아 폐하를 배알하겠다 합니다."

황제가 괴이하게 여겨 급히 대령시키라고 분부했다. 이윽고 두 여인이 들어왔다. 비단천을 찢어 가슴을 동여매고, 백설같이 흰 두 팔을 드러낸 채 묶었으며, 입에는 서릿발이 하얗게 선 칼을 물고 대전(大殿) 앞 붉은 섬돌 아래 꿇어앉았다. 황제가 바라보니 절색(絶色)이라 말하기는 부족했으나 얼굴에는 영기가 넘쳐 흐르고 광채가 사람의 이목을 끌만했다.

황제가 측은한 생각이 들어 곁에 있는 시종에게 분부하였다.

"가서 여인들이 입에 문 칼을 빼내고 어전으로 부축하여 짐과 대면케 하라."

내시가 급히 내려가 칼을 빼고 어전으로 데려왔다. 두 여인은 깜찍한 발을 사뿐사뿐 옮겨 디디며 어전에 올라서더니 다시 꿇어 앉았다.

황제가 물었다.

"너희들은 어디 사람인고? 무슨 일로 이 모양으로 짐을 보러 왔느냐?"

두선랑(竇線娘)이 대답했다.

"신첩은 두씨이온데, 역신 두건덕의 딸이옵니다. 저의 부친 건덕이 하늘에 사무칠 죄를 지었기에 용서를 받기 어려울 것입니다. 천첩이 아버지를 대신해 형벌을 받고자 이렇게 죽음을 무릅쓰고 폐하를 찾아왔습니다."

"두건덕에게는 왜 신하나 아들, 조카가 없어 너 같은 여자 애가 찾아왔느냐?"

"충신과 장수들은 모두 절개를 지켜 자결하였습니다. 자식으로 말하면, 가문이 쇠락해가면서 부친께서 슬하에 저 하나밖에 두지 못하였습니다. 신첩이 비록 계집의 몸이오나 부친의 은덕이 망극하오니 꼭 보답하려 하옵니다. 더구나 군주를 시살하고 권력을 찬탈한 왕세충도 폐하의 사면을 받았습니다. 신첩의 부친이 비록 나라를 세우고 자기의 국토를 고수하였지만, 일찍이 우문화급을 토벌하였고, 솔선하여 수 양제를 위해 발상(發喪)도 하였습니다. 그전에 또 폐하의 동생인 신통(神通)과 동안공주(同安公主)를 함께 돌려보냈으니, 세충의 죄악과는 비할 수도 없지 않습니까? 황은을 베푸시어 부친의 죄를 천첩의 몸에 씌워주시기를 바라옵니다. 천첩이 대신 형벌을 받는 것이 국법을 느슨히 하는 것도 아니옵고, 또 황제 폐하의 덕망이 온 천하에 알려질 터이니 저는 죽어도 살아있는 것마냥 기껍게 생각하겠습니다!"

"네가 금방 두건덕의 자식이라고는 너밖에 두지 않았다고 했는데, 저 여인은 또 누구냐?"

선랑이 대답하기 전에 목란이 아뢰었다.

"저는 성이 화씨(花氏)이고, 이름은 목란입니다. 하북 변방에 사는 화호(花弧)란 백성의 딸입니다."

그리고는 유무주가 출병할 때 자기가 아버지를 대신해 종군한 일부터 두선랑과 결의 자매를 맺을 때까지의 사연을 쭉 이야기했다. 황제는 그 두 여인의 언사가 똑부러지고 사리에도 밝기에 마음속으로 찬탄했다.

"기특하도다! 효녀로다! 성승(聖僧)일지라도 덕행과 효도를 겸비하는 것이 가장 어렵다고 하였도다."

바로 이때 두 내시가 들어와 꿇어앉으며 아뢰었다.

"황후께서 전하를 궁으로 들어오시랍니다."

진왕은 일어나 궁궐로 들어갔다.

이때 두건덕은 이미 대전의 섬돌 아래에 꿇어앉아 두 여인의 말을 듣고 있었다.

황제가 두건덕을 어전으로 올라오게 한 뒤에 말했다.

"자네가 악한 사람을 도와 나쁜 일을 하였기에 마땅히 목을 베어야 하네. 그런데 오늘 자네의 딸이 자기의 목숨으로 부친을 구하려고 나를 찾아왔네. 짐이 천자이니 덕을 베풀어야 한다는 사실을 잘 알고 있으니, 어찌 차마 형벌을 가할 수 있겠는가? 그래서 오늘 자네의 죄를 용서해 주겠다."

황제는 즉시 시위에게 건덕의 칼을 풀어주게 하고는 다시 건덕에게 말했다.

"짐은 자네가 호걸이기에 사면하네. 그런데 짐이 만약 자네에게 벼슬을 준다면, 자네는 일찍이 보좌에 앉아 스스로 왕이라 일컬으며 권세를 누렸었는데, 어찌 달갑게 남의 밑에서 살아가려 하겠는가? 또 만약 짐이 자네를 서민으로 만든다면, 자네는 금수강산을 잊지 못해 또 엉뚱한 궁리를 꾸밀 수도 있을 것이야!"

두건덕이 머리를 숙이며 말했다.

"신은 폐하의 은덕을 입어 죽지 않은 것만도 뜻밖이온데, 어찌 또 딴 궁리를 하겠습니까? 신은 잡힌 그날부터 명리(名利)를 얻겠다는 생각을 완전히 잊어버렸습니다. 오늘 신이 다행히 재생하였으니 머리를 깎고 산에 들어가 도를 닦는 것으로 황은에 보답하며 다시는 속세에 발을 들여놓지 않겠습니다."

"자네가 불승이 되겠다니, 참 훌륭한 생각이네. 짐이 자네에게

법사 한 분을 천거할테니, 그분의 제자가 되게나. 그런데 자네의 이런 생각이 진심이 아닐까 걱정되네."

"신이 일찍이 '칼(屠刀)을 버리면 육근(六根)[152]이 깨끗해지고, 눈앞 속세의 업해(業海)를 쳐다보면 비가 그친 뒤의 공화(空花) 같다.'는 말을 들었사오니, 어찌 진심이 아니겠습니까?"

"자네가 이미 그렇게 마음을 든든히 먹었다면, 짐이 자네의 이름을 '거덕(巨德)'이라고 고쳐 주겠네. 그리고 예부에 명해 자네에게 도첩(度牒, 출가 허가증)을 주게 하고, 공부(工部)에 명하여, 승복과 승모를 내주고, 즉시 여기 대전 앞에서 자네의 머리카락을 깎도록 하겠네."

진왕이 내궐에서 대전으로 돌아와 황제에게 상주하였다.

"모후께서 두건덕이 마음을 고쳐먹고 도를 닦겠다는 말을 들으시고 아주 기뻐하시며 두 여인을 궁안으로 불러 만나보시겠다 하시는데, 폐하의 생각은 어떠하십니까?"

황제가 내시더러 두 여인을 궁안에 모셔 황후를 배알하게 하였

152 육근(六根, 梵語, Sadindriya, 佛敎用語) – 포괄 안(眼), 이(耳), 비(鼻), 설(舌), 신(身), 의(意)의 6개 인식의 근원(감관기관). 意는 실체가 없으니 根(근)이 될 수 없다는 주장에 따라 제외하면, 5근(眼, 耳, 鼻, 舌, 身)이 된다. 六根(眼, 耳, 鼻, 舌, 身, 意)과 그에 따른 육진(六塵, 色, 聲, 香, 味, 觸, 法)을 12處(처)라 하고 六識(眼識, 耳識, 鼻識, 舌識, 身識, 意識)을 합하여 18界(계)라 부른다.

다. 두 황후는 두 여인을 만나자, 매우 기뻐하며 궁녀를 시켜 의복 두 벌을 가져다 선랑과 목란에게 입히고 또 비단 방석을 내주며 앉으라고 한 뒤에 나이를 물었다.

두 여인이 대답하자, 두 황후가 또 물었다.

"선랑아, 그래 정해 둔 사람은 있느냐?"

선랑이 부끄러워 대답을 못하니 목란이 대신하여 아뢰었다.

"이미 유주 총관 나예 장군의 아들 나성(羅成)에게 허혼하였습니다."

"나예 장군은 당나라에 귀순한 이후 누차 큰 공을 세웠기에 황제께서는 그를 연군왕(燕郡王)에 봉하시고 국성(國姓)까지 하사하신 후 유주를 진수(鎭守)하게 하셨다. 듣자니, 그의 아들이 아주 훌륭하다는 풍문을 들었다. 네가 그에게 출가하면 평생 걱정 없이 살아갈 것이다. 너는 효성도 지극하고 의리가 밝은 데다 나와 같은 성씨이니, 내가 너를 질녀(姪女)로 삼을테다. 그러면 너도 더 광채로울 것이다."

두선랑도 마다하지 않고 꿇어앉아 사은(謝恩)하였다.

두후가 또 목란의 경력을 물으니, 목란이 낱낱이 아뢰었다. 두후가 듣고 찬탄해 마지않으며 내시에게 분부하여 은자 이천 냥과 비단 1백 필을 가져오게 하여 선랑에게, 또 은자 천 냥과 비단 40필을 목란에게 주어 부모를 봉양하는데 쓰라고 하였다. 그리고 내시를 시켜 목란의 집에 가져다주라고 하였다.

두 여인은 사은하고 물러 나왔다. 금방 삭발한 두건덕은 몸에다 비단 가사(袈裟)를 걸치고, 머리에는 승모(僧帽)를 썼다.

그가 황제에게 인사를 하고 떠나려는데, 황제가 말했다.

"자네는 이젠 마음을 놓게."

이때 의복을 갈아 입은 선랑, 목란과 함께 비단 및 은전을 들고 온 내시들이 조정에 들어섰다. 예물 짐을 내려놓고 황후의 뜻을 낱낱이 상주하였다. 두 여인은 황제에게도 사은했다.

황제가 두건덕에게 말했다.

"생각 밖에 자네의 딸이 나예(羅藝)의 아들과 혼사를 정했고, 또 황후의 질녀가 되었네. 자네가 이렇게 좋은 사위를 보게 되었으니 딸의 걱정은 하지 않아도 되겠네."

건덕은 이 일을 전혀 모르고 있었기에 황후가 딸의 혼사를 정해주고 예물을 하사한 줄로만 여기고 황제에게 사은하고 궁궐을 나섰다.

황제는 또 관원을 시켜 은자 2천 냥과 비단 한 상자를 유주(楡州) 단혼간(斷魂洞)에 있는 은령암(隱靈巖)에 수도하고 있는 당삼장(唐三藏)에게 상으로 하사하게 하였다. 건덕이 대궐문을 나서니 스님 한 분이 행장을 메고 기다리고 있었다. 건덕이 찬찬히 바라보니 다름 아닌 손안조였다.

건덕이 깜짝 놀라 물었다.

"나는 천자의 근심을 덜어주려고 삭발하고 불승이 되었네. 자넨 왜 삭발하였는가?"

"전하, 당초에 전하께서 이현장에 편안히 계시는 것을 이 손안조가 기의를 일으키게 권하였지요. 오늘 성사하지 못하였으니 마땅히 전하와 함께 도를 닦아야 합니다. 만약 성쇠에 따라 뜻을 바꾼다면 호남아가 아니지요."

건덕이 선랑에게 말했다.

"네가 이미 나공자를 모시게 되었고, 또 황후의 은혜를 입어 질녀가 되었으니 평생 의탁할 데가 있게 되었구나. 지금부터 너는 너대로 살고, 나는 나대로 살아갈테니, 내 걱정은 추호도 하지 말아라."

선랑이 기어이 아버지를 산속까지 배웅하려 하니, 내시가 말렸다.

"우린 황후님의 명령을 받아 공주님을 낙수까지만 모셔 가렵니다. 스님은 관리들이 모셔갈 것이니 공주께서는 염려마십시오."

선랑은 하는 수 없이 함께 장안을 벗어난 다음 통곡하며 아버지와 헤어졌다.

다음 일은 어떻게 되겠는가? 다음 회를 읽어 보시라.

제60회

옥에서 나온 영웅은 참살 당하고, 먼곳 달려온 숙녀는 편지를 전달하다.(出囹圄英雄慘戮, 走天涯淑女傳書.)

노래하기를,	**詞曰,**
생사의 이별은 어디서 오나?	(生離死別, 甚來由)
이것이 사람을 죽인다.	(這般收煞)
정수리 끓는 기름 못 견디니,	(難忍處, 熱油灌頂)
음산한 바람 혼백을 뺏는다.	(陰風奪魄)
가을에 세상 풀은 모두 죽고,	(天涯芳草盡成愁)
관산(關山) 명월 아래 눈물 뿐이다.	(關山明月徒存泣)
참된 우정, 내 살을 베어주나,	(歎金蘭割股啖知心)
그런 정(情)도 이제 끝.	(情方畢)
두 원수가 어떻게 짝이 되고,	(秦與晉, 堪爲匹)

가까웠던 이웃 원수가 된다. (鄭與楚, 曾爲敵)

거짓, 또는 진정을 보려면, (看他假假眞眞)

찾아보고 알아봐야 한다. (尋尋覓覓)

책상의 보배 내 손에 있으니, (玉案瓊珠已在手)

꽃 피어 향기 뿜는 계수나무다. (香飄丹桂猶含色)

천천히 말을 몰아, (漫驅馳)

들판 멀리 금궐을 찾아가네. (尋訪著郊原朝金闕)

— 곡조 〈만강홍〉 — 調安 〈滿江紅〉

천지 간에 진실은 거짓 같고, 거짓은 진실인 것 같다. 흔히 일가 친척이나 형제간에도 재물 때문에 다툼이 많고, 혹은 처첩이 부추겨 우애 좋던 형제도 정이 멀어지게 된다.

그러나 성씨가 다르고 고향이 같지 않아도 의기(義氣)가 통하는 벗(朋友)에게는 아내나 자식을 맡길 수 있고, 그런 정의(情誼)는 혈육보다 더 진하다. 그래서 관중(管仲)과 포숙아(鮑叔牙)는 재물을 나눴고, 도원결의(桃園結義)[153]는 천고(千古)의 미담으로 전

153 桃園結義 – 황건적의 난이 일어나며 의병을 모집한다는 격문이 붙고, 劉備(유비)와 張飛(장비), 그리고 關羽(관우)가 만나게 된다. 劉, 關, 張 3人의 桃園結義(도원결의)는 《三國演義》의 본격적인 시작이다. 소설 속의 도원결의는 중국인에게 義理의 표본이 되었다. 그러나 진수(陳壽)의 正史 《三國志》에는 도원결의 내용이 없다. 다만 正史 《三國志 蜀書》 6권, 〈關張馬黃趙傳〉에 「先主爲平原相, 以羽,飛爲別部司馬, 分統部曲. 先主與二人寢則同床, 恩若

해온다.

황제가 두건덕을 떠나보낸 후에 왕세충의 옛 신하였던 단달, 선웅신, 양공경, 곽사형, 장금동, 곽선재를 형부에 보내 형장에서 참수형에 처하게 하였다.

서세적과 진숙보, 정교금은 이런 어명을 듣고 진왕을 만나려고 서둘러 진왕부로 달려갔다.

진왕이 나오자, 진숙보가 말했다.

"적장 선웅신은 무예가 저보다 출중하여 매우 쓸모있는 인재입니다. 그전에 천명을 몰라 선무릉에서 전하에게 죄를 지었고 지금 잡혀있습니다. 저희들은 모두 그와 생사를 같이 하기로 맹서하였습니다. 전하께서 살려만 주신다면, 저희들은 틀림없이 함께 보답하겠습니다."

"전일 선무릉에서 있었던 일은 나도 탓하지 않소. 하지만 이 사람은 변덕스럽고 가볍게 오갈 사람이오. 오늘은 투항했지만 뒷날 틀림없이 반기를 들 사람이니 죽이지 않을 수 없소."

兄弟. 而稠人廣坐, 侍立終日, 隨先主周旋, 不避艱險.」
「유비가 平原(평원) 相(상)이 되었을 때, 관우와 장비를 別部司馬에 임명하여 군사를 나눠 지휘케 하였다. 유비는 관우, 장비와 같은 침상에서 기거하며 그 恩義(은의)가 형제와 같았다. 많은 사람들이 모인 장소에서는 유비를 모시고 종일 侍立(시립)하였으며 유비를 따라 정벌에 나서는 등 곤경과 위험을 피하지 않았다.」라는 기록만 있다.

정교금도 호소했다.

"전하께서 그가 이후에 다른 마음을 품을까 염려되신다면, 저희들 세 집 식구의 목숨으로 담보하겠습니다. 그가 만약 반역을 꾀한다면 저희도 함께 죗값을 받겠습니다."

"군령(君令)이 이미 내렸으니 거역할 수 없소."

서세적이 말했다.

"전하께서는 투항자나 적의 배신자를 많이 받아들이셨습니다. 저희들도 다른 나라의 장수였었지만, 오늘은 전하를 섬기고 있습니다. 만약 선웅신을 죽인다면 이후에 누가 투항해오겠습니까? 죽이고 살릴 권한은 물론 전하에게 있으니, 죽이려면 죽이시고 살리려면 살리십시오. 어찌하여 구애를 받겠습니까? 그러나 정말 아까운 사람이고 우리들이 우리 목숨으로 보장하겠습니다."

"내 생각에 선웅신은 나를 위해 일할 사람이 아니라고 생각드네. 절대 남겨둘 수 없네. 잡은 맹호를 죽이지 않고 살려두었다가 울부짖을 때까지 기다리면 그땐 후회막급 아니겠는가?"

세 사람은 머리를 숙이며 자신의 관직으로 선웅신의 목숨을 바꾸겠다고 애걸했다. 숙보는 눈물을 줄줄 흘리면서 자신이 대신 죽겠다고 말했다. 진왕은 속셈을 털어놓지 않은 채 선무릉에서 있었던 일을 마음에 새겨두고 있었다.

"장군들은 사사로운 정에 못이겨 청원하지만 국법을 어길 수는 없소. 그러나 단달을 비롯한 죄인들은 목을 베고 효시하겠지만, 선웅신의 시신과 수급은 자네들이 처리하도록 하고, 그의 가족은 변방으로 보내지는 않겠다."

세 사람은 하는 수없어 인사하고 진왕부를 나왔다.

서세적이 말했다.

"숙보 형, 선형의 가족이 형님댁에 있으니 속히 돌아가 소식을 누설하지 않도록 집사람들에게 당부하시오. 백모님과 형수님께선 선형의 가족들이 죽느니 사느니 하면서 떠들지 않도록 잘 위로하도록 말씀해 주시오. 저는 서의부(徐儀扶)를 찾아가서 그의 따님 혜비(惠妃)한테 말해보겠습니다. 혹시 무슨 방도가 있을는지도 모릅니다. 정형은 안주나 술을 마련해가지고 옥에 가서 웅신형과 마시며 이야기를 나누시오. 저와 숙보 형도 곧 옥으로 가겠소."

한편 옥에 갇혀있는 선웅신은 왕세충을 비롯한 사람들이 끌려나가는 것을 보고 자기도 죽을 죄를 지었다는 것을 알고 있었다. 선웅신은 모든 근심 걱정을 털어버리고 처분을 기다렸다. 정교금이 부하에게 술과 안주를 들려가지고 오는 것을 보자 얼마간 짐작이 갔다.

정교금은 웅신을 앉으라 권한 뒤에 말했다.

"엇저녁에 진형과 함께 선형을 보러 오려고 했는데 몸을 뺄 수가 없어 못왔습니다."

"나는 어젯밤 두건덕과 함께 이곳에서 마음을 터놓고 이야기를 나누었네."

정교금은 한숨을 쉬고 나서 말했다.

"지금 생각하니 산동에 있을 땐 형제들이 자주 모여 즐겁게 마시곤 했지요. 지금은 그때보다 자유롭지 못합니다. 형제들이 여기저기 흩어졌을 뿐더러 걸핏하면 조정의 법도요, 황제의 명령이요 뭐요 하니 어찌 가슴이 답답하지 않겠습니까."

말을 마치고 웅신을 쳐다보던 정교금이 갑자기 눈물을 흘렸다. 그러자 웅신은 자기의 운명에 대해 얼마간 짐작이 갔으나 묵묵히 술만 마셨다.

이때 숙보가 들어오며 말했다.

"동생, 먼저 와서 선형한테 술을 권하라고 했는데, 왜 말없이 앉아만 있나?"

"형들은 공무에 다망할텐데 뭣하러 왔나?"

"공연한 말씀이오. 세상에 살면서 이렇게 만나기가 쉽지 않소. 저한테는 형을 대신할 수 없어 안타까울 뿐이오. 대신할 수만 있다면 어찌 목숨을 아끼겠소."

말을 마친 숙보는 잔이 넘치게 술을 부어 두 손으로 웅신에게 권했다. 숙보의 눈에 눈물이 비치자, 웅신은 자기의 짐작이 옳다고 생각했다.

이때 서세적이 헐떡거리며 달려들어와 자리에 앉자, 정교금이 서세적에게 물었다.

"어떻게 됐나?"

서세적이 고개를 저으며 급히 일어나더니 잔이 넘치게 술을 부어 웅신에게 권했다.

웅신은 밖에서 시끄러운 발소리가 들리자 죽음이 임박했다고 생각하며 소리내어 웃었다.

"세 분 고마운 마음에 감사를 드려야겠네. 큰 사발로 마시자구. 내가 세 잔을 마실테니 형들도 세 잔을 연속 마셔야 하네. 오늘은 형들과 술을 마시고 내일은 이밀과 왕백당을 저승으로 찾아가서 마시겠네."

숙보가 말했다.

"선형, 무슨 말씀을 그렇게 하시오?"

"나에게 이제 모른척하지 마시오. 내가 죽을 죄를 지었으니 응당 죽어야지! 내가 죽기를 두려워 할 것 같은가? 내 집 이현장(二賢莊)을 떠나는 날부터 나는 죽음을 각오했네."

숙보 등 세 사람은 목이 메어 마시지 못했지만 웅신은 벌써 네다섯 잔을 마셨다. 이때 옥졸들이 들어와서 그들 앞에 섰고, 문앞에는 붉은 두건으로 머리를 동여 맨 사람 몇이 들여다보고 있었다.

웅신이 옥졸에게 물었다.

"너희들! 나를 데리러 왔는가?"

옥졸들이 모두 꿇어 엎드리며 "예" 하고 대답하자, 웅신이 말했다.

"형들은 돌아가서 자기의 일이나 하시오. 나는 나대로 가겠네."

진숙보, 서세적, 정교금은 하늘을 보며 통곡했다. 그러자 웅신이 말리면서 말했다.

"대장부는 죽음을 두려워하지 않네. 어린애들처럼 눈물을 흘리지 말게. 남들이 웃겠네."

숙보는 회자수를 불러서 분부했다.

"선 나으리는 여느 사람과 다르니 조심해서 모셔야 한다."

서세적도 말했다.

"숙보 형, 우린 먼저 가서 사람들을 시켜 준비하게 합시다."

"옳은 말씀이오."라며 정교금이 말했다.

"형들은 먼저 가시오. 나는 선형과 함께 가겠소."

서세적과 진숙보는 눈물을 흘리면서 먼저 옥문을 나서서 말을 타고 사형장으로 갔다.

단달(段達, 제 2회 주석 참고) 등은 이미 목이 잘린 채 시신만 뒹굴었다. 천막 두 개가 있었는데, 하나는 울긋불긋 장식을 했고 다른 하나는 장식을 하지 않은 것이었다. 장식한 막 안에서 감형관(監刑官)이 나와 그들을 맞이했다.

서세적은 부하에게 깨끗한 곳을 찾아보라고 했다. 숙보는 노주에 있을 때 선웅신이 자기에게 선사한 그 이부자리를 가져다가 땅바닥에 펴놓게 했다. 이때 선전이 소식을 누설해서 선웅신의 딸 애련이 집에서 죽느니 사느니 하면서 아버지를 한 번 보겠다고 했다.

진숙보의 모친은 마음이 놓이지 않아 며느리 장씨와 함께 선웅신의 가족을 데리고 함께 형장을 찾아왔다. 숙보는 그들을 천막 안으로 안내했다.

선웅신은 묶이지 않은 채, 정교금의 손을 잡고 성큼성큼 걸어오는데 막 안에서는 통곡소리가 울렸다. 서세적은 형장에서 선웅신을 붙잡고 소리내어 울었다. 숙보 모친이 숙보와 정교금을 불러오라고 말했다.

"선웅신은 은정이 깊고 의리를 지키는 분이다. 그런데 오늘 이 지경에 이를 줄을 누가 생각이나 했겠느냐? 난 늙은 몸이지만 그에게 절이라도 한 번 해야겠다. 여자라도 배은망덕한 사람이 아니란 것을 알게 하련다."

숙보가 말했다.

"연로하신 어머님께서 여기까지 오신 것만 해도 좋은 것입니다. 그런데 그의 앞에까지 다가가셔서 뭘 합니까?"

"네가 노주에서 병에 걸리고 소송사건에 휘말렸을 때, 그분이 돌봐주지 않았더라면 어찌 오늘이 있었겠느냐?"

"숙보 형, 큰어머님 소원이 그러하시니 소원을 들어들여야 도리입니다."

정교금이 선웅신한테 달려가 알렸고 숙보 모친과 부인 장씨, 웅신의 가족들이 함께 막 안에서 나왔다.

숙보는 어머니를 부축하며 웅신 앞으로 갔다.

"선형, 자넨 은정이 깊고 의리가 있는 사람이네. 나는 자네가 일찍 승천하기만 바라네."

숙보 모친이 눈물을 흘리면서, 숙보의 아내인 장씨와 함께 꿇어앉았다. 선웅신도 서둘러 꿇어 절을 올렸다. 숙보 모친이 절을 마치자, 딸 애련과 웅신의 아내는 꿇어앉아있는 선웅신을 부여잡고 목메어 울었다.

진숙보, 정교금, 서세적도 통곡하였고, 구경하던 백성들과 군사들도 모두 눈물을 흘렸다.

웅신이 말했다.

"진형, 어서 큰어머님과 형수님을 모시고 애련 모녀를 집으로 데려가 주오. 공연히 내 마음만 더 산란해집니다."

숙보 모친은 곧 자기를 따라 온 몇몇 부녀더러 선웅신의 부인과 애련을 억지로 끌어다가 수레에 올라타게 했다. 숙보는 아랫사람을 시켜 화롯불을 가져오게 했다.

그러자 숙보와 서세적, 정교금은 각자 단도를 잡고, 자신의 허벅지 살점을 베어서 화롯불에 구운 다음 젓가락으로 집어 선웅신에게 먹였다.

"형제들이 살고 죽기를 같이 하자고 맹세했건만, 오늘 우린 동행하지 못하오. 만약 이후에 누구든 선형의 가족을 돌보지 않는다면 이 고기 살점처럼 구워 먹힐 것이요."

선웅신은 사양하지 않고 받아 먹었다.

진숙보는 눈물을 흘리면서 말했다.

"선형이 시름을 놓지 못할까 봐 걱정이네."라고 말하고 나서,

아들 회옥을 곁으로 오라고 불렀다.

"장인님께 절을 올려라."

회옥은 아버지의 말대로 공손하게 절을 네 번 했다.

웅신은 회옥을 뚫어지게 바라보다가 호탕하게 웃었다.

"훌륭하구나. 내 사위가 틀림없구나. 자, 나는 가야겠다. 어서 손을 써라."

마침내 선웅신의 목이 베어지자, 사람들은 모두 크게 통곡했다. 이때 사람들 속에서 머리를 온통 풀어헤친 한 사람이 뛰쳐나오더니 선웅신의 수급을 받쳐들고 울며 불며 고함을 질렀다.

"나으리, 천천히 가세요. 저 선전이 나으리와 동행하겠습니다."

그리고는 허리춤에서 칼을 뽑아들더니 자기의 목을 찌르려고 했다. 그 순간 다행히도 정교금이 칼을 빼앗았다.

서세적이 말했다.

"자네, 이게 무슨 짓인가. 자네가 맡아서 장례를 치뤄야 하는데 어찌 자살하려 하는가."

숙보는 군교를 불러서 선전을 위로하게 하였다. 진왕이 웅신의 수급을 효시하지 않겠다고 확답했기에 실로 목을 시체에 꿰매고 관을 가져다가 예복을 입혀서 입관했다.

관을 성 밖에 있는 사찰로 실어가려는데 위현성과 우통, 연거진과 나사신과 이밀의 아들 계심(啓心)이 찾아와 영구를 배웅했고, 왕백당의 처는 사람을 보내 지전(紙錢)을 태워 조문(弔問)했다.

사람들은 슬픔을 억제하며 영구를 따라 성 밖에 있는 절에 이르렀다. 서세적은 군교 20여 명을 보내서 영구를 지키게 하고는 사람들을 모두 처소로 돌려보냈다.

진왕이 중원을 얻었다 말하지만, (秦王雖說得中原)
은정으로 목숨을 살리지 않았다. (曾不推恩救命根)
천하 영웅의 주군은 누구이겠나? (四海英雄誰作主)
피눈물 흘리며 고혼이 통곡한다. (十行血淚泣孤魂)

한편 눈물을 흩뿌리며 출가하는 아버지와 작별한 두선랑은 화목란과 함께 낙수로 돌아갔다. 자사 제선행은 이미 두건덕이 사면을 받고 화상이 되었으며, 공주는 황후가 질녀로 삼았다는 것을 알고 있었다. 그는 내시의 호송을 받으며 귀향하는 선랑을 성문 밖에 나와서 맞이했다.

서세적은 하(夏)나라의 도서와 국보(國寶)만 가져가고 침궁에 있는 20여 명의 궁녀더러 잘 지키게 했기에 그 밖의 물건은 아무도 건드리지 않았다.

두선랑은 궁중에 들어와 조후의 영구와 네 궁녀의 관을 보고 슬프게 울었다. 제선행은 공주를 배알하고 서세적이 자기더러 낙수를 다스리게 했다는 것과, 자기가 위공의 옛 신하 가윤보를 천거했다는 것을 이야기한 뒤에 이렇게 말했다.

"그런데 생각 밖으로 서세적이 찾아가니, 가윤보는 이미 피해

버렸답니다. 그래서 하는 수없이 제가 지금까지 잠시 관할하고 있습니다. 그런데 지금 공주님이 돌아오서서 훌륭한 인재를 물색하신다면, 저는 바로 물러나겠습니다."

"서세적 군사(軍師)는 견식이 넓고 생각이 깊은 분이라서 현명한 분임을 아시고 위탁한 것 아니겠습니까? 하물며 이곳은 이제 당나라에 귀속된 지가 오랜데, 어찌 제가 내치고 아니고를 주관할 수 있겠습니까? 경께서는 사양마시고 그냥 일을 맡아보십시오. 그런데 왕후 영구를 궁중에 그냥 모셔둘 수가 없으니 풍수 좋은 곳을 골라 안장해 주십시요."

"낙수 지방은 땅이 척박하고 또 습합니다. 듣자니, 양의신을 뇌하에 모셨다는데, 그곳의 고산준령은 땅이 비옥하고 거리도 가까우니 2, 3일이면 도착할 수 있지요. 공주님의 의향은 어떠하신지요?"

"양의신은 생전에 아버님과 뜻이 맞아 사이가 좋았지요. 그곳에 모시는 게 좋겠어요. 경이 탐문해 주신다면 제가 높은 값으로 사겠어요."

그런데 두선랑 휘하에서 훈련을 받은 여병(女兵)들은 나라를 잃게 되니 뿔뿔이 흩어졌다가, 공주가 돌아왔다는 소식을 듣고 다시 모여들었다. 선랑은 노련하고 점잖은 사람만 남겨두고 나머지는 돌려보냈다.

며칠 후 두선랑은 상복을 입고 제선행이 선택한 명당 자리에 조후를 매장한 뒤, 큰 묘지 옆에 집을 몇 채 지어 그곳으로 이사했다. 그리고 태감에게 황은에 감사하는 표문(表文)를 올려 상주하게 했다.

화목란은 집을 떠난 지가 오래되고 부모님이 걱정되어 선랑과 작별하고 돌아가려고 했다. 선랑은 놓아주지 않으려고 했으나 결국 보내주기로 결정했다. 그리고 여병 중에서 나이 좀 들고 선량한 여인 김령(金鈴)과 오량(吳良)에게 동행해 줄 것을 부탁했다.

그리고 서신 한 통을 내주며 선랑이 말했다.

"하북과 유주는 그래도 비교적 가까우니 이 서신을 연군왕(燕郡王)의 아들 나성(羅成)에게 전해주게나. 혹시 아니 나오거나 면회를 거절당하면 그 전날 그분이 증표로 준 화살이 있으니 보여주어라."

두선랑과 화목란은 눈물을 흘리면서 작별하였다.

목란은 낮에는 길을 걷고, 밤에는 유숙하면서 며칠 지나 하북지방에 이르렀다.

집앞에 이르러 살펴보니 몹시 변모했다.

몇몇 이웃들이 아버지를 대신해서 출전했던 화목란을 알아보고 말했다.

"아가씨! 집을 떠난 지 오래인데, 이제야 돌아왔구만."

그는 이웃들한테서 아버지는 이미 작고했고, 위씨 성을 가진 사람한테 개가한 어머니는 앞마을에서 농사를 지으면서 산다는 사실을 알았다. 목란은 그말을 듣고 저도 모르게 눈물을 흘렸다.

이웃에게 사의를 표하고 난 그녀는 급히 앞마을로 달려갔다. 마침 그녀의 어머니 원씨가 우물가에 있었다. 목란이 눈여겨보니 틀림없는 어머니였다.

"어머니, 목란이 돌아왔어요."

원씨는 단번에 딸을 알아보고, 두말 없이 집으로 끌고 갔다. 집으로 들어간 모녀와 자매는 끌어안고 대성통곡했다. 동생 우란은 이미 열여덟 살 어엿한 처녀로 자라 있었고, 어머니는 아버지가 돌아가시고 개가한 사실을 이야기했다. 계부는 천랑과 함께 와서 목란을 만났다. 세 형제는 서로 이야기를 나누면서 밤을 새우며 울었다.

이튿날 목란은 아버지 묘지를 찾아가 제사를 지내며 곡을 했다. 며칠이 지나 그녀가 유주로 떠나려고 하는데, 갈사나가한(曷沙奈可汗)이 이런 소식을 알게 되었다.

예전에 목란이 자기를 위험에서 구해준 공로에 감격하고, 또 목란의 자색에 반한 가한(可汗)이 사람을 보내 그녀를 입궁시키려 한다는 소식을 들은 목란은 대경실색했다.

목란은 밤에 동생 우란에게 말했다.

"나는 너한테 내 속 마음을 털어놓아야 하겠다. 입궁하지 않을 수 있을는지는 아직 모르겠다. 만약 뜻대로 되지 않는다고 해도 두(竇)공주님의 부탁만은 어길 수 없다. 그러니 네가 나처럼 변장하고 유주에 다녀 오려무나, 두공주의 혼사만 성취시키면 나는 죽어도 눈을 감겠구나."

"언니, 나는 한번도 집을 떠나본 적이 없는데, 내가 다녀올 수 있겠나?"

"넌 얼마든지 갈 수 있고, 또 언니의 부탁을 저버리지 않으리라고 생각한다."

그리고는 선랑의 서신과 활촉, 그리고 노자로 쓸 은자 50냥을 주면서 상세히 일러주었다. 목란은 두 여병을 불러서 금령더러 우란과 함께 유주에 다녀오라고 분부했다.

이튿날 아침 많은 수레와 말들이 목란의 집 앞에 들이닥쳤다. 그녀의 어머니는 금방 돌아온 딸을 또 데리러오니 울며 불며 야단하면서 입궁하지 못하게 했다. 그러나 목란은 태연한 자세로 화장을 마친 후 자기를 데리러 온 사람들에게 말했다.

"가한(可汗)의 명을 감히 거역할 수 없습니다. 제가 아버님의 묘지에 찾아가서 인사를 드린 후 입궁하도록 허락해 주세요."

데리러 온 자들이 그러라고 하자, 목란은 마차에 올라 오량(吳良)에게 부모들을 묘지로 모셔오라고 분부했다. 목란은 아버지 묘에 네 번 절을 하면서 울다가 자결해 버렸다. 그녀를 데리러 온 사람들이 급히 돌아가서 알리자, 가한은 장탄식을 했다. 오량이 돌아가 두공주를 만나서 이런 사연을 모두 다 아뢰었다.

목란의 모친은 딸의 시신을 아버지 묘지 옆에 안장했다. 우란은 돌아온 언니와 함께 있으면서 일을 해보려고 생각했다. 그런데 가한이 언니를 강요해서 이런 비극이 생겼다.

'가한이 만약 동생이 있다는 것을 알기만 하면 꼭 데려가려 할 것이다. 그러면 나도 언니처럼 목숨을 끊어야 하지 않겠는가? 그럴 바엔 유주로 가서 두공주의 혼사를 성사시켜 주는 편이 낫다. 그렇게 하면 출세할 날이 있을는지도 모른다.'

이렇게 생각한 우란은 몰래 금령과 함께 행장을 수습한 뒤 부모에게도 알리지 않고 심부름꾼으로 변장하고 길을 떠났다. 우란이 쪽지를 써서 방안에 놓은 뒤 사경에 길을 떠난 그들은 날이 밝자 객점에 묵었다가 수레를 빌려 타고 유주로 갔다.

성안에 이른 우란은 객점을 정한 뒤 주인에게 연군왕의 저택을 묻고는, 서생(書生) 차림을 하고 금령과 함께 연군왕부 정문 앞으로 갔다. 연군왕은 청렴하고 규율이 엄했기 때문에 문지기는 문서나 서신을 가지고 온 관리들에게 용무를 깐깐하게 캐묻곤 했다.

금령은 경험이 있기에 우란과 상의했다.

"우리 공주님의 서신은 여느 서신과 다를텐데, 뭐라고 썼을는지 알 수 없군요. 만약 선불리 서신을 넘겨주었다가 관리들이 멋도 모르고 연군왕한테 전하면 기뻐할는지 노할는지를 가늠키 어렵군요. 목란 아가씨는 공주님의 서신을 나장군에게 직접 전하라고 했지요. 그러니 남에게 함부로 맡길 수가 없어요."

"그럼, 장군님을 어떻게 만날 수 있겠나요?"

"어렵지 않아요. 아가씬 맞은편 찻집에 앉아계셔요. 제가 여기서 기다렸다가 사리를 아는 사람이 나올 때 부탁하면 틀림없을 거예요."

우란은 찻집에서 반나절 기다리니, 금령이 들어서며 말했다.

"둘째 나으리 휘하의 방(方) 나으리가 오셨습니다."

우란이 보니 그 사람은 기패관 차림이었다. 그녀는 급히 일어서서 인사를 하고 자리에 앉았다.

"존함은 무엇이신지요?"

"성은 방씨(方氏)이고, 자는 행원(杏園)입니다. 무슨 일로 부르셨습니까?"

"할 말이 있으니 우선 앉으십시오. 우선 술을 한 잔 올리겠습니다."

사환이 그 말을 듣자, 바로 술과 안주를 내왔다.

"귀하께서 하실 말씀이 있으시면 어서 하십시오."

우란이 술을 권하면서 대답하였다.

"저는 하북에 있을 때 젊은 장군을 만난 적이 있습니다. 장군께서 귀중한 물건을 저의 친구한테 맡긴 적이 있는데, 친구가 저에게 그 물건을 젊은 장군님께 돌려드리라고 부탁했습니다. 장군님을 만나볼 수가 있겠는지요?"

"연군왕께선 사냥을 나가시거나 연회가 있어야 장군님을 부중에서 나가시게 합니다. 그렇지 않으면 밖에 나와서 만날 수는 없지요. 서신이라도 가지고 오셨다면, 제가 가지고 가서 장군님의 집사에게 주어서 전하도록 하면 무슨 분부가 있을 것입니다."

"서신은 제가 장군님을 직접 만나서 전달해야 합니다. 그런데 이 물건만은 형씨께서 가져다 전하시면 장군께서 곧 알아보실 겁니다."

"그렇다면 주십시오. 안에서 다른 일로 저를 부를지도 모릅니다."

우란은 금령에게서 활촉을 넣어둔 주머니를 받아 방행원에게 넘겨주었다. 방행원이 받아서 보니 수를 놓은 주머니였다. 안에 들어있는 화살촉을 꺼내보니 '나성(羅成)' 이라는 이름 자가 새겨져 있었다. 그래서 잠시도 지체하지 않고 급히 궁중으로 들어갔다. 그는 얼마 가지 않아 나공자가 제일 믿는 하인 반미(潘美)를 만나 찾아온 연유를 말했다.

"그럼 내가 다시 올 때까지 여기서 기다리시오."

반미는 비단 주머니를 품 속에 숨겨가지고 서재로 들어갔다."

나공자는 숙보에게 보내는 서신을 제국원에게 맡긴 후 아무런 소식도 없으니 늘 걱정하고 있었다. 그런데 반미가 화살촉을 가지고 들어와 연유를 말하니, 크게 놀라며 물었다.

"그래! 그 사람은 어디 있느냐?"

"방기패의 말에 의하면, 왕부 맞은편 찻집에 있다고 합니다. 그리고 서신은 공자님에게 직접 전해드리겠다고 한답니다."

나공자는 고개를 숙이고 한동안 생각하다가 반미의 귓전에 대고 뭐라고 말했다.

서재에서 나온 반미는 방기패에게 다가가면서 말했다.

"공자님께서 말씀하시기를, 그분들과 함께 동문 밖에서 기다리라고 합니다. 공자님은 곧 사냥하러 가실 겁니다."

방기패는 부리나케 찻집으로 달려가서 우란에게 알렸다. 이 말을 들은 우란이 찻값을 치르고 나와 세 사람이 모두 왕부 정문 앞에 서서 기다리고 있을 때 한 떼의 인마가 왕부의 대문을 나섰다. 준마에 앉은 공자는 구슬이 달린 관을 쓰고 자색 도포를 입었으며 금띠를 둘렀다.

"저런 미모의 영웅을 두공주가 어찌 사모하지 않으랴?"

우란은 길에서 인력거를 불러 타고 그들을 따라갔다. 나공자는 사냥하러 갈 생각이 없었으나 서신을 가지고 온 사람을 만나보려고 성을 나섰기에 가까운 곳에 있는 산에 이르자 휘하 사람들에게 마음대로 사냥하게 하였다. 그리고는 반미에게 서신을 가지고 온 사람을 모셔오라고 분부했다. 공자는 상대방이 미모의 서생인 것을 보고 급히 말에서 내려 인사를 나누고 자리를 정해 앉았다.

화우란은 장화 속에서 서신을 꺼내 나공자에게 넘겨 주었다. 나공자가 받아서 보니 빨간봉투에는,

「이 서신을 연왕부의 나장군에게 전하여 친히 뜯어보시게 하라.」는 글이 쓰여 있었다. 공자는 하인들이 많기에 난감한 생각이 들어 급히 서신을 반미에게 주어서 잘 간직하게 했다.

"형장, 존함을 어떻게 쓰십니까?"

"저의 성은 화씨이고, 자는 우란(又蘭)입니다."

"형장은 어떻게 공주님을 아시게 되었습니까?"

"제가 아니라 저의 언니가 공주님을 알고 있습니다."

우란은 가한이 군사를 동원한 일로부터 시작해서 공주와 결의 자매를 맺은 경과를 세세히 들려주었다.

화우란은 수하들이 모여들자, 즉시 입을 다물었다.

"숙소는 어디다 정하셨습니까?"

금령이 뒤에서 대답했다.

"헌원(憲轅) 동쪽 거리에 있는 장노이(張老二)의 객점에 잡았습니다."

"형씨께서는 오늘 저의 집으로 가셔서 이야기를 나누도록 합시다. 내일 아침에 형씨를 처소로 모셔다 드리겠습니다."

공자가 이렇게 말하자, 우란은 재삼 사절하였다.

"제가 많은 사연을 물으려고 하니, 형씨께서는 사절하지 말아 주십시오."

공자는 반미에게 분부했다.

"방기패에게 화(花) 나으리의 처소에 가서 객점 주인에게 알리라고 해라. 화 나으리는 우리 집에 가셨으니 행장을 잘 돌보라고 말이다."

우란을 안내하여 자리에서 일어선 나공자는 우란이 타도록 준마 한 필을 가져오라고 했다. 우란과 함께 나공자 일행은 성안의 왕부로 갔다. 왕부에 이르자, 나공자는 반미더러 우란과 금령을 안쪽에 있는 서재에 모시게 했다.

서재는 모두 세 칸이었는데 왼쪽 방은 나공자의 침실이었고, 오른쪽 방에는 손님들의 침구가 마련되어 있었다. 나공자가 내궁으로 들어가니, 모친이 말했다.

"얘야, 너는 전에 두건덕의 따님이 담량도 크고 지모도 출중하다고 했지? 방금 너의 아버님께서 낙양에서 내려보낸 소식을 듣고 말씀하시는데, 두건덕은 원래 참수당할 사람이라더구나. 그런데 딸 선랑이 형벌을 두려워하지 않고 자기 아버지를 대신해 벌을 받겠다고 하였기에 조정에서는 건덕을 사면했다더라. 건덕은 스스로 삭발하고 중이 되었단다. 딸 선랑은 황후의 질녀가 되었는데, 황후는 많은 은자와 비단을 주어서 고향으로 가게 했다는구나. 실로 효녀로구나. 전에는 원수간이었지만 지금에야 한 집안 식구가 됐지. 아버님께서는 차인을 보내 하표(賀表)를 올리고, 소저를 데려다가 성혼시키겠다고 하더라. 그러면 우리도 부모된 도리를 다하는 거지?"

"금방 제가 성 밖으로 나갔다가 마침 낙수에서 온 사람을 만났습니다. 제가 자세히 물으니, 그 사람은 두공주의 서신을 전하러 온 사람이었습니다."

"그 사람이 지금 어디에 있느냐?"

"손님은 서재 바깥방에 모셨고, 서신은 반미가 보관하게 했습니다."

나부인은 즉시 서신을 가져오게 해서 모자가 함께 뜯어보았다.

서신은 아래와 같았다.

「싸움터에서 작별할 때 하신 말씀 아직 기억하시나이까? 말위에서 다진 언약, 군(君)께서는 혹시 잊으셨나요? 세월이 흐르고 성쇠는 바뀌었습니다만, 옷소매로 눈물 훔치면서 그대를 그리는 마음은 옛날과 시종여일(始終如一)합니다. 하지만 나라가 망하고 가문이 파산되고 혼인을 주관하던 분은 고인이 되었으니, 홀로 남은 소첩은 부평초처럼 떠도는 신세가 되었습니다. 젊고 뛰어난 인물인 낭군께서는 나라를 지키실 후사(後嗣)이시니, 아마 신분이 맞지 않는 소첩과 혼인하기를 원하시지 않을 것입니다. 아마 틀림없이 훌륭한 가문의 소저와 가약을 맺으려고 하시겠지요. 소첩과 낭군의 현격한 차이는 옛정을 되살릴 수 없을 것 같기에 이 서신과 함께 저에게 주셨던 정표를 돌려보냅니다. 이는 소첩이 언약을 저버린 것이 아니라 인연이 없는 탓입니다. 저의 마음은 저의 의매(義妹)가 자세히 말씀드릴 것입니다. 사모의 정을 금치 못하면서 이 서신을 올립니다.」

국난을 당한 두씨 선랑이 울면서 올립니다(亡國難女竇氏線娘泣具).

나공자는 서신에서 혼인을 맺자고 할 줄로만 알았다. 그런데 혼약을 끊자는 서신일 줄을 어찌 알았으랴? 그는 울음을 터뜨렸다. 애들처럼 어머니의 품에 안겨 엉엉 울었다.

나부인은 자식이라고는 이 아들뿐인지라 보배처럼 여겼다.

아들이 슬피 울자, 급히 품에 안고 달랬다.

"얘야, 울지 말아라. 중매는 누가 섰느냐?"

나성은 울며 대답했다.

"바로 아버님의 오랜 친구이신 의신(義信) 양(楊)장군입니다. 두건덕은 그분은 평소에 그의 인품을 아주 중히 여겼습니다. 양장군께서 저에게 두건덕에게 말하라고 했지요. 그런데 이 몇 년 동안 바삐 보내느라 찾아가지 못했습니다. 양공도 감감무소식이니 이렇게 서신을 써서 거절했겠지요. 제가 언약을 어긴거지, 소저가 언약을 어긴 것은 아닙니다."

모자가 이런 이야기를 나누고 있는데, 연군공 나예(羅藝)가 들어오면서 물었다.

"무슨 일이냐?"

모친은 아들이 두선랑과 혼인을 언약한 것과 사람을 보내 서신을 가져온 일을 차근차근 이야기하고 나서 탁자 위에 있는 서신을 남편에게 보였다.

나공이 웃으면서 말했다.

"이 어리석은 녀석아, 이 일이 어려울 게 뭐냐? 내가 사람을 띄워 조정에 하표를 상주하려고 한다. 너와 두선랑이 정혼했다는 것을 상세하게 써서 함께 상주하겠다. 황후께서 그 소저를 질녀로 삼으셨으니 절대 다른 사람에게는 허혼하시지 않았을 것이다. 천자께서도 상주문을 보시면 틀림없이 기뻐하시면서 너의 혼사를 허락하실거다. 넌 그 소저가 거절할까봐 걱정되어 우는 거냐? 서신에는 의매가 낱낱이 아뢸 것이라고 썼는데, 왜 여기 온 사람이 남자인가?"

아버지의 말을 듣자, 나공자는 너무 기뻐서 급히 대답했다.

"전, 아직 자세한 사정을 들어보지 못했습니다."

그날 저녁에 나공자는 작은 사랑채 마루에 주안상을 차렸다. 우란은 선랑에 대해 다시 이야기했다.

두공주가 아버지를 대신하여 형벌을 받겠다고 하던 이야기를 하자, 나공자는 눈물을 흘렸고, 황후가 선랑을 궁으로 데려가 질녀로 삼은 이야기를 할 때에는 기뻐했다. 그리고 모친 묘지로 이사한 정황을 말하니 나공자는 비감해했고, 가한이 자기의 언니를 강요해 입궁하라고 하며 부친 묘지에 찾아가 자결했다는 이야기를 하자, 나공자는 상을 치면서 탄식했다.

"기특하구나. 목란 누님은 정말 대단하오. 만나지 못한 게 한스럽군."

그들은 밤늦도록 이야기를 나누다가 헤어졌다.

이튿날 우란은 나공자를 보고 물었다.

"공주님한테 보내는 회답의 서신을 저한테 보내겠습니까? 아니면 공자님께서 낙수에 사람을 보내시겠습니까? 전 오늘 떠나겠으니 객점에서 답신을 기다리겠습니다."

"형씨는 그게 웬 말씀이오? 어제 부친께서 공주의 서신을 보신 후 문서를 작성해서 상주하시겠다고 하셨으니, 나도 형씨와 동행할 것 같소. 그러니 형은 여기에 잠시 더 계시다가 함께 낙수로 가서 우리의 혼사가 이루어지도록 중매인이 되면 안 되겠소?"

"저의 짐은 객점에 있는데요."

"객점 주인한테 잘 건사하라고 부탁했습니다."

말을 마친 나공자는 우란의 손을 잡고 놓지 않았다. 한편 우란을 동행한 금령도 반미와 눈이 맞아 떠날 생각을 하지 않았다. 혈기왕성한 우란도 젊고 소탈한 나공자의 곁을 떠나기가 아쉬웠다.

그러자 금령이 말했다.

"공자님께서 만류하시니, 제가 가서 행장을 찾아오면 어떨까요?"

"집사의 말이 지당하오."

공자는 수하들이 금령을 따라 가서 짐을 가져오게 했다. 이때부터 나공자와 우란은 함께 있었고, 이야기를 나눌수록 의기가 투합하였다. 대체로 대가(大家)의 일 처리는 민첩할 수가 없다. 하물며 제후의 가문인데, 더 이를 데가 있겠는가. 장계를 작성하고 상주문을 쓰고 파견할 관리를 골라야 했다. 눈 깜짝할 사이에 닷새가 지나갔다.

어느 날, 일찍 일어난 나공자는 우란을 깨울까 봐 살그머니 문을 열고 밖으로 나갔다. 사랑방에서 반미와 금령이 뭐라고 소곤소곤 속삭이며 즐겁게 웃으며 이야기하자, 나공자가 걸음을 멈추고 문밖에서 엿들었다.

반미의 목소리가 들렸다.

"당신도 좋다고 하니, 난 공자님께 여쭈어서 우리가 부부가 되도록 우란의 허락을 받아 달라고 말하겠네."

"그 말씀은 틀린 소리요. 난 두선랑 공주님이 목란 언니를 수행하라고 보낸 사람이지, 그 집의 하인이 아닙니다. 따르고 안 따르는 건 내 마음에 달렸어요."

"만약 우리 공자님이 당신의 둘째 나으리가 여자란 걸 아시면 그대로 놓아주시려고 하지 않을 걸."

"아시면 저희들처럼 이렇게 즐거움을 맛보시겠지요."

벽에도 귀가 있고 담 너머에도 어찌 듣는 사람이 없겠는가? 나공자는 그 말을 듣고 홀로 중얼거렸다.

'아니, 그들 두 사람이 모두 여자란 말인가?'

급히 안채로 들어가 문안 인사를 마치고 나오던 나공자가 반미를 만났다. 나공자는 반미를 조용한 곳으로 데리고 가서 꼬치꼬치 캐묻고서야 그들이 여자임을 알았다.

나공자는 너무도 기뻐서 그날 밤에 우란과 함께 술을 마시면서 신나게 웃고 떠들었다.

나공자는 우란을 취하게 한 다음에 알아보려고 했지만 우란은 한사코 술을 마시지 않았다.

나공자는 홀로 몇 잔 마신 다음에 술상을 물리게 하고 취한 체 하면서 손을 우란의 어깨에 얹고 말했다.

"화형, 나는 오늘 저녁 취해서 돌아가지 못하겠소. 형과 함께 자면서 더 이야기를 나누고 싶소."

"할 말이 있으면 내일 합시다. 저는 다른 사람과 함께 자지 않습니다."

"그럼, 이후에 맞이하는 형수님과도 한자리에 들지 않으려오?"

"형장이 여자라면, 전 거절하지 않겠습니다."

"만약 형장이 남자라면, 나도 한자리에서 자려고 하지 않겠소."

이 말에 홍당무가 되어 버린 우란의 얼굴이 나공자는 더욱 귀엽게 느껴졌다.

시종들이 모두 나가 버렸기에 문에 빗장을 지르고 다가가 우란을 끌어안으면서 말했다.

"이 나성은 전세에 덕을 쌓았기에 오늘 소저와 만나게 되었구려."

그러나 우란은 두 손으로 밀치면서 목소리를 높였다.

"형씨는 취했군요. 체면을 차리셔야 합니다."

"금령과 반미가 모두 인정하였는데, 소저는 왜 부정하려 하오."

이에 우란이 정색하며 말했다.

"공자님, 제 말을 들어보세요. 제 말이 그르다면 공자님 마음대로 하십시오."

나공자는 손을 놓아주고 나란히 앉았다.

우란이 말했다.

"저는 아주 구석진 산촌에 묻혀 자란 비천한 몸이지만 저희들 자매는 예의에 밝고 의지와 품행을 경모하였습니다. 오늘 염치 불구하고 험한 길을 걸어 여기까지 온 것은 언니의 유언을 저버리지 않고, 또 두씨 공주님과 공자님께서 연분을 맺게 하려는 생각에서 여기까지 험한 길을 왔습니다. 제가 무슨 쾌락이나 영화를 바라지 않습니다. 공자님은 문무를 겸비한 소년 영웅이어서 저는 충분히 경모해 마지않습니다. 남녀 지간의 욕망은 예의를 갖추고 공명정대해야만 사람들의 존대를 받는 법입니다. 만약 억지로 강요해서 사통한다면 포악입니다."

그러자 나공자가 껄껄 웃으면서 말했다.

"소저는 어디서 그따위 진부한 말을 배웠소? 자고로 달빛 아래서 밀회하고 뽕나무 밑에서 정을 나누는 일을 사람들은 모두 미담으로 말했소. 만약 소저가 남자라면 아름다운 여인을 눈앞에 두고 참을 수가 있겠소?"

"대장부는 남이 참지 못하는 경우에도 참아야만 호걸이라고 했습니다. 공자께서는 여색을 좋아하는 복이 뽕나무 밭에 들어간 이야기만 알고 계시는데, 그런 자라면, 탐욕스럽고 황음하며 파

렴치한 인간입니다. 유하혜(柳下惠)[154]가 여자를 품에 안았어도, 그리고 진군소(秦君昭)[155]가 젊은 여인과 한 모기장 안에 자면서도 마음이 흐트러지지 않아서 덕망 높은 사람이라 칭찬받은 이야기는 잊으셨습니까? 공자님께서 저를 꺼리시지 않았기에 손에 손잡고 무릎을 맞대고 앉아서 4, 5일을 지냈습니다. 저는 다른 사람을 평생 섬기기를 원치 않습니다. 공자님께서 저를 낙수에 가도록 허락해 주시기 바랍니다. 두씨 공주님께서 저를 만나보시기만 하면 언니와 저의 마음을 알게 될 겁니다. 제가 두공주님과 함께 공자님을 모신다면 더 없는 영광으로 생각하겠습니다. 그러니 오늘은 참으셨다가 공자님께서 장안을 다녀오신 후에 다시 봅시

---

154 柳下惠(유하혜)는 魯(노)의 대부로, 본명은 展獲(전획)이고 柳下를 식읍으로 받았고, 惠는 시호이다. 공자는 유하혜의 탁월한 재능을 칭찬하였다. 유하혜는 典獄官(전옥관)으로 현명하고 유능하였지만 관직에서 3번이나 쫓겨났다. 어떤 사람이 유하혜에게 "당신은 아직도 떠나지 않을 겁니까?"라고 물었다. 이에 유하혜가 말했다. "正道(정도)로 주군을 섬긴다면, 어디를 가더라도 3번쯤은 쫓겨나지 않겠습니까? 정도를 굽힌 枉道(왕도)로 섬길 것이라면, 하필 부모님이 살던 나라를 떠나겠습니까?"라고 말했다. 이처럼 유하혜는 사리에 맞는 말을 사려 깊은 행동으로 정도를 지켰지만, 3번이나 면직되는 치욕을 겪었다(降志辱身).

155 진군소(秦君昭) – 宋代(송대) 사람. 친우의 부탁으로 남의 첩이 된 젊은 여인을 다른 사람에게 데려다주게 되었는데, 무더운 여름에 모기장 안에서 같이 자면서도 끝내 여인을 건드리지 않았다. 본 소설 69회 참고.

다. 오늘 강요하신다면, 저는 절대 순종할 수 없습니다."

공자는 우란의 말을 듣고 뜻을 이룰 수 없다고 생각했다.

"소저의 의향이 그렇다면 나도 무례하게 굴지 않겠소."

며칠이 지나자, 나공은 상주문을 작성해서 봉한 다음 자사 장공근에게 공자를 돌보도록 부탁했다. 그리고 울지남, 울지북 형제가 공자를 모시고 길을 떠나게 했다. 공자는 부모에게 작별인사를 올리고, 우란과 금령 등 일행과 함께 유주를 떠나 장안으로 향했다.

뒷일을 알 수 없나니, 다음 회를 읽어 보시라.

수·당연의(隋·唐演義) {제3권}

초판 인쇄 2023년 6월 15일
초판 발행 2023년 6월 22일

지　　음 | 저인확
옮　　김 | 진기환
발 행 자 | 김동구
디 자 인 | 이명숙·양철민
발 행 처 | 명문당(1923. 10. 1 창립)
주　　소 | 서울시 종로구 윤보선길 61(안국동)
국민은행 006-01-0483-171
전　　화 | 02)733-3039, 734-4798, 733-4748(영)
팩　　스 | 02)734-9209
Homepage | www.myungmundang.net
E-mail | mmdbook1@hanmail.net
등　　록 | 1977. 11. 19. 제1~148호

ISBN 979-11-91757-77-4 (04820)
ISBN 979-11-91757-74-3 (세트)
20,000원